IRVING WALLACE

Der Preis

Irving Wallace

DER PREIS

BASTEI
LÜBBE

Titel der amerikanischen Ausgabe: THE PRIZE
Übersetzer: Leonore Schlaich und Ruth Göth

1. Auflage 1977
2. Auflage 1980
3. Auflage 1982
4. Auflage 1984

Lizenzausgabe: Gustav Lübbe Verlag GmbH,
Bergisch Gladbach
by arrangement with Paul R. Reynolds Inc., New York
Printed in Western Germany 1984
Einbandgestaltung: Ralf Rudolph
Gesamtherstellung: Ebner Ulm
ISBN 3-404-00664-X

Der Preis dieses Bandes versteht sich einschließlich
der gesetzlichen Mehrwertsteuer

ERSTES KAPITEL

Es war an diesem Tag früh Nacht geworden in Stockholm, ein Zeichen, daß der Herbst bald vorüber sein und der dunkle Winter kommen würde.

Graf Bertil Jacobsson schlenderte gemächlich durch den von Lampen erhellten Humlegardenpark, den verdorrten Rasen mit seinem braunen Spazierstock mit dem Löwenkopfgriff kaum berührend. Für ihn brach nun eine glückliche Zeit an, er zog den Winter jeder anderen Jahreszeit vor. Die Stürme würden jetzt bald kommen, die Nebel vom Mälarsee herüberziehen, vielleicht gab es auch schon Schnee und Eis. Nun konnte er sich ohne Gewissensbisse in seine mit Erinnerungen vollgestopfte behagliche Wohnung verkriechen und inmitten der Andenken an ein halbes Jahrhundert an seinen Aufzeichnungen arbeiten.

Graf Bertil Jacobsson ließ den Park hinter sich und ging weiter bis zur Sturegatan. Damit war sein Abendspaziergang beendet, und er würde sich nun bald der letzten spannenden Arbeit an diesem Abend widmen können – dem Höhepunkt seiner sich über zehn Monate erstreckenden intensiven und aufreibenden Tätigkeit. Graf Jacobsson blieb einen Augenblick stehen und warf einen fast sehnsüchtigen Blick zum Park zurück. Meine liebste Jahreszeit hat begonnen, dachte er, und der heutige Abend wird denkwürdig sein.

Dann wandte er sich um und begann die Straße zu überqueren. Als er auf der anderen Seite das Trottoir erreicht hatte, befand er sich vor einem schmalen sechsstöckigen Gebäude, Sturegatan 14.

Er betrat das Gebäude der Nobelpreisstiftung und fühlte sich wie immer wohl und geborgen in dem dunklen Flur, der zu seinem Büro führte, zu seinem Heim, seinem Museum, seinem Leben. Wie gewohnt, blieb er einen Augenblick vor der riesigen Büste von Alfred Nobel stehen. Während er das strenge bärtige Antlitz betrachtete, wurde er, wie stets, unsicher. Hatte der alte Mann damals so ausgesehen, als er selbst sehr jung und Nobel sehr alt gewesen war? Mit einem Seufzer wandte er sich schließlich nach rechts, ging an dem an der Wand befestigten Schild mit der Aufschrift NOBELSTIFTELSEN vorüber und erstieg mit Anstrengung die marmorne Treppe.

Jacobsson öffnete und schloß eine Glastür und befand sich nun im Empfangsraum. Als er weiterging, streifte sein Blick über die Bücherregale links und rechts des Korridors – auf der einen Seite waren sie mit Finanzblättern vollgestopft (gegen die er ständig protestierte, wie oft ihm auch entgegnet wurde, die Hauptaufgabe der Stiftung sei finanzieller Art), auf der anderen Seite mit kostspielig gebundenen Ausgaben spanischer, französischer, deutscher und englischer Werke von den Preisträgern der letzten Jahrzehnte.

Astrid Steen, seine rundliche Sekretärin, stand mit dem Rücken zu ihm hinter dem Tisch im Empfangsbüro.

»Frau Steen –«

Sie wandte sich rasch und voller Pflichteifer um, und er entdeckte auf ihrem Gesicht dieselbe Erregung, die auch ihn ergriffen hatte.

»Sind die Telegramme fertig?« fragte er.

»O ja, Graf Jacobsson – ich habe sie auf Ihren Tisch gelegt.«

»Wo sind denn die andern alle?«

»Oben in Ihrer Wohnung. Sie trinken Ihren Whisky, fürchte ich.«

Er lachte. Es war jedes Jahr dasselbe.

»Das Außenministerium hat angerufen. Ein Attaché ist auf dem Weg hierher.«

»Schön. Ich bin in meinem Büro zu erreichen.«

Graf Jacobsson ging ins Zimmer des Präsidenten, dachte mit flüchtigem Bedauern daran, daß dieser vor kurzem erkrankt war, und freute sich doch im stillen, daß er als Vizepräsident nun die ganze Arbeit allein erledigen konnte. Rasch durchquerte er den kleinen Raum und betrat sein noch viel kleineres Büro nebenan.

Er freute sich, daß in diesem Jahr auf seine Anregung hin – soweit er sich erinnern konnte, war das bisher noch nie geschehen – sowohl die Königliche Akademie der Wissenschaften, das Karolinen-Institut, die Schwedische Universität wie auch das Nobelkomitee des norwegischen Parlamentes einstimmig beschlossen hatten, ihre Preisträger gleichzeitig der Welt bekanntzugeben. Das werde sehr viel eindrucksvoller sein, hatte Jacobsson argumentiert, und er wußte, der Erfolg würde ihm recht geben.

Während er, auf dem behaglichen Sofa sitzend, den Inhalt des Manila-Ordners untersuchte, runzelte er plötzlich die Stirn. Hastig blätterte er die maschinengeschriebenen Telegrammblätter durch und suchte nach dem einen, das er vermißte. Und dann erinnerte er sich, daß das norwegische Parlament, wie schon sechzehnmal zuvor, der Nobelpreisstiftung mitgeteilt hatte, es werde in diesem Jahr keinen Friedenspreis vergeben. Im Gedanken an diesen Beschluß nickte Jacobsson zustimmend. Diese Zeit war zwar vielen Dingen günstig, aber sie erlaubte keine öffentliche Auszeichnung von Friedensstiftern.

Behutsam, liebevoll ergriff er das obenauf liegende Telegramm.

IN ANERKENNUNG ... IN UNTERSTÜTZUNG HUMANISTISCHER IDEALE ... HAT DIE NOBELPREISSTIFTUNG IM NAMEN DER SCHWEDISCHEN AKADEMIE DIE FREUDE IHNEN MITZUTEILEN DASS SIE HEUTE ZUM NOBELPREISTRÄGER DIESES JAHRES FÜR ... GEWÄHLT WURDEN ... EINZELHEITEN FOLGEN STOP HERZLICHSTE GLÜCKWÜNSCHE STOP ...

Hastig zählte Graf Jacobsson die Telegramme, las jedes einzelne durch, um sicher zu sein, daß es in Ordnung war, und stand dann auf, um sie Frau Steen zu übergeben, die das Eintreffen des Attachés gemeldet hatte, der die Depeschen mitnehmen wollte.

Fünfzehnter November, dachte er, nachdem sich die Tür wieder geschlossen hatte. Wirklich, ein denkwürdiger Tag. Mit einem Blick auf seine Armbanduhr stellte er fest, daß sie einundzwanzig Uhr zehn zeigte. Das war spät für den Beginn eines so denkwürdigen Tages, aber dann fiel ihm ein, es war ja nur in Stockholm so spät – in Paris und Rom, in Atlanta und Pasadena und in dem kleinen Nest mit dem Namen Miller's Dam im Staat Wisconsin war es nicht so spät.

Nun waren die Telegramme wohl schon unterwegs zum Schwedischen Außenministerium am Gustav Adolfs Torg. Noch vor Ablauf einer Stunde würden sie an die Schwedischen Gesandtschaften in drei Staaten übermittelt und sofort an die Preisträger weitergeleitet werden.

Die Preisträger, dachte Jacobsson. Er kannte jetzt ihre Namen gut, denn er hatte sie immer wieder gehört in den langen Monaten nach ihrer Nominierung während all der Nachforschungen und Debatten, während all des Feilschens und Abstimmens. Aber wer waren sie, diese Männer und Frauen, die er in knapp vier Wochen persönlich kennenlernen würde? Was taten sie in den bedeutsamen Stunden, ehe das Telegramm eintraf und ehe ihre Größe zu öffentlichem Ruhm und Reichtum wurde?

Graf Jacobsson dachte an seine Aufzeichnungen, in denen er festgehalten hatte, was die Preisträger der vergangenen Jahre im Augenblick der Bekanntgabe getan hatten. Eugene O'Neill hatte geschlafen und mußte aus dem Bett geholt werden, um die Neuigkeit zu erfahren. Jane Addams lag gerade unter Narkose für eine schwierige Operation. Dr. Harold Urey hatte mit ein paar Universitätsprofessoren im Club seiner Fakultät geluncht. Albert Einstein erreichte die Nachricht an Bord eines Schiffes auf der Fahrt nach Japan. Wo und in welcher Verfassung würde der Preis die neuen Preisträger finden?

Es war acht Uhr zweiundzwanzig, als das Telegramm aus Stockholm die Schwedische Gesandtschaft in Paris erreichte. Der elegante, hagere Sekretär des Gesandten, noch eifrig beschäftigt mit den Berichten über die afrikanischen Vermittlungsversuche, öffnete mechanisch das Telegramm. Aber als er den Text überlas, riß er vor Staunen die Augen auf. Der erste Teil des Telegramms war an den Gesandten gerichtet:

BITTE BENACHRICHTIGEN SIE DIE ADRESSATEN HANDSCHRIFTLICH STOP ÜBERMITTELN SIE PERSÖNLICHE GLÜCKWÜNSCHE IM NAMEN DER REGIERUNG STOP.

Der Sekretär warf einen Blick auf die Wanduhr. Noch anderthalb Stunden, bis er den Gesandten, der dann bei *Lapérouse* am Quai des Grands-Augustins dinierte, erreichen und ihm die wichtige Nachricht mitteilen konnte. Währenddessen gehörte ihm die Neuigkeit ganz allein, das bedeutsame, willkommene Geheimnis. Er fand das recht erfreulich.

Er machte es sich in einem Sessel bequem und las nochmals die Nachricht, die der Gesandte übermitteln sollte.

FÜR IHRE FORSCHUNGEN ÜBER DIE SAMENSTRUKTUR UND IHRE ENTDEKKUNG DER VEREISUNG DER SAMENZELLEN ZUR SELEKTIVEN ZÜCHTUNG HAT DIE NOBELPREISSTIFTUNG IM NAMEN DER KÖNIGLICHEN SCHWEDISCHEN AKADEMIE DER WISSENSCHAFTEN DIE FREUDE IHNEN MITZUTEILEN DASS SIE HEUTE ZUM NOBELPREISTRÄGER DIESES JAHRES FÜR CHEMIE GEWÄHLT WURDEN STOP DER PREIS BESTEHT AUS EINER GOLDENEN MEDAILLE UND EINEM SCHECK ÜBER ZWEIHUNDERTUNDEINUNDFÜNFZIGTAUSENDFÜNFHUNDERT NEUE FRANC STOP DIE PREISVERLEIHUNGSZEREMONIE FINDET AM ZEHNTEN DEZEMBER IN STOCKHOLM STATT STOP EINZELHEITEN FOLGEN STOP HERZLICHSTE GLÜCKWÜNSCHE STOP.

Die Botschaft war an DOKTOR CLAUDE MARCEAU UND DOKTOR DENISE MARCEAU, ZWEIUNDSECHZIG QUAI DORSAY PARIS FRANCE gerichtet.

Es war erst acht Uhr dreißig, und sie hatten das Restaurant, abgesehen von den Wirtsleuten und Kellnern, für sich allein.

Dr. Claude Marceau und Gisèle Jordan waren mit ihrem Dessert fertig, dem *gâteau de riz*, das heißt, Claude war fertig und schaute nun zu, wie Gisèle zierlich den letzten Rest ihres Karamelreises mit Vanillesauce auslöffelte.

Claude liebte es nicht, so frühzeitig zu essen. Er fand das barbarisch. Gisèle und er hatten nie darüber gesprochen, aber sie wußten beide, daß es nicht anders ging. Sie konnten es nicht riskieren, entdeckt zu werden. Jedoch um diese Zeit liefen sie kaum Gefahr, daß jemand sie sah. Sie hatten schon am ersten Tag ihrer Bekanntschaft während eines Stadtbummels das kleine Restaurant *Le Petit Navire* entdeckt und es zu ihrem Stammlokal erwählt, weil es in der völlig abgelegenen dunklen Rue des Fossées-St.-Bernard lag. Claude und Gisèle waren überzeugt, daß keiner seiner Besucher in ihnen einen berühmten Chemiker vom *Pasteur-Institut* und ein Mannequin von Balenciaga vermuten würde.

Nun war auch Gisèle mit ihrem Dessert fertig. Sie betupfte sich mit der Serviette den Mund.

»Kaffee?« fragte Claude.

Sie schüttelte den Kopf. »Danke. Aber ich hätte gern eine Zigarette.«

Er zog seine flache silberne Dose aus der Tasche, entnahm ihr zwei englische Zigaretten, zündete erst die eine an und an dieser die andere und reichte ihr dann die erste Zigarette. Sie führte sie an die Lippen und tat einen tiefen Zug.

»Wunderbar!« sagte sie.

»Weil ich sie vorher geküßt habe«, sagte er.

Sie lächelte und streckte ihre lange, schmale Hand über den Tisch, um die seine zu berühren. Er drehte seine Hand nach oben und umschloß die ihre.

»Ich liebe dich, Gisèle.«

»Ich liebe dich«, erwiderte sie leise, wobei ihr Gesicht unbewegt blieb, eine Maske der Schönheit, scheinbar unberührt von Gefühlen. Das machte ihn unsicher.

Um seine Sicherheit wiederzugewinnen, stellte er die Frage, die schon zum Rituell geworden war: »Wollen wir ein Weilchen spazierengehen?«

»Wenn ich meine Zigarette ausgeraucht habe.«

»Selbstverständlich.«

Sie schwiegen beide. Gisèle blickte rätselhaft vor sich hin und spielte mit der Streichholzschachtel, und Claude war es unmöglich, den Blick von ihrem maskenhaften Gesicht zu lösen. Es ist ein unsagbar schönes Gesicht, dachte er, und es gehört mir. Ihr Haar war aschblond und hochfrisiert, ihre Augenbrauen beschrieben einen hohen Bogen, ihre blauen Augen schimmerten eiskalt. Die steile Linie ihrer Nase erinnerte an die griechischen Statuen im Louvre. Ihre Lippen waren voll, weich und dunkelrot. Ihre Backenknochen lagen sehr hoch, so daß darunter dunkle Schatten entstanden. Und die großen Diamantohrringe, die sie immer trug, machten ihr Gesicht noch schmaler.

Sie drückte entschlossen ihre Zigarette aus, stieß ihren Stuhl zurück und stand auf. Ihre Handtasche ergreifend, sagte sie: »Ich bin gleich wieder da. Lauf nicht davon.«

»Nie im Leben.«

Er schaute ihr nach und sah, daß auch die drei Kellner sie beobachteten. Wie aus *Elle* oder *L'Officiel*, dachte Claude, vollkommen Haute Couture, Kleidung, Gesicht, Figur, alles kalt, unbewegt, als sei es unsterblich ... Vielleicht hatte ihn das vor allem angezogen, diese Herausforderung einer Frau, die unangreifbar, unerreichbar und fast zu vollkommen erschien.

Ja, das hatte ihn angezogen, aber was ihn gegen alle klare Überlegung des Wissenschaftlers gehalten hatte, war nicht ihr Auftreten in der Öffentlichkeit, sondern ihr Verhalten im intimen Beisammensein. Vom ersten Augenblick an war sie da völlig verwandelt gewesen. Vor etwa zwei Wochen, als er so leidenschaftlich erregt war wie nie zuvor, hatte sie sich kühl, fast spöttisch vor ihm entkleidet, ganz langsam die

Schuhe, die langen dünnen Strümpfe, das Kleid, den Unterrock abgestreift und dann immer rascher den Büstenhalter, den Strumpfgürtel und die Höschen. Nackt wurde sie zu einem anderen Menschen. Ihrer Eleganz, ihrer kühlen Maske entledigt, schien sie nur noch aus weißem Fleisch und Brüsten zu bestehen, die groß und flach waren und in ihrer Sinnlichkeit betont wurden durch ihren langgestreckten, sehnigen Körper. Mit ihrer Kleidung hatte sie alle Selbstgefälligkeit und allen Hochmut abgeworfen. Sie war das Ideal der französischen Geliebten, sie schenkte sich ganz, offenbarte ihr Begehren ohne Verstellung, genoß die Umarmung mit allen Sinnen, gab nicht vor, eine Gnade zu erweisen, sondern zeigte ihre Dankbarkeit im Empfangen.

Er war sechsundvierzig und sie siebenundzwanzig. Schon von Jugend an war er ein Intellektueller, ein Wissenschaftler gewesen. Allzulange hatte er sich mit Röhren und Flaschen und Tabellen abgegeben, die nach Säure rochen, allzulange über wissenschaftlichen Problemen gebrütet, so daß es ihm nicht in den Sinn gekommen war, es könne ihn jemand elegant und attraktiv finden. Trotzdem hatte er sich während dieser zwei Wochen sehr attraktiv gefühlt. Sein dichtes Haar war graumeliert, sein flächiges Gesicht gut geschnitten, bis auf die zu tief liegenden Augen und die scharf gebogene Nase. Sein Körper neigte zwar zu Fülle (eine Zeitung hatte ihn korpulent genannt), war jedoch fest und kräftig; Claude spielte regelmäßig einmal in der Woche Tennis und zweimal in der Woche *Boule* im Bois. Gisèle hätte jüngere Männer haben können, die unterhaltender, reicher und vor allem unverheiratet waren. Aber sie hatte ihn gewählt.

Während er noch seinen Träumen nachhing, sah er Gisèle zurückkommen, die Frisur tadellos, die geschwungenen Lippen dunkelrot, die langen Beine bewegten sich lässig unter dem roten Rock. Er stand so elastisch wie möglich auf, öffnete seine Brieftasche und entnahm ihr die notwendige Anzahl Francs, dazu – trotz des *service compris* – ein reichlich bemessenes Trinkgeld. Dann half er ihr galant in den braunen Nerzmantel. Nun wirkte sie noch schöner, noch unnahbarer.

Draußen, in der balsamischen Pariser Nacht, standen sie Hand in Hand in der dunklen engen Gasse und blickten zu den großen Weinhallen hinüber.

»Eines Tages werde ich dort hineingehen und alle Weine probieren«, sagte er.

»Das hast du nicht nötig«, sagte sie, ihm zärtlich die Hand drükkend.

»Hast du noch Lust, ein wenig spazierenzugehen?«

»O ja. An der Seine.«

Das war, wie er wußte, etwas gefährlich. Aber heute, im November, war die Nacht warm wie damals im September, als sie sich kennenlernten. Deshalb stimmte er zu.

Sie hakte sich bei ihm unter, und sie schlenderten langsam bis zum Quai de la Tournelle. Sie gingen an den geschlossenen Ständen der Bouquinisten vorüber, blieben dann bei der niedrigen Mauer an der Seine stehen und blickten über den ruhig dahinfließenden Fluß. Ein *bateau-mouche* zog vorüber wie ein schwimmender Kronleuchter, sein gläserner Aufbau schimmerte im Mondlicht.

Er wies hinunter. »Bist du schon einmal auf so einem Dampfer gefahren? Ich noch nie.«

»Ich schon oft. Es ist ein Mordsspaß.«

»Ich dachte immer, das sei nur was für Touristen –«

»Das ist genauso hübsch für uns, wie die ganze Seine.«

»Dann wollen wir an einem schönen Abend mitfahren. Ich komme mir ohnehin fast wie ein Tourist vor – alles ist so neu für mich –«

Sie schauten dem Dampfer nach, und dann nahmen sie, in geheimem Einverständnis, ihre Wanderung in Richtung zur Notre-Dame wieder auf. Es war kühler geworden, und das erweckte in Claude die Erinnerung an den ersten Abend, den er mit Gisèle verbracht hatte. Gesehen hatte er sie schon früher – das war im Sommer gewesen.

Um diese Zeit war sein Leben eintönig und inhaltlos geworden, und er war von einer nervösen Ruhelosigkeit besessen. Die vorangegangenen sechs Jahre waren anders verlaufen. Damals gab es ein leuchtendes Ziel, an dessen Erreichung er mit Hingabe arbeitete. Als er an diese sechs Jahre dachte, fiel ihm ein, daß sich dieses Ziel durch eine zufällige Bemerkung ergeben hatte, die Denise eines Tages machte.

Er und Denise hatten sich – vielleicht weil sie selbst keine Kinder besaßen – mit der Vererbung beschäftigt, mit dem biologischen Fortbestand der Arten, und speziell mit der Wirkung von chemischen Präparaten auf Chromosomen und Gene. Sie hatten, wie so viele Wissenschaftler vorher, mit Drosophila-Fliegen experimentiert. Sie hatten versucht, künstliche Veränderungen der Gene herbeizuführen, um vielleicht so das künftige Geschlecht der Nachkommenschaft vorherbestimmen oder gar beeinflussen zu können. Diese Arbeit an Mutationen war nicht weit gediehen und auch nicht neuartig, und Claude und Denise waren recht mutlos gewesen an jenem schicksalsvollen Tag, an dem sie mit ein paar Kollegen in dem Bistro nebenan zu Mittag aßen. Während des Essens hatte jemand eine russische Abhandlung erwähnt, über die Fortschritte, die in der Verpflanzung weiblicher Eizellen gemacht worden waren. Darüber war eine hitzige Diskussion entstanden. Denise hatte, aus einer bei ihr nicht häufigen phantasievollen Laune heraus, scherzhaft bemerkt: »Es müßte demnach möglich sein, eine lebende Samenzelle Karls des Großen oder eines Erasmus oder die unbefruchtete Eizelle einer Kleopatra zu konservieren und sie heute, mit modernen Mitteln, einzupflanzen, obwohl ihre Spender schon seit Jahrhunderten tot sind!« Dieser Einfall hatte elektrisierend gewirkt. Claude und Denise hatten sich weiterhin mit diesem Problem beschäftigt, anfangs nur spielerisch, später streng wissenschaftlich.

Das Sammeln von Tatsachen während der ersten Jahre war mühsam gewesen. Aus dem Ergebnis dieser spärlichen Tatsachen hatten sie versuchsweise eine Theorie aufgestellt und daraufhin noch ziemlich wahllos Experimente mit niederen Tieren vorgenommen. Während dieser Experimente machten sie eine aufregende Entdeckung, deren Gültigkeit sehr bald durch die statistischen Ergebnisse von Massenexperimenten bestätigt wurde. Nachdem sie eine gemeinsam verfaßte Abhandlung in einer wissenschaftlichen Zeitschrift veröffentlicht hatten, wurde ihre Entdeckung in der Tagespresse verbreitet, was Claude und Denise für kurze Zeit zu einer gewissen Berühmtheit verhalf. Dann aber befanden sie sich plötzlich in einem Vakuum, in einer Sackgasse ihrer Existenz.

Sie diskutierten zwar über mehrere neue Projekte, verwarfen sie aber rasch und beschlossen, sich erst einmal auszuruhen, den täglichen Verpflichtungen nachzukommen, die ihre Entdeckung mit sich brachte, und eine neue Inspiration abzuwarten. Denise kümmerte sich seit Jahren zum erstenmal um ihre altmodische Wohnung, rangierte Möbel aus, stellte sie um, erledigte längst fällig gewesene Korrespondenz, nahm wieder Verbindung auf mit Verwandten und den wenigen Freunden, die ihnen verblieben waren. Für Claude aber war es schwieriger, seine Leere auszufüllen.

Um diese Zeit kamen zufällig einige englische Kollegen von Oxford nach Paris, und da Ende Juli die fünfzig Pariser Häuser der Haute Couture ihre neuen Kollektionen zeigen, äußerte die Frau eines englischen Kollegen den Wunsch, an einer dieser Modeschauen teilzunehmen. Mit seiner neu erworbenen Berühmtheit fiel es Claude nicht schwer, die notwendigen Einladungskarten zu erhalten, und zwar für den *Salon Balenciaga* in dessen repräsentativem Palais aus rosarotem Stein weit draußen an den Champs-Elysées; und da Claude nichts Besseres vorhatte, willigte er widerwillig ein, Denise (die noch nie bei einer derartigen Veranstaltung gewesen war) und die Ehepaare aus England zu dieser Modenschau zu begleiten.

Während der Vorführung sah Claude dann mit mäßigem Interesse zu, wie die anmutigen Mannequins hinter einem Vorhang am entgegengesetzten Ende hervortraten – es waren zehn, die sich unentwegt abwechselten. Sie schritten auf ihn zu in ihren apart geschnittenen Mänteln und Jacken und Kleidern, in der rechten Hand eine Karte mit der Nummer ihres Modells, drehten sich vor ihm auf dem Absatz um, gingen an den drei Salonfenstern vorüber zum Eingang zurück und verschwanden durch eine Seitentür.

Für Claude war das vorerst ein pausenloser und ermüdender Unsinn. Aber plötzlich wurden alle seine Sinne gefangengenommen. Er starrte das Mannequin an, dessen atemberaubende Schönheit und hochmütige Eleganz den ganzen Raum faszinierte. Wie er später erfuhr, war ihr Name Gisèle Jordan. Einmal – es war wohl schon ihr zwölfter Auftritt – blieb sie herablassend vor ihm und seiner Gesellschaft stehen, drehte sich im Kreis vor den Frauen, ließ den Pelz von ihrem gewagten Cocktailkleid gleiten und hielt die ganze Zeit mit ihren blauen Augen die seinen fest. Sie sandten keine Botschaft, enthielten nur eine Lockung. Jedenfalls empfand er es so. Später, während der Heimfahrt, erinnerte er sich an diesen Augenblick, malte ihn liebevoll aus, aber dann gewann sein wissenschaftlich geschulter Sinn für die Wirklichkeit die Oberhand. Dieser Augenblick war sicherlich nur eine Illusion, eine Erfindung seiner momentanen Bedrängnis, und er entschied resolut, daß er einem törichten Irrtum verfallen war.

Zwei Monate später jedoch, als er am *Café Fouquet* vorüberkam, hatte er gleichgültig die Gesichter hinter den Tischen betrachtet und eines davon sofort erkannt. Was ihn dazu gebracht hatte, sie anzusprechen, konnte er später nie begreifen. Aber er hatte es getan. Ihr Gesicht hatte sofort ein Wiedererkennen gespiegelt – ja, sie erinnerte sich an ihn von dieser Vorführung her, und sie kannte auch seinen Namen, weil er berühmt war. Er erfuhr, daß Balenciaga ganz in der Nähe sei, in der Avenue George-V, und daß sie oft bei *Fouquet* vor dem Essen noch ein Glas Champagner trank. Sie komme meistens allein, aber manchmal treffe sie hier ihren Agenten für die Modejournale, einen Monsieur Favre, einen hageren Elegant, dem man homosexuelle Neigungen nachsage und der sie mit einer Art Besitzgier liebe und für ihre Karriere sehr wichtig sei.

Sie hatten sich pausenlos unterhalten, und zwei Stunden später bei *Le Taillevent* in der Rue Lamennais, in der Nähe der Champs-Elysées, diniert. Nachher spazierten sie, immer wieder stehenbleibend, die ganze Faubourg-St.-Honoré entlang zur Madeleine. Es war schon fast Mitternacht, als er sie in ein Taxi setzte.

In der folgenden Zeit hatten sie sich anfangs einmal, dann zweimal in der Woche heimlich getroffen. Ungezwungen, als handle es sich um eine zufällige Begegnung, jeder des anderen ungewiß im Bewußtsein, daß es eine Denise gab und einen Monsieur Favre. Aber nach sechs Wochen spürten sie beide, daß die intimen Unterhaltungen, die Selbstenthüllungen, die schüchternen Zärtlichkeiten und Küsse nicht mehr genügten. Und so hatte sie sich, ohne daß er zu drängen brauchte, in das Unvermeidliche gefügt. Sie hatte ihn in ihr kleines Zweizimmerappartement eingeladen, das prachtvoll möbliert war (die Wohnzimmermöbel stammten von den besten Antiquitätenläden auf dem Flohmarkt). In diesem Appartement in der Rue du Bac, nicht weit vom Boulevard St.-Germain, hatte sie sich ihm hingegeben, ohne alle Präliminarien, völlig schmelzend unter der eiskalten Oberfläche. Und in dieser Nacht fühlte er sich endlich wieder lebendig, männlich und begehrenswert. In dieser Nacht dachte er zum erstenmal seit sechs Jahren überhaupt nicht an Samenzellen, jedenfalls nicht wissenschaftlich – und auch nicht an Denise, seine Mitarbeiterin.

Während sie nun an der Seine entlanggingen, durchlebte er das alles wieder und vergaß dabei ganz die Gegenwart.

Plötzlich sah er vorn auf der Straße aus einem Taxi gutgekleidete Männer und Frauen steigen und wie eine Schar Enten in die Tour d'Argent strömen, und er dachte daran, daß dort die Gefahrenzone begann und daß sie nicht weitergehen durften, wenn sie nicht riskieren wollten, gesehen zu werden.

Er blieb stehen. »Laß uns zu dir gehen. Ich muß dich haben.«

Sie hielt den Atem an. »Jetzt gleich?«

»So rasch wie möglich.«

Er winkte dem ersten Taxi, das die Tour d'Argent verließ, dann fuhren sie los in Richtung Rue du Bac. Sie saß in ihrer vornehmen Art weitab von ihm, aber zwischen den Sitzen hielten sie sich die Hand.

Er starrte abwesend aus dem Fenster, während die alten engen Gassen des linken Ufers vorüberhuschten, und überlegte, was aus ihnen werden sollte. Es war ihm unmöglich, sich ein Leben ohne Gisèle vorzustellen, aber es war genauso unmöglich, nach zwölf Jahren Ehe an eine Scheidung von Denise zu denken. Aber schließlich dachte er, wieso eigentlich nicht? Denise und er hatten keine Kinder, das würde also kein Problem sein. Es war auch genügend Geld vorhanden seit ihrer Entdeckung, also war auch das kein Problem. Denise war sehr selbständig – viel zu sehr, dachte er oft. Sie war dazu fähig, das Leben in die Hand zu nehmen und sich anzupassen. Sie war nicht unberechenbar *weiblich* – er verstand darunter, daß sie keine erregbare Hysterikerin, keine besessene Neurotikerin war.

Warum fürchtete er sich dann so davor, daß sie von seiner Affäre erfahren könnte? Wollte er einen guten Kameraden nicht verletzen? Oder war sie mehr als das – seine für ihn unentbehrliche Mitarbeiterin? Vielleicht waren sie in den zwölf Jahren zu siamesischen Zwillingen geworden, und den einen Zwilling abzutrennen, könnte den Tod von beiden bedeuten ...

Konnte er nicht wie Victor Hugo leben, eine Ehefrau an dem einen Ort und eine Juliette Drouet an einem anderen? Wie viele Jahre hatte Hugo sein Doppelleben ganz offenkundig geführt! Aber war Gisèle eine Juliette Drouet? Und war Denise eine Madame Victor Hugo? Würde es schließlich nicht doch zu einem Skandal, zu einer Scheidung kommen? Hatten die Curies jemals an Scheidung gedacht? Fragen, nichts als Fragen. Zum Teufel damit. Heute war heute, Gisèle war bei ihm, und das war die einzige Wirklichkeit. Er blickte gespannt durchs Fenster. Sie bogen eben in die Rue du Bac ein.

Als sie Gisèles Wohnraum betraten, nahm Claude sie sofort in die Arme, hielt sie an sich gepreßt und küßte ihren Hals, ihr Ohr, ihr Haar, ihre Stirn, ihre Lippen. Bebend fühlte sie sein Begehren, löste sich stumm von ihm und eilte in den Schlafraum.

Claude schloß die Tür zu und ging dann zur Cognacflasche, die auf der marmornen Platte der alten Kommode stand.

Unwillkürlich verglich er den Charme dieses Raumes mit seinem eigenen, von Denise möblierten Wohnzimmer. Sie hatte allerdings so wenig Zeit gehabt wie er, sich um die Wohnungsausstattung zu kümmern. Sie war, genau wie er, den ganzen Tag mit wissenschaftlicher Arbeit beschäftigt. Aber ihr schlechter Geschmack machte sich auch in ihrer Kleidung bemerkbar. Er dachte an Gisèles gepflegte Kostüme und Kleider, während er sich bei Denise nur erinnern konnte, daß sie einen fleckigen Laborkittel anhatte oder bestenfalls gewöhnliche Hemdblusen und weite Röcke und meistens ziemlich abgetragene Schuhe.

Der Cognac verleitete ihn zu weiteren Vergleichen, die ebenso lieblos waren. Er stellte sich beide Frauen, seine Geliebte und seine Gattin, nackt vor. Gisèle war, aller Kleider beraubt, im Grunde alles andere als vollkommen. Ohne Hüllen wirkte ihr Körper zu mager, zu knochig, fast wie ein Skelett. Doch was Gisèles körperliche Mängel völlig vergessen ließ, war ihr leidenschaftliches Begehren nach Liebe, und das wußte Claude zu schätzen. Denise dagegen war kleiner, voller, plumper. In Kleidern wirkte sie nicht soigniert, aber völlig nackt war sie zweimal so attraktiv. Um der Gerechtigkeit willen räumte Claude selbst in diesem Augenblick ein, daß Denise die schöneren Brüste besaß. Sie waren groß, wohlgeformt und hatten sich, obwohl Denise fast zweiundvierzig war, noch kaum gesenkt. Trotzdem, dachte er, gebe ich Gisèles flacheren Brüsten, ihren mageren Hüften und Schenkeln den Vorzug. Sie waren nicht üppig, aber aufreizend, weil Gisèle aufreizend war.

Der Gedanke, sie bald wieder zu besitzen, versetzte ihn in Erregung. Er trank das Glas leer, entkleidete sich und schlüpfte in den braunen seidenen Hausmantel, den Gisèle kürzlich für ihn gekauft hatte. Dann betrat er das Schlafzimmer. Sie kam gerade aus dem Bad und drehte alle Lampen aus, bis auf die schwache Beleuchtung hinter dem Telefonapparat auf ihrem Nachtkasten. Als sie sich zu ihm umwandte und den Ausdruck seines Gesichtes sah, lächelte sie und reckte sich wollüstig, so daß ihre Brust sich unter dem dünnen Chiffon abzeichnete.

Sie setzte sich aufs Bett, schleuderte die Pantoffeln von sich, ließ sich auf die Kissen zurückfallen und streckte die Arme nach ihm aus. »Worauf wartest du, *Chéri?*«

Er ging zum Bett, streckte sich neben ihr aus, hörte, wie immer in diesem Augenblick, sein Herz pochen und wußte, daß auch sie es hörte.

Sie streckte die Hand aus und zog die Kordel seines Mantels auf. »*Chéri*«, flüsterte sie, »mein geliebter –« Und dann: »*Venez vite* –«

Rasch streifte er den Mantel ab und drängte sich an sie. Sie schloß die Augen, atmete tief auf, schob ihre dünne Hülle beiseite und bot sich ihm dar. Er schmiegte die Wange an ihre Brust, sie küßte sein Haar und zog ihn zu sich, und so waren sie in der vertrauten und doch immer neuen Art vereint.

Auf dem Nachttisch schrillte gellend das Telefon.

Sie erstarrten in ihrer Umarmung, steif, bewegungslos, marmorn wie Satyr und Nymphe auf einem pompejanischen Wandgemälde.

Sie lauschten. Das Telefon läutete zum zweitenmal –

»Laß es läuten«, flüsterte er.

»Nein«, sagte sie plötzlich. »Es könnte Monsieur Favre sein –«

Sie suchte tastend nach dem Hörer, fand ihn, als es schon zum viertenmal läutete, und hielt ihn an ihr erhitztes Gesicht.

»Hallo –«

»Mademoiselle Jordan?« Es war eine weibliche Stimme. »Ich bin Madame Marceau. Ich möchte meinen Mann sprechen.«

Gisèle lag wie versteinert, starrte voller Entsetzen in Claudes Gesicht über ihr. Sie mühte sich, ihre Stimme wiederzufinden. »Aber – es ist kein Mensch hier –«

»Holen Sie ihn. Es ist wichtig!« Es war ein Befehl.

Gisèle war sprachlos, hilflos, ihrer Gelassenheit beraubt. Sie deckte die Hand über die Muschel und schaute Claude flehend an. »Deine Frau – sie weiß –«

»Nein. Ich kann nicht. Sag irgendwas.«

Gisèle wagte es nicht, den Hörer wieder aufzunehmen. »Sie sagt, es sei wichtig –«

Ihr langes Überlegen hatte sie verraten, und Claude wußte es. Widerstrebend löste er sich von Gisèle, nahm den erbarmungslosen Hörer und setzte sich auf.

»Denise? Hör zu –«

»Hör du zu, du gemeiner Schuft – zieh dich sofort an und komm nach Hause. Die Presse ist auf dem Weg zu uns – wir haben nämlich den Nobelpreis bekommen!«

Es war fünf Uhr sieben nachmittags, als das Telegramm der Schwedischen Gesandtschaft in Washington, D. C., klappernd von der elektrischen Maschine des Telegrafenamtes in der West Peachtree Street in Atlanta, Georgia, durchgegeben wurde.

Das Mädchen mit dem mausgrauen Haar und den vorstehenden Augen, das um diese Zeit an der Maschine saß, zog die Botschaft mit einem jubelnden Aufschrei heraus. »Schaut doch, wer den Nobelpreis gewonnen hat!« rief sie. Die beiden anderen Mädchen rannten herbei und sogar die drei Botenjungen, die im Vorzimmer Würfel gespielt hatten.

Schließlich holte das aufgeregte Geschrei auch Mr. Yancey, ihren Vorgesetzten, aus seiner behaglichen Bude. Er hatte es sich vor dem Heizkörper gemütlich gemacht, die *Atlanta Constitution* gelesen und dazu eine Coca-Cola getrunken, seine Lieblingsbeschäftigung an einem so grauen regnerischen Nachmittag wie diesem.

Eines der Mädchen überreichte ihm den Telegrammstreifen. Er las ihn und grinste übers ganze Gesicht. »So was. So was. Das ist ein großer Tag für die Hauptstadt des Südens!« Obwohl der Preisträger mehr als dreitausend Meilen von Atlanta entfernt geboren war und erst seit drei Jahren hier wohnte, betrachteten die nach Berühmtheiten hungrigen Atlantabewohner den großen Mann als den ihren. »Das größte Ereignis, seit der alte Pemberton das Coca-Cola zusammenbraute«, sagte Mr. Yancey. »Das größte Ereignis seit Margaret Mitchell. Mach die Botschaft sofort fertig. Das ist eine feierliche Angelegenheit, diese erledigt Mr. Yancey persönlich!«

Ehe er den Streifen zurückgab, überlas er ihn nochmals.

IN ANERKENNUNG IHRER ENTDECKUNG UND ERFINDUNG EINES SYSTEMS ZUR PHOTOCHEMISCHEN UMWANDLUNG UND SPEICHERUNG DER SONNENENERGIE ZUR PRODUKTION SYNTHETISCHER MASSIVER RAKETENANTRIEBE HAT DIE NOBELPREISSTIFTUNG IM NAMEN DER KÖNIGLICHEN SCHWEDISCHEN AKADEMIE DER WISSENSCHAFTEN DIE FREUDE IHNEN MITZUTEILEN DASS SIE HEUTE ZUM NOBELPREISTRÄGER DIESES JAHRES FÜR PHYSIK GEWÄHLT WURDEN STOP DER PREIS BESTEHT AUS EINER GOLDMEDAILLE UND EINEM SCHECK ÜBER FÜNFZIGTAUSENDDREIHUNDERT DOLLAR STOP DIE PREISVERLEIHUNGSZEREMONIE FINDET AM ZEHNTEN DEZEMBER IN STOCKHOLM STATT STOP EINZELHEITEN FOLGEN STOP HERZLICHSTE GLÜCKWÜNSCHE STOP

Die Botschaft war an DOKTOR MAX STRATMAN EINHUNDERTVIERUNDVIERZIG PONCE DE LEON AVENUE ATLANTA GEORGIA adressiert ...

Für Max Stratman, zweiundsechzig Jahre alt, war es immer wieder ein sonderbares und schwer begreifliches Vergnügen, in dem verdunkelten Raum neben dem komplizierten Elektrokardiograph-Apparat auf dem harten Tisch zu liegen, während eine tüchtige Krankenschwester ihm eine Paste auf Brust, Arme und Beine strich und dann die Elektroden mit den fünf Bleidrähten anlegte – eine an seine Brust, zwei an seine Arme und zwei an seine Beine. Diese Prozedur, der er sich auf Befehl der Regierung der Vereinigten Staaten zweimal im Jahr unterzog, wirkte auf ihn besänftigend und entspannend und regte ihn zu klarem Denken an.

Heute nachmittag jedoch hatte Max Stratman, als er sich auf dem Tisch ausstreckte, zum erstenmal, soweit er sich erinnern konnte, ein klein wenig Angst. Er überlegte, daß der EKG-Test ihm wohl nur deshalb ein so banges Gefühl einflößte, weil er diesmal besonders wichtig war.

In den drei Jahren, seit er das Angebot der Regierung akzeptiert hatte, sich dem Stab hervorragender Gelehrter in der *Society for Basic Research* in der Nähe von Atlanta anzuschließen, hatte er sich diesem Test ganz routinemäßig jeden Januar und jeden Juni unterzogen. Diesmal aber, Mitte November, war es keine Routineangelegenheit, denn diesmal war er freiwillig gekommen.

Max Stratman, genauso praktisch veranlagt wie die deutschen Vorfahren der väterlichen Seite seiner Familie, überlegte sich eine Sache selten sehr lange, sondern nahm sie schnurstracks in Angriff. Er wußte gut, warum er gestern Dr. Fred Ilman im *Lawson General Hospital*, das nur eine Meile von der *Society* entfernt lag, angerufen und um eine sofortige Unterredung gebeten hatte. Der Grund dazu war das überraschende und erfreuliche Angebot aus Washington, D. C. Dieses sich auf zwei Jahre erstreckende Angebot war für Stratman entscheidend wichtig, denn damit wäre ein Problem gelöst, eine gewisse Verantwortung von ihm genommen, die schwer auf ihm gelastet hatte. Er begriff jedoch, daß er im Falle einer Annahme seine bisherige Lebensweise völlig umstellen und an seinen alten, mißhandelten und oft widerspenstigen Körper viel größere Anforderungen stellen müßte. Durfte er sich jedoch diese Veränderung seiner Lebensweise überhaupt zumuten?

Diese Frage hätte es niemals gegeben, wenn er sich nicht der Ergebnisse des letzten EKG-Testes im Sommer erinnert hätte. Damals hatte Dr. Ilman das Diagramm mit der Kurve seiner Herzschläge vor ihm ausgebreitet und ihn freundlich darauf hingewiesen, daß sich da eine leichte Unregelmäßigkeit zeige.

»Sie sind ja schließlich kein Jüngling mehr, Max«, hatte Fred Ilman damals gesagt. »Wenn Sie sehr viel jünger wären, so würde ich Ihnen bei diesem Befund ein ganz spezielles Verhalten verordnet haben – oh, keine Angst, nur leichte Kost, wenig Fett, keinen Alkohol, mäßiges Rauchen und ein wenig Gymnastik. Aber da Sie zweiundsechzig sind, könnten irgendwelche drastische Maßnahmen, die dem Boot einen Stoß versetzen, eine schlimmere Wirkung haben, als wenn ich Sie dahinsegeln lasse in dem mäßigem Tempo, das Sie jetzt einhalten. Kehren Sie also zu ihrem Zeichenbrett und Ihrem Quantennonsens und Ihrem solaren Taschenspielertrick zurück, und kommen Sie mir nicht vor Januar wieder vor die Augen. Bleiben Sie so liebenswert, wie Sie jetzt sind, und grüßen Sie Emily von mir.«

Aber jetzt war es plötzlich dringend notwendig geworden, dem Boot einen Stoß zu versetzen, und Max Stratman unterzog sich einem EKG-Test schon im November statt erst im Januar, weil er bis zum Wochenende seine Entscheidung treffen mußte.

Die Schwester hatte die Elektrode auf seiner Brust befestigt und wandte sich nun dem EKG-Apparat zu. »*All right*, Professor Stratman«, sagte sie. »Wir fangen jetzt an. Es dauert nur ein paar Minuten.«

Stratman, den Kopf auf seinem Kissen zur Seite gedreht, amüsierte sich im stillen, daß die Schwester ihn auf die altmodische europäische Art mit »Professor« angeredet hatte, statt einfach »Doktor« zu sagen, wie fast jeder hier. »Herr Professor«, so hatte man ihn genannt, bis sein Bruder Walther ihn 1945 zu den Amerikanern geschmuggelt hatte, gerade noch rechtzeitig, bevor die russischen Behörden ihn holen konnten.

Er verfolgte die Handgriffe der Schwester eine Weile und starrte dann zur weißen Decke mit der Milchglaslampe empor. Er hatte sich immer nur mit geistigen Dingen beschäftigt und sich um seinen Körper nur selten gekümmert. Jetzt, da er sich seines Körpers bewußt war, merkte er, daß sein Gehirn jung geblieben, aber sein Körper alt geworden war. Er suchte sich zu erinnern, ob er jemals seinen Körper als so jung empfunden hatte wie sein Gehirn, und es fiel ihm schwer, sich auch nur eines einzigen solchen Augenblickes zu entsinnen. Aber plötzlich fielen ihm einige Begebenheiten ein. An jenem Weihnachtstag in Frankfurt war er jung gewesen, als er im Schnee hinter seinem Vater hergelaufen war und hinter dem Brennereischuppen seines Vaters das neue Pony entdeckt hatte, das dort zittend stand. Und auch damals, als seiner Familie das Holzhaus am Stadtrand von Berlin gehörte und sie eines Nachmittags alle im zweirädrigen Einspänner zu einer Scheune gefahren waren, in der Klappstühle standen und vorne auf einer Leinwand hüpfende Bilder vorüberhuschten, und er alle Leute über die neue Erfindung reden gehört hatte, die Kino genannt wurde. Und an jenem Tag auf dem Kudamm, als er, sich an Walthers Hand festhaltend und durch die Reihen der Menschen hindurchspähend, einen Blick auf den strahlenden Kaiser erhascht hatte, der auf einem Schimmel ritt und hinter dem Truppen mit Helmen marschierten.

Von da an, schien es ihm, war er immer alt gewesen, besonders auf dem Gymnasium und an der Universität in Berlin, und er konnte sich nicht entsinnen, daß er sich jemals anders gefühlt hätte als jetzt.

Er entsprach genau der Vorstellung der Amerikaner von einem deutschen Professor – einem »Doktor« – der alten Schule. Er war einen Meter dreiundsiebzig groß, schien aber wesentlich kleiner zu sein, weil er sich nicht aufrecht hielt. Er hatte einen massigen Kopf, der zu groß wirkte für seinen Körper, und eine Stirn, die sozusagen gar nicht aufhörte, weil er kahl war bis auf einen Kranz sich sträubender grauer Haare. Sein Gesicht war rund, rot und zerfurcht und seine Nase knollig wie eine Zwiebel. Bei der Arbeit trug er eine stahlumrandete Brille mit dicken Gläsern, und wenn er sie nicht aufhatte, blinzelte er kurzsichtig. Sein Gesicht wirkte nicht abschreckend, sondern klug und gütig. Er war stets bereit zu lächeln, die Komik in fast allen Dingen zu entdecken, besonders aber an sich selbst.

Die Stimme der Schwester hinter ihm sagte: »Fertig, Professor Stratman.« Sie zog den Diagrammstreifen aus dem Apparat und legte ihn auf den kleinen Schreibtisch.

»Vielen Dank«, sagte Stratman höflich.

»Es war mir eine Ehre, Professor«, erwiderte sie, während sie die Elektroden von seiner Brust, seinen Armen und Beinen nahm und die Paste von seinem Körper wischte.

Mit einer hinweisenden Kopfbewegung zum Elektrokardiographen sagte er: »Eines Tages wird es sicherlich bessere Instrumente geben, die genauer und sicherer sondieren. Aber trotzdem, der Apparat ist nicht schlecht. Übrigens habe ich den Mann, der das EKG erfand, gut gekannt.«

»Persönlich?« Sie war davon so beeindruckt, als habe er gesagt, er hätte Pasteur gekannt.

»Ja – natürlich. Willem Einthoven, ein Holländer. Ich habe einst einige Wochen bei ihm in Amsterdam verbracht. Er hat viele Preise für diese Erfindung bekommen – sogar den Nobelscheck.«

»Ich glaube, Sie sind mit allen berühmten Leuten bekannt gewesen. Auch mit Einstein, wie Dr. Ilman erzählt hat.«

»Das ist richtig. Ihn lernte ich in Berlin kennen – ach, was für Zeiten, was für herrliche Zeiten hatten wir damals –, und dann besuchte ich ihn ab und zu in Princeton. Ein unersetzlicher Verlust, nicht nur für die Wissenschaft, sondern für die ganze Menschheit. Sehen Sie, Schwester, gute Menschen sind selten – gewiß, viele Menschen sind nett, aber fast immer, immer nur aus Berechnung –, doch Albert war ein *guter* Mensch, lauter und schlicht, ohne jede Berechnung.«

»Wenn er redete, konnten Sie ihn dann verstehen?«

»Ihn verstehen?« Stratman setzte sich auf. »Ein Kind in der Elementarschule konnte ihn verstehen, wenn es ihm zuhörte. Ich erinnere mich, wie ihn irgendein Unbekannter darum bat, ihm seine Relativitätstheorie, die Relativität der Zeit und aller Bewegungen des Universums, zu erklären. Wissen Sie, was Albert erwiderte? Er sagte: ›Mein Lieber, wenn Sie mit einem hübschen Mädchen irgendwo eine Stunde lang sitzen, kommt es Ihnen wie eine Minute vor – aber wenn Sie auf einem heißen Ofen auch nur eine Minute sitzen, glauben Sie, es sei eine Stunde. Relativität!‹«

Die Schwester und Stratman lachten beide, und dann meinte er: »So, wenn Sie nichts dagegen haben, lassen wir es genug sein mit Albert Einstein. Wir sollten uns lieber mit Max Stratman beschäftigen. Ich werde mich jetzt anziehen.«

»Nein, Professor, bitte –« Sie ergriff das EKG-Diagramm. »Dr. Ilman muß erst das Resultat sehen. Er verlangt manchmal, daß wir es ein zweites Mal machen. Bitte warten Sie, bis ich es ihm gezeigt habe. Entschuldigen Sie bitte –.« Fort war sie. Max Stratman zuckte die Achseln und begann, nochmals alle Einzelheiten der Ereignisse des gestrigen Tages zu überdenken.

Der Verteidigungsminister hatte aus Washington angerufen und ihn ohne alle Umschweife gefragt, ob er Interesse daran habe, sich einer größeren und sehr viel wesentlicheren Aufgabe zu widmen, wobei sein Einkommen mehr als doppelt so hoch sein werde als das, was er jetzt bei der *Society* verdiene. Obwohl Stratman ein international bekannter Wissenschaftler war, bezahlte ihm die *Society for Basic Research* nur ein verhältnismäßig bescheidenes Gehalt. Die Summe, die ihm jetzt geboten wurde, war überwältigend für seine Begriffe, und er übersah sofort, daß er damit seine Schuld an Walther tilgen und seine Sorge um Emily loswerden konnte. Er bekundete dem Minister sein Interesse.

»Ich weiß natürlich, daß Sie völlig vertieft sind in Ihre Forschungen über die weitere Ausnutzung der Sonnenenergie«, hatte der Minister gesagt. »Das alles ist vielversprechend – ich habe Ihre Berichte gelesen –, aber all das ist doch nur Zukunftsmusik.«

Stratman sah sich bemüßigt, die Grundlagenforschung ganz allgemein zu verteidigen. »Jede wissenschaftliche Forschung ist das, Herr Minister, und auch meine Arbeit an der Umwandlung und Konservierung der Sonnenenergie war einmal Zukunftsmusik. Hätte man mir jedoch vor einigen Jahren nicht die Zeit dazu gelassen, darüber nachzudenken –«

Der Minister war nicht gewillt gewesen, sich auf solche Einzelheiten einzulassen, und hatte seine Ausführungen unbeirrt fortgesetzt. Überall in den Vereinigten Staaten seien maßgebliche Physiker Tag und Nacht an der Arbeit, Stratmans kürzliche Entdeckung weiterzuentwikkeln. Das Verteidigungsministerium habe das Programm geprüft und festgestellt, daß es allzu zersplittert sei, allzu ziellos, und dieser Mangel an einer bestimmten Zielsetzung und einer festen Zusammenarbeit könne eine fatale Verzögerung verursachen. Das Resultat dieser Prüfung sei dem Präsidenten vorgelegt worden, und er selbst habe empfohlen, Max Stratman zum Koordinator dieses ungeheuer weitreichenden Programmes zu ernennen und aus einem Reservefonds des Verteidigungsministeriums zu honorieren.

Sehr beeindruckt hatte Stratman gefragt: »Was würde meine Aufgabe sein?«

»Sie müßten ständig in sämtlichen Staaten umherreisen. Ihr Büro könnten Sie im Pentagon einrichten. Aber wir würden Sie in Palo Alto, Boston, Key West, Death Valley, Phoenix, El Paso, drüben in Afrika in

Azizia in Libyen brauchen, wo immer unsere an der Solarenergie arbeitenden Wissenschaftler am Werk sind. Sie müßten darüber wachen, daß diese Leute soviel wie möglich herausholen in der Zeit, die ihnen zur Verfügung steht. Sie würden ausschließlich dem Präsidenten verantwortlich sein und müßten ihm jeden Monat Bericht erstatten.«

»Wie lange würden Sie mich dazu brauchen?«

»Zwei Jahre.«

Stratman hatte wenig Lust, diese Aufgabe zu übernehmen. Er durchschaute das Spiel. Dieser Posten eignete sich eher für einen tüchtigen Geschäftsreisenden. Man konnte ihn ebensogut mit einem Politiker, Offizier oder Pädagogen besetzen. Im Grunde brauchte die Regierung nur seinen Namen, vielleicht, um damit Eindruck zu machen auf die jungen Leute, die an diesem Projekt arbeiteten, vielleicht auch, um vom Kongreß mehr Geld bewilligt zu bekommen. Sie wollten seinen Namen haben, und er wollte – nein, er brauchte – ihr Geld. Es war ein fürchterliches Dilemma, und zwar deshalb, weil seine Arbeit, von der sie gar nichts begriffen, solange sie nicht nützlichen Zwecken diente, so unendlich viel wichtiger war. Gerade jetzt war er im Begriff, neue Wege zur Umwandlung der Sonnenenergie zu entdecken. Außerdem erforderte die neue Arbeit vielleicht einen Einsatz, der seine Kräfte überstieg. In diesem Augenblick wurde ihm klar, daß seine Entscheidung nicht von seinen eigenen Wünschen abhing, sondern von dem Orakel, das Dr. Ilmans Elektrokardiograph bringen würde.

»Ich brauche bis zum Wochenende Bedenkzeit«, hatte er dem Verteidigungsminister schließlich geantwortet.

»Spätestens Samstag müssen wir Ihren Bescheid haben«, hatte dieser erwidert.

»Sie werden ihn haben.«

»Vergessen Sie bitte nicht, daß der Präsident selbst Sie für diesen Posten vorgeschlagen hat, Professor.«

»Ich bin mir dessen bewußt, Herr Minister.«

Als er den Hörer aufgehängt hatte, war ihm klar, daß er das Angebot annehmen mußte. Und dann hatte er gleich wieder nach dem Hörer gegriffen und Dr. Ilman um eine sofortige Konsultation gebeten.

Plötzlich merkte er, daß die Tür sich geöffnet hatte und die Schwester auf der Schwelle stand.

»Sie dürfen sich anziehen, Professor«, sagte sie. »Dr. Ilman möchte Sie sprechen – in seinem Büro.«

Einige Minuten später betrat er das kleine, düstere Büro des Arztes, der über seinen Schreibtisch gebeugt saß und schrieb. Er war ein schlanker, drahtiger Mann aus Missouri, Ende Vierzig, kaum größer als Stratman, mit kurzgeschnittenem Haar und blitzenden Augen, der im Rufe stand, kein Blatt vor den Mund zu nehmen. Obgleich er der

Armee nicht mehr angehörte, arbeitete er noch für die Armee als orthopädischer Chirurg am *Lawson General Hospital*, einer der größten orthopädischen Kliniken der Vereinigten Staaten, und an bestimmten Tagen in der Woche behandelte er die Regierungsbeamten und die berühmten Gelehrten der benachbarten *Society for Basic Research* in seiner Eigenschaft als Chefarzt der Klinik.

Als Stratman das Zimmer betrat, legte Dr. Ilman sofort die Feder weg, sprang von seinem Stuhl auf und streckte ihm die Hand entgegen.

»Max – wie geht es Ihnen?«

Stratman schüttelte ihm herzlich die Hand. »Das festzustellen ist doch wohl Ihre Aufgabe, Fred.«

Dr. Ilman deutete mit einer Handbewegung auf den Stuhl hinter seinem Schreibtisch.

»Nehmen Sie bitte Platz. Warum wollten Sie unbedingt heute ein EKG haben? Sie waren doch erst im Januar fällig. Fühlen Sie sich nicht wohl?«

»Ich glaube, ich habe es Ihnen schon am Telefon gesagt. Ich brauche eine Überprüfung.«

»Aber warum? Das muß doch einen Grund haben.«

Stratman hatte eigentlich nicht vorgehabt, Erklärungen abzugeben, aber Dr. Ilman war ein verständnisvoller, sehr scharfsichtiger Mann, und es wäre Zeitverschwendung gewesen, ihn mit Lügen abzuspeisen. Daher sagte er nach kurzem Besinnen: »Ich will Ihnen nicht mit Ausflüchten kommen, Fred. Sie haben recht, es liegt ein bestimmter Grund vor.«

Dr. Ilman folgte aufmerksam Stratmans Bericht und meinte schließlich: »Ich glaubte immer, Sie verdienten genug –«

»Lange nicht genug. Ich muß an die Zukunft denken – an Emily.«

»Ich finde, Sie haben sich rührend um Ihre Nichte gekümmert. Und wenn Sie einmal nicht mehr da sind, wird sie sicherlich sehr gut für sich selbst sorgen können. Sie hat vielleicht ihre Probleme, welcher Art sie auch sein mögen, aber sie ist klug, attraktiv – überaus attraktiv! – und jung genug, um mit dem Leben fertig zu werden. Ich sehe nicht ein, was Ihre jetzige Entscheidung mit Emilys Zukunft zu tun haben soll.«

Stratman schwieg und starrte auf die Jalousien, er lauschte wie hypnotisiert auf den Regen, der an die Fenster platschte und sich, zu Bächen vereint, auf das Fensterbrett ergoß, und überlegte, wie er einem Arzt, der zwar ein Freund, aber kein Blutsverwandter war, die Wahrheit erklären könne.

Sollte er Ilman die Ereignisse des Jahres 1943 erzählen? Stratmans Mutter, die er sehr geliebt hatte, war Jüdin gewesen und sein Vater Protestant. Stratman war daher auf dem Boden dieser beiden Glaubensbekenntnisse aufgewachsen, oder besser gesagt zwischen ihnen, und hatte folglich vom Judentum so wenig erfahren wie vom Protestantismus. Als Erwachsener hatte er sich überhaupt keiner Religion angeschlossen, sondern nur die Wissenschaft akzeptiert. Den Glauben, das Universum, die Planeten, die Erde, die Menschen seien durch »etwas« geschaffen worden, hielt er für den Beweis, daß es den Menschen völlig an Phantasie mangelte. Mußte es denn überhaupt einen »Anfang« gegeben haben? Konnte das Universum nicht schon immer existiert haben? Und wenn Antworten gefunden werden mußten auf diese Fragen, dann konnte dies nur durch die Wissenschaft geschehen. Aber mochten die Menschen ruhig glücklich werden mit ihren spirituellen Spekulationen – den Heiligen Schriften, Reliquien, Kirchen, Tempeln, mit Jehova, Zeus, Buddha, Mohammed, Quetzalcoatl und all den übrigen Beruhigungsmitteln.

Doch im Jahr 1943 änderte sich Stratmans Denken in einer Hinsicht. Vom reinen Wissenschaftler wurde er durch den Fanatismus des Hitlerschen Nationalsozialismus in den jüdischen Wissenschaftler verwandelt. Sie hatten ihn als »belastet« abgestempelt, weil er nicht »reinrassig« war. Da er für den Staat trotz allem wertvoll war, wurde er zwar seiner Professur an der Berliner Universität enthoben, dafür aber dem *Kaiser-Wilhelm-Institut* in Berlin zugeteilt. An diesem Institut mühten sich Deutschlands führende Physiker, Ingenieure und Chemiker um die Spaltung von Uran. Stratman hatte die Aufgabe, mit Schwerem Wasser zu arbeiten, das von den *Norsk-Hydro-Werken* aus dem besetzten Norwegen importiert wurde. Sein älterer Bruder Walther, der sich auch mit der Atomspaltung beschäftigte, aber erfinderisch lange nicht so begabt war, arbeitete damals, nachdem man ihn aus einem privaten Industriewerk fortgeholt hatte, an einem nuklearen Reaktor in einem Schuppen hinter dem Institut. Walthers Frau Rebecca und seiner kleinen Tochter war es schlechter ergangen. Sie waren in das Frauenkonzentrationslager Ravensbrück deportiert worden, das für zweitausend »Feinde des Reiches« erbaut worden war und in dem sich jetzt fünfundzwanzigtausend solcher »Feinde« befanden. Max und Walther Stratman hatte man mitgeteilt, daß Rebecca und Emily kein Leid geschehen werden, solange sie beide an der Förderung des deutschen Atomprogrammes mitarbeiteten. Und so hatten sie tatsächlich, wenn auch minimal, an der Förderung dieses Programmes mitgearbeitet und waren monatlich durch einen kurzen Brief von Rebecca Stratman dafür belohnt worden.

Und die Ereignisse des Jahres 1945, konnte er sie Dr. Ilman erzählen? Als Berlin in Flammen stand und Hitlers Leichnam, mit Benzin durchtränkt, vor dem bombensicheren Bunker dicht beim Brandenburger Tor verbrannte, hatten die vorrückenden Einheiten der russischen Armee den Auftrag, deutsche Wissenschaftler aufzuspüren und sie gefangenzunehmen. Sie hatten das *Kaiser-Wilhelm-Institut* besetzt und seine Insassen bis zur Ankunft sowjetischer Befehlshaber unter Hausarrest auf einem Gutshof in der Umgebung von Berlin untergebracht.

Inzwischen hatte Walther heimlich Kontakt mit einer gleichzeitig vorgerückten amerikanischen Einheit aufgenommen, die im Besitz einer in Straßburg gefundenen Akte war, in der jeder deutsche Wissenschaftler mit seiner genauen Adresse verzeichnet stand. Walther ließ die Mitglieder dieser Einheit wissen, daß weder er noch sein berühmterer Bruder Max Stratman den Wunsch hätten, ihre Arbeit unter einer neuen Diktatur fortzusetzen. Unverzüglich hatten die Amerikaner sich bereit erklärt, die Brüder Stratman von ihren kommunistischen Wächtern zu befreien. Max Stratman war verständigt worden, daß die Möglichkeit bestehe, ihn und Walther gleichzeitig zu befreien – aber in der schicksalsvollen Nacht war es im kritischen Augenblick nur möglich gewesen, einen von ihnen zu retten. Max Stratman hatte sich geweigert, dieser eine zu sein, war aber schließlich zur Flucht überredet worden, nachdem ihm das Versprechen gegeben worden war, Walther werde bald nachfolgen. Erst später erfuhr er, daß niemals die geringste Chance vorhanden war, auch Walther zu befreien, und daß Walther darauf bestanden hatte, sich für seinen Bruder zu opfern, der, wie er genau wußte, der Wissenschaft und der freien Welt mehr zu bieten hatte.

Von diesem Augenblick an war sich Max Stratman in seiner neu gewonnenen Freiheit nur als Stellvertreter seines Bruders vorgekommen. Er war, auf sein leidenschaftliches Verlangen hin, in der amerikanisch besetzten Zone Deutschlands geblieben und hatte, mit Unterstützung der Behörden, nach Walthers Frau Rebecca und seiner Tochter Emily geforscht. Von den Russen, die Ravensbrück besetzt hatten, kam die Nachricht, daß weder Rebecca noch Emily in diesem Lager seien, und Stratman befürchtete das Schlimmste. Er hatte jedoch seine Nachforschungen fortgesetzt, und schon ein paar Wochen später wurde Emily, die gerade siebzehn geworden war, überraschend in Buchenwald gefunden – überraschend, weil Himmler den Befehl gegeben hatte, Ravensbrück zu räumen und alle jüdischen Insassen des Lagers mit Viehwagen nach Auschwitz zu bringen. Aus Gründen, die Stratman erst viel später erfuhr, war Emily die einzige Jüdin gewesen, die den Transport nach Auschwitz überlebte. Sie war in den letzten Tagen des Krieges nach Buchenwald gebracht worden. Ihre Mutter Rebecca hatte nicht dieses Glück gehabt. Wenige Monate vor der Befreiung wurde sie nach Auschwitz transportiert und zählte zu den drei Millionen Frauen, Männern und Kindern, die in den Vernichtungskammern des Lagers vergast wurden.

Und so war es allein die junge Emily, die zu Max Stratmans Aufgabe und Gewissen geworden war, und das um so mehr, als er von einem Psychiater der US Army erfuhr (der unversehrte Akten aus dem Konzentrationslager konfisziert hatte), welche Existenz sie in der Hölle von Ravensbrück geführt und daß sie einen nicht wiedergutzumachenden seelischen Schaden erlitten hatte – auf eine Art, die sich Stratman bis heute einfach nicht vorstellen konnte. Sie hatte ihren Onkel nicht nur damals gebraucht, sie brauchte ihn auch jetzt. Er war entschlossen, ihr die Sicherheit zu bieten, die sie nach seinem Tod nötig haben würde.

Nachdem Professor Stratman mit seiner Nichte wieder vereint war, hatte man ihn zusammen mit anderen deutschen Wissenschaftlern in dem Internierungslager *Farm Hall*, einem alten englischen Landsitz in der Nähe von Cambridge, untergebracht. Hier hatte er erfahren, daß sein Bruder Walther monatelang in einem sibirischen Arbeitslager geschmachtet hatte, wo er interniert worden war, nachdem man seine Beihilfe zu Stratmans Flucht entdeckt hatte. Heute, das wußte Stratman genau, gab es für Emily nur noch ihren Onkel – er allein war für sie verantwortlich.

All das lag nun Jahre zurück. Aber die Wunden, die diese Ereignisse geschlagen hatten, konnten niemals verheilen.

Es waren inzwischen nur einige Minuten vergangen, für Stratman hatten sie zwei Jahrzehnte umfaßt. Er wandte sich vom Fenster ab und begegnete Dr. Ilmans Blick.

»Meine Gedanken sind umhergewandert«, sagte er entschuldigend. »Vielleicht ein Zeichen von Senilität. Ich weiß nicht mehr, was Sie mich gefragt haben, Fred.«

»Ich hatte nur gefragt, warum es so dringend ist, daß Sie Ihr Leben völlig umkrempeln – mehr Geld verdienen, um Emilys Zukunft zu sichern. Aber Sie werden ja Ihre Gründe haben –«

»Ich habe meine Gründe.« Er deutete auf den zusammengerollten Diagrammstreifen auf dem Schreibtisch des Arztes. »Sie haben mir noch gar nichts über die Ergebnisse des Kardiographen gesagt, Fred.«

»Ach ja, richtig.« Dr. Ilman nahm den Streifen, rollte ihn auf und überflog die gezackte Linie. »Max, ich werde es nicht zulassen, daß Sie diese Aufgabe übernehmen, wieviel Geld sie Ihnen auch einbringt.« Seine Stimme klang jetzt lebhaft, berufsmäßig. »Es haben sich in diesem Elektrokardiogramm Veränderungen der T-Wellen gezeigt – invertierte T-Wellen –, das ist eine deutliche Indikation einer Koronarinsuffizienz. Verstehen Sie?«

»Ich denke, ja.«

»Das ist noch kein Grund zur Panik. Leben Sie vernünftig, dann werden Sie noch Jahre genug vor sich haben, um zehn weitere Anwendungsmöglichkeiten der Sonnenenergie zu finden. Wenn Sie aber diesen neuen Posten antreten, dann möchte ich fast wetten, daß Sie nur noch ein paar Jahre leben werden – und es ist für Emily viel wichtiger,

Sie lebendig zu haben als eine große Erbschaft zu bekommen, wenn Sie tot sind.«

Stratman schüttelte den Kopf. »Verzeihung, Fred – Sie können es nicht verstehen, weil Sie die Hintergründe nicht kennen.« Er stand schwerfällig auf. »Vielen Dank. Wollen Sie mich wiedersehen?«

»Regelmäßig. Gleich nächste Woche.«

Als Stratman im Freien war, ging er hastig durch den Regen zum Parkplatz, wo der farbige Fahrer mit dem Regierungswagen auf ihn wartete. Er ordnete an, ihn wieder zum *Society-Gebäude* zu bringen. Als sie an der endlos scheinenden Reihe niedriger, dunkler Holzbaracken vorüberfuhren, aus denen das *Lawson General Hospital* bestand, dachte Stratman, wie seltsam es sei, daß dies der einzige Ort war, an dem Emily mit Männern in Verbindung kam. Sie war jetzt Anfang Dreißig, und seines Wissens hatte sie noch nie mit einem Mann ein Rendezvous verabredet. Einfach unglaublich, dachte er, dabei ist sie so schön und so klug.

Während sie durch den Regen fuhren, versuchte er Walthers Emily – seine Emily – so zu sehen, wie sie Menschen ihrer eigenen Generation erscheinen mochte. Ihr Haar war dunkelbraun, im Nacken kurz geschnitten, es bedeckte zur Hälfte ihre Stirn und umrahmte in lockigen Wellen ihre Wangen. Ihr Gesicht hatte ein leicht exotisches, orientalisches Flair, und dieser Eindruck wurde noch verstärkt durch die ein wenig geschlitzten grünen Augen. Sie hatte eine schmale, gebogene Nase und einen blassen, zarten Teint. Ihre Zerbrechlichkeit war angesichts ihrer deutschen Vorfahren erstaunlich, irgendwo hatte sich, meinte Stratman manchmal, in den Stammbaum ein Siamese eingeschlichen. Ihr Körper war schlank, aber kräftiger als ihr zartes Gesicht vermuten ließ – ihre Brust war jung und voll, und die Wespentaille betonte die Fülle der Hüften. Sie machte den Eindruck eines völlig unberührten Menschen, fast einer nagelneuen lebensgroßen Puppe. Ihre Gedanken waren rasch und ursprünglich, aber sie gab sie selten preis und schien auch zu scheu zu sein, um ihren trockenen Humor oft zu zeigen. Männer waren, wie Stratman beobachtet hatte, entzückt von ihr. Sie begehrten sie. Emily hatte jedoch kein Verlangen nach ihnen und verfügte über viele Mittel, sich ihrer zu erwehren.

Nur im *Lawson General Hospital* hatte Emily Kontakt mit dem anderen Geschlecht. Kurz nachdem sie nach Atlanta gezogen waren, hatte sie ihren Onkel dazu veranlaßt, Dr. Ilman aufzusuchen. Währenddessen ließ sie sich von der Sekretärin des Arztes die Amputierten-Abteilung zeigen. Einige Monate später hatte sie begonnen, dreimal in der Woche als Hilfsschwester im *Lawson* zu arbeiten, und das tat sie noch heute mit liebevoller Hingabe. Ihr Onkel begriff das vollkommen. Dort gab es keine Männer und sie war dort keine Frau. Es waren »Amps« – physisch Versehrte –, und auch sie war ein »Amp«, eine seelische Versehrte: die Harmonie zwischen ihnen war ganz natürlich. Als er die Halle des *Society-Gebäudes* betrat, hörte er seinen Namen rufen. Die junge Telefonistin nahm die Hörer ab. »Professor Stratman – Ihre Nichte hat schon dreimal angerufen. Sie scheint alles daranzusetzen, Sie zu erreichen.«

Stratmans Herz tat einen Sprung. Emily hatte dreimal angerufen! Das war ungewöhnlich und beängstigend, und er bat das Mädchen, sofort die Verbindung herzustellen. Zehn Minuten lang versuchte sie, seine Nummer zu erreichen, aber jedesmal war sie besetzt. Stratman stand eine fürchterliche Angst aus, Emily sei ohnmächtig geworden und der Hörer baumele in der Luft; jemand benutze das Telefon, um einen Krankenwagen zu rufen; die Polizei sei am Apparat, um alle Streifenwagen zu mobilisieren.

Schließlich konnte er das Warten nicht mehr aushalten. »Bestellen Sie meinen Wagen!« sagte er der Telefonistin. Es dauerte fünfundzwanzig Minuten, bis sie vor dem Bungalow hielten. Während er aus dem Wagen stieg, sah er Emily den Gartenweg entlang auf ihn zulaufen. Er spürte, wie der Druck von ihm fiel.

»Onkel Max!« Sie war atemlos bei ihm angelangt, ihre Worte überstürzten sich fast. »Du hast den Nobelpreis bekommen!«

Er stand da, den Kopf zur Seite geneigt, und begriff nicht. »Was? Wieso? Ich verstehe nicht – wiederhole es, bitte –«

»Du hast ihn bekommen! Das Telegramm kam vor einer Stunde!«

Sie streckte es ihm hin, und er hielt es mit beiden Händen dicht an die Nase, weil seine Brille noch in der Tasche steckte.

»Ich – ich kann es nicht glauben«, sagte er.

»Aber es ist wahr! Alle Zeitungen wissen es schon. Sie sitzen schon alle im Wohnzimmer – die Reporter und Fotografen –, sie sagen, es sei bei den Nachrichten von Stockholm durchgegeben worden.«

»Fünfzigtausenddreihundert Dollar«, murmelte er.

»Du bist jetzt reich –«

»Wir sind reich«, korrigierte er sie pedantisch. Und in diesem Augenblick wurde ihm klar, daß er den neuen Posten ablehnen konnte – daß er die Stoßstangen für Emily, die sie gegen das Leben brauchte, gewonnen hatte, daß er sein altes stilles Büro im Haus der *Society* behalten konnte, mit der Hoffnung und der Zufriedenheit, die es enthielt – und daß Dr. Ilman sehr erfreut sein würde.

Plötzlich fiel ihm etwas ein. »Wo bekommen wir diesen Preis? In Stockholm?«

»Natürlich. Du mußt hinfahren. Die Zeitungsleute haben das gesagt. Es ist Vorschrift, daß man sich das Geld innerhalb eines Jahres abholt – falls man nicht krank ist –, sonst kann man es nicht bekommen. Ein paar Deutsche konnten es, wegen Hitler, nicht in Empfang nehmen, und später haben sie's nicht mehr gekriegt.«

Die Reise, der Umtrieb, die Zeremonie, dachte Stratman, das alles würde anstrengend sein. Eigentlich müßte er vorher Dr. Ilman konsultieren. Aber dann sah er Emilys leuchtendes Gesicht, und da wußte er, daß er sich weder durch eine Herzattacke noch durch einen Schlaganfall davon abhalten lassen würde, den Preis abzuholen, der ihn von allen Sorgen befreite.

Er packte Emily energisch am Ellbogen und setzte sich mit ihr in Gang. »Sag mir nur, liebes Kind«, sagte er fröhlich, »was willst du denn anziehen, wenn du deinen Hofknicks machst vor dem König?«

Es war ein Uhr einundfünfzig an einem heißen, sonnigen Nachmittag, als das Telegramm von der Schwedischen Gesandtschaft in Washington, D. C., automatisch auf den Papierstreifen des Aufnahmeapparates im Telegrafenamt an der Colorado Street in Pasadena, Kalifornien, getippt wurde.

»Mein Gott«, sagte das dicke Mädchen am Apparat laut, »fünfundzwanzigtausend Dollar!«

Die beiden Männer am Schalter hatten es gehört. Der magere junge Angestellte schaute von den handgeschriebenen Worten auf, die er gerade zählte, und fragte: »Wer ist so reich geworden?« Der Kunde auf der anderen Seite des Schalters, ein Mann mittleren Alters mit randloser Brille, schien ebenfalls interessiert.

Das Mädchen erhob sich ächzend. »Hier steht, jemand in Pasadena – hab' nie von ihm gehört – habe eben den Nobelpreis bekommen.«

Sie ging zum Schalter und zeigte das Telegramm ihrem Kollegen. Als er es gelesen hatte, pfiff er durch die Zähne und reichte es dem Kunden, der die Brille auf seiner Nase höher schob und sagte: »Wenn ich Sie wäre, würde ich eine solche Botschaft dem Empfänger gleich telefonisch durchgeben!« Wichtigtuerisch las er das Telegramm.

> FÜR IHREN ANTEIL AN DER ENTDECKUNG ANTIREAKTIVER SUBSTANZEN ZUR ÜBERWINDUNG DER IMMUNOLOGISCHEN GRENZE BEI DER HERZTRANSPLANTATION UND IHRE EINFÜHRUNG CHIRURGISCHER TECHNIK ZUR ERFOLGREICHEN DURCHFÜHRUNG DER TRANSPLANTATION EINES FREMDEN HERZORGANES IN DEN MENSCHLICHEN KÖRPER HAT DIE NOBELPREISSTIFTUNG IN STOCKHOLM IM NAMEN DES KÖNIGLICHEN KAROLINISCHEN MEDIZINISCHEN UND CHIRURGISCHEN INSTITUTS VON SCHWEDEN DIE FREUDE IHNEN MITZUTEILEN DASS SIE HEUTE ZUM DIESJÄHRIGEN NOBELPREISTRÄGER FÜR PHYSIOLOGIE UND MEDIZIN GEWÄHLT WURDEN STOP IHR ANTEIL DES PREISES BESTEHT AUS EINER GOLDMEDAILLE UND EINEM SCHECK ÜBER FÜNFUNDZWANZIGTAUSENDEINHUNDERTUNDFÜNFZIG DOLLAR STOP DIE VERLEIHUNGSZEREMONIE FINDET IN STOCKHOLM AM ZEHNTEN DEZEMBER STATT STOP EINZELHEITEN FOLGEN STOP HERZLICHSTE GLÜCKWÜNSCHE STOP

Die Botschaft war adressiert an DOKTOR JOHN GARRETT NUMMER VIER HILLSIDE TERRACE PASADENA CALIFORNIA ...

Wie gewöhnlich brauchte Dr. John Garrett für die Fahrt von Pasadena über die stets von Autos bevölkerten Zufahrtsstraßen zum Stadtteil Miracle Mile von Los Angeles länger, als er angenommen hatte. Und heute, es war noch früh am Nachmittag, dauerte die Fahrt noch länger, weil Garrett mit allen seinen Gedanken bei dem Vortrag war, den er am Abend halten wollte.

Als er an der Ecke Western Avenue und Wilshire Boulevard angekommen war und den schwarzen Jaguar (seine erste verschwenderische Ausgabe, nachdem er plötzlich prominent geworden war) an der vertrauten Tankstelle parkte, hatte er den Entschluß gefaßt (ganz egal, was Dr. Keller ihm raten würde), die neue Rede mit allen Richtigkeiten und Unrichtigkeiten, ohne alle Korrekturen zu halten.

Während Garrett den halben Häuserblock bis zu dem siebenstöckigen Gebäude entlangging, betrachtete er seine Erscheinung mehrmals in den Schaufenstern. Er war nicht unzufrieden mit dem, was er da sah: einen interessant und energisch aussehenden Mann. Beinahe hatte er vergessen, wie erfreut er vor zehn Jahren gewesen war, als Saralee, seine Frau, ihm einen Artikel über das Ergebnis einer Meinungsforschung vom *American Institute of Public Opinion* über den Durchschnittsamerikaner gezeigt und er erfahren hatte, daß er fast genau der Norm entsprach.

In den vergangenen zwei Jahren jedoch hatte John Garrett darauf nicht mehr soviel Wert gelegt. Mehr und mehr gefiel er sich darin, sich für ein einzigartiges Wesen zu halten, das sich vom gewöhnlichen Exemplar des *homo americanus* unterschied. Ob diese persönliche Auflehnung gegen den Durchschnitt auf seinen kürzlich erworbenen Ruhm in professionellen Kreisen oder auf seine »Befreiungssitzungen« bei Dr. Keller zurückzuführen war, konnte Garrett nicht sagen. Saralee hätte es zwar sagen können, aber sie war der Meinung: John hat das Recht, hin und wieder hochnäsig zu sein, hat er doch eine Erfindung gemacht, die »der menschlichen Gemeinschaft« dienen wird – das hatte sie vor kurzem in einer Zeitschrift gelesen. Doch in ihren Augen, und meistens auch in seinen eigenen, wie sie annahm, war John Garrett noch immer, wie jener Durchschnitt, einen Meter achtundsiebzig groß, einhundertachtundfünfzig Pfund schwer, mit noch immer braunem Haar, trotz seiner neunundvierzig Jahre, und so unsicher und hilflos und abhängig von ihr wie stets, Gott sei Dank.

Als John Garrett vor dem gewölbten Portal des Gebäudes ankam, eilte er rasch die Treppe zum ersten Stock empor zu der Glastür mit dem schwarzen Schild DR. L. D. KELLER, M. D.

Er trat ein und ging durch den leeren, hellgetünchten Empfangsraum leise in das weiträumige Sprechzimmer des Psychiaters. Er sah sofort, daß sie alle da waren: gespannt und neurotisch saßen sie auf ihren Stühlen, während die Session bereits in vollem Gang war. Niemand wandte den Kopf, um ihn zu begrüßen, denn es wurde stillschweigend vorausgesetzt, daß er zu spät kam (»Verspätung ist oft nichts anderes als ein innerer Widerstand gegen die Peinlichkeit, verpönte Themen in Gegenwart von anderen zu diskutieren«, hatte Dr. Keller einmal gesagt). Aber in diesem Augenblick vermerkte Dr. Keller hinter der Festung des eichenen Schreibtisches seine Ankunft mit einem unmerklichen Blinzeln.

Garrett saß einen Moment wie erstarrt, dann schaute er auf seine Uhr. Die Gruppentherapie-Session dauerte immer genau eine Stunde und zwanzig Minuten. Da Garrett zehn Dollar für seine wöchentliche Teilnahme an diesen Sitzungen bezahlte, kostete ihn eine Minute zwölfeinhalb Cent. Da er aber sechzehn Minuten zu spät kam, blieben für ihn nur noch eine Stunde und vier Minuten. Die Verspätung hatte ihn zwei Dollar gekostet. Immerhin, die verbleibende Zeit war ihm acht Dollar wert. Er wollte heute einen Teil dieser Zeit für sich beanspruchen, aber da waren sechs andere, die denselben Anspruch erhoben. Er suchte sich durch einen forschenden Blick auf die Gesichter seiner Mitpatienten klarzuwerden, ob ihre innere Not so groß war wie die seine.

Sie saßen in einem Halbkreis um Dr. Kellers Schreibtisch, und Garrett begann seine Inspektion von links nach rechts. Auf dem beigefarbenen Diwan ganz links saßen Mr. Lovato und Mrs. Perrin. Mr. Lovato, ein hagerer homosexueller Maler, der sich immer mehr einen Namen machte, durch seine Kinderporträts in süßlichem Gainsboroughstil, saß mit lässig gekreuzten Beinen da. Mrs. Perrin, eine vollbusige Matrone um die Fünfzig, mit purpurrot gefärbtem Haar, lehnte mit verkniffenen Lippen daneben und fingerte unablässig an ihrer kleinen Handtasche herum. Sie hatte einen Nervenzusammenbruch gehabt. Obgleich sie mit einem wohlhabenden Bürger von Van Nuys verheiratet war, litt sie an einer neurotischen Hemmung, für die Notwendigkeiten des Lebens auch nur einen Penny auszugeben. Sie ergriff höchstens einmal in drei Wochen das Wort, aber wenn sie es tat, sprach sie über ihre winzigen Triumphe bei Einkäufen im Wert von fünfzig Cent oder einem Dollar.

Garrett ließ seinen Blick zum nächsten Patienten schweifen, dem hübschen jungen Adam Ring, einem Schauspieler, der im Begriff war, berühmt zu werden, und wegen einer sexuellen Schwierigkeit in therapeutischer Behandlung stand. Seine männliche Kraft war enorm, wenn er junge Frauen von fremder Rasse und Farbe verführte – Orientalinnen, Indianerinnen, Mulattinnen, Negerinnen –, aber wenn er sich einer Kaukasierin gegenübersah, versagte er fast immer.

Gleich links von Garrett saß auf einem hohen Stuhl die unglaublich komische Mrs. Zane. Sie war eine einfache Hausfrau Mitte Dreißig und hatte sich beständig über die sexuellen Ausschweifungen zu beklagen, die ihr zugemutet würden. Sie war Katholikin mit fünf minderjährigen Kindern, und ihr Unglück war ihr in beruflicher Hinsicht unfähiger Mann, der es nicht fertigbrachte, seine Stellung auch nur einen Monat zu behalten. Um zu verhindern, daß er seinen letzten Posten verlor, hatte sie den Arbeitgeber ihres Gatten und dessen Frau zum Essen eingeladen. Das Resultat war gewesen, daß der an seiner Gefährtin schon längst nicht mehr interessierte und sich mit Golf und hoher Finanz langweilende Chef sich Mrs. Zane in ganz unvorhergesehener Weise widmete. Ihr Mann wurde zum Hauptgeschäftsreisenden befördert und viermal im Jahr auf ausgedehnte Reisen geschickt. Zum Dank hatte die nachgiebige junge Frau das vergangene Jahr über den Chef ihres Mannes regelmäßig gastfreundlich empfangen, und da er sich als unersättlich erwies, war das Bild, das sie sich von ihm machte, seltsam horizontal. Ihre Sünden hielten den kirchlichen Beichtstuhl in Atem, und ihre Zweifel führten sie zu Dr. Keller.

Als Garrett sich halb umwandte, sah er Mr. Armstrong, den stämmigen Spieler mit den buschigen Augenbrauen, der sich auf seinem Stuhl schaukelte, verloren in seine eigenen Träumereien. Garrett konnte sich Mr. Armstrong nie anders vorstellen als von schlechten Sternen verfolgt. Würde es ihm je gelingen, das Glücksrad im rechten Augenblick zu seinen Gunsten zu wenden? Würde er sein mit Hypotheken belastetes Haus retten? Würde er die Achtung seines jammernden Weibes, seiner Kinder und Verwandten wiedergewinnen? Mr. Armstrong war der einzige von ihnen allen, der seine phantastischen nächtlichen Träume ohne jede Hemmung erzählte.

Neben Mr. Armstrong saß, erwartungsvoll vorgebeugt, Miss Dudzinski. Sie hatte ein Pferdegesicht, einen Körper, der nur aus Knochen zu bestehen schien, war Ende Zwanzig und hatte alle Anlagen zur alten Jungfer. Sie lebte in einer Dreizimmerwohnung mit ihrer kränklichen, hypochondrischen Mutter zusammen, die mit einem Herz- und Blasenleiden behaftet war und eine rücksichtslose Tyrannei der Schwäche praktizierte. Miss Dudzinski kam für ihrer beider Lebensunterhalt auf, durch ihre Arbeit als Stenotypistin in einem großen Immobilienbüro. Sie unterzog sich der Gruppentherapie, weil sie sich in einem Dreiecksverhältnis verfangen glaubte – die Personen des Dramas waren ein schüchterner Junggeselle, der als Drugstoreangestellter sein Leben fristete und so vereinsamt war, daß er Miss Dudzinski für eine Schönheit hielt, Miss Dudzinski, die sich ihr Leben lang nach einem schüchternen Junggesellen gesehnt hatte, der in einem Drugstore angestellt war, und die gebrechliche, alte Mrs. Dudzinski.

Als John Garrett sich nun Miss Dudzinski genauer ansah, bemerkte er plötzlich, daß sie sich deshalb vorlehnte, weil sie redete und wahrscheinlich schon eine Weile geredet hatte. Mit einiger Mühe, weil er ja seine eigenen Probleme hatte, die nicht so trivial waren, gab er sich den Anschein, als höre er aufmerksam zu, während sie vor Dr. Keller und den anderen ihr Dilemma ausbreitete, zu dem fast jeder der Anwesenden in Rede und Gegenrede Stellung nahm, vor allem auch, um dadurch das eigene Problem wie beiläufig aufs Tapet bringen zu können.

Allmählich wurde sich aber John Garrett darüber klar, daß auch er sich dazwischenschalten sollte, um endlich zu Wort zu kommen. Er schaute ungeduldig auf seine Uhr. Die Session dauerte nur noch vierunddreißig Minuten. Eben begann Mrs. Zane, nachdem sie Miss Dudzinski einen wohlmeinenden Rat erteilt hatte, mit einem detaillierten Bericht über ihr eigenes kompliziertes Dreiecksverhältnis, und Garrett begriff, daß er sich neuerlich in Geduld fassen mußte, bis die Reihe an ihn kam. Währenddessen suchte er sich zu erinnern, wieso er in diese blödsinnige Gruppenbehandlung geraten war. Es hatte natürlich mit diesen sich häufenden Perioden der Depression und andauernder Kopfschmerzen begonnen, als sich der Druck auf seiner Stirn und in seinem Schädel täglich mit Regelmäßigkeit einstellte und seine Arbeit und sein häusliches Leben beeinträchtigte. Er hatte erst seinen Hausarzt konsultiert, dann einen Ohrenarzt und schließlich einen Nervenarzt, und alle möglichen Untersuchungen über sich ergehen lassen, aber man hatte nichts Konkretes feststellen können. Endlich hatte er auf die Anregung seines Hausarztes hin widerstrebend einen Psychiater in Pasadena aufgesucht.

Drei Monate lang hatte er sich, auf der Couch liegend, ausfragen lassen – eine lächerliche Zeitverschwendung. Und dann hatte eines Morgens der Psychiater eine analytische Gruppentherapie vorgeschlagen. Die Gründe für diesen Vorschlag, den Garrett für unsinnig hielt, waren angeblich, daß Menschen seiner Art, die den Kontakt mit anderen Menschen haßten und mieden und in sozialer Hinsicht armselig versagten, am besten durch Gruppentherapie geholfen werden könnte. Darüber hinaus wurde Garrett belehrt, daß seine feindliche Einstellung gegenüber dem Psychiater (eine Weiterführung seines alten Grolls gegen seinen Vater, den seine Mutter verehrt und dem sie all ihre Zeit gewidmet hatte) eine Behandlung im persönlichen Zwiegespräch sehr erschwerte. Der Psychiater in Pasadena hatte ihm dann gesagt, Dr. Keller in Los Angeles sei einer der besten Leute auf diesem Gebiet. Und so, nach einer Woche voller Entschlußlosigkeit, hatte Garrett sich der Gruppe angeschlossen.

Gewiß, die Monate der Gruppenpsychotherapie hatten ihm, trotz seiner Scham, sich öffentlich zur Schau zu stellen, und der Mühsal, mit den andern um die Zeit und Dr. Kellers Beachtung und Billigung zu wetteifern, eine Besserung seiner Kopfschmerzen gebracht; sie befielen ihn seltener und waren manchmal tagelang ganz verschwunden. Aber die Quelle der Kopfschmerzen war ihm noch immer verborgen. Obgleich Dr. Kellers gelegentliche Bemerkungen dem widersprachen, war Garrett zu der Ansicht gekommen, daß seine Beschwerden begonnen hatten, als Dr. Carlo Farelli in sein Leben getreten war. Tatsächlich, in der Periode, bevor Farelli auftauchte, hatte John Garrett einen Höhepunkt persönlichen Glückes, eine innere Befriedigung erreicht, wie er es sich nie hätte träumen lassen. Jetzt, als er sich in Dr. Kellers Sprechzimmer seinen Träumen überließ, konnte er sich ohne Mühe in die jüngste Vergangenheit versetzen, bis zu den Geschehnissen, die zu seinem Triumph führten, und zu dem Ereignis, das seinen Triumph zu einer Farce machte

Er war, das wußte er genau (denn er konnte sich jetzt eine gewisse Offenheit gegen sich selber erlauben), nur ein unscheinbares, farbloses, halblahmes Arbeitspferd in der Forschungsabteilung des *Rosenthal Medical Center* in Pasadena, weder phantasievoll noch schöpferisch. Hunderte seiner Kollegen wären sich darin einig gewesen, daß seine Grabschrift einst lauten müßte: mittelmäßig begabt.

Doch aus einem unerklärlichen inneren Antrieb begann er, sich für eine dramatische Phase der Medizin zu interessieren – es handelte sich um die Gewebeverpflanzung, um die Technik, fehlende oder erkrankte Teile des menschlichen Körpers durch neue zu ersetzen. Über alten medizinischen Zeitschriften grübelnd, entdeckte Garrett, daß dieses Gebiet keineswegs neu war. Vor fast zweitausend Jahren hatte Susruta, ein Hinduarzt, die Backenhaut dazu verwendet, seinen Patienten zu einer neuen Nase zu verhelfen. In nicht so weit zurückliegender Zeit, präzis gesagt, im Jahre 1870, hatte Dr. J. L. Reverdin in Paris die moderne Hautübertragung vorgeführt. Zu Beginn des zwanzigsten Jahrhunderts hatte Dr. Charles Guthrie in St. Louis mit Erfolg den Kopf eines Hundes auf einen anderen Hund übertragen, so daß er dadurch einen Hund mit zwei Köpfen geschaffen hatte.

In seiner ersten Begeisterung erschien es Garrett, als sei auf diesem Gebiet alles möglich. Erst als er, statt zu lesen, praktische Experimente machte, entdeckte er die Natur des Hindernisses, das dem Fortschritt auf diesem Gebiet entgegenstand. Das Hindernis lag nicht in der ärztlichen Kunst, deren Technik so weit fortgeschritten war, daß sie ein altes, absterbendes Organ im menschlichen Körper durch ein neues, lebenskräftiges ersetzen konnte. Das Hindernis war biochemischer Art. Als Selbstverteidigung gegen Bazillen richtete der Körper eine immunisierende Schranke auf, die nicht nur eindringende Krankheitskeime abwehrte, sondern auch fremde Gewebe zerstörte, die hilfreich sein konnten.

Sobald Garrett das Problem begriffen hatte, setzte er immer mehr seine ganze Kraft und Zeit dafür ein, ihm beizukommen. Bildlich gesprochen wurden, infolge seiner Arbeit, Saralee zur Witwe und seine Kinder zu Waisen. Während seine Kollegen sich mit acht Stunden Arbeit begnügten, fand Garrett, daß für ihn zwölf oder vierzehn oder gar sechzehn Stunden nicht ausreichten.

Der Abwehrmechanismus des menschlichen Körpers wurde für Garrett zum Trauma. Und die Ausnahmen von der Regel quälten ihn nur noch mehr. Während er Seite an Seite mit seinen Kollegen im *Medical Center* arbeitete, fand er heraus, daß Transplantationen von Teilen einer Arterie, von Stücken ganzer Knochen, von der Hornhaut des Auges oft praktizierte Verpflanzungen waren, die den Abwehrmechanismus nicht berührten. Eine neue Hornhaut blieb lebendig, weil Immunkörper und feindliche weiße Zellen nicht bis zu ihr gelangten. Und verpflanzte Blutgefäße und Knochen brauchten nicht am Leben zu bleiben, weil sie nur das Gerüst bildeten zu dem normal wachsenden Gewebe.

Aber viel mehr interessierte sich Garrett für eine andere Ausnahme im Abwehrmechanismus. Bei eineiigen Zwillingen waren Transplantationen von Organen immer erfolgreich gewesen. In chemischer Hinsicht waren eineiige Zwillinge nur eine einzige Person. Eine Niere eines solchen Zwillings konnte in seinen kranken Bruder verpflanzt werden und würde weiterleben, weil der Abwehrmechanismus sich gar nicht darum kümmerte. Aber in dem Augenblick, da eine solche Transplantation zwischen nicht eineiigen menschlichen Wesen stattfand, starb die Niere, oder jedes andere Organ, sofort ab.

Eine Zeitlang war Garrett völlig mutlos. Aber dann zeigte sich ein neuer Ausblick. Sir Macfarlane Burnet in Australien und Dr. Peter B. Medawar in England wiesen nach, daß der Abwehrmechanismus in einem menschlichen Körper dazu gebracht werden konnte, die Gewebeverpflanzung unter gewissen Umständen zu akzeptieren. Experimente mit Nagetieren hatten den Beweis erbracht, daß der Embryo einer Maus, der mit den Zellen einer x-beliebigen anderen Maus injiziert wurde, später, als ausgewachsene Maus, die Hautübertragung der gleichen Spenderin ohne Abwehr ertragen konnte. Für diese Entdekkung erhielten Burnet und Medawar im Jahr 1960 den Nobelpreis. Und sofort faßte John Garrett, zusammen mit Hunderten von Männern, die auf diesem Gebiet arbeiteten, die Hoffnung, daß es bald möglich sein werde, auch bei Menschen Beine, Nieren, Lungen und Herzen zu verpflanzen. Während jener optimistischen Periode teilte Garrett eines Tages Saralee um Mitternacht im Bett mit: »Ich glaube daran. Ich glaube ganz fest daran – und ich werde derjenige sein, der es ausführt –, ein lebendiges Herz zu übertragen.«

Die Tage verrannen und er merkte nicht, ob eine Woche oder ein Monat verging. Er experimentierte mit massiver Röntgenbestrahlung, mit Steroiden, mit Nitrogengasen. Alles führte zu einem Leerlauf. Gleichviel, welche Methoden er auch anwandte, diese Waffen neutralisierten zwar den Abwehrmechanismus, aber sie zerstörten auch die Produktion weißer Zellen, machten den immunen Körper krank, töteten auf andere Weise, was er zu retten sich bemühte. Das Problem blieb so groß wie immer: ein Verfahren oder ein Serum zu entdecken, das sich selektiv auswirkte, das nicht alle empfänglichen oder immun machenden Mechanismen zerstörte, das alles, was sich der Übertragung eines Fremdkörpers widersetzte, neutralisierte und unbehelligt ließ, was den Körper vor Krankheit schützte.

Als Garrett einmal völlig verzweifelt war über dieses undurchdringliche Labyrinth, suchte er nach einem Mittel, um es zu umgehen. Damals glaubte er, er könne den Abwehrmechanismus einfach ignorieren, indem er ihn überlistete: durch die Erfindung eines künstlichen Herzens aus Plastik, das in den Brustkorb verpflanzt werden könnte, ohne abgewehrt zu werden, weil es keine Reaktionen hervorrief.

Planmäßig studierte er alle die mechanischen Herzen, die damals schon existierten. Dazu gehörten die Herzpumpe und der Sauerstoffgenerator, die Dr. Clarence Dennis 1951 konstruierte und die Zweikammerpumpe, die durch Batterien angetrieben wurde, von einem Ärzteteam an der Universität von Illinois geschaffen. Garrett sah, daß diese Herz-Lungen-Apparate alle einen Faktor gemeinsam hatten – sie befanden sich *außerhalb* vom Körper des Patienten, um ihn während einer Herzoperation am Leben zu erhalten. Was Garrett jedoch vorschwebte, war ein solcher Apparat *innerhalb* des Körpers – das natürliche Herz müßte ersetzt werden durch ein maschinell arbeitendes Herz! Aber auch hier gab es Fragenkomplexe, zum Beispiel die Schwierigkeit, wie der Plastikbeutel zwischen den beiden Lungenflügeln festgehalten werden und sich ohne Pause wieder zusammenziehen und wieder öffnen sollte. Dieses Problem konnte in der Zukunft gelöst werden, entschied Garret, er wollte sich mit der Gegenwart auseinandersetzen, mit dem, was erreichbar schien.

Unglücklich kehrte er zu seinem Labyrinth zurück. Er mußte seinen Weg auf dem Schlachtfeld finden, auf dem der ihm nun schon so vertraute Feind, der Abwehrmechanismus, die Transplantation eines lebenden Herzens, ob tierisch oder menschlich, verhinderte. Er gab die Strahlenbehandlungen auf und begab sich auf unbekannte Seitenpfade. Und dann geschah es: es ergab sich so einfach und undramatisch wie das Aufwachen oder das Gehen oder das Lachen.

Es war an einem späten Vormittag. Er hatte sich mit seinen Versuchstieren abgequält – den Mäusen, Hunden, Kälbern –, hatte kontrolliert, notiert, abgeändert, und da entdeckte er die neue Substanz, die anscheinend – nein, ganz offensichtlich – den Abwehrmechanismus neutralisierte, ohne gleichzeitig die Immunität zu zerstören. Eine ganze Woche lang erfuhren Saralee und die Kinder von seiner Existenz nur durch das Telefon, und nach Ablauf dieser Woche war er beinahe sicher. Er hatte ein Serum – *das* Serum – und gab ihm den schlicht-lapidaren Namen Antireaktiv-Substanz S.

Als er im Besitz seines Serums war und es an niederen Säugetieren ausprobiert hatte, allerdings noch nicht am Menschen, widmete er sich gleichzeitig den Problemen der Operationstechnik bei Organübertragungen. Er zog alle Seiten der homogenen Organübertragung in Betracht – bei der das Organ eines Menschen in den Körper eines anderen Menschen verpflanzt wird –, aber sie erschien ihm allzu schwierig. Viel logischer, viel wahrscheinlicher schien ihm, und seine zappeligen Mäuse und fügsamen Hunde und kletternden Affen bestärkten ihn darin, die heterogene Übertragung – die Verpflanzung eines tierischen Herzens in einen lebenden Menschen. Aufregende Monate folgten, und schließlich hatte er sich dahin entschieden, daß beim Herz eines Kalbes, weil ein Kalb etwa das gleiche Gewicht hatte wie ein Mensch, am ehesten Aussischt auf Erfolg bestand.

Zweimal pflanzte er das Herz eines Kalbes einem Hund ein – der eine Hund starb, der andere lebte noch eine Zeitlang. Er änderte das Serum und die chirurgische Technik nochmals ab, und an einem dunklen, unfreundlichen Winterabend in Pasadena bereitete er sich auf die dritte Verpflanzung des Herzens eines Kalbes in den Brustkorb eines großen Hundes vor. Doch Garrett führte diese schwierige Operation niemals aus, jedenfalls nicht an diesem Hund.

Damals war ein älterer Lastwagenfahrer – in wissenschaftlichen Zeitschriften wurde er später als Henry M. bekannt – eilends in die Klinik gebracht worden, weil er einen schweren Herzinfarkt erlitten hatte. Bei der sofort vorgenommenen Operation begann sein Herz zu versagen, und es bestand keine Hoffnung, ihn am Leben zu erhalten. In diesen dunklen Minuten wurde John Garrett dazu ermutigt, nachdem der anwesende Arzt (ein Bewunderer von Garrett) die weinende Familie zur Einwilligung gebracht hatte, seine Transplantation des Kalbsherzens in die plötzlich zur Verfügung stehende menschliche Brust vorzunehmen, statt in die des vorgesehenen Hundes.

Die Verantwortung war für Garrett überwältigend. Noch nie zuvor hatte er einem Menschen seine Antireaktiv-Substanz S eingeimpft, geschweige denn eine heterogene Transplantation vorgenommen. Aber inzwischen hatte ihn ein fanatischer Glaube an seine bis dahin immer nur unvollständig bewiesene Erfindung erfüllt. Der Impuls, der ihn zu dem Experiment an einem Hund getrieben hatte, wurde automatisch auf den bewußtlosen Kraftfahrer übertragen. Henry M., der am Rande des Todes schwebte, bekam Antireaktiv-Substanz S injiziert. Er wurde mit der Herz-Lungen-Maschine verbunden. Die Operation wurde fortgesetzt und die heterogene Transplantation in all ihrer Kompliziertheit rasch und sicher durchgeführt. Und dann blieb die Frage: Würde der Patient am Leben bleiben?

Als alle Klammern und Katheter entfernt worden waren, dachte Garrett an einen alten Bericht, den er einmal gelesen hatte. Im Jahr 1934 hatte der russische Psychologe Dr. S. S. Briukhonenko einen Selbstmörder, der sich erhängt hatte, ein maschinelles Herz und eine maschinelle Lunge eingepflanzt, und der Mann war damit wieder zum Leben erweckt worden. Der Patient hatte die Augen aufgeschlagen, den Arzt und seine Mitarbeiter, die ihn umstanden, wahrgenommen und dann seine Augen für immer geschlossen. Obgleich hier der Fall anders lag, da es sich um das neue Serum und um ein Säugetierherz handelte, befürchtete Garrett denselben Vorgang. Aber Henry M.'s Augen blieben offen, nachdem er aus der Narkose erwacht war, er lebte weiter mit seinem Kalbsherzen, unangefochten vom Abwehrmechanismus, und Garrett wurde in medizinischen Kreisen und bald auch in der Presse nachgerade zu einem Heiland, der Lazarus vom Tode erweckt hatte.

Schon einige Monate darauf wußte Garrett, daß nur ein Herzkranker unter zwanzig die richtige Blut- und Gewebezusammensetzung besaß, die erforderlich war, um das sensationelle Serum zur Neutralisierung des Abwehrmechanismus akzeptieren und die radikale Transplantation ertragen zu können. Trotzdem gelang es Garrett, ermutigt durch den Fall des Henry M., seine Ersatzherzen auf weitere siebzehn Menschen zu übertragen, deren Blut und Gewebe vorher untersucht worden waren. Jeder einzelne blieb am Leben. Die Folgerungen, die sich daraus ergaben, waren phantastisch.

Als Garrett seinen Vortrag über das definitive Ergebnis seiner Arbeit in der *Western Surgical Association* in Denver hielt, wurde ihm von Wissenschaftlern aus aller Welt applaudiert. Trotz der Beschränkungen seiner Erfindung schienen alle zu spüren, daß der erste gigantische Schritt zur Verlängerung des menschlichen Lebens, vielleicht sogar zur Unsterblichkeit, getan war. Aus einem Unbekannten mit einem wilden Traum war Garrett zu einem Wundertäter geworden. Auf dieser exponierten Höhe konnte er sich genau zehn Tage halten. Am zehnten Tag wurde ihm bedeutet, beiseite zu treten. Es war ein anderer da, mit dem er sich in das Rampenlicht der Öffentlichkeit teilen mußte.

Der amerikanische Nachrichtendienst übernahm die lange und dramatische Geschichte aus Rom, und die amerikanischen Zeitungen brachten sie ganzseitig auf der ersten Seite. Es zeigte sich, daß Dr. Carlo Farelli, der hervorragende italienische Arzt, soeben einen brillanten Aufsatz veröffentlicht hatte, in dem er genau die gleiche Erfindung beschrieb und belegte, die Garrett gemacht hatte. Auch Farelli hatte ein Serum gefunden, das – wie die Antireaktiv-Substanz S – eine heterogene Organübertragung ermöglichte, und er hatte mit Erfolg Säugetierherzen auf einundzwanzig Personen aus Italien, der Schweiz und Österreich übertragen.

Über Nacht hatte sich Lazarus vervielfältigt, und es gab nicht mehr nur einen neuen Heiland, sondern zwei.

Die Welt freute sich. John Garrett war bestürzt. Sein Ruhm erschien ihm verdunkelt, weil er die Ehren mit einem anderen teilen mußte. Ausländische Kollegen erkundigten sich nicht nur bei Garrett nach weiteren Fortschritten auf diesem Gebiet, sondern auch bei Farelli. Die Presse zitierte nicht nur Garrett, sondern auch Farelli, und der Italiener wurde häufiger zitiert, weil er ebensosehr ein effektvoller Schausteller war wie ein großer Wissenschaftler und viel mehr das Zeug dazu hatte als der zurückhaltende John Garrett, seine Ideen der Laienwelt klarzumachen.

Ein paar Monate nach dem Auftauchen von Farelli hatten John Garretts Kopfschmerzen begonnen.

Und da bin ich nun, dachte er, sich seiner Umgebung wieder bewußt werdend. Mrs. Zane schien jetzt am Ende ihrer langwierigen Schilderung angelangt zu sein.

Sie ließ sich in ihren Stuhl zurücksinken, als habe sich die schmutzige Saga ihrer Untreue damit erledigt. Ihre Züge hatten sich entspannt, als sei ihr Gewissen nun befreit.

»Sie werden Ihren Weg finden, Mrs. Zane«, murmelte Dr. Keller, während er rasch ein paar Notizen auf einen Block schrieb. »Sie haben größere Fortschritte gemacht, als Sie glauben.« Unter seinen buschigen Augenbrauen blickte er auf die Gruppe vor ihm. Niemand sprach. Es war, als sei die Hauptnummer gerade vorbei und niemand habe Lust, ihr eine schlechtere folgen zu lassen.

John Garrett dachte: Jetzt oder nie. Er hob die rechte Hand bis zur halben Höhe wie ein schüchterner Schulbub.

Dr. Keller bemerkte die Geste und nickte zustimmend.

»*Well*, ich glaube, ich habe da eine recht dringende kleine Sache«, sagte Garrett. »Wie Sie wissen, will ich heute abend einen Vortrag halten. Vor dem *United Forum*. Man sagte mir, daß der Saal bis auf den letzten Platz besetzt und auch die Presse anwesend sein werde. Es ist eine einzigartige Gelegenheit für mich, angehört zu werden und meine Meinung über mein – mein Problem auszusprechen. Nun, ich habe eine neue Rede niedergeschrieben, wie ich es Ihnen versprach. Die Frage ist – soll ich diese neu verfaßte Rede halten – sagen, was ich gerne sagen möchte? Oder soll ich den alten Text vortragen, den ich – wie Sie wissen – ›Hippokrates und das menschliche Herz‹ genannt habe? Wie denken Sie darüber?«

»Ich bin nicht der Meinung, daß Sie diese Entscheidung mir zuschieben sollen«, sagte Dr. Keller sofort. »Sie kennen das analytische Verfahren. Wenn ich für Sie die Entscheidung treffe, haben Sie nichts damit gewonnen. Sie müssen lernen, sich selbst zu entscheiden.« Garrett runzelte die Stirn, weil er das als eine Rüge empfand, obgleich er wußte, daß es nicht so gemeint war. Der Psychiater sagte immer, nur durch sich selber könne man zum Verständnis seiner selbst kommen. Er sei nur ein Wegweiser, ein katalysierender Vermittler, hin und wieder auch ein Interpret. Oft, so hatte er einmal erwähnt, könne er einem Patienten schon nach zwei oder drei Besuchen sagen, was bei ihm nicht in Ordnung sei. Aber das zu wissen sei für den Patienten ohne jeden Wert, solange der Patient diese Kenntnis nicht durch sich selber erlangt habe. Das mache die Straße oft kurvenreich, aber am Ende werde ein tatsächlicher und bleibender Erfolg erzielt.

»Ich glaube, ich habe meinen Entschluß gefaßt«, sagte Garrett. »Soviel ich weiß, lag er schon fest, bevor ich heute hierherkam. Ich hatte wohl nur den Wunsch, vorher zu hören, was Sie dazu sagen.« Er machte eine Pause. »Ich habe mich dazu entschlossen, die neue Rede zu halten. Ich habe die Absicht, Farelli in Grund und Boden zu vernichten. Ich habe eine Erfindung gemacht, etwas Bedeutendes in meinem Leben geleistet, aus eigener Kraft, ganz aus eigener Kraft, und ich meine, ich sollte mir nicht die Hälfte meines Ruhmes rauben lassen von einem hergelaufenen Cagliostro, der einen unerhörten geistigen Diebstahl begangen hat.«

»Sind Sie sicher, daß Doktor Farelli – wie Sie es formulieren – einen unerhörten geistigen Diebstahl begangen hat?« fragte Dr. Keller sanft.

»Ich habe einen Beweis. Einen Indizienbeweis, natürlich. Aber Gerichte verurteilen einen Mann oft wegen geringerer Vergehen. Farelli hat nie wissenschaftliche Abhandlungen publiziert, bevor er den Durchschlag – nun, *beinahe* den Durchschlag – meines Aufsatzes veröffentlichte. Seine größte Entdeckung ist es gewesen, neue Mittel zu finden, sich selbst zu verkaufen. Oh, er brachte ein antireaktives Serum ähnlich dem meinen heraus und vollführte die heterogenen Übertragungen und hatte die Erfolge, deren er sich rühmt. Die Frage ist nur – wie kam er zu dieser Entdeckung? Ich werde es Ihnen sagen. Ich habe erfahren, daß er alle meine veröffentlichten Aufsätze besitzt – Sie wissen, die Berichte über meine Fortschritte vom ersten Beginn an. Ferner sind Wissenschaftler aus dem Ausland, die mich ab und zu in meinen Laboratorien in Pasadena besuchten, daraufhin wieder nach Europa zurückgekehrt und haben, absichtlich oder unabsichtlich, ihm haargenau geschildert, was ich machte und wie ich es machte. Er zählte zwei und zwei zusammen, und als meine Erfindung so weit war, daß ich sie der Welt mitteilen konnte, nun, da war auch die seine so weit. Ich behaupte, das ist unfair und unmoralisch und muß entlarvt werden.«

Er hatte sich in seiner Aufregung ausschließlich an Dr. Keller gewandt und war nun außer Atem. Der Psychiater klopfte sanft mit dem Bleistift auf seinen Block und benutzte die Gelegenheit zu einer kritischen Äußerung.

»Sie mögen recht haben mit Ihrer Annahme, Doktor Garrett. Ich weiß es nicht. Aber ich kann keinen wirklich schlagenden Beweis gegen Dr. Farelli entdecken. Sie wissen, wie wir alle, daß große wissenschaftliche Entdeckungen sehr häufig langsam, ganz allmählich gemacht werden. Dutzende von Männern tragen jahrelang Steinchen um Steinchen herbei, unschätzbare Funde, und dann fügt eines Tages ein Mann – oder mehrere Männer –, auf der Vergangenheit weiterbauend, die Steinchen zu einem Ganzen, und die Welt hat eine neue Entdeckung. Viele Male haben Sie – Sie selbst – in diesem Raum die Verdienste Ihrer Vorgänger anerkannt, die an Gewebeübertragungen und Reaktiv-Mechanismen gearbeitet haben. Sie hatten Zugang zu den Forschungen dieser Männer. In gewissem Sinn waren sie Ihre stummen Mitarbeiter, auch wenn Sie die große Aufgabe endgültig gelöst haben. Muß man nicht annehmen, daß Doktor Farelli ebenfalls zur Arbeit dieser Männer Zugang hatte und von ihnen geleitet wurde wie Sie? Wäre das nicht denkbar?«

»Nein, das ist undenkbar!« erwiderte Garrett heftig. Er zitterte vor Erregung, weil er sich zur Verteidigung gezwungen sah. »Ich habe nie behauptet, ich hätte es ganz allein vollbracht und keinem Menschen etwas zu verdanken. Natürlich habe ich das. Wir alle haben das, immer. Aber die Sache mit Farelli liegt ganz anders. Die Übereinstimmung unserer Erfindung stinkt, und es gibt viele Leute, die mit mir übereinstimmen. Wenn er ein Künstler wäre, würde er als Kopist oder Fälscher bezeichnet und hätte keine Existenzberechtigung mehr. Ich halte es für unstatthaft, daß er sich meinen Geist aufpfropft und dafür Ehren einheimst.«

Dr. Keller blieb ruhig, aber erstaunlich hartnäckig. »Seit Sie über Ihre fixe Idee mit Farelli zu berichten begannen, habe ich mir die Mühe gemacht, mich ein wenig über wissenschaftliche Entdeckungen zu orientieren. Denken Sie an die Entdeckung des Insulins für den menschlichen Diabetes. Eine folgenreiche Sache. 1923 wurde Fredrick Banting und John Macleod diese Entdeckung zugeschrieben, und sie wurden gemeinsam mit dem Nobelpreis belohnt. Aber wie verhielt sich die Sache wirklich? Schon im Jahre 1901 hatte L. V. Sobolew auf diesem Gebiet gearbeitet. Sich auf seine Arbeit stützend, trieben Banting und D. H. Best und J. B. Collip die Forschungen weiter. Nun haben wir schon fünf Männer. Und im Jahr 1923 erfreuten sich nur zwei von ihnen der Ehren und des Geldes. War das gerecht? Ich bin sicher, daß Sie sehen, wo ich hinauswill – der wissenschaftliche Ruhm ist ein gordischer Knoten –«

»Wollen Sie damit sagen, ich solle heute abend diese Rede nicht halten?«

Dr. Keller schüttelte den Kopf. So plump ließ er sich nicht fangen. »Nein. Ich wiederhole, daß die Entscheidung bei Ihnen liegt. Ich habe nur versucht, Sie auf die weiten Verzweigungen aufmerksam zu machen. Sie könnten mit etwas, das viele nur für einen mangelhaften Beweis halten würden, einen internationalen Skandal hervorrufen. Ich möchte Sie dazu bringen, was Farelli anbelangt, so objektiv wie nur möglich zu sein und ihn nicht als Prügelknaben für Motive und Neurosen zu benutzen, die vielleicht tiefere Ursachen haben als den bloßen Verdacht auf geistigen Diebstahl. Farelli ist nicht Ihr Vater, Doktor Garrett.«

»Sie bringen mich in Verwirrung –«

»Das hoffe ich«, sagte Dr. Keller sanft. »Ich möchte, daß Sie sich besinnen – nachdenken, bevor Sie handeln.«

»Ich werde diese Rede halten.«

»Na schön.«

Garrett verstummte trotzig. Dr. Keller schaute über ihn hinweg. Adam Ring hatte sich in seinem Lehnstuhl aufgerichtet und begann zu sprechen.

John Garrett hörte kaum die tiefe, dröhnende Stimme des Schauspielers. Er litt unter dem Gedanken, daß der Psychiater ihm einen Vorwurf gemacht habe. Er würde die Rede halten, das stand fest, aber jetzt war er nicht mehr ganz so sicher, aus welchem Grund er es tat. Er versuchte sich klarzuwerden, warum er einen solchen Groll gegen Farelli hegte. Warum ärgerte er sich so über diesen unbekannten Römer? Plötzlich kam ihm etwas in den Sinn, was Dr. Keller einmal festgestellt hatte, und in diesem Augenblick fiel es ihm wie Schuppen von den Augen. Sein Zorn richtete sich gar nicht gegen Farelli, sondern gegen etwas, das Farelli darstellte. Garrett hatte niemals in seinem Leben etwas für sich allein gehabt – ganz für sich allein. In seine Eltern mußte er sich mit fünf Brüdern und Schwestern teilen. Auf der Universität wurde er mit einem anderen zusammen zum Kassenwart gewählt und versah dieses Amt gemeinsam mit ihm. Sogar seine Frau Saralee war schon früher einmal verheiratet gewesen. Als er in einem genialen Augenblick inspiriert worden war – wie viele geniale Augenblicke konnte ein Mann in seinem Leben erwarten? – und alle Ehren rechtschaffen verdiente, war seine größte Leistung verdunkelt worden durch einen fremden Mann in Italien. Und der Gipfel von allem – als er dann Hilfe brauchte, wurde er zur Gruppentherapie gezwungen. Wie eh und je war er gleichsam zu einem halben Menschen gemacht worden. Die Analyse mit anderen zusammen störte ihn am wenigsten. Am meisten quälte ihn Farelli, als Symbol seines Verlustes an persönlichem Wert. Er war nur ein halber Mann, und das war ungerecht. Aber diesmal würde er sich nicht unterkriegen lassen. Er würde zurückschlagen, sein Ansehen, seine Persönlichkeit wiedergewinnen ...

Er wurde in seinen Träumereien durch Dr. Kellers laute und klare Stimme unterbrochen. »Es ist Zeit, Schluß zu machen, wie ich sehe. Das war ein fruchtbares Beisammensein. Ich hoffe, Sie alle nächste Woche wiederzusehen.«

Die anderen strebten schon zum Ausgang. Garrett war als letzter aufgestanden und folgte den anderen zur Tür. Als er hinausging, hörte er Dr. Kellers Telefon klingeln. Es klingelte jedesmal, wenn die Session zu Ende war. Offenbar gab seine Telefondame dann Mitteilungen durch, die Dr. Keller in seinen freien zehn Minuten erledigte.

Draußen auf dem Gehsteig nahmen die Mitglieder Abschied voneinander. Garrett ging langsam zur Tankstelle. Er war am Fußgängerstreifen angekommen und wartete darauf, daß das Licht wechselte. Da hörte er seinen Namen rufen.

»Dr. Garrett –!«

Er drehte sich um und sah Dr. Keller rasch auf sich zulaufen.

Als er bei ihm ankam, entdeckte Garrett, daß er sehr aufgeregt aussah. »Ihre Frau ist oben am Apparat«, sagte Dr. Keller keuchend. »Sie hat eine wunderbare Neuigkeit für Sie – Sie haben soeben den Nobelpreis für Medizin erhalten!«

Garrett ließ die Worte in sich sinken, er nahm sie fast ohne Überraschung auf, denn diesen Augenblick hatte er sich im geheimen seit langem ausgemalt. Doch plötzlich durchfuhr ihn ein Schock, und er spürte die Gänsehaut auf seinen Armen und die Röte seiner Wangen.

»Sind Sie sicher?« fragte er ungläubig.

»Absolut. Ihre Frau erhielt das Telegramm von der Schwedischen Gesandtschaft.« Er streckte seine fleischige Hand aus. »Darf ich der erste sein, der Sie beglückwünscht?«

Garrett ergriff stumm die Hand des Psychiaters und ließ sie gleich wieder los. »Ich weiß nicht, was ich denken soll«, sagte er hilflos. »Was hat das nun zu bedeuten?«

»Ihre Entdeckung wird offiziell anerkannt. Ihr Ruhm ist jetzt gesichert.«

»Den Nobelpreis!« sagte er, halb zu sich selbst, die Worte auskostend.

»Ihre Frau ist am Apparat – sie wartet darauf, mit Ihnen zu sprechen.«

Als sie wieder im Gebäude waren, die Treppe hinaufstiegen, begann Garretts methodischer Geist den Preisgewinn zu zergliedern. Da war immer Geld inbegriffen – und eine Reise, und vor allem – vor allem anderen – die internationale Anerkennung seiner Arbeit. Zum erstenmal war Farelli kaltgestellt. Endlich hatte er selbst die volle und ausschließliche Ehrung erhalten, die er verdiente. Seine Dankbarkeit für diese unbekannten Schweden, die so klug waren, die Wahrheit zu erkennen und ihr zum Durchbruch zu verhelfen, war grenzenlos.

Oben angekommen, schubste Dr. Keller Garrett in sein Büro, während er selber rücksichtsvoll in seinem kleinen Empfangsraum zurückblieb, um zu rauchen.

Garrett rannte zum Schreibtisch und nahm den Hörer auf. »Saralee?«

»Liebling! Ist es nicht wunderbar?« Ihre sonst immer so sanfte, beherrschte Stimme überschlug sich fast.

»Liegt auch bestimmt kein Irrtum vor?«

»Nein! Das Telegrafenamt rief an, und da ich dachte, es sei ein Scherz, verlangte ich, daß sie das Telegramm herbringen. Das taten sie sofort, und ich habe es hier. Ich versuchte, dich zu erreichen – aber Doktor Kellers Sekretärin hat mich erst jetzt verbunden. Es ist wirklich wahr! Zwei Zeitungen riefen aus Los Angeles an –«

»Lies mir das Telegramm vor.«

Offensichtlich hielt sie es in der Hand, denn sie las unverzüglich vor. Garrett hörte benommen zu und bat dann, sie solle es noch einmal langsamer lesen.

Als sie damit fertig war, sagte er: »Wir werden nach Stockholm reisen. Ich weiß nur nicht, was wir mit den Kindern –«

»Wir können sie zu Tante Mag bringen. O John, das ist so wunderbar! Ich habe so oft davon geträumt. Ich hab' mich nie getraut, es dir zu sagen. Aber du hast es verdient, und nun bist du – für immer – ein Nobelpreisträger –«

»Ja –«

»Dekan Filbrick rief an. Die ganze medizinische Fakultät und alle im Hospital wissen es schon. Sie wollen heute abend ein Fest veranstalten – improvisiert – nach deinem Vortrag –«

Garrett hatte seinen Vortrag vergessen. Er suchte sich darauf zu besinnen.

Er hörte wieder Saralees Stimme. »Einen Augenblick. Es ist jemand an der Tür.«

»Laß ihn warten –«

Aber sie war schon fort. Er wartete, den Hörer am Ohr, und genoß die Glut des Erfolges, die ihn durchströmte. Nie mehr würde es einen Tag in seinem Leben geben wie diesen, so ganz und gar sein eigen, so erfüllt.

Saralee war zurück. »Es war wieder ein Telegramm.« Er hörte das Knistern von Papier, während sie es öffnete, dann war Totenstille, und dann sagte sie in merkwürdigem Ton: »Es ist – es ist ein Kabel aus Rom – Italien –« Sie stockte.

»Von wem?« fragte er laut, um sie aufzumuntern.

»Ich lese es dir vor. *Ich wurde soeben von der Schwedischen Gesandtschaft benachrichtigt, daß wir gemeinsam den diesjährigen Nobelpreis für Medizin gewannen. Ich freue mich, daß unsere Arbeit so anerkannt wurde, und freue mich doppelt, daß ich die Anerkennung zusammen mit einem amerikanischen Kollegen erhalte, den ich hochschätze. Nehmen Sie bitte meine aufrichtigsten Glückwünsche entgegen. Mit den besten Wünschen.* Die Unterschrift lautet: *Carlo Farelli.*«

Garrett blieb ganz ruhig. Es war kein Ärger in ihm, kein Zorn, nur das Gefühl einer überwältigenden Niederlage in diesem Augenblick des Sieges. Seine Enttäuschung ließ sich nicht in Worte fassen. Er wußte, endgültig, daß er an diesen schrecklichen Italiener für jetzt und immer gefesselt war.

Saralees Stimme kam blechern durch den Hörer. »John, das darf nicht alles verderben –«

Nein, dachte er, dadurch darf nicht alles verdorben werden. Er würde nach Stockholm gehen, um seines halben Erfolges willen, und sich Farelli stellen und den Erfolg zu einem ganzen und eigenen Erfolg machen. Irgendwie würde das Nobelkomitee, würde die Welt die Wahrheit erfahren und wissen, wer der Genius und wer der Usurpator war. Aber noch nicht heute abend, das wurde ihm langsam klar, nicht am Abend eines so denkwürdigen Tages.

Er seufzte. Die neue Rede war erledigt. Auch heute abend würde es wieder »Hippokrates und das menschliche Herz« sein. Aber nächsten Monat würde es einen Abend ganz anderer Art geben, das wußte er sicher ...

Es war genau vier Uhr dreißig an einem kühlen Nachmittag, als das Telegramm von der Schwedischen Gesandtschaft in Washington, D. C., in dem früheren Kurzwarengeschäft neben dem *Weekly Independent* eintraf, das jetzt in dem ländlichen Flecken Miller's Dam, Wisconsin, als Telegrafenamt diente.

Aber inzwischen waren schon fünfundvierzig Minuten vergangen, und die Botschaft lag noch immer, mit verschiedenen anderen, in dem elektrischen Aufnahmeapparat, ohne daß sie ein menschliches Auge gesehen, eine menschliche Hand berührt hätte.

Die einzige Hüterin des Amtes während der acht Tagesstunden war Eldora Fleischer, die achtzehnjährige Tochter eines Molkereibesitzers im Ort, die diese Stunden meistens mit Groschenromanen und Filmzeitschriften verbrachte oder von einem wohlhabenden, vornehmen Freier aus Milwaukee oder Chicago träumte, der sie hier entdecken und zur Flucht überreden würde.

Aber um vier Uhr fünfzehn an diesem Nachmittag war sie es leid, davon zu träumen. Vorige Woche hatte sie die Bekanntschaft eines Jungen gemacht, der neu zugezogen war. Er hatte lockiges Haar und ein trotz der Pickel recht anziehendes Gesicht, zudem war er imponierend groß.

Um vier Uhr fünfzehn also kam Roger – so hieß der junge Mann – ins Telegrafenamt geschlendert und hatte, nach ein paar vergnügten, wirklich witzigen Scherzen, Eldora aufgefordert, ihm beim Rauchen Gesellschaft zu leisten. Da sie es nicht wagte, öffentlich zu rauchen, schlug sie Roger vor, sie könnten sich in den kleinen Vorratsraum hinter dem Amt verziehen. Das Telegrafenamt wurde um diese Zeit selten aufgesucht, und wenn, dann würde die Glocke über der Tür läuten und Eldora davon in Kenntnis setzen.

Es war nun fünf Uhr fünfzehn, und Eldora war noch immer mit Roger im Vorratsraum. Sie hatte zwei Zigaretten geraucht und er drei, und dann hatte er sie auf seine Knie gezogen, ihren Hals und die Kerbe zwischen ihren Brüsten geküßt, und dann war seine Hand unter ihr Kleid geglitten.

»Warte«, sagte sie, »warte doch, Roger –«

Sie lief zur Tür, schloß sie und verriegelte sie von innen. Nun konnte sie die Klingel nicht mehr hören, aber sie würde schon eine Ausrede finden, falls man sie zur Rede stellte, und im übrigen war es ihr egal. Sie lief zurück und setzte sich wieder auf Rogers Schoß ...

Keiner von beiden hörte die Türklingel.

Die Eingangstür war geöffnet worden, die Klingel läutete, als Jake Binninger das Telegrafenamt betrat, der untersetzte, kurzsichtige, stets auf Neuigkeiten erpichte Reporter und Anzeigenchef des *Weekly Independent* von nebenan.

Er stürmte immer wild herein, aber heute schien er noch viel aufgeregter zu sein als sonst. Er hielt einen abgerissenen Streifen des Fernschreibers in der Hand, der von einer amerikanischen Nachrichtenagentur bedient wurde.

»Eldora?«

Es kam keine Antwort. Er schloß daraus, daß sie fortgerannt war, um eine Tasse Kaffee zu trinken. Trotzdem war er fest entschlossen, nicht wieder fortzugehen, bis er eine Bestätigung der unwahrscheinlichen Nachricht in seiner Hand erhalten hatte. Dem Fernschreiben zufolge war die Meldung telegrafisch nach Miller's Dam übermittelt worden. Es mußte also ein Durchschlag des Telegrammes hier zu finden sein. Es war die aufregendste Geschichte, die in Miller's Dam seit dem Mord am Pikes Creek vor zehn Jahren passierte – und wenn sie wahr war, mußte er den genauen Inhalt des Telegrammes kennenlernen.

Er ging um den Schreibtisch herum, fand Eldoras Liste der eingegangenen Depeschen – es waren nur sechs gewesen, doch das Telegramm, das er suchte, war nicht dabei. Und dann begann er, fast unbewußt, die Telegramme zu lesen, die noch in der Maschine steckten.

Er fand es sofort, stieß einen Freudenruf aus, holte seinen Bleistift aus der Tasche und schrieb den Text der Depesche auf den Rand seines Fernschreibens ab.

IN ANERKENNUNG IHRER KRAFTVOLLEN UND BEDEUTENDEN LITERATURWERKE ZUR VERTEIDIGUNG MENSCHHEITSBEGLÜCKENDER IDEALE UND IN BESONDERER WÜRDIGUNG IHRER GROSSEN ROMANE DER VOLLKOMMENE STAAT UND ARMAGEDDON HAT DIE NOBELPREISSTIFTUNG IN STOCKHOLM IM NAMEN DER SCHWEDISCHEN AKADEMIE DIE FREUDE IHNEN MITZUTEILEN DASS SIE HEUTE ZUM NOBELPREISTRÄGER DIESES JAHRES FÜR LITERATUR GEWÄHLT WURDEN STOP DER PREIS BESTEHT AUS EINER GOLDMEDAILLE UND EINEM SCHECK ÜBER FÜNFZIGTAUSENDDREIHUNDERT DOLLAR STOP DIE PREISVERLEIHUNGSZEREMONIE FINDET AM ZEHNTEN DEZEMBER IN STOCKHOLM STATT STOP EINZELHEITEN FOLGEN STOP HERZLICHSTE GLÜCKWÜNSCHE STOP

Die Botschaft war an HERRN ANDREW CRAIG SEVENTY SEVEN WHEATON ROAD MILLERS DAM WISCONSIN adressiert ...

Es war fünf Uhr zwanzig, und sie hatten sich unterhalten und um Gin Karten gespielt, als Lucius Mack merkte, daß sein Freund Andrew Craig zu betrunken war, um das Glas an seine Lippen zu bringen.

»Ich glaube, ich habe jetzt genug, Andrew«, sagte Mack taktvoll. »Wir können morgen fertigspielen. Ich muß jetzt wieder in meinen Laden zurück.«

Craig hob mit Anstrengung den Kopf und suchte seine verglasten Augen auf seinen Freund einzustellen.

Mack schob seinen Stuhl zurück und stand auf. »Willst du dich nicht ein bißchen hinlegen?«

»Will nichts lieber, Florence Nightingale«, sagte Craig. »Keine Faxen – ich bin sternhagelvoll, das wissen wir beide, und – mir ist's recht so.«

Craig erhob sich schwankend und wollte einen Schritt machen, aber er stolperte. Mack packte ihn am Arm und stützte ihn. Craig gab sich geschlagen. »Mir ist schwindelig. Der ganze Saft ist in meine Beine gegangen.«

Mack führte den Schriftsteller langsam zum Bett, half ihm, sich zu setzen. Kaum spürte Craig die Matratze unter sich, ließ er sich auf das Kopfkissen fallen. Geschickt, wie er es schon so oft getan hatte, hob Mack die langen Beine seines Freundes aufs Bett. Dann zog er ihm die Mokassins aus und stellte sie ordentlich unter den Nachttisch.

Er beugte sich einen Augenblick über Craig und betrachtete ihn prüfend. Für jemand, der so darauf aus war, sich selbst zu zerstören, war die hingestreckte Gestalt sehr geschmeidig und überraschend muskulös; sie war mit einem alten grauen Wollhemd und weichen Cordhosen bekleidet. Mack entschied, daß sein Freund es so behaglicher habe als in seinem Pyjama.

Dann ging er wieder zum Tisch und begann dort Ordnung zu machen. Leah, Craigs Schwägerin, konnte Unordnung nicht leiden.

Als Lucius Mack fertig war, blieb er mitten im Zimmer stehen und betrachtete es nachdenklich. Er liebte den schmalen, braunen, behaglichen Raum im Giebel des Fachwerkhauses und fühlte sich hier genauso zu Hause wie in seinen eigenen Räumen im Boardinghouse *Perking*. Sein Blick schweifte über das Rollpult und die so lange nicht benutzte zugedeckte Schreibmaschine und das Bücherregal mit den fünf Fächern, die fast lauter Nachschlage- und Geschichtswerke enthielten; nur das oberste Fach war für Craigs eigene vier Romane reserviert, in amerikanischen, englischen und den anderen ausländischen Ausgaben.

Lucius Mack kannte die Craigs – oder Craig – schon über fünf Jahre, und mehr als zwei Jahre war er mit Craig eng befreundet. Kaum zu glauben, daß es schon acht Jahre her war, seit Andrew und Harriet Craig hierher nach Miller's Dam zogen – er war noch so knabenhaft damals, hatte erst ein Buch veröffentlicht, ein zweites sollte bald erscheinen. Sie hatten das *Hartog-Haus* gekauft, dieses Haus hier an der Wheaton Road, es renovieren lassen und anfangs ganz zurückgezogen gelebt, wie Hochzeitsreisende. Schon im ersten Monat ihres Hierseins hatte Lucius Mack eines Morgens Harriet Craig in der Zeitung getroffen, wo sie ein Inserat für eine Tageshilfe aufgab. Erinnerungen verblassen im Lauf der Jahre, aber Mack wußte noch genau, was ihm damals solchen Eindruck gemacht hatte: eine dunkelblonde stille und beherrschte Frau mit einem anziehenden, fast heiteren slawischen Gesicht mit breiten, aber regelmäßigen Zügen – er hatte vermutet, daß sie von Litauern abstammte. Sie war etwas über mittelgroß gewesen, wirkte nur kleiner neben dem schlaksigen Andrew, der einen Meter dreiundachtzig groß war. Sie war in jeder Hinsicht ein erfreulicher Anblick mit ihrer vollen fraulichen Figur und strahlte eine gewisse Gediegenheit aus, die gut zur Atmosphäre in Wisconsin paßte.

Eine Woche später hatte er Craig schriftlich um ein Interview gebeten, und fast sofort war Craig persönlich erschienen. Damals war Mack der frischgebackene Besitzer des *Weekly Independent* gewesen. Er befolgte die strenge Regel aller Kleinstadtzeitungen – jedermanns Namen mindestens einmal im Jahr, wenn möglich mehrmals, gedruckt zu bringen. Das war schwierig, weil so viele Mitglieder der Gemeinde so stumpfsinnig waren. Die Ankunft von Leuten aus dem Osten, dazu noch ein Autor mit wachsendem Ruhm, bot Mack eine willkommene Gelegenheit, seine Seiten zu beleben.

Besonders gut konnte sich der Herausgeber und Publizist beim Gedanken an Craigs ersten Besuch an sein zerzaustes schwarzes Haar und seine lebendigen, belustigten, nichts übersehenden Augen erinnern, an den in seinem nur angedeuteten Lächeln enthaltenen Zynismus und an den allgemeinen Eindruck eines schmalen, hohlwangigen und brütenden Gesichtes. Craig hatte sich als ein dankbares Objekt erwiesen, denn er war ein bestrickend guter Unterhalter, ein faszinierender Erzähler gewesen, der sich buchstäblich an allem interessiert gezeigt hatte und mit den erstaunlichsten Kenntnissen aufwarten konnte.

Das war vor fünf Jahren gewesen. Und jetzt?

Mitten im Zimmer stehend, blickte Lucius Mack mitleidig und liebevoll zugleich auf die auf dem Bett ausgestreckte Gestalt seines Freundes, nahm er seinen schweren Atem wahr, seinen todähnlichen Schlaf. Bis auf die tiefen Spuren seines ausschweifenden Lebens unter den Augen und Backenknochen sah Craig aus wie damals, obwohl er jetzt neununddreißig Jahre zählte. Mack fühlte sich eins mit ihm, als seien sie nicht durch eine Spanne von sechzehn Jahren getrennt. Vielleicht waren sie nach jenem ersten Gespräch deshalb so gute Kameraden geworden, weil sie sich so ähnlich waren, weil ihre Gedanken die ganze Erde mitsamt dem Universum umschweiften, statt wie die anderen sich nur für den Augenblick und greifbare kleine Dinge zu interessieren.

In der ersten Zeit kam Craig fast jede Woche einmal in die Zeitungsredaktion geschlendert, um mit Mack ein oder zwei Glas zu kippen und mit ihm zu reden. Aber nach Craigs Autounfall, seinem seelischen Zusammenbruch, seiner Selbstaufgabe, hatte Mack damit begonnen, seinen Freund vier- bis fünfmal in der Woche zu besuchen. Meistens erschien er am Nachmittag, bevor Craig allzu betrunken wurde. Sie machten es sich im Giebelzimmer bequem, die Flasche zwischen sich, wobei Craig auf sechs Gläser kam, wenn Mack nur eines trank, und dann unterhielten sie sich wie in alten Zeiten, vielleicht noch unbekümmerter, noch phantastischer, je mehr sie tranken. Manchmal spielten sie auch, ohne jede Methode, Karten. So war es nun fast seit drei Jahren gewesen, und jeder dieser Tage endete während Craigs schlimmen Perioden genauso, wie dieser Tag geendet hatte.

Lucius Mack seufzte, verließ geräuschlos das Zimmer und stieg vorsichtig die beiden Absätze der Wendeltreppe hinab. Das Wohnzimmer war an diesem trüben Nachmittag hell erleuchtet, und Leah Decker saß mit verkniffenem Gesicht, wie stets um diese Tageszeit, in einer Ecke des tiefen Sofas und strickte eifrig.

Als Mack ins Zimmer trat, schaute sie auf. »Was macht er?«

»Er schläft.«

»Wieviel hat er heute nachmittag getrunken?«

»Oh, nur ein paar Gläschen, nicht viel.«

»Das kann ich mir denken!«

»Schauen Sie, Leah«, sagte Mack begütigend, »ich habe es Ihnen schon so oft gesagt – Andrew macht eine böse Zeit durch, er hat noch eine viel schlimmere hinter sich, und das ist eben seine Art, all dem zu entrinnen. Er ist nicht wie andere Leute. Er ist ein schöpferischer Mensch, sensibel –«

»Es wird immer schlimmer«, erwiderte sie scharf. »Es hielt immer zwei Wochen an, und die nächsten zwei Wochen war es erträglich. Jetzt dauert es drei Wochen, und nur eine Woche lang ist er normal.«

»Wir müssen es eben eine Zeitlang durchstehen. Wenn ein Mann seine Frau verloren hat, ist der Schock –«

Leah warf ihr Strickzeug beiseite. »Er hat Harriet umgebracht durch sein Trinken, und jetzt ist er dabei, sich selber umzubringen. Ich will nicht zwei Morde mitansehen müssen.« Sie stand auf. »Lieber Himmel, Lucius, glauben Sie etwa, ich wüßte nicht, wie man sich da fühlt? Sie war doch meine Schwester – nicht nur seine Frau. Auch für mich war Harriets Tod ein großer Verlust, aber nachdem ich lange genug getrauert hatte, fand ich wieder zu mir selbst. Mein Gott, das ist drei Jahre her! Das Leben geht weiter. Das Leben ist für die Lebenden da, man bekommt ohnehin zu wenig davon. Einmal haben wir alle ein Recht darauf, das können Sie mir glauben.« Sie hielt inne. »Möchten Sie eine Tasse Kaffee haben?«

Sie tranken immer Kaffee zusammen nach seinem Besuch bei Craig, und Mack nickte zustimmend.

Leah Decker begab sich in die altmodische Küche, und Mack folgte ihr und setzte sich auf einen Stuhl vor dem Küchentisch. Sie ist eine hübsche Frau, dachte er, und wirkt anziehend, obgleich sie viel strenger und unnachgiebiger ist als Harriet. Sie besaß auch nichts von Harriets Fröhlichkeit und Humor. Sie war praktisch veranlagt, klug und – in letzter Zeit allzuoft – unzufrieden. Das letztere verzieh ihr Mack, weil sie keine leichte Aufgabe hatte. Nach dem Unglück war sie gekommen, um auszuhelfen, und dann war sie eben geblieben. Trotz all ihrer Fehler war sie selbstlos in ihrer Zuneigung zu Craig und in seiner Gegenwart stets viel weicher und weiblicher. Ihre härteren Seiten, ihre Klagen waren anderen vorbehalten.

Mack wußte, daß sie ein einsames Leben führte. Craig war zu selten nüchtern, nur selten zu Geselligkeit aufgelegt. Und Mack war sich klar, daß in finanzieller Hinsicht die Dinge nicht zum besten standen. Craigs magere Ersparnisse mußten inzwischen verbraucht sein, sicher hatten sie zahllose Schulden, und es bestand wenig Hoffnung, sie zu tilgen. Craig hatte hundert Seiten eines neuen Romans geschrieben – *Heimkehr nach Ithaka* –, aber nur wenige Seiten waren in den letzten sechs Monaten hinzugefügt worden. Kurze Zeit hatte für Craig die Möglichkeit bestanden, einen Lehrauftrag, am *Joliet College*, das nur vier Meilen nördlich von Miller's Dam lag, zu erhalten. Alex Inglis, ein gewissenhafter, gelehrter Literaturprofessor an dieser Schule, der mit seinen fünfzig Jahren selber ein verhinderter Schriftsteller und ein großer Verehrer von Craigs Büchern war, hatte sich dafür eingesetzt, sein Idol als

Lehrer an das College zu bringen. Diese Hoffnung war zerschellt, als Inglis, um dem Senatskollegium Eindruck zu machen, Craig zu einer literarischen Vorlesung am *Joliet* veranlaßte und Craig zu betrunken war, um sie zu Ende zu führen.

Sicher konnte der Craigsche Haushalt nur deshalb fortgeführt werden, weil Leah zu wirtschaften verstand und sparsam mit dem umging, was noch aus Craigs früheren Veröffentlichungen hereinkam. Taschenausgaben, die ausländischen Editionen der Romane und gelegentliche Bearbeitungen fürs Fernsehen brachten ab und zu kleinere Summen ein, und Leah sorgte auch dafür, daß die wenigen Verehrer Craigs überall im Land nicht erlahmten; sie hielt ihr Interesse wach für seine Romane, während sie gleichzeitig mit Kritikern korrespondierte und sie dazu aufstachelte, über Craig zu schreiben, und Craigs der Verzweiflung nahen Agenten ständig quälte, Neudrucke und Neuausgaben seiner vier Romane zu veranlassen. Auf diese Weise hielt sie Craig – und sich selber – über Wasser. Aber wie lange noch?

Und warum tat sie das? Diese Frage beschäftigte Mack. Warum hatte Leah Decker, eine begehrenswerte Frau, nicht älter als vierunddreißig, sich dieser Art Leben verschrieben? Weil ihr Schwager ihr leid tat? Weil die Nähe einer einst vielversprechenden literarischen Persönlichkeit ihr sonst so eintöniges Leben bereicherte? Oder – über diesen Punkt hatte Mack schon oft gegrübelt – weil sie heimlich den Mann ihrer Schwester begehrte, die künftige Sicherheit und das Prestige, das er ihr vielleicht verschaffen würde?

»Es dauert nur noch eine Minute«, rief Leah, während sie die Semmeln aus der Röhre nahm.

»Ich habe Zeit.«

Auch über einen anderen Punkt konnte sich Mack nicht klarwerden. Wann immer Craig abwesend war, zog Leah bei Mack oder anderen nahen Freunden über das Trinken ihres Schwagers her. Doch immerzu standen frische Flaschen Whisky in Craigs Zimmer, und Craig hatte sie nicht gekauft. Immerzu trank Craig, bevor Mack ihn besuchte, und er trank auch nachher. Mack überlegte, ob Leah vielleicht auf heimtückische Weise Craig zum Trinken ermunterte oder wenigstens nichts dagegen unternahm, um seine Potenz als Mann zu beeinträchtigen. Auf diese Weise konnte sie ihn von sich abhängig machen und für ihn zugleich Pflegerin, Mutter und Frau sein. Wenn Craig nicht trinken würde, wie früher, könnte er fortgehen für immer und Leah in der Leere eines Altjungferdaseins zurücklassen. Es gab jedoch Gründe, die gegen ein solches Verhalten Leahs sprachen, zum Beispiel die Tatsache, daß Craigs Unmäßigkeit im Trinken seine schriftstellerische Arbeit verhinderte und ihn dadurch seiner Geldmittel beraubte, und damit auch Leah. Wie verhielt es sich in Wahrheit mit Leah?

Sie brachte jetzt zwei Tassen mit dampfendem Kaffee zum Küchentisch, holte die gewärmten Semmeln und Butter und setzte sich Lucius Mack gegenüber.

»Wie Sie wissen, habe ich in den letzten Wochen ein paarmal versucht, mit ihm zu reden«, sagte sie. »Ich finde, er sollte jeden Tag ein wenig schreiben – etwas tun. Ich wollte, Sie würden einmal mit ihm sprechen. Auf Sie würde er vielleicht hören.«

Mack goß Sahne in seinen Kaffee und nahm einen Schluck. »Wir haben oft darüber diskutiert, Leah. Was denken Sie, worüber wir da oben sprechen? Er ist jetzt davon besessen, sich selbst zu zerstören. Dabei ist er im Innersten viel zu zäh, um sich umbringen zu können. Er ist ein Schriftsteller. Er hat Verstand. Eines Tages werden diese Faktoren die Oberhand gewinnen. Dann wird er aufwachen und die Flasche beiseite stellen und sich plötzlich sagen: Wohin bin ich geraten? Höchste Zeit, daß ich wieder lebendig werde. Und dann wird er wieder so sein, wie er früher war.«

»Schön, ich warte sehnlichst auf diesen Tag. Drei Jahre sind eine schrecklich lange Zeit.« Sie schob den Teller mit Semmeln Mack zu. »Bedienen Sie sich. Sie haben es nötig, ein bißchen zuzunehmen.« Als müsse Leahs freundlicher Rat unterstrichen werden, klingelte das Telefon.

Das kam in diesen Tagen selten vor, und Leah war mit einem Sprung am Telefon und nahm den Hörer ab. Sie lauschte einen Augenblick, bat mit enttäuschter Stimme den Anrufer, zu warten, und hielt dann den Hörer Mack hin.

»Für Sie«, sagte sie. »Jake Binninger im Büro.«

Mack klemmte den Hörer zwischen Schulter und Kinn, wie es seine Gewohnheit war, und lauschte.

Leah saß wieder am Tisch, in ihre eigenen Gedanken versunken, und schenkte ihm keine Aufmerksamkeit. Sie schlürfte ihren Kaffee und hätte ihn fast verschüttet, als sie Mack plötzlich aufgeregt rufen hörte. Sie schaute überrascht auf und sah, daß sein faltiges Gesicht ganz rot wurde vor Freude.

»Bist du sicher, Jake?« rief er flehend ins Telefon. »Ist es auch kein Schwindel? Lies es noch mal vor – von Anfang an – langsam – los!«

Nur das Summen des Kühlschrankes war zu hören, während Lucius Mack sich ans Telefon preßte und Leah ihn neugierig beobachtete.

In die Stille hinein sagte Mack: »*All right* – das genügt – was für ein Tag! Hör zu, Jake, du läßt jetzt alles liegen und stehen, kommst sofort hierher und bringst alles mit.«

Er hängte mit einem Knall auf und drehte sich um.

»Leah, es ist fürchterlich aufregend – die Nachricht, die gerade durchkam –, Andrew hat den Nobelpreis für Literatur gewonnen!«

Sie sah ganz verwirrt drein. »Wie meinten Sie? Ich verstehe nicht ganz –«

Mack packte sie bei den Schultern, zog sie halb vom Stuhl und schüttelte sie in seiner Begeisterung. »Den Nobelpreis –!«

»In Schweden?« fragte sie verblüfft.

»Den größten Preis der Welt. Über fünfzigtausend Dollar für Andrew Craig!«

»Reden Sie deutlich, Lucius. Ich begreife nicht. Ich bin ganz durcheinander.«

»Sie wissen – Sie wissen doch – den jährlichen Preis für den besten Schriftsteller der Welt – und sie haben eben aus Stockholm telegrafiert – als Preisträger hätten sie Andrew gewählt.«

»Oh, lieber – lieber Himmel –« Sie war sprachlos. »Ist es wirklich wahr?«

»Jake bekam es von der *Associated Press* gedrahtet. Er überprüfte die Nachricht. Das Telegramm aus Stockholm lief gerade eben im Amt an der Main Street ein.«

»Was sollen wir tun?« fragte sie hilflos.

»Wir bringen jetzt Andrew auf die Beine, und zwar verdammt rasch. AP und UPI schicken ihre Leute per Flugzeug aus Chicago. Dasselbe tun *Time, Life* und *Newsweek*. Bis heute abend sind sie alle da. Und die Zeitungen in Milwaukee und Madison schicken ihre Sonderreporter her. Sie haben sich alle mit unserem Büro in Verbindung gesetzt. Das ist eine Nachricht, Leah – es ist ganz unglaublich!«

»Aber Andrew – er kann nicht –«

»Er kann und wird«, sagte Lucius Mack. Er nahm Leah beim Ellbogen und bugsierte sie aus der Küche. Aber plötzlich blieb er stehen. »Nein, warten Sie. Sie machen jetzt kübelweise heißen schwarzen Kaffee, inzwischen wecke ich ihn auf. Wir müssen ihn unbedingt halbwegs nüchtern kriegen!«

Mack lief durchs Wohnzimmer, rannte die Treppe hinauf und riß die Tür zu Craigs Schlafzimmer auf.

Andrew Craig lag jetzt flach auf dem Rücken, die Arme weit ausgestreckt wie ein Gekreuzigter. Sein Atem klang dumpf und schwer.

»Andrew – Andrew –«

Mack bekam keine Antwort. Da packte er Craig an den Schultern und schüttelte ihn.

»Wach auf «

Craig bewegte sich unruhig, dann öffnete er seine blutunterlaufenen Augen. Er schaute Mack suchend an, mühte sich, klar zu werden.

»Was ist los?« murmelte er. »Gott im Himmel, laß mich zufrieden –« Er drehte den Kopf auf die Seite, aber Mack zwang ihn dazu, ihn anzuschauen.

»Andrew, es ist sehr wichtig –«

»Ich will nichts als schlafen –«

»Nein, hör zu – bitte, hör zu, Mensch –, bei uns hat der Blitz eingeschlagen! Du hast den Nobelpreis gewonnen – wahr und wahrhaftig, ich mache keinen Scherz! Sie zeichnen deine Bücher *Der Vollkommene Staat* und *Armageddon* aus und deine schriftstellerische Arbeit zur Verteidigung ›menschheitsbeglückender Ideale‹. Es ist wahr, Andrew, und fünzigtausend Dollar sind dir sicher!«

Andrew Craig lag bewegungslos da wie ein Kadaver, mit offenen Augen starrte er irgendwohin, nur sein kaum wahrnehmbares Atmen zeigte an, daß er noch am Leben war.

Mack packte seinen Freund wieder an den Schultern. »Hast du gehört, was ich sagte, Andrew?«

»Ich hab's gehört.« Er rührte sich nicht. »Du willst mich bloß aufziehn.«

»Jedes Wort ist wahr. Jake Binninger ist unterwegs hierher mit dem Telegramm und dem Fernschreiben von AP. In ein paar Stunden haben wir die halbe Presse des ganzen Landes hier!«

»Wieso ich?« fragte Craig plötzlich. »Ich hab' seit vier Jahren nichts mehr veröffentlicht –«

»Ich weiß nicht wieso – ich weiß nur, daß es so ist. Vater Zeus ist vom Olymp herabgestiegen und hat seinem Sohn den Kranz aufgesetzt. Andrew, begreifst du, was das bedeutet – was für ein Tag das ist? Seit heute bist du ein Nobelpreisträger – gehörst du zu den Großen – den Unsterblichen!«

»Ich weiß nicht, was ich dazu sagen soll.«

»Überleg es dir, möglichst rasch. Du wirst 'ne Masse zu sagen haben – für die ganze Welt – schon heute abend.«

»Lucius, ich bin betrunken!«

»Wir werden dich schon nüchtern kriegen. Leah ist deshalb schon in der Küche.«

»Was hat sie denn gesagt?«

»Sie hat ihre übliche Redseligkeit völlig verloren.«

»Das freut mich für sie.« Er versuchte, sich auf dem Ellbogen aufzustützen, griff sich ächzend an den Kopf und ließ sich auf das Kissen zurückfallen. Doch Mack ergriff Craigs Arm und zog mit aller Kraft. Craig widerstrebte, aber plötzlich saß er aufrecht. Er ließ die Beine vom Bett gleiten, und Mack kniete sich hin und streifte ihm die Mokassins an die Füße. »So weit wären wir.«

»Muß ich mich umziehen?«

»Ich glaube nicht. Ich möchte nur, daß du nüchtern aussiehst. Es wäre gut, wenn du ein bißchen Wasser an dein Gesicht brächtest und dein Haar kämmtest.«

Eine Zeitlang war das Rauschen von Wasser aus dem Badezimmer zu hören, dann tauchte Craig wieder auf, gepflegter aussehend, aber noch immer nicht ganz bei Bewußtsein.

»Es geht nicht, Lucius. Ich seh' dich dreifach, und das Bett sieht aus wie zwei Betten, und ich möchte in beiden schlafen.« Unsicher nahm er seine Bruyèrepfeife vom Tisch und dann den zerschlissenen halbvollen Tabaksbeutel. »Den Nobelpreis, hast du gesagt. Was hat das für Folgen?«

»Ich habe es dir gesagt. Mehr als fünfzigtausend Dollar.«

»Das ist natürlich gut – aber ich meine, was wird nun von mir erwartet?«

»Nun, da sind zunächst die Reporter da heute abend. Und in drei Wochen wirst du nach Stockholm reisen –«

»Nach Stockholm? Das kann ich nicht.«

»Natürlich kannst du.«

»Nein. Ich bin schon mal dorthin gereist – aber das war mit Harriet.« Er sagte es fast unhörbar. »Aber jetzt bin ich allein.«

Als Andrew Craig die Küche betrat, durchquerte Jake Binninger, der soeben angekommen war, den Raum mit zwei Sprüngen. Er ergriff Craigs schlapp herabhängende Hand und zermalmte sie fast. »Mr. Craig, das ist wunderbar! Ich bin stolz darauf, daß ich Sie persönlich kenne! Tausend Glückwünsche!«

»Vielen Dank, Jake.«

Leah hatte sich im Hintergrund gehalten. Als der Reporter beiseite trat, näherte sie sich Craig. Sie reckte sich auf die Zehenspitzen und berührte seine Wange mit einem leichten Kuß.

»Ich freue mich für dich«, sagte sie.

»Danke dir, Leah.«

»Hier ist die Bestätigung.« Sie übergab ihm das Telegramm und das Fernschreiben.

Craigs Hand zitterte, als sie die Blätter entgegennahm, und tastete nach dem nächsten Küchenstuhl. Vorsichtig setzte Craig sich hin und begann zu lesen. Dann meinte er schließlich: »Ich glaube, das ist amtlich. Aber ich bin mir noch nicht klar über diese Reise nach Stockholm.« Er schaute seine Schwägerin bittend an. »Leah, ich kann diesen Abend nicht durchstehen ohne etwas zum Aufmuntern. Dort im Schrank steht eine Flasche –«

Leah rührte sich nicht. »Schwarzen Kaffee«, sagte sie.

»Zum Teufel, dann gib mir eben Kaffee – irgend etwas.«

Das erste Ferngespräch kam aus New York. Craigs Verleger war am Apparat, und das war ihr erster Kontakt in diesem Jahr. Die Glückwünsche des Verlegers klangen sehr herzlich. Er hatte gute Nachrichten. Schon morgen würde mit der Arbeit begonnen an einem luxuriös ausgestatteten Sammelband, in dem drei von den vier Romanen Craigs enthalten sein würden, unter der Bezeichnung »Nobel-Ausgabe«. Der Verleger, der Craig schon lange abgeschrieben hatte mitsamt dem Vorschuß auf seinen nächsten Roman, war nun begierig zu erfahren, ob Craig wieder zu schreiben begonnen hatte. »Wenn Sie damit meinen, ob ich mit dem Trinken aufgehört habe, so lautet meine Antwort nein«, erwiderte Craig mürrisch. Der Verleger nahm diese Antwort als einen Scherz und wiederholte immer wieder, wie sehr er von Craigs Genie überzeugt sei. Ein handgreiflicher Beweis dafür werde ein Scheck sein, der noch in dieser Woche per Post abgehe, ein Vorschuß auf den Sammelband und ein weiterer Vorschuß auf den neuen Roman. Er sei stolz darauf, daß sein Verlag einen Nobelpreisträger zu seinen Autoren zähle. Er hoffe, Craig noch vor seiner Reise nach Stockholm zu sehen. Craig äußerte sich ganz unverbindlich und hing so rasch wie möglich ab.

»Widerlich«, murmelte er.

In diesem Augenblick klingelte das Telefon schon wieder. Dieses Ferngespräch kam von Connecticut, und am Apparat war Craigs literarischer Agent, mit dem er seit Monaten außer Kontakt war, während Leah ihm ständig geschrieben hatte. Stumm hörte Craig sich seine überschwenglichen Glückwünsche an. Auch der Agent hatte mit Neuigkeiten aufzuwarten. Er hatte von drei New Yorker Agenturen für Filmdrehbücher einen Anruf erhalten. Alle drei hatten sich erkundigt, ob Craig nach seiner Rückkehr von Schweden nicht dafür gewonnen werden könne, Aufträge für Hollywood zu übernehmen. Außerdem hatten sie alle nach seinem Gesundheitszustand gefragt. Craig war darüber eher belustigt als erzürnt. »Teilen Sie ihnen mit«, sagte er, »ich würde für sie arbeiten – für fünftausend Dollar und fünf Kisten Schnaps in der Woche.« Das Lachen in Connecticut klang unsicher.

Zehn Minuten später – Craig hatte gerade seine Tasse Kaffee ausgetrunken und Leah schenkte ihm eine zweite ein – kam ein drittes Ferngespräch, diesmal aus Boston. Craig fand sich mit dem bekanntesten Manager für Vortragsreisen verbunden. Im Gegensatz zu den andern ging er sofort auf sein Ziel los. »Dieser Nobelpreis macht Sie zu einer gangbaren Ware«, erklärte er Craig. »Wir können Sie für ein Jahr fest verpflichten – für Frauenklubs – die übliche *Chicken-à-la-king*-Runde – zu einem Pauschalhonorar von einhunderttausend Dollar. Unsere Provision beträgt die Hälfte davon. Wir kommen für sämtliche Kosten auf – Reisen, Hotels, Verköstigung, Reklame. Die Sache ist abgemacht, falls Sie wollen, aber unter einer Bedingung.« Craigs Stimme klang gereizt als er fragte, welche Bedingung das sei. »Frauenklubs sind heikel, wir haben mit ihnen vereinbart, daß wir unsere Literaten nüchtern abliefern. Ich habe gehört, daß Sie saufen. Stimmt das?« Craig fand, daß er diesen Mann mochte. »Ja, das stimmt«, sagte er freimütig. Der Manager war ein Realist. »*Well*, wenn Sie nicht mehr saufen, lassen Sie's mich wissen. Trotzdem, meine Glückwünsche. Sie stehen jetzt ganz oben auf der Leiter.«

Als Craig wieder am Tisch saß, fühlte er sich wie ausgepumpt. Er konnte seine Gedanken nicht zusammenkriegen. Er trank die zweite Tasse Kaffee, während die andern ihn besorgt beobachteten.

Da ertönte die Türklingel. Leah erhob sich, und Lucius Mack sagte: »Wenn es die Presseleute sind, füttern Sie sie ab. Erzählen Sie ihnen, er habe Fieber, die Grippe, aber morgen vormittag könnten sie ihn wahrscheinlich sprechen. Sagen Sie ihnen, es werde mir eine Freude sein, heute abend mit ihnen auszugehen und sie mit allen gewünschten Details zu versorgen, Herkunft, Vorleben et cetera. Haben Sie mich genau verstanden?«

»Wenn Sie drei Jahre lang Craig am Gängelband führten, bringen Sie das auch bei anderen fertig«, erwiderte sie schnippisch und ging hinaus.

Mack betrachtete Craig forschend. Er hatte jetzt die Hand über seine Tasse Kaffee gelegt, die Augen geschlossen, und schwankte leicht in seinem Stuhl. Mack winkte Jake Binninger zu sich.

»Das ist ein Riesending für uns, Jake, und für all die Zeitungen, für die wir schreiben. Du begibst dich jetzt gleich ins Archiv, suchst alle Nobeldaten heraus, die du finden kannst, nimmst sie mit ins Büro und schreibst rasch was darüber. Sobald Andrew reden kann, werde ich aus ihm herausholen, was ich brauche. Komisch, daß man einen Mann so lange kennt und keine Ahnung hat von seinen wesentlichen Daten. Ich weiß nicht einmal, wo er geboren ist.«

»Cedar Rapids«, sagte Craig vom Tisch her.

»So, schau, das habe ich nicht gewußt.« Mack wandte sich wieder an den Reporter. »Geh jetzt dort zur Hintertür raus und mache dich an die Arbeit. Ich komme dann später nach.«

Kurz darauf erschien Leah und hinter ihr Alex Inglis, der Professor am *Joliet College*. Er betrat mit dem Ausdruck unaussprechlicher Verehrung die Küche, als käme er in Leo Tolstois Studierstube in Jasnaja Poljana.

»Es war gar nicht die Presse«, sagte Leah zu Craig. »Es ist Alex Inglis vom College –«

Craig öffnete die Augen und erkannte blinzelnd seinen Bewunderer. Hastig und unbeholfen in seinem schweren schwarzen Mantel und Wollschal setzte sich Inglis seinem Idol gegenüber. »Ich kann Ihnen nicht sagen, wie aufgeregt wir alle sind«, sagte Inglis respektvoll. »Das ganze Camp ist in Aufruhr. Man stelle sich vor, ein Nobelpreisträger direkt vor unsrer Nase –«

»Vielen Dank«, murmelte Craig.

»So wenige amerikanische Autoren sind mit diesem Preis geehrt worden«, fuhr Inglis fort. »Sinclair Lewis, Pearl S. Buck, Eugene O'Neill, William Faulkner, Ernest Hemingway, Thomas Stearns Eliot – falls man ihn als einen Amerikaner ansieht – und nun Andrew Craig!«

Craig zeigte keine Reaktion, und Inglis schaute sich nach Leah und Mack um, ob sie seine Begeisterung auch teilten.

Dann fragte er verwirrt: »Mr. Craig, fühlen Sie sich nicht wohl?«

»Professor Inglis, ich bin betrunken.«

»Na ja, hm, ich kann Sie nicht tadeln – nein, wirklich nicht – der Preis muß gefeiert werden.« Er schluckte. »Ich kam vor allem, um Ihnen zu gratulieren –«

»Verzeihen Sie mir«, sagte Craig. »Sie sind ein guter Kerl, Inglis.«

»– aber auch, um eine gute Nachricht zu bringen. Ich war mit dem Direktor des Verwaltungsrats zusammen, als die Nachricht kam. Ich habe seine Erlaubnis, Ihnen folgendes zu sagen. Wir haben eine ansehnliche Stiftung erhalten, um damit die *Midwestern Historical Society* zu erweitern, und sie wird ganz unabhängig vom College tätig sein. Bis Sommer sollte es soweit sein. Dies bietet eine günstige Aussicht für einen Bibliotheksdirektor – etwa die Stellung, die Archibald McLeish in der Bibliothek des Kongresses innehatte –, und es wäre eine ideale Stellung für Sie, Mr. Craig, weil es sich in Wirklichkeit um ein Ehrenamt handelt, das eingerichtet wird, um der Gesellschaft Prestige zu verschaffen und ihre Gönner zu Stiftungen anzuregen. Die anfallenden Alltagsarbeiten werden von einem Stab von Bibliothekaren erledigt werden. Ihre einzige Aufgabe wäre, einmal im Monat eine Versammlung einzuberufen – oh, und gelegentlich für uns irgendwo einen Vortrag zu halten – im übrigen würden Sie vollkommen unabhängig und frei sein, an Ihren eigenen Romanen zu Hause zu arbeiten. Das Honorar würde aus fünfzehntausend im Jahr bestehen. Natürlich, ich kann mir denken, mit all diesem Nobelgeld –«

»Bis zum Januar wird kein Nobelgeld mehr da sein«, sagte Craig, der die Augen zusammenkniff, um Inglis besser in den Brennpunkt zu bekommen. »Das ist ein gutes Angebot.«

»Ich bin entzückt, daß Sie so denken. Der Verwaltungsrat ist Ihrer Ernennung sehr günstig gesinnt. Natürlich –« Er zögerte, und Craig, für einen Augenblick nüchtern geworden, faßte seinen Besucher scharf ins Auge.

»Natürlich – was?«

»Der Verwaltungsrat ist gewillt, die Ernennung formell nach der Verleihungszeremonie auszusprechen – ich will sagen, nachdem Sie den Preis in Empfang genommen und Ihre Rede gehalten haben.«

»Warum nicht gleich, Inglis – befürchten sie, ich könnte ihnen Schande machen? Mich wieder blamieren – wie damals, als ich im College einen Vortrag halten sollte? Ich wette, diese Burschen glauben nicht daran, daß ich die Nobelpreiszeremonie und diese Tage nüchtern durchstehe. Sie haben Angst vor einem Skandal, nicht wahr?«

Inglis schien sich in seinen großen Mantel zu verkriechen, dunkelrot vor Verlegenheit. »Es ist nicht deshalb, Mr. Craig –«

»Was soll es sonst sein, verdammt noch mal? Ich werde auf die Probe gestellt, nicht wahr, Inglis?«

»Hör auf, ihn zu quälen, Andrew«, sagte Leah. »Er tut sein Bestes. Er meint es gut mit dir, wie alle andern auch. Sie erwarten nur eben jetzt mehr von dir, das ist alles.«

»Gleichviel, ich bin nun mal so«, sagte er verbissen. Sein Blick fiel wieder auf Inglis, und sofort änderte sich seine Stimmung. »Es ist ein gutes Angebot, und ich danke Ihnen und auch den andern. Schön wär's ja – aber gebt kein Geld aus für mich, tut das nicht.«

»Mr. Craig, ich weiß, es wird in Ordnung kommen. Sie sind ein bedeutender Mensch. Ich habe *Der Vollkommene Staat* schon achtmal gelesen. Ich weiß, daß Sie niemand enttäuschen werden in Stockholm.«

Craig hatte die Augen geschlossen und rieb sich die Stirn. Er hörte nicht mehr zu.

Leah gab Inglis einen Wink, und er erhob sich leise und folgte ihr auf den Zehenspitzen aus der Küche. Mack schloß sich ihnen an.

Andrew Craig war allein.

Er fühlte sich so müde, als sei er tausend Jahre alt. Sein Kopf war wirr, und seine vom Trinken geschwächten Nerven verlangten nichts als Bewußtlosigkeit. Er legte die Arme auf den Tisch und ließ den Kopf darauf sinken und versuchte, nicht an die letzten Ereignisse zu denken. Aber sein müdes Hirn fand keinen Schlaf. Er dachte: Ich wollte doch nur langsam, friedlich sterben, ohne Aufhebens, wie eine Pflanze, die vergessen im Schatten steht. Er dachte: Warum haben diese Schweden mich ins Licht gestellt, warum erniedrigen sie mich, indem sie mich zwingen, vor aller Öffentlichkeit zu sterben? George Bernard Shaws sarkastische Bemerkung fiel ihm ein, als er mit neunundsechzig Jahren den Nobelpreis erhielt: »Das Geld ist ein Rettungsgürtel, den man einem Schwimmer zuwirft, der schon das Ufer erreicht hat.« Er dachte: Nur würde ich das für mich umschreiben ... ein Rettungsgürtel, den man einem Mann zuwirft, der schon ertrunken ist. Dann dachte er nichts mehr.

Andrew Craig schlief fest.

ZWEITES KAPITEL

Es war ein frischer, sonnenloser, silbriger Nachmittag in Stockholm, als Graf Bertil Jacobsson am ersten Dezember, feierlich gekleidet, aus der Nobelpreisstiftung am Sturegatan 14 trat und zu der Cadillac-Limousine ging, die an der Ecke auf ihn wartete.

Das schwedische Außenministerium hatte die Limousine zur Verfügung gestellt, und als Jacobsson sich näherte, verneigte der Chauffeur sich respektvoll und salutierte. Jacobsson dankte mit einem Nicken und bestieg den Wagen. Er setzte sich in die ihm zunächst liegende Ecke des weichgepolsterten Fond, in dem sich schon Ingrid Pahl und Carl Adolf Krantz befanden.

»Guten Nachmittag, Fröken Ingrid, Herr Carl«, sagte Graf Bertil Jacobsson. »Ein herrlicher Tag für den ersten Empfang.«

»Wie bitte? Ja, herrlich«, erwiderte Ingrid Pahl nervös.

Krantz, der mit seinen Gedanken immer woanders zu sein schien, murmelte »Graf« als Begrüßung, sonst nichts.

Der Chauffeur hatte die Vordertür zugeknallt und saß hinter dem Steuerrad. Jacobsson lehnte sich vor, schob die Glaswand hinauf und sagte: »*Arlanda-Flughafen*, bitte.« Er schaute auf die Uhr. »Wir haben genügend Zeit. Sie können ganz gemütlich fahren.« Er schob die Glaswand wieder zu, als der Wagen anfuhr, ließ sich in seine Ecke zurücksinken und schaute sich nach seinen Gefährten um.

»Warum so feierlich, liebe Freunde?« fragte er. »Ich finde dieses erste Sichkennenlernen immer erfrischend.«

»Ich weiß nie recht was zu sagen«, erklärte Ingrid Pahl.

»Wir sind bevorzugt«, fuhr Jacobsson fort. »Wir haben als Empfangskomitee Gelegenheit, die größten Genies der Welt zu begrüßen—«

»Genies, denen wir zu Weltruhm verhalfen«, unterbrach Krantz kalt.

»Nein, Carl, so ist es nicht. Sie alle sind schon berühmt, bevor wir diesen Ruhm bestätigen und krönen.« Er überdachte das Gesagte einen Augenblick objektiv und revidierte es dahin: »Schön, nicht immer ist es so, aber doch meistens.«

Krantz schaute kurz aus dem Fenster und meinte dann: »Wahrscheinlich macht mir das Ergebnis der Abstimmung noch zu schaffen. Außer Professor Stratman –«

»Sie erheben doch sicherlich keinen Einwand gegen Dr. Garrett und Dr. Farelli? Ihre Erfindungen haben die ganze Welt in Aufregung versetzt.«

»Die Presse. Nur die Presse«, antwortete Krantz. »Wir ließen uns mitreißen. Ich glaube, wir sollten kritischer sein. Vielleicht ist ihre Herzübertragung, die ja nur unter gewissen Voraussetzungen möglich ist, wirklich die größte Entdeckung unserer Zeit auf dem Gebiet der Medizin. Andererseits kann es auch nur ein Zirkustrick sein. Ich finde, das Karolinen-Komitee hätte noch ein oder zwei Jahre mehr Experimente, mehr Resultate abwarten sollen. Was die beiden Marceaus anbelangt, so bin ich noch immer nicht von dem Wert ihrer Entdeckung überzeugt. Samenzellen im Kühlraum! Wen interessiert das? Es gab noch ein halbes Dutzend mehr Erfindungen, die es verdient hätten, geehrt zu werden. Von dem literarischen Preis für den Amerikaner will ich gar nicht erst sprechen –«

Ingrid Pahls Doppelkinn bebte vor Entrüstung. »*Var snäll och* – bitte, Carl, mischen Sie sich da nicht ein. Sie sind ein Experte für Physik und nicht für Literatur. Ich bin sicher, daß Sie Andrew Craigs Bücher gar nicht gelesen haben –«

»Ich habe eins gelesen. Das genügte mir.«

»Nun. Sie haben eben kein Urteil in solchen Dingen. Ich mische mich auch nicht ein, wenn ihr eure Entscheidungen für Chemie und Physik trefft. Warum haben Sie ausgerechnet immer gegen die Amerikaner etwas einzuwenden? Warum waren Sie nur damals zufrieden, als Ihre geliebten Deutschen, Eucken und Heyse und Hauptmann, den Preis gewannen?«

Krantz kniff die Lippen zusammen. »Auf diesem Niveau will ich mich über diese Angelegenheit nicht mit Ihnen unterhalten«, entgegnete er und wandte sich wieder zum Fenster. Ingrid Pahl öffnete verärgert ihre perlenbestickte Handtasche und holte eine Zigarette und die Zigarettenspitze heraus.

Jacobsson, der betroffen zugehört hatte, beschloß, keine Notiz davon zu nehmen.

Aber als sie durch die Vorstadtgebiete im Norden von Stockholm fuhren und damit den ersten Teil ihrer zweiundzwanzig Meilen langen Fahrt bis Arland hinter sich hatten, erkannte Jacobsson, daß er davon Notiz nehmen mußte, mindestens in seinen eigenen Gedanken. Es war seine Aufgabe als ältestes Mitglied des Nobelpreis-Empfangskomitees, dafür zu sorgen, daß sie unter sich eine einheitliche und sich freundlich gesinnte Front bildeten. Zehn Tage lang, von heute nachmittag bis zur Zeremonie am Nachmittag des zehnten Dezember, mußten sie drei miteinander und zugleich auch mit ihren erlesenen Gästen leben. Jede Spur von Dissonanz oder Zwietracht zwischen ihnen drei, die von ihren Gästen, der Presse, der Öffentlichkeit bemerkt wurde, wäre ein Schandfleck. Jacobsson beschloß daher, sollte sich wieder ein solcher Disput ereignen, sofort einzugreifen, um dem ein für allemal ein Ende zu setzen.

Er machte sich Vorwürfe, daß er bei den Akademien Krantz und Ingrid Pahl für das Empfangskomitee nominiert hatte. Er war so beschäftigt gewesen mit den Vorbereitungen während der sechzehn Tage seit der Absendung der Telegramme nach Frankreich, Italien und Amerika, daß er ihre feindliche Einstellung gegeneinander ganz vergessen hatte. Wie immer war diese Zeit der Vorbereitungen hektisch gewesen. Die Briefe mit den Details hatten an die Gewinner geschickt werden müssen. Die Festsetzung der einzelnen Veranstaltungen und die Programmgestaltung war seine Aufgabe gewesen. Die Luxus-Appartements mußten im *Grand-Hotel* reserviert werden. Und zu allem übrigen wurde er ständig von Reportern belagert.

Jacobsson hatte gewünscht, daß ein Mitglied seines Empfangskomitees in Literatur bewandert sei – eine respektvolle Geste gegen Andrew

Craig –, und so hatte er ohne Zögern Ingrid Pahl gewählt. Die stattliche Autorin, mit dem meist freundlichen, fast gütigen Wesen, war nicht nur überaus belesen, sondern auch Schwedens einzige noch lebende Nobelpreisträgerin für Literatur. Dieser Lorbeer machte sie immer zu einem brauchbaren Schaustück. Andererseits hatte Jacobsson beobachtet, daß eben diese Lorbeeren sie oft eher scheu, ja sogar unglücklich machten in der Gesellschaft berühmter Autoren, die den Preis erst vor kurzem erhalten hatten. Denn Ingrid Pahl, die vor einem Jahrzehnt einmütig als Gewinnerin dieses Preises gewählt worden war, hatte sich seiner immer unwürdig gefühlt, weil ihre Romane, stille Prosadichtungen, ihrem geliebten Schweden gewidmet, Landschaftsschilderungen ohne handelnde Personen, damals den vitaleren und intensiveren Werken internationaler berühmter Autoren vorgezogen worden waren.

Das sind die Gefahren des nationalen Nepotismus, dachte Jacobsson. Manchmal werden wir ungerecht kritisiert, aber manchmal auch sehr zu Recht, und dann sind wohl Geber wie Nehmer die Opfer. Ein Dutzend Skandinavier hatten, außer Ingrid Pahl, den Nobelpreis für Literatur erhalten – während Marcel Proust, George Meredith, Thomas Hardy, Joseph Conrad zu gleicher Zeit lebten und ihn niemals bekamen. Arme Ingrid, dachte Jacobsson, und jetzt hat sie Angst vor der Begegnung mit Andrew Craig, dessen Genius sie verehrt und für den sie sich so energisch eingesetzt hat.

Carl Adolf Krantz wiederum war in jeder Hinsicht Ingrid Pahls Gegensatz. Körperlich war er ein Zwerg, geistig ein Riese. Persönlich war er ein aufreizender, neidischer, schwieriger, unangenehmer, mürrischer Bursche mit einer rauhen Schale, jedoch anregend, interessant, hochbegabt. Etwas Steifes und Offiziöses, sozusagen Deutsches strömte von Krantz aus, was er beabsichtigte, obgleich er in Sigtuna in Schweden geboren war. Er war stolz darauf, daß sein Vater, ein kleiner Beamter der Schwedischen Gesandtschaft, ihn in Deutschland erzogen hatte, innerhalb einer Nation, die er – während aller Regierungsformen – maßlos bewunderte. Seine glücklichsten Erinnerungen waren seine Studentenzeiten in Göttingen und Würzburg. Als er mit seinen Eltern nach Schweden zurückkehrte, fühlte er sich fremd, ein Gefühl, das ihn niemals mehr ganz verließ. Nachdem er zehn Jahre lang als Physiker in der Privatindustrie gearbeitet hatte – einige seiner Aufsätze hatten ihm im Ausland zu einem bescheidenen Ruhm verholfen –, wurde ihm ein Posten im Institut für Theoretische Physik an der Universität Uppsala angeboten. Schließlich hatte er dort zu lehren begonnen und hoffte auf den Lehrstuhl für Physik an dieser Universität. Mit dem Kommen Hitlers hatte sich sein Interesse der Politik zugewandt. Er schämte sich der neutralen Gesinnung seines Heimatlandes und fühlte sich solidarisch mit dem neu erstehenden »Reich«. Jeden Vorwand hatte er benutzt, nach Berlin zu fahren, im *Hotel Kaiserhof* zu wohnen und sich in die Gesellschaft um Keitel, von Ribbentrop und Rosenberg zu mischen. Während des Zweiten Weltkrieges hatte er in Stockholm mündlich und schriftlich für die deutsche Sache plädiert, so daß er in diesen gespannten Jahren für seine schwedischen Mitbürger zu einer umstrittenen und lästigen Persönlichkeit wurde. Der Untergang des Reiches war, in gewissem Sinn, sein eigener.

In den kühleren Hallen der Wissenschaft hatte Krantz' Ansehen wenig Schaden erlitten. In den höchsten Kreisen war er jedoch in Verruf geraten. Seine Rolle in den Nobelkomitees hatte sich nach dem Krieg nicht geändert. An der Universität war die Lage aber anders – als endlich der ersehnte Lehrstuhl für Physik frei geworden war, hatte man Carl Adolf Krantz, trotz seines höheren Dienstalters, zugunsten eines jüngeren Kollegen übergangen. Diese öffentliche Beleidigung konnte er nicht vergessen. Er hatte sein Amt an der Universität sofort niedergelegt und in den Jahren seither einen Teil seiner Zeit dem Institut für Radiophysik in Stockholm gewidmet, aber immer mehr seine Tätigkeit auf das Nobelkomitee verlegt.

Trotz Krantz' dubioser Vergangenheit und seinem widersprüchigen Charakter hatte sich Jacobsson für ihn als das dritte Mitglied des Empfangskomitees entschieden um seiner umfassenden Kenntnisse willen. Ungeachtet seiner gegensätzlichen politischen Einstellung hatte Krantz sich ganz allein, jedenfalls anfangs, für Professor Max Stratman als Preisträger des Nobelpreises für Physik eingesetzt. Und obgleich Krantz sich der Wahl der beiden Marceaus widersetzt hatte, war er als Experte für Chemie vorzüglich geeignet, sich mit ihnen so ebenbürtig zu unterhalten wie mit Stratman; zudem besaß er große Kenntnisse in Physiologie und Medizin.

Jacobsson setzte sich aufrecht und sah das Spiegelbild seines eigenen Gesichtes auf der gläsernen Zwischenwand. Sein schimmerndes geisterhaftes Bild betrachtend, kam ihm plötzlich der Gedanke, daß er wahrscheinlich kein bißchen besser dafür geeignet sei als Krantz oder die Pahl, den Willen Alfred Nobels auszuführen, oder zumindest, daß sie nicht weniger dafür geeignet seien als er. Er war ein sehr alter Mann mit einem altmodischen aristokratischen Kopf und sensiblen Gelehrtenzügen.

Er war im vorhergehenden Jahrhundert jung gewesen, die Welt dieses Nachmittags aber war wie die Welt der Menschen von morgen. Gehörte er überhaupt noch hierher? Doch, denn er verkörperte schließlich die Kontinuität. Wie viele der Lebenden konnten über so viele Jahre hin die Brücke schlagen von jenen ersten Preisträgern von 1901, Röntgen, van't Hoff, Behring, Prudhomme, Dunant, Passy, bis zu den Gewinnern dieses Jahres, Stratman, die Marceaus, Garrett, Farelli, Craig? Und wer konnte noch Alfred Nobel zitieren mit Worten, die er gehört und die sich in sein Gedächtnis eingegraben hatten?

Während er seinen Vater auf einer königlichen Vermittlungsmission als eindrucksfähiger Jüngling begleitete, hatte er das Glück gehabt, mindestens ein dutzendmal mit Alfred Nobel zusammen zu sein, zuerst in Paris, dann in der abgelegenen Villa in San Remo im Jahr 1896, ein Jahr bevor Nobel starb. Da Jacobsson von Jugend auf für die Nobelpreisstiftung zuständig war, hatte er sie schon seit 1900, ein Jahr vor den ersten Preisverleihungen, zu seiner inneren Berufung gemacht.

In den letzten Jahren hatte Jacobsson, weil er seine einmalige Position erkannte und spürte, daß er der Nachwelt etwas schuldig war, mit seinen Aufzeichnungen begonnen. Es waren seine Erinnerungen an die Vergangenheit, Gedanken über die Gegenwart, seine Kenntnisse über die geheimen Abstimmungssitzungen der Nobel-Akademien, Impressionen und Anekdoten von den verschiedenen Preisträgern, Beschreibungen der Ereignisse und festlichen Veranstaltungen, alles in allem eine unschätzbare Fundgrube der Geschichte. Jacobsson hatte die Aufzeichnungen – siebzehn grüne Hauptbücher waren nun vollgeschrieben mit seiner kritzligen Handschrift – erst vor ein paar Jahren begonnen. Den ersten Eintrag hatte er spät in der Nacht nach dem Novembertag des Jahres 1927 gemacht, an dem die Schwedische Akademie, in geschlossener Sitzung in der Altstadt, den Literaturpreis Grazia Deledda, einer kaum bekannten Autorin aus Sardinien, zuerteilte statt Gabriele d'Annunzio, weil die Majorität der Mitglieder Anstoß nahm an dem amourösen Wandel d'Annunzios und an seinem betrügerischen Verhalten gegen eine dänische Witwe, die er um ihr Heim, die *Villa Carnacco* in Italien, gebracht hatte. Seitdem hatte Jacobsson beinahe täglich irgendeine Tatsache, irgendein Gerücht eingetragen und immer gedacht, daß einmal ein Buch daraus werden würde, das sein Leben irgendwie rechtfertigen mochte. Doch allmählich war ihm klargeworden, daß er dieses Buch nie schreiben würde. Es genügte ihm, das Rohmaterial zu sammeln. Eines Tages – irgendwann – würde ein anderer das Buch schreiben.

»Bertil.« Ingrid Pahls Stimme schreckte ihn aus seiner Versunkenheit.

Er wandte sich ihr bereitwillig zu.

»Bertil«, wiederholte sie, »hier sind wir nun, und ich kenne noch nicht einmal unseren Fahrplan. Ist er anstrengend?«

»Sie meinen den Empfang unserer Gäste? Nicht die Spur.« Er brachte aus seiner Rocktasche ein zusammengefaltetes Blatt Durchschlagspapier zum Vorschein, und als er es auseinanderfaltete, sah er, daß auch Krantz sich dafür interessierte. »Da ist er«, sagte Jacobsson. »Soll ich ihn vorlesen?«

»Bitte«, erwiderte Ingrid Pahl. »Ich kann in einem fahrenden Vehikel nicht lesen.«

Jacobsson brachte das Blatt näher an sein Gesicht. »Erster Dezember. Das ist heute. Zwei Uhr fünfundzwanzig, Nachmittag. Dr. Denise Marceau. Dr. Claude Marceau. Mit der *Air France* im *Arlanda-Flughafen.* Heute abend sieben Uhr. Dr. Carlo Farelli und Frau Farelli. Mit der *Skandinavischen Airline.* Auch im *Arlanda.* Zweiter Dezember. Das ist morgen. Acht Uhr morgens. Professor Max Stratman und –«

»Um acht Uhr morgens!« murrte Ingrid Pahl.

»Er wird uns zu jeder beliebigen Stunde willkommen sein!« fuhr Krantz sie an.

»– und seine Nichte«, las Jacobsson eilends weiter. »Mit dem Zug von Göteborg. Hauptbahnhof. Zwölf Uhr fünfunddreißig morgen nachmittag. Dr. John Garrett und Mrs. Garret. Mit der *Skandinavischen Airline. Arlanda-Flughafen.* Mit demselben Flugzeug von Kopenhagen Mr. Andrew Craig und seine Schwägerin.«

Krantz brummte: »Schwägerin! Halten wir die auch frei?«

»Er ist Witwer«, erwiderte Ingrid Pahl ärgerlich. »Soll er etwa allein kommen?«

»Sie sehen also, Ingrid«, fiel Jacobsson rasch ein, »dieser Teil unserer Pflichten, die Gäste in Empfang zu nehmen, ist schon morgen am frühen Nachmittag erledigt. Natürlich haben wir dann noch verschiedene andere kleine Pflichten. Aber ich bin sicher, daß sie sehr anregend sind. Und wie immer überläßt uns das Auswärtige Amt ein paar tüchtige Attachés zur Aushilfe, wenn Sie und Carl mal ein Schläfchen machen wollen.«

»Über das französische Ehepaar, das wir jetzt abholen, weiß ich nicht das geringste«, sagte Ingrid Pahl. »Was müssen wir von ihnen wissen, Bertil?«

Jacobsson zuckte die Achseln. »Was ist da zu wissen? Sie sind berühmte Chemiker, die sich ausschließlich ihrer Arbeit widmen. Wenn Carl auch anderer Meinung ist, ist ihre Entdeckung doch überall begeistert begrüßt worden. Außer den Ausschnitten aus den Pariser Zeitungen – meistens Artikel und Interviews über ihre Arbeit – kenne ich nichts Persönliches über sie. Ich glaube auch, das ist mehr Carls Ressort.« Er blickte zu Carl hinüber.

Krantz griff sofort das Thema auf. »Sie wurden letztes Jahr und auch dieses Jahr zusammen mit fünfhundert anderen vorgeschlagen. Dann erfolgte die allgemeine Aussonderung, und hierauf empfahl unser fünfköpfiges Komitee die beiden Marceaus mit einem halben Dutzend anderer. Ich hörte die ausführlichen Investigationsberichte unserer chemischen Experten, und sie lauteten, wie Sie wissen, alle überaus günstig. Aber in diesen Berichten stand wenig über die Person der Gewinner. Soviel ich erfahren konnte, sind sie beide über vierzig. Er ist ein paar Jahre älter. Sie sind etwa ein Dutzend Jahre oder auch länger verheiratet. Dem idiotischen Samenprojekt haben sie sich sechs oder sieben Jahre lang gewidmet, glaube ich. Sie arbeiten im *Pasteur-Institut*, obwohl sie dort nicht offiziell angestellt sind. Sie scheinen, außer ihrer Arbeit, keinerlei Interessen zu haben – wie die meisten von uns Wissenschaftlern. Ich nehme an: Da sie miteinander und mit ihrer Arbeit verheiratet sind, werden sie unzertrennlich sein und immer gleicher Meinung. Ein wenig langweilig, stelle ich mir vor.«

»Oh, da bin ich nicht so sicher«, sagte Ingrid Pahl. »Ich bin höchst fasziniert von verheirateten Paaren, die sich außerhalb ihrer Ehe einer gemeinsamen Arbeit widmen. Auf wissenschaftlichem Gebiet kommt das ja oft vor. Ich möchte wissen, warum das in der Kunst nie der Fall ist. Können Sie sich ein Schauspiel von Anne und William Shakespeare denken? Oder einen Roman von Catherine und Charles Dickens? Oder ein Gemälde von Mette Sophie und Paul Gauguin? Ich glaube, das geschieht deshalb nicht, weil der künstlerische Genius mehr individuell ist.«

»Unsinn!» erwiderte Krantz.

Wieder bemühte sich Jacobsson, einen Streit zu verhindern. »Gleichviel aus welchen Gründen, jedenfalls haben die Wissenschaften einige bemerkenswerte verheiratete Teams hervorgebracht.« Er erinnerte sich an seine Aufzeichnungen. »Ich denke da zum Beispiel an Madame Marie Curie und Pierre Curie. Sie teilten sich in den Preis für Physik im Jahr – wann war es doch? – ja, im Jahr 1903 mit Professor Henri Becquerel. Sie erhielten ihn für ihre gemeinsame Forschung auf dem Gebiet der radioaktiven Elemente. Wenn ich mich recht erinnere, bekamen die Curies jeder ein Viertel des Preises, und Becquerel erhielt die Hälfte. Ich weiß noch, wie enttäuscht ich war, als die Nachricht eintraf, die Curies seien zu überarbeitet und erschöpft, um an unserer Zeremonie teilzunehmen. Der französische Gesandte in Schweden nahm ihren Preis entgegen.«

»Ist das nicht gegen die Statuten?« fragte Ingrid Pahl. »Ich dachte, man müsse sich persönlich einfinden, weil man den Preis sonst verlieren würde –«

»Ja, innerhalb von zehn Monaten – ›sollte der Preisgewinner versäumen, vor dem ersten Oktober des folgenden Kalenderjahres den Preisverleihungsscheck in den Betrag des Preises einzuwechseln auf die Art, wie sie der Verwaltungsrat vorschrieb, dann fällt der Betrag des Preises an den Kapitalfonds zurück‹ – so lautet diese Vorschrift«, sagte Jacobsson. »Die Curies erschienen jedoch im folgenden Sommer, um ihr Geld abzuholen, also zu einer Zeit, als der Scheck noch gültig war. Acht Jahre später sprachen wir Marie Curie – damals war sie schon Witwe – zum zweitenmal einen Preis zu, diesmal für Chemie – ich glaube, sie war der einzige Mensch, der jemals zwei Nobelpreise gewann.«

»Ihren zweiten Preis«, sagte Krantz, »bekam sie für die größte Entdeckung auf dem Gebiet der Chemie seit dem Oxygen. Man könnte sagen, daß sie uns das Atom gab, in der Form, in der es uns bekannt ist.«

»Jedenfalls hat Marie Curie dieses zweitemal – obgleich sie krank war – an der Zeremonie teilgenommen«, sagte Jacobsson. »Erinnern Sie sich an ihren Besuch, Carl? Nein, das war vor Ihrer Zeit. Sie war Mitte Vierzig, eine einsame, aber wunderbare Frau und ganz ihrer Arbeit ergeben. Sie kam mit ihrer Schwester und ihrer Tochter hierher und erzählte mir, daß sie von der Zeremonie sehr beeindruckt sei.«

»Wir gaben dieser Tochter auch einen Preis, nicht wahr?« fragte Ingrid Pahl.

»Gewiß. In Wirklichkeit der Tochter und ihrem Mann. Irène Curie hatte einen der jüngeren Assistenten ihrer Mutter geheiratet, einen armen jungen Mann namens Frédéric Joliot, der die *École de Paris* absolviert hatte. Da ist also noch ein verheiratetes Paar für Sie – Irène und Frédéric Joliot. Sie erhielten neunzehnhundertfünfunddreißig den Preis für Chemie.« Er besann sich. »Ich weiß nicht genau, ob wir noch mehr verheiratete Paare hatten –«

»Die Coris im Jahr neunzehnhundertsiebenundvierzig«, sagte Krantz prompt.

»Ach ja«, stimmte Jacobsson zu. »Gerty und Carl Cori. Preis für Medizin. Sie kamen von St. Louis in Missouri und erhielten die Hälfte des Preises; die andere Hälfte gaben wir dem Argentinier Houssay. Hatte etwas mit Hormonen zu tun –«

»Sie entdeckten, wie Glykogen durch Katalyse umgewandelt wird«, sagte Krantz mit Präzision.

»Auf jeden Fall geben wir gelegentlich den Früchten der Ehe unseren Segen«, sagte Jacobsson. »Ich bin gespannt, die Marceaus kennenzulernen.«

»Und doch ist es merkwürdig«, sagte Ingrid Pahl.

»Was ist merkwürdig?« fragte Jacobsson erstaunt.

»Als verheiratetes Paar den Nobelpreis zu erhalten«, erklärte Ingrid Pahl. »Vielmehr, als verheiratetes Paar für etwas einen Preis zu erhalten, das mit Arbeit zu tun hat. Es gibt der Ehe nur eine Dimension. Das Laboratorium wird zum Heim und das Heim zum Laboratorium. Keine Abwechslung, kein Tempowechsel. Und allzuviel Harmonie. Zudem, was wird auf diese Art aus der Rolle des Mannes? Früher ging er fort, eine Keule in der Hand, um fürs Nachtessen einen Bären zu töten und ihn seiner bewundernden Gefährtin zu bringen, aber nun geht seine Gefährtin mit ihm fort und verdient für das Töten des Bären genausoviel Anerkennung wie er. Wohin bringt ihn das? Und sie?«

»Ich bin ganz sicher, daß die Marceaus nie auch nur einen Augenblick an so etwas denken«, erwiderte Jacobsson steif. Er blickte auf seine Uhr und schaute dann aus dem Fenster. »Wir werden gerade zur rechten Zeit hinkommen. Es sind noch zwanzig Minuten.«

Die drei hüllten sich nun in Schweigen – Krantz, der verheiratet gewesen und seit langem geschieden war, und Ingrid Pahl und Jacobsson, die nie geheiratet hatten –, jeder seinen eigenen Gedanken nachhängend, über Ehe und den Preis ...

Sie hatten kaum einen ganzen Satz oder aber auch nur ein höfliches Wort gewechselt, seit sie Paris mit dem Ziel Stockholm verlassen hatten.

Denise Marceau lehnte in ihrem ledernen Sitz neben dem leeren Fenster. Sie fühlte sich unbehaglich in ihrem schwarz-weißen wollenen Tweedkostüm, das sie im letzten Augenblick hatte schneidern lassen, um ihre recht hübsche Figur zur Geltung zu bringen. Es war ihr wegen der ihr auferzwungenen Nähe ihres Mannes einfach nicht möglich, sich zu entspannen, und so ließ sie ohne Interesse den Blick über den eleganten Passagierraum des Flugzeuges schweifen. Doch immer wieder wurde sie sich der Gegenwart Claudes bewußt, der sich tief in den Sessel neben ihr gerekelt hatte und eine Zigarette rauchte, während er die Seiten eines Romanes von Emile Gaboriau umblätterte.

Erst vor ein paar Stunden – drei, vier, höchstens fünf – waren sie unter dem Geleit von Institutskollegen und feierlichen Regierungsbeamten auf der herrlichen Autostraße von Paris nach dem Flughafen Orly gebracht worden. Sie hatten das Düsenflugzeug der *Air France*, Typ *Flight 794*, um zehn Uhr vierzig am Vormittag bestiegen, unter dem Beifallsgeschrei ihrer Freunde und der Zeitungsreporter. Während sie in das Flugzeug kletterten, wurden unten Rufe laut, sie sollten sich noch ein letztes Mal fotografieren lassen. Sie hatte Claude erlaubt, bei ihr einzuhaken – die besitzbetonende eheliche Geste –, während sie sich in Positur stellten. In der Sekunde, in der sie die Maschine betraten, hatte sie seinen Arm abgeschüttelt.

Denise bemerkte jetzt, daß eine der Stewardessen durch den Lautsprecher das Wort an die Passagiere richtete. Sie sagte zuerst französich, dann englisch: »Es ist jetzt genau zwei Uhr. Wir werden fahrplanmäßig in fünfundzwanzig Minuten in Stockholm landen. Danke.«

Während Denise diese Stewardess beobachtete, deren zarte Brüste sich unter ihrer weißen Bluse abzeichneten, erfaßte sie ein unerklärlicher Zorn. Oder auch erklärlich: denn dieses unbekannte Mädchen erinnerte sie an Gisèle Jordan, und der Haß gegen ihren Mann drohte sie zu ersticken. In ihrer blinden Wut fuhr sie ihn an: »Warum, zum Teufel, legst du nicht endlich das verdammte Buch weg und sagst etwas?« Sie hatte sich bemüht, ihre Stimme zu dämpfen.

Claude schreckte unwillkürlich vor der Heftigkeit ihres plötzlichen Ausbruchs zurück, dann legte er langsam, beherrscht, das Buchzeichen zwischen die Seiten und setzte sich auf. »Was soll ich sagen?« fragte er. »Schließlich habe ich mehrfach versucht, eine Unterhaltung in

Gang zu bringen ... Aber du beharrst ja darauf, mich mit Schweigen zu bestrafen.«

»Ich hätte gar nicht mitkommen sollen. Ich will mich gar nicht mit dir zeigen. Du bist mit dieser Hure vorgestern nacht wieder zusammen gewesen – versuch ja nicht, es abzuleugnen.«

»Du bildest dir das ein –«

»Hör auf, hör bloß auf. Ich *weiß* es.«

Sie verriet ihm nicht, woher sie es wußte. Sie wollte weder über dies noch über die anderen Details ihrer Demütigung während der letzten drei Wochen mit ihm sprechen.

»Deine abscheuliche Affäre ist schon schlimm genug«, sagte sie schließlich. »Aber mich auch noch anzulügen – mir zu sagen, es sei nur eine vorübergehende Unbesonnenheit gewesen, nicht mehr – und dann in aller Unverfrorenheit die Beziehung fortzusetzen –«

»Denise!« stieß er hervor, sich umschauend, ob ihnen jemand zuhörte. »Es ist nichts zwischen uns geschehen seither. Ich mußte sie nur noch einmal sehen, um – um ihr zu sagen –«

»Du hast sie mehr als einmal wiedergesehen, und du hast mit ihr geschlafen. Du kümmerst dich den Teufel um mich, um uns, um unseren Ruf – gehst blindlings deinen Weg – wie ein Schuljunge, der sich an der Place Pigalle in eine öffentliche Dirne verliebt.«

Er sah, sie war wie von Sinnen und zu allem fähig. Er wünschte jetzt keine Szene, vor allem nicht hier. »Denise, bitte«, bat er. »Warte, bis wir nach Stockholm kommen und allein sind. Ich werde dir alles erklären. Das hat uns vor ein Problem gestellt, aber laß es uns unter uns lösen.«

»Nein – jetzt –«

»Ich habe in den letzten Wochen schon oft versucht, mit dir zu reden«, sagte er erbittert, »da hast du die Beleidigte gespielt – die große Dulderin. Jetzt plötzlich willst du, daß wir uns aussprechen, in einem dicht besetzten Flugzeug. Die Leute schauen schon zu uns her. Wo bleibt dein Gefühl für Anstand? Wir sind immer noch verheiratet –«

»Sind wir das?« fragte sie höhnisch. »Das gefällt mir. Von Anstand zu sprechen, wenn man sich eine Mätresse hält.«

»Denise, ich flehe dich an. Alle hören uns zu.«

Diesmal blieb seine Bitte nicht vergeblich. Sie biß sich auf die Lippen und ließ sich in trotzigem Schweigen in ihren Sitz zurücksinken.

Dann drehte sie ihm jäh den Rücken zu, verschränkte die Arme und gab vor, zu schlafen.

Aber Denise Marceau schlief keineswegs. Wieder, wie schon oft, durchlebte sie selbstquälerisch die letzten Wochen, beginnend an jenem Tag, da sie von seiner Untreue erfahren hatte.

Denise hatte sich mit ihrer Freundin, Madame Cecilia Moret, bei *Rumpelmayer* in der Rue de Rivoli zum Tee verabredet. Cecilia besorgte die Konversation allein, erzählte begeistert von einem Hautöl, das es in der Rue de Seine gab, und von den Handtaschen, die sie sich für die Ferien in der Rue La Boétie kaufen wollte; und Denise hörte gelangweilt zu. Als jedoch die Kellnerin außer Hörweite war, bekam Cecilias frivoler Ton einen verschwörerischen Klang.

»Was treibt Claude zur Zeit?« fragte sie, während sie ihre Zitronenscheibe in den blassen Tee stipste.

»Nicht sehr viel. Er träumt vermutlich von einem neuen Projekt.«

»Unternehmt ihr irgend etwas zusammen?«

»Nichts Richtiges. Wir machen beide ein bißchen Ferien, nach sechs Jahren gemeinsamer Arbeit. Ich widme mich häuslichen Dingen. Er ist viel unterwegs, schaut nach, ob er noch ein paar Freunde besitzt.«

»Soso«, sagte Cecilia Moret mit leiser Skepsis. Dann nahm sie plötzlich ihre dunkle Brille ab, als wolle sie nun ihr wahres, vertrautes Gesicht zeigen, und begann: »Denise, ich muß dir etwas erzählen. Ich habe einfach das Gefühl, daß ich es tun muß.«

Denise blickte sie erstaunt an.

Cecilia fuhr fort: »Hast du irgendeinen Anhaltspunkt, daß Claude sich – hm – schlecht benimmt?«

»Ich habe nicht die leiseste Ahnung, was du meinst.«

»Ich will ganz offen zu dir sein ...« Sie holte tief Atem.

Denise fühlte, wie ihr die Hitze in die Wangen stieg. »Cecilia, *was* willst du mir mitteilen?«

»Ich glaube, dein Claude treibt ein doppeltes Spiel. Ich habe allen Grund, das zu glauben –«

»Unsinnig, so etwas auch nur anzudeuten!«

»Laß mich zu Ende reden, Denise. Letzten Freitag abend mußte ich ein paar Amerikaner – Freunde von Bekannten – mit dem Nachtleben auf dem linken Ufer bekannt machen. Ich wollte ihnen St.-Germain-des-Prés zeigen. Wir gingen langsam zu Fuß die Rue du Bac entlang und schwatzten. Ein Taxi hielt auf der anderen Seite der Straße, gerade unter einer Lampe. Ich hatte kaum darauf geachtet, bis ich Claude aus dem Taxi steigen sah. Ich wollte ihm gerade zurufen – aber in diesem Augenblick stieg noch jemand aus dem Taxi. Eine junge Dame. Ich konnte nicht viel von ihr sehen, nur daß sie groß war, jung, überaus elegant. Claude bezahlte das Taxi, und es fuhr davon. Er legte den Arm um das Mädchen, küßte es auf die Wange, und dann gingen sie in das Appartementhaus. Ich merkte mir sogar die Hausnummer – dreiundfünfzig, Rue du Bac. Ich kann dir nicht sagen, wie aufgeregt ich den ganzen Abend war. Glaube mir, es kostete mich das ganze Wochenende, um zu einem Entschluß zu kommen. Soll ich es Denise sagen? Soll ich es lieber nicht tun? Jetzt weißt du, welchen Entschluß ich faßte ...«

Denise saß die ganze Zeit wie gelähmt da vor Schreck und Zweifel. Es war ihr unmöglich, jetzt etwas zu antworten.

»Ich kann es nicht glauben, Cecilia«, sagte sie nach einer Weile stokkend. »Claude hat so was noch nie gemacht. Wir sind glücklich. Er – er ist jetzt so bekannt – du weißt doch, wie immer geklatscht wird über berühmte Leute, sie seien Ehebrecher oder Homosexuelle oder Rauschgiftsüchtige. Die Menschen sind eben darauf aus, die Berühmtheiten auf ihr eigenes Niveau herabzuziehen.«

Cecilia merkte, daß ihre Freundin sehr erregt war, aber sie fühlte sich nicht beleidigt. »Denise«, sagte sie friedfertig, »das ist kein Klatsch von irgendwem. Ich kann es bezeugen. Ich habe es mit eigenen Augen gesehen.«

Denise stieß plötzlich ihren Stuhl zurück. »Wir wollen gehen. Ich brauche frische Luft.«

Denise war wie blind und taub, sie achtete nicht auf die teuren Auslagen, auf die Fußgänger in den Straßen, auf das Geschwätz ihrer Freundin über die Tücke der Männer im allgemeinen und die Fallen des Ehelebens.

Als sie schon auf der Place Vendôme in Richtung *Ritz-Hotel* schlenderten, fühlte Denise, daß ihre Beine versagten. Sie hatte nur den einen Wunsch, allein zu sein, in ihrem Schlafzimmer, und über das alles nachzudenken.

»Ich glaube, ich muß jetzt nach Hause«, sagte sie zu Cecilia. »Mein Mädchen hat heute frei. Ich muß für Claude das Abendessen machen.«

»Natürlich, aber vergiß nicht den Namen des Mannes, er soll einfach fabelhaft sein«, erwiderte Cecilia.

Denise sah sie verständnislos an. »Welchen Namen?«

Cecilia schüttelte den Kopf. »Du hast überhaupt nicht zugehört. Armes Herz. Ich nehm's dir nicht übel. Ich sprach von einem bekannten Privatdetektiv ... Monsieur Jean Sarraut. Er hat sein Büro nicht weit vom Etoile am Boulevard Haussmann. Sehr diskret und erfahren. Er hat früher mit der *Sûreté Nationale* gearbeitet. Natürlich ist er teuer, aber er muß blendend arbeiten. Ich rate dir, diesen Mann zu engagieren, die Tatsachen festzustellen und damit vor Claude hinzutreten. Ich versichere dir, du wirst gewinnen. Er wird reuig zurückkommen, und du wirst mir dankbar sein für meine Informationen.«

Sie hatten den Taxi-Standplatz erreicht. »Cecilia, ich kann unmöglich einen Detektiv engagieren. Ich meine, so was sieht man im Kino – aber Claude – er ist mein Mann!«

»Wenn du nicht tust, was ich sage, wird er vielleicht bald nicht mehr dein Mann sein.«

Als Denise in ihre Wohnung zurückkehrte, war sie viel zu aufgeregt, um zu kochen. Eine Stunde lang ging sie ruhelos im Zimmer auf und ab, forschte in der jüngsten Vergangenheit nach Anhaltspunkten, die Cecilias phantastische Geschichte bestätigen könnten, und fand einige, die ihr aber so vage erschienen, daß sie sie verwarf. Um sieben Uhr zog sie sich um und beschloß, nun das Abendessen vorzubereiten. Noch bevor sie damit begonnen hatte, klingelte das Telefon. Claude. Er war sehr freundlich und bat sie tausendmal um Entschuldigung. Er habe ganz zufällig einen alten Bekannten von der Universität in Toulouse getroffen, der Mann leiste recht Bemerkenswertes auf einem Gebiet der Genetik, und es wäre für ihn bestimmt wertvoll, den Abend mit ihm zu verbringen. Wissenschaftliches Interesse heuchelnd, fragte Denise, wer dieser Mann sei, und Claude erwiderte, es sei jemand, den sie nicht kenne, ein Dr. Lataste. So ganz beiläufig fragte Denise, wo sie zu Abend essen würden. Sie gingen jetzt direkt ins *Méditerrané*, sie hätten dort einen Tisch bestellt, sagte Claude, und anschließend würden sie sich in Dr. Latastes Hotelappartement zurückziehen, um sich noch weiter zu unterhalten. Mit Anstrengung zwang sich Denise, nach dem Namen dieses Hotels zu fragen, aber Claude antwortete prompt, es sei das *Hotel California* in der Rue de Berri.

Denise wartete über eine Stunde, dann rief sie im *Méditerrané* an und fragte, ob für heute abend ein Tisch für Dr. Marceau oder Dr. Lataste bestellt worden sei. Man sagte ihr, es liege für keinen der beiden eine Tischbestellung vor. Da jedoch irgendein Irrtum passiert sein konnte, verlangte sie, daß man trotzdem Dr. Marceau im Restaurant ausrufen lasse. Sie wartete. Schließlich teilte man ihr mit, daß kein Dr. Marceau anwesend sei.

Das ist noch lange kein Beweis, sagte sie sich. Oft hatten sie und Claude noch im allerletzten Augenblick beschlossen, in einem ganz anderen Restaurant zu essen, als sie eigentlich beabsichtigt hatten. Sie wartete wieder eine Stunde und wählte dann die Nummer des *Hotels California*. Sie bat, man möge sie mit Dr. Latastes Appartement verbinden. Es dauerte unendlich lang. Sie lauschte auf das Läuten des Hoteltelefons, das die Verbindung mit dem Appartement herstellte, und mühte sich, ihre Angst zu bezwingen. Es läutete nicht. Dann erklang schrill die Stimme der Telefonistin. Im *Hotel California* sei kein Dr. Lataste eingetragen. Denise sagte matt danke schön und hing auf.

Ihre nächste Handlung war klar und einfach. Sie nahm das Telefonbuch für das achte Arrondissement vom Bord, blätterte eine Weile darin, stellte es wieder zurück, und dann wählte sie die Nummer Monsieur Sarrauts, Privatdetektiv, und war nicht erstaunt darüber, daß sie sogar zu dieser späten Stunde mit ihm verbunden wurde. Sie bat ihn um eine Besprechung in seinem Büro am folgenden Vormittag, und er erklärte sich einverstanden.

All das hatte sich am Nachmittag und Abend des achten November abgespielt. Eine Woche später, fast auf die Stunde genau, am fünfzehnten Dezember, rief Monsieur Sarraut an. Er sagte mit seiner indifferenten Baßstimme, er sei im Besitz der gewünschten Informationen, und fragte, ob es ihr möglich sei, sie schon in den nächsten dreißig Minuten in Empfang zu nehmen. Mit klopfendem Herzen erwiderte sie, daß sie den ganzen Abend allein sei und die Unterlagen mit Ungeduld erwarte.

Nach zwanzig Minuten wurde der dünne Umschlag, fest verschlossen und versiegelt, von einem blassen jungen Mann abgeliefert, dem Denise zweihundert alte Franc als Trinkgeld gab. Der Umschlag enthielt drei engbeschriebene Maschinenschriftseiten, knapp und nüchtern im Stil, aber mit dem Stoff unzähliger Romane.

Sie las ihn, las ihn nochmals, las ihn ein drittes Mal, den mitleidlosen Bericht, bis einzelne Sätze wie Dolche auf sie eindrangen.

Beobachtet von vier sich ablösenden Angestellten ... bei zwei Gelegenheiten in sechs Tagen mit der gleichen jungen Dame verabredet ... diniert im Restaurant Le Petit Navire *in der Rue des Fossés-St.-Bernard ... bei beiden Gelegenheiten nachher in das Appartement der jungen Dame ... im dritten Stock in Nr. 53, Rue du Bac ... Die erste Gelegenheit war am 10. November. Sie trafen sich innen im Restaurant um 7.22 abends. Sie kamen um 8.47 wieder heraus. Sie gingen siebzehn Minuten lang über den Boulevard St.-Germain, hielten sich an der Hand. Der betreffende Mann rief eine Taxe herbei. Sie trafen in der Rue du Bac um 9.21 ein. Sie begaben sich zusammen ins Haus. Der betreffende Mann verließ das Haus 11.43 nachts. Er ging zu einem Kiosk, fand ihn geschlossen und fuhr mit einer Taxe zu seiner Wohnung ...*

Dann die detaillierte Schilderung vom 12. November ...

Unsere Angestellten haben oberflächliche Nachforschungen über die betreffende junge Dame durchgeführt ... Name: Mademoiselle Gisèle Jordan. Geburtsort: Rouen. Alter: 27 Jahre. Beruf: Mannequin. Arbeitsplatz: Balenciaga, Avenue George-V, nahe der Alma. Haarfarbe: Blond. Größe: 1 Meter 70. Gewicht: 112 Pfund. Weitere Maße: Brustweite 81 cm; Taillenweite 58 cm; Hüftweite 86 cm. Ehestand: Nie verheiratet. Sonstiges: Verläßt Arbeitsplatz täglich um 5.05, nimmt Bus Nr. 63 am Pont de l'Alma, fährt bis Kreuzung Boulevard St.-Germain und Rue du Bac, kommt meistens um 5.25 nach Hause. Besitzt langjährigen Mietvertrag auf eine der vier Wohnungen auf der Etage. Einkommen 580 Neue Franc monatlich. Appartement besteht aus Wohnzimmer, Schlafzimmer, einem Badezimmer, keine Küche. Heizplatte vorhanden. Ausstattung: Louis-XV-Stil ... Wenn Klientin weitere Informationen über die betreffende Dame wünscht, so können diese leicht beschafft werden.

Die Unbarmherzigkeit dieser nackten Tatsachen versetzten Denise in einen Zustand völliger Benommenheit. Es war ihr, als habe sie eine Gehirnerschütterung erlitten. Bis dahin hatte sie sich treiben lassen, in Sicherheit gewiegt durch das Gefühl, das alles sei nur ein böser Traum, eine französische Komödie der Irrungen, und am Ende werde alles wieder gut sein, so gut wie es in dieser besten aller vorstellbaren Welten eben sein konnte. Aber hier hatte sie, so verglast wie die Spermen, an denen sie und Claude so lange gearbeitet, die unumstößlichen Tatsachen vor sich. Die andere Frau war eine Realität, sie war jung, attraktiv, voller Sex-Appeal. Die Stelldicheins waren eine Tatsache, Zeit, Ort, samt den wollüstigen Intervallen. Ein überlegener Feind mit Namen Gisèle. Claude, der doch ihr gehörte!

Denise durchlief alle Stadien, die eine Frau durchmacht, wenn sie einer solchen Qual ausgesetzt wird. Sie war empört, entsetzt, erschreckt, verletzt. Noch war sie nicht so weit, sich selbst zu bemitleiden, daher hatte sie auch kein Verlangen nach Alkohol. Sie saß da wie im Dämmerzustand, ohne sich zu rühren, ohne zu denken, wie versteint.

Wie lange sie so saß, wußte sie nicht. Als sie nach längerer Zeit hörte, daß es an der Tür schellte, suchte sie sich aufzuraffen, in der Annahme, es sei Claude und sie müsse sich zur Abwehr rüsten. Vor der Tür aber stand, als sie öffnete, ein älterer, gutgekleideter Herr, der ein Bukett roter Rosen und ein Telegramm in der Hand hielt. Er sagte, er sei der schwedische Gesandte in Frankreich und komme als Überbringer guter Nachrichten.

Sie brachte soviel gesellschaftliche Form auf, ihn ins Wohnzimmer zu bitten. Sie nahm das Telegramm entgegen und las es und hörte wie im Traum seine überschwenglichen Glückwünsche. An alles andere konnte sie sich später nicht mehr erinnern. Was hatte sie getan? Hatte sie sich wenigstens bedankt? Hatte sie ihm einen Likör angeboten? Hatte sie ihm ihre Freude ausgedrückt? Es war alles ihrem Gedächtnis entschwunden. Wahrscheinlich war er nur fünf Minuten dageblieben. Sicherlich hatte er ihr Unvermögen, auch nur ein Wort zu sagen, damit erklärt, daß die Nachricht ihr die Sprache verschlagen habe. Und vermutlich hatte er sich mit verständnisvollem Lächeln entfernt.

Kaum war er gegangen, als das Telefon läutete. *Figaro. France-Soir. Paris-Match. New York Herald Tribune.* Sie verlangten alle gar keine Informationen, sie wollten nur feststellen, ob sie und ihr Mann zu Hause waren. Sie waren auf dem Weg zu ihnen, ein halbes Dutzend Reporter und Fotografen – wahrscheinlich noch mehr. Und sie war allein.

Die selbstsichere Dr. Denise Marceau im Labroatorium hätte den nächsten Schritt niemals gemacht. Aber sie war wie ein verirrtes, schutzloses Kind. Sie fand das Telefonbuch, und darin den verhaßten Namen. Als sie die Stimme der anderen hörte und sich zu erkennen gab, *wußte* sie plötzlich, daß er da war. Und dann bestätigte seine eigene Stimme – die Stimme eines ertappten Schuljungen – seine Treulosigkeit ...

Es verging eine halbe Stunde, bis er kam. Als er eintrat, saß sie auf dem Sofa und hatte genug getrunken, um sich königlich und sicher zu geben, und rings um sie standen die Reporter und Fotografen. Sie hatte die Litanei ihrer Laboratoriumsarbeit hergeleiert, was keinerlei Konzentration erforderte, aber nun waren die Fragen persönlicher geworden, beängstigender, und ihre Haltung kam ins Schwanken. Claude erschien zur rechten Zeit, genau wie die rettenden Reiter in diesen gräßlichen amerikanischen Wildwestfilmen, und sie wurde davor bewahrt, sich bloßzustellen.

Als sie dann allein waren, kam es zu einem kurzen, scharfen Streit. Ihre Anklagen spiegelten ihren Schmerz, ihre ganze Verzweiflung wider, sie vergaß allen Stolz. Er stellte das, was geschehen war, nur als einen ganz belanglosen männlichen Seitensprung hin, eine völlig unwichtige Begebenheit. Im Grunde konnte er, mit den erwiesenen Tatsachen konfrontiert, nur wenig sagen, analysierte aber trotzdem grüblerisch sein Versagen, seine Schwachheit; und was er vorbrachte, war genau das, was sie zu hören gehofft hatte. Aber der Schmerz saß noch zu tief. Er begriff das, und bekümmert über ihre Qual gab er ihr ohne Besinnen das Versprechen, daß er Schluß machen werde mit diesem Verhältnis, daß es ab heute beendet sei, daß sie, wenn sie ihm Glauben schenke, es nicht bedauern würde.

In den paar Wochen, die folgten, war das Leben nur dank des Nobelpreises erträglich. In den Nachmittagsstunden waren sie so gut wie nie allein. Ihr Wohnzimmer wimmelte täglich von willkommenen Gästen. Von Freunden, Kollegen, von Presseleuten und Vertretern der Regierung. Die Nächte waren gesichert durch eine wohlbedachte Regelung. Jeden Abend, wenn er nach Hause kam, schlief sie tief, betäubt von Schlafmitteln. Jeden Morgen, wenn er aufwachte, war sie schon in die Stadt gegangen, diese frühen Stunden für ihre Vorbereitungen für Stockholm benutzend.

Für Denise war der Bericht, den sie jeden dritten Tag von Monsieur Sarraut erhielt, der Brennpunkt ihres Daseins. Bis zur Abreise nach Stockholm kamen vier solcher Berichte. Der erste und zweite bezeugten, daß Claude sein Versprechen gehalten und Gisèle nicht wiedergesehen hatte. Beim dritten Bericht wuchsen Denises Hoffnungen. Noch immer hatte er Gisèle nicht gesehen. Der vierte und letzte Bericht wurde Denise zwei Abende vor ihrer Abreise nach Schweden überbracht. Er traf sie wie ein Schlag ins Gesicht.

Wie immer war Monsieur Sarrauts Logbuch der Untreue kurz und bündig. Doch es war viel zwischen den Zeilen zu lesen, soviel der Phantasie überlassen. Denise hätte am liebsten laut aufgeschrien. In den letzten drei Tagen hatte Claude sein Versprechen nicht nur einmal, sondern zweimal gebrochen. Es war nun nicht mehr *Le Petit Navire*, sondern es waren zwei unbekannte Bistros auf dem Montmartre. Und nicht mehr die Rue du Bac, sondern ein Appartement, das ihnen ein

Freund der betreffenden Dame zur Verfügung stellte. In beiden Fällen hatte der betreffende Mann mit der betreffenden Dame über drei Stunden in dem Appartement verbracht.

Denises Wunde war schon am Verheilen gewesen, aber nun wurde sie unbarmherzig neu aufgerissen. Doch der nun schon vertraute Kummer brachte sie dazu, vernünftig nachzudenken. Handelte es sich um sinnliche Anziehung oder um Liebe? So oder so, die Antwort bot keinen Trost. Wenn es nur Gisèles Körper war, der ihn anzog – die Bilder, die dieser Gedanke heraufbeschwor, machten sie ganz krank –, dann war ihre eigene Unzulänglichkeit daran schuld, und das war ein Mangel, dem sie nicht abhelfen konnte. Aber sagte man nicht immer, das sei die kleinere Niederlage? Irgendwann werde ein Mann der anderen Frau müde, weil sie nichts Neues mehr zu bieten habe, und dann kehre er reumütig zu seiner Frau zurück?

Trotzdem, sie hatte eine tiefe Niederlage erlitten. Wenn es nicht nur Sinnlichkeit war, sondern Liebe, die ihn zu Gisèle zog, dann, das wußte Denise, war sie aller Waffen beraubt. Dann war sie verloren. Wußte er wohl selbst, was es war? Was sollte sie tun? Ihm mit sofortiger Scheidung drohen? Aber wenn er nun in die Scheidung einwilligte, ganz egal, welcher Skandal daraus entstand? Der Gedanke, so rasch den Kampf aufzugeben, ihn nach all diesen Jahren dieser jungen hübschen Hure zu überlassen, brachte sie aufs neue in Wut. Verlassen zu sein, allein, ohne geistigen Widerhall in dem verdammten Laboratorium, das war eine ganz unmögliche Vorstellung. Aber so weiterzuleben, nur dem Namen nach seine Frau, von dieser Hure und von ihm und von sich selber bemitleidet, war genauso undenkbar. Was war zu tun? Für den Augenblick genügte ihr der Haß auf die beiden. Und ein Wort, das ihr eine gewisse Befriedigung gewährte: Vergeltung.

Später, als sie sich träge auszog, die Schlafpillen taten schon ihre Wirkung, wußte sie, daß sie gar nicht die Energie hatte, sogleich Vergeltung zu üben. Irgendwie, irgendwo würde ihr schon etwas einfallen. Wie konnte dieses Schreckgespenst überhaupt entstehen? Sie waren sich so nah gewesen, arbeiteten so gut zusammen, Tag und Nacht, schon so viele Jahre, freuten sich über so manches, lachten in geheimem Einverständnis, vollbrachten etwas so Bedeutendes. Kaum glaublich, sie hatten den Nobelpreis gewonnen. Es war ihnen nicht gut bekommen, daß sie mit ihrer Arbeit fertig waren, kein gemeinsames Ziel mehr hatten. Wohin soll man noch klettern, wenn man den Mount Everest bezwungen hat? Der Sieg war eine verborgene Falle gewesen, ein Pyrrhus-Sieg, weil er das Absinken in Untätigkeit bedeutete.

Als sie schläfrig im Bett lag, versuchte sie, sich den Feind auszumalen. Was hatte der erste Bericht des tüchtigen Monsieur Sarraut gesagt? Balenciaga-Mannequin. Ein Meter siebzig groß. Einen Brustumfang von einundachtzig Zentimetern. Ein Brett, eine dünne Holzplanke. Wie konnte Claude sie für *so was* im Stich lassen? In diesem Augenblick, bevor sie einschlief, beschloß sie, es selbst herauszufinden.

Claude schlief noch, als sie am nächsten Morgen mit einer Freundin – nicht mit Cecilia, sie wiederzusehen, hätte sie nicht ertragen können, sondern mit einer anderen, die sehr extravagant war und über Kleider Bescheid wußte – die Verabredung traf, Einladungskarten für Balenciaga zu beschaffen. Die Freundin wollte ihr bei der Auswahl eines passenden Kleides für die Feierlichkeiten in Stockholm behilflich sein. Denise wußte genau, daß sie gar kein solches Kleid brauchte, weil sie erst kürzlich eines gekauft hatte, aber sie wünschte sehnlichst, den Feind mit eigenen Augen zu prüfen und herabzusetzen.

Genau an der Stelle, wo sie im Sommer mit den englischen Gästen gesessen hatte, wartete Denise dann auf das Erscheinen der Mannequins. Die Spannung war unerträglich. Sie hatte elf Pfund abgenommen, seit ihre Qual begann, was ihr ein wenig Sicherheit gab; trotzdem kam sie sich unbeholfen und fehl am Platz vor und wurde Minute um Minute nervöser.

Sie bemühte sich, ihre Haltung dem selbstsicheren Auftreten der Direktrice des Salons anzugleichen, aber als die Vorhänge am anderen Ende des Raumes sich teilten und die eleganten Mannequins durch den Salon auf sie zuschritten – bei jedem einzelnen, das sich ihr näherte, fragte Denise leise nach dem Namen und Preis des Modells und, ganz nebenbei, auch nach dem Namen des berühmten Mannequins, das es trug –, verließ sie alles Selbstvertrauen.

Das vierte Mannequin betrat eben in pompöser Aufmachung den Salon, und die Verkäuferin wisperte Denise zu, daß dies Mademoiselle Gisèle Jordan sei, sehr bekannt durch ihre Fotos in den Modezeitschriften. Denise erstarrte, als die hohe Gestalt mit Tiara, hautengem weißem, tief dekolletiertem Atlaskleid, die pastellfarbenen Handschuhe bis über die Ellenbogen, immer näher kam. Wie gebannt starrte Denise auf die Brüste des Mädchens, die unter dem Kleid in keinerlei Büstenhalter gezwängt waren. Vielleicht hatte sie sich unbewußt gerade darauf konzentriert, weil sie sich in dieser Hinsicht untadelig fühlte.

Vom ersten Tag ihrer Ehe an hatte Claude sich an ihren Brüsten begeistert – ihr Brustumfang wies das beträchtliche Maß von 96 Zentimetern auf –, und sie war sicher, daß er eine Frau mit nur 81 Umfang unmöglich nur halb so schön finden konnte. Es überraschte sie, daß die sich nähernden, leicht schaukelnden Brüste so groß waren. Die von Monsieur Sarraut berichteten Maße waren unrichtig, weil sie den gesamten Brustumfang bezeichneten. Gisèles Brüste waren rund und jung.

Aus der Fassung gebracht, weil sie ihre Überlegenheit in diesem einen Punkt verlor, konzentrierte sich Denise nun auf die ganze Figur des jungen Geschöpfes, das sich vor ihr im Kreis drehte. Ihr Herz sank. Die Person war schön. Das aschblonde Haar, die hellblauen Augen, die hohen Backenknochen, die verdammten runden Brüste, die langgestreckten Hüften und Beine waren atemberaubend vollkommen. Bevor das Mädchen sich zum Weitergehen anschickte, bekundete Denise der Verkäuferin ihr Interesse an diesem Kleid. Gisèle wurde befohlen, nochmals durch den Salon zu zirkulieren und vor Madame stehenzubleiben.

Gisèle starrte kühl über die Kundin hinweg in den Spiegel, weit weg in ihren Gedanken. Denise examinierte mit blutrotem Gesicht ihre Gegnerin. Sie zwang sich, objektiv zu sein wie im Laboratorium. Sie hatte ein Mikroskop vor sich und darunter die lebenden Zellen. Was sah Claude in diesem Mikroskop? Jugend, als erstes. Das Fleisch war straff und jung, kein bißchen verbraucht. Sicher, das Exemplar war untadelig in jeder Beziehung, und sie war es nicht. Trotzdem, was besaß dieses Exemplar, das ihr selbst fehlte? Ganz nüchtern gesehen, was konnte es für Claude im Bett tun, das nicht schon für ihn getan worden war? Es gab die Worte, die man äußern konnte, die Seufzer der Wonne, die Gesten, die verschiedenen Stellungen der Liebe, und schließlich kam es zum Höhepunkt, und sie hatte tausende erlebt, alle verschieden und doch alle gleich in dem Gefühl, das diese Erfüllung schenkte.

Ihre Augen verließen das Mikroskop und richteten sich voll auf das, was Monsieur Sarraut diskret die betreffende Dame nannte. Das Geheimnis des Geschlechts, das ewige Rätsel! Warum, fragte sich Denise, hat sie Besseres zu bieten als ich? Weil sie jünger ist? Unverbrauchter? Anders im Fühlen? Oder ist sie interessanter, anregender, lebhafter, energischer, liebevoller, leidenschaftlicher?

Ein verhaßtes Bild drängte sich ihr auf – Claude, der diesen herrlichen Körper genoß, Claude, der sich darin verlor, verloren war für immer. Denise fühlte sich wie zermalmt, keine Sekunde konnte sie das länger ertragen.

Sie gab das Zeichen, daß sie genug von dem Kleid gesehen habe, und brachte es sogar fertig, den Abgang ihrer Besiegerin zu beobachten.

Sie hörte eine Stimme. Die Verkäuferin fragte: »Wie gefiel das Madame? Ist es nicht bezaubernd?«

»*Oui*«, sagte sie, »aber es paßt nicht für mich. *Merci.*« Sie kam sich dick und plump und alt vor. Sie wandte sich zu ihrer Freundin. »*Je ne veux acheter rien maintenant.* Wir wollen gehen.«

Plötzlich war die qualvolle Erinnerung unterbrochen, und sie gewahrte, daß sie sich nicht im Salon Balenciaga befand, sondern im Passagierraum einer Düsenmaschine auf dem Flug nach Schweden.

Der Lautsprecher ertönte. Eine Stewardess sprach, erst französisch, dann englisch.

»Wir landen in fünf Minuten. Unterlassen Sie bitte das Rauchen. Bitte schnallen Sie Ihre Sicherheitsgürtel an. Danke.«

Während sie dann wartend dasaß, verwünschte sie wieder die ganze Reise mit ihrem erzwungenen Beisammensein. Noch im Vorjahr wäre diese Auszeichnung das größte Ereignis ihres Lebens gewesen, heute kam sie ihr wie eine Verhöhnung vor. Sie mußten über eine Woche in Stockholm sein. Erträglich, überhaupt nur möglich, wenn sie pausenlos in Atem gehalten wurden. Das würde sie davor bewahren, mit Claude allein zu sein, und ihr die Gelegenheit geben, ihr Gleichgewicht wiederzufinden und über die nächste Zukunft nachzudenken. In zwei Wochen waren sie wieder daheim, und dann waren sie drei, und sie mußte ihre Entscheidung treffen.

Es gab ein knirschendes, kratzendes Geräusch, als die Maschine den Boden berührte und lärmend über die drei Kilometer lange zementierte Rollbahn fuhr, bevor sie stillstand. Vor dem Fenster sah sie einen Streifen Wald, Flugzeuge und Rollwagen, moderne Gebäude, einen Hangar mit sich futuristisch nach oben schwingenden Dächern, und Menschen, in dunklen Gruppen beisammen. Vor den Menschen fürchtete sie sich am meisten. Sie hatten sich eine gefeierte Chemikerin namens Dr. Denise Marceau vorgestellt, die kühl war, überlegen, interessiert, während ihnen in Wirklichkeit eine vierzigjährige betrogene Ehefrau entgegentrat, unsicher, verbittert, gebrochen. Wer von ihnen ließe sich auch träumen, daß Nobel von Balenciaga verdrängt werden könnte? Nun kam es darauf an, wieviel Kraft sie noch besaß. Konnte sie diese Woche, in der sie ständig der Öffentlichkeit ausgesetzt war, durchstehen, ohne einen Skandal heraufzubeschwören?

»Komm«, sagte Claude, »wir sind da.«

Als sie über die Treppe die Startbahn betraten, waren sie sofort von einer Meute lärmender Menschen umringt. Claude hatte sie am Arm genommen, um sie vor der Menge zu schützen, und irgendwer hatte ihr einen Blumenstrauß in die Hand gedrückt. Verschwommen hörte sie die Namen des Empfangskomitees, Graf Soundso Jacobsson, Ingrid Soundso und Soundso Krantz.

Der Graf Soundso Jacobsson stand jetzt zwischen Claude und ihr und sagte: »Wir vereinbarten die Pressekonferenz für morgen. Wir wollten Sie in Ruhe empfangen. Aber irgendwie finden sie es immer heraus – versuchen, Sie schon hier abzufangen. Sie brauchen ihre Fragen nicht zu beantworten – nicht hier.« Er bahnte ihnen einen Weg durch die Menge, während in die Höhe gehobene Kameras sie einfingen und Reporter in vier Sprachen auf sie einredeten.

Vorwärts geschoben und gedrängt und geführt vom Komitee, die Meute dicht hinterher, stolperte sie durch das Tor zu einer Limousine. Graf Soundso Jacobsson sagte ihr ins Ohr: »Sie sind gut untergebracht – *Grand-Hotel* – ruhen Sie sich aus bis morgen – dann –«

Außer Atem erreichte sie die offene Tür der Limousine. Als sie sich bückte, um einzusteigen, hörte sie die Stimme eines Reporters heiser die anderen überschreien: »Dr. Marceau!« rief er ihr zu. »Empfehlen Sie allen Ehepaaren eine gemeinsame Arbeit – mehr Gemeinsamkeit – mehr –?«

Die Stimme sprach immer weiter, während sie sich in das Innere des Wagens verkroch, dagegen ankämpfend, daß sie in Schluchzen ausbrach. Claude war neben ihr und noch jemand. Die Soundso saß auf seiner andern Seite, und die beiden Soundsos vorne auf dem Klappsitz. Das Auto fuhr, nur schien es Denise Marceau kein Auto zu sein, sondern eine Fähre – die Fähre, die von Charon über den »grauenvollen Styx« geführt wurde ...

Als das Nobel-Empfangskomitee Dr. Denise und Dr. Claude Marceau in ihrem Appartement im *Grand-Hotel* abgesetzt und einen Attaché vom Auswärtigen Amt gebeten hatte, sich ihnen zur Verfügung zu halten, blieb kaum noch Zeit, zu Abend zu essen und zum *Arlanda-Flughafen* zurückzukehren, zur Ankunft der Caravelle-Düsenmaschine um sieben Uhr, die Dr. Carlo Farelli und seine Frau Margherita aus Rom brachte.

Die drei Komiteemitglieder waren eben fertig mit ihrem Essen im *Cattelin-Restaurant* hinter dem Königlichen Schloß in der Altstadt, ihr Gespräch drehte sich jedoch nicht um Farelli.

»Um wieviel Uhr kommt Professor Max Stratmans Schiff heute abend in Göteborg an?« wollte Carl Adolf Krantz wissen.

»Ich weiß nicht genau«, erwiderte Jacobsson. »Ich weiß nur, daß es am späten Abend ist. Auf jeden Fall können wir ihn morgen früh um acht Uhr am Zentralbahnhof in Empfang nehmen.«

»Hoffentlich hatte er eine gute Überfahrt«, murmelte Krantz in sein Bier.

»Warum soviel Aufhebens um Stratman?« sagte Ingrid Pahl angriffslustig zu Krantz. »Ich habe Sie nicht mehr so aufgeregt gesehen eines Physikers wegen seit dem Jahr, als Heisenberg aus Leipzig hierherkam.« Sie lächelte mit boshafter Unschuld. »Schließlich ist Stratman ja nur ein Amerikaner.«

Krantz fiel prompt darauf herein. »Er ist ein Deutscher.«

»Er ist ein Jude«, sagte Ingrid Pahl triumphierend.

»Er ist ein Deutscher«, wiederholte Krantz mürrisch.

»Immerhin ging er bei der ersten Gelegenheit, die er fand, nach Amerika«, sagte Ingrid Pahl vergnügt.

Krantz runzelte die Stirn. »Ich sehe, Sie wollen mich zum Narren halten. Persönlich ist es mir ganz gleich, woher er kommt, mich interessiert nur, was er ist – und er ist heute der bedeutendste Physiker der Welt. Haben Sie auch nur eine leise Ahnung, was er erreicht hat?«

»Ich habe die Zeitungen gelesen«, erwiderte Ingrid Pahl. »Er hat entdeckt, daß die Sonne noch zu anderen Dingen zu gebrauchen ist als zum Braunbrennen.«

»Sie sind hoffnungslos!« Krantz trank sein Bier aus und wandte sich zu Jacobsson. »Es ist mir furchtbar, daß Professor Stratman ohne jede Empfangsfeierlichkeit in Göteborg ankommt. Ich glaube, ich werde, sobald wir Farelli abgesetzt haben, Professor Stratman in Göteborg anrufen. Haben Sie etwas dagegen?«

»Tun Sie, was Sie für richtig halten«, antwortete Jacobsson.

»Ja«, sagte Krantz, »ich werde ihn durchs Telefon begrüßen.« Er strich sich über den Spitzbart. »Hoffentlich hatte er eine gute Überfahrt.«

Noch lange nachher erinnerte sich Emily Stratman an den Abend des zweiten Dezember, sechs Uhr achtzehn, als an einen kritischen Augenblick der Selbsterkenntnis. Seltsamerweise fiel ihr, wann immer sie daran dachte, ein, daß sie irgendwo gelesen hatte, die bei den amerikanischen Juwelieren als Firmenschild ausgehängten Uhren würden auf acht Uhr achtzehn gestellt, in dem irrtümlichen Glauben, dies sei die Minute gewesen, in der Abraham Lincoln starb. Diese beharrliche Ideenassoziation kam bestimmt daher, weil dieser Augenblick für beide das Ende eines Lebens bedeutete.

Doch dieser Augenblick der Selbsterkennung stand ihr noch bevor. Es war jetzt, am zweiten Dezember, erst kurz nach vier Uhr, und der prachtvolle weiße Dampfer der *Schweden-Amerika-Linie* hatte vor einer Stunde die dunkle Küste Norwegens hinter sich gelassen und durchlief nun die unruhige See mit Kurs nach dem schwedischen Hafen Göteborg. Emily Stratman ließ sich behaglich in einen Rohrsessel neben dem Korbtisch auf dem oberen A-Deck sinken. Trotz des bedrohlichen Wetters war sie noch nicht auf das baldige Einlaufen im Hafen eingestellt. Die neun Tage auf See waren ihr herrlichstes Erlebnis seit vielen Jahren gewesen, und sie wünschte sich noch mehr solcher Tage, um sich zu beweisen, daß sie auch wieder fähig sei, ganz glücklich zu sein.

Unvermeidlich wanderten ihre Gedanken zu Mark Claborn. Sie erwartete und wünschte sein Kommen, obwohl sie sich nicht verabredet hatten. Sie hatte es sich sogar versagt, einen Drink zu bestellen, bevor er da war.

Als sie Schritte hinter sich hörte, wandte sie sich rasch lächelnd um, in der Annahme, es sei Mark. Ihr Besucher war jedoch Onkel Max. Es gelang ihr nicht, ihre Enttäuschung zu verbergen.

»Du hast wohl einen Jüngeren erwartet, Liebling?« fragte Professor Stratman verschmitzt.

»Einen Jüngeren, ja, aber keinen Stattlicheren.«

»Ach, du hast doch schon gelernt, einem Schmeicheleien zu sagen.«

Er setzte sich in den Rohrstuhl ihr gegenüber und schaute sich um. »Miserables Wetter. Ich hörte, daß es in Göteborg regnet. Warum sie wohl die Nobelpreiszeremonie im Dezember abhalten?«

»Es ist der Monat, in dem Alfred Nobel starb«, erwiderte Emily.

»Ich bin froh, daß wenigstens einer in der Familie sich für Geschichte interessiert.« Er schauerte zusammen. »Brr! Kalt! Trinkst du ein Gläschen mit mir?«

»Oh—« Sie zögerte und entschied dann, daß sie ein zweites Glas trinken konnte, wenn Mark kam. »Ja. Schnaps.«

Als die Drinks vor ihnen standen, trank Emily ihr Glas nicht auf einmal aus, sondern in kleinen Schlucken, damit es länger vorhielt. Stratman betrachtete das seine mit etwas schlechtem Gewissen. Er hatte Dr. Fred Ilman mehrmals aufgesucht vor der Reise, und Dr. Ilman war entschieden dagegen gewesen. Zuviel Aufregung, hatte er gewarnt, zu viele Leute, zu viele Anstrengungen, zuviel Essen und Trinken. Stratman hatte entgegnet, eine Bedingung, um das Nobelgeld zu erhalten, sei, es persönlich abzuholen. Dr. Ilman hatte ihm entgegengehalten, daß verschiedene Leute, zum Beispiel John Galsworthy und André Gide, ihr Geld bekommen hätten, ohne nach Stockholm zu reisen, weil sie krank waren. Trotz allem hatte Stratman auf der Reise bestanden. Aus verschiedenen Gründen hatte er nicht gewollt, daß der schlechte Zustand seines Herzens auf diese Art allgemein bekannt würde. Vor allem sollte Emily es nicht erfahren. Sie hatte auch ohne das schon genug mitgemacht. Außerdem könnte die *Society for Basic Research* alarmiert werden und seine Aufgaben und die Zuwendungen dafür empfindlich beschneiden. Und er wollte sich nicht auf seinen Lorbeeren ausruhen, wenn soviel zu tun war. Und so hatte er, auf sein Ehrenwort, Dr. Ilman versprochen, daß er auf sich achten werde—keine Aufregungen, keine Hast, keine scharfen Getränke.

Er hob sein Glas. »*Skal!*« sagte er.

»Halb-*skal*!« erwiderte Emily, damit andeutend, daß ihr Glas nur noch halbvoll war.

Sie tranken, dann saßen sie, wie sie es oft taten, stumm beieinander, eingelullt von dem leisen Rollen und Stampfen des Schiffes. Während er Emily betrachtete, freute er sich, welche Veränderung mit ihr vorgegangen war, seit sie sich auf See befanden. Er wußte, daß sie, als geschworene Einsiedlerin, die Reise ersehnt und sich vor ihr gefürchtet hatte. Aber irgendwo und irgendwann hatte Emily zwischen ihrem Eintreffen am Pier 97 des North River in New York und dem Betreten ihrer beiden benachbarten Kabinen auf dem B-Deck irgendeinen Entschluß gefaßt.

Er hatte nie versucht, in ihr Privatleben einzudringen, aber in den neun Tagen auf See hatte er beobachtet, auf welche Art sie ihren Entschluß durchführte. Seit er sie Ende des Krieges aus Buchenwald befreit hatte, hielt sie sich von gesunden normalen Männern fern, und da Stratman die Ursache ihres unnormalen Verhaltens kannte, hatte er sich nie bemüht, etwas daran zu ändern. Wenn dieser Defekt überhaupt zu überwinden war, so mußte sie ihn allein überwinden. Genau das hatte sie auf diesem schwedischen Schiff zu tun versucht.

Vom ersten Abend an hatte sie sich dazu gezwungen, sich nicht in ihre Kabine zu verkriechen. Sie war dazu entschlossen, genauso gesellig zu leben wie jeder andere der neunhundertfünfzig Passagiere.

Mit Stolz und Erleichterung, aber auch mit Sorge hatte Stratman bemerkt, daß die meisten ihrer neu gewonnenen Freunde junge Männer etwa in ihrem Alter waren, Anfang Dreißig oder auch Anfang Vierzig. Sie war befangen ihnen gegenüber, behauptete sich aber tapfer, so ungewohnt ihr jede Art von Geselligkeit auch war. Und die Männer, wie nicht anders zu erwarten, fanden sie sehr anziehend. Es war auch darüber diskutiert worden, was sie natürlich nicht wissen konnte, ob sie noch unberührt sei. Ihre reservierte, scheue Art, ihre Kunst, inmitten der Menge doch niemals ein Teil von ihr zu sein, beeinflußte die Meinung der Männer sehr stark. So lautete diese Meinung fast einstimmig: noch Jungfrau. Und daher war ihre Anziehungskraft größer als vorher.

Stratman war stolz auf die Erfolge seiner Nichte. Man könnte es, dachte er, ihr gesellschaftliches Debüt nennen. Er war auf diesem Schiff die Berühmtheit, aber sie war die erfolgreichste Frau. Vielleicht würde sich von jetzt an ihr Leben anders gestalten.

Emilys Gedanken waren in dieser Minute nicht sehr weit entfernt von den Betrachtungen ihres Onkels. Auch sie hatte über diese neun Tage auf dem Schiff nachgedacht. Sie war nicht unzufrieden mit den Ergebnissen ihrer Anstrengung, einen gewissen Grad von Normalität zu erlangen. Aber gleichzeitig war sie doch nicht ganz zufrieden.

Ihr Entschluß war gewesen, sich selber und allen anderen zu beweisen, daß sie eine Frau war wie jede andere, so normal und so weiblich wie ihre Altersgenossinnen. Es war ihr zum Teil gelungen, aber nicht ganz, und das war die einzige Ursache ihrer Unzufriedenheit. Und deshalb war sie um diese Stunde auf das Deck gekommen, in der die meisten Leute ruhten oder sich umzogen. Sie wollte allein sein mit einem Mann, der auch mit ihr allein sein wollte. Aus welchem Grund er das wollte, wußte sie nicht. Aber es schien ihr irgendwie wichtig zu sein, daß es zu diesem Rendezvous kam. Und damit wanderten ihre Gedanken wieder zu Mark Claborn.

Er war ihr schon am ersten Nachmittag bei einer Unterweisung am Rettungsboot aufgefallen. Sie war zu spät gekommen, die Instruktionen hatten schon begonnen. Während sie sich in die Reihe der andern zwängte, mühte sie sich, ihre Schwimmweste richtig anzuziehen, aber sie hatte es ganz verkehrt angefaßt. Der dunkelhaarige junge Mann neben ihr half ihr lachend, aber erst als die Übungsstunde zu Ende war und sie ihn weggehen sah, wurde ihr bewußt, daß er gut aussah.

Von da an sah sie ihn häufig; manchmal spielte er Tennis oder Shuffleboard mit anderen jungen Männern, manchmal bummelte er mit jungen Schwedinnen und Däninnen übers Deck, und zweimal hatte er ihr mit gleichgültiger Höflichkeit zugenickt. Von den vielen jungen Männern an Bord war er, wie sie fand, bei weitem der anziehendste, und sie fragte sich, ob sie wohl mit ihm bekannt werden würde. Am fünften Tag war es dann soweit. Sie saß auf Deck neben der grünen Pferderennen-Matte, hielt krampfhaft ihre Spielmarken und beobachtete, wie zwei Frauen die Würfel ausspielten, einen für die Nummer des Holzpferdes, den anderen für die Züge. Jemand trat an den leeren Stuhl neben ihr und setzte sich.

»Sie gestatten?« Er war es.

Sie verkrampfte sich sofort, wie immer, und war weniger herzlich, als sie eigentlich beabsichtigte. »Eine öffentliche Tribüne«, sagte sie, auf die anderen Passagiere deutend.

»Ich bin Mark Claborn. Rechtsanwalt in Chicago.«

»Sehr erfreut.«

Sie überlegte, ob sie sich auch vorstellen solle, aber bevor sie es tun konnte, hatte er dieses Problem gelöst. »Sie sind Miss Emily Stratman aus Atlanta. Auf dem Weg nach Stockholm, um Ihrem Onkel zu helfen, die Beute in Sicherheit zu bringen.«

»Oh, so möchte ich es eigentlich nicht ausdrücken –«

»Natürlich nicht. Ich mache nur Spaß. Ich bin sehr beeindruckt von Ihrem Onkel. Er ist das einzige authentische Genie, das ich jemals von nahem sah, obgleich mir jemand, als ich noch ein kleiner Junge war, Clarence Darrow zeigte, wie sie im Wagen vorüberfuhr. Aber Ihr Onkel – ich versuche immer, möglichst nahe bei ihm zu stehen, wenn er von Leuten umringt ist, nur um einige Brocken Weisheit aufzulesen.«

Er schwieg einen Augenblick. »Wohin gehen Sie von Stockholm aus?«

»Nach Hause.«

Sein Gesicht verriet Enttäuschung. »Zu dumm. Ich komme nämlich nicht nach Stockholm, sondern reise nach Kopenhagen, Paris, Rom, Urlaubsreise. Ich hatte gehofft, wir würden uns irgendwo wieder begegnen.«

»Ich fürchte nein.«

Er beugte sich vor. »Sie haben dieses Rennen verloren. Darf ich Ihnen für das nächste eine Marke kaufen? Welche Nummer soll es sein?«

Von da ab sahen sie sich regelmäßig, aber immer im Beisein von anderen. Sie nahmen Drinks in der Bar. Sie aßen zusammen das spät in der Nacht servierte *smorgasbord*. Sie fand ihn liebenswürdig und amüsant. Er hatte natürlich Mängel. Er hatte außer Blackstone nur wenig gelesen. Er war selten ernst. Es fehlte ihm an Tiefe und Feingefühl. Aber er war attraktiv und witzig. Nun, an diesem letzten Tag, wollte sie allein mit ihm sein.

Auf der andern Seite des Tisches trank ihr Onkel plötzlich sein Glas leer und stand auf. »Ich muß noch Papiere ausfüllen«, sagte er unbestimmt.

Intuitiv wußte sie, warum er plötzlich ging. Sie wandte sich um und sah Mark Claborn kommen.

»Du kannst ruhig hierbleiben, Onkel Max.«

«Ich habe nur den Sitz gewärmt für den jungen Mann. Ich sehe dich dann beim Essen.« Er winkte Mark zu und ging.

Mark Claborn setzte sich auf Stratmans Stuhl. »Hallo, Emily. Ich habe mir überlegt, wo Sie wohl sind.«

Er schaute sich suchend um. »Ich habe mir erlaubt, Drinks für uns zu bestellen. Was möchten Sie trinken?«

»Schnaps.«

»Genau das habe ich bestellt.«

»Gedankenübertragung.«

»Nein – Übereinstimmung!« Dann fügte er hinzu: »Weil wir den Gin heute so spät serviert bekommen, gibt es ein beschleunigtes Dinner. Sie haben ein paar Extratische aufgestellt. Könnten Sie sich nicht zu mir an einen dieser Tische setzen?«

»Ich weiß nicht recht. Wäre das nicht unhöflich?«

»Der Kapitän kommt am letzten Abend nie herunter. Sie haben acht Abende an diesem Tisch gesessen. Wollen Sie nicht einen Abend an mich verschwenden?«

»Schön. Es wird mir eine Freude sein.«

Der Decksteward brachte den Schnaps.

Mark Claborn nahm sein Glas. »Wir wollen es so machen, wie die Schweden es tun.« Sie hoben ihre Gläser feierlich bis zur Brust. Mark toastete auf ihre nächste Begegnung. Sie schauten sich in die Augen, und dann kippten sie ihre Drinks auf einmal hinunter. Hierauf hielten sie sich wieder die Gläser vor die Brust, immer noch Auge in Auge, erst dann stellten sie die Gläser auf den Tisch.

»Großartige Sitte«, sagte er, »ein solcher Toast ist tausend Worte wert.«

Sie nahmen in der nächsten Stunde jeder noch zwei Drinks, und dann gebot Emily Einhalt.

»Ich bin noch nicht betrunken«, sagte sie, »aber ich wußte nicht, daß Sie einen Freund mitgebracht haben. Ich möchte nicht, daß Sie mich zum Dinner tragen müssen.«

»Ich wüßte nicht, was ich lieber täte.«

»Ich ziehe es vor, auf meinen eigenen Füßen zu stehen.«

»Ich bin überzeugt, daß Sie das vorziehen. Die Frage ist nur – können Sie es?« sagte er neckend.

»Immer«, erwiderte sie blinzelnd, um ihn besser zu sehen. »Schauen Sie!« Sie erhob sich und stand stramm.

»Ich verneige mich vor Ihrer Nüchternheit«, sagte Mark, »aber nicht vor Ihrer Unabhängigkeit.« Er grinste. »Verwünscht sei das Neunzehnte Amendment!«

Er legte ein paar Geldscheine auf den Tisch, nahm sie am Arm und führte sie zu ihrer Kabine auf dem B-Deck. Beide blieben stumm, bis sie vor der Kabinentür standen.

»Ich werde Sie hier um sieben abholen«, sagte er.

Sie lehnte sich schwindlig an die Tür. »Ich glaube, ich muß Ihnen was anbieten vor dem Dinner. Südstaatliche Gastfreundschaft.«

»Das müssen Sie tatsächlich.«

»Ich habe eine Flasche Whisky in der Kabine. Jemand schickte sie mir aufs Schiff. Wird er sich mit Schnaps vertragen?«

»Wir reisen mit der *Schweden-Amerika-Linie.*«

»Kommen Sie um sechs. Haben Sie bis dahin Zeit, sich umzuziehen?«

»Viel zuviel Zeit.«

Als Emily in ihrer Kabine war, blieb sie unsicher mitten im Raum stehen. Sie war zwar keineswegs betrunken, aber nüchtern war sie auch nicht. Sie fühlte sich wohl, frei von Verantwortung. Sie fühlte sich gewichtslos, sowohl körperlich wie geistig. Als sie ausgestreckt auf dem Bett lag, suchte sie ihre Gedanken zusammenzuhalten. Aber es gelang ihr nicht. Sie gab es auf und schlief ein.

Als sie aufwachte, war sie erstaunt, daß sie geschlafen hatte. Sie schaute auf die Wanduhr. Sieben Minuten bis sechs. Es blieben ihr nur sieben Minuten, bis Mark kam. Es wäre nun logisch gewesen, sich sofort das Dinnerkleid anzuziehen und frisches Make-up aufzulegen. Aber sie hatte keine Lust, logisch zu handeln, lieber ließ sie es tollkühn darauf ankommen. Sie sehnte sich nach einer Dusche, und davon sollte sie niemand abhalten.

Mark Claborn hatte angeklopft, und da er keine Antwort erhielt, an der Tür geklinkt und sie unverschlossen gefunden. Emily war nirgends zu sehen, nur ihre Kleider, die überall herumlagen, verrieten ihre Anwesenheit. Er rief nach ihr, aber sie antwortete nicht. Und dann vernahm er das Rauschen der Dusche. Er ging zur Badezimmertür und spähte in den dampferfüllten Raum. Hinter dem nassen Vorhang sah er ihre Konturen, und er fand sie überaus einladend.

Grinsend ging er ins Schlafzimmer zurück. Die Wanduhr bestätigte ihm, daß es fünf Minuten nach sechs war. Sie hatte ihn gebeten, um sechs Uhr zu kommen. Sie hatte versprochen, ihm etwas anzubieten. Der Wink war deutlich genug gewesen. Das also war dieses »Etwas«! Er warf den Rock ab, band die Krawatte auf und begann, sein Hemd aufzuknöpfen. Er war ein junger Mann mit beträchtlicher Erfahrung in der Eroberung von Frauen. Diese würde etwas Besonderes sein.

Als Mark sich seiner Kleider entledigt hatte, stieg seine Erregung. Sie erwartete ihn. Er stellte sich ihren Körper vor. Dann eilte er in den Baderaum, schloß die Tür, schob den Riegel vor. Dann griff er nach dem Duschvorhang und schob ihn beiseite.

Emily stand nackt mit dem Rücken zu ihm, Ströme von Wasser jagten den Seifenschaum über ihre Glieder. Bei dem Geräusch fuhr sie herum und verlor fast den Halt. Was sie durch den Dampf sah, ließ sie erstarren: Mark, sein lüsternes Grinsen, seine ungeheure behaarte Brust, sein schrecklicher, widerlicher Körper.

»Ganz – wundervoll, Süße«, sagte er jetzt. »Ich hab' ja gewußt, daß du schön bist, aber –«

Er streckte die Hand nach ihr aus. Zitternd riß sie sich von ihm los und sprang aus der Wanne. Sie glitt aus auf dem nassen Boden und fiel auf die Badematte. Sie rollte sich beiseite, lag auf den glitschigen Fliesen und streckte die Hand nach der Matte aus, um sich zu bedecken.

Als sie versuchte, die unzulängliche Hülle über ihren Körper zu breiten, fühlte sie Marks Hand an ihrer Schulter, die sie mit Gewalt am Boden festhielt.

»Lassen Sie mich los!« schrie sie. »Was fällt Ihnen ein?«

»Halt den Mund – mach kein solches Theater!«

»Nein. Lieber Himmel, ich will das nicht!«

»Natürlich willst du das, ganz sicher – die ganze Zeit hast du das gewollt – du hast es mir beständig gesagt, auch ohne Worte.«

»Ich habe Angst!«

»Laß diesen Quatsch. Du wirst es lieben, das garantiere ich dir, du wirst nicht genug kriegen können. Aber wir haben ja noch Stunden –«

Plötzlich schob er einen Arm unter ihrem Rücken durch und legte die Hand über eine ihrer Brüste. Sie griff nach dieser zudringlichen Hand, versuchte sich aufzusetzen, und dabei glitt sie von neuem aus und lag nun hilflos vor ihm. In Sekundenschnelle warf er sich über sie.

Sie war erschöpft, ihr Herz klopfte bis zum Hals. Jetzt gab es nur zwei Dinge: sich ergeben oder kämpfen. Eine Sekunde lang schwankte sie. Mußte sie sich zurücklegen und es zulassen, daß der muskulöse Körper über ihr sie einfach nahm, oder konnte sie ihn abschütteln?

Mit aller Kraft schlug sie mit beiden Fäusten gegen seine Brust. Eine Sekunde lang kam er ins Schwanken, dann setzte er sich auf, in ungeheuchelter Überraschung und Verwirrung.

Sie setzte sich ebenfalls auf. »Gehn Sie, oder ich schreie!« rief sie.

Er blinzelte sie verlegen und verständnislos an. »So meinst du es.«

Es war nur eine Feststellung. Er stand auf. »Du brauchst nicht zu schreien. Und hör auf zu zittern wie ein Kaninchen in der Falle. Notzucht ist nicht meine Art. Aber du hast mich zum Narren gehalten. Ich hab' mich noch nie getäuscht bisher –«

»Sie haben sich jetzt getäuscht. Bitte, gehen Sie!«

Mit einem letzten Rest von Würde wandte er sich zur Tür und verschwand im Schlafzimmer.

Zitternd stand Emily auf und hielt die Klinke fest. Sie konnte hören, daß er sich anzog.

Sie wollte eben die Tür schließen, da hörte sie ihn sagen: »Ich behaupte noch immer, daß ich mich nicht täuschte. Ich möchte nur wissen, was zwischen dem Augenblick geschah, als du ja sagtest zu dir, und dem Augenblick, als du nein sagtest zu mir. Irgend etwas ist passiert.«

»Nichts ist passiert«, sagte sie durch den Türspalt. »Ich war ein bißchen beschwipst, und Sie – Sie haben es falsch gedeutet.«

»Mag sein. Liebling, sag mir nur eins. Ganz unter uns.«

Sie wartete.

»Bist du noch unschuldig?«

»Ja.«

»*Well*, das erklärt manches.« Er schwieg eine Weile. »Ich gehe jetzt. Es tut mir leid, sowohl deinet- wie meinetwegen. Aber keine Feindschaft deswegen. Wir sehen uns morgen beim *smorgasbord.*«

Als Max Stratman zwanzig Minuten später zu seiner Kabine ging, war ihm, als höre er sie schluchzen. Er horchte an ihrer Tür und fand seinen Verdacht bestätigt. Rasch riß er sie auf und trat ein.

»Emily, um Himmels willen, was ist los?«

»Nichts, Onkel Max – ich schwöre es dir.«

Er stellte den Stuhl neben ihr Bett und setzte sich darauf wie ein freundlicher Landarzt. »Irgend etwas ist passiert. Wir haben doch keine Geheimnisse voreinander.«

»Es ist nichts«, wiederholte sie ohne Überzeugung.

»Bitte sag es mir. Ich gehe nicht, bevor du es mir gesagt hast.«

Sie versuchte, sich im Geist ihren Vater vorzustellen, aber es gelang ihr nicht – da war nur Onkel Max, und sie sehnte sich, ihm zu beichten. Unsicher, seine Augen vermeidend, schilderte sie die Ereignisse der letzten Stunde.

»Ist das alles?« fragte Stratman, als sie fertig war. »Hast du nichts weggelassen?«

»Er hat mich nicht berührt, ich schwöre es – das würde ich *wissen.*«

Stratman erhob sich erregt. »Trotzdem, es ist schändlich. Kein Mensch ist sicher. Ich werde sofort zum Kapitän gehen und –«

»Bitte nicht!« Sie setzte sich auf und schwang die Beine vom Bett. »Ich möchte ihn nicht in Ungelegenheiten bringen und –«

»So viel machst du dir aus ihm? Ist das der Grund?«

»Ich mache mir überhaupt nichts aus ihm«, erwiderte sie heftig. »Er bedeutet mir gar nichts. Ich bin nur nicht ganz sicher, ob er allein daran schuld ist.«

»Was willst du damit sagen?«

»Nun – ich habe zuviel getrunken – ich lud ihn ein – und er verstand es falsch. Das ist etwas, das jeden Tag passiert.« Sie dämpfte ihre Stimme. »Bitte, Onkel Max, wir wollen kein Aufhebens davon machen. Ich möchte das nicht durchmachen. Es würde mich nur quälen. Es ist leichter, es einfach zu vergessen. Wir sind fast da. Schon bald verlassen wir das Schiff und denken nicht mehr daran.«

»Bist du sicher, daß das so einfach ist?«

»O ja. Natürlich war ich aufgeregt. Aber jetzt bin ich wieder beruhigt, wie du siehst. Ich wünsche kein Aufsehen, das ist alles.«

Sie ließ sich aufs Kissen zurückfallen. Er blieb sitzen, bis er sah, daß sie bequem lag. »Ich bin nebenan, wenn du mich brauchst.«

»Und das Dinner?«

»Ich habe keinen Hunger. Ich kann ja beim Steward ein Sandwich bestellen. Ich bin gleich wieder zurück. Und du ruhst dich aus.«

Er ging verstört in seine Kabine. Er hatte das Gefühl, er habe Walthers Vertrauen enttäuscht, ohne definieren zu können, auf welche Weise. Jedenfalls, was Emily heute zugestoßen war, durfte nie wieder geschehen. Er hatte ihre Kraft überschätzt. In Stockholm durfte er sie nie allein lassen. Während er vor dem Bett auf und ab ging, hörte er sein Herz schlagen. In all den Jahren bisher hatte er das nie gehört, hatte so wenig darauf geachtet wie auf das Einatmen und Ausatmen. Aber jetzt verlangte es ziemlich oft, gehört zu werden. Er öffnete sein Necessaire, holte das Fläschchen mit Pillen heraus, das Dr. Ilman ihm gegeben hatte, und spülte zwei Pillen mit einem halben Glas Wasser hinunter. Dann klingelte er nach dem Kajütensteward und bestellte ein Sandwich.

Da seine Gedanken bei Emily weilten, kehrte er bald wieder in ihre Kabine zurück. Sie lag noch immer so auf dem Bett, wie er sie verlassen hatte, die Augen geschlossen, in unruhigem Schlaf. Er setzte sich auf den Stuhl am Bett, holte eine deutsche Taschenausgabe einer Biographie von Immanuel Kant aus seiner Rocktasche und begann zu lesen.

Er wurde gar nicht gewahr, wie die Zeit verging und daß das Schiff aufgehört hatte zu stampfen und auch nicht mehr so sehr rollte. Das Klopfen an der Tür riß ihn aus seiner Versunkenheit, und auch Emily erwachte.

Der Steward steckte den Kopf zur Tür herein. »Ich muß das Gepäck holen, Sir. Wir sind schon fast in Göteborg. Es dauert höchstens noch eine Stunde.«

Kaum war der Steward gegangen, da erschien ein junger Bursche in weißer Uniform, am Arm die Binde des Telegrafenbüros. Er meldete vier Ferngespräche aus Stockholm an. Stratman fragte, ob er sie hier in Emilys Kabine entgegennehmen könne, und der Bursche ging zum Telefon und stellte die Verbindung mit dem Bordfunker her.

Der erste Anruf und auch die beiden folgenden kamen von schwedischen Zeitungen. Es gab atmosphärische Störungen, und Stratman hatte Mühe zu verstehen. Er antwortete kurz und präzis und versprach jedem Korrespondenten, er werde in Stockholm zu längeren Interviews bereit sein.

Der vierte Anruf war von Dr. Carl Adolf Krantz. Stratman hatte den Namen schon gehört und war liebenswürdig. Er dankte Krantz für seine überschwenglichen Glückwünsche und Begrüßungsworte. Gewiß, die Reise war angenehm und ruhig verlaufen. Ja, er und seine Nichte würden am folgenden Morgen um acht Uhr eintreffen. Ja, sie freuten sich darauf, das Empfangskomitee kennenzulernen und an dem Festprogramm und den Empfängen teilzunehmen.

Während all dieser Anrufe hatte Emily sich gewaschen und ein leichtes Make-up aufgelegt und stand nun, mit halbem Ohr zuhörend, an der Luke und starrte in die vom Regen durchströmte Nacht. Scheinwerfer über dem Wasser hatten das Lotsenboot in Licht getaucht und die Barkasse, die gleich hinterherkam. Das Schiff machte nur langsame Fahrt durch die, wie es ihr vorkam, zahllosen Inseln, und allmählich war das Netz von Lichtern immer deutlicher zu sehen, das die Nähe der Stadt Göteborg mit ihren Hafenanlagen ahnen ließ.

Um zehn Uhr zwanzig wurde Emily durch den Lärm an der Tür von ihrem Bullauge weggeholt. Schon in der nächsten Minute waren ihr Onkel und sie von Menschen umringt. Der Zahlmeister war erschienen, um sie mit einem Attaché des schwedischen Außenministeriums bekannt zu machen, der von Stockholm gekommen war, um sie über die Zollabfertigung zum Zug zu bringen. Vier oder fünf städtische Beamte, Vertreter von Göteborg, wurden ihnen vorgestellt, die, nachdem sie ihre förmlichen Begrüßungsworte gemurmelt hatten, Stratman mit derselben Ehrfurcht anstarrten, mit der sie einst Wilhelm Röntgen bedacht hatten.

Für Emily, die nun nicht mehr von der Seite ihres Onkels wich, war alles, was nun kam, ein wirres Durcheinander. Im Musikraum, wo vier schwedische Männer und Frauen Pässe stempelten und Gelddeklarationen kontrollierten, begegnete man Stratman und seiner Nichte mit stummer Hochachtung, und die Formalitäten waren rasch erledigt. Von der Reling des offenen Oberdecks – aus dem Platzregen war ein leichter Sprühregen geworden – beobachtete Emily, wie das Schiff längs des riesigen Landekais anlegte, sah eine Menge Schweden mit Blumen in der Hand stehen und hörte von ferne die Melodie des *Star-Spangled Banner*.

Als sie, nach der Zollabfertigung, die man bei ihnen als bloße Formalität betrachtete, im Auto des Attachés saßen, gelang es Emily nicht, sich ein Bild von Göteborg zu machen. Die Hafenstadt an der Mündung des Götaflusses hatte eine Bevölkerung von 400 000 Menschen. Das erschien unwahrscheinlich. Die nassen, kalten Straßen waren verödet. Hier war die bekannte Södra Hamngatan, und dort war Milles' Poseidonbrunnen im Götaplatsen und dort drüben das *Röhsska-Museum* für angewandte Kunst. Onkel Max gab seiner Bewunderung Ausdruck, aber Emily faßte nicht viel anderes auf als zwei Parks, die wahrscheinlich schön waren, aber verlassen im Regen dalagen, und außerdem die Lichterreihen über dem Geschäftsviertel.

Sie erreichten noch den ersten der beiden Stockholmer Dampferverbindungszüge, sieben Minuten vor seiner Abfahrt.

Der Attaché war sehr umsichtig. Er führte sie zu ihren nebeneinanderliegenden Abteilen. Er zählte ihre Gepäckstücke nach. Er sprach mit gedämpfter Stimme – offenbar über Max Stratmans Bedeutung – mit dem Schaffner, der eine schwarzgelbe Armbinde trug mit der Aufschrift »*Sovvagn.*« Er schüttelte ihnen die Hand, zuerst Stratman, dann Emily, und sagte, er werde sie am späten Vormittag im *Grand-Hotel* wiedersehen. Dann stürmte er davon, und fast im gleichen Augenblick lief durch den Zug ein Ruck.

Emily lag schon in ihrem Abteil im Bett und wollte eben die Lichter löschen, als sie ihren Onkel durch die Tür fragen hörte: »Emily – wie geht es dir?«

»Ja, Onkel Max? Komm herein.«

Er trat zögernd ein und schaute sich um. »Liegst du bequem, Emily?«

»Vollkommen«, log sie.

Er lehnte sich schwankend an die Wand. »Er fährt sehr rasch.« Er betrachtete sie besorgt. »Tut es dir auch nicht leid, daß du mitgekommen bist?«

»Natürlich nicht, Onkel Max. Wie kommst du nur auf diese Idee? Ich kann es kaum erwarten, bis wir in Stockholm sind. Geht es dir auch so?«

Er suchte sie in ihrem Enthusiasmus zu bestärken. »Ich denke, es wird eine unvergeßliche Woche werden. Nicht so sehr diese Nobelpreiszeremonie, sondern die Anregung, die vielen neuen Gesichter. Mein größter Wunsch ist, daß du dich gut amüsierst.«

»Das werde ich. Habe keine Angst. Versuche jetzt, ein bißchen zu schlafen.«

»Ja.« Trotzdem ging er noch nicht. Er schaute auf seine Nichte herab, die so klein, so kindlich wirkte in dem breiten Bett. »Emily, ich bin sehr bekümmert über das, was heute abend passierte.« Er hob die Achseln. »So was kommt vor. So ist das Leben. Nur dürfte es nicht gerade dir passieren.« Er zögerte. »Ich habe mir Gedanken gemacht. Gibt es – ist da noch etwas, das du mir gern erzählen möchtest?«

»Ich denke überhaupt nicht mehr daran, Onkel Max.«

»Das ist gut, Liebling, sehr gut. Glaubst du, daß du schlafen kannst?«

»Ich habe ein Butisol genommen.«

»Dann gute Nacht. Der Schaffner wird uns rechtzeitig wecken.« An der Tür blieb er nochmals stehen. »Schiebe den Riegel vor, wenn ich draußen bin.«

»Ja, Onkel Max. Gute Nacht.«

Als er fort war, mochte sie nicht aus dem Bett steigen wegen des Riegels. Sie löschte die Lichter und legte sich auf den Rücken, einen Arm unter dem Kopf. Der Zug rüttelte sehr, aber das war es nicht, was sie am Einschlafen hinderte. Zum erstenmal seit Jahren dachte sie an ihre Kinderzeit, an die Zeit, bevor sie nach Amerika kam. Und dann dachte sie an die seltsam reizlose, ereignislose Periode, in der sie in dem neuen Land heranwuchs. Der Entschluß fiel ihr ein, den sie gefaßt hatte, bevor sie an Bord des Schiffes ging, ihr Bestreben, eine richtige Frau zu werden, und ihr völliges Versagen. Dieser Entschluß hatte zu den Ereignissen von heute abend geführt.

Dieser arme junge Mann auf dem Dampfer, dachte sie. Er war nur mein Versuchskaninchen, das konnte er nicht wissen. Sie konnte sich kaum mehr an seinen Namen erinnern. Aber trotzdem, er hätte Besseres verdient. Er würde nie erfahren, wozu er hatte herhalten müssen und wie fruchtlos ihr Experiment gewesen war. Sie war von Psychiatern behandelt worden, sie hatte Freud und Adler gelesen, und manchmal besaß sie sogar die Objektivität, deren Erkenntnisse in ihrem eigenen Innern wiederzufinden. Es war ihr jetzt völlig klar, daß sie unbewußt diesen Zwischenfall herbeigeführt hatte. Sie hatte nicht zufällig soviel getrunken. Sie hatte ihn nicht zufällig aufgefordert, schon um sechs zu kommen. Und nicht zufällig hatte sie um sechs nackt unter der Dusche gestanden. Sie hatte die letzte Szene provoziert, ohne es zu wissen; sie hatte erwartet, daß er sich so benahm, wie er es getan hatte; aber auch das war ihr nicht bewußt gewesen. Und gleichzeitig – wie verworren das alles war – hatte ihr anderes Ich das alles nicht gewollt, hatte es gefürchtet und verabscheut. Das Resultat war unvermeidlich gewesen. Es würde immer unvermeidlich sein, das war ihr ziemlich klar.

Der Körper, die Lüge eines Körpers, der aufreizend wirkte ... Es war ihr eigener Körper, und sie konnte ihn nicht verleugnen. Sie wünschte, es wäre nicht der ihre, so wie sie oft in Atlanta gemerkt hatte, daß manche Schwarze wünschten, weiß zu sein, und mit einem Gott haderten, der sie so benachteiligt hatte. Genau wie sie verwünschte sie ihren Körper und sehnte sich nach Normalität – was immer das sein mochte ...

Nun, sicherlich bedeutete es Zugehörigkeitsgefühl, Lebensbejahung, keine Angst.

Es war sechs Uhr achtzehn gewesen, als der junge Mann ihre Kabine verließ. Kein Mensch würde es begreifen, aber das war der genaue Zeitpunkt, an dem das letzte Stück von Emily Stratman gestorben war. Konnten die Leute vom Nobelkomitee wissen, daß ihr Preisträger für Physik mit einer Leiche ankam? Der berühmte Professor Max Stratman mit Leiche. Stockholm. Sie spielte mit den Assoziationen dieser Worte. Was bedeutet das Wort Stockholm für Sie, Miss Stratman? Rasch, was bedeutet es? Und sie antwortete rasch: Nervöse Unruhe, Angst, Furcht, Grauen, Männer. Im Grunde nur ein und dasselbe – Männer.

Ich phantasiere ja, dachte sie. Wundervolles, schlafspendendes Butisol, tu endlich deine Arbeit. Dann werde ich einschlafen ...

Am sonnigen, späten Vormittag des zweiten Dezember saßen Carl Adolf Krantz, Graf Bertil Jacobsson und Ingrid Pahl schon zum zweitenmal an diesem Morgen – zum viertenmal in zwei Tagen – im Fond einer Limousine des Außenministeriums auf der Fahrt zum *Arlanda-Flughafen.* Weil zwei Gewinner und ihre Angehörigen – Dr. John Garrett und seine Frau Saralee Garrett und Mr. Andrew Craig und seine Schwägerin Leah Decker – um zwölf Uhr fünfunddreißig mit demselben Flugzeug der *Skandinavischen Airline* von Kopenhagen eintrafen, war vor einer halben Stunde eine zweite Limousine des Außenministeriums zum Flughafen beordert worden.

Um diese siebzig Minuten dauernde Fahrt erträglicher zu machen, hatte sich Jacobsson absichtlich zwischen Krantz und Ingrid Pahl gesetzt. Er wünschte, daß wenigstens so lange Einigkeit herrschte, bis die letzten Empfangspflichten erfüllt waren.

Carl Adolf Krantz war jedoch bei dieser zweiten Fahrt heute vormittag gar nicht zum Streiten aufgelegt. Er war in sehr gehobener Stimmung, als er den Monolog fortsetzte, mit dem er begonnen hatte, nachdem sie mit Stratman und seiner Nichte gefrühstückt und sie im *Grand-Hotel* zurückgelassen hatten.

Er hatte Stratmans Erfindungen auf dem Gebiet der Sonnenenergie ohne Einschränkung gepriesen, und jetzt erging er sich in Lobeshymnen über die Lebensweise und den Charakter des Physikers.

»Sind Sie je einem so ungewöhnlichen Mann begegnet?« fragte er, ohne eine Antwort zu erwarten. »Sein Gesicht strahlt Weisheit aus. Und echte Bescheidenheit. Etwas sehr Seltenes bei einem berühmten Mann. Ich muß Ihnen beiden sagen, daß ich mich an keinen Preisträger erinnern kann, der mich mehr beeindruckt hätte.«

»Offensichtlich«, sagte Ingrid Pahl.

»Ja, er gefiel mir«, stimmte Jacobsson zu. »Ich hoffe, es hat ihm nichts ausgemacht, daß wir zum Frühstück dablieben.«

»Ganz sicher nicht«, sagte Krantz.

»Ich weiß nicht recht. Ich hatte das Gefühl, er sei doch ein wenig erschöpft –«

»Er ist kein Jüngling mehr und hatte eine lange Reise hinter sich«, unterbrach ihn Krantz. »Übrigens war es nicht Erschöpftheit, die ich an ihm bemerkte, sondern viel eher die Nachdenklichkeit eines Genies, dessen Geist noch bei seiner Arbeit weilt.«

»Mir kam er völlig wohlauf vor«, sagte Ingrid Pahl. »Eher seine Nichte – die fand ich ein bißchen seltsam.«

»Wieso das?« wollte Jacobsson wissen.

»So einsam – und – verschreckt.« Ingrid Pahl dachte nach über diesen Eindruck. »Gleich zu Beginn im Flughafen. Da war sie einen Augenblick von ihm getrennt, als die Fotografen ihn umringten, sie war wie wahnsinnig. Ich sah ihr Gesicht. Das war nur meine erste Beobachtung. Die ganze übrige Zeit war sie völlig in sich verkapselt – als sei sie ferne von uns, eine Fremde –«

»Sie ist ja eine Fremde«, sagte Krantz.

»Jedenfalls eine interessante junge Dame. Sie wird einigen Wirbel verursachen bei unseren kleinen Geselligkeiten.« Ingrid Pahl beugte sich vor und sagte über Jacobsson hinweg zu Krantz: »Und sie hat kein bißchen Ähnlichkeit mit Dr. Stratman.«

»Dazu hat sie auch keinen Anlaß«, erklärte Krantz. »Sie ist seines Bruders Tochter.«

»Was wurde aus diesem Bruder?« fragte Pahl.

»Lieber Himmel, wieso soll ich das wissen?« erwiderte Krantz verdrießlich.

»Wie steht es mit unseren neuen Gästen, Bertil?« begann die Schriftstellerin nach einer Weile. »Über Andrew Craig weiß ich alles. Aber dieser Dr. Garrett –«

»Haben Sie nicht den Durchschlag gelesen, den ich Ihnen gab?« fragte Jacobsson.

»Doch, zweimal sogar. Er handelte aber ausschließlich von seiner Arbeit. Was ist mit dem Mann selbst? Was haben wir zu erwarten?«

»Darüber kann ich Ihnen nur wenig sagen«, antwortete Jacobsson. »Er lebt in dieser Stadt in der Nähe von Los Angeles in California und hat drei Kinder. Er war in akademischen Kreisen nicht bekannt, bis er und Dr. Farelli ihre Herzübertragungen durchführten. Ich glaube nicht, daß er wohlhabend ist, aber soviel ich weiß, hat er sein Auskommen. Ich habe Auszüge seiner Vorträge in der Zeitung gelesen. Sie erschienen mir nicht besonders aufregend. Ich stelle mir einen zielbewußten Mann vor, der sich nur für seine Arbeit interessiert. Vielleicht keine so farbige Persönlichkeit wie Dr. Farelli, sondern mehr der typische praktische amerikanische Wissenschaftler, der daran mitgearbeitet hat, für die Menschheit ein Wunder zu vollbringen.«

Ingrid Pahl zog die Augenbrauen hoch. »Mitgearbeitet? Ich wußte nicht, daß er und Farelli zusammen arbeiteten –«

»Nein, so meinte ich es nicht«, warf Jacobsson hastig ein. »Ich brauchte dieses Wort nur in seiner weitesten Bedeutung. Sie betrieben ihre Forschungen getrennt und kamen zu ihren fast identischen Entdeckungen jeder für sich, aber zu gleicher Zeit. Sie werden sich sicher erinnern, daß Dr. Farelli uns mitteilte, er und Dr. Garrett hätten sich nie persönlich kennengelernt oder miteinander korrespondiert.«

»Dann begegnen sie sich hier in Stockholm zum erstenmal?« Ingrid Pahl kostete das aus. »Ich bin begierig, was sie wohl einander zu sagen haben.«

»Sie werden stundenlang über Abwehrmechanismus diskutieren und über die Konservierungsmöglichkeit von Herzen, Bauchspeicheldrüsen und Lebern. Sehr appetitlich!« sagte Krantz.

»Jedenfalls werden Sie beide die Gelegenheit haben, mit anzuhören, worüber sie diskutieren«, sagte Jacobsson. Er lehnte sich über Krantz weg zum Fenster und schaute hinaus. »Wir sind bald da. Ich denke, daß Dr. Garrett und Mr. Craig in der letzten Stunde seit Kopenhagen Gelegenheit fanden, sich miteinander bekannt zu machen. Das wäre mir natürlich sehr lieb. Es würde uns die steifen Vorstellungsförmlichkeiten ersparen ...«

Die Caravelle französischer Herkunft war um elf Uhr zwanzig am Vormittag in Kastrup bei Kopenhagen gestartet, befand sich nun seit fünfundfünfzig Minuten auf dem Flug und hatte noch zwanzig Minuten bis zur Landung in Stockholm.

Saralee Garrett blickte auf ihre Platin-Armbanduhr, ein Geschenk von John zu ihrem fünfzehnten Hochzeitstag, den sie erst kürzlich gefeiert hatten, und wünschte sich sehnlichst, sie wären schon in Stockholm gelandet und würden dort gejagt von gesellschaftlichen Veranstaltungen, damit ihr Mann gar keine Zeit mehr habe für seine krankmachende fixe Idee.

Saralees äußere Erscheinung – sie war klein und zierlich wie ein Kolibri – täuschte über ihre innere Spannkraft. Jedoch die letzte Stunde mit John war selbst für sie fast zuviel gewesen. Aus den Augenwinkeln spähend, sah sie, daß John schon wieder die drei Kopenhagener Zeitungen studierte, und sie wußte, daß er wütend war.

Dr. John Garrett war tatsächlich wütend. Er saß gespannt nach vorn gebeugt in der Haltung eines Boxers, der einen furchtbaren Gegner belauert und auf eine günstige Gelegenheit zum Angriff wartet. Er hieb nervös auf die drei Zeitungen ein, als seien sie die Verkörperung seines Gegners. Und das waren sie auch, denn das Konterfei von Dr. Farellis impertinent lächelndem romanischem Gesicht verhöhnte ihn auf jeder ersten Seite.

Die Hochachtung seiner Kollegen in Pasadena und Los Angeles, ja die Hochachtung der ganzen Nation und die Feiern in den folgenden Tagen, das alles hatte nicht genügt, Garrett zu beruhigen. Überall war das Lob abgeschwächt worden durch die Bemerkung, daß er sich in seinen Sieg mit einem anderen teile. Freilich hatte die Zeitschrift *Life* sowohl von Farelli wie von ihm eine Fotografie gebracht, die eine halbe Seite einnahm, doch *Time* und *Newsweek* hatten zwar fünfzig Prozent des Textes ihrer Lebensgeschichte ihm gewidmet, aber nur von Farelli Fotos gebracht. Bei weitem schlimmer waren die langen Berichte in *Science News Letter, Scientific American* und *Science*. Sie hatten alle Sonderkorrespondenten geschickt, die ihn im *Rosenthal Medical Center* in Pasadena interviewten. Er hatte sich redegewandt von seiner besten Seite gezeigt, doch als ihre Berichte erschienen – die so wichtig waren für ihn in diesen populären Zeitungen –, konzentrierten sich siebzig bis achtzig Prozent davon auf die speziellen Leistungen von Dr. Carlo Farelli. Ihm wurde gleichsam nur gestattet, als armer Verwandter nebenherzulaufen.

Warum? Das hatte er sich immer und immer wieder gefragt. Erstens war er wohl physisch viel uninteressanter als sein Rivale. Zu konventionell, zu durchschnittlich in seiner Erscheinung, rief er den Eindruck einer undramatischen Persönlichkeit hervor. Dagegen erschien Carlo Farelli, wie die Fotografen reichlich bewiesen, als der Inbegriff des exzentrischen Genies, ein Römerkopf mit pechschwarzem lockig-wirrem Haar.

Zweitens wich Garretts Vergangenheit zu wenig vom Herkömmlichen ab. Er war in Illinois geboren, hatte in Massachusetts studiert und seine Forschungen in Kalifornien ausgeführt. Farelli dagegen war in Mailand geboren, hatte in Genf, London und Heidelberg studiert und die Mehrzahl seiner Experimente in Rom ausgeführt. Einer so kosmopolitischen Vergangenheit konnte niemand widerstehen, hatte sich Garrett gesagt. Und drittens hatte Garrett alle seine hervorragend gelungenen Transplantationen an unbekannten Patienten aus dem Mittelstand ausgeführt. Farelli dagegen hatte fast die Hälfte seiner einundzwanzig erfolgreichen Herzübertragungen an Patienten vorgenommen, die, im Pressejargon, »Knüller« waren – an einem Kardinal der Römischen Kirche, einem österreichischen Staatsmann, einer um die Jahrhundertwende berühmten Schauspielerin, einem britischen Dramatiker. Die Tatsache, daß die Welt, oder zum mindesten die Weltpresse, das nicht so klar sah wie er, brachte Garrett fast zum Wahnsinn.

Vor seiner Abreise nach Schweden hatte er nochmals seiner Therapiegruppe in Dr. Kellers Sprechzimmer am Wilshire Boulevard einen Besuch abgestattet. Was er an jenem Tag dort suchte, war nicht Aufklärung, sondern Bestätigung seiner eigenen Überzeugungen. Bei diesem seinem einzigen Besuch, nachdem er den Nobelpreis bekommen hatte, war der Empfang, der ihm bereitet wurde, zufriedenstellend gewesen, das wenigstens mußte er zugeben.

Ungewöhnlich erregt hatte Garrett damals das Karolinen-Institut in Stockholm der Ungerechtigkeit beschuldigt, weil es ihn um die Hälfte seiner Ehrung beraubte und diese einem italienischen Quacksalber zusprach. Er hatte gespottet über Farellis liebedienerische Publikumstaktiken, seine unmoralischen Maßstäbe, seinen unverschämten Egoismus, mit dem er bereit war, an einer Ehrung teilzuhaben, auf die er gar keinen Anspruch hatte. Dr. Keller, der selten das Wort ergriff, hatte sich übermenschliche Mühe gegeben, Garrett mit ruhiger Vernunft zu besänftigen. Der Analytiker hatte ausgeführt, daß falls Farelli wirklich Garretts schöpferischen Genius für seine eigene Entdeckung in Anspruch genommen hätte, man ihn eines Tages entlarven würde, und damit wäre Garretts Ansehen vor der Welt Genüge getan. Als vernünftiger Mann müsse er sich jedoch dem Spruch des Nobelkomitees fügen. Er sei in diesem Jahr mehr als alle anderen medizinischen Wissenschaftler geehrt worden. Auf diesem hohen Gipfel sei sicher Raum genug, daß ein anderer sich neben ihn stellen könne. Seine größte Leistung, auf die er stolz sein solle, werde dadurch nicht geschmälert.

Auch die anderen hatten ihn beglückwünscht und ihrer Hochachtung Ausdruck gegeben, so daß Garrett die Session etwas besänftigt verlassen hatte.

Als er und Saralee die DC-8-Maschine der *Skandinavischen Airline* im Internationalen Flughafen von Los Angeles bestiegen, war seine Stimmung gleich wieder in nur mühsam gebändigten Zorn umgeschlagen. Jedoch hatte, wie Saralee gehofft, die einlullende Eintönigkeit des Transpolarfluges viel dazu beigetragen, ihn zu beruhigen. Die dreizehn Stunden über Kanada, Labrador, Island und Norwegen, mit nur einer kurzen Unterbrechung zum Tanken, hatten sie mit Lesen, Unterhalten, Lunch, Dinner, Whisky und Martinis zugebracht.

Sie hatten unruhig geschlafen, sich ein frühes Frühstück schmecken lassen und eine lärmende Landung auf der Zementrollbahn des *Kastrup-Flughafens* um acht Uhr neunundfünfzig Kopenhagener Zeit erlebt. Ein noch ziemlich junger Unterstaatssekretär der United-States-Botschaft war erschienen, um sie willkommen zu heißen. Da sie nur etwas über zwei Stunden Zeit hatten, bis eine Caravelle-Maschine sie die letzte kurze Strecke nach Stockholm bringen würde, hatte die Botschaft eine kurze Fahrt durch die Stadt und die nächste Umgebung für sie arrangiert. Sie hatten den Raadhuspladsen besucht und waren dann von der Stadtmitte aus durch die bevölkerte Hauptverkehrsstraße, Stroget genannt, gefahren. Sie hatten die Statue von Christian V. in Kongens Nytorv gesehen und später den Nyhavn-Kanal, den Rigsdag, das Rosenborg-Schloß und schließlich am Ende der Langelinie-Promenade die sich aus dem Wasser erhebende Skulptur der »Kleinen Seejungfrau« nach Hans Christian Andersen. Der letzte Genuß, bevor sie zum Flughafen zurückkehrten, waren *smorrebrod*-Sandwiches in dem fröhlichen Boulevard-Café vor dem *Hotel Angleterre* gewesen.

Garrett, der sehr empfänglich war für Sehenswürdigkeiten, hatte darüber die Existenz von Carlo Farelli fast vergessen. Aber dann, als sie wieder auf dem Flughafen anlangten und er durch die Tür zur Startbahn gehen wollte, fiel sein Blick auf einen Zeitungsstand, in dem das dänische Morgenblatt *Politiken* auflag. Die Fotografie auf der ersten Seite, drei Kolumnen breit, zeigte Farelli aus einem Verkehrsflugzeug steigend, über das ganze Gesicht lachend, den rechten Arm zum Gruß hoch erhoben.

Ihr Begleiter von der United-States-Botschaft kaufte, trotz Saralees schwachem Protest, die Zeitung für Garrett und noch zwei andere dazu, die beide auf der ersten Seite Carlo Farellis Gesicht zur Schau stellten. Während sie zu der wartenden Caravelle gingen, bat Garrett den Mann von der Botschaft, die Überschriften und Texte zu übersetzen, was dieser in aller Unschuld tat. Als Garrett die Ausdrucksweise der dänischen Korrespondenten in Stockholm hörte – »Italienischer Retter menschlicher Herzen«, »Der Genius, der ein Herz besitzt«, »Nobelpreisträger für Medizin trifft triumphierend in Stockholm ein« –, wurde er blaß, und Saralee litt Qualen, als sie die Wut in seinem krampfhaft zuckenden Gesicht sah.

Bevor Garrett die Düsenmaschine bestieg, riß er seinem Gastgeber die Zeitungen aus der Hand, vergaß fast, ihm für seine Freundlichkeit zu danken, und verkroch sich gleich darauf in seinen Sessel. In der Stunde, die sie seit Kopenhagen in der Luft waren, hatte er kein einziges Mal die Zeitungen beiseite gelegt, sondern immer wieder Farellis verhaßtes Gesicht betrachtet.

Nun beschloß Saralee, den Bann zu brechen. »Wir haben noch fünfundzwanzig Minuten Zeit, John. Warum bestellst du dir keinen Drink? Ich würde sehr gern einen nehmen, wenn du mitmachst. Laß uns richtigen französischen Champagner trinken.«

»Wenn du darauf bestehst.«

»Ich denke nur daran, was für dich gut wäre. Außerdem, das *ist* doch ein Anlaß. Wir sind fast da. Du bist im Begriff, den Nobelpreis zu bekommen!«

»Na schön, Saralee. Es ist wirklich eine ganz gute Idee.«

Sie erhob sich. »Ruf bitte die Stewardess. Ich gehe nur einen Augenblick in den Waschraum. Schließlich möchte ich frisch aussehen.« Sie glitt an ihm vorbei zum Gang, stieß an seine Knie und streifte die Zeitungen auf den Boden. »Bin gleich wieder da.«

Garrett sammelte die Zeitungen auf, faltete sie zusammen und legte sie wieder auf den Schoß, da glaubte er plötzlich seinen Namen zu hören. Er blickte auf und entdeckte eine junge Dame neben seinem Platz, die ihn forschend betrachtete. Sie war ganz attraktiv, er schätzte sie auf fünfundzwanzig bis achtundzwanzig, und was einem sofort an ihr auffiel, war ihr scharfgeschnittenes Gesicht und die schmalen braunen Augen.

»Dr. John Garrett?« wiederholte sie.

»Ja«, erwiderte er, unsicher, ob er aufstehen sollte oder nicht.

»Ich bin Sue Wiley von *CN – Consolidated Newspapers*, New York.«

»Guten Tag«, sagte er höflich.

»Ich kam heute morgen nach Kopenhagen. Ich war in Berlin wegen einer Artikelserie über das Spandauer Gefängnis. Nun hat man mich beauftragt, mich auf Sie zu stürzen –« Sie deutete auf Saralees leeren Sessel. »Darf ich mich einen Augenblick hinsetzen?«

»Bitte. Halt –« Er stand auf, setzte sich in Saralees Stuhl und erlaubte Sue Wiley, seinen eigenen Platz einzunehmen.

»Ich mache die großen CN-Nobel-Serien. Ich bin sicher, daß Sie die Ankündigung gelesen haben.«

Er hatte nicht die geringste Ahnung, aber er nickte vage zustimmend.

»Vierzehn Artikel, eintausend Worte pro Stück«, sagte sie. »Sie werden zwei Wochen lang in dreiundfünfzig Zeitungen gedruckt. Eine ganz große Sache, sie beginnt gleich nach den Feierlichkeiten. Übrigens dachte ich, Sie seien alle schon in Stockholm.«

»Nein, noch nicht alle, wie Sie sehen«, sagte er vorsichtig.

Sie blinzelte, was, wie er bald merkte, nur eine schlechte Angewohnheit war, und fuhr fröhlich fort: »Mein Glück ist, daß ich Sie schon hier aufgetrieben habe. Ich habe nicht daran gedacht, meinen Bleistift und Notizblock vor morgen hervorzuholen. Aber so können Sie mir eine Menge Zeit ersparen.«

»Wir haben nur fünfzehn Minuten, Miss Wiley. Wäre es nicht vernünftiger, zu warten?«

»Mr. Garrett – entschuldigen Sie, Dr. Garrett – ich will mich nicht brüsten, aber ich kann aus fünfzehn Minuten so viel machen, als wären es fünfzehn Stunden. Und es ist ganz schmerzlos, das versichere ich.«

»Was ungefähr wollen Sie wissen?«

»Alles von Anfang an. Wir bringen nicht etwa den üblichen Schmus. Mein Name kommt unter die Kopflinie, und wie ich schon sagte, es gibt ein ganz großes Ding. Ich möchte alles, was drin ist in Ihnen, nach außen krempeln. Schließlich haben Sie ja nichts zu verbergen. Sie kennen den Standpunkt, daß auch Götter bloß Leute sind, wie? Und so werde ich es mit den Nobel-Leuten halten.« Sie knipste ihre Tasche auf, um Bleistift und Block gleich bei der Hand zu haben. »Rein ins Vergnügen!«

Aber Garrett hatte im stillen schon seinen Entschluß gefaßt. Der lange Brief von der Nobelstiftung, der von einem Graf Bertil Jacobsson unterzeichnet war, hatte genaue Instruktionen über den Umgang mit der Presse enthalten. Während er in seinem Heimatland ganz ungehindert mit der Presse sprechen könne, hege man die Hoffnung, daß er auf dem Weg nach Schweden und in Schweden selbst nach Möglichkeit jeden persönlichen Kontakt mit der Presse meide. Wenn er gezwungen sei, auf Fragen zu antworten, so hoffe man, daß er seine Antworten unverbindlich und kurz fasse. Der Grund zu diesem Rat sei der, daß in den vergangenen Jahren bei nicht beaufsichtigten Presse-Interviews sorglos gemachte Angaben zu sensationellen Berichten geführt hätten. Diese Erfahrungen noch frisch in der Erinnerung, habe die Nobelstiftung eine Serie von offiziellen Presse-Interviews vorgesehen, und zwar für die diesjährigen Gewinner in Stockholm am Nachmittag des dritten Dezember. Diese Interviews würden beaufsichtigt, und es könne auf diese Weise wohl dafür gebürgt werden, daß die Resultate günstig ausfielen.

»Es tut mir schrecklich leid, Miss Wiley, aber ich fürchte, ich darf jetzt nicht reden«, sagte er.

Ihr Kopf wirbelte zu ihm herum. Ihre Augen blinzelten wild. »Wollen Sie mich bluffen? Seit wann sind Wissenschaftler Primadonnen?«

Er versuchte, ihr die Vorschriften zu erklären, die ihm und seinen Kollegen von der Nobelstiftung auferlegt wurden.

»Riecht nach Propagandaministerium, wie?« fuhr sie ihn an. »Sie möchten allen einen Maulkorb anlegen, damit die schwedischen Zeitungen die großen Brocken erwischen. Wir sind Amerikaner – Sie und ich –, ich werde Ihr Ohr mehr als ein dutzendmal strapazieren. Warum also nicht gleich damit beginnen?«

Ihre Hartnäckigkeit ärgerte ihn. »Nein«, sagte er fest. »Morgen bei der offiziellen Konferenz –«

»Zur Hölle mit diesem Zirkus!« Sie starrte ihn an. »Sie wollen wirklich nicht mit mir zusammenarbeiten?«

»Es klingt ja schrecklich, wie Sie das sagen.«

»Nun, seien Sie vernünftig, Dr. Garrett, wir wollen uns nur ein bißchen unterhalten.«

»Nein.«

Sie ließ ihre Tasche mit lautem Knall zuschnappen und setzte sich zurück, ihn mit schmalen Augen betrachtend. »Sind Sie auch sicher, daß Sie wissen, was Sie tun? Es wird eine ganz große, wichtige, persönliche Serie, der Schauplatz ist hinter den Kulissen.« Sie machte eine drohende Pause. »Ich hasse das nämlich, mich an andere Quellen wenden zu müssen, um Informationen über Sie zu erhalten. Unsere Büros überall im Land haben sich ans Werk gemacht, aber ich will alles aus erster Quelle haben. Nur das ist eine gute Berichterstattung.« Sie machte zum zweitenmal eine Pause. »Wünschen Sie also, daß ich mir mein Material bei anderen Quellen hole?«

Er zuckte die Achseln. »Ich werde gern mit Ihnen zusammenarbeiten, wenn ich kann, aber nicht jetzt.«

»*Okay*, Dr. Garrett.« Sie stand auf. »Jedenfalls möchte ich wetten, daß Dr. Keller und Ihre Gruppentherapie-Sippschaft bestimmt nicht einverstanden wären mit Ihrem Verhalten.«

Mit einem leichten Lächeln wand sie sich durch zum Gang und war verschwunden.

Garrett saß mit ungläubigem Gesicht, wie gelähmt, da und suchte sich klarzumachen, was er eben gehört hatte. Dr. Keller war ein Geheimnis. Die Gruppentherapie-Sitzungen waren ein Geheimnis. Abgesehen von seiner Frau hatte er zu niemandem darüber gesprochen. Wer auf Erden wußte sonst von dieser Gruppentherapie? Sein Hausarzt, der ihm einen Psychiater empfohlen hatte, und dieser wiederum hatte ihm Dr. Keller empfohlen. Aber dann fielen ihm die anderen Teilnehmer ein. Wer von ihnen hatte geplaudert? Auf welchem mysteriösen Weg hatte Sue Wiley oder einer ihrer journalistischen Mitarbeiter diese Information ausgekundschaftet?

Er versuchte, seine Lage zu überdenken. Schadete es, wenn seine Teilnahme an der Gruppentherapie öffentlich bekannt wurde? Was würden seine Forschungskollegen von ihrem Star halten, wenn sie erfuhren, daß er sich in der Gruppentherapie befand? Was würde das Nobelkomitee denken? Und die Öffentlichkeit? Und das Schlimmste: Was würde sein Erzfeind Carlo Farelli denken? Es gab Farelli die Oberhand, wenn Garrett womöglich wegen geistiger Krankheit disqualifiziert wurde – es vernichtete seine Unfehlbarkeit, es setzte seine Genialität herab. Hätten sich Paré oder Harvey oder Lister in Gruppentherapie begeben, zusammen mit einer untreuen Ehefrau, einem halbpotenten Schauspieler und einem gequälten Homosexuellen? Undenkbar!

Er schaute auf die Uhr. Noch zehn Minuten Zeit bis Stockholm. Er war jetzt feige, und er wußte es, und es war ihm gleichgültig. Er war bereit, sich zu ergeben, wenn das der Preis war für Diskretion. Er sprang auf, gerade in dem Augenblick, als Saralee aus dem Waschraum trat und den Gang entlangkam.

»Wo willst du hin, John?« fragte sie.

Er hatte jetzt keine Zeit für sie. »Dort ist eine Reporterin – ich versprach ihr –, ich muß mit ihr sprechen.«

Er ging eilends den Gang hinauf und fand Sue Wiley auf dem hintersten Sitz, und der Stuhl neben ihr, als sei er für ihn reserviert, war frei. Er setzte sich, und sie schaute ihn mit ihrem dünnen, schlangenhaften Lächeln an.

»Wie reizend von Ihnen, zu mir zu kommen«, sagte sie.

»Woher haben Sie das über mich erfahren?«

»Die Gruppentherapie? Oh, wir haben unsere Quellen.«

»Aber woher?«

»Das wäre nicht fair, nicht wahr? Sie kennen doch das Prinzip ›Zeitungsleute geben niemals die Quellen ihrer Informationen preis‹. Wenn sie nicht das Vertrauen ihrer Gewährsleute verdienten, würden sie nur halb soviel erfahren. Tatsächlich, Mr. Garrett – Dr. Garrett –, ich war einmal ein berühmter Fall in dieser Hinsicht. Ich ging zu einer Marihuana-Party, lauter Filmstars, und berichtete darüber, ohne Namen zu nennen. Das Rauschgiftdezernat holte mich ab und wollte Namen wissen. Ich sagte, ich sei eingeladen worden unter der Bedingung, keine Namen zu verraten, und ich bliebe bei meinem Versprechen, und ich tat es. Der Richter brummte mir einen Monat auf, aber die *Consolidated Newspapers* und jedes Blatt im Land stellten sich auf die Hinterbeine, und nach fünf Tagen wurde ich entlassen. Und damit haben Sie Ihre Antwort.«

Garrett vertauschte seinen Stolz mit Selbsterhaltungstrieb. »Sie gehen nicht hin und veröffentlichen dieses – dieses Geschwätz über meine Therapie – nicht wahr?«

Sue Wileys Reaktion war vollkommen unschuldige Überraschung. »Ich dachte, die meisten Leute in psychiatrischer Behandlung seien ganz wild darauf, darüber zu sprechen? Das ist ein Anzeichen der Besserung, ist es nicht so? Weswegen schämen Sie sich, Mr. Garrett?«

»Da ist nichts, weswegen ich mich schäme«, erwiderte er lebhaft. »Aber erstens ist das meine eigene Angelegenheit und geht sonst niemanden auf der Welt etwas an. Zweitens könnte es mißverstanden werden. Das Publikum ist nicht orientiert. Sie denken, jeder, der auf diese Art behandelt wird, sei – hm – mehr oder weniger haltlos und krank.«

Ihre Augen weiteten sich. »Aber sind Sie das denn nicht?«

»Natürlich nicht! Ich hatte ein wenig – ein wenig Rat nötig – das ist alles. Aber wenn Sie diese Geschichte in falschem Verhältnis zur Wirklichkeit aufblähen –« Er fand nicht die richtigen Worte.

Um Worte war sie nicht verlegen. »Die Leser könnten denken, Sie seien ein Wirrkopf? Man könne Ihnen daher diese Herzverpflanzungssache nicht anvertrauen? Sie seien vielleicht nicht würdig, sich in den Nobelpreis mit Dr. Farelli zu teilen?«

»Richtig, so etwas Ähnliches. Und das wäre nicht fair, wie Sie genau wissen. Was Farelli betrifft, so denkt kein Mensch, ich sei des Preises weniger würdig als er. In Wirklichkeit ist man in manchen Kreisen der Meinung, ich hätte den Preis allein verdient.«

Als Sue Wiley das hörte, glänzten ihre Augen noch mehr als zuvor. Sie witterte etwas weit Besseres und wollte dem so rasch wie möglich nachgehen. Sie gab sich weicher, verstehender und hilfsbereiter. »Schauen Sie, Mr. – Dr. Garrett, wofür halten Sie mich denn? Ich bin nicht darauf aus, einem großen Mann oder sonst jemandem zu schaden. Bestimmt werde ich Ihre private medizinische Geschichte nicht erwähnen, wenn Sie das nicht wünschen. Ich habe es Ihnen nur so an den Kopf geworfen – eben, um Ihnen zu zeigen, wie gründlich wir bei unserer Arbeit sind. Wenn Sie nicht wollen, daß ich über Ihre Therapie schreibe, dann lasse ich es natürlich.«

Garrett hätte diese plötzlich ganz reizende junge Dame am liebsten geküßt. »Ich wäre Ihnen sehr dankbar, wenn Sie sie vergessen würden.«

»In Ordnung. Schon vergessen. *Okay*?«

»Ich danke Ihnen.«

»Ich hoffe nur, Sie hätten wenigstens ein paar Minuten Zeit, damit meine Geschichte noch exakter wird.«

»Ich wäre Ihnen mit Freuden auf jede Weise behilflich, das heißt, wenn Sie nicht über mich bei der Nobelstiftung schwatzen.«

»Ich hab's Ihnen doch gesagt – wir schützen unsere Quellen.«

»Gut«, sagte Garrett sehr erleichtert, »welche Art Geschichte schreiben Sie?«

Den Bruchteil einer Sekunde lang war sie versucht, es ihm zu sagen. Der Wunsch, es jemandem zu erzählen, zersprengte sie fast, so stolz war sie auf die Idee – ihre eigene –, aber ein inneres Signal mahnte sie, vorsichtig zu sein. Der Erfolg ihrer Serien hing vielleicht von diesen paar Nobelpreisträgern ab. Wenn sie bei einem von ihnen einen Fehler beging, zum Beispiel bei Garrett, brachte sie womöglich alle gegen sich auf – und dann könnte ihre Aufgabe sich als höchst schwierig erweisen. Wenn sie aber den ersten richtig behandelte, mochte das ihre Visitenkarte bei allen übrigen werden.

Ihr Instinkt sagte ihr, daß dieser für ihre Absichten der entscheidende sei. Sie hatte in den letzten drei Jahren eine triumphale Karriere gemacht; was sie sich nun wünschte, war ein internationaler Abschluß, der ihr einen neuen Vertrag einbringen würde: für eine in vielen Zeitungen gleichzeitig erscheinende Artikelserie. »Tief unten auf den Höhen« würde sie die Serie nennen. Die Öffentlichkeit schaute zu den Empfängern des Nobelpreises auf, als seien sie Götter. Aber war jemals das journalistische Seziermesser unbarmherzig, ohne jede Sentimentalität, zur Anwendung gekommen? Waren die Preisverleiher und die Preisgewinner jemals einer gründlichen Analyse unterzogen worden? War dieser Heiligenkult jemals unter die Lupe genommen worden? Was steckte in Wahrheit – in den Augen Sue Wileys – hinter den Nobelpreisverleihungen?

»Wie ich Ihnen sagte, Dr. Garrett«, begann sie erläuternd, »wird das eine sehr interessante Serie. Es gibt kaum ein interessanteres Thema. Jedermann möchte etwas über die Maschinerie der Preisverleihung und die berühmten Leute, die damit geehrt werden, erfahren. Ich möchte das alles erzählen. Es wird höchst schmeichelhaft sein, natürlich. Warum auch nicht? Wir haben gründlich nachgeforscht über alle Gewinner, weil wir vollkommene Porträts menschlicher Idole übermitteln wollen, keine leeren Artikel über Steingötzen. Ich werde kein Wort über Sie schreiben, das Sie nicht stolz Ihren Kindern zu lesen geben könnten.«

Garrett machte kein Hehl aus seiner Freude. »Das kann ein sehr nützliches Werk werden. Was soll ich Ihnen erzählen? Möchten Sie wissen, wie ich zu der Entdeckung gelangte?«

»Vielleicht ein andermal. Wir können mehr ins einzelne gehen. Da war doch etwas mit einem Kraftfahrer namens – namens Henry M.?«

Garret ging eifrig darauf ein und begann in durch ihre häufige Wiederholung routiniert klingenden Sätze das Drama jener Nacht zu berichten. Sue Wiley hörte nur mit halbem Ohr zu, führte gelangweilt den Bleistift über den Block und blickte verstohlen auf ihre Uhr.

Das Säugetierherz war eben verpflanzt worden. Er strahlte, und sie warf rasch ein: »Sehr interessant. Ich werde sicher den Wunsch haben, das alles noch mal mit Ihnen durchzugehen.« Dann führte sie ihn, wie beiläufig, auf die Spur, auf die er sie unbeabsichtigt gebracht hatte. »Übrigens, Sie und dieser Italiener Farelli, Sie teilen sich doch in den medizinischen Kuchen, nicht wahr? Wie kommt das? Ist er Ihr Mitarbeiter?«

Für Garrett war das eine gewaltige Versuchung, aber er befand sich hier nicht in Kellers Gruppe. Er schüttelte den Kopf.

»Nein. Wir sind uns noch nie begegnet.«

»Ach, und ich dachte, Sie arbeiten eng zusammen?«

»Ganz und gar nicht. Ich machte meine Entdeckung allein. In Wirklichkeit machte ich sie ein paar Tage vor ihm, wenn ich meine Meinung sagen soll.«

Während Sues Hand hastig die Stenozeichen auf den Block warf, hielten ihre schimmernden Augen die seinen fest. »Vorhin sagten Sie, daß manche Leute der Meinung seien, Sie hätten den Preis allein verdient. Denken Sie das auch?«

»Es wäre ungehörig, wenn ich das sagte.« Aber seine Meinung zeichnete sich deutlich auf seinem Gesicht ab.

»Selbstverständlich werden Sie mit Dr. Farelli in Stockholm zusammenkommen –«

»Das nehme ich an. Zumindest bei offiziellen Anlässen.«

»Beabsichtigen Sie, bestimmte Forschungsarbeiten künftig mit ihm durchzuführen? Ich meine, da Sie beide –«

»Das bezweifle ich«, unterbrach er sie. »Ich habe meine Arbeit und meine Methoden, und er hat die seinen. Ich plane jedoch, auf dieser Reise andere Leute auf meinem Gebiet aufzusuchen. Vor allem einen Arzt am Karolinen-Institut in Stockholm, Dr. Erik Öhman. Ein hochbegabter junger Forscher, der Herztransplantationen ausführt und dessen Ideen vereinbar sind mit meinen eigenen. In gewissem Sinn könnte man sagen, er sei ein Schüler von mir. Er war gefesselt von meinen Abhandlungen und korrespondierte sehr viel mit mir. Seither hat er sieben Herzübertragungen erfolgreich durchgeführt – mit der ›Garrett-Methode‹, schreibt er manchmal –, und er hat mich kürzlich benachrichtigt, daß er drei weitere Fälle unter Beobachtung hat. Ich bin gespannt zu sehen, was er bisher unternommen hat, und will ihm mit allen Ratschlägen, die ich nur geben kann, zur Seite stehen. Übrigens, wenn Sie auf der Jagd nach Material über mich sind, dann ist Dr. Erik Öhman der rechte Mann. Ich glaube, er kann mit weniger Hemmungen über meine Arbeit sprechen, als ich selbst es kann. Das begreifen Sie sicher.«

Sue Wiley hatte wenig Lust, wegen Dr. Öhman auf ein Nebengeleise geschoben zu werden. Vielleicht versuchte Garrett, auf diese Art auszuweichen, doch sie bezweifelte, daß er derart gewandt war. Farelli war ihr Trumpf, und sie gedachte noch mehr über ihn zu erfahren, über ihn *und* Garrett. »Sehr interessant, wirklich sehr interessant«, erklärte sie. »Aber um auf Farelli zurückzukommen ... Er fasziniert mich und offenbar auch alle anderen von der Presse. Wieso wurde er eigentlich zu Ihrem Nebenbuhler? Wie Sie mir sagten, und ich denke, daß jeder das weiß, waren Sie der erste, dem eine erfolgreiche Herzübertragung gelang. Ist das in der Wissenschaft nicht ebenso gültig wie auf jedem anderen Gebiet – wer zuerst kommt, wird zuerst bedient – oder, in diesem Fall – wer zuerst kommt, wird zuerst geehrt?«

»Man sollte es glauben. Aber sicherlich haben Sie bei Ihren vielen Nachforschungen auch Dr. Farellis Berichte gelesen. Es ist nicht seine Art – sein Licht unter den Scheffel zu stellen.«

»Sie meinen, er habe die Sachverständigen beeinflußt?«

Er tat, als weise er diesen Gedanken mit Abscheu von sich.

»Das würde ich nicht einmal anzudeuten wagen. Nur eben daß – daß seine Art Persönlichkeit – hm – die Aufmerksamkeit auf sich zieht. Er ist ein sehr interessanter Mann.«

Sie beschloß, ihn anzustacheln. »Sie sind zu anständig, um sich Ihrer Haut zu wehren. Das ist mir klar. Mir ist auch das klar, daß es heutzutage oft nicht genügt, ein stiller, zurückhaltender, sich seiner Arbeit mit Hingabe widmender Wissenschaftler zu sein, auch bei hervorragenden Leistungen. Die Leute neigen dazu, einen solchen Mann zu übersehen. Aber sie neigen auch dazu, sich von einem Wissenschaftler beeinflussen zu lassen, der egoistisch, eitel, voller Theatralik ist.« Sie fragte ihn nicht, ob das zutreffend sei, sondern nahm zuversichtlich an, daß er ihr voll zustimmte. »Es ist eine Schande – nicht wahr? –, wie leicht das Publikum sich zum Narren halten läßt.«

Garrett lächelte bescheiden, erwärmt von der klugen Einsicht dieser bemerkenswerten jungen Frau. »Ja«, sagte er, »es ist eine Schande.«

Das blecherne Geräusch der Lautsprecheranlage drängte sich auf. Eine der Stewardessen ließ sich vernehmen: »Wir landen in fünf Minuten in Stockholm. Drücken Sie bitte Ihre Zigaretten aus. Bitte legen Sie ihre Sicherheitsgürtel an.«

Unter den Passagieren des Flugzeugs entstand eine raschelnde Bewegung. Garrett hob in hilfloser Geste die Handflächen zu Sue Wiley. »Ich fürchte, wir haben keine Zeit mehr.«

Sie hatte bekommen, was sie wollte, und das genügte. In Stockholm würde sie noch mehr erfahren und den Keil tiefer treiben. »Ich weiß nicht, wie ich Ihnen danken soll«, sagte sie. »Jede Kleinigkeit hilft schon. Das gibt mir einen wundervollen Start. Ihr erster Fall, der des Kraftfahrers, läßt sich ganz prächtig erzählen.«

»Sie sind sehr gütig«, erwiderte er.

»Und diskret!« fügte sie hinzu, um ihn noch enger an sich zu binden.

Er stand auf. »Ich sehe Sie also in Stockholm wieder?«

»Das will ich hoffen.«

Garrett kehrte zu seinem Sitz zurück und schnallte seinen Sicherheitsgürtel um. Seine Frau war verblüfft über seine gute Laune.

Die Garretts verließen fast als letzte die Düsenmaschine. Sie gingen hinter den anderen Passagieren die Stufen hinunter und waren sofort von einem Menschenschwarm umringt. Sie schüttelten Graf Bertil Jacobsson und Ingrid Pahl und Carl Adolf Krantz die Hand, und Saralee bedankte sich überschwenglich für das Blumenbukett, das Fräulein Pahl ihr überreichte. Sie stellten sich vor den Fotografen in Pose, während Jacobsson energisch mit den schwedischen Reportern verhandelte.

Sie wollten sich gerade zu den Limousinen begeben, als Jacobsson plötzlich bemerkte, daß jemand fehlte. »Mr. Andrew Craig? Wo ist er?« Jacobsson ergriff aufgeregt Garretts Arm. »Der Nobelpreisträger für Literatur sollte mit demselben Flugzeug kommen. Mr. Craig. Haben Sie ihn nicht gesehen?«

Garrett schüttelte verneinend den Kopf. Er hatte niemanden gesehen. Sue Wiley konnte er nicht erwähnen.

Während Krantz und Ingrid Pahl das Ehepaar durch die Sperre zur Limousine schleusten, ging Jacobsson, der sich für einen Augenblick entschuldigt hatte, zurück und ließ sich die Passagierliste geben. Er sah sie sorgfältig durch. Es war weder ein Andrew Craig noch eine Leah Decker darunter. Völlig verstört ging Jacobsson die Strecke bis zu den wartenden Wagen. Solange er zurückdenken konnte, war dies das erstemal, daß ein Preisträger nicht wie vereinbart eintraf.

Die ganze lange Strecke nach Stockholm fragte er sich, was Andrew Craig zugestoßen sein mochte.

Es war fast vier Uhr dreißig nachmittags, als Graf Bertil Jacobsson die Lösung des Rätsels erhielt.

Er hatte als einziges Mitglied des Empfangskomitees schon jetzt einen Attaché des Außenministeriums zuerteilt bekommen, und er war sehr ungeduldig gewesen während des späten Lunches der Garretts im *Grand-Hotel.* Seine Unruhe konzentrierte sich auf das Verlangen, in sein Büro an der Sturegatan 14 zurückzukehren, ein Telefongespräch anzumelden und den Verbleib des vermißten Nobelpreisträgers ausfindig zu machen.

Im Stiftungsgebäude angelangt, überreichte ihm seine Sekretärin Astrid Steen ein Telegramm.

»Für Sie, Graf Jacobsson.«

Er las die Nachricht, die aus Kopenhagen kam:

UNVORHERGESEHENE UMSTÄNDE ZWANGEN MICH FLUG NACH STOCKHOLM ZU VERSCHIEBEN STOP MUSS DEN GANZEN TAG IN DIESER STADT BLEIBEN STOP NEHME HEUTE ABEND NORDEXPRESS UND TREFFE MIT MEINER SCHWÄGERIN MORGEN FRÜH ACHT UHR FÜNFUNDVIERZIG EIN STOP BEDAURE WENN ICH UNANNEHMLICHKEITEN VERURSACHT HABE STOP BESTE WÜNSCHE ANDREW CRAIG.

Er hörte Frau Steen fragen: »Ist etwas passiert, Graf Jacobsson?«

»Nein – nein – nichts. Mr. Craig hat sich verspätet. Er wird morgen früh ankommen.«

Das Rätsel hatte sich gelöst, und doch wiederum auch nicht. »Unvorhergesehene Umstände« hatten Andrew Craig dazu veranlaßt, seinen Flug zu verschieben. Was für Umstände? Was bedeutete das?

Was zum Teufel war mit Andrew Craig los?

Graf Bertil Jacobsson hatte das unbehagliche, undefinierbare Gefühl, daß die Dinge dieses Jahr nicht so glatt verliefen wie im letzten oder auch im vorletzten Jahr. Das Programm hatte noch gar nicht begonnen, und schon war es aus der Ordnung geraten. Jacobsson gefiel das nicht. Es gefiel ihm ganz und gar nicht.

DRITTES KAPITEL

Das Telegramm, das Graf Bertil Jacobsson in Stockholm um vier Uhr dreißig las, war fünf Stunden früher von einem modern eingerichteten Schlafzimmer im sechsten Stock des *Tre-Falke-Hotels* in Kopenhagen abgesandt worden. Aber nicht von Andrew Craig, sondern von seiner Schwägerin Leah Decker.

Leahs laute, schrille Stimme weckte Andrew Craig aus seinem tiefen Schlaf, als sie im Zimmer nebenan das Telegramm jemandem vorlas. Sie las den Text vor, damit er gebilligt werde, und er wurde gebilligt.

Daraus folgerte Craig, daß der Unbekannte Mr. Gates war, der erste Sekretär an der United-States-Botschaft in Kopenhagen.

Völlig wach geworden, versuchte Craig, sich mit seiner Situation vertraut zu machen. Er lag auf der schwarzen Decke einer Couch, sie hatten ihm den Rock ausgezogen und auch die Schuhe, wie er feststellte. Sein Kopf hämmerte, und seine Zunge war so ledern wie die Zunge eines Jagdstiefels. Er war betrunken gewesen, wie er annahm, und auch jetzt war er noch nicht völlig nüchtern. Er fühlte sich elend und hatte großen Durst.

Die Unterhaltung nebenan wurde jetzt undeutlich, und Craig gab sich keine Mühe, sie zu verstehen. Plötzlich hörte er leichte Schritte – die von Leah, wie er annahm –, und rasch entschlossen drehte er das Gesicht zur Wand, machte die Augen zu und gab vor zu schlafen. Damit Leah keinen Verdacht schöpfte, begann er mühsam zu atmen. Gleich darauf fühlte er, daß sie sich über ihn beugte. Er hörte sie zweimal schnüffeln, sich räuspern, und dann merkte er, daß sie wieder ging.

Als die Stimmen im Nebenraum wieder erklangen, diesesmal deutlicher, öffnete er die Augen wieder und lauschte. Die beiden wollten, wie er vernahm, das Hotel verlassen, und er hatte die Absicht, ihnen Zeit dazu zu geben. Außerdem fühlte er sich viel zu kraftlos, um aufzustehen. Er wünschte, das Hämmern in seinen Schläfen würde endlich aufhören. Aber das brauchte seine Zeit. Viel quälender war sein Durst. Trotzdem, mindestens noch zehn Minuten wollte er sich beherrschen. Er wartete.

An die paar Wochen in Miller's Dam vor der Abreise konnte er sich nur mit Mühe dunkel erinnern. Die Nachricht, daß er Nobelpreisträger war, hatte ihn zu Beginn seines Zyklus erreicht. Als er sich nach Harriets Tod von seinem Unfall erholte, hatte er nicht übermäßig viel getrunken, jedenfalls nicht mehr als zur Zeit, da sie noch lebte. Erst später hatte der Whisky ihm Tag um Tag dazu verholfen, weiterzuleben. Im ersten Jahr hatte er stumpf die ganze Zeit getrunken. Als der Schmerz einer Empfindung von Leere Platz machte, war er dem Zyklus verfallen. Lucius Mack hatte ihn darüber belehrt, daß es ein Zyklus sei. Oder war es Leah gewesen? Zwei Wochen lang betrunken und zwei Wochen lang nüchtern. Im letzten Jahr war er drei Wochen betrunken gewesen und eine Woche nüchtern, und er hatte nicht mehr als zwanzig Seiten dem mageren Manuskript hinzugefügt, das *Rückkehr nach Ithaka* heißen sollte. Er war mitten in seiner dreiwöchigen Trunkenheit, als die Preisankündigung eintraf, und auch jetzt noch war er mitten darin, wie er vermutete.

Es war unmöglich, mehr als Fragmente der Vergangenheit aus dem Gedächtnis zu graben, gleichviel wie kurz diese Vergangenheit zurücklag, wenn man die ganze Zeit weitergetrunken hatte. Die Whiskyflasche war die alles enthaltende Reisetasche: In sie konnte man literarische Arbeit und sexuelle Begierde und Hoffnung und Erinnerung stopfen und sie so lange darin einweichen und auflösen, bis sie nicht mehr zu erkennen waren. An die Zeit seit der Nacht, als das Telegramm kam, konnte er sich fast überhaupt nicht erinnern. Manche Gesichter wurden undeutlich sichtbar, die von Lucius Mack und Jake Binninger, die beide als Puffer fungierten zwischen ihm und der Außenwelt, das Gesicht Leahs, aufgeregt, bekümmert, anklagend, das Gesicht von Professor Alex Inglis vom *Joliet College*, in stummer Verehrung, in stummem Vorwurf.

Gestern morgen – ja, gestern – hatte Lucius Mack sie in seinem *station wagon* nach Chicago gefahren. Leah war in bester Stimmung gewesen. Sie hatte das neue Jerseykostüm angehabt und den neuen Tuchmantel, die Craig ihr als ein *Bon-voyage*-Geschenk gekauft hatte. (In Wirklichkeit hatte er es nicht selber gekauft, sondern saß in einer Schenke in Milwaukee, während Lucius Kleid und Mantel besorgte und sogar das Geld vorstreckte, als Darlehen auf den Nobel-Scheck). Ihre gute Laune rührte zum großen Teil auch daher, daß sie am Abend vorher von Craig das Versprechen erpreßt hatte, außer bei gesellschaftlichen Anlässen nichts zu trinken, bis die Nobelpreiszeremonie zu Ende war. Diese Geschenke und die Erregung hatten es fertiggebracht, Leahs verkrampftes slawisches Gesicht und starren Körper zu entspannen. Ihre Erscheinung wirkte weiblicher, und ihr Stolz auf ihn – über den er sich bisher geärgert hatte, weil er ihn als heimlichen Druck empfand – gab ihm einen Augenblick, nur einen sehr kurzen Augenblick, den Stolz auf sich selber, den Harriet ihm so oft geschenkt hatte.

Das Mittagessen in der »Trinkhalle« war ein lukullisches Abschiedsfest gewesen, und anschließend waren sie zum Flughafen gefahren und hatten die Boeing 720 nach New York bestiegen. Was Craig den Zweieinhalbstundenflug erträglich gemacht hatte, waren die beiden Drinks, die ihm in der »Trinkhalle« gestattet wurden, und die beiden weiteren Drinks im Flugzeug. Bei der Landung wurden sie von Craigs Verleger, seinem Agenten und seinem Lieblingsrezensenten freudig in Empfang genommen und fuhren dann sofort in ein teures, mit Kerzen beleuchtetes Restaurant, wo die Förmlichkeit des ganzen Essens es unmöglich machte, nach dem ersten den notwendigen zweiten und dritten Drink zu bekommen.

Der Nachtflug um sieben Uhr dreißig mit der DC-8-Düsenmaschine der *Skandinavischen Airlines* bot mehr Aussicht auf die Versorgung mit den ersehnten Drinks. Da Leah zufrieden und heiter gestimmt war, hatte sie mit ihm ein Glas Champagner über Kanada und ein zweites über Neufundland getrunken, und er hatte ihr höflich ein drittes aufgezwungen (sich selbst hatte er ein drittes Glas versagt und sie dadurch völlig entwaffnet), als sie sich irgendwo über dem Atlantik befanden. Daraufhin war sie sofort in ihrem verstellbaren Liegesessel eingeschlafen. Und damit war Craig gerettet.

Craigs Ruhm und der Zweck seiner Reise waren im Flugzeug bekannt, und als er in den Gesellschaftsraum ging, um mit den Stewardessen, dem *maître de cabine* und ein paar Passagieren zu sprechen und zu scherzen, wurde er als der Ehrengast der Gesellschaft aufgenommen. Während die meisten Passagiere schliefen, manche sehr unruhig und manche so tief wie Leah, frönte Craig seinem »Zyklus«. Er lehnte den Champagner ab – ein Schwindel für Touristen, behauptete er – und konzentrierte sich auf Whisky. Er trank die ganze erfreuliche Nacht hindurch. Er trank in der heraufziehenden Morgendämmerung, die allzu früh kam.

Als der Tag grau und freudlos vor dem von Nebeln verdüsterten Fenster aufstieg, fand er Craig auf seinem Sitz ausgestreckt, abgeschirmt gegen Harriet und seine Kunst, bereit, in das Vergessen des Schlafes zu sinken. Da brachte der Lautsprecher sämtliche Passagiere und auch Leah zum Erwachen. Leah eilte in den Waschraum und kehrte mit straff zurückgekämmtem Haar, neuem Make-up und einwandfrei glattem Kostüm zurück.

Als sie sich, wieder ganz frisch, in den Sitz neben ihm sinken ließ, fragte sie: »Hast du geschlafen?«

»Wun'ervoll«, murmelte er.

Sie reckte den Hals zum Fenster. »Das muß Dänemark sein, was man durch die Wolken sieht.« Ohne sich vom Fenster abzuwenden, fuhr sie fort: »Ist das nicht schrecklich aufregend?«

»Wun'ervoll.«

Als die Stewardess mitteilte, es dürfe nicht mehr geraucht und die Sicherheitsgürtel müßten angeschnallt werden, zündete Craig seine Pfeife an und vergaß, seinen Gürtel umzulegen. Niemand achtete darauf.

Die Landung zeichnete sich nur skizzenhaft in Craigs Gedächtnis ab. Jemand, der wie ein Fleischer am Sonntag gekleidet war, hatte sie empfangen. Schwarzer Kaffee an einem Ausschank im Flughafen. Das Bruchstück eines Gesprächs zwischen Leah und ihrem Gastgeber. »Er trinkt sonst nie. Er ist gar nicht daran gewöhnt. Alle Leute machen ihn verrückt, sie bestehen darauf, ihm Drinks zu spendieren, mit ihm anzustoßen, und er weiß nicht, wie er sich davor retten soll. Es war einfach zuviel.« Dann die Telefonzellen, aus deren einer ihr Gastgeber auftauchte. Er hatte Hotelzimmer für sie bestellt. Dann waren sie endlos in irgend jemandes Auto gefahren. Ein elegantes Hotel, eine geschäftige Vorhalle, rechts der Empfangsschalter, links die Lifts. Sechster Stock. Hier herum, bitte.

Alle anderen Einzelheiten waren im Alkohol ertränkt.

Er setzte sich auf. Mehr als zwanzig Minuten waren vergangen, seit

Leah fortgegangen war. Er schlüpfte in seine Schuhe, zog seinen Rock an und bemerkte zugleich, daß an dem Stuhl neben der Couch ein Zettel festgesteckt war. Er riß ihn los und las ihn:

Andrew. Für den Fall, daß Du aufwachst, bevor ich zurückkomme. Ich bin mit einem Herrn von der Amerikanischen Botschaft essen gegangen. Wir mußten die Flugkarten nach Stockholm abbestellen, weil Du betrunken warst. Wir nahmen in diesem Hotel Zimmer, damit Du Dich ausschlafen kannst, und fahren aus dem gleichen Grund heute abend mit dem Zug nach Schweden. Ich bin gegen fünf wieder zurück. Benimm Dich anständig. Leah.

Er studierte den Briefkopf. Er war ein Gast des *Tre-Falke-Hotels*, 9 Falkoner Alle, Kopenhagen.

Er zerknüllte den Zettel zu einer Kugel, ließ sie in den geflochtenen Papierkorb fallen und ging zum Lift.

Unten angekommen, fragte er einen Hotelpagen nach der Bar, und dieser führte ihn durch die Halle nach links und zeigte ihm den Weg. Die hufeisenförmige Theke vor dem Speisesaal war völlig leer, bis auf den blonden jungen Mann ohne Kinn in schwarzem Anzug und weißer Schürze.

Craig setzte sich auf einen der Hocker.

»Doppelten Scotch-on-the-rocks.«

Der Barmixer zögerte. »Pardon, Sir. Sind Sie Mr. Craig, Zimmer sechshundertsieben und sechshundertacht?«

»Gewiß.«

»Es tut mir außerordentlich leid, Sir. Ich habe strikte Anweisung, Sie nicht zu bedienen.«

Craig war mehr erstaunt als ärgerlich. »Wieso haben Sie mich erkannt?«

»Ihre Frau hat Sie beschrieben, Sir.«

»Sie ist nicht meine Frau.«

»Dann eben die Lady. Sie sagte, Sie seien ernstlich krank – bitte sehr um Verzeihung – und die Verordnung des Arztes sei: keine Drinks.«

»Haben Sie den Verstand verloren? Das hier ist eine öffentliche Bar. Ich bin ein Besucher wie jeder andere. Ich möchte einen Drink haben. Bitte bedienen Sie mich.«

Der kinnlose Barmixer schwankte, blieb jedoch fest. »Wir könnten verantwortlich gemacht werden, Sir, wenn Sie krank würden. Die Hotelvorschriften erlauben uns, Gäste nach unserem eigenen Ermessen zu bedienen. Diese Vorschriften sind in Ihrem Zimmer angeschlagen, Sir.«

Craigs Zorn richtete sich nicht auf diesen Narren, sondern auf Leah. Er wollte keinen Streit, sondern einen Drink. »*Okay*, Kumpel. Ich bin gar nicht krank, das hat sie Ihnen nur weisgemacht. Aber lassen wir's dabei bewenden.« Er stand auf. »Dann eben einen einfachen – einen Schluck – für die Straße. Kein Mensch wird es sehen.«

Der Barmixer zögerte. Sein einziger Wunsch war, wie sein Gesicht deutlich zeigte, daß sein Gast, ohne Krach zu machen, seines Weges ging. Er nickte, holte eine Flasche und ein Schnapsglas unter dem Bartisch hervor und füllte das Glas.

Craig leerte es in einem einzigen Zug. Die Flüssigkeit befeuchtete ihm den Mund, brannte im Hals, erhitzte die Brust und schenkte ihm neues Leben. »Was bin ich Ihnen schuldig?«

»Nichts, Sir.« In seiner wichtigtuerischen Art scherzte er: »Vergessen Sie nicht, Sie bekamen ja gar keinen Drink.«

Craig lächelte bitter. »Der beste Drink, den ich jemals nicht getrunken habe.« Er wandte sich zum Gehen. »Wie weit ist's zur Stadtmitte?«

»Zwanzig Minuten, Sir. Bis zum Raadhusplads. Vor dem Hotel stehen Taxis, Sie können aber auch den Bus nehmen. Vergessen Sie aber nicht, worher ein paar Dollars in Kronen umzuwechseln.«

»Vielen Dank.«

In der Halle fand er neben dem Empfangsschalter die Wechselstube, stopfte das dänische Geld in sein Portemonnaie, studierte dabei die amerikanischen, englischen, deutschen und französischen Zeitungen und Zeitschriften am Zeitungsstand und ging dann hinaus auf die Straße.

Der Bus, für den sich Craig entschlossen hatte, war fast voll besetzt, vorwiegend mit jungen skandinavischen Frauen. Er begab sich in den hinteren Teil und ließ sich in einen schmalen Sitz sinken, der ihm nur wenig Raum für seine Beine bot.

Craig hatte Kopenhagen noch nie gesehen. Als er und Harriet nach dem Krieg ihre sechsmonatige Hochzeitsreise machten, legten sie die Fahrt nach Göteborg gemächlich mit dem Dampfer zurück, verbrachten dann eine Woche in Stockholm, flogen von da nach Amsterdam und nahmen den Zug nach Paris. Sie hatten gar keine Lust, Paris zu verlassen, selbst als sie schon sechs Wochen dort gewesen waren, aber schließlich hatten sie einen Citroën gemietet und waren nach San Sebastian gefahren, nach Madrid, nach Barcelona, von da aus nach Nizza und La Spezia, und da sie die Gebirgspässe vermeiden wollten, nahmen sie die Straße nach Rom. Später waren sie über Mailand und Bern nach Norden gefahren und gaben dann ihren Citroën wieder in Paris ab. Als sie mit dem Schiff nach Hause fuhren, waren sie ganz erfüllt von ihrer Grand Tour gewesen und hatten nächtelang davon gesprochen, daß sie im nächsten Sommer zurückkehren wollten. Aber das Leben hatte ihnen einen Strich durch die Rechnung gemacht, und sie waren niemals zurückgekehrt, jedenfalls nicht zusammen. Und nun war er hier, in

Kopenhagen, allein, und er schaute nicht aus dem Fenster, weil es ihn nicht die Bohne interessierte.

Er hörte ein Knarren über sich und dann die Stimme des Fahrers im Lautsprecher. »Willkommen allesamt zu unserer täglichen Winterfahrt durch Kopenhagen. Es ist jetzt ein Uhr dreißig nachmittags. Die Fahrt dauert drei Stunden. Sie endet am Rathausplatz – den wir Dänen Raadhuspladsen nennen – um vier Uhr dreißig nachmittags. Folgende Haltepunkte sind vorgesehen: die Grundtvigs-Kirche, der Gefion-Brunnen, die kleine Meermaid im Kopenhagener Hafen, die Langlinie und Schloß Amalienborg. Von den anderen Sehenswürdigkeiten von historischem Interesse –«

Als Craig endlich begriff, war er entsetzt. Es wurde ihm klar, daß es sich um keinen gewöhnlichen Stadtomnibus handelte. Er war stumpfsinnig in einen Stadtrundfahrt-Omnibus gestolpert. Sein erster Impuls war, die Notleine zu ziehen oder den Fahrer anzusprechen, ihm seinen Irrtum zu erklären und zu verlangen, daß er ihn beim nächsten Rotlicht aussteigen lasse. Aber dann bedachte er, daß das kein Grund war, alle in Aufregung zu bringen. Sein einziges Ziel war eine Bar, irgendeine Bar irgendwo, und dieses lächerliche Fuhrwerk konnte ihn so rasch dorthin bringen wie jedes andere.

Die Fahrt erschien ihm endlos, aber schließlich hielt der Wagen an. Der Lautsprecher verkündete: »Schloß Amalienborg, die Königliche Residenz im achtzehnten Jahrhundert. Die Passagiere können aussteigen.« Es gab einen allgemeinen Aufbruch und ein Drängeln zu den Vordertüren. Die Passagiere stürzten hinaus. Voller Hoffnung folgte ihnen Craig.

Draußen umringten die jungen Damen den Fahrer, der auch den Führer machte. Craig hörte den Beginn der Rede: »Die königlichen Schlösser gehören zu den schönsten Palästen Europas im Rokokostil« dann verdrückte er sich. Er schaute sich suchend nach einer Bar oder Kneipe um, als er bemerkte, daß sich noch jemand von den anderen Touristen getrennt hatte und nun ein paar Meter von ihm entfernt auf dem Boden kauerte, die Kamera – sie glich Leahs Rolleiflex – auf die königlichen Gardisten gerichtet. Als die Aufnahme gemacht war, stand sie auf und konzentrierte sich darauf, den Film weiterzudrehen.

Hastig ging Craig auf sie zu. Er sah sofort, daß sie ein sehr junges Mädchen war, nicht älter als einundzwanzig. Ein weißer Pfannkuchenhut war gefährlich schief auf ihren Kopf gestülpt, ihr seidiges goldblondes Haar fiel ihr bis zu den Schultern. Eine dicke, viel zu große korallenrote Strickjacke, die nicht zugeknöpft war, bedeckte ihre weiße Bluse und den oberen Teil ihres marineblauen Faltenrockes. Als Craig neben ihr stand, sah er, daß sie ihm nur bis zur Brust reichte.

Sie blickte voller Überraschung zu ihm auf. Sie hatte ein hübsches, rundes Gesicht. Die Augen waren hellblau, in den äußeren Winkeln saßen Lachfalten, die Nase war gerade und lang, die hohen Backenknochen zeichneten sich deutlich ab (genau wie bei Harriet), und die aufgesprungenen Lippen waren voll und dunkelrot. Der dunkle Punkt eines Schönheitsfleckes rechts über der Oberlippe zog den Blick auf den leicht geöffneten Mund und die ebenmäßigen weißen Zähne.

Craig bemerkte wohl, wie reizvoll das Mädchen war, aber er ärgerte sich darüber, denn der Sinn stand ihm nach wichtigeren Dingen.

»Verzeihung, Miss«, sagte er. »Ich bin einer der Passagiere dieser Tour –«

Sie nickte.

»Ich dachte nur – ich denke, Sie könnten mir vielleicht sagen – gibt es hier irgendwo eine Bar?«

»Eine Bar? Sie meinen das Selbstbedienungsrestaurant?«

»Nein – nein – einen Ort, wo man trinkt – Drinks bekommt – Whisky.«

»Oh.« Sie deutete auf die Schlösser. »Dies ist Amalienborg.«

»Ich *weiß* das.«

»Hier gibt es keine Bars.«

»Aber vielleicht irgendwo in der Nähe?«

Sie zuckte die Achseln. »Ich kenne mich nicht aus in dieser Gegend. Vielleicht später.« Sie lächelte plötzlich mit der Miene eines Verschwörers. »Ich werde Ihnen eine Bar zeigen, sobald ich eine sehe.«

»Ich wäre Ihnen sehr dankbar.«

Er schleppte sich zum Bus zurück, und als er einstieg, merkte er, daß sie ihn beobachtete. Er hoffte, daß sie sich des Versprechens erinnern würde.

Als sie nach einiger Zeit wieder hielten und ausstiegen – diesmal am Rande des Hafens, gegenüber der Statue einer Wassernixe auf einem Felsblock –, fühlte Craig, daß ihn jemand am Ärmel zupfte. Er wandte den Kopf und sah, daß sie es war, mit dem weißen Pfannkuchenhut auf den goldenen Locken. Süße kleine Seejungfrau, dachte er. Er merkte, daß nicht nur er, sondern auch sie fröstelte. Die Spitzen ihrer vollen Brüste zeichneten sich deutlich unter ihrer weißen Bluse ab.

Sie deutete irgendwohin. »Dort.«

Sein Blick folgte der Richtung ihres Fingers, und dann sah er eine Reihe von Läden.

»Sie werden es in dem zunächst liegenden sehr gemütlich finden«, fügte sie hinzu.

Zielbewußt machte er sich auf den Weg, überquerte die Straße und betrat die erste Kneipe.

Er hatte schon drei Gläser nacheinander hinuntergestürzt, was die Besitzerin aus einem dunklen Winkel her beobachtete, als ihm einfiel, daß eine solche Eile gar nicht nötig war. Er hatte noch den ganzen Nachmittag vor sich. Er füllte das winzige Glas zum viertenmal, als er hörte, daß die Tür aufging. Er wandte sich um in der Erwartung, ein Mitglied der Omnibusgesellschaft zu sehen. Im gleichen Augenblick wußte er, daß sie es war, noch immer den weißen Pfannkuchenhut auf dem goldenen Haar.

»Die Kutsche fährt ab«, rief sie. »Sie warten nur noch auf Sie!«

Ihm war klar, daß er nicht einfach wegbleiben konnte. Das wäre recht unamerikanisch. Schlechte Propaganda. Sie warteten *alle* auf *ihn*. Wenn er sich weigerte, zu ihnen zurückzukehren, es vorzog, in einer Kneipe zu bleiben, statt die Fahrt mit ihnen fortzusetzen, so wäre das eine vorsätzlich in Szene gesetzte antidänische Demonstration und würde die Arbeit des Weißen Hauses um Jahre zurückwerfen.

»Ich komme«, sagte er.

Er leerte das vierte Glas, schüttete es zum fünftenmal voll, goß es auf einen Satz hinunter und bezahlte.

Dieses Mal saßen sie zusammen, sie am Fenster und er daneben. Das dringendste Verlangen seines Körpers war nun wenigstens für eine Zeitlang gestillt, und nun war er fähig, sie objektiv zu betrachten. Das flächige Gesicht teilte sich auf in einzelne Partien voll klarer Schönheit, doch das Auffallendste daran war die Harmonie der Gesamtwirkung – nordische Perfektion, doch seltsam unnordisch in ihrer Weichheit und Zutraulichkeit und Bereitschaft zum Lächeln. Nichts Künstliches beeinträchtigte dieses Gesicht, mit Ausnahme des frisch aufgetragenen Lippenrots, das die aufgesprungenen Lippen verdeckte, und möglicherweise des Schönheitsflecks über dem Mundwinkel.

»Ist dieser Schönheitsfleck echt?« fragte er.

Sie fuhren seit einer halben Stunde, und die meiste Zeit hatte sie aus dem Fenster geblickt, um all das zu sehen, was der Lautsprecher als sehenswert ankündigte. Nur gelegentlich hatte sie ihm zugelächelt. Jetzt wandte sie sich vom Fenster ab.

»Natürlich ist er echt. Was haben Sie denn gedacht?«

»Manchmal kleben Frauen sich das auf, um Eindruck zu machen.«

»Ich habe solchen Eindruck nicht nötig.« Sie sagte das ohne jede Arroganz, rein sachlich.

»Auch ich bin dieser Meinung«, stimmte er hastig zu. »Sie sind außerordentlich hübsch.« Und dann fügte er hinzu: »Und – sehr nett.«

Sie gab keine Antwort, sondern starrte ihm in die Augen, bis er zu blinzeln begann. »Warum hatten Sie es nötig, zu trinken?«

Die Unumwundenheit ihrer Frage brachte ihn in Verwirrung. Noch nie hatte ihn das jemand gefragt. »Ich bin krank gewesen«, sagte er. Es gab darauf hundert Antworten und Ausreden, aber im Grunde genommen kamen sie alle darauf hinaus.

Sie nickte befriedigt. »Genauso habe ich es mir gedacht. Geht es Ihnen jetzt wieder gut?«

»Besser.«

»Das freut mich für Sie.«

Craig war entzückt. Zum erstenmal seit Monaten interessierte er sich für jemand anders als sich selbst. »Ich wollte mich eigentlich entschuldigen«, sagte er, »aber vielleicht verstehen Sie mich jetzt. Sehen Sie, ich hatte nichts dagegen, Ihre Stadt anzusehen – nichts gegen Ihr Land –«

»Das ist nicht mein Land. Ich bin Schwedin.«

»Das wußte ich nicht –«

Sie lächelte. »Alle skandinavischen Mädchen schauen im Dunkeln gleich aus. Das ist eine ungezogene Bemerkung, die ich einmal von einem englischen Jungen hörte. Sie sind kein Engländer? Amerikaner?«

»Richtig.« Sie schwiegen eine Weile.

»Wo leben Sie in Schweden?« fragte er dann.

»In Stockholm. Dort ist es herrlich.«

»Ich weiß es.«

»Sind Sie schon mal in Schweden gewesen?«

Craig nickte. »Ja, vor vielen Jahren.« Er wünschte, das Thema zu wechseln. »Was machen Sie hier?«

»Winterferien für eine Woche. Letztes Jahr gingen meine Freundinnen und ich nach Dalarna zum Wintersport.«

»Was für Sport treiben Sie?«

»Eislaufen, Ski fahren, Bobsleigh fahren. In diesem Jahr wollten sie Dänemark sehen. Es ist sehr schön, aber ich ziehe Schweden vor. Ich liebe Sport mehr als das Besichtigen von Palästen und Statuen. Es liegt mir mehr, Dinge zu tun als sie zu sehen.«

Er hörte ihr nur halb zu, so sehr war er mit ihrem Gesicht beschäftigt. »Jetzt weiß ich, wem Sie ähnlich sehen«, sagte er plötzlich. »Ich wußte genau, daß ich Sie schon mal gesehen habe.«

»Wem sehe ich ähnlich?«

»Einem Gemälde von Anders Zorn. Ich sah es, als ich damals in Stockholm war. Ein junges Mädchen, auf einem Felsenriff stehend – sie ist nackt – ihr goldblondes Haar – nein, eher rötlichblond – wird ihr von hinten ins Gesicht geweht – sie strömt vollkommene Gelassenheit aus –«

»Vielleicht habe ich dafür Modell gestanden«, sagte sie neckend.

»Ich glaube, damals waren Sie nur ein Schimmer in den Augen Ihrer Großmutter. Anders Zorn malte das Bild 1904. Lieben Sie ihn?«

»Ich habe noch nie von ihm gehört«, sagte sie offen.

Eine Erdnymphe, dachte er, ein Wesen der Gegenwart, ohne Vergangenheit, ohne Belastung durch Geschichte oder Wissen, ein niemals alternder Geist. Seine eigene Bindung an die Geschichte seines Landes ließ ihn fast quälenden Neid empfinden.

Er gewahrte, daß der Autobus stillstand und die Passagiere alle zum Ausgang drängten.

»Strœget«, sagte sie. »Das ist die Hauptstraße. Wir haben nicht die Zeit, sie uns richtig anzusehen, nur fünfzehn Minuten, um Souvenirs einzukaufen.«

Sie stand auf, und auch er erhob sich von seinem Sitz.

»Legen Sie Wert auf Souvenirs?« fragte er.

»Nicht besonders.«

»Nehmen Sie einen Drink mit mir.«

Sie betrachtete ihn forschend. »Dann werden Sie betrunken sein.«

»Ja, das will ich gerade.«

»Haben Sie das unbedingt nötig?«

»Ja.«

»Warum wünschen Sie dazu meine Gesellschaft?«

Darauf gab es verschiedene Antworten, entweder unehrliche oder ehrliche und schmeichelhafte. »Ich trinke in Gesellschaft langsamer«, sagte er.

Sie lachte. »Das ist sicher der beste Grund, den Sie angeben konnten.«

Sie saßen im *Palace Hotel*, und während sie ein einziges Glas trank, kippte er zwei Doppelte. Alles in allem hatte er seinen »Zyklus« nicht vernachlässigt.

Eine halbe Stunde war vergangen, da schaute er auf seine Uhr.

»Wissen Sie, daß wir den Autobus versäumt haben?«

»Ja, ich weiß.«

»Werden Ihre Freundinnen sich nicht ängstigen?«

»Warum? Ich bin doch kein Kind.«

»Wie alt sind Sie denn?«

»Dreiundzwanzig.«

»Ich nehme an, Sie sind nicht verheiratet?«

»Nein. Sind Sie denn verheiratet?«

Er sah, daß ihr Glas leer war, rief den Kellner herbei und bestellte einen einfachen Whisky für sie und einen doppelten für sich selbst.

»Ich war verheiratet«, sagte er endlich. Es fiel ihm leichter, wenn er ein wenig betrunken war. »Sie starb – wurde getötet – vor drei Jahren. Es war ein Autounfall. Ich saß am Steuer. Ich hatte vorher getrunken. Ich glaube, man kann sagen, daß ich sie getötet habe.«

»Kein Mensch tötet jemand auf diese Art. Es war ein Unfall.«

»Es regnete. Ich verlor die Gewalt über den Wagen.«

»Es war ein Unfall«, wiederholte sie.

Er nickte, berauscht von den Drinks. »Sind Sie sicher, daß es Ihnen nicht leid tut, die Sehenswürdigkeiten zu versäumen?«

»Ich sagte Ihnen doch, daß ich mir nichts aus Sehenswürdigkeiten mache. Ich liebe es, etwas zu tun.«

»Das hier ist nicht gerade ein Wintersport.«

Sie lächelte. »Aber genauso interessant.«

Die Drinks wurden serviert, und als Craig sein Glas entgegennahm, bestellte er einen weiteren Doppelten, der gleich gebracht werden sollte.

»Ich bin beinahe vierzig«, sagte er.

»›Beinahe‹ heißt, daß Sie neununddreißig sind. Warum sagen Sie nicht, Sie sind neununddreißig?«

»Ich fühlte mich eher wie vierzig – fünfzig – sechzig. Aber schön – warum sitzen Sie hier mit einem, der neununddreißig ist? Das ist genauso, als schauten Sie sich Sehenswürdigkeiten an, besuchten einen alten historischen Ort.«

»Sie sind sehr merkwürdig.«

»Warum kamen Sie mit mir? Spielen Sie die Mütterliche – haben Sie Mitleid mit mir?«

»Oh – ich finde, es macht Spaß, mit Ihnen zusammen zu sein. Ich habe Spaß daran, und deshalb bin ich hier.«

Diese Einschätzung seiner Person – als Spaßmacher – war für Craig neu und unglaubhaft.

»Sie machen sich über mich lustig.«

»Sie meinen, ich scherze? Gewiß nicht. Warum halten Sie so wenig von sich?«

»Tue ich das? Ja, ich tue es. Sie tun mir gut. Ich sollte Sie wie einen Fetisch bei mir tragen.« Er hielt den Rest seines Drinks hoch, und sofort wurde der neue Drink gebracht. »Wie sagen Sie in Ihrer Heimat?«

»Skal.«

»Skal.«

Er trank den Rest aus und nahm sofort das frische Glas zur Hand.

»Wie spät ist es?« fragte sie.

»Ungefähr vier Uhr.«

»Ich muß ins Hotel zurück. Ich habe noch nicht gepackt. Wir fahren heute abend wieder nach Stockholm.«

»Ich bringe Sie ins Hotel.« Er leerte das Glas, bezahlte die Rechnung und hakte bei ihr ein, als sie durch die Halle nach draußen gingen.

Das Taxi fuhr unbekümmert und schnell, und in weniger als zwanzig Minuten kamen sie vor dem *Tre-Falke-Hotel* an.

»Woll'n Sie nich mit reinkommen?« fragte er undeutlich.

»Nein. Ich möchte, daß Sie sich ausruhen.«

»Gut.«

Er stieg aus dem Taxi, vom Portier unterstützt, aber dann machte er sich los und ging zum Auto zurück.

»Wie heißen Sie?« fragte er.

»Lilly Hedqvist.«

»Wie?«

»Lilly.«

»Ich bin Andrew – Andrew – Andrew Craig – C, R, A, I, G – Craig.«
»Freue mich, daß ich Sie kennenlernte, Mr. Craig.«
»Freu' mich auch.«

Erst als sie weggefahren war, fiel ihm ein, daß er das Taxi nicht bezahlt hatte, weder für sich noch für sie, und er wußte weder ihr Hotel noch konnte er sich an ihren Namen erinnern, bis auf Lilly.

Wie lange er dann geschlafen hatte, wußte er nicht – über dreieinhalb Stunden, wie er später erfuhr; die erste bewußte Empfindung war, daß ihn jemand am Arm schüttelte. Er machte die Augen auf und sah über sich das Gesicht Leahs.

»Du hast neun Stunden geschlafen. Es ist schon fast acht Uhr. Der Zug fährt sieben Minuten nach neun. Mr. Gates wird uns hinbringen. Möchtest du ein Sandwich haben?«

»Nein.«

Sie betrachtete ihn ganz erschöpft. »Daß du dich immer selber so schädigst. Wie du weißt, mußte ich die Flugkarten abbestellen.«

»Danke dir, Leah. Ich glaube, ich sollte mich jetzt waschen.«

Als sie an dem einem Hangar gleichenden Zentralbahnhof ankamen, hatten sie noch fünfzehn Minuten Zeit.

Er fand das Gepäck in den beiden nebeneinander liegenden Abteilen 16 und 17 verteilt vor und sah, daß die Betten schon bereit waren und kein Platz mehr zum Sitzen war.

Er trat wieder auf den Gang hinaus und zog ein Fenster für Leah und eines für sich herunter. Auf dem Bahnsteig unten stand Gates, auf seinem Gesicht ein Lächeln, das an den fröhlich flatternden Wimpel auf einer Gesandtschaft erinnerte. Leah bedankte sich bei ihm für das Mittag- und Abendessen und die Fahrt nach Elsinore, und Gates versicherte, daß es ihm ein unendliches Vergnügen bereitet habe.

Er schien mehr darauf aus zu sein, sich mit Craig zu unterhalten. »Wir sind alle gewaltig stolz auf Sie, Mr. Craig. Wir werden mit Spannung jedes einzelne Wort über die Nobelzeremonien lesen.«

»Wir sind sehr dankbar für alles, was Sie getan haben«, sagte Craig. »Sobald ich Zeit habe, werde ich dem Botschafter schreiben und Sie für eine Beförderung empfehlen.«

Gates wehrte dieses Lob mit einem bescheidenen Kopfschütteln ab. »An so etwas dürfen Sie gar nicht denken«, sagte er. »Aber Esther, meine Frau, ist eine große Verehrerin von Ihnen, genau wie ich. Über ein Exemplar Ihres nächsten Romanes mit Ihrem Autogramm würden wir uns bestimmt sehr freuen.«

Lieber Freund, damit kann ich höchstens Ihren Enkeln eine Freude machen, hätte Craig ihm am liebsten gesagt. Aber er war beinahe wieder nüchtern, und so entschied er sich für eine liebenswürdigere Antwort. »Ich werde daran denken.«

Er hatte es schon satt, aus dem halboffenen Fenster zu lehnen. »Gibt es in diesem Zug einen Gesellschafts- oder Speisewagen?« fragte er.

»Bedauere außerordentlich«, rief Gates hinauf. »Europäische Züge haben keine Gesellschaftswagen. Wenn Ihr Abteil zum Schlafen gerichtet ist, können Sie sich des kleinen Klappsitzes im Gang bedienen und dort etwas lesen –«

Daran hatte Craig nicht mehr gedacht. Der Klappsitz befand sich direkt vor seinen Knien.

»– und was den Speisewagen anbelangt, so führt dieser Zug keinen mit sich«, fuhr Gates fort. »Sie sind der Meinung, jedermann habe schon gegessen, und der Zug trifft in Stockholm ein Viertel vor neun am Morgen ein, also rechtzeitig zum Frühstück. Doch wenn Sie Hunger haben, Mr. Craig – in fünfzehn Minuten, fünfzehn Minuten nach der Abfahrt, werden diese Wagen auf die Malmöer Fähre geladen. Es ist eine Überfahrt von etwa siebenundzwanzig Kilometern nach Schweden und dauert für gewöhnlich zwei Stunden. Sie können auf der Fähre Ihren Schlafwagen verlassen, und wenn Sie ein wenig Umschau halten, werden Sie zwei oder drei Gelegenheiten finden, wo Sie etwas essen können. Das dürfte genügen.«

»Stell dir nur vor«, sagte Leah, »ein Eisenbahnzug auf einer Fähre! Ich kann es kaum erwarten.«

»Es ist ein Erlebnis«, sagte Gates. Er schaute sich um. »Sie schließen die Wagentüren. Ich glaube, der Zug fährt gleich ab.«

»Dank für alles«, sagte Craig. Er schloß sein Fenster und ging in sein Abteil, es Leah überlassend, die letzten Abschiedsworte zu sagen. Er setzte sich auf sein Bett und betrachtete die kostbaren, altmodischen braunen Holzwände des kleinen Raumes. Dann füllte er seine Pfeife, zündete sie an, und gleich darauf setzte sich der *Nord-Expreß* in Bewegung.

Leah trat an seine offene Tür. »Jetzt sind wir bald am Ziel«, sagte sie.

»Gott sei Dank.«

»Bist du denn kein bißchen aufgeregt?«

»Nur weil ich diese fünfzigtausend Dollar kriege?«

»Wie kannst du nur so – so kommerziell darüber denken?«

»Was erwartest du, daß ich sage, Leah? Ich bin doch kein Schuljunge.«

»Es ist die größte Ehre auf der Welt.«

»Also fühle ich mich geehrt. Ich weiß aber auch, daß ich in den letzten Jahren nicht ein Buch geschrieben habe. Ich habe das Gefühl, als nähme ich den Preis unter Vorspiegelung falscher Tatsachen entgegen.«

»Das kannst du nicht sagen. Ich habe eine Biographie über Alfred Nobel gelesen. Darin steht, er habe den Preis für Literatur dazu bestimmt, jungen oder älteren Schriftstellern dazu zu verhelfen, ihre Arbeit fortzusetzen –«

»Nur befürchte ich, dein Alfred Nobel hat diesmal sein Kapital schlecht angelegt.«

Leah wurde zornig und wandte sich zum Gehen. »Wir werden jetzt bald auf der Fähre sein. Hast du die Absicht, etwas zu essen?«

»Ich weiß es noch nicht.«

»Wenn du es tust, dann nimm mich mit. Ich möchte gern bei dir sein.«

Natürlich möchtest du das, um das Kindermädchen zu spielen, aber diesmal wird dir das nicht gelingen, dachte er. »Okay«, sagte er zu ihr. »Ich klopfe an deine Tür, wenn ich weggehe.«

Als sie fort war und er im Abteil nebenan die Tür gehen hörte und gleich darauf das Klappern von Kleiderbügeln, trat er auf den Gang hinaus. Er starrte aus dem Fenster auf die Lichterketten in der Ferne, und sein Hals und sein Magen krampften sich zusammen vor Verlangen nach etwas Trinkbarem. Schließlich klappte er den Sitz herunter, setzte sich seitlich darauf, seine langen Beine ausstreckend, rauchte und dachte nach. Eigentlich gab es keinen Grund auf der Welt, nicht zu trinken. Was war damit gewonnen, zum Teufel, wenn er nüchtern nach Stockholm kam und den Preis nüchtern entgegennahm? Was war damit gewonnen, wenn er seinen Verpflichtungen der menschlichen Gesellschaft gegenüber wieder nachkam, arbeitete, wählte, Parties gab, Parties besuchte, las, fischte, liebte? Wozu, für wen? Ständige, durch den Alkohol bewirkte Euphorie hatte hingegen viel mehr Sinn. Es war die wunderbare Medizin des Zauberers, um die Geister zu vertreiben, die ihn Harriet vermissen, sich an ihrem Tod schuldig fühlen ließen und dafür sorgten, daß seine Bücher ungeschrieben blieben.

Der Zug bewegte sich nicht mehr. Draußen vor dem Fenster sah er einen Kleinstadtbahnhof, ein Rangiergleis, gelbe Lichter und einzelne Gruppen von Dänen. Der Zug tat einen Ruck vorwärts, dann noch mal und noch ein drittes Mal. Craig stand rasch auf, ohne zu beachten, daß sein Klappsitz mit einem Knall an die Wand zurücksprang, und öffnete das Fenster. Ein kalter Windstoß ließ ihn zusammenschauern, aber er wich nicht von seinem Platz. Erst als er die Reling sah und dahinter den Schimmer von Wasser, war ihm bewußt, daß sie sich auf dem Malmö-Fährschiff befanden.

Noch ein metallisches Klirren, dann stand der Zug. Leise ging Craig an Leahs Abteil vorbei den Gang hinunter bis zum Ende des Schlafwagens. Der Schaffner half ihm hinunter auf das schmale Bootsdeck. Eingezwängt zwischen den Zug, der plötzlich hoch über ihm aufragte, und hölzernen Kajüten zu seiner Rechten, fühlte er sich beengt und bedrückt. Er hatte seinen Trenchcoat vergessen, und die Nachtluft, die durch seinen Anzug drang, war wie ein eisiger Guß.

»Wo kann ich etwas zum Trinken bekommen, zum Aufwärmen?« fragte er den Schlafwagenschaffner.

»Die Treppe hinauf zum Oberdeck. Restaurant und Getränkeausschank im Speisesaal Erster Klasse. Im Bug des Schiffes.«

»Haben wir zwei Stunden Zeit?«

»Eine Stunde und fünfzig Minuten. Sie müssen in einer Stunde und fünfzig Minuten zurück sein.«

Zusammen mit dem Schaffner drängte er sich an den Zug, als ein Strom von Menschen, alle in schweren Mänteln oder Strickjacken, zur Bootstreppe vorüberzog.

Er schloß sich der Menge an und kletterte die Metallstufen hinauf, bis er sich auf dem windigen Oberdeck des Fährschiffes befand, das bevölkert war von Reisenden, von Dänen und Schweden, die auf Bänken saßen, in Gruppen beisammenstanden, auf und ab wanderten, scherzten und lachten.

Das Schiff begann zu schaukeln und zu knarren, als Craig sich auf dem vollgestopften Deck einen Weg bahnte. Ein beleuchtetes Schild vor ihm zeigte das Restaurant Erster Klasse an, und er kämpfte sich durch zu seinem Ziel und begab sich sofort zur Theke. »Man sagte mir, ich könnte hier etwas zu trinken bekommen.«

»Kaffee oder Tee?« fragte der grauhaarige Mann.

»Scotch.«

»Whisky?«

«Ja. Bitte einen Doppelten. Kein Soda. Oder servieren Sie mir besser zwei Gläser – beide doppelt.« Das machte eine Erklärung nötig. »Ich erwarte noch jemand«, fügte er hinzu.

Das Fährschiff schlingerte leicht, und er ging breitbeinig, um sich im Gleichgewicht zu halten, an einen Tisch neben einem Fenster. Es war nur eine Luke, und er konnte nicht zur schwedischen Küste hinüberschauen, er sah nur den Bug des Schiffes unter ihm und den Widerschein der Lichter auf dem Wasser.

Nach kurzer Zeit wurden beide Drinks serviert, ein Glas wurde vor ihn gestellt, das andere ihm gegenüber. Sein Durst war unbezwinglich, und er leerte das erste Glas, als trinke er Wasser. Er tauschte es gegen das zweite Glas um, und dieses trank er etwas langsamer. Als es leer war, fühlte er sich in Harmonie mit seiner Umgebung und völlig entspannt. Doch die schwarze Nacht war noch zu überstehen, und er hatte keine Lust zum Grübeln.

Der grauhaarige Kellner deckte ganz in der Nähe einen Tisch, und Craig gab ihm ein Zeichen. »Verkaufen Sie Flaschen auf dem Fährboot?«

»Das ist nicht üblich, Sir.«

»Ich bin im *Nord-Expreß*. Wir veranstalten eine kleine Party. Ich wüßte gern, ob Sie mir aushelfen können.«

»Ich müßte sie aus unserem Vorratslager herausnehmen. Was wollen Sie haben?«

Craig stipste an sein Glas. »Das hier. Irgendeine Marke.«

»Ich muß nachschauen, was wir entbehren können.«

Während Craig wartete, stopfte er seine Pfeife und schaute sich abwesend im Raum um. Er sah sie, bevor sie ihn bemerkte. Sie trug noch immer den weißen Pfannkuchenhut auf ihrem goldblonden Haar, eine weiße Bluse, die über ihrer Brust spannte, und die offene korallenrote Strickjacke. Nur der Rock war ein anderer. Er war nicht marineblau, sondern grau, wollig, dick. Sie stand vor der Glastür und schaute sich suchend nach jemand um.

Er sprang auf und ging quer durch den Speisesaal auf sie zu. Sie erkannte ihn erst, als er nur noch ein paar Meter von ihr entfernt war.

»Hallo«, sagte er mit aufrichtiger Freude.

»Das ist aber eine Überraschung, Mr. Craig.« Sie streckte ihm herzlich die Hand entgegen. »Ich habe nach meinen Freundinnen Ausschau gehalten. Sie müssen hier unten im Café sein.«

»Wollen Sie nicht erst mal etwas mit mir trinken?«

Während er das sagte, war sein Blick an ihr vorbei nach der äußeren Tür zum Deck geschweift und blieb an Leah Decker haften. Sie hielt die Tür geöffnet, halb im Vestibül, halb auf dem Deck stehend, und spähte draußen auf dem Deck nach einer Spur des von ihr gejagten Wildes.

Der Anblick von Leah elektrisierte Craig. Er packte Lilly so fest am Arm, daß sie zusammenfuhr. »Wir können hier nicht bleiben. Kommen Sie mit mir. Ich muß versuchen, jemandem zu entgehen.«

Sie landeten in dem Gesellschaftsraum Zweiter Klasse, und da alle Sessel und Sofas besetzt waren, stellten sie sich vor eine schmutziggraue Wand.

Lillys Unruhe sprach aus ihren Augen. »Was ist los? Sind Sie etwa ein Verbrecher?«

»Nichts so Romantisches. Ich habe einen Wächter.«

»Wer ist das?«

»Meine Schwägerin. Sie ist mitgekommen, um mich zu überwachen. Sie mißbilligt Trunkenbolde. Sie ist eine Amateur-Reformerin. Als wir dort drüben standen, sah ich sie auf der Jagd.« Er schaute sich um. »Hier ist die Zweite Klasse, nicht wahr?«

»Ja.«

»Sie ist zu hochnäsig, um schon bei ihrer ersten Runde hier hereinzusehen. Aber bei der zweiten Runde tut sie's sicher. Hören Sie zu, Kleines, wollen Sie mir einen Gefallen tun?«

»Was für einen Gefallen?«

»Ich hab' eine lange Nacht vor mir in diesem Zug – ich fahre im *Nord-Expreß* –«

»Ich auch.«

»In welchem Abteil?«

»Oh, ganz vorne in einem Abteil Zweiter Klasse für sechs Personen. Wir verbringen die Nacht sitzend. Worin besteht der Gefallen?«

»Kurz bevor Sie kamen, bestellte ich eine Flasche Scotch – Whisky – im Restaurant. Ich brauche sie unbedingt. Ich dachte –«

»Ich hole sie Ihnen.«

Er übergab ihr seine letzten Kronen. »Gehen Sie mit Gott.«

Nach fünf Minuten schon kehrte Lilly zurück. Sie hatte ein Paket unter dem Arm, das nicht entfernt an eine Flasche erinnerte. Er nahm es ihr ab, zugleich mit dem Wechselgeld. »Ich könnte Ihnen einen Kuß geben«, sagte er. »Möchten Sie noch immer nach Ihren Freundinnen Ausschau halten?«

»Sie haben mir einen Drink angeboten«, erwiderte sie.

»Das Angebot bleibt bestehen. Aber wo?«

Ihre klare Stirn furchte sich und glättete sich dann wieder. Sie lächelte. »Ich weiß, wo wir uns verstecken.«

»Waren Sie schon mal auf diesem Schiff?«

»Nein, aber meine Freundinnen. Kommen Sie mit. Es ist ein seltsames Versteck.«

Er folgte ihr auf das windige Deck. Sie führte ihn geschickt durch die dichtgedrängten Passagiere und dann die eiserne Treppe hinunter zum unteren Deck bis zum dunkeln, offenen Bug der Fähre. Vor dem Zug waren zwei Reihen von je vier Autos geparkt.

Als sie fröstelnd stehenblieben, deutete sie fröhlich auf die Autos. »Welches möchten Sie?«

»Wie meinen Sie das?«

»Die Geschäftsleute reisen per Auto und nehmen ihre Wagen auf die Fähre mit. Suchen Sie eins aus. Es ist ein herrliches Versteck.«

Sie entschieden sich für einen Volvo. Er packte die Flasche Whisky aus, riß den Verschluß auf und zog den Korken heraus.

»Nach Ihnen«, sagte er. Sie nahm die Flasche. Da seine Augen sich inzwischen an die Dunkelheit gewöhnt hatten, konnte er sie nun deutlich sehen. Sie hatte der Kälte wegen zusammengekauert gesessen, aber nun richtete sie sich auf und hob die Flasche an die Lippen. Ihre rote Strickjacke fiel ein wenig zurück, und unwillkürlich sah er, was schon am Nachmittag seine Aufmerksamkeit erregt hatte – die Spitzen ihrer Brüste, die sich unter der weißen Bluse deutlich abzeichneten.

Sie hatte genug getrunken und nahm seinen Blick wahr.

»Ich trage keinen Büstenhalter«, sagte sie. »Ist das ein Fehler?«

Er war bestürzt über ihren Freimut. »Ein Fehler? Es ist sehr eindrucksvoll.«

»Ich tue es nur aus gesundheitlichen Gründen«, erwiderte sie ernsthaft, »nicht, um die Männer herauszufordern. Ich bin Mitglied eines Nudisten-Clubs, genau wie meine Freundinnen. Gesund bleibt man, wenn man sich der Sonne im Freien aussetzt und den Körper nicht in unnatürliche Kleidungsstücke zwängt.«

»Soll das heißen, Sie gehen tatsächlich, ohne etwas am Leib zu tragen, herum?«

»Zweimal im Monat im Sommer, jedesmal einen ganzen Sonntag lang. Das Gelände des Clubs ist auf einer kleinen Insel im Mälarsee.«

»Hm, ich muß sagen, das paßt zu Ihnen.« Er zögerte. »Ich finde es großartig.«

»Nacktkultur ist in Schweden sehr populär. Ich habe gehört, alle Amerikaner seien prüde.«

»Manche. Nicht alle.«

»Ihr Amerikaner seid sexuell überreizt, genau wie die Engländer, weil ihr euch des Geschlechtes schämt und euch davor fürchtet. Ein amerikanischer Psychologieprofessor besuchte einmal die deutschen und schwedischen Nudistenlager und sagte, wenn auch nur ein winziger Teil des Körpers bedeckt werde, um ihn zu verbergen – nicht zu schützen –, so rufe das bei jedermann unanständige sexuelle Vorstellungen hervor.«

»Sie sind eine aufgeklärte junge Dame.«

»Ich wiederhole nur, was ich bei Vorträgen in unserem Club höre.« Sie lächelte, nahm noch einen Schluck und sagte dann: »So – jetzt ist mir wieder warm. Ihr Drink tut mir gut.« Sie klopfte an die Flasche. »Sie trinken ja nichts, Mr. Craig.«

»Ich – ich hab' es ganz vergessen.«

Er konnte sich nicht daran erinnern, wann ihn zum letztenmal ein Gespräch vom Trinken abgehalten hatte. Doch nun hob er die Flasche an den Mund und trank und spürte wohltuend die brennende Flüssigkeit im Hals und im Magen.

»Uff. Das tut wirklich gut«, sagte er.

Die Hitze strömte durch seine Adern, er ließ den Kopf auf die Lehne zurücksinken voller Behagen, und als er dann zur Seite schaute, merkte er, daß sie ihn beobachtete.

»Darf ich Sie etwas ganz Persönliches fragen, Mr. Craig?«

»Jetzt können Sie mich alles fragen.«

»Ihre Frau ist seit drei Jahren tot, nicht wahr?«

Er nickte.

»Was macht ein Mann wie Sie, wenn er Liebe braucht?«

Blitzschnell setzte er sich aufrecht. Er war entsetzt und wollte sie mit einem Scherz abspeisen, aber dann sah er trotz der Dunkelheit, daß ihr Gesicht feierlich ernst war.

»Ein Mann wie ich kommt ohne Liebe aus«, sagte er einfach.

»Wie ist das möglich bei einem menschlichen Geschöpf?«

Seine Hand umkrampfte die Flasche. »Trinken macht alles möglich.«

»Aber Sie schlafen mit irgendwelchen Mädchen?«

»Ja, aber nicht aus Liebe. Für Liebe kann man nicht bezahlen.«

»Das ist fürchterlich.« Ihr Gesicht hatte einen weichen Ausdruck. »Das tut mir leid für Sie.«

Er trank einen Schluck, und noch einen, und noch mal einen. Dann händigte er ihr die Flasche aus und ließ sich tief in den Sitz sinken. Langsam wurde er eingehüllt in den sanften Nebel des Rausches.

»Diese Schwägerin«, sagte sie, »ist sie hübsch?«

»Nicht so wie Sie. Aber recht hübsch.«

»Gleicht sie Ihrer verstorbenen Frau?«

»Nicht sehr. Sie hat Vorzüge und auch Nachteile.«

»Haben Sie mit ihr geschlafen?«

»Nein, Lilly«, sagte er in scherzhaftem Ton. »Ich habe mit Leah nicht geschlafen.«

»Was für eine Art von Leben führen Sie? Sind Sie reich?«

»Ich bin arm und lebe über meine Verhältnisse. Ich bin Schriftsteller, Lilly. Ich schreibe – oder tat es wenigstens.«

»Ich wußte es!« Ihr Gesicht strahlte. »Ich erriet es, aber ich war nicht sicher.«

»Wieso haben Sie das erraten?«

»Aus vielen, vielen Gründen. Sie sind jung und sehen alt aus. Sie sind so sonderbar. Und die Pfeife. Aber vor allem die Art, wie Sie trinken. Strindberg hat auch getrunken.«

»Sie sagen das wie jemand, der Schriftsteller kennt.«

»Ein paar.«

Eine Weile saßen sie stumm, dann fragte er: »Was machen denn Sie? Leben Sie bei Ihren Eltern?«

»Mein Vater ist tot. Er hatte ein Galanteriewarengeschäft in Vadstena. Meine Mutter hat sich wieder verheiratet und lebt in Lund. Ich mochte ihren Mann nicht, weil er zudringliche Hände hat – deshalb zog ich vor vier Jahren nach Stockholm. Ich habe ein hübsches Einzimmerappartement mit Küche und Badezimmer. Ich verkaufe Kleider in einem der größten Warenhäuser, in der Nordiska Kompaniet.«

»Sind Sie glücklich?«

»Ja. Warum auch nicht?«

»Warum heiraten Sie nicht?«

»Ich werde es tun, wenn ich dadurch glücklicher werde.«

»Aus keinem anderen Grund?«

»Gibt es denn einen anderen Grund, zu heiraten?«

Er wandte ihr sein Gesicht zu. »Lilly, wenn Sie Schweden verkörpern, so werde ich Schweden liebgewinnen.«

»Sie werden Schweden bestimmt liebgewinnen.«

»Ich hatte es das letztemal sehr gern, aber da war ich jung – es war meine Hochzeitsreise.«

Sie schwiegen einen Augenblick, und dann berührte sie seinen Arm. »Mr. Craig, wir müssen das Auto verlassen. Wir sind schon fast da.«

Er setzte sich auf, rieb sich die Augen und blickte angestrengt durch die Windschutzscheibe. Vor ihnen schimmerten undeutlich die Lichter von Malmö.

»Na schön«, sagte er. Er war im Begriff, die Tür zu öffnen, als ihm etwas einfiel. »Lilly – tun Sie mir noch einen Gefallen, bitte. Wenn ich mit dieser Flasche da ankomme, gibt es eine Szene. Können nicht Sie sie mitnehmen?«

Sie nahm ihm die Flasche ab.

»Ich werde Ihnen meinen Wagen zeigen, wenn wir vorbeikommen. Ich habe Abteil siebzehn. Sobald wir in Malmö abfahren und eine Weile unterwegs sind, bringen Sie mir die Flasche. Wäre das möglich?«

»Natürlich.«

»Gut. Schönen Dank für die Gesellschaft.«

Sie nickte. »*Tack för i kväll*«, sagte sie. »*Det var mycket trevligt.*«

»Was heißt das?«

»Vielen Dank. Ich habe mich sehr gut unterhalten.«

Craig lächelte. »Wie sagen Sie ›Ich hoffe, Sie bald wiederzusehen‹?«

»*Jag hoppas vi ses igen snart.*«

»Also, *jag hoppas* –«

Aber sie war schon in der Menge verschwunden.

Genau wie er es sich gedacht hatte, wartete Leah aufgeregt auf ihn in seinem Abteil.

»Um Gottes willen, wo bist du gewesen?« rief sie. »Ich glaubte schon, du seist über Bord gefallen. Ich suchte dich überall –«

»Ich hatte Hunger«, antwortete er gelassen. »Ich habe im Restaurant Zweiter Klasse etwas gegessen.«

»Dort habe ich nachgeschaut. Du warst nicht da.«

»Natürlich war ich da. Ich war als Däne verkleidet. Ich fühle mich wunderbar, Leah. Besser als je. In der richtigen Verfassung für Mr. Nobel.«

»Ich denke ja nur an Harriet. Ich denke ständig an sie. Ich möchte dich so behandeln, wie sie es tun würde.« Ihre Stimme bat um Verständnis. »Und ich denke an dich, Andrew. Ich möchte, daß man dich achtet und daß du stolz auf dich bist, denn ich weiß, wer du bist und was du kannst.«

»Du bist sehr gütig, Lee.« Ein dumpfer hölzerner Schlag erschütterte das Schiff, so daß sie nur mit Mühe das Gleichgewicht bewahrten.

»Was war das?« fragte Leah erschrocken.

»Malmö. In ein paar Minuten sind wir am Ufer, an eine neue Lokomotive angehängt und auf der Fahrt. Ich werde mich jetzt ausziehen und ein bißchen schlafen.«

Sie blieb unter der Tür stehen. »Glaub bitte nicht, ich wolle dich quälen, Andrew. Wenn du unbedingt trinken wolltest, so war ich die erste, die dir dazu verhalf, möge es Gott mir verzeihen. Das weißt du.«

Er nickte pflichtschuldig.

»Aber ich bin sicher, daß du das jetzt nicht brauchst, und wenn du es doch willst, so mußt du deine Schwäche besiegen.« Sie machte eine Pause und fuhr dann fort: »Wenn du auf diesem Podium in Stockholm stehst, aufrecht und würdig, und den Preis in Empfang nimmst, so wird damit alles gutgemacht, was vorher geschah.«

Sie bohrte den Pfeil tief hinein, und er vermied ihre anklagenden Augen. Es macht den Mord wieder gut, sagte sie ihm, ohne es zu sagen. Ich, Leah Decker, bin der Hüter des Mannes meiner Schwester, sein Wächter während der Bewährungsfrist, bis er Buße getan hat und wieder vertrauenswürdig ist.

»Für uns wird dann ein neuer Tag beginnen«, schloß sie.

»Gute Nacht, Leah.«

»Gute Nacht, Andrew.«

Grimmig machte er die Tür zu, zog Rock und Krawatte aus und wartete darauf, daß sie abfuhren und Lilly erschien. Er hörte, wie der Zug an eine Lokomotive gekoppelt wurde und sich bald darauf in Bewegung setzte. Nach einer Weile bückte er sich, um durchs Fenster zu schauen. In der Ferne huschte, hinter einem Graben von Finsternis, eine von Straßenlampen erhellte schwedische Stadt vorüber und verschwand sogleich wieder. Kurze Zeit darauf wurde eine zweite Stadt, ebenso beleuchtet, sichtbar und versank im Dunkel. Als die dritte Stadt aufleuchtete, wandte sich Craig vom Fenster ab und trat an sein Bett.

Er zog die Schuhe aus, setzte sich und legte sich schließlich auf den Rücken. Er war nicht gerade schläfrig, aber auch nicht richtig wach. Er fühlte sich seltsam losgelöst, vergaß Ort und Zeit. Offenbar hatte er mehr getrunken, als ihm bewußt war. Er dachte, wann wohl Lilly käme mit dem Rest, der noch in der Flasche war, und wie er sie behandeln sollte. Durfte er sie auffordern, mit ihm zu trinken, oder sollte er es lieber nicht tun? ... *mycket trevligt* – ja, sie hatte ihm gut gefallen, und es würde ihm guttun, mit ihr zu trinken, wie sie es in dem Auto im Bug des Fährschiffes getan hatten. Aber er hatte keine Lust, sich mit ihr zu unterhalten. Er wünschte ihre weibliche Gegenwart, und vor allem wünschte er, ihre weiße Bluse aufzuknöpfen.

Dieser plötzliche Gedanke überraschte ihn. Er kam sich unreif vor und treulos gegen Harriet. Er versuchte, es ihr zu erklären, dachte zurück, um sie zu finden, wie er es so oft tat, und sofort fühlte er sich sehr viel wohler in der Vergangenheit, deren Schwierigkeiten von Anfang bis zu Ende schon gelöst waren, während ihm die Gegenwart nur Unbekanntes und Rätselhaftes bot. Es war gut, wieder heimzukehren, dahin, wo alles schon getan war, wo es keine Prüfungen gab, keine Forderungen und keine Geheimnisse ...

Es war im Winter nach dem Ende des Zweiten Weltkriegs, New York lag damals in tiefem Schnee ... Zwei Tage zuvor war er aus dem Nachrichten-Corps in Fort Dix, New Jersey, entlassen worden und wohnte jetzt in einem alten Hotel Ecke Vierundvierzigste Straße und Sechste Avenue, um bald nach den Feiertagen – es war die Woche zwischen Weihnachten und Neujahr – die Stadt wieder zu verlassen, die ihn stets unsicher und unzufrieden machte.

Mit seinem Agenten hatte er vereinbart, in der Woche nach Neujahr noch die bekanntesten Verleger in Manhattan aufzusuchen und ihnen einige seiner Ideen zu erzählen. Mit Vorschüssen in der Tasche wollte er dann nach Cedar Rapids zurückkehren, wo ihn ein kränklicher Vater, eine von Gesundheit strotzende Tante, ein Onkel und Freunde erwarteten. Dort wollte er sich vergraben und, wie bisher, Kurzgeschichten schreiben. Mit dem damit verdienten Geld wollte er weiter nach Westen ziehen. Er konnte billig, aber königlich in Taos oder Monterey leben, und dort wollte er die Romane schreiben, die während der Kriegsjahre in seiner Seele gebrannt hatten.

Es gab auch noch eine andere Möglichkeit. Er konnte für ein Jahr nach Peru fahren. Es war dort nicht teuer, wie er gelesen hatte. Der Zweck seiner Reise nach Peru würden historische Forschungen sein. Er hatte sich, unter anderem, schon lange für Francisco Pizarro interessiert und plante einen historischen Roman über Pizarro und seine seltsame Truppe von hundertdreiundachtzig Männern, die er in Panama angeworben hatte. Der Roman sollte die unglaubliche Geschichte schildern, wie eine kleine sterbliche, fanatische Schar, nur mit drei Flinten und zwanzig Armbrüsten bewaffnet, Atahualpa und zehn Millionen Inkas besiegte und ein riesiges Reich eroberte.

Aber dann klingelte das Telefon in seinem Hotelzimmer, und als Craig mit dem Gespräch fertig war, war er auch fertig mit Taos und Monterey und Peru, nur wußte er das noch nicht. Er wußte auch noch nicht, daß er sich soeben für mindestens vier Jahre dem New Yorker Leben verschrieben hatte.

Das Telefongespräch war eine Einladung zum Silvesterabend eines ehemaligen Armeekameraden gewesen, und Craig nahm sie an, weil er vermutete, daß er ein gutes Essen bekäme, und weil es die einzige Einladung für Silvester war. Das Essen war tatsächlich gut, aber weit besser war Miss Harriet Decker. Als er mit ihr bekannt gemacht wurde, lag Harriet in Strümpfen träge auf dem Sofa herum, den Kopf in irgend jemandes Schoß, was in jenem Jahr bei Mädchen ihres Alters für smart galt. Sie war nur eine von vielen, die ausgestreckt dalagen, aber sie war der einzige Gast, der völlig nüchtern war. Bei Craigs Erscheinen hatte sie die Augen mit der Hand beschattet, seine schlanke Gestalt von oben bis unten gemustert und nur gesagt: »Hei, Sie langer Kerl.«

Er war allein zu der Party gekommen, aber als er sie um drei Uhr morgens verließ, war Harriet bei ihm. Um fünf am Morgen des funkelnagelneuen Jahres saß er mit Harriet im Automatenrestaurant und wußte, daß sie in ihn ebensosehr verliebt war wie er in sie.

Nun fühlte er sich von New York nicht mehr so bedrückt, und er schrieb seine Storys am Tag und sah Harriet jeden Abend, und vier Monate nachdem er sie kennengelernt hatte, waren sie Mann und Frau. Sie mieteten eine geräumige, unmöblierte Wohnung in Long Island und richteten sie gemeinsam behaglich ein, und am Ende des ersten Jahres hatte Harriet eine Fehlgeburt, und er hatte genug verdient, um ihr die aufgeschobene Hochzeitsreise ins Ausland zu schenken.

Die Reise war wundervoll. Sie waren jünger als jung, und wer auf Erden hatte ihre neue Welt die Alte Welt genannt? Sie fühlten sich reich mit dem Schwarzmarktgeld, das sie an Straßenecken umwechselten, und sie kauften einen Leder- und Teakholzsessel in Stockholm, Holzpantinen in Amsterdam, eine Federzeichnung von Picasso in Paris, eine Toledo-Schreibtischgarnitur in Madrid und einen Kristalleuchter in Venedig.

In Rom unternahmen sie schon am ersten Nachmittag eine Wallfahrt. Vom höchst modernen *Mediterraneo-Hotel* fuhren sie mit einer klapprigen Taxe zum Protestantischen Friedhof und gingen dann den Kiesweg hinauf bis zum höchsten Punkt neben der alten römischen Mauer. Dort fanden sie die weiße Steinplatte in die Erde gepreßt – Percy Bysshe Shelley – oder was von Shelley übriggeblieben war nach dem Scheiterhaufen am Strand von Viareggio – und neben ihm der Mann, dem soviel daran lag, bei ihm zu sein, und der ihn hier begraben hatte, der alte Pirat Edward John Trelawny.

Später waren sie Hand in Hand hinabgewandert, an der Cestiuspyramide vorüber, und unten am anderen Ende des Friedhofes angekommen, wo sich der majestätische Pfeiler ohne Namen befand und neben ihm, wachsam und treu, der Ruheplatz von Joseph Severn.

Shelley und Keats. An jenem Tag fühlte sich Craig mit ihnen verwandt, fühlte den Sinn der Geschichte wie sie, fühlte, daß er nicht zu den zahllosen Menschen ohne Gesicht gehörte, die kommen, eine Zeitlang da sind und fortwehen ins Nichts, vergessen wie der Flugsand an einem stürmischen Strand. Auch er wollte einen Pfeiler auf Erden hinterlassen, der so lange stand, als es Menschen gab, die ihr Haupt vor ihm beugten. An diesem Tag in Rom war er sich seiner Kraft und seines Zieles bewußt, und er war erfüllt von seiner Einmaligkeit und seiner Mission.

Das Gefühl, das ihn im Protestantischen Friedhof ergriffen hatte, vertiefte und befestigte sich in den nächsten Tagen, als er mit Harriet durch die Stadt wanderte. Eines Nachmittags gingen sie am Kolosseum und Venustempel und Konstantinsbogen vorüber und betraten die Ruinen des Forum Romanum, das glühendheiß in der Sonne dalag.

Die Größe und die Kleinheit des Menschen, und mehr als das, die Kontinuität und Ewigkeit des Menschen, die ihm hier bewußt wurden, ließen Craig verstummen. Minuten später, noch immer dort hinaufblickend, ergriff er Harriets Arm. »Ich glaube, jetzt endlich weiß ich, was Edward Gibbon fühlte – was ihn dazu begeistert hat, sich an die Arbeit eines ganzen Lebens zu machen –«

Harriet nickte und zitierte leise Gibbons Worte: »›Es war in Rom, am 15. Oktober 1764, wo ich sinnend zwischen den Ruinen des Kapitols saß, während die barfüßigen Bettelmönche im Tempel des Jupiter die Vesper sangen, als mir zum erstenmal der Gedanke kam, die Geschichte des Aufstiegs und Falles des Römischen Reiches zu schreiben.‹«

Vier Wochen später trafen die Craigs wieder in New York ein. Fünf Wochen später schrieb Craig die erste Seite seines ersten und besten Werkes *Der Vollkommene Staat*.

Der Roman hatte seine Wurzeln in der Geschichte. Craig hatte gelesen, daß dem Philosophen Plato, nachdem er seine radikalen Ideen zu einem utopischen Staat seinen Schülern in dem Vorstadthain, die Akademie genannt, vorgetragen hatte, einst die Gelegenheit gegeben worden sei, in die Wirklichkeit umzusetzen, was er in seinen sechsunddreißig Dialogen gepredigt hatte. In Syrakus, der Hauptstadt von Sizilien, hatte sich der neue, fünfundzwanzig Jahre alte Herrscher Dionysius II. dazu überreden lassen, Plato einzuladen, damit er ihn belehre und seine Regierung reformiere. Im Jahr 367 v. Chr. reiste Plato nach Syrakus, um die Utopie zu verwirklichen. Er versuchte nicht nur eine konstitutionelle Monarchie einzuführen, sondern auch den vollkommen sozialisierten Staat. Aber Dionysius II. war entsetzt über die Vorschläge des Philosophen. Er tobte, verkaufte den unglücklichen Plato in die Sklaverei und setzte seine alte Autokratie fort, seine Gelage und sein ausschweifendes Leben. Schließlich wurde Plato von seinem Schüler Anniceris aus seiner Sklaverei losgekauft; er kehrte beträchtlich ernüchtert nach Athen und in die Akademie zurück und beschloß, von nun an seine Utopie nur theoretisch zu lehren.

Auf diesen spärlichen Tatsachen baute Craig die Fabel seines ersten Romanes auf. Sie wurde so erzählt, als werde die Handlung mit den Augen des jungen Schülers Anniceris gesehen, als er seinen Lehrer und Helden Plato nach Syrakus begleitete, zur feierlichen Einsetzung der Utopie. Mit dichterischer Freiheit ließ Andrew Craig Plato seine Reformen tatsächlich in die Praxis umsetzen. Er stellte dar, daß es weniger Dionysius war, der die Utopie zerstörte, als das Volk selbst. Platos philosophischer Kommunismus kämpfte eine verlorene Schlacht gegen die menschliche Natur. Im Roman wurde sogar Anniceris' Glaube an seinen Meister und an den vollkommenen Staat erschüttert, als die Utopie alles um ihn herum auflöste. Am Schluß kehrte Anniceris, nachdem er Plato vor der Wut des Pöbels gerettet hatte, nach Syrakus zurück: ein Symbol der Vorliebe des Menschen für die individuelle Freiheit mitsamt allen ihren Übeln.

Obgleich Craig seinen Roman in das Jahr 367 v. Chr. verlegt hatte, richtete sich sein Pfeil vor allem gegen den Kommunismus des zwanzigsten Jahrhunderts. Der Roman wurde kurz nach der zweiten Wiederkehr seines Hochzeitstages veröffentlicht. Die Rezensenten nannten ihn »fast klassisch« und hoben die souveräne Ironie und die gebändigte Leidenschaftlichkeit hervor. Aber die weit zurückliegende Handlung und ihre subtile Allegorie fanden nur geringen Anklang bei der Masse der Leser. Es gab zwei Auflagen, im ganzen siebentausendfünfhundert Exemplare, und dabei blieb es. Craig hatte seinen literarischen Standort, seine Verehrer und sein mageres Sparkonto.

Um sein zweites Buch zu vollenden, brauchte Craig zwei Jahre, weil er aus finanziellen Gründen gezwungen war, zwischendurch Kurzgeschichten zu schreiben. Der zweite Roman hieß *Der Wilde*. Auch hier diente ihm eine tatsächliche Begebenheit als Unterlage, und sein Held war ein Mensch, der wirklich gelebt hatte. Der Roman spielte im Jahr 1782, und im Mittelpunkt stand Simon Girty, ein stolzer und grimmiger amerikanischer Grenzbewohner, der seine Familie verließ, um ein »weißer Indianer« und ein Indianerhäuptling zu werden und die Shawnee-Rothäute durch Ohio, Kentucky, Pennsylvania und Virginia zu führen. Die Geschichte stellt Girty als einen brutalen Renegaten hin. Craig sah in ihm etwas ganz anderes: einen Nonkonformisten und den Verteidiger einer verlorenen Sache. Als Craig über Girty schrieb, schrieb er über alle Menschen, die zu allen Zeiten, besonders in seiner eigenen Zeit, verurteilt werden, weil sie gegen Ungerechtigkeit kämpfen.

Mit diesem Buch erreichte Craig seinen Zweck in keiner Hinsicht. Sein Agent, sein Verleger, seine Kritiker, seine Leser, sie alle sahen gar nicht, worauf er hinauswollte. Sie hielten sich meist an den äußeren Rahmen des Romans: ein aufregender, starrköpfiger Held, eine spannende Handlung, ein Einblick in amerikanische Verhältnisse, eine herrliche Wildwestgeschichte – und das war mehr als genug! Es wurden zweiundzwanzigtausend gebundene Exemplare verkauft, es gab eine Neuauflage in einer billigen Taschenausgabe, und außerdem brachte der Roman noch fünfzigtausend Dollar ein durch den Verkauf an eine große Filmgesellschaft.

Durch den *Wilden* erlangte Craig zwar kein großes Vermögen, aber selbst nach Abzug der Steuer blieb doch noch so viel übrig, daß er es nicht mehr nötig hatte, die ermüdenden Kurzgeschichten zu schreiben. Er steckte voll neuer Pläne. Besonders einer davon ließ ihn nicht los. Ihn zu verwirklichen erforderte eine Kraftleistung. Er gab ihm den Namen *Das Schwarze Loch* und erzählte beim Lunch im *Twenty-One* seinem

Verleger davon. Der Rahmen, erklärte er, sei wieder streng historisch. Im Jahre 1756 rebellierte Indien gegen die Briten. Der neue indische Regent, der neunzehnjährige Sirajud-daula, viel zu jung für sein schweres Amt, nahm hundertsechsundvierzig aus der Garnison geflüchtete Engländer gefangen und steckte sie in eine Zelle des Kalkuttaer Militärgefängnisses, die nur sechs zu vier Meter groß war. In seinem Roman wollte Craig die Hölle jener einen Juninacht im Schwarzen Loch von Kalkutta schildern, wie sie auf Charakter und Seele der Menschen wirkte, warum dreiundzwanzig sie überlebten und wie sie überlebten, und warum hundertdreiundzwanzig sie nicht überlebten und wie sie starben. Nur das erzählte Craig seinem Verleger, nichts sonst. Das Thema, das hinter der historischen Maske verborgen lag, enthielt er ihm vor: eine Polemik gegen den Kolonialismus und die weiße Oberherrschaft. Der Verleger war jedoch grenzenlos begeistert und versprach ihm einen großzügigen Vorschuß.

Der Erfolg seines Buches über Girty hatte Craig von den Zeitschriften befreit, der reichliche Vorschuß befreite ihn von New York. Sowohl Harriet wie er waren New Yorks überdrüssig, und beide waren von neuem Leben erfüllt. Harriet erwartete ein Kind, das sie nicht in der Riesenstadt aufziehen wollte, und er trug sich mit den Plänen zu seinem neuen Roman. Seit Monaten hatten Harriet und er sehnsüchtig von einer Stadt in Wisconsin gesprochen, die sie einmal auf der Fahrt nach Madison gesehen hatten, als sie Harriets Schwester Leah auf der Universität besuchten. Nach vier Jahren New York erschien ihnen Miller's Dam als das reinste Paradies. Als das Geld für den Roman *Das Schwarze Loch* eintraf, packten die Craigs impulsiv ihre Habe zusammen und kehrten in ihre Heimat im Mittelwesten zurück.

Harriet und Andrew Craig paßten sich der ländlichen Lebensform gerne an, weil sie Raum um sich haben wollten. Sie kauften das Hartog-Haus, ein großes Holzhaus mit Stuckverzierungen, mit zwei Morgen Land, und hatten vom ersten Tag an das Gefühl, daß sie an diesen einsamen, idyllischen Ort gehörten, und dieses Gefühl, endlich heimgekommen zu sein, dämpfte sogar den Schmerz, als Harriet im fünften Monat ihrer Schwangerschaft zum zweitenmal eine Fehlgeburt hatte.

Bevor Harriets Eltern nach Kalifornien zogen, kamen sie häufig aus Springfield herüber. Oft besuchte sie statt ihrer auch Harriets Schwester Leah, die nach Absolvierung der Universität in Wisconsin als Lehrerin an einer höheren Schule im Norden von Chicago arbeitete. In den vier Jahren, in denen Leah kam und ging, nahm Craig kaum von ihr Notiz. Er wußte, daß sie ihn verehrte, weil er Schriftsteller war, und daß sie sehr an ihrer Schwester hing. Aber er hatte keine Ahnung, bevor Harriet es ihm sagte, daß sie unglücklich war. Sie haßte es, Lehrerin zu sein, sie haßte ihr Leben in Chicago, sie haßte es, allein zu sein, und konnte sich trotzdem nicht dazu entschließen, den linkischen jungen

Lehrer Harry Beazley zu heiraten, obgleich sie schon seit einem Jahr mit ihm verlobt war.

Craig konnte in Miller's Dam wunderbar arbeiten. *Das Schwarze Loch* war in einem Jahr beendet, und Craig war stolz darauf. Sein Verleger erwartete sich viel davon und publizierte eine erste Auflage von zehntausend Exemplaren. Aber das Lesepublikum interessierte sich nicht dafür, und dreitausend Exemplare mußten verramscht werden. Es ergaben sich zwei Verfilmungsangebote, doch sie führten zu nichts. Craig machte sich damals nichts daraus, denn er schrieb schon an seinem neuen Roman *Armageddon*.

Der Hintergrund dieses vierten Romanes war der große Vulkanausbruch auf der tropischen Insel Krakatau in Holländisch-Ostindien im August 1883. Die Eruption, die Krakatau von der Weltkarte ausradierte, hatte eine fünfundzwanzig Meter hohe Flutwelle um die Welt geschickt. In Australien fielen große Brocken von Bimsstein nieder. In der Nordsee kenterten Fischerboote. Über Texas donnerte es wie bei einem Gewitter. In Moskau zerbrachen die Luftdruckmesser. Hundertdreiundsechzig Dörfer und sechsunddreißigtausenddreihundertachtzig Menschen verschwanden vom Erdboden. Craig schilderte in seinem Roman, wie sich eine scheinbar zusammenhanglose Kette von Menschen, die von der Sundastraße und Singapur bis über Washington, D. C., verstreut waren, bei einer Naturkatastrophe verhielt, die gewaltiger war als die Lava, die Pompeji bedeckte, oder das Erdbeben, das San Francisco zerstörte.

Der Roman wurde veröffentlicht, als Craig schon fast vier Jahre in Miller's Dam lebte. Jedermann begriff die Parabel. Krakatau war eine Vorahnung der Wasserstoffbombe und des nuklearen Krieges. Die schreckliche Warnung wurde um so eindringlicher, weil das geschilderte Ereignis in der Vergangenheit geschehen war und verarbeitet und erfaßt werden konnte, solange noch Hoffnung bestand. *Armageddon* wurde in vierzigtausend Exemplaren verkauft. Ein Paperback-Verlag erwarb die Nachdrucksrechte für eine riesige Summe. Es erschienen neunzehn ausländische Ausgaben, und ein Television-Konzern erwarb die Produktionsrechte für ein zweistündiges Fernseh-Drama.

Das war ihr glücklichstes Jahr in Miller's Dam und auch das glücklichste ihres achtjährigen Ehelebens. Im Herbst, einen Monat vor seinem Geburtstag, schenkte Craig, durch Harriet ermutigt, der inneren Stimme Gehör, die ihn schon seit langem gequält hatte. Der Schauplatz seiner bisherigen Romane war immer die Vergangenheit gewesen, und es schien ihm, als vermeide er damit unbewußt die aktuellen harten Realitäten, als verstecke er sich vor den heutigen Menschen und ihren Problemen und auch vor sich selbst hinter historischen Gestalten. Der neue Roman würde in der Gegenwart spielen, und er nannte ihn *Rückkehr nach Ithaka*.

Am Morgen seines Geburtstages durfte Harriet das erste Kapitel lesen, und am Nachmittag wanderten sie durch die Wiesen und redeten und redeten und beschlossen, ein Kind zu adoptieren. Am Abend regnete es, und trotz seines Protestes schleppte Harriet ihn zum Lawson-Country-Club, dessen Mitglieder sie waren und wo er völlig überrascht wurde von der festlichen Party, die Harriet für ihn vorbereitet hatte. Sie aßen, tanzten; er trank vier Drinks und Harriet zwei. Er trank sonst nur sehr selten, außer bei Gesellschaften, und dies war doppelt so viel als sonst. Er fühlte sich wohl und sagte zu Harriet, er wolle nach Hause, um sie in die Arme zu nehmen. Um Mitternacht stahlen sie sich davon, und er fuhr mit seinem neuen Tourenwagen über die regennasse Autostraße, um nach Hause und ins Bett zu kommen. Zehn Minuten später war Harriet Craig tot, und Andrew Craig lag bewußtlos über dem Steuerrad seines Wagens.

Leah Decker pflegte Craig im *Joliet-Hospital* und brachte ihn zurück in das leere, ihn verhöhnende Haus. In den Monaten, in denen er im Bett lag, und später, als er auf Krücken ging, war er weder verzweifelt noch schwermütig. Sein Kopf war leer, unfähig zu denken. Leah war immer anwesend, putzend, nähend, kochend und zuhörend, falls er etwas sagen wollte. Dann gab sie, ohne es ihm zuvor mitzuteilen, plötzlich ihren Beruf und ihr Appartement in Chicago auf, verabschiedete ihren schüchternen jungen Verlobten und zog zu ihm, um ihm den Haushalt zu führen.

In den drei Jahren, die darauf folgten, war sich Craig nicht immer sicher, ob er Leah um sich haben wollte, weil er jemanden brauchte, oder ob sie sich ihm deshalb unentbehrlich gemacht hatte, weil sie jemanden brauchte. Jedenfalls blieben ihm, als er seine Krücken endlich weglegte, in übertragenem Sinn noch immer zwei Krücken: die eine war Leah, die andere der Whisky.

Leah hatte die erste Flasche ins Haus gebracht, und sie trank auch mit ihm, wenigstens während der ersten Monate. Aber da sie sich aus Alkohol wenig machte, trat sie ihren Platz später an Lucius Mack ab.

Anfangs brachte der Whisky nur wenig Erleichterung, weil Craig, wie er es bisher gewohnt war, nur wenig zu sich nahm und sehr bald wieder nüchtern wurde. Aber nach und nach begann er mehr zu trinken, und das war sehr viel besser, denn nun gab es etwas, worauf er sich freuen konnte: das Trinken nämlich machte Harriets Verschwinden völlig unwirklich. Das war in einer Hinsicht gut, andererseits aber, nach dem Erwachen, doppelt grausam, so daß er daraufhin neuerlich zur Flasche greifen mußte ...

Mehrmaliges Klopfen an der Tür brachte ihn von einer Sekunde zur andern wieder in die Gegenwart und in den Zug von Malmö nach Stockholm zurück.

Lilly.

Er sprang vom Bett auf. Sie war zur rechten Zeit gekommen, und er war ihr dankbar dafür. Er hatte sich allzusehr in Erinnerungen verloren; Lilly und die Whiskyflasche waren die Rettung.

Er ging zur Tür und riß sie auf, sah aber niemand. Dann entdeckte er zu seinen Füßen die Flasche, hob sie auf und bemerkte, daß ein Stück Papier mit einem Gummiband daran befestigt war. Darauf stand: *Willkommen in Schweden. Lilly Hedqvist. Polhemsgatan 172 C, Stockholm.*

Willkommen in Schweden!

VIERTES KAPITEL

Das siebenstöckige *Grand-Hotel* in Stockholm, Quai S. Blasieholmsh 8, lag dem majestätischen Königlichen Schloß auf der anderen Seite des Strommen-Kanals fast ebenso majestätisch gegenüber.

Wenige Hotels in Europa, und keine in Skandinavien, übertreffen das *Grand-Hotel* in Stockholm. Es war 1874 erbaut worden, als Ulysses S. Grant Präsident der Vereinigten Staaten und Benjamin Disraeli Premierminister von England waren, und abgesehen von gewissen Renovierungen der Zimmer und Appartements in den letzten zehn Jahren, war es unverändert, stolz auf sein Alter und seinen Ruhm.

Es hatte genau zweihundertsiebenundneunzig Zimmer, zu deren Bedienung ein geschultes Personal von fünfhundertfünfzig Männern und Frauen zur Verfügung stand, und sechs Luxus-Appartements, jedes mit einem Vorraum, einem Wohnraum, einem Schlafzimmer mit Doppelbett oder zwei Schlafzimmern mit einfachem Bett, einem großen Badezimmer mit Doppelwaschtisch und allem Komfort, und jedes Jahr um diese Zeit waren alle Zimmer vergeben und die Appartements für die Nobelpreisgewinner reserviert, die sich in Stockholm versammelten. Die sich über sieben Tage erstreckende Benutzung dieser Räume und das in Europa übliche Frühstück wurden von der Nobelstiftung bezahlt.

In diesem Jahr waren fünf von den sechs Luxus-Appartements reserviert worden, und am Morgen des dritten Dezember waren vier dieser fünf Appartements von den Gästen der Nobelstiftung aus Paris, Rom, Georgia, California schon besetzt, während das fünfte für den verspätet eintreffenden Preisträger für Literatur aus Wisconsin bereitstand.

Die vornehme Limousine des Auswärtigen Amtes bog in eleganter U-Kurve um die Reihe der geparkten Taxis auf dem Quai und hielt vor dem pompösen Eingang des *Grand-Hotels*.

Andrew Craig, in eine Ecke des Fonds verdrängt durch Ingrid Pahls umfangreiche Gestalt, war während der ganzen Fahrt vom Bahnhof her ziemlich wortkarg gewesen, Leah hingegen plauderte nervös, brachte phantastische Entschuldigungen vor wegen der Änderung ihrer Pläne in Kopenhagen und geriet über alles in Entzücken, was sie vom Fenster aus sah. Craig dagegen hatte kaum einen Blick nach draußen geworfen. Aber seine Gleichgültigkeit und sein Schweigen rührten nicht vom Whisky her, den er nachts getrunken hatte, sondern von einem wachsenden Widerwillen, das Hotel wiederzusehen, in dem Harriet und er vor zehn Jahren ihre erste Nacht auf ihrer Hochzeitsreise im Ausland verbracht hatten.

Jetzt waren sie angekommen, und das von Gefühlen bedrängte Wiedersehen war nicht zu vermeiden. Der Portier in einem langen Uniformmantel, der ihm das Aussehen eines geflüchteten weißrussischen Offiziers gab, hatte die Wagentür geöffnet und stand stramm, die Finger am Mützenrand. Krantz kletterte zuerst heraus, dann folgten Graf Bertil Jacobsson, Leah und Ingrid Pahl, und als letzter kam Craig.

Während die Hausdiener sich um das Gepäck kümmerten, stand Craig auf der hölzernen Promenade, in die herrliche Aussicht versunken, an die er sich so gut erinnerte. Der Strommen-Kanal floß träge unter der blassen Sonne dahin. Am Ufer gegenüber lagen zwei Ausflugsdampfer vor der Nationalgalerie vor Anker. Dahinter lag wie ein antiker Löwe mit ausgestreckten Pranken das vertraute Königliche Schloß aus dem achtzehnten Jahrhundert, und in der Ferne tauchte der spitze Turm der Riddarholm-Kirche auf. Über den Kanal, die neue Stadt mit der Altstadt verbindend, streckte sich die Strömbronbrücke, bevölkert von Fußgängern, Autos und einer Straßenbahn. Weit draußen war das Königliche Opernhaus zu sehen, und dahinter befand sich, wie er sich erinnerte, der verkehrsreiche Gustav-Adolfs-Torg.

Nichts hatte sich verändert, gar nichts. Auch die große Halle, die er dann betrat, war so gewaltig wie damals, und zwischen den beiden Säulen und dem Gesellschaftsraum und beiderseits der Säulen waren die Lifts in ständiger Bewegung. Langsam ging er durch die Halle nach rechts und kam zum kleineren Lesesaal mit seinen tiefen Sesseln und schimmernden Schaukästen voll Guerlain-Parfüms, Silvanders-Krawatten, Kosta-Gläsern, Sjörgren-Schmuck. Die hohe Tür daneben, mit dem Schild »Grands-Veranda«, führte in den Frühstücksraum. Auf dem Gang befanden sich noch mehr Schaukästen mit Orrefors-Vasen und Jensen-Silber, dann kam ein Süßwarenladen, und plötzlich stieß er auf den schmalen Zeitungsstand mit seinen vielen ausländischen Zeitungen und Zeitschriften. Hierher war Harriet jeden Nachmittag gegangen, um vor dem Cocktail die schon einen Tag alte Pariser Ausgabe der *New York Herold Tribune* zu kaufen.

Es berührte ihn nicht. Er spürte keinerlei Sehnsucht. Keine bittersüße Erinnerung schmerzte im Innern. Nichts hatte sich verändert, nur er selbst.

Als er sich zu den andern gesellte, die wartend am Empfangstisch standen, trat Jacobsson auf ihn zu. »Entschuldigen Sie, daß ich Sie aufgehalten habe«, sagte er liebenswürdig, »aber es lag ein Irrtum vor wegen Ihrer Zimmer. Man gab Ihnen das Appartement zweihundertfünfundzwanzig. Es ist eines der begehrtesten mit Aussicht auf den Kanal, aber es hat nur einen Schlafraum mit einem Doppelbett. Man war der Meinung, Sie seien verheiratet.«

Leah stieg die Röte ins Gesicht. »Was werden Sie nun tun?«

»Ich erklärte es ihnen. Sie bekommen natürlich dasselbe Appartement, aber es muß noch ein daneben liegendes Einzelzimmer frei gemacht werden. In einer Stunde wird es bereit sein. Es ist durch eine Tür mit dem Wohnraum verbunden. Aber das Appartement selbst ist beziehbar.«

»Ich kann das Auspacken nicht hinausschieben«, sagte Leah.

Mit Jacobsson und Krantz ging sie zum Aufzug. Ingrid Pahl wollte ihnen nacheilen, aber Craig hielt sie zurück.

»Miss Pahl, ich – wo kann ich hier etwas zu trinken bekommen?«

»Sie meinen Kaffee?«

»Ich meine Whisky.«

Sie verbarg ihre Verwirrung, und Craig hatte Verständnis dafür, da er wußte, daß es erst neun Uhr vierzig vormittags war.

»Nun, natürlich, Mr. Craig –«

»Es ist eine anstrengende Reise gewesen, und ich lebe immer noch nach der Wisconsin-Zeit. Ich kann mir nichts Widerwärtigeres denken als Whisky vor dem Frühstück, fürchte aber, daß ich jetzt etwas zum Aufmuntern brauche.«

Die Erklärung klang plausibel. »Hier, ich will Ihnen den Weg zeigen«, sagte Ingrid Pahl, sich bei ihm einhakend. »Haben Sie etwas dagegen, wenn ich Ihnen Gesellschaft leiste? Ich könnte ganz gut einen heißen Kakao brauchen.«

Sie fanden einen Tisch gleich neben der Tanzfläche auf der einen Seite des Wintergartens. Mit Ausnahme von einigen anderen Paaren lag der Riesenraum – Craig war er immer wie ein für ein Wettspiel geschmückter College-Sportplatz erschienen – wie ausgestorben da. Um diese Zeit frühstückten die meisten Gäste oben in ihren Zimmern oder unten im Frühstücksraum.

Craig bestellte für Ingrid Pahl einen Kakao und Toast mit Butter und für sich einen doppelten Whisky mit Soda.

»Es war schwieriger, einen Drink zu bekommen, als ich letztes Mal hier war«, sagte er, um eine Unterhaltung in Gang zu bringen.

»Wann war das?«

»Vor zehn Jahren.«

»O ja, damals stand der Alkoholverbrauch unter Kontrolle nach diesem schrecklichen Bratt-System. Es läßt sich nicht leugnen, daß wir ein

Volk von Trunkenbolden sind – oder jedenfalls von starken Trinkern. Es liegt wohl an den langen Winternächten – an der Feuchtigkeit, der Düsterkeit in dieser Zeit des Jahres –, das bringt die Männer dazu, zum starken *brännvin* zu greifen. Aber Dr. Ivan Bratt – Sie wissen, sein Staatsgesetz zur Kontrolle des Alkoholverkaufs wurde schon 1919 erlassen – machte die Sache nicht besser, eher noch schlimmer.« Die Schriftstellerin erging sich in Erinnerungen an jene Jahre und sagte dann abschließend: »Ich bin stolz, daß der *Riksdag* 1955 mit überwältigender Mehrheit für die Abschaffung der Alkoholkontrolle stimmte, nachdem Bratt so heftig angegriffen worden war, daß er nach Frankreich ins Exil ging. Man kann nicht den Durst eines ganzen Volkes reglementieren. Ich selbst trinke nicht – oh, einen kleinen Schluck oder zwei abends vor dem Zubettgehen oder um mich in Stimmung zu halten. Trotzdem war ich dagegen. Allerdings ist schon wieder eine neue Ungerechtigkeit entstanden. Der Preis für eine Flasche Alkohol und die Steuer darauf machen ihn zu etwas sehr Kostspieligem. Das bevorzugt die Reichen und benachteiligt die Arbeiter und die Armen. Jedermann, der meine Bücher liest, glaubt, ich sei eine überspannte alte Frau, die auf dem Land lebt und sich nur mit der Schönheit der Natur und mit dem Beobachten der Vögel beschäftigt, aber das stimmt nicht ganz, Mr. Craig. Ich interessiere mich für jede Ungerechtigkeit. Ich verabscheue sie auf jedem Gebiet.«

»Ich stehe auf Ihrer Seite«, sagte Craig. Er hatte über Ingrid Pahl gelesen, aber keines ihrer Bücher, daher hatte er sich keine Vorstellung von ihr machen können. Aber nun gefiel sie ihm ganz außerordentlich.

»Hier kommt Ihr Drink«, sagte sie. »Sicherlich habe ich Sie ganz fürchterlich durstig gemacht.«

Ingrid Pahl hob ihre Tasse Kakao. »Nieder mit Bratt und *skal!*« sagte sie.

»*Skal* und nieder mit Bratt!« erwiderte Craig und trank.

»Hier habe ich Ihr Programm«, sagte sie und deutete auf ein zusammengefaltetes Papier, das sie aus ihrer Tasche gesucht und neben ihren Teller gelegt hatte. »Möchten Sie es jetzt ansehen?«

»Ich werde es später lesen. Was sind die Glanzpunkte?«

»Der erste Glanzpunkt ist heute um zwei Uhr im *Schwedischen Presseclub*. Sie und die anderen Preisträger werden feierlich von der Weltpresse interviewt. Heute abend um sieben gibt es Cocktails und Abendessen im Königlichen Schloß in Anwesenheit des Königs. Abendanzug ist nur für die Nobilität vorgeschrieben. Morgen gibt es eine große Stadtbesichtigung. Graf Jacobsson und ein Attaché werden Ihre Führer sein. Übermorgen ein großes Dinner auf dem Land, zu dem Ragnar Hammarlund, unser Industriemillionär, einlädt. Die Teilnahme ist freiwillig, aber als Schriftsteller würde ich das nicht versäumen. Von da ab alle möglichen kleineren Veranstaltungen bis zu der letzten Nobelzeremonie im *Konserthuset* um fünf Uhr nachmittags. Wirbelt Ihnen der Kopf?«

Craig lächelte. »Ein wenig.« Er schaute auf seine Uhr. »Sagten Sie, daß ich schon in vier Stunden all diesen Reportern Rede stehen muß?«

»Leider, ja.«

»Wie sind diese Pressekonferenzen? Geht es da stürmisch zu?«

»Sehr.«

Er setzte sein Glas an die Lippen. »Dann wird es besser sein, wenn ich noch einen zweiten Drink bestelle.«

Es war zwei Uhr zehn nachmittags, und die vier Pressekonferenzen der Nobelpreisträger waren schon im Gang.

Mit einem Seufzer der Erleichterung ließ sich Graf Bertil Jacobsson in den steiflehnigen Stuhl der Garderobe im zweiten Stock des *Schwedischen Presseclubs* sinken. Unter seiner Anleitung und der seiner Sekretärin Astrid Steen waren die Räume des Clubs für diese Interviews vorbereitet worden. Die große Halle hinter der geschlossenen Tür der Garderobe war durch ein halbes Dutzend spanischer Wände in zwei voneinander getrennte Räume geteilt worden. Das Ehepaar Dr. Marceau wurde in der einen Hälfte untergebracht und Professor Stratman in der anderen. Das etwas enge Lesezimmer jenseits der Halle war Dr. Farelli und Dr. Garrett zugewiesen worden, der zunächstliegende, etwas größere Gesellschaftsraum Mr. Craig.

Die fünfzehn Minuten vor der Pressekonferenz, während die Preisträger sich in der Halle versammelten, einander vorgestellt wurden und Sherry und Whisky mit Eis angeboten bekamen, waren für Jacobsson und offensichtlich auch für alle anderen Beteiligten seltsam unbehaglich gewesen. Persönlich schien jeder von ihnen umgänglich, ja sogar liebenswürdig zu sein, aber zusammen, als geschlossene Gruppe, fanden sie keinen Kontakt, so daß Jacobsson mit aufrichtiger Dankbarkeit die Ankunft der ersten Presseleute begrüßt und Frau Steen beauftragt hatte, die Preisträger in die separaten Räume zu führen.

Er selbst hatte den Gedanken gehabt, die Pressekonferenzen gleichzeitig abzuhalten, was bisher noch nie geschehen war, weil er glaubte, daß dies eindrucksvoller sei. Verschiedene lokale Zeitungsbesitzer hatten dagegen protestiert, weil er sie zwang, vier Reporter statt nur einen zu beauftragen. Aber Jacobsson war hartnäckig geblieben. Die Tatsache, daß jede Zeitung mehrere Reporter benötigte, mußte seiner Meinung nach der Presse die große Bedeutung der Nobelwoche zum Bewußtsein bringen. Überdies nahm er an, daß das gleichzeitige Erscheinen der Interviews mit allen sechs Preisgewinnern in den vier Kategorien auf die internationale Leserschaft einen sehr viel größeren Eindruck machen würde.

Das Gästebuch, das geöffnet vor ihm lag, bezeugte jedenfalls einen Erfolg. Er blätterte die vier Seiten durch und schätzte, daß mindestens einhundert Reporter anwesend waren. Vertreter aller schwedischen Zeitungen und Zeitschriften hatten sich eingeschrieben und auch, soviel er sehen konnte, die der großen Wochenzeitungen aus aller Welt. Der *Spiegel*, Hamburg, *Swiat*, Warschau, *L'Express*, Paris, *Il Mondo*, Rom, der *Spectator*, London, *Life*, New York, und *O Cruceiro*, Rio de Janeiro. Und vor allem waren auch die Auslandsvertreter der wichtigen Nachrichtenagenturen anwesend, *Associated Press* und *United Press International* und *Consolidated Newspapers*, Amerika, *TASS*, Rußland, *Reuter*, Großbritannien, *Agence France-Presse*, Frankreich, und viele andere.

Er erwachte aus seinen Gedanken, als sich die Tür zur Halle leise öffnete. Frau Steen kam auf den Fußspitzen herein und schloß die Tür hinter sich.

»Wie geht es?« fragte er besorgt.

»Ganz gut, soviel ich feststellen kann, Graf Jacobsson.«

»Kein Kummer mit den Presseleuten?« Jacobsson hatte nichts gegen gutmütige Scherze. (Genau wie die Reporter hatte er sich bei der Pressekonferenz im Jahr 1960 über den Spaß gefreut, den sie sich mit dem jungen Dr. Donald Glaser, dem amerikanischen Preisträger für Physik, erlaubt hatten. Dr. Glasers Reise nach Stockholm war zugleich seine Hochzeitsreise gewesen, und ein paar Reporter hatten Mrs. Glaser im Scherz gefragt: »Wußten Sie, daß er den Nobelpreis bekommen würde – haben Sie ihn deshalb geheiratet?«) Aber Jacobsson konnte es nicht leiden, wenn man die berühmten Persönlichkeiten in die Enge trieb. Jedes Jahr hatte es ein paar Reporter gegeben, die unverschämte oder allzu persönliche Fragen stellten, um Stoff für ihre Artikel zu bekommen.

»Die Presse benimmt sich recht zahm«, sagte Frau Steen, »aber sie sind ja noch bei den ersten Runden. Noch einige Drinks, und –« Sie zuckte die Achseln.

Jacobsson richtete sich auf. »Vielleicht sehe ich besser selber nach, ob die Interviewer zudringlich werden. Die Gäste fühlen sich vielleicht sicherer, wenn sie ein vertrautes Gesicht und einen Verbündeten erblikken.«

So leise wie möglich setze sich Graf Bertil Jacobsson auf einen leeren Klappstuhl im Hintergrund und spähte zwischen etwa fünfzehn oder zwanzig Pressevertretern durch, um festzustellen, wie Dr. Denise Marceau und Dr. Claude Marceau sich aus der Affäre zogen.

Claude Marceau sprach zu einem Reporter in der ersten Reihe, jeden Satz abwägend und seine brennende Zigarette schwenkend. Mit seinem vollen ergrauenden Haar, dem ernsten, fast schönen Gesicht und seinem gutsitzenden dunkelgrauen Anzug machte er den Eindruck von Sicherheit und Überlegenheit. Am anderen Ende des Diwans, mindestens einen Meter von ihm entfernt, saß Denise Marceau. Sie schaute ihren Gatten nicht an, während er sprach. Im Gegenteil, sie schien ihm kaum zuzuhören. Sie saß sehr aufrecht, die Knie dicht beisammen, ihre Hände bearbeiteten ein Taschentuch in ihrem Schoß, und Jacobsson schickte ein Gebet zum Himmel, daß *Madame le docteur* endlich etwas Amüsantes sagen möge.

Doch Denise Marceau hörte recht wohl den Monolog ihres Gatten. Er hypnotisiert sie, dachte sie. Er will sie beeindrucken, das große Genie bietet wohlgeformte Sätze und Meinungen vom Olymp dar.

Und dann dachte sie: Ich möchte wissen, was die Reporter sagen würden, wenn ich ihnen erzählte, in welcher Situation sich der alte Wüstling befand, als ich ihm mitteilte, daß wir diesen verdammten Preis erhalten haben. Und ich möchte wissen, wie sie darauf reagierten, wenn ich nun plötzlich aufstehen und Claude anschreien würde »Oh, *merde*!« und einfach fortginge.

Dieser Einfall gefiel Denise und zauberte ein Lächeln auf ihre Lippen, und sie gewahrte, daß der alte schwedische Graf in der hintersten Reihe ihr Lächeln bemerkt hatte und es erwiderte. Für einen Augenblick wurde ihr leichter ums Herz. Sie sagte sich, daß sie, wenn sie sich von Claude scheiden ließ (und sosehr ihr das widerstrebte, sie sah heute nachmittag keine andere Möglichkeit), auf eigenen Füßen stehen müsse. Ihre Zukunft gründete sich dann auf den Ruhm, eine der beiden neuen Curies zu sein. Es durfte nicht geschehen, daß Claude sie hilflos zurückließ – als sei sie von ihm abhängig. Der Nobelpreis war ihr Sprungbrett, wichtiger für sie als für ihn. Erlaubte sie ihm, sich als der Überragende hinzustellen, würde die Welt glauben, daß er allein die Ehrung verdiente. Sie hatte die Pflicht zu beweisen, daß es auch ihr Preis war; damit versicherte sie sich der nächsten Zukunft.

»... und so brachen wir unsere Forschungen über das Ko-Enzym A ab«, sagte Claude soeben, »und konzentrierten unsere ganze Aufmerksamkeit auf diese neue Möglichkeit, männliche Samen zu konservieren.«

Denise sah ihren Augenblick gekommen.

»Hast du ihnen genau erzählt, Lieber, wie wir auf dieses neue Projekt stießen?« fragte sie mit etwas gezwungenem Lächeln.

»Nun, wie du ja gehört hast, erzählte ich, daß wir beide –«

»Natürlich. Aber ich meine die *ganze* Geschichte, Lieber.«

Der Reporter vom Stockholmer *Expressen* in der ersten Reihe bekundete sofort sein Interesse. »Was ist die ganze Geschichte, Frau Dr. Marceau?« fragte er sie.

Denise überließ Claude seiner Verwirrung und nahm entschlossen die Zügel an sich. »Ich finde, es ist recht amüsant, ein ironisches Streiflicht, daß bei der Entdeckung, für die wir geehrt wurden, männliche Spermatozoen im Mittelpunkt stehen, während die Initiative zu dem Projekt selbst von einer Frau kam. Wie mein Gatte mir großmütig zugestehen wird, war *ich* es, die ganz zufällig – aber wer weiß, vielleicht ist nichts Derartiges reiner Zufall – die betreffende Möglichkeit zur Sprache brachte.«

Der *Expressen*-Mann spitzte die Ohren. »Pardon, Dr. Marceau, sagten Sie eben, daß Sie ohne Ihren Mann die Entdeckung machten?«

Denise spürte, daß der Diwan unter Claudes ärgerlichem Zusammenzucken erbebte, und sie freute sich darüber. Aber sie würde sich keine Sympathien gewinnen, wenn sie sich jetzt die Zügel aus der Hand nehmen ließ. »Oh, nichts dergleichen! Mein Mann und ich arbeiteten eng zusammen, *nachdem* ich von dieser Möglichkeit gesprochen hatte. Schreiben Sie nichts Falsches darüber, wir sind ein Team. Wir sind ein *ensemble*. Alles, was ich zu sagen versuchte – und ich dachte, es würde die Herren amüsieren –, war, daß jemand die Hypothese aufstellen mußte und daß in diesem Fall zufällig ich es war.«

»Ja, in diesem Sinne ist es wahr«, bestätigte Claude allzu rasch, allzu ängstlich, als wolle er eine Gefahr verhüten und Streit vermeiden. »Vor sechs Jahren – wir aßen mit Kollegen zu Mittag – diskutierten wir über eine neue Abhandlung über die weibliche Eizelle. Das Gespräch wandte sich zur Vererbung – zur Beeinflussung der Vererbung –«

»– und ich sagte –«, unterbrach Denise, entschlossen, die Aufmerksamkeit der Presse auf sich zu konzentrieren, »ich erinnere mich noch ganz genau –, ›es müßte demnach möglich sein, die lebende Samenzelle Karls des Großen oder eines Erasmus oder die unbefruchtete Eizelle einer Kleopatra zu konservieren und sie heute, mit modernen Mitteln, einzupflanzen, obwohl ihre Spender schon seit Jahrhunderten tot sind‹! Das waren meine Worte, und das war unser Beginn.« Sie wandte sich freundlich lächelnd ihrem Gatten zu. »Erinnerst du dich, Lieber?«

»Ja«, entgegnete er matt, »es war eine zufällige Bemerkung. Und dann machte *ich* den Vorschlag« – ah, dachte Denise, er ärgert sich, gut, sehr gut –, »daß wir uns weiter mit der Sache beschäftigten.« Er blickte die Reporter an. »Und das taten wir, sechs Jahre lang, zusammen.«

Denise lachte strahlend in die vielen Gesichter. »Ich hätte es niemals *allein* tun können. Mein Mann war wundervoll. Es war ein Werk engster Zusammenarbeit. Zwischen uns gibt es etwas wie Telepathie, man könnte es fast ein mystisches Bündnis nennen. Ich weiß, was er denkt, er weiß, was ich denke, und wir gewinnen kostbare Zeit durch dieses Wahrnehmungsvermögen.«

Der Mann von der *Agence France-Presse* hob die Hand. »Dr. Marceau«, fragte er Denise, »könnten Sie uns nicht allen klarmachen – nicht in wissenschaftlicher Darstellung, denn wir sind Laien –, um was es sich bei Ihrer Entdeckung handelt? Waren Sie die ersten auf diesem Gebiet, oder hatten schon andere an demselben Problem gearbeitet?«

»Nun, das sind zwei Fragen, aber ich werde tun, was ich kann, sie beide zu beantworten«, erwiderte Denise mit einem reizenden Lächeln. »Was unsere Entdeckung erst möglich machte, war die erfolgreiche Durchführung der künstlichen Befruchtung beim Menschen. Das wurde schon vor hundertfünfzig Jahren in London versucht. Der größte Fortschritt bei der künstlichen Befruchtung wurde neunzehnhundertneununddreißig in Amerika von Dr. Gregory Pincus von der Clark-Universität gemacht, wenn ich mich recht erinnere. Er verpflanzte die befruchtete Eizelle eines weiblichen Kaninchens in ein anderes weibliches Kaninchen, und es brachte tatsächlich Junge zur Welt. Jetzt wird trotz der Opposition der Kirchen und manchmal auch trotz gesetzlicher Schranken die künstliche Befruchtung – es bedarf übrigens fünfzig Millionen von Samenzellen für eine einzige – schon in großem Maße praktiziert. Allein in Amerika kamen, wie ich erfuhr, fünfzigtausend sogenannte Reagenzglas-Kinder zur Welt, das heißt Kinder, die ohne Geschlechtsverkehr empfangen wurden. Da nun dieser künstliche Weg der Zeugung möglich und offenbar auch willkommen war, so führte der nächste Schritt – der, den mein Mann und ich machten – zur kontrollierten Vererbung.« Sie wandte sich an ihren Mann. »Bevor ich dich auf dieses Gebiet lockte, Claude, wie viele andere haben deiner Meinung nach schon in dieser Richtung geforscht?«

Claude ließ sich nicht dazu herab, sie anzuschauen oder ihr direkt zu antworten. Er richtete seine Erwiderung an den *Agence-France-Presse*-Mann. »Schon neunzehnhundertsechsundvierzig konservierte in Frankreich Professor Jean Rostand die Samenzellen eines Frosches. In London wurde der Samen eines Bullen durch Behandlung mit Glyzerin und Kohlenstoffteilchen am Leben erhalten. Das Problem war nämlich, den männlichen Samen vor dem Verderben zu bewahren, damit er übertragen werden konnte. Bei der künstlichen Befruchtung war der Same des Spenders selten älter als zwei Stunden. Es handelte sich also darum, dieselben männlichen Samenzellen nicht nur zwei Stunden, sondern zwei Monate oder zwei Jahre oder zwei Jahrhunderte lebendig zu erhalten und dabei auch ihre Fähigkeit, das weibliche Ei zu befruchten, zu konservieren. Die beiden Amerikaner Dr. Pincus, von dem meine Frau sprach, und Dr. Hudson Hoagland machten gemeinsam bemerkenswerte Experimente auf diesem Gebiet. Sie hielten es für möglich, daß ein Genie eine Familie von einigen hundert Köpfen erzeugen könne, und zwar noch ein Jahrhundert nach seinem Tod – wenn man seine Samenzellen in verglastem Zustand zu konservieren vermöchte. Die Hoffnungen, die das für die Menschheit eröffnete, waren überwältigend. Professor Rostand bemerkte hierzu: ›Durch ein System künstlicher Züchtung kann die Anzahl von Menschen hoher Qualität größer – in der Tat, sehr viel größer – werden, als sie es zu unserer Zeit ist.‹ Unser Ziel war nun, diesen Traum zu verwirklichen, und ich bin stolz, daß es uns gelungen ist.«

»Und auf welchem Wege?« fragte der Reporter von der *Agence France-Presse.*

»Ich versprach Ihnen, diese Frage zu beantworten«, sagte Denise rasch, womit sie das Gespräch wieder an sich riß. »Vor allem mußten wir dem Problem der Verglasung zu Leibe rücken. Wir folgten dabei den Spuren anderer Genetiker – das heißt, wir verwandten Glyzerol, um die Samenzellen zu schützen, bevor wir sie zum Gefrieren brachten und später wieder auftauten. Aber wir fanden, daß Glyzerol nur in etwa sechzig Prozent aller Fälle wirksam war. Nur sechs von zehn menschlichen Samenzellen überlebten diesen Einfrierungsprozeß bei einhundert Grad unter null Grad Fahrenheit. Das Problem, das uns quälte, war, einen höheren Prozentsatz von Samenzellen zu erreichen, die das Einfrieren überlebten, und sie nicht nur ein paar Monate, sondern viele Jahre im Kühlraum lebendig zu erhalten. Nach endlosen Versuchen und Irrtümern – ich glaube, Claude hätte oft die Versuche am liebsten abgebrochen, aber ich bestand in weiblicher Hartnäckigkeit eigensinnig auf der Fortsetzung – entdeckten wir schließlich die Mischung, die wir P-vierhundertsiebenunddreißig nannten, und unsere Experimente haben bewiesen, daß wir eine männliche Samenzelle trotz Scheintod mehr als fünf, wahrscheinlich aber zehn Jahre lebendig erhalten können.«

»Großartig«, sagte der Reporter von der *Agence France-Presse* und machte, gleich den anderen, eifrig Notizen.

»Frau Doktor«, richtete der *Svenska-Dagbladet*-Reporter das Wort an sie, »Sie gingen davon aus, daß die lebenden Samenzellen Karls des Großen oder eines Erasmus in eine heute lebende Frau verpflanzt werden könnten. Dr. Marceau, Ihr Mann, sprach von toten Genies, die mit ihren zur Gefrierung gebrachten Samen der heutigen Welt Kinder, Familien von vielen hundert Köpfen, schenken könnten. Glauben Sie aufrichtig daran, daß dies Wirklichkeit werden kann?«

»Selbstverständlich«, erwiderte Denise lächelnd. »Ich bin vor allem Wissenschaftlerin, aber außerdem eine Frau und dazu eine Romantikerin.« Sie warf einen fröhlichen Blick auf Claudes düsteres Gesicht. »Mein Mann hat – vielleicht zu unserem Vorteil – nicht soviel Sinn für romantische Phantasie. Sein Leben ist das Reagenzglas. Aber stellen Sie sich nur vor: Wenn unser P-vierhundertsiebenunddreißig in den letzten fünfhundert Jahren zur Verfügung gestanden wäre, hätten wir heute vielleicht eine Konservenbank mit den lebenden, zeugungsfähigen Samen von Galilei, Pasteur, Newton, Darwin, Voltaire, Milton,

Goethe, Balzac, Guy de Maupassant, Garrick, Casanova, Napoleon Bonaparte, Nietzsche, Benjamin Franklin, und schon morgen früh könnte ich an diese Konservenbank gehen, die Samen von irgendeinem dieser Genies herausholen, auftauen und damit auserwählte Frauen in Schweden, England, Amerika und meinem eigenen Heimatland befruchten, und im nächsten Herbst würden plärrende Söhne und Töchter geboren werden, die vor Jahrzehnten oder vor Jahrhunderten von Galilei oder Goethe oder Benjamin Franklin gezeugt wurden.«

In die darauffolgende allgemeine Heiterkeit hinein fragte der *Associated-Press*-Reporter: »Welchem Gebiet werden Sie sich jetzt zuwenden?«

Denise wies mit einer zurückhaltenden Geste auf Claude. »Diese Antwort möchte ich lieber meinem Mann überlassen.«

Claude fühlte sich überrumpelt. »Ich – ich weiß noch nicht – wir haben verschiedene Projekte, aber es ist noch zu früh – wir sind noch nicht entschlossen ...«

Ein bejahrter Kellner in weißem Jackett erschien mit einem Tablett voller Gläser, einige mit Sherry, die anderen mit Whisky gefüllt. Er schaute Denise fragend an, sie nickte, ließ sich von ihm einen Whisky geben und machte es sich dann, zufrieden mit sich, auf dem Diwan bequem. Sie beobachtete, wie die Pressemitglieder sich ebenfalls einen Drink nahmen und dabei miteinander flüsterten.

Plötzlich gewahrte sie, daß Claude ihr näher gerückt war und daß auf seinem Gesicht ein Ausdruck blinder Wut lag.

»Ich sehe, du hast mich völlig ausgebootet«, sagte er mit leiser, zitternder Stimme. »Was zum Teufel willst du damit erreichen?«

Es war ein Augenblick, den sie seit Wochen ersehnt hatte, und nun kostete sie ihn aus. Sie lächelte, schwieg eine Weile und meinte dann: »Was ich damit erreichen will? Nun, mein Teurer, ich versuche nur das zu tun, was dein geliebtes Balenciaga-Modell schon längst getan hat.« Ihr Lächeln wurde noch breiter. »Auch ich habe die Macht, dich zu erpressen.«

Entzückt von Dr. Denise Marceaus Verwandlung, benutzte Graf Bertil Jacobsson das Servieren der Erfrischungen, um sich zur Stratman-Pressekonferenz zu begeben.

Er setzte sich auf einen leeren Stuhl in der letzten Reihe und war nicht überrascht, daß er hier mindestens ein Drittel mehr Besucher vorfand als bei der Konferenz, die er eben verlassen hatte. Physik und Literatur fanden stets viel mehr Interesse als Chemie und Medizin. Der Grund dafür lag seiner Ansicht nach darin, daß über Physik und Literatur mehr geschrieben und polemisiert wurde und diese Themen daher auch für den Laien besser verständlich waren.

Als er sich vorsichtig umsah, merkte er zu seinem Erstaunen, daß er direkt neben Carl Adolf Krantz saß. »Oh, das ist eine Überraschung«, sagte er flüsternd. »Was führt Sie hierher? Schreiben Sie für die Presse? Ich dachte, Sie und Ingrid seien froh, diesen Nachmittag frei zu haben.« Krantz nickte seinem älteren Kollegen zu. »Ich konnte unmöglich die Gelegenheit versäumen, den großen Stratman zu hören«.

»Wie behauptet er sich?« wollte Jacobsson wissen.

»Er ist verständlich und souverän«, antwortete Krantz. »Aber sie quälen ihn mit sinnlosen Fragen. Unsere schwedischen Reporter benehmen sich allmählich genauso verrückt wie die amerikanischen.« Er richtete den Blick wieder nach vorn. »Jetzt kommen wir bald zum Hauptthema.«

Doch Professor Max Stratman, weit zurückgelehnt in seinem Ledersessel, die Meerschaumpfeife in der Hand, die Beine behaglich gekreuzt, weilte mit seinen Gedanken immer wieder bei anderen Dingen. Gleich zu Beginn, als er Fragen über seine Reise von Atlanta über New York nach Göteborg beantwortete, war er daran erinnert worden, daß er sich zum erstenmal seit Kriegsende im Ausland befand, nur zwei bis drei Stunden von seinem Heimatland entfernt, und diese Nähe erweckte alte Erinnerungen. Er mußte an seine Kindheit und Jugend denken, an Walther und Rebecca und die kleine Emily – hätte er sich damals vorstellen können, daß sie einmal *seine* Emily sein würde? Vor allem um ihretwillen hatte er diese lange und gefahrvolle Reise unternommen, die, wie er erst nach seiner Ankunft in Stockholm von maßgebender Seite erfahren hatte, nicht notwendig gewesen wäre. Die Nobelstiftung machte gelegentlich Ausnahmen von der Regel, daß ihre Gewinner persönlich erscheinen mußten. Man erzählte ihm, daß Ernest Hemingway, als er den Literaturpreis erhielt, sich gerade von einem Schädelbruch und einer Rückenverletzung, die er bei einem Flugzeugabsturz in Afrika erlitten hatte, erholen muße und daß ihm gestattet wurde, den Scheck über fünfunddreißigtausend Dollar per Post in Cuba entgegenzunehmen. Wäre der Nobelstiftung der Zustand seines Herzens bekannt gewesen, so hätte sie ihm ganz sicherlich dieselbe Rücksichtnahme gewährt wie Mr. Hemingway. Aber er entschied zum zehntenmal, daß es weit besser war, sich dieser Gefahr auszusetzen als sein Leiden der Öffentlichkeit – seinen Kollegen und damit auch Emily – bekanntzugeben.

Die Episode auf dem Schiff hatte bewiesen, daß Emilys Sicherheit nicht unerschütterlich war, und der nicht unerwartete Fehlschlag war ein Rückschlag gewesen. Jetzt, in Stockholm, war sie gereizter als daheim, noch verschlossener, und am Abend zuvor hatte sie sogar die Einladung eines höflichen schwedischen Attachés, sie in die Oper zu führen, abgelehnt. Stratman wurde wieder einmal bewußt, wie sehr sie ihn brauchte und daß er für sie verantwortlich war.

Undeutlich hörte er seinen Namen nennen und vergegenwärtigte sich, daß er sich ja hier befand, um seine Pflicht gegen seine liebenswürdigen Nobel-Gastgeber zu erfüllen.

»Professor Stratman«, wiederholte der Reporter vom Stockholmer *Aftonbladet*, »finden Sie nicht, daß Sie den Nobelpreis eher für eine Erfindung bekamen als für eine Entdeckung?«

»Ich könnte es so nennen, oder genauer gesagt – ich machte eine Entdeckung, und daraufhin machte ich eine Erfindung.«

»Aber trotzdem war es die Erfindung, die Ihnen den Nobelpreis einbrachte.«

»Das ist möglich.«

»Glauben Sie, daß dies eine strikte Befolgung der Wünsche Alfred Nobels ist? Es ist zwar eine Tatsache, daß er, gemäß seinem Testament von achtzehnhundertfünfundneunzig, einen Teil seines Geldes für die ›Persönlichkeit‹ bestimmte, ›die auf dem Gebiet der Physik die wichtigste Entdeckung oder Erfindung gemacht haben wird‹, aber die *Schwedische Akademie der Wissenschaft* hat traditionell Erfindungen ignoriert. Infolgedessen hat Thomas Edison, Ihr amerikanischer Landsmann, der erst neunzehnhunderteinunddreißig starb, den Nobelpreis nicht bekommen. Was ist Ihre Meinung darüber?«

Stratman betrachtete einen Augenblick lang seine Meerschaumpfeife, bevor er aufblickte. »Es wäre anmaßend von mir, sowohl als Gast wie als Nutznießer von Mr. Nobels Testament, mich kritisch darüber zu äußern, wie die *Akademie der Wissenschaft* dieses Testament auszulegen beliebt.« Er machte eine Pause, überlegte kurz und fuhr fort: »Ich denke, es ist fair, Folgendes zu sagen: Soviel ich weiß, wurde der Preis für Physik sehr häufig für Erfindungen verliehen. Die *Akademie der Wissenschaft* hat in keiner Weise Mr. Nobels Wünsche ignoriert. Es fallen mir da verschiedene Fälle ein. Ich denke zum Beispiel an Herrn Guglielmo Marconi. Er erfand achtzehnhundertfünfundneunzig die drahtlose Telegrafie. In England, einen Drachen als Antenne benutzend, demonstrierte er, daß seine Erfindung funktionierte. Bald darauf baute er eine Telegrafenstation für den Papst und sammelte für sich selbst ein Vermögen von fünfundzwanzig Millionen Dollar. Neunzehnhundertneun, glaube ich, wurde er mit dem halben Nobelpreis belohnt für ›Leistungen in der Entwicklung der drahtlosen Telegrafie‹. Das ist nur ein Fall. Ich nenne Ihnen einen anderen, auf einem anderen Gebiet. Neunzehnhundertdrei begann mein Feund Willem Einthoven ein Instrument zu konstruieren, um Herzfehler zu ermitteln. Neunzehnhundertvierundzwanzig erhielt er den Nobelpreis ›für seine Entdeckung des Elektrokardiogramm-Apparates‹. Das war zweifellos eine Erfindung. Ich erinnere mich auch an einen kürzer zurückliegenden Fall. Neunzehnhundertsechsundfünfzig erhielten drei Amerikaner, William Shockley, John Bardeen, Walter Brattain, alle Mitarbeiter der *Bell Telephone Laboratories*, gemeinsam den Nobelpreis für Physik

›für ihre Entdeckung von Transistor-Effekten‹. Auch das war eine Erfindung, die Erfindung des Transistors als Ersatz für Vakuumröhren. Sie brachte die Welt der Elektronen vollkommen durcheinander. Ist also das fotochemische System, das ich entdeckte, um Sonnenenergie zu verwandeln und aufzuspeichern, eine Erfindung? Die Antwort lautet ja – es ist eine Erfindung. Liegt diese Erfindung innerhalb der Grenzen der Nobelpreisverleihungen? Wenn man die historischen Präzedenzfälle abschätzt, lautet auch hier die Antwort ja.«

In der mittleren Reihe hob jemand die Hand und stellte eine neue Frage, aber Stratman bat, die Pfeife hochhaltend, um weiteres Gehör. Er war noch nicht fertig und wandte sich wieder an den eifrig schreibenden *Aftonbladet*-Reporter.

»Ich kann – um ganz offen zu sein – noch einen Punkt hinzufügen«, sagte Stratman. »Sie sprachen davon, die Nobelstiftung habe Thomas Alva Edison übergangen. Strenggenommen war Herr Edison weder ein Physiker noch ein Chemiker, noch ein Mediziner. Er war nichts anderes als ein Erfinder. Ich weiß es nicht, aber möglicherweise machte ihn das ungeeignet für einen Nobelpreis. Ich möchte hierzu sagen, daß er meiner Meinung nach der erstaunlichste Wissenschaftler war, den die Welt jemals hervorbrachte. Er meldete über eintausend Patente an – er erfand den Phonograph, die elektrische Glühlampe, den Vervielfältigungsapparat, den alkalischen Akkumulator, den Kinematograph –, aber er machte nur eine einzige Entdeckung, und zwar den Edison-Effekt, der so wichtig ist für Radio und Fernsehen. Vielleicht lege ich, wie meine Kollegen das nennen, den Hals in die Schlinge, wenn ich weiterspreche, aber in meinem Alter hat das wenig Bedeutung. Ich bin der Meinung, daß zwischen neunzehnhunderteins und neunzehnhunderteinunddreißig Herr Edison einen Nobelpreis für Physik verdient hätte. Das ist keine abfällige Kritik an den Sachverständigen jener Tage. Ihre Aufgabe war gewiß nicht leicht. Sie mußten sich tatsächlich Beschränkungen auferlegen. Unterlassungen sind für mich begreiflich. Ich äußere nur eine Meinung, mit der Ruhe eines Rückschauenden. Herr Edison hätte den Preis erhalten müssen.

Ebenso, da wir schon davon sprechen, hätten meiner Ansicht nach Herr Wilbur Wright, der neunzehnhundertzwölf starb, und Herr Orville Wright, der – einen Augenblick – neunzehnhundertachtundvierzig starb, mit dem Preis für Physik geehrt werden müssen, weil sie das erste brauchbare Flugzeug entwickelten. Jetzt steckt mein Hals tief in der Schlinge, aber Sie sehen, ich trete nicht nur für die Entdeckungen in der Physik ein, sondern auch für die Erfindungen. Ich glaube, das tut auch die *Schwedische Akademie für Wissenschaft* – warum wäre ich sonst hier? –, und sie hat bewundernswert wenige Unterlassungssünden begangen. Die einzige Gesamtunterlassung, die ich kritisieren könnte, ist die erstaunlich geringe Anzahl von Preisen, die sie reinen

Theoretikern zuerteilt hat – sagen wir Wissenschaftlern wie Herrn Einstein und Herrn Bohr und Herrn Schrödinger. Allzu häufig werden Experimentalisten – Entdecker, Erfinder – geehrt. Sie sind wichtig, sehr wichtig, aber die meisten Entdeckungen benutzen und bestätigen entweder Einsteins Relativitätstheorie oder die alte Umwandlung von Kraftwirkungstheorien. Gleichzeitig werden die abstrakten Theoretiker, die Elite der Physik, allzu häufig übersehen. Meiner Ansicht nach ist das der Hauptfehler der heutigen sowjetischen Wissenschaft. Die Russen wenden soviel Geld und Mühe für Satelliten, nukleare Waffen und Raketen auf, daß sie die Grundforschung und abstrakte Theorie vernachlässigen, und eines Tages werden sie dafür büßen müssen.«

Stratman hob den Kopf, blickte den *Aftonbladet*-Reporter an und sagte: »Ich hoffe, das beantwortet Ihre Fragen.« Seine Augen schweiften über die Anwesenden, und er nickte dem Reporter vom Stockholmer *Dagens Nyheter* zu, der eben aufgestanden war.

»Herr Professor«, begann er, »bis jetzt haben wir uns über Entdekkungen und Erfindungen im allgemeinen und über solche der Vergangenheit unterhalten, und ich würde gern einen spezifischen Punkt und die Gegenwart in die Diskussion bringen.«

»Bitte«, stimmte Stratman zu.

»Sie erhielten den Nobelpreis für Physik für die ›Entdeckung und Erfindung eines Systems zur fotochemischen Umwandlung und Aufspeicherung der Sonnenenergie‹ und für die ›praktische Anwendung von Sonnenenergie zur Produktion synthetischer massiver Raketenantriebe‹. Abgesehen davon, daß überall zu lesen war, daß Sie die Sonnenstrahlen eingefangen und einen Weg gefunden hätten, sie aufzuspeichern und zu transportieren, und daß Sie bewiesen, diese Art von Energie produziere Kraftstoff für Raketen und könne damit die aus Kohle und anderen fossilen Quellen gewonnene Energie außer Gebrauch setzen, habe ich nirgends gelesen oder genau erfahren können, was Sie eigentlich getan haben.«

Beifälliges Gelächter erhob sich im Raum, und selbst Stratman beantwortete die Frage mit einem verstehenden Lächeln.

Der *Dagens-Nyheter*-Reporter fuhr ernsthaft fort: »Ich stehe nicht allein mit dem Wunsch, Ihr Verfahren, Ihr Instrument oder Ihren Kraftstoffbehälter, kurzum die Erfindung, für die Sie geehrt wurden, genau kennenzulernen. Ich habe die *Königliche Schwedische Akademie für Wissenschaft* darüber befragt, und sie kann – oder will – mich nicht darüber aufklären. Können Sie es?«

Stratman blickte amüsiert über seine Brille hinweg. »Sie kann Sie nicht darüber aufklären, weil sie es nicht – *genau* – weiß.«

»Herr Professor, ich möchte nicht unhöflich sein – aber wie konnte die *Akademie* Sie für eine Erfindung ehren, über die sie so wenig weiß?«

»Weil, wie man mir erzählte, Ihre schwedischen Forscher in die Vereinigten Staaten kamen und von meiner Regierung und meinen Kollegen über meine Arbeit unterrichtet wurden. Sie bekamen Proben zu sehen. Man zeigte ihnen Resultate in unserer Kraftstoffanlage in der Mojare-Wüste. Aber aus Gründen nationaler Sicherheit konnte man ihnen den Ablauf des Verfahrens, das Speicherungssystem, nicht zeigen.«

Eine Frau von der *United Press International* rief: »Professor Stratman, können Sie uns nicht irgendeine Einzelheit Ihrer Entdeckung bekanntgeben?«

Er schüttelte den Kopf. »Nein. Leider kann ich das nicht.«

»Nicht wenigstens eine Andeutung? Etwas, worüber sich schreiben läßt?«

»Nicht einmal das. Ich bitte Sie sehr um Verzeihung. Es ist eine militärische Information erster Ordnung.«

»Herr Professor«, sagte der Reporter vom *Svenska Dagbladet*, »wenn Sie uns nicht die Geheimnisse Ihrer Erfindung preisgeben dürfen, würden Sie uns nicht wenigstens etwas Allgemeines mitteilen, das uns nützlich sein kann? Warum haben Sie sich für Sonnenenergie interessiert? Welchen Wert hat die Nutzbarmachung der Sonnenstrahlen?«

Die Presse wartete gespannt, während Stratman seine Antwort erwog. Schließlich nickte er zustimmend. »Ja, die Fragen sind fair. Es wäre unrecht, wenn ich Sie mit leeren Händen in Ihre Redaktionen zurückgehen ließe. Nun zu den Fragen. Ich will mich bemühen, keine wissenschaftliche Vorlesung zu halten, sondern Ihnen verständlich zu machen, welches Motiv hinter meiner Arbeit stand und was durch sie erreicht wurde.« Er wies mit der Meerschaumpfeife auf die Fenster. »Dort draußen ist die Sonne. Sie ist hundertneunundvierzig Millionen vierhundertachtzigtausend Kilometer von der Erde entfernt, trotzdem umgibt die äußere Atmosphäre der Sonne unsere Erde, und ihre Strahlen aus Atomenergie – Hydrogen-Atome in Helium-Atome verwandelt – beherrschen unser tägliches Leben. Welche potentielle Energie stellt – nach irdischen Begriffen – die Sonne unserem kleinen Planeten zur Verfügung? Wenn unsere ganze Erde mit einer etwa hundertfünfzig Meter dicken Eisschicht bedeckt wäre und wenn diese zerschmolzen werden könnte – was unmöglich ist –, die Sonnenstrahlen würden die ganze Schicht, jeden Zoll davon, in zwölf Monaten wegschmelzen. Dies nur ein Beispiel für viele. Die Frage war also: Wie kann man diese Kraft beherrschen?«

Stratman machte eine Pause, um den Interviewern Zeit zu geben, seine Ausführungen aufzunehmen und zu notieren. Als die Köpfe sich wieder zu heben begannen, fuhr er fort.

»Viele Menschen versuchten, die Sonnenkraft zu beherrschen, und manche hatten auch bis zu einem gewissen Grad Erfolg. Professor Augustin Mouchot, ein französischer Physiker, konstruierte achtzehnhundertvierundsechzig einen Kraftboiler, der mit Sonne statt mit Kohle geheizt wurde. Die Sonnenstrahlen wurden durch einen trichterförmigen Kegel dem Boiler zugeführt, und er entwickelte Dampf, der zur Bewässerung diente. Achtzehnhundertsiebzig konstruierte John Ericsson, ein Amerikaner schwedischer Abstammung, der die *Monitor* zum Einsatz gegen die *Merrimac* gebaut hatte, eine solare Anlage aus Spiegeln, aber der Kostenaufwand war im Verhältnis zu den erzeugten Pferdekräften zu hoch, und Ericsson gab auf. Die Liste ist zu lang, um alle aufzuzählen – Eneas im Jahre neunzehnhunderteins, Shuman neunzehnhundertsieben, und seit dem Ersten Weltkrieg Dr. C. G. Abbot und hundert andere mit ihren parabolischen Spiegeln und Auffangapparaten.

Das Hauptproblem war immer das gleiche – das Aussetzen der Versorgung. Damit will ich sagen, daß die Sonne nur am Tage schien, und auch nicht jeden Tag. Wie konnte man sich von einer solch unberechenbaren Kraft abhängig machen? Die Lösung war natürlich, nicht jeden neuen Tag vom Sonnenlicht abhängig zu sein, sondern das Licht zu sammeln, es in Energie zu verwandeln, nicht mehr als dreißig Prozent davon umzusetzen und dann die Energie aufzuspeichern, damit sie zur Verfügung stand, wann immer man sie brauchte. Aber wie sollte man Sonnenenergie aufspeichern? Ich würde mehrere Stunden brauchen, um alle Methoden aufzuzählen, die versucht wurden. Die Forscher arbeiteten mit Thermoelementen und mit photoelektrischen Elementen und mit chemischen Elementen. Alle diese Experimente waren erfolgreich, aber die erzielte Leistung war zu gering. Von einhundert Prozent Sonnenlicht konnten nur zehn Prozent aufgespeichert und benutzt werden. Die Pionierarbeit war dramatisch, aufregend, und ich konnte ihr nicht widerstehen. Ich beteiligte mich also daran. Ich konzentrierte mich auf die Art und Weise, wie grüne Blätter, pflanzliche Organismen, Flora – Kohlehydrate speichern. Ich überlegte, ob nicht dieser Naturprozeß mechanisch und in geschlossenen Kesseln nachgeahmt werden könne. Zufällig hatte ich Glück. Es gelang mir, die bekannten Methoden zum Sammeln und Umwandeln der Sonnenenergie zu verbessern, und zwar sowohl die Methoden der Natur wie die der Menschen. Es gelang mir, was noch schwieriger und wichtiger war, die Mittel zu finden, um diese Energie billig aufzuspeichern, damit sie ständig zur Verfügung steht. Meine Kollegen bei der Regierung unterstützten mich bei der Anwendung meiner Entdeckungen zur Gewinnung festen Brennstoffes für schweren Raketenantrieb.«

Eine Hand schoß in die Höhe. Sie gehörte dem Vertreter der *Berliner Morgenpost*. »Professor Stratman, haben Sie die Absicht, die Arbeit auf diesem Gebiet fortzusetzen?«

»Bestimmt. Wir haben bisher noch nicht mal die Oberfläche geritzt.«

»Was kann noch mehr getan werden?« fragte der Journalist von der *Jerusalem Post.*

»Es gibt unendliche Möglichkeiten. Wir möchten lernen, Fabriken mit Sonnenenergie zu betreiben und Wohnhäusern durch einfache Sammelapparate auf den Dächern und Einzelkraftversorger billigen Strom und billige Wärme zu verschaffen. Wir möchten die Wüsten damit bewässern und ganze Städte bei Nacht beleuchten. Da ist noch viel zu tun, und wir stehen erst am primitiven Anfang.«

Der Reporter vom Osloer *Aftenposten* fragte: »Besitzt Sowjetrußland eine ähnliche Erfindung?«

Stratman schüttelte den Kopf. »Kein Kommentar.« Dann fügte er rasch hinzu: »Natürlich haben sie schon seit neunzehnhundertdreiunddreißig auf dem Gebiet der Sonnenenergie gearbeitet. Es ist bekannt, daß sie ein Kraftwerk in der Usbek-Sowjetrepublik bauten. Heute haben sie ein russisches Sonnenkraft-Institut. Aber ob sie das besitzen, was wir in unserem Besitz haben – darüber kann ich nichts sagen.« Er warf einen prüfenden Blick über den Raum. »Auf Erörterungen politischer Fragen möchte ich mich nicht einlassen. Aber alle allgemeinen Fragen über Wissenschaft – oder mich selbst – will ich gern beantworten.«

Eine neue Stimme ließ sich laut aus dem Hintergrund vernehmen. Es war der Vertreter der *TASS-Agentur.* »Entspricht es der Wahrheit, Professor, daß Sie von den Amerikanern in Berlin gekidnappt und als Siegestrophäe in die Vereinigten Staaten gebracht wurden?«

»Es entspricht *nicht* der Wahrheit«, antwortete Stratman heftig. »Wahr ist, daß ich zur Arbeit für einen totalitären Staat gezwungen worden war und nicht wünschte, daß mich noch ein zweiter totalitärer Staat zur Mitarbeit zwang ... Ich ging freiwillig mit den Amerikanern, und ich habe es nie bereut.«

Er überlegte, ob diese Feststellung wohl in der *Prawda* oder in der *Iswestija* veröffentlicht wurde. Nimm dich zusammen, befahl er sich. Er mußte an Dr. Ilman denken und an Emily. Er dachte an Emily und wartete auf die nächste Frage.

Mit erstaunter und bestürzter Miene stand Graf Bertil Jacobsson unter der Tür des engen Lesezimmers und beobachtete die dritte Pressekonferenz, die nun seit einer halben Stunde im Gang war.

Was ihn nach acht Minuten Zuhören so verwirrte, war folgendes: Wenn ein nichts ahnender Zuschauer an seinem Platz gestanden hätte, so hätte dieser sicher geglaubt, daß es nur einen Nobelpreisträger für Physiologie und Medizin gab, und nicht zwei, und er wäre überzeugt gewesen, daß ein Preisträger interviewt wurde, statt zweien.

Die Gruppe Journalisten im Raum – eine viel kleinere Gruppe als die in den beiden Abteilungen in der Halle, weil die dramatische Entdekkung der beiden Preisträger schon in den meisten Zeitungen ausführlich besprochen worden war – hatte fast alle ihre Fragen an Dr. Carlo Farelli aus Rom gerichtet, während Dr. John Garrett aus Pasadena, California, neben ihm saß wie eine leblose Skulptur, die des Staubwedels bedurfte.

Jacobsson fragte sich, warum das so war, aber die Frage war rein rhetorisch. Dr. Farellis Persönlichkeit machte die Antwort augenfällig. Er war ein attraktiver, dynamischer Mann, kraftvoll und mit ausladenden Gesten. Seine Sätze, mit volltönender Baßstimme gesprochen, fielen auf die eingeschüchterten Zuhörer wie aus der Schleuder geschossen nieder. Neben ihm, sich immer tiefer ins Sofa verkriechend, Dr. John Garrett: braunes Haar und randlose Brille und glanzloses Gesicht vor dem farblosen Beige des Sofas. Es wirkte tatsächlich, als ob Farelli allein war. Eine dominierende Stellung, die aber von ihm nicht beabsichtigt wurde.

Als das Interview begann, hatte Garrett seinen fairen Anteil an Fragen erhalten und sie schlicht beantwortet, aber dann wurden ihm weniger Fragen gestellt und schließlich überhaupt keine, als habe die Zuhörerschaft sich für den Schauspieler entschieden, der ihr besser gefiel. Seltsamerweise erweckte das bei Garrett Apathie statt Rebellion. Sich mit Farelli zu vereinen, am Gespräch teilzunehmen, erschien ihm, als dränge er sich in ein bezauberndes Stück von Pirandello ein. Allmählich fühlte Garrett sich so hypnotisiert von den Worten und Schauspielkünsten des Italieners, daß ihm war, als teile er nicht das Laureatensofa mit ihm, sondern befinde sich weit weg unter den Pressezuhörern und lauschte mit ihnen.

»Man fragt sich bei alledem, was dieses Organ, das Herz, eigentlich ist, daß es soviel Schwierigkeiten macht, es zu ersetzen?« hörte er Farelli soeben sagen. »Es ist eine vereinfachte Pumpe, ein hohler, muskulöser Beutel, etwas größer als ein Tennisball oder meine Faust, und wiegt nicht mehr als dreihundert Gramm. Es schlägt zweiundsiebzigmal in der Minute ununterbrochen, und in jeder Minute werden fünfeinhalb Liter Blut hindurchgepumpt. Es sieht so aus, als sei die Konstruktion des Herzens leicht zu kopieren. Lassen Sie sich nicht täuschen durch seine Einfachheit. Es pumpt, ohne auszusetzen, sechzig oder siebzig oder achtzig Jahre lang. Wo kann man eine Maschine kaufen mit der Garantie, daß sie sechzig – siebzig – achtzig Jahre arbeitet, ohne ein einziges Mal zu versagen?

Sowohl Dr. Garrett wie ich verfielen dem Irrtum, eine von Menschen gemachte Maschine zu suchen, die wir als Modell benützen könnten, eine Maschine, die dem lebendigen Herz gleichkommen oder es sogar übertreffen würde. Natürlich gab es schon viele Modelle. Mehrere

Jahrzehnte lang hatten Wissenschaftler künstliche Herzen konstruiert, die außerhalb des Körpers funktionierten. Man denke an das Jahr neunzehnhundertfünfunddreißig, als Dr. Alexis Carrel gestand, daß er und Colonel Charles Lindbergh ein tierisches Organ mit dem ersten künstlichen Herzen, aus einer Pumpe und einer spiralförmigen Glasröhre bestehend, am Leben erhielten. Man denke an Dr. John H. Gibbon aus Jefferson, der am *Medical College* in Philadelphia arbeitete – er gehört zu den ersten – möglicherweise war er der allererste –, der eine künstliche Herz-Lungen-Maschine bei einem Patienten anwandte, um ihn während einer Operation fünfundvierzig Minuten lang am Leben zu erhalten. Man denke an Dr. Leland C. Clarke in Yellow Springs, Ohio, der einen Feuerwehrmann fünfundsiebzig Minuten lang mit einer Herz-Lungen-Maschine am Leben erhielt, während eine Brustoperation durchgeführt wurde.

Es hat in der Welt dreißig oder vierzig solcher Herz-Apparate gegeben. Auch andere bemerkenswerte Herz-Instrumente, wie den kürzlich erfundenen elektronischen Schrittmacher. Aber trotz dieser Erfolge und des gemachten Fortschrittes mußte man als Perfektionist verzweifeln. Denn alle diese Maschinen wurden nur zeitweilig außerhalb des Körpers verwendet. Sie können nicht – in keiner Form – in den Körper hineinverlegt werden, solange noch kein Perpetuum mobile erfunden ist. Dr. Garrett und ich sahen ein, daß das wirklich verwendbare Herz, das das Leben verlängern oder gar verdoppeln könnte, lebendig sein, von einem Säugetier stammen und ein Abbild des menschlichen Herzens sein mußte.«

Farelli hatte seine breiten Handflächen in einer Geste der Hilflosigkeit ausgebreitet, und die Zuhörer seufzten fast vereint in bekümmertem Verständnis für sein Problem, so wie ein Theaterpublikum über das Dilemma des bedrängten Helden seufzt. Farelli warf einen freundlichen Blick auf Garrett, der mit offenem Mund dasaß wie ein Knabe, der darauf wartete, daß Vater die Seite umdreht.

Farelli wandte seine Aufmerksamkeit erneut den Zuhörern zu. Er wollte das Band zwischen ihnen nun nicht wieder lockerlassen und fuhr fort: »Wir, die wir von einem ewigen Körper träumten, verbrachten unsere langen Nächte einsamer Strategie damit, Wege zu ersinnen, um alle Hürden zu überwinden. Im *Istituto Superiore di Sanita* in Rom führte ich meine Forschungen und Experimente durch. Im *Rosenthal Medical Center* in Pasadena machte Dr. Garrett seine Forschungen und Experimente. Im Lauf der Jahre bewältigten wir die Schwierigkeiten, eine nach der andern. Blut für das Hirn während der Operation? Wir benutzten ein biegsames Dynamo-Herz, einen Pump-Oxygenerator, außerhalb des Körpers. Blutgerinnsel? Antigerinnungsmittel natürlich. Das Ersatzherz? Das Herz von einem Säugetier, dessen Gewicht dem des Patienten ungefähr entsprach. Die Aufbewahrung des Ersatzherzens? Begießung und Kühlung, bis jetzt für einige Stunden wirkungsvoll, aber man ist schon dabei, ein Spezialmittel auszuprobieren, das die Veränderung des Organs verhindert. Die Verbindung der Blutgefäße? Prothesenmaterial wie Teflon oder Dakron, oder manchmal auch zur Verfügung stehende Blutgefäße von menschlichen Leichen. Die Technik des Vernähens? Unsere Anwendung eines Gefäßvernähungsinstruments, einer Miniaturnähmaschine gleichend, das zuerst von den Russen im *Skifosovskij-Institut* verwendet wurde. Und die letzte und steilste Hürde – das Mittel zu finden, das verhinderte, daß der Abwehrmechanismus der Zellen zum Angriff vorging und den Fremdstoff, der in den Körper eindrang, vernichtete. Ah, hier dauerte der Kampf am längsten. Wir versuchten es mit massiven Strahlen, verschiedenen radioähnlichen Drogen, Stereoiden – und verwarfen sie – und machten weiter – und schließlich fanden wir die richtige Kombination, Dr. Garrett in Pasadena und ich in Rom, um die Feinde unserer verpflanzten Herzen zu neutralisieren. Wir fanden, was mein Kollege so angemessen *Antireaktive Substanz S* genannt hat.« Er hielt inne. »Ich war viel zu weitschweifig für Ihre Zwecke – und zu kurz für meine –, aber das ist die Antwort auf das, was gefragt wurde, das war unser langer Weg nach Stockholm.«

Farelli ließ sich entspannt zurücksinken, erfreut über die Pause, in der die Journalisten seine Geschichte notierten.

»Dr. Farelli«, meldete sich eine Reporterin von *Stockholms-Tidningen.* »Ich würde gern in Ihrer eigenen Darstellung die Geschichte Ihres ersten erfolgreichen Falles hören.«

»Darüber haben Sie alle gelesen«, sagte Farelli mit einer bescheidenen wirkenden Geste. »Es wurde romantisch genug aufgebauscht.«

»Gewiß, mit ihren eigenen Worten, gleichviel wie kurz –«

»Na schön. Ich war an einem frühen Nachmittag im *Istituto* mit den Vorbereitungen beschäftigt, das Herz eines Säugetieres in einen Bernhardinerhund zu verpflanzen, anläßlich einer Vorführung für ausländische Ärzte, die auf dem Weg nach Milano zu einer medizinischen Tagung waren. Da machte man mir Mitteilung von einem wichtigen, sehr dringenden Fall. Der Patient, schon über siebzig, war eine international bekannte Persönlichkeit, ein englischer Dramatiker, der James McNeill, Whistler und Oscar Wilde und Lily Lantry gekannt hatte und seit einigen Jahren in Ravenna lebte. Er war aus beruflichen Gründen nach Rom gekommen und hatte, nur ein paar Häuserblocks vom *Istituto* entfernt, eine Thrombose der Herzkranzgefäße erlitten. Ich eilte hin, aber es schien wenig Hoffnung zu sein. Seine ständige Begleiterin, eine Italienerin aus adliger Familie, die ich bei Gesellschaften kennengelernt und die meine Vorlesungen besucht hatte, wußte von meinen Träumen und bat mich, das Herz des Dramatikers durch das Säugetierherz zu ersetzen, das ich für die Vorführung vorbereitet hatte. Schon während sie die Zustimmung zur Operation unterschrieb und mein dazu erforderliches Objekt in den Operationssaal gebracht wurde, tat der Dramatiker auf dem Tisch seinen letzten Atemzug. Es blieben mir nicht mehr als fünf Minuten, um seine Brust zu öffnen und eine Herzmassage vorzunehmen, während mein Assistent für Luftzufuhr sorgte. Als der Patient sterbend hereingefahren wurde, hatte ich Angst. Aber jetzt, da er gestorben war, verließ mich alle Unschlüssigkeit. Ich arbeitete wie besessen. Die Massage reaktivierte sein Herz und seine Atmung sofort, so daß das Gehirn keinen Schaden erlitt. Als nächstes wendete ich die Herz-Lungen-Maschine an. Nach neunzig Minuten konnte ich die Übertragung des Säugetierherzens in seine Brust vornehmen. Dann verband ich sein Blutkreislaufsystem mit dem neuen Herzen, schloß seine Brust und setzte die Behandlung mit meiner antireaktiven Droge fort. Nach drei Monaten stand er auf den Beinen, und kurz bevor ich in Ihre bezaubernde Stadt reiste, erhielt ich per Luftpost ein Vorausexemplar seines letzten Stückes – seines bisher besten!«

Die *Stockholms-Tidningen*-Reporterin klatschte in die Hände, und verschiedene andere Reporter schlossen sich ihrem Beifall an.

Farelli schlug die Augen nieder, und als er wieder aufblickte, sagte er: »Das war mein erster Fall. Seither habe ich zwanzig menschliche Herzübertragungen an qualifizierten Patienten ausgeführt, und ich bin stolz, sagen zu können, daß keine einzige mißlang. Soviel über meine Arbeit. Jetzt möchten Sie, wie ich annehme, aber sicherlich meinen Mitgewinner des Nobelpreises über seine Arbeit hören.« Er machte eine einladende Geste zu seinem Gefährten auf dem Sofa. »Bitte, Dr. Garrett –«

Die plötzliche Einladung, Ehren und Zeitungsspalten zu teilen, hatte Garrett vollkommen überrumpelt. Jetzt, nach Farelli, zu sprechen, war genauso unmöglich wie eine Geschichte zu beenden, die zur Hälfte von Scheherezade erzählt worden war.

Stockend begann er kurz von seinem ersten Fall, dem des Lastwagenfahrers Henry M., zu berichten und merkte, daß einer der Reporter gar nicht zuhörte und ihm den Rücken zukehrte, um sich mit einem Kollegen hinter ihm zu unterhalten. Er vernahm das Rascheln von Papier, ein allgemeines Hüsteln. Ein Stuhl scharte. Sie wollten Scheherezade hören, Garrett wußte es. Die Unaufmerksamkeit verwirrte ihn. Er streckte die Waffen.

»– jedenfalls war es eine erfreuliche Erfahrung«, schloß er, »und die Aufnahme war erfreulich, und auch ich war erfreut ...« Die Grammophonnadel blieb stecken, und Garrett sehnte sich weit weg.

Der Kellner erschien jetzt mit seinem Tablett mit Drinks. Farelli nahm einen Sherry und Garrett nahm sich verwirrt auch einen, obgleich er Sherry verabscheute.

Er versuchte zu ergründen, warum Farelli ihm Gelegenheit gegeben hatte, über seinen eigenen Fall zu berichten. Und während Garrett über Farellis Motive grübelte, erwachte er aus seiner Trance, es wurde ihm bewußt, daß der Usurpator, der Rivale, der Feind neben ihm saß, ein schlauer Machiavelli der Medizin, der Wort für Wort, bis zum Tod, bekämpft werden mußte. Er, Garrett, mußte sich zusammenreißen, den Presseleuten seine Bedeutung beweisen und die Ruhe bewahren. Er schluckte den abscheulichen Sherry hinunter, rückte bis an den Rand des Sofas vor und wappnete sich für die nächsten Fragen.

Ganz hinten erhob sich eine Hand. Sie gehörte dem *Il-Messaggero*-Reporter aus Rom. »Dr. Farelli, haben Sie und Dr. Garrett zusammen gearbeitet, und wenn ja, bis zu welchem Ausmaß?«

»Das will ich beantworten!« rief Garrett. Erschreckt über die Plötzlichkeit, mit der er die Aufmerksamkeit des ganzen Raumes auf sich gezogen hatte, dämpfte er seinen nächsten Satz zu einem Flüstern: »Wir haben überhaupt nicht zusammen gearbeitet.«

Farelli wartete ab, ob Garrett noch etwas hinzufügen würde, und erst dann wandte er sich selbst an die Reporter. »Dr. Garrett und ich haben uns leider erst hier persönlich kennengelernt und auch nie in Briefwechsel gestanden. Wir wußten nichts vom Fortschritt oder von Einzelheiten der Arbeit des andern – mit Ausnahme dessen natürlich, was wir in wissenschaftlichen Zeitschriften lasen.«

»Ist das nicht außergewöhnlich?« fragte der *Il-Messaggero*-Reporter.

»Nicht im geringsten«, erwiderte Farelli. »Es gibt in der Wissenschaft viele Beispiele von gleichzeitigen parallelen Forschungen. Ich werde zwei Fälle nennen. Vor Jahren erforschte Dr. Edward Kendall, ein Biochemiker in Rochester, Minnesota, die Sekretionen der Nebennierendrüsen. Zur gleichen Zeit tat dies auch ein anderer Biochemiker. Dr. Tadeus Reichstin in Basel. Im Jahr neunzehnhundertsechsunddreißig hatten beide Biochemiker, unabhängig voneinander, ein neues Hormon entdeckt, das später zu Cortison-Injektionen gegen Arthritis verwendet wurde. Neunzehnhundertfünfzig erhielten diese beiden Männer, zusammen mit einem dritten, Dr. Philip Hench, gemeinsam den Nobelpreis für Medizin für »Entdeckungen in bezug auf die Nebendrüsenhormone«. Ebenso erhielten neunzehnhundertsechsundfünfzig Dr. Nikolai Semenow, Sowjetrußland, und Sir Cyril Hinshelwood, Großbritannien, gemeinsam den Chemiepreis für Forschungen auf dem Gebiet der Reaktionsgeschwindigkeit – dem Mechanismus chemischer Reaktionen. Obgleich sie getrennt voneinander experimentierten, gelangten sie zu den gleichen Resultaten.« Er machte eine Pause. »Sie sehen, unser Fall ist keineswegs so außergewöhnlich.«

»Meine Herren, wir alle machen uns Gedanken über die Zukunft«, sagte der *Associated-Press*-Vertreter. »Was kann möglicherweise Ihre Herzverpflanzung für uns und unsere Kinder bedeuten?«

Garrett ließ sich nicht Zeit, die Frage erst zu überdenken, sein einziges Ziel war jetzt, die Bühne für sich zu haben. »Das – das ist eine schwierige Frage«, begann er, »weil sie eine Weissagung verlangt.« Er wollte gern einen Scherz machen, um zu beweisen, daß er genauso witzig sein konnte wie der Italiener. »Schließlich hat Nostradamus den Nobelpreis nie erhalten.«

Er wartete auf das verständnisvolle Gelächter, aber es kam keins. Er fühlte sich gedemütigt und bemühte sich, neuen Boden zu gewinnen. »Es ist noch zu früh, Mutmaßungen über unsere Entdeckung anzustellen. Bis jetzt kann die Transplantation nur bei bestimmten Blutgruppen gelingen. Wir beide haben die Herzübertragung achtunddreißigmal vorgenommen, und jedesmal mit Erfolg, aber in wissenschaftlicher Hinsicht bedeutet achtunddreißigmal nur eine kleine Zahl. Wir sind noch zu sehr mit der Gegenwart beschäftigt, um uns Gedanken über die Zukunft zu machen.«

Die Kugelschreiber der Presse rührten sich nicht. Entmutigt gab er auf und war nicht überrascht, die Stimme des Italieners zu hören.

»Ich würde gern, wenn Sie gestatten, die Ausführungen meines amerikanischen Freundes noch ergänzen«, sagte Farelli. »Dr. Garrett ist, wie ich auch, Wissenschaftler und daher von Natur zurückhaltend. Alles, was er sagte, ist natürlich richtig. Unsere Arbeit steckt noch in ihrem Pionierstadium. Doch ich denke, wir haben beide unsere privaten und gleichartigen Zukunftsträume. Wir arbeiten auf das gleiche Ziel hin – und das Ziel ist, mit Gottes Hilfe, ja – es ist die Unsterblichkeit des Menschen. Ein Traum? Si, si, ein Traum, aber auch schon mehr: eine wissenschaftliche Möglichkeit. Wird unsere Entdeckung vervollkommnet und entsprechend angewendet, kann die Lebenszeit des Menschen sich verdoppeln und verdreifachen, und – wer weiß? – eines Tages wird vielleicht der Mensch, versorgt mit künstlichen Organen, ewig leben.«

Farelli machte eine Pause, und zu Garretts Bestürzung bewegten die Stifte sich fieberhaft. Farellis Taktiken waren des medizinischen Berufes unwürdig, sagte sich Garrett. War es recht, sie mit optimistischem Schmus zu füttern, der nicht bewiesen werden konnte, nur um Schlagzeilen zu machen? Er vernahm wieder die sonore Baßstimme, die fortfuhr.

»Wenn wir nicht zufrieden sein können mit unseren Lebensumständen und unserer Gesellschaft, dürfen wir auch nicht mit uns, mit dem Menschen also, zufrieden sein. Der Mensch ist ein Wunder, aber, verglichen mit der Maschine, armselig und schadhaft gebaut. Er müßte haltbarer gemacht werden. Zuviel Jahre und Liebe und Geld werden an jeden Menschen gewendet, um zulassen zu dürfen, daß er Stück um Stück degeneriert und so rasch dahinschwindet. Schopenhauer sagte einmal: »Es ist klar, daß, so wie unser Gehen zugestandenermaßen nichts anderes ist als ein ständig verhindertes Fallen, das Leben unserer Körper nichts anderes ist als ein ständig verhindertes Sterben, ein stetig aufgeschobener Tod.« Es ist wahr, aber es ist unrecht, und wir – soweit wir Physiologen und Mediziner sind – kämpfen dagegen an. Unser Ziel ist der unsterbliche Mensch, und niemals werden wir uns mit weniger begnügen!«

Applaus erklang durch den kleinen Raum, und sogar Garrett, war, trotz seines Ärgers, bewegt. Während das Klatschen verebbte und die Stifte sich wieder in Bewegung setzten, verwünschte er sich wegen seines Mangels an Phantasie. Warum war er nicht ebenso ein Dichter wie ein Wissenschaftler? Doch als Antwort auf diese Frage erinnerte er sich mit Genugtuung daran, daß die Aufgabe des Wissenschaftlers die Wissenschaft war und nicht die Dichtung, und daß darin seine eigene Stärke lag und die Schwäche seines Rivalen.

Eine Artikelschreiberin vom *Svenska Dagbladet* meldete sich zu Wort. »Beschäftigen sich auch andere medizinische Forscher mit dem Ziel, das Sie sich gesetzt haben? Versuchen auch andere noch, Ihre Entdeckung der Herztransplantation weiterzuführen?«

Garrett, die neue Chance gierig ergreifend, antwortete ohne Besinnen: »Viele andere haben sich unsere Technik angeeignet. Die Arbeit wird, abgesehen von den Vereinigten Staaten und Italien, in sechs Staaten fortgeführt.«

»Tatsächlich«, fügte Farelli hinzu, »und einer der wichtigsten Vertreter befindet sich gleich hier in Ihrer Heimat Schweden, sogar in Stockholm.«

Ein Murmeln erhob sich im Raum, und ein schwedischer Berichterstatter rief: »Könnten Sie sich nicht genauer ausdrücken?«

»Mit Freuden gebe ich Ehre, wem Ehre gebührt«, sagte Farelli. »Einer der ersten, der nach Bekanntwerden unserer Entdeckung Herztransplantationen ausführte, war Dr. Erik Öhman, ein Mitglied Ihres hervorragenden *Königlichen Karolinen-Instituts für Medizinische Chirurgie*.«

Garrett fuhr in die Höhe, schäumend vor Wut. Dr. Öhman war Garretts persönliches Eigentum, sein Protégé sogar, und in diesem Augenblick stahl ihm Farelli seinen Besitz und gab ihn als sein Eigentum aus. Er selbst hätte der Wortführer zugunsten Schwedens sein und Dr. Öhman mit seinem eigenen Namen verknüpfen müssen, was dieser auch bestimmt vorgezogen hätte. Warum hatte er es nicht getan? Warum hatte er nicht soviel Intelligenz besessen?

»Sind Sie mit unserem Dr. Öhman bekannt?« fragte die Frau vom *Svenska Dagbladet* Farelli.

»Nicht persönlich, wie ich leider zugeben muß. Ich habe von ihm in den medizinischen Zeitschriften gelesen und mich darüber gefreut, daß ein schwedischer Arzt unsere Arbeit fortsetzt.«

Garrett konnte sich nicht länger beherrschen. »Ich kenne ihn!« rief er laut.

»Sie haben mit Dr. Öhman zusammen gearbeitet?« wollte die Reporterin vom *Svenska Dagbladet* wissen.

»Nicht gerade zusammen gearbeitet, aber –«

»Sind Sie ihm schon begegnet?«

»Noch nicht, aber –«

»Wieso kennen Sie ihn dann?« fragte die Frau schneidend.

»Durch Briefwechsel«, antwortete Garrett eingeschüchtert. »Ich – ich habe versucht, ihm zu helfen.« Er spürte, daß dies vielleicht herablassend klang für schwedische Ohren, und wollte diesen Eindruck abschwächen. »Ich habe ihm alle meine Entdeckungen zugänglich gemacht – damit er sie seinen eigenen, die sehr schöpferisch waren, hinzufügen konnte. Ich bewundere ihn sehr und habe die Absicht, mich noch in dieser Woche mit ihm zu treffen.«

»Oh – Dr. Garrett –« Es war der *Expressen*-Reporter.

»Ja, Sir?« Diesmal war Garrett flink vor Freude, endlich vor Farelli angeredet zu werden.

»Ich bin sicher, daß Sie vertraut sind mit den Forschungen vieler berühmter Mediziner unserer Zeit und auch der Vergangenheit. Können Sie sich großer Namen erinnern, die von unserem Nobelkomitee übergangen wurden? Ärzte, die den Preis verdient hätten und ihn nicht erhielten?«

Garrett erinnerte sich mehrerer solcher Namen, aber seine angeborene Schüchternheit hinderte ihn daran, sie zu nennen. Er wollte die Sachverständigen der Nobelstiftung nicht beleidigen. »Nein«, sagte er nach längerer Pause. »Ich stimme mit den Entscheidungen Ihres Komitees durchaus überein. Seit neunzehnhunderteins hat es keinen übersehen und alle die geehrt, die es verdienten, geehrt zu werden.«

Er lächelte zufrieden mit sich. Es war ihm gelungen, worum Farelli sich bemüht hatte – er hatte die Schweden auf ihre Urteilskraft stolz gemacht – und ihm war es viel besser geglückt.

»Dr. Farelli.« Es war wieder der *Expressen*-Reporter. »Sind Sie der gleichen Meinung wie ihr Mitpreisträger?«

Der Italiener lächelte erst Garrett zu und dann der Presse. »Ich glaube, Dr. Garrett und ich sind in den meisten Dingen einer Meinung, aber ich furchte, in dieser einen Hinsicht nicht. Sie möchten gern wissen, ob Ihr Nobelkomitee irgendwelche großen Ärzte übergangen hat? Ja, das hat es tatsächlich getan. Zwei bedauerliche Unterlassungen fallen mir da ein. Der Amerikaner Dr. Harvey Cushing aus Boston hätte meiner Meinung nach einen Nobelpreis verdient für die Methoden, die er in der Gehirnchirurgie einführte. Das *Karolinen-Institut* hatte achtunddreißigmal die Gelegenheit, ihn mit dem Preis auszuzeichnen, und hat sie versäumt. Die andere Unterlassung war noch schwerwiegender. Ich spreche von dem Österreicher Dr. Sigmund Freud, dem Begründer der Psychoanalyse. Ich finde es unbegreiflich, daß das Nobelkomitee ihn zwischen neunzehnhunderteins und neunzehnhunderteinunddreißig übergangen hat. Wurde er nicht geehrt, weil er sich einmal mit Hypnotismus befaßt hat? Weil die Schulmedizin in Österreich ihn bekämpfte? Weil Psychoanalyse nicht als exakte Wissenschaft galt? Alles reine Haarspalterei. Er bleibt der Koloß unseres Jahrhunderts. Seine neuartigen Entdeckungen auf dem Gebiet der Psychologie und der Geisteskrankheiten haben die medizinische Wissenschaft bereichert. Das sind die einzigen schwarzen Kreuze in der Reihe der sonst hervorragenden Urteile des *Karolinen-Institus,* und ich bin stolz darauf, daß auch mein Name auf seiner Ehrentafel steht.«

Garrett hatte sich das alles mit einem immer stärker werdenden Gefühl der Scham angehört, weil er selbst nicht den Mut zur Offenheit gehabt hatte. Er haßte Farelli wegen dessen unwiderstehlicher Anziehungskraft und wegen seiner eigenen Unzulänglichkeit. Er haßte Farelli aus vielerlei Gründen – aber es schien so nutzlos zu sein wie der Abscheu vor einer überwältigenden Naturkraft.

Garrett schloß die Augen und ließ sich ins Sofa zurücksinken. Sein Geist mühte sich nicht um Gerechtigkeit, sondern um Widerstandskraft. Er mußte den Italiener zermalmen, sonst würde er selbst vernichtet werden, wie es sich heute andeutete. Hier wurde er, ein bedeutender und anerkannter Mann der Wissenschaft, mit einem windigen Cagliostro auf eine Stufe gestellt ... Aber allein die Qualität würde siegen!

Er öffnete die Augen, die nun vor Zuversicht glühten. Er würde einen Weg finden. Er sah Farellis Profil, seine unvermeidliche Niederlage, und nun tat ihm der Mann plötzlich leid ...

Während all der vielen Nobelpreis-Pressekonferenzen, die Graf Bertil Jacobsson schon mitangehört hatte, hatte er immer den größten Gefallen an den Interviews mit den Literaturpreisträgern gefunden. Auch die Interviews mit den Physikern, Chemikern und Medizinern hatten ihre Vorzüge gehabt, und man bewunderte diese Männer, aber identifizieren konnte man sich mit ihnen nicht. Bei der Literatur war das ganz anders. Diese Welt stand einem nahe, und mit Autoren, Dichtern, Historikern vermochte man sich sehr wohl zu identifizieren. Denn wenn man auch selbst keine Bücher schrieb, so schrieb man doch Tagebücher und Briefe oder Benachrichtigungen und Telegramme – oder man erzählte seiner Frau Geschichten oder seinen Kindern Märchen, bevor sie zu Bett gingen. Und wenn man Graf Bertil Jacobsson war, nun, dann verfaßte man gewisse Aufzeichnungen.

Diese Gedanken bewegten Jacobsson, als er voll froher Erwartung von der medizinischen Pressekonferenz zum großen Gesellschaftsraum ging, in dem die literarische stattfand.

Als Jacobsson eintrat, war eben Pause, und Craig und die Journalisten nahmen dankbar die Drinks entgegen, bevor der letzte Akt begann.

Im Hintergrund des Raumes saß Craig allein auf einer langen cremefarbenen Couch. Ein volles Glas Whisky in der einen Hand, seine Bruyèrepfeife in der anderen, die langen Beine gekreuzt, glich er einem großen blauen Reiher amerikanischer Herkunft.

Vor ihm saßen in unsymmetrischen Halbkreisen die Presseleute auf ihren kleinen Klappstühlen, rauchend, trinkend, diskutierend.

Nur wenige Stühle waren unbesetzt, und Jacobsson wählte einen in der Nähe des Ausgangs, wo seine Anwesenheit unbemerkt bleiben würde. Sich lautlos neben eine kettenrauchende junge Frau setzend, die einen Robin-Hood-Hut trug und fortwährend mit den Augen zwinkerte, wartete er darauf, daß das Interview seinen Fortgang nahm.

»Verzeihen Sie bitte, sind Sie nicht Graf Jacobsson?«

Die Frage kam von der jungen Frau, und Jacobsson blickte in ein humorloses Gesicht mit beinah harten Zügen.

»Ja, ich bin Graf Jacobsson«, sagte er.

Sie nahm ihren Notizblock in die linke Hand und streckte ihm die Rechte hin. »Ich bin Sue Wiley und wurde von den *Consolidated Newspapers* in New York hierhergeschickt. Man hat mich an Sie verwiesen, als ich mit den Garretts aus dem Flugzeug stieg.«

Jacobsson neigte höflich den Kopf. »Ich freue mich, Sie kennenzulernen. Wir haben Ihr Empfehlungsschreiben in der Stiftung.«

»Ich bin nicht wegen eines einzigen Artikels hier, Graf Jacobsson. Es ist ein riesiger Auftrag.« Ihr Gesicht belebte sich vor Eifer. »Ich werde vierzehn Artikel über die Nobelpreise der Vergangenheit und Gegenwart schreiben, und sie werden in fünfunddreißig Zeitungen erscheinen. Ist das nicht allerhand?«

»Ich bin außerordentlich erfreut«, sagte Jacobsson. Er suchte in seinem Gedächtnis, um die *Consolidated Newspapers* unterzubringen, und plötzlich fiel es ihm ein. *Consolidated Newspapers* war ein Zeitungssyndikat, das Amerika und England vorwiegend mit Sensationsgeschichten und Intimitäten aus dem Privatleben bekannter Persönlichkeiten versorgte. Einmal hatten sie einen Bericht veröffentlicht – der leider auch in Schweden erschien –, in dem behauptet wurde, Dr. Albert Schweitzer sei arrogant und eitel, er habe kein Herz für das Individuum und sein Hospital in Lambarene sei unhygienisch. Jacobsson war entsetzt gewesen über die Niedertracht dieser Behauptungen. Er hatte Schweitzer kennengelernt und mit ihm diniert, als der vielseitige Mann vor neunzehnhundertvierundzwanzig in Stockholm Orgelkonzerte gab und Vorträge hielt, um Geld für sein Hospital zu sammeln, und sein eigener Eindruck war überaus günstig gewesen. Nun suchte Jacobsson sich zu erinnern, wer diesen Bericht verfaßt hatte, doch es fiel ihm nicht ein. Wenn Miss Wiley von den *Consolidated Newspapers* kam, war es jedenfalls besser, vorsichtig zu sein.

»– daß die Leser das Gefühl haben«, hörte er sie eben sagen, »alles zu erfahren, was es über Alfred Nobel, Ihre Stiftung, die Geschichte des Preises, die Lebensläufe vieler Gewinner, die Zeremonien und so weiter zu erfahren gibt. Ich möchte die Lebensgeschichten der Preisträger dieses Jahres geben. Verstehen Sie, um die Artikelserie aktuell zu machen. Dazu werde ich mit jedem von ihnen persönlich sprechen müssen. Glauben Sie, daß Sie das arrangieren können?«

»Ich fürchte, Miss Wiley, das liegt außerhalb meiner Möglichkeiten. Ich rate Ihnen, den Kontakt mit den Preisträgern selbst aufzunehmen.«

»Ich möchte mich dann auch mit Ihnen unterhalten und mit vielen Nobelpreis-Sachverständigen und offiziellen Persönlichkeiten und so fort. Sicherlich können Sie mir das vermitteln.«

»Gewiß. Die einzige Schwierigkeit wird mangelnde Zeit sein.«

»Ich kann mir nicht denken, daß irgend etwas wichtiger wäre als das, was ich für Sie tun will.«

Jacobsson lächelte leicht. »Wir wissen das zu schätzen, Miss Wiley. Bitte, mißverstehen Sie mich nicht. Wir sind dazu da, um Ihnen behilflich zu sein. Ich möchte Ihnen vorschlagen, daß Sie mich morgen vormittag in der Stiftung anrufen. Nach zehn Uhr. Ich werde mein Bestes tun.« Jacobsson schaute sich um. »Ich glaube, das Interview wird jetzt fortgesetzt.«

Sich in seinem Stuhl zurücklehnend, erinnerte sich Jacobsson an einen bestimmten Punkt, der ihn interessierte. Er lehnte sich zu Sue Wiley hinüber. »Wie ist es bis jetzt gegangen?« fragte er. »Wie hat Mr. Craig sich gehalten?«

Sue Wiley blinzelte, zog die Luft hörbar ein und schaute weg. »Ich mag ihn nicht«, sagte sie. »Er ist so arrogant.«

Andrew Craig setzte eben sein leeres Glas auf den Tisch neben der Couch und bereitete sich darauf vor, den letzten Teil der Pressekonferenz über sich ergehen zu lassen. Wenn einige Reporter, wie Sue Wiley, seine zu raschen und zu knappen Antworten oder seine betont gleichmütige Haltung als Überheblichkeit gedeutet hatten, so war das ein unglücklicher Zufall.

Was Craig kurz nach seiner Ankunft im schwedischen Presseclub bewegt hatte, war vor allem Verzweiflung über sich selbst. Wenn er, wie Leah und Lucius, gehofft hatte, daß die neue Umgebung und die Ehrung, die ihm zu teil wurde, sein Interesse am Leben und den Glauben an seine Schöpferkraft wieder wecken würden, so hatten er und auch sie sich getäuscht. Der Preisträger Craig war nur ein Schatten des Mannes, der er einmal gewesen war. Auch der Empfang und die Lobreden schienen für einen anderen bestimmt zu sein, für jemand, der den

Vollkommenen Staat und *Armageddon* geschrieben hatte, und nicht für ihn, einen Betrüger oder bloßen Darsteller des wirklichen Craig. Auch die Fragen hier waren an einen anderen Mann gestellt, und er antwortete in Vertretung. Der andere Mann wäre vielleicht aufgeregt gewesen. Er war es nicht. Es schien alles überflüssig zu sein, als gebe man Auskunft über eine Geschichte, die nie gedruckt werden würde.

»Mr. Craig«, begann der Reporter vom Stockholmer *Dagens Nyheter,* »ist es wahr, daß Sie erst neununddreißig Jahre alt sind?«

»Erst?« wiederholte Craig überrascht. »Seit wann ist jemand *erst* neununddreißig?«

»Im Zusammenhang mit dem Nobel-Literaturpreis, Sir, ist das außergewöhnlich jung. Ich glaube, Sie sind bis heute der jüngste Preisträger. Vorher war Rudyard Kipling der jüngste. Er war damals, neunzehnhundertsieben, zweiundvierzig, und Albert Camus war der zweitjüngste, er war vierundvierzig als er neunzehnhundertsiebenundfünfzig nach Stockholm kam.«

»Nun, ich versichere Ihnen, ich habe keinen Rekord aufgestellt«, sagte Craig. »Ich werde Mr. Kipling gern die jugendliche Hauptrolle überlassen. Er war stets jünger als zweiundvierzig und ich bin stets älter gewesen als neununddreißig.«

»Vielen Dank im Namen des britischen Empire«, rief der Vertreter von *Reuter.*

Alle lachten, und Craig lächelte wie ein Junge, und sofort war der ganze Raum in fröhliche Stimmung getaucht.

»Ich frage mich«, sagte der Mann vom *Dagens Nyheter,* »warum unsere Komitees so oft *junge* Wissenschaftler und *alte* Schriftsteller ehren? Donald Glaser zum Beispiel, der Nobelpreisträger für Physik neunzehnhundertsechzig, war vierunddreißig Jahre alt. Chen Ning Yang und Tsung Dao Lee, Ihre Landsleute, die sich neunzehnhundertsiebenundfünfzig in den Preis für Physik teilten, waren fünfunddreißig beziehungsweise neununddreißig. Dr. Frederick Banting aus Kanada, der neunzehnhundertdreiundzwanzig den Preis für Medizin gewann, war zweiunddreißig Jahre alt. William L. Bragg aus England, der neunzehnhundertfünfzehn den Preis für Physik erhielt, war sogar erst fünfundzwanzig. Ich glaube, er hält den Rekord. Aber Sie sind der erste Gewinner des Preises für Literatur, der unter vierzig ist. Würden Sie uns zu dieser Frage Ihre Meinung sagen?«

»Ich denke mir, der Grund hierfür liegt in der Natur der Preise«, erwiderte Craig. »Alle Ihre wissenschaftlichen Preise erteilen Sie für eine einzige Entdeckung. Ein Mann kann diese Entdeckung ebensogut schon in seinen Zwanziger- oder Dreißigerjahren machen wie in den Fünfziger- oder Sechzigerjahren. Aber Ihren Literaturpreis vergeben Sie nicht nur für ein Werk, sondern für eine Reihe von Werken. Ich habe neununddreißig Jahre gebraucht, um vier Romane zu schreiben, und

Sie sagen, ich sei der jüngste. Die meisten Schriftsteller sind schon bejahrte Gentlemen, bis sie genügend Bücher beisammen haben, um von Ihrer Jury überhaupt beachtet zu werden. Außerdem glaube ich, daß Schriftsteller langsamer reifen als Wissenschaftler. Ein hervorragender Physiker kann schon in seiner Jugend sein ganzes Genie entfalten. Für ihn ist Erfahrung weniger wichtig als eine blitzartige Erkenntnis und Inspiration. Schriftsteller dagegen, gleichviel wie begabt sie sein mögen, sind unreif und unerfahren, solange sie jung sind. Worte allein genügen nicht. Nur das Leben selbst versorgt sie mit Material, und«, er lächelte flüchtig, »dazu braucht es Zeit.«

»Trotz der Notwendigkeit, erst ein gewisses Alter zu erreichen – finden Sie nicht doch, daß zu viele alte Autoren den Preis erhalten?« fragte der *Dagens-Nyheter*-Reporter. »Viele von uns glauben, daß Alfred Nobel das mit dem Preis verbundene Geld dafür bestimmte, der kämpfenden und vielversprechenden Jugend zu helfen, und es nicht an alte Autoren verschwendet wissen wollte, deren Lebensstellung meistens gesichert ist und die vielleicht gar nicht mehr produktiv sind. Nobel sagte einmal: ›In der Regel kümmere ich mich lieber um den Magen der Lebenden als um den Ruhm der Verstorbenen.‹ Ein andermal sagte er, er wünsche ›Träumern zu helfen, weil sie es schwer haben, im Leben weiterzukommen.‹ Beweisen diese Aussprüche nicht, daß ihm daran lag, noch jungen Künstlern zu helfen, denen es an Mitteln fehlt?«

»Ich hoffe es«, sagte Craig humorvoll. »Ich hoffe, daß das Nobels Absicht war – denn nach Ihrem Maßstab bin ich jung – und nach meinem Maßstab fehlt es mir an Mitteln.«

Der *Dagens-Nyheter*-Reporter blieb hartnäckig. »Warum schütten dann unsere Komitees ihr ganzes Geld alten Männern in den Schoß, die es gar nicht brauchen? Die ersten sieben Literaturpreisgewinner waren im Durchschnitt siebzig Jahre alt! Anatole France war siebenundsiebzig Jahre, als er hier ankam zur Zeremonie und zur Abholung des Schecks, und sein Landsmann André Gide war achtundsiebzig. Sir Winston Churchill war neunundsiebzig. Warum macht das unsere Schwedische Akademie? Ich finde, das ist nicht fair. Wir möchten gern Ihre Meinung hören, Mr. Craig.«

»Es läuft wieder auf den Zweck des Preises hinaus«, sagte Craig vorsichtig abwägend, »und der wurde von Nobel nicht klar definiert und ist daher seither nie klar gewesen. Ich bin nicht sicher, ob ich Ihnen zustimmen kann, daß die Erteilung des Literaturpreises so wenig fair gehandhabt wird, wie Sie behaupten. Ich bin nicht der Meinung, daß überhaupt das Alter der entscheidende Punkt sein sollte – sondern allein die Leistung –, und ältere, erfahrene Schriftsteller, haben im allgemeinen mehr geleistet und verdienen mehr Ehren. Denn jüngere Leute zu ehren, nur weil sie jünger und vielversprechend sind, kann genauso unfair sein. Vielleicht verbessern sie sich gar nicht – sondern werden sogar schlechter. Ich habe gehört, daß Ihre Akademie Sinclair Lewis für solch einen typischen Fall hält. Nennen Sie, wenn Sie wollen, den Nobelpreis für Literatur eine Altersrente, aber ich halte das für besser, als ein Stipendium für junge Leute daraus zu machen.« Der Bericht im *Dagens Nyheter* würde vielleicht nicht sehr freundlich ausfallen, dachte Craig, aber er konnte es nicht ändern. Die emporgestreckte Hand eines anderen Reporters nahm seine Aufmerksamkeit in Anspruch.

Der junge Journalist mit dem kurzgeschnittenen Bart war aufgestanden. Er stellte sich als der Vertreter des schwedischen *Buchhändler-Magazins* vor.

»Mr. Craig, in den vergangenen Jahren haben die Gewinner des Literaturpreises oft erklärt – gleichviel ob aus ehrlicher Überzeugung oder aus Bescheidenheit –, daß sie des Preises weniger würdig seien als einige ihrer Zeitgenossen. Sinclair Lewis zum Beispiel brachte in seiner offiziellen Rede zum Ausdruck – es war im Jahre neunzehnhundertdreißig –, daß seiner Ansicht nach James Branch Cabell, Willa Cather, Theodore Dreiser und Upton Sinclair – lauter Amerikaner – den Nobelpreis viel mehr verdient hätten als er. Als sechs Jahre später Pearl S. Buck die Nachricht erhielt, daß sie diesen Preis gewonnen habe, fand sie das unglaublich und lächerlich und erklärte, diese Ehrung hätte Dreiser erhalten sollen. Neunzehnhundertvierundfünfzig sagte Ernest Hemingway, daß Carl Sandburg, Bernhard Berenson oder Isak Dinesen dieses Preises weitaus würdiger gewesen wären, und Albert Camus: ›Wäre ich Mitglied der schwedischen Jury gewesen, so hätte ich für Malraux gestimmt.‹ Und damit kommen wir zu Andrew Craig. Welchen lebenden Schriftsteller halten Sie der Ehrung, die man Ihnen hier erteilt, für ebenso würdig – oder noch würdiger – als sich selbst?«

Craig überlegte und meinte dann offen: »Es ist mir nicht möglich, einen Schriftsteller zu nennen, der würdiger ist als ich – weil es mindestens fünfzig gibt, die diesen Preis vor mir hätten erhalten sollen. Es widerstrebt mir, Namen zu nennen – im Gedanken an Ihre Akademie –, aber ich bin gewiß, daß kein Autor jemals sicher sein kann, daß er allein, vor allen andern, die höchste literarische Ehrung der Welt verdient. Ebenso bin ich gewiß, daß kein jährlich vergebener Preis alle Welt zufriedenstellen kann.«

Der *Svenska-Dagbladet*-Reporter hatte sich erhoben. »Mr. Craig, ich nehme an, daß Ihnen unsere Nobelpreis-Maschinerie bekannt ist. Frühere Nobelpreisträger dürfen jemanden zur Wahl vorschlagen. Französische und spanische und andere anerkannte Universitäten können Wahlvorschläge machen. Literaturprofessoren an Universitäten können Wahlvorschläge machen. Und natürlich hat unsere eigene Schwedische Akademie sich selbst das Recht verliehen, Wahlvorschläge zu machen. Diese Vorschläge werden entweder persönlich oder telegrafisch oder brieflich unterbreitet. Sicherlich wissen Sie das schon alles –«

»Nein«, sagte Craig erstaunt, »ich hatte keine Ahnung von all diesen Vorbereitungen.«

»Natürlich habe ich es auf eine bestimmte Frage abgesehen«, sagte der *Svenska-Dagbladet*-Reporter. »Bitte haben Sie noch einen Augenblick mit mir Geduld. Anfang neunzehnhundertfünfzig lagen, wie man mir erzählte, über hundert Vorschläge aus dem Ausland für den Literaturpreis vor. Viele stammten aus Amerika, und nicht einer enthielt den Namen von William Faulkner in Oxford, Mississippi. Deshalb nominierte unsere eigene Schwedische Akademie Mr. Faulkner und zeichnete ihn dann mit dem Preis für neunzehnhundertneunundvierzig aus, der noch nicht vergeben worden war. Ebenso erfuhr ich aus einer sehr sicheren Quelle, daß Sie Ihren Preis auf dieselbe Art gewannen. Wußten Sie das?«

»Nein, ich habe davon nichts erfahren.«

»Sie wurden weder von Ihren Landsleuten in Amerika nominiert noch von einer anderen ausländischen Nation. Sie wurden hier in Stockholm von unserer Schwedischen Akademie nominiert, die Ihnen auch später den Preis zuerkannt hat.«

»Ich kann dazu nur sagen, daß ich dankbar bin – jetzt doppelt dankbar.«

»Der Punkt, auf den ich zusteuere, ist der – warum war es einer schwedischen Jury überlassen, Ihren Namen bekanntzumachen? Kurz gesagt, warum werden Sie in Ihrer Heimat Amerika so vernachlässigt – vielmehr so wenig gewürdigt?«

Craig schüttelte den Kopf. »Sie haben eine schwierige Frage gestellt. Nun, ich will tun, was ich kann. Jahrelang galt Faulkner für ziemlich unverständlich, weil seine wunderbare Yoknapatawpha-Saga unverständlich schien – sowohl in den Augen der Kritik wie in denen des Publikums. Zum Glück fand Ihre schwedische Jury, mit dem Scharfblick, den die Entfernung gibt, ihn nicht so unverständlich. Meine Produktion fand in meinem eigenen Land wohl aus ähnlichen Gründen nur schwer Anerkennung.«

»Unverständlichkeit?«

»Ja, ich glaube schon. Ich schreibe über die Gegenwart, aber ich schreibe, wie Sie wissen, über die Gegenwart im Gewand der Vergangenheit. Die meisten Amerikaner sind der Meinung, daß historische Romane romantisch und ohne direkten Bezug auf die Gegenwart sein sollten. Meine historischen Romane passen nicht in das populäre Schema. Sie sind weder romantisch noch ohne Zusammenhang mit der Gegenwart, sondern verwirrend realistisch, eine Kritik der Jetztzeit. So findet man meine Arbeiten unverständlich und zuckt die Achseln. Ihre schwedische Jury jedoch verstand, was ich tat, und schätzte es. Ich hatte das große Glück, einen Ozean und ein halbes Land von meiner Heimat entfernt Verständnis zu finden.«

Eine Dame vom *Aftonbladet* meldete sich hierauf zu Wort. »Welche heute als klassisch bezeichneten Autoren haben Sie beeinflußt?«

»Ich möchte nicht von direkten Einflüssen sprechen, aber ich weiß, wer mich interessiert und bewegt hat. Genügt Ihnen das? Sehr gut. Die Werke von Tolstoi, Stendhal, Flaubert und Sir Richard Burton haben mir viel bedeutet. Das Leben, das Percy Bysshe Shelley lebte, hat mir noch mehr gegeben als seine Dichtung.«

»Ist Ihnen bekannt, Sir, daß Shelley auch ein Liebling von Alfred Nobel war?«

»Nein, das wußte ich nicht.«

»O ja, er verehrte Shelleys Philosophie und Rebellion. Nobels einziges Buch, das jemals erschien, die Tragödie *Nemesis*, beruhte auf demselben Thema wie Shelleys *The Cenci*.«

»Ich wäre sehr glücklich, wenn ich Nobels Stück lesen könnte«, sagte Craig.

»Ich fürchte, das ist so gut wie unmöglich«, antwortete die Dame vom *Aftonbladet*. »Nach seinem Tod verbrannten seine Angehörigen jedes Exemplar, das sie ausfindig machen konnten. Sie fanden, daß es eine Greuelgeschichte war, unwürdig eines legendären Preisstifters. Soviel ich weiß, sind nur noch drei Exemplare vorhanden.«

Craig bedankte sich mit einem Nicken für die Information, als er sah, daß sich am anderen Ende des Raumes eine junge Frau mit einem Robin-Hood-Hut erhob. Sogar auf diese weite Entfernung hin konnte Craig sehen, daß sie nervös blinzelte.

»Ich bin Sue Wiley von den *Consolidated Newspapers*, New York«, sagte sie laut. »Haben Sie Einwände gegen persönliche Fragen, Mr. Craig?«

»Viele Einwände, versichere ich Ihnen –«

Verschiedene Reporter kicherten.

»– aber ich erkenne Ihr Recht an, sie zu stellen«, fuhr Craig fort. »Da ich vor Ihnen stehe, bin ich ja ein leicht zu jagendes Wild. Und ich bekenne, daß ich mich mehr für Charles Dickens Beziehung zu Ellen Ternan interessiere als für seine Romanheldinnen. Ich muß annehmen, daß es Ihren Lesern genauso geht. Also, Miss Wiley, obgleich ich ein verschwiegener Mensch bin, fahren Sie fort.«

Sue Wiley blieb stehen. »Da wir von Beziehungen sprechen, wer ist die Dame, die Sie nach Schweden mitgebracht haben?«

Ihr Ton gefiel ihm nicht, und er setzte sich aufrecht. »Sie ist meine Schwägerin, Miss Decker, und sie ist völlig harmlos und fühlt sich ausgezeichnet, vielen Dank.«

»Ihre Frau kam vor drei Jahren bei einem Autounfall ums Leben.«

Da es eine Feststellung und keine Frage war, gab Craig keine Antwort. Aber auch Miss Wileys anklägerische Haltung mißfiel ihm. »Haben Sie irgendwelche Pläne, bald wieder zu heiraten?« fragte sie.

Das war unverschämt, und Craig konnte sich nur mit Mühe im Zaum halten. »Ich habe keine. Und wenn ich sie hätte, so wäre das meine eigene Angelegenheit.«

Sue Wiley blieb unverfroren stehen. »Ich möchte gern noch etwas über Ihre Arbeitsgewohnheiten wissen.«

Das war besser, und Craigs Armmuskeln entspannten sich. »Okay«, sagte er.

»Finden Sie, daß Alkohol die Phantasie anregt?«

Craigs Glieder verkrampften sich, und er richtete sich noch steiler auf. Die schlaue, gemeine Hexe, dachte er. Sie wollte, daß er sich bloßstellte, das spürte er genau. »Sie haben mich nach meinen Arbeitsgewohnheiten gefragt«, konterte er kühl.

»Gewiß, Mr. Craig, davon spreche ich. Ich habe meine Informationen. Es ist kein Geheimnis, nicht wahr? Ich kenne Schriftsteller, oder habe von ihnen gehört, die Narkotika benutzen, weil das ihre Arbeit fördert. Denken Sie an De Quincey. Ich habe erfahren, daß Sie trinken, wenn Sie arbeiten.«

Er wollte kein öffentliches Schauspiel ohnmächtiger Wut bieten. Aller Augen waren auf ihn gerichtet, und er zwang ein Lächeln auf seine Lippen. »Miss Wiley, würde ich trinken bei der Arbeit, so würde ich überhaupt nicht schreiben.«

»Das ist es ja gerade, Sie haben seit drei oder vier Jahren nichts mehr geschrieben«, schoß Sue Wiley triumphierend zurück.

Die freche Bloßstellung durch diese sensationslüsterne Hexe trieb Craig die Röte in die Wangen. Es fiel ihm schwer, seine Wut zu zügeln. »Moment mal, werte Dame –«, begann er.

Aber bevor er fortfahren konnte, auf welche Weise auch immer, wurde er unterbrochen.

»Mr. Craig, darf ich einen Augenblick ums Wort bitten?« Das Ersuchen war klar und sicher von Graf Bertil Jacobsson gekommen, der sich erhoben hatte und nun ein wenig entfernt von Sue Wiley stand, so daß er seine Worte nicht nur an sie, sondern an alle Pressemitglieder richten konnte.

»Wenn grundlose Beschuldigungen, wie sie eben von einem weiblichen Mitglied der Presse gemacht wurden, gegen einen geehrten Gast aus dem Ausland erhoben werden, fühle ich, daß es meine Pflicht ist – und nicht seine –, meine Pflicht als ein Gastgeber der Nobelstiftung und als Repräsentant Seiner Majestät, einzugreifen und die Antwort zu erteilen.« Jacobsson überblickte die schweigende Versammlung mit großem patriarchalischem Ernst. »Lassen Sie mich unsere Position klarstellen. Wir von der Nobelstiftung beurteilen unsere nominierten

Preisträger nicht nach ihrer Persönlichkeit oder ihrem Charakter und ihren Exzentrizitäten. Wir interessieren uns nicht dafür, ob unsere Preisträger Trinker, Heroinsüchtige oder Polygamisten sind. Unsere Beurteilung richtet sich nicht nach dem menschlichen Verhalten. Das ist eine Aufgabe für Sonntagsschulen. Unsere Entscheidung in der Literatur beruht ausschließlich darauf, ob wir der Meinung sind oder nicht, daß wir Mr. Nobels Wunsch entsprechen, ›das hervorragendste Werk einer idealistischen Tendenz‹ auszuzeichnen.«

»Wie steht es mit der Freiheit der Presse und damit, was die Leser zu erfahren wünschen?« fragte Sue Wiley. »Wir sind Diener der Öffentlichkeit. Warum haben Sie uns dann zu dieser Pressekonferenz eingeladen?«

»Wir haben Sie und alle andern eingeladen«, erwiderte Jacobsson ruhig, »damit Sie einen Preisträger persönlich kennenlernen, aber nicht, damit Sie ihn mit falschen Folgerungen, Klatsch und aggressiven Fragen belästigen. Ich weiß nichts von Mr. Craigs persönlichen Gewohnheiten, und mehr noch, ich interessiere mich nicht für sie. Ich interessiere mich für sein Genie, und ich möchte, daß auch Sie das tun, und aus diesem Grund habe ich Sie heute nachmittag hierhergebeten.« Sein Blick schweifte über die schwedischen Pressemitglieder, und plötzlich flog ein Lächeln über seine zerfurchten Züge. »Angenommen, Miss Wiley könnte beweisen, daß Mr. Craig ein ganz unverbesserlicher Trunkenbold ist – was er, wie Sie sehen, nicht ist, aber angenommen, sie könnte es beweisen –, was wäre dann damit besagt? Die meisten der hier Anwesenden sind Schweden. Ich möchte wetten, daß sich unter ihnen kein einziger Abstinenzler befindet. Und welcher Schwede könnte behaupten, daß er nicht hin und wieder seine kleine Affäre mit Schnaps und Bier hat? Sind wir denn Kinder? Oder besitzen wir die reife Toleranz eines Abraham Lincoln? Erinnern Sie sich an die bekannte Lincoln-Anekdote? Es waren ihm Gerüchte zugetragen worden, daß sein erfolgreichster General Ulysses S. Grant ein hoffnungsloser Trunkenbold sei. ›Wenn ich wüßte, welche Sorte Whisky er trinkt‹, sagte Lincoln, ›so würde ich ein Faß davon ein paar anderen Generalen schicken.‹«

Tobendes Gelächter erhob sich im Raum, und Sue Wiley blinzelte aufgeregt.

Mit aristokratischer Ungezwungenheit fuhr Jacobsson fort: »Mit einiger Autorität kann ich Ihnen von früheren Nobelpreisträgern für Literatur erzählen, die ich persönlich kennengelernt und überaus geschätzt habe. Unnötig zu sagen, daß ich nicht den Eindruck gewann, jeder von ihnen sei abstinent oder ein maßvoller Trinker gewesen. Ich erinnere mich, daß ein skandinavischer Autor, als wir ihm mitteilten, daß er den Nobelpreis gewonnen habe, sich zwei Wochen lang betrank. Das ist eine Tatsache. Es ist auch eine Tatsache, daß Knut Hamsun, als er neunzehnhundertzwanzig von Norwegen kam, um seinen Preis entgegenzunehmen, am Abend der würdevollen Zeremonie vollkommen betrunken war. Er zog ehrwürdige Mitglieder der Schwedischen Akademie am Bart, und er zerriß den Gürtel der alten Selma Lagerlöf!« Wieder erhob sich Gelächter, noch lauter als zuvor, und bevor Sue Wiley wieder das Wort ergreifen konnte, fügte Jacobsson hastig hinzu: »Wir haben lange genug Mr. Craigs Zeit in Anspruch genommen, und sicher haben wir ihn durstig gemacht. Während ich mit ihm auf Mr. Hamsun anstoße, können Sie Ihre Artikel schreiben. *Det är allt.* Die Pressekonferenz ist beendet!«

Später, als die Reporter den Presseclub verlassen hatten und auch die Marceaus, Stratman, Farelli und Garrett mit Krantz und den Attachés fortgegangen waren, blieb Andrew Craig zurück. Die Drinks waren verschwunden, so lehnte er sich an eine Wand im Garderobenraum, rauchte und beobachtete Graf Jacobsson und seine Sekretärin, die ihre Schriftstücke einsammelten.

Als Frau Steen sich verabschiedete, trat Craig zu dem alten Grafen

»Vielen Dank«, sagte er.

»Wofür? Alles, was ich denen sagte, kann ich auch Ihnen sagen. Es ist wahr.«

»Sie könnten sich zu weit vorgewagt haben. Was, wenn ich nun wirklich ein Trunkenbold bin? Dann hätten Sie sich lächerlich gemacht.«

»Ich bin sicher, daß Sie keiner sind. Und wenn doch, so ist mir das völlig gleichgültig. Alle paar Jahre haben wir hier einen Typ wie Miss Wiley, und sie muß energisch gebremst werden. Sie ist gefährlich, diese Sensationsmacherei. Sie verdunkelt alles, was hier wichtig ist.«

»Nun, in einer Beziehung haben Sie auf alle Fälle recht gehabt – Sie machten mich durstig. Wissen Sie, wo ich ein bißchen Alkohol kaufen kann, um ihn ins Hotel mitzunehmen?«

»Ich werde Ihnen den Weg zeigen. Wir können zusammen gehen.«

Als sie später den Kanal entlang zum *Grand-Hotel* zurückschlenderten, fragte Craig, ob die Anekdote über Knut Hamsun wahr wäre, und Jacobsson erwiderte, er habe sie selbst miterlebt und sie auch in seinen Aufzeichnungen sorgfältig festgehalten. Und dann erzählte er Craig von diesen und verhehlte ihm nicht seinen Neid auf Schriftsteller, die tatsächlich Bücher schrieben. Er sprach mit Liebe von seiner Wohnung, von der Nobelstiftung und von seinem Privatmuseum, das in Wirklichkeit sein Arbeitszimmer sei, angefüllt mit autographierten Fotos und Andenken an frühere Nobelpreisträger. Er sprach die Hoffnung aus, daß Craig Zeit finde, seinem Museum einen Besuch abzustatten, und Craig, der eine wachsende Zuneigung zu dem alten Herrn faßte, versprach es ihm.

»Glauben Sie, daß Ihre Pressekonferenzen heute erfolgreich waren?« fragte Craig.

»Sie gehören zu den besten der letzten zehn Jahre«, erwiderte Jacobsson, »ich habe bei jeder eine Zeitlang zugehört. Ich glaube, Sie haben Dr. Farelli kennengelernt?«

»Den Mediziner?«

»Ja. Er machte eine interessante Bemerkung während seines Interviews. Jemand fragte ihn, was seiner Meinung nach die schwerste Unterlassungssünde in der Geschichte der medizinischen Preise sei. Er antwortete: Sigmund Freud. Natürlich konnte er die Wahrheit nicht kennen. Ich glaube, sie wird Sie amüsieren.«

»Und das wäre?«

»Sigmund Freud wurde niemals formell für den medizinischen Preis nominiert, das ist richtig – aber einmal wurde er für den Nobelpreis für Literatur vorgeschlagen. Haben Sie das gewußt?«

»Sagen Sie das im Ernst?«

»Absolut. Es ist eine Tatsache. Und schließlich, warum auch nicht? Ich finde, er war für diesen Preis nicht weniger qualifiziert als Winston Churchill. Bei unseren literarischen Preisen berücksichtigen wir auch begabte Amateure.«

»Wann wurde Sigmund Freud für den Literaturpreis nominiert?«

»Neunzehnhundertsechsunddreißig, als er achtzig Jahre alt war. Es war prophezeit worden, aber eher als ein sarkastischer Scherz. Im Jahr neunzehnhundertsiebenundzwanzig gewann der Psychiater und Arzt Julius Wagner von Jauregg unseren Medizinpreis für seine Entdeckung der Einimpfung des Malariaerregers bei progressiver Paralyse. Die Freudianer, die er verachtete, versammelten sich um ihn, um ihm zu gratulieren, und von Jauregg sagte zu ihnen: ›Meine Herren, eines Tages werden Sie alle den Nobelpreis bekommen – für Literatur.‹ Neunzehnhundertsechsunddreißig nominierten Romain Rolland und Thomas Mann Freud für den Literaturpreis. Freud war ein ernsthafter Kandidat in jenem Jahr, aber schließlich stimmte die Schwedische Akademie gegen ihn. Er unterlag Eugene O'Neill. Hier haben Sie historischen Stoff, der noch unbekannt ist.«

Sie waren am Eingang zum *Grand-Hotel* angelangt, und Jacobsson verabschiedete sich. Er deutete auf das umfangreiche Paket mit den drei Flaschen in Craigs Armbeuge.

»Lassen Sie sich nicht von Sue Wiley damit erwischen«, sagte er mit einem Lächeln. Und dann fügte er, fast zu freundlich, hinzu: »Und vergessen Sie heute abend nicht, daß Sie Gast des Königs sind.«

Während Craig Jacobsson nachschaute, wunderte er sich über die letzte Bemerkung des alten Gentleman. Argwöhnte er, was diese Hexe Sue Wiley schon wußte? Hatte er, in seiner indirekten und höflichen Art, ihn vor den Folgen eines Skandals warnen wollen?

Zum Teufel, dachte Craig, ist etwa Knut Hamsun etwas passiert? Er nahm sein Paket noch fester in den Arm. Für den Augenblick fühlte er sich sicher mit seinen drei Flaschen. Er bedauerte nur, daß er Jacobsson nicht beruhigt hatte. Er hätte ihm sagen können, daß er heute abend königlich in Form sein werde.

FÜNFTES KAPITEL

In einer Ecke seiner gemütlichen, stillen, beleuchteten Bibliothek saß Graf Bertil Jacobsson an seinem antiken Schreibtisch über seinem grünen Tagebuch und betrachtete sinnend die Schatten auf der gegenüberliegenden Bücherwand und der Vitrine, die seine Nobelpreiserinnerungen enthielt, und setzte schließlich, im Bewußtsein, daß es spät war und die Limousine bald vorfahren mußte, seine Aufzeichnungen fort. In seiner winzig kleinen Handschrift schrieb er:

– war eine der seltenen Gelegenheiten, bei der ich vermittelnd eingreifen mußte zwischen einem Preisträger und der Presse. Es mag stimmen, daß Craig trinkt – ich weiß nichts davon –, aber wenn es so ist, könnte sein sich daraus ergebendes Benehmen uns schaden und ihn ruinieren. Der Zwischenfall mit Knut Hamsun verfolgt mich noch immer. Wir werden sehen, wie die Dinge sich heute abend entwickeln.

Er überlas, was er geschrieben hatte, und wollte schon den Füller in sein Etui zurücklegen, als er beschloß, noch einen weniger spekulativen, sich mehr mit Tatsachen befassenden Absatz hinzuzufügen.

Das Königliche Bankett wurde auf heute abend, wir schreiben den 3. Dezember, anberaumt. Es wird die Nobelwoche einleiten. Abgesehen von der feierlichen Zeremonie selbst, die am Nachmittag stattfindet, und dem anschließenden Diner in der Stadthalle ist das Königliche Bankett, das höchst exklusiv und durch die Anwesenheit des Königs gekrönt ist, sehr oft das denkwürdigste Ereignis unserer Wintersaison. Ich erinnere mich, daß William Butler Yeats, der irische Dichter, als er neunzehnhundertdreiundzwanzig den Preis für Literatur erhielt, über das Bankett schrieb: ›Ich, der ich noch nie einen Hof erlebt habe, finde mich, noch bevor der Abend geendet hat, bewegt wie bei einer religiösen Zeremonie.‹ Ich hoffe, daß die Preisträger dieses Jahres auf ähnliche Weise beeindruckt sein werden.

Sorgfältig trocknete Jacobsson die Seite mit dem Löschblatt, schloß das grüne Buch und legte es in das mittlere Fach seines Schreibtisches.

Mit einem leisen Seufzer erhob er sich und ging dann ins Schlafzimmer, um die Orden zu holen, die er tragen mußte. Die Orden, das wußte er, würden ihn beruhigen und an die lange Erfahrung und mustergültige Arbeit im Dienste des Thrones in der Behandlung von Menschen der verschiedensten Sitten und Nationalitäten erinnern. Doch er hoffte zuversichtlich, daß er die Zusprache dieser Orden heute abend nicht nötig haben würde.

Es war fast sieben Uhr, als Andrew Craig seinen einreihigen Smoking auszog und dafür seinen frisch gebügelten dunkelblauen Anzug überstreifte, und es war schon das zweitemal, daß er sich für den Abend umzog.

Die halbe Flasche Whisky, die er während des Nachmittags in der Abgeschlossenheit des Badezimmers getrunken hatte, hatte ihn die gedruckten Instruktionen über die erwünschte Kleidung für das Königliche Bankett vergessen lassen. Erst als Mr. Manker erschienen war, der steife junge Attaché mit dem kurzgeschnittenen Haar, den man ihm zugeteilt hatte, war er taktvoll an das Protokoll erinnert worden.

Nachdem Mr. Manker Leah, die bereits für den Abend zurechtgemacht war und ein Kleid aus rotem Atlas trug, gebührend bewundert hatte, musterte er mit einem kurzen Blick Craig, und seine Unterlippe bewegte sich hin und her. »Bei dem Königlichen Bankett«, sagte er schließlich, »trägt Seine Majestät der König den formellen Abendanzug –«

»Und eine Krone?« fragte Leah.

»Lieber Himmel, nein. Die Krone ist vorhanden, aber nur als ein Symbol. Die Familie des Königs, seine Verwandten und die wenigen in höherem Rang stehenden geladenen Fürstlichkeiten erscheinen gleichfalls in formeller Abendkleidung. Vielleicht tragen auch manche die Uniform ihres Regiments. Die Gesandten, deren Staaten durch die Nobelpreisverleihungen vertreten sind, und unsere Kabinettsmitglieder tragen einfach dunkle Anzüge. Die Damen des Hofes und die bürgerlichen Damen befinden sich alle in ähnlicher Kleidung – schwarzer Taft oder Samt mit Puffärmeln. Das ist so Vorschrift, damit sie einander nicht ausstechen können. Die Frauen und Verwandten der Preisträger können Abendkleider jeglicher Form und Farbe tragen. Miss Dekker ist völlig richtig gekleidet. Von den männlichen Preisträgern wird, wie von unseren Kabinettsmitgliedern, erwartet, daß sie einen dunklen Anzug tragen. Abendanzug wird nur bei der Nobelzeremonie am Zehnten gewünscht.«

Craig spürte, daß Mr. Manker zu ihm sprach, und plötzlich merkte er, was an ihm beanstandet wurde. »Man erwartet nicht, daß ich in diesem Smoking erscheine für das rauschende Fest, wollten Sie das sagen?«

»Man wird Sie nicht fortschicken«, sagte Mr. Manker mit seinem anerzogenen Lächeln, »aber man könnte Sie irrtümlich für ein Mitglied der königlichen Familie halten.«

»Ich werde mich also umziehen.«

»Wie Sie meinen«, erwiderte Mr. Manker, und auf seinem Gesicht spiegelte sich Erleichterung. »Aber bevor Sie weggehen, noch ein paar Worte über das weitere Protokoll. Ich hoffe, Sie halten mich nicht für unausstehlich, aber ich habe den Preisträgern jedes Jahr diese Instruktion zu erteilen.«

»Fangen Sie an«, befahl Craig.

»Cocktails werden in einem der Salons gegenüber des Speisesaals serviert. Dazu ist etwa eine halbe Stunde bis eine Stunde vor dem Diner vorgesehen. Der Zweck dieser Veranstaltung ist, daß unsere Preisträger profilierte Mitglieder unserer Regierung kennenlernen und auch persönlich einander auf einer geselligen und entspannten Basis begegnen. Nach den Cocktails, kurz vor dem Diner, werden der König und die Prinzessinnen und Prinzen erscheinen. Von Mr. Craig wird nur erwartet, daß er dem König die Hand reicht, wenn dieser sie ihm darbietet, daß er antwortet, wenn er gefragt wird, und daß er den König mit Seine Majestät oder mit Königliche Hoheit anredet – eines von beidem genügt. Unser König ist sehr leutselig, und seine natürliche Herzlichkeit wird Sie sicher erfreuen. Für das Diner sind Tischkarten ausgelegt. Sie müssen stehenbleiben, bis Seine Majestät sich gesetzt hat, und dann, natürlich, können Sie sich auch setzen. Nun zu Ihnen, Miss Dekker. Wenn Sie dem König vorgestellt werden, machen Sie einen tiefen Hofknicks –«

»Das habe ich noch nie getan, ich weiß gar nicht, wie man das macht!« rief Leah aufgeregt.

»Deshalb bin ich ja hier«, sagte Mr. Manker ruhig. »Ich werde Ihnen den Hofknicks vorführen, und dann üben wir ihn zusammen, während Mr. Craig sich umzieht.«

Und jetzt stand er also vor dem Schlafzimmerspiegel in seinem dunklen Anzug und hatte das Gefühl, daß er noch etwas vermißte. Er ging in das geräumige Badezimmer, holte die halbvolle Flasche Scotch vor und tat einen, zwei, drei Züge. Das war schließlich nicht viel, und es bedeutete, daß er sich gestärkt und ungezwungen fühlte.

Ins Schlafzimmer zurückgekehrt, ließ er sich für einen Augenblick in den Sessel vor dem Doppelbett sinken. Er wollte, daß dieses herrliche Gefühl jedes einzelne Glied seines Körpers erfasse. Lässig streckte er die Hand aus, nahm das gedruckte Blatt vom Nachttisch und las es nochmals durch.

Seine Majestät der König hat gnädig geruht, die Preisträger mit ihren Ehemännern, Ehefrauen oder Verwandten zu einem Bankett am dritten Dezember um sieben Uhr dreißig abends in das Königliche Schloß in Stockholm einzuladen.
Auto steht um sieben Uhr zehn abends vor dem Hotel bereit, und die eingeladenen Persönlichkeiten werden von den diensttuenden Attachés zum Schloß begleitet.
Als Kleidung für den Abend ist erwünscht ...

Auf seiner Armbanduhr war es sieben Uhr sieben. Unsicher stand er auf, warf einen letzten prüfenden Blick in den Spiegel und trat dann, den Vorhang zurückschiebend, in den Wohnraum. »Okay, Mr. Marker – Manker«, sagte er mit belegter Stimme, »bringen Sie mich zu Ihrem Boß.«

Die geräuschlose Limousine fuhr in der bitterkalten Finsternis des frühen Abends über die Strömbron-Brücke und näherte sich rasch dem festlich erleuchteten, massiven Königlichen Schloß am Skeppsbron, das die mittelalterliche Insel der Altstadt bewachte.

»*Kungliga Slottet*«, verkündete Mr. Manker, unnötigerweise dem Königlichen Schloß seinen schwedischen Namen gebend, als sie in den weiten, in hellen Lichterschein getauchten Hof einfuhren. Die unbeweglich dastehenden Wachen trugen schimmernde Pickelhauben und schwarze Lederstiefel und traditionelle dunkle Uniformen mit weißen Epauletten. Sie standen stramm, als Craig aus der Limousine stieg, gefolgt von Leah und Mr. Manker, und einen Augenblick lang genoß Craig dieses unwirkliche Schauspiel, genoß er seine bevorstehende Ehrung, dachte mit Bedauern an die Französische Revolution und verwünschte die Eintönigkeit der Demokratie.

Ein Offizier, der zur Unterstützung von Mr. Manker herbeigeeilt war, führte sie über das holperige Pflaster, dann drei Stufen aufwärts und aus der unbarmherzigen Kälte in den kleinen Empfangssalon des Königlichen Schlosses. Ein Lakai nahm ihnen Hut und Mantel ab und verschwand. Mr. Manker brachte sie zu einem Büro, wo ein Beamter in Uniform sie herzlich begrüßte. Da sie die ersten Gäste waren, wurde ihnen empfohlen, vielleicht einen Teil des Schlosses zu besichtigen, und Craig stimmte etwas widerwillig zu. Er hätte den Salon mit den Cocktails vorgezogen.

Mr. Manker führte sie zu einer geschwungenen Marmortreppe, und sie stiegen zwischen den mit alten vergilbten Tapisserien verkleideten Wänden hinauf, wanderten, oben angekommen, durch die leeren Korridore und museumsartigen Räume. Craig hatte den Eindruck von großer Weiträumigkeit, Mittelmäßigkeit und kostspieliger Abgenutztheit – hier König Oskars II. Bett, dort Karls IV. Speiseservice, hier Kunstgegenstände aus dem Besitz Gustavs III. Gewiß, Schweden war ein ziemlich kleines Land – aber es hatte bessere Namen hervorgebracht als diese Palastpuppen: es war das Geburtsland von Tycho Brahe und Emanuel Swedenborg, Jenny Lind und Karl von Linné und auch das seines Patrons Alfred Nobel.

»Dieses Königliche Schloß ist das größte Schloß der Welt, das noch bewohnt wird«, erläuterte Mr. Manker. »Es befinden sich sechshundertachzig Räume darin. Unser gegenwärtiger König benutzt dreißig davon zu seinem Privatgebrauch. Im dreizehnten Jahrhundert stand hier eine Burg. Die königliche Familie bezog das Schloß zirka siebzehnhundertvierundfünfzig, und seither haben ihre Nachkommen hier gewohnt.«

»Warum all die vielen Gemälde von Napoleon und Josephine?« fragte Craig, zum erstenmal interessiert. Und dann erinnerte er sich seiner Geschichtskenntnisse. »Wegen der Familie Bernadotte?«

»Richtig«, erwiderte Mr. Manker.

Leah, die sich seit dem Tag ihres Abschlußexamens am College nicht mehr für Geschichte interessiert hatte, mischte sich ein. »Leider habe ich keine Ahnung, wovon Sie sprechen.«

»Unser jetziges Königshaus stammt aus Frankreich, und zwar schon seit dem Jahr achtzehnhundertachtzehn. Es ist eine seltsame Geschichte. Achtzehnhundertneun hatte Schweden Niederlagen durch Napoleon und Rußland erlitten, sein Reich verloren, und König Gustav IV. wurde abgesetzt und in die Schweiz verbannt, wo er in Armut starb. Einige von den aufrührerischen Adligen waren unzufrieden mit dem Erben der Herrscherfamilie und wünschten einen Herrscher von auswärts zu importieren, und einer dieser Adligen, Graf Karl Otto Mörner, ging in diplomatischer Mission nach Frankreich. Dort lernte er einen von Napoleons Favoriten kennen, Jean Baptiste Jules Bernadotte, einen Sergeanten, der zum Rang eines Feldmarschalls emporgestiegen war. Graf Mörner war von ihm sehr beeindruckt, er kehrte nach Stockholm zurück und begann, für Bernadotte Propaganda zu machen. Anfangs fand dieser Gedanke wenig Anklang. Die herrschende Klasse hatte einen anderen Außenseiter für den Thron in Aussicht genommen – den Dänen Prinz Christian August. Doch bevor der Däne gewählt werden konnte, fiel er eines Tages, vom Schlag getroffen, tot vom Pferd – manche hatten allerdings den Verdacht, er sei vergiftet worden. So bot man Bernadotte den Thron an, er wurde zum Kronprinzen gewählt und vom alten König Karl XIII. adoptiert. Bernadotte änderte seinen Namen in Karl Johann und wurde achtzehnhundertachtzehn König Karl XIV. Johann von Schweden. Er wandte sich gegen seinen früheren Oberbefehlshaber Napoleon, schlug sich auf die Seite Englands, war für Neutralität und gewann Norwegen wieder zurück.

Bernadottes Frau war Désirée Clary, die Tochter eines Marseiller

Kaufmanns. Sie war Napoleons erste Liebe gewesen. Als Bernadotte Erbe des schwedischen Thrones und später Herrscher wurde, weigerte sich Désirée, ihm von Paris nach Stockholm zu folgen. Sie liebte Paris über alles und meinte, Stockholm sei ein primitiver Außenposten der Zivilisation. Nachdem sie zehn Jahre allein gelebt hatte, wollte sie sich selbst ein Bild machen, und als sie mit ihrem Gatten wieder vereint war, fand sie, daß es ihr in Stockholm besser gefiel als in Paris, mindestens für eine Zeitlang. Sie verlangte und erhielt eine separate Krönung als Königin von Schweden. Sie war höchst unberechenbar – liebte es, inkognito durch die Straßen zu wandern – überlebte ihren Mann und die meisten ihrer Zeitgenossen – und wurde, schon eine Greisin, eines Tages unter irgendeinem Toreingang tot aufgefunden – sie war eines natürlichen Todes gestorben. Das waren die ersten Bernadotte, Mr. Craig, und seither sind sie unser Herrscherhaus. Unser gegenwärtiger König ist französischer Abstammung.«

»Ich habe viel für Ihre Herrscher übrig«, meinte Craig, »aber ihre Tugenden bieten jedenfalls keinerlei Stoff für Romanschreiber. Sie sind alle zu gutartig, zu liebenswert, zu friedfertig. In der ganzen Reihe gibt es weder einen Aufwiegler noch einen Hurensohn.«

»Bitte, Andrew, was für Ausdrücke!«, protestierte Leah und überlegte, ob er wohl getrunken hatte.

Mr. Manker ignorierte ihren Einwurf und sagte zu Craig: »Sie irren sich, Mr. Craig – verzeihen Sie. Wir haben so manchen schillernden Herrscher gehabt.« Mr. Manker deutete auf die Wand, auf die sie zugingen. »Dort sehen Sie ein Gemälde von Gustav Adolf. Schweden hatte nur zwei Millionen Einwohner, als er es zur größten Macht in Europa machte, und auf ihn folgte seine Tochter, Königin Christine –«

Craig schnippte mit den Fingern. »Die habe ich ganz vergessen.«

»– und sie war gewiß alles andere als farblos. Mit achtzehn Jahren weigerte sie sich, als Königin von Schweden vereidigt zu werden, statt dessen schwor sie den Eid als König von Schweden. Sie weigerte sich, zu heiraten – lieber möchte ich tot sein als verheiratet‹, pflegte sie zu sagen. ›Ich könnte nie jemandem gestatten, daß er mich benutzt, wie ein Bauer sein Feld benutzt.‹ Sie verehrte die Wissenschaften. Sie war es, die Descartes nach Stockholm berief, wo er auch gestorben ist. Da ihre Gesundheit sehr zart war, bereiste sie die warmen Länder Europas. Sie verliebte sich in Italien, konvertierte zum Katholizismus und verzichtete auf den Thron von Schweden. Sie wurde mit Prunk vom Papst und von König Ludwig XIV. von Frankreich empfangen. Ihr Hang zur Exzentrizität verschlimmerte sich. Sie kleidete sich wie ein Mann, plante, Königin von Neapel zu werden, und gestattete zwei Mitgliedern ihres königlichen Haushalts – Santinelli, ihrem Oberhofmeister, und Monaldeschi, ihrem Oberstallmeister –, um ihre Gunst zu konkurrieren. Als Monaldeschi ihren Zorn erregte, ermutigte sie Santinelli, ihn zu ermorden. Sie ist die einzige Herrscherin, die nicht in der Riddarholmkirche begraben liegt – Sie sahen wohl die Kirche, etwa einen Kilometer vom Schloß entfernt. Auch ihr Vater, Gustav Adolf, ist dort beigesetzt. Ebenso Karl XII. – eine weitere farbenprächtige Gestalt –, der, erst achtzehn Jahre alt, mit vierhundert Reitern achttausend Russen, die von Peter dem Großen angeführt wurden, in die Flucht schlug. Sie alle liegen in dieser Kirche, mit Ausnahme von Christine. Sie starb verarmt in Rom, wo sie auch begraben liegt.«

»Mag sein, daß ich etwas voreilig war mit meinem Urteil«, entgegnete Craig einlenkend. »Viele bei uns wissen sehr wenig über Schweden. Ja, Christine war wirklich eine Persönlichkeit. Vom Gesichtspunkt des Schriftstellers aus die interessanteste von allen.« Er blieb stehen. »Mr. Manker, mein Durst nach Sehenswürdigkeiten wäre nun gestillt. Schönen Dank. Jetzt wollen wir einen geringeren Durst befriedigen. Wo zum Teufel findet das Bankett statt?«

»Ich bitte um Entschuldigung, daß ich Sie so lange aufgehalten habe, Mr. Craig. Hier, dieser Weg.« Er führte sie zu einer Marmortreppe und ging ihnen voraus die Stufen hinunter. Craig wollte ihm folgen, da fühlte er Leahs Hand auf seinem Arm.

»Andrew, bitte«, flüsterte sie, »du warst unverschämt gegen den netten Mann. Hast du getrunken? Du hast getrunken, nicht wahr?«

»Leah, meine Liebe, ich bin eine Wüste, die nach Wasser dürstet.«

»Bitte, Andrew«, flehte sie, »führe kein Schaustück auf vor dem König.«

Das Wort *Schaustück* erinnerte ihn an das amüsante Bild seines Vorgängers Knut Hamsun, wie er vergnügt Selma Lagerlöfs Gürtel zerriß. Er lächelte in Gedanken bei dieser Vorstellung. »Ich werde mich beherrschen, Leah«, versprach er. »Miller's Dam wird stolz sein auf seinen großen Sohn.«

Mr. Manker hatte sie bis zur Tür des großen Salons neben dem königlichen Speisesaal gebracht, hatte dann Graf Jacobsson herbeigeholt und sich entschuldigt. Mr. Mankers Rang war nicht hoch genug, um ihm eine Einladung zum Bankett zu verschaffen.

Graf Jacobsson hatte Craig und Leah in den geräumigen Salon geleitet. »Dies ist *Vita Havet* – das Weiße-Meer-Zimmer«, erklärte Jacobsson. »Hier wurden einst die Hofbälle abgehalten, und Oskar II. liebte es, hier seine Weihnachtsgeschenke zu verteilen.«

Craigs Blick schweifte über den großen Salon, der das *Weiße Meer* genannt wurde. Dieser Raum schien im Empire-Stil gehalten zu sein, blau und weiß, er gewann an Höhe durch Säulen in Weiß und Gold, war weich erhellt durch brennende Kerzen in schimmernden Kronleuchtern und erwärmt durch das knisternde Feuer in zwei riesigen offenen Kaminen. Obgleich der Raum von Gästen dicht gefüllt war, konnte

Craig riesige Ölgemälde, Kommoden mit Marmorplatten, abgenutzte Diwane, Tische und Sessel erkennen. Jacobsson deutete auf die drei Teppiche, die den Boden bedeckten – »Gustav III. erhielt sie vor fast zwei Jahrhunderten in Frankreich zum Geschenk.« Craig entdeckte einen kleinen Balkon über dem Eingang, der mit Zuschauern gefüllt war. Er fragte Jacobsson nach diesen Zuschauern, der ihm erklärte, es seien die bevorzugten Mitglieder der Presse. Daraufhin suchte Craig Sue Wiley zu entdecken und war erleichtert, als er sie nicht finden konnte.

Jacobsson machte Craig und Leah höflich mit den in Gruppen umherstehenden Auserwählten bekannt. Während sie von einem zum andern gingen, wehten die Namen an Craigs Ohren vorüber, und nur die Titel blieben: ein Prinz, ein Bischof, ein Baron, ein Professor des Nobelkomitees des *Königlichen Karolinen-Instituts*, der französische Gesandte, die Frau des Premierministers, der schwedische Außenminister, der Sekretär der *Schwedischen Akademie* und ein Dutzend andere.

Währenddessen hatte Leah die Aufforderung einer voluminösen Hofdame, die Verwandte in Minnesota besaß, angenommen und beteiligte sich an einer Diskussion über die Kinderfürsorge in Schweden. Craig und Jacobsson hatten endlich den livrierten Lakai mit seinem Tablett mit moussierendem französischem Champagner erreicht und standen jetzt in dieser Oase mit ihren Kelchen, am Champagner nippend, und überschauten die Szene, die sich ringsumher darbot.

Es waren etwa vierzig bis fünfzig Menschen im Salon, und überall standen konversierende Gruppen – Craig entdeckte Professor Stratman fast verborgen von seinen Bewunderern –, und doch war keine lärmende Unterhaltung zu hören. Man wurde eher an irgendeinen Lesesaal einer Bibliothek erinnert.

»Oh, dort drüben sind zwei Leute, die Sie kennenlernen sollten«, sagte Jacobsson, mit einer Kopfbewegung in eine Richtung hinter Craig weisend.

Craig blickte sich um, konnte aber nicht entdecken, wer gemeint war.

»Der lange, dünne Mann mit dem pomadisierten rötlichen Haar – er ist im Frack – ist Konrad Evang. Er ist ein norwegischer Millionär, der Besitzer vieler Kaufhäuser in Skandinavien. Vor einigen Jahren war er in den Vereinigten Staaten. Er ist ein wichtiges Mitglied des *Stortings-Nobelkomitees* in Oslo – des Friedensnobelpreis-Komitees. Da dieses Jahr kein Friedenspreis verliehen wurde, hat er Zeit, sein Land bei diesem Zusammensein zu vertreten. Der andere Mann, mit dem er sich unterhält, der Glatzköpfige im Fischgrätenanzug, ist heute der reichste Mann Schwedens, ohne Zweifel ein Billionär. Vielleicht haben Sie schon von ihm gehört. Er ist in der ganzen Welt bekannt. Es ist der Industrielle Ragnar Hammarlund.«

Craig war jetzt erstaunt, daß er die beiden nicht vorher schon entdeckt hatte. Sie waren ein bizarres Paar in einem Raum voller Gestalten, die sich bis zur Monotonie glichen.

»Ja, ich kenne Hammarlunds Namen«, erinnerte er sich, »aber ich hatte keine Ahnung, wie er aussieht.«

»Er erlaubt nicht, daß man ihn fotografiert«, erwiderte Jacobsson. »Er ist eine legendenumwobene, höchst geheimnisvolle Persönlichkeit. Ich nehme an, das wird jeder, der es zur ersten Billion gebracht hat. Sein Alter ist unbekannt, aber möglicherweise ist er sechzig. Er war im *Hotel de Paris* in Monte Carlo, verhandelte über sein erstes internationales Geschäft mit Sir Basil Zaharoff, als der Munitionskönig dort im Jahr neunzehnhundertsechsunddreißig starb. Hammarlund gewann Interesse an der Hochfinanz, als er in seiner Jugend für eine kurze Zeit bei Ivar Kreuger angestellt war. Ich glaube, neunzehnhundertachtundzwanzig – vier Jahre bevor Kreuger sich in Paris durch einen Herzschuß tötete – stellte er Hammarlund ein, um eine Holding-Gesellschaft, die Union-Industrie A. G., in dem kleinen Fürstentum Liechtenstein zu gründen. Das war noch zu einer Zeit, als Kreuger fünfundsiebzig Millionen Dollar an Frankreich als Darlehen gegeben hatte, als er große Fabriken in vierunddreißig Ländern besaß und fünfundsechzig Prozent am Verkauf von Zündhölzern in der ganzen Welt verdiente. Ich glaube jedoch, daß Hammarlund den Braten roch. Daher setzte er sich rechtzeitig ab und machte sich selbständig. Er spricht gern von Kreuger und den alten Zeiten, aber ich hörte ihn sehr oft mit Stolz sagen, es sei nicht notwendig, Kreuger nachzuahmen, um reich zu werden. Klugheit ist besser und auch leichter als Diebstahl, pflegt er zu sagen.«

»Stellt er Streichhölzer her?«

»Nichts so Zerbrechliches. Er ist an fast allem beteiligt, wie ich hörte, in Skandinavien, Amerika, auf der ganzen Welt. Ihm gehörte einst ein Teil von Bofors zusammen mit Axel Wenner-Gren und Krupp. Er besitzt hydroelektrische Kraftwerke, eine Handelsflotte, Wälder, Erzbergwerke, verschiedene Fluggesellschaften, Zeitungen, Ölquellen, Banken – zahllose Banken. Es wäre mir unmöglich, alle seine Beteiligungen aufzuzählen. Sie werden mehr von ihm erfahren, wenn Sie seine Villa im Djurgarden – dem Tierpark, nicht weit von hier – am Sechsten besuchen. An diesem Tag findet Hammarlunds Souper für die Nobelpreisträger statt. Sie werden doch sicherlich daran teilnehmen?«

»Ich werde es mir nicht entgehen lassen.«

»Ich glaube, es wäre richtig, Sie schon jetzt mit ihm bekannt zu machen. Ich muß Sie jedoch darauf hinweisen, daß er liebenswürdig und mitteilsam nur zu Hause ist, überall sonst gibt er sich sehr vorsichtig und zurückhaltend. Nein, Hammarlund wird Ihnen heute abend nicht viel bieten. Aber ich glaube, Konrad Evang wird Ihnen sicher gut gefallen. Er ist ein reizender und bedeutender Mann und dazu ein wahrhaftes Konversationslexikon über seine Osloer Friedenspreise – aber vielleicht schätze ich diese Eigenschaft an ihm allzu hoch ein, da Informationen über die Nobelpreise mein eigenes Gebiet sind. Möchten Sie die beiden gerne kennenlernen?«

»Ja, sehr gern«, erwiderte Craig, »aber vorher möchte ich noch einen Drink.«

Schon fünf Minuten standen sie nun schon zu viert beisammen und unterhielten sich – vielmehr drei von ihnen unterhielten sich, während Hammarlund die meiste Zeit nur zuhörte. Und Craig, dessen Aufnahmefähigkeit eingelullt war von den Whiskys am Morgen und Nachmittag und den beiden eben getrunkenen Gläsern Champagner, war daran völlig uninteressiert, obwohl er Aufmerksamkeit heuchelte.

Seine Ungeduld verbergend, suchte er verstohlen nach dem Lakai mit den Getränken, aber der Mann war in der nächsten Umgebung nirgends zu entdecken. Mit Mühe suchte sich Craig auf Evang zu konzentrieren, der eben die Vorzüge von Oslo pries, und dann wanderte sein Blick verstohlen weiter zu Ragnar Hammarlund. Ein weiches, glattes Puppengesicht, das ihn an eine weiße Schnecke erinnerte. Craig mühte sich ab, etwas Menschliches an dieser legendären Persönlichkeit zu entdecken. Er, der mit den traditionellen Bildern von Kommodore Vanderbilt und Gould und Fisk aufgewachsen war, den starken und wilden Räuberdynastien, konnte nicht begreifen, wie diese teigige Gestalt es zur ersten Billion gebracht hatte. Flüchtig wunderte er sich, was Hammarlund in diese Gesellschaft eingeführt hatte. Worin bestanden seine Beziehungen zu Nobel? Und zum König? Und wieso war er an den Preisträgern interessiert?

Er bemerkte, daß Hammarlund sich ihm zugewandt hatte, begegnete seinem starren Blick und konzentrierte sich rasch wieder auf Konrad Evang.

»Ja, mein Freund«, sagte Evang zu Jacobsson, »alle Aufmerksamkeit richtet sich auf Stockholm. Ich vermute, die Welt hat kaum eine Ahnung davon, daß wir in Oslo verantwortlich sind für den vielleicht wichtigsten der fünf Preise.«

»Wenn Sie die Welt darauf aufmerksam machen wollen, hätten Sie dieses Jahr einen Preis erteilen sollen«, entgegnete Jacobsson schlagfertig.

»Das ist nicht leicht, ganz gewiß nicht leicht, mein Freund«, antwortete Evang. »Unsere Aufgabe ist gefahrvoll, unendlich schwieriger – in politischer Hinsicht – als die Verleihung der vier unter Ihrer Obhut stehenden Preise.«

»Wieso kam es dieses Jahr nicht dazu?« fragte Craig.

»Wir waren hoffnungslos auf den toten Punkt gelangt wegen dreier

Kandidaten«, erwiderte Evang. »Nicht einer konnte die Majorität der Stimmen erlangen. Aber ich glaube, es ist ganz gut so. Wie hätten wir guten Gewissens einen Friedenspreis in einer Zeit wie der jetzigen erteilen können?«

»Ich finde, es gibt dafür keinen besseren Zeitpunkt«, sagte Craig. »Eine Menge Menschen und Organisationen setzen sich dafür ein, daß die Welt nicht explodiert. Warum sollen sie nicht anerkannt und ermutigt werden?«

»Weil«, sagte Hammarlund so sanft und leise, daß alle unwillkürlich sich enger um ihn drängten, »unser norwegischer Nachbar es lieber vorzieht, Frieden zu halten als Frieden zu belohnen. Ein Preis für irgendeine Partei, gleichviel wie neutral sie ist, könnte als ein Affront gegen die Sowjetunion oder die Vereinigten Staaten aufgefaßt werden.«

»Sei doch vernünftig, Ragnar, so ist es doch gar nicht«, sagte Evang friedfertig. »Wir sind keine ängstlichen, sondern einsichtsvolle Menschen, wie du weißt.«

»Ich bin dessen nicht so sicher.« Hammarlunds Taschentuch flatterte zur Stirn. »Ich weiß genau, wem ihr die Preise gabt. Den ersten Nobelpreis habt ihr Henri Dunant, einem dreiundsiebzigjährigen Schweizer, zuerteilt, weil er das Internationale Rote Kreuz gründete. Ich habe gehört, daß man der Meinung war, er habe nicht den Friedensnobelpreis verdient, sondern den Nobelpreis für Medizin. Neunzehnhundertsechsundvierzig, nach dem Zweiten Weltkrieg, ehrtet ihr die amerikanische Quäkerin Emily Greene Balch, die ihre beste Arbeit im Ersten Weltkrieg geleistet, und John Raleigh Mott, der sich ins Privatleben zurückgezogen hatte. Ihr wolltet keinen aktiven Streiter für den Frieden ehren, weil ihr Kontroversen befürchtetet. Ihr zogt euch auf die vergessene Vergangenheit zurück –«

»Komm, Ragnar«, sagte Evang beschwichtigend, »versuch nicht immer, uns schlecht zu machen.«

»Was ich sage, gilt unserem Gast, Mr. Craig«, erwiderte Hammarlund sanft. Seine Augen ruhten auf Craig, er wandte sich aber weiterhin an den Norweger: »Neunzehnhundertsechs gabt ihr sechsunddreißigtausend Dollar und einen Friedenspreis Theodore Roosevelt, der eher ein Kriegshetzer war als ein Mann des Friedens. Als hätte dieser Roosevelt niemals gesagt: ›Kein friedlicher Sieg kann so groß sein wie der endgültige Sieg im Krieg‹!«

»Er vermittelte den Frieden im Russisch-Japanischen Krieg«, sagte Evang.

»Friedensvermittler sind mir nicht gut genug«, erwiderte Hammarlund. »Dann geht hin und ehrt alle Unterhändler und Schiedsrichter auf der Welt. Auch sie sind Friedensvermittler. Ich kenne doch eure fragwürdigen Listen – ihr habt Elihu Root, Aristide Briand, Gustav

Stresemann, General George Marshall geehrt – willst du behaupten, sie alle seien echte Pazifisten?«

»Sie sollten gerecht sein, Ragnar«, unterbrach Jacobsson. »Unsere norwegischen Freunde haben auch Woodrow Wilson, Fridtjof Nansen, Albert Schweitzer, Ralph Bunche, Cordell Hull geehrt –«

»Ich weiß Bescheid über Hull«, antwortete Hammarlund gelassen. »Franklin D. Roosevelt schrieb zwischen neunzehnhundertachtunddreißig und neunzehnhundertfünfundvierzig jedes Jahr nach Oslo und nominierte Hull, bis Mr. Evangs Komitee endlich bereit war, ihn zu wählen.« Er wandte sich zu Craig um. »Das wird Sie vielleicht interessieren, Mr. Craig. Im Jahre neunzehnhundertsiebenunddreißig nominierte Cuba Franklin D. Roosevelt für den Friedenspreis, und Hull unterstützte diesen Antrag. Aber das war eine Wahl, die Mr. Roosevelt verlor. Der Friedenspreis ging damals an Viscount Cecil of Chelwood, einen Abgeordneten des Völkerbunds.«

Auch Evang wandte sich jetzt an Craig. »Mein Freund Hammarlund scherzt nur. Er kennt unseren Mut. Denken Sie nur an das Jahr neunzehnhunderteinundsechzig. Da haben wir, der weißen Rassenpolitik in Südafrika Hohn sprechend, unseren Ehrenpreis Albert Luthuli zugesprochen, einem schwarzhäutigen früheren Zuluhäuptling, der die Apartheid bekämpfte!«

»Das war allzu leicht«, sagte Hammarlund. »Vor Südafrika habt ihr keine Angst gehabt. Ihr habt euch jemanden ausgesucht, der euch nicht schaden konnte.«

»Nun gut, sprechen wir von wichtigeren Persönlichkeiten. Neunzehnhundertsechsundvierzig nominierten die Finnen Aleksandra Kollontai, die erste weibliche russische Botschafterin, eine Verfechterin der freien Liebe, weil sie dazu beigetragen hatte, den Krieg zwischen Finnland und Rußland abzukürzen. Es war nichts als ein russischer Propagandaversuch. Wir lehnten sie ab, trotz der Drohungen der *Prawda*. Und viele Jahre zuvor mußten wir viele Schmähungen erleiden, weil wir den Zaren von Rußland und Kaiser Wilhelm von Deutschland, die für den Friedenspreis nominiert wurden, abgelehnt hatten.«

»Wieso ist Ihnen dieser Preis überhaupt aufgeladen worden?« fragte Craig. »Warum wurde dieser eine Preis Schweden weggenommen?«

»Nobel hatte beabsichtigt, daß Schweden auch den Friedenspreis zusammen mit den vier anderen Preisen vergeben solle«, erklärte Evang, »aber im letzten Augenblick änderte er seinen Entschluß. Damals waren Schweden und Norwegen unter einem Herrscher vereint, unter König Oskar II., und Nobel wünschte, die beiden Staaten noch enger zu verbinden. Er war auch der Meinung, daß wir in Norwegen politisch heiße Eisen unbefangener anfassen würden als seine schwedischen Landsleute. Er hatte noch andere Gründe, aber das sind die wichtigsten.« Plötzlich wandte sich Evang wieder Hammarlund zu.

»Ich möchte dir noch das eine sagen, Ragnar – wir haben Fehler gemacht, gewiß, aber wir hatten auch Augenblicke der Erleuchtung, in denen wir uns mutig zur Wahrheit bekannten. Ich will nur einen Namen nennen, und du magst darüber urteilen, wie es dir beliebt.« Er hielt inne und sagte dann langsam: »Karl von Ossietzky.«

Eine Pause entstand. Hammarlund blieb gelassen. Sein Taschentuch war in Bewegung, sein kahler Kopf nickte sacht.

»Ja, Konrad«, sagte er, »das war eure beste Stunde. Daß ihr Ossietzky den Preis gegeben habt, dafür verzeihe ich euch alles andere.«

Craig mühte sich zu erinnern, wer Ossietzky war, und da es ihm nicht einfiel, wollte er gerade danach fragen, als der livrierte Diener mit frisch gefüllten Champagnergläsern erschien. Erleichtert tauschte Craig sein leeres Glas für ein volles ein. Und als der Lakai seinen Weg fortsetzte, war ihnen der Faden der Unterhaltung entglitten.

»Bertil«, murmelte Hammarlund plötzlich, worauf Jacobsson ihm sofort seine Aufmerksamkeit zuwandte. »Bertil, das Paar dort drüben vor dem Kamin – der gutaussehende Mann und die Frau im hellblauen dekolletierten Kleid –, sind das Dr. Claude und Dr. Denise Marceau, Ihre Chemiepreisträger?«

Jacobsson warf rasch einen Blick hinüber. »Ja, das sind die Marceaus.«

»Machen Sie mich mit ihnen bekannt«, sagte Hammarlund. Es war keine Bitte, sondern ein Befehl.

Im gleichen Augenblick, als der Gesandte sie verließ und sie zum erstenmal an diesem Abend, seit sie ihr Hotelappartement verlassen hatten, allein waren, überschüttete Denise Marceau Claude mit ihren Anklagen.

Und als er in seiner Bestürzung stammelnd nach Entschuldigungen suchte, sah sie zwei Männer, die sich ihnen näherten. In dem einen erkannte sie den schwedischen Grafen, der zum Empfangskomitee gehörte und der sie am Nachmittag bei der Pressekonferenz begrüßt hatte. Den anderen, einen phantastisch aussehenden Mann, völlig kahl und weiß, hatte sie noch nie gesehen. Als die beiden schon sehr nahe waren, hatte der Graf plötzlich dem andern etwas zugeflüstert, und sie hatten die Richtung geändert und sich einer in der Nähe stehenden Gruppe zugesellt. Sie hatten wohl, dachte Denise, ihr von Wut gezeichnetes Gesicht gesehen und daraus geschlossen, daß ein Familienstreit im Gange war. Taktvoll hatten sie sich von ihnen ferngehalten. Gott sei Dank, dachte Denise. Sie wollte das mit Claude allein abmachen, ungestört, gleich jetzt.

»Du hast mir nicht geantwortet«, fauchte sie Claude an. »Hast du dich mit diesem Mädchen in Kopenhagen verabredet oder nicht? Muß dir deine Mätresse durch ganz Europa nachfahren, nur damit sie dir nahe ist? Ich kann nicht begreifen, was in dich gefahren ist. Du mußt wahnsinnig sein.«

»Denise«, bat er, in dem Bestreben, eine Szene zu vermeiden, »worüber sprichst du überhaupt?«

»Lüge mich jetzt nicht an. Ich bin ganz krank von deinen Lügen.«

»Denise, ich schwöre dir, daß ich nicht weiß, wovon du redest. *Qu'est-ce que c'est*?«

»O ja, ich hab's mir gedacht, daß du nichts davon weißt.« Sie knipste ihre goldlederne Abendtasche auf, zog einen zerknitterten Umschlag heraus und warf ihn ihm zu. »*Voilà*. Und jetzt behaupte, du wüßtest nichts davon!«

Er glättete den Umschlag, der an ihn adressiert war und den Aufdruck *Par Avion* trug, und sah dabei, daß die hintere Klappe schon aufgerissen war. Er tastete nach dem Brief, der darin stecken mußte, und fand nur einen kleinen Zeitungsausschnitt.

Dann begann er zu lesen und erfuhr, daß die fanzösische Regierung, als Geste der Freundschaft gegenüber Dänemark, beschlossen hatte, zehn ihrer berühmtesten Pariser Mannequins und die letzten Pariser Modelle zu einer Wintermodenvorführung nach Kopenhagen zu entsenden. Die Mannequins sollten als Gäste der dänischen Regierung drei Tage lang im *Hotel d'Angleterre* wohnen, und zwar ab 6. Dezember. Die Namen der zehn Mannequins von Balmain, Dior, Balenciaga, Ricci und La Roche waren genannt. Der vierte Name in der Liste lautete: »Mlle. Gisèle Jordan, Balenciaga.«

Die Nachricht, daß Gisèle sich schon in Kürze in unmittelbarer Nähe befinden würde, erschreckte Claude. Er versuchte seine Fassung wiederzugewinnen, bevor Denise mit ihrer Inquisition fortfuhr.

»So«, sagte sie jetzt, »dieses kleine Rendezvous hast du also schon seit langem verabredet!«

»Ich habe gar nichts verabredet. Kannst du nicht lesen? Dies ist von der französischen Regierung arrangiert worden.«

»*Est-ce que tu veux me faire prendre des vessies pour des lanternes?*«

»Bedaure. Es ist die Wahrheit.«

»Diese magere *putain* hat dir das geschickt – das wirst du wohl nicht ableugnen.« Dann fügte Denise rasch hinzu: »Oder hast du einen Concierge als Vermittler angestellt?«

Claude betrachtete prüfend den Umschlag. Kein Zweifel, Gisèle hatte ihn geschickt. Zweifellos hatte sie, deren Privatleben ihr allein gehörte, angenommen, daß auch in der Ehe das Privatleben gewahrt bleibe. Sie konnte nicht wissen, daß in den langen Jahren ihrer gemeinsamen Arbeit der größte Teil ihrer Korrespondenz wissenschaftlicher und technischer Art war und sie daher stets auch die Post des andern geöffnet hatten.

»Ich will nicht leugnen, daß es von Mademoiselle Jordan ist«, sagte er schließlich. »Aber ich versichere dir, Denise, ich hatte keine Ahnung, daß sie nach Kopenhagen kommt.«

»– und jetzt läßt sie dich wissen, daß sie dich erwartet, in ihrem Bett, bereit, deine göttliche *sous-maîtresse*.«

»Ich kann alles von dir ertragen, Denise, nur keine Unflätigkeit.«

»Und ich kann alles von dir ertragen, nur keine Erniedrigung.« Denises Lippen zitterten. »Wann habt ihr vereinbart, daß du sie besuchen wirst?«

»Ich werde sie nicht besuchen«, erwiderte Claude fest.

»Wenn du mich wieder demütigst, solange wir in Stockholm sind, kannst du allein auf das Podium steigen und den verdammten Preis entgegennehmen.«

«Plötzlich bist du sehr großmütig«, sagte Claude, der es müde war, sich immer nur zu verteidigen. »Heute nachmittag bei der Pressekonferenz hast du davon wenig merken lassen. Du hast getan, was du konntest, um mich in den Schatten zu stellen –«

»Irgendwie muß ich mich wehren«, unterbrach ihn Denise.

»– und mich vor aller Öffentlichkeit lächerlich zu machen«, fuhr Claude fort.

»Ich habe ihnen nichts anderes erzählt als die Wahrheit«, sagte Denise.

»Wir haben die Arbeit zusammen gemacht, das weißt du genau. Seit wann sagen wir: ›Das habe ich getan‹ und ›das hast du getan?‹ Wohin ist es mit uns gekommen, Denise, daß wir darüber diskutieren müssen?«

»Ich habe dich geheiratet, um nicht nur bei der Arbeit, sondern auch beim Vergnügen deine Gefährtin zu sein. Wenn du dein Vergnügen anderswo suchst und mir nur den Anteil an Arbeit überläßt, so ist das für mich nicht genug. Du hast mich allein gelassen. Ich muß allein für mich sorgen, jetzt und in Zukunft, und so sprach ich auch für mich allein.«

»Denise, ich sagte dir, daß wir das in Ordnung bringen würden.«

»Wie?«

»Ich weiß es noch nicht«, erwiderte er kleinlaut, »aber sicherlich ist das hier weder die Zeit noch der Ort, um Entscheidungen zu treffen.«

»Ich will dir eines sagen – ich warte deine Entscheidungen nicht ab. Von jetzt ab treffe ich meine eigenen.«

»Dann triff sie eben«, sagte er.

Ihre Augen funkelten ihn an, aber sie wollte jetzt einen weiteren Streit vermeiden. »Hol mir was zu trinken«, befahl sie.

Er winkte einen Diener herbei, und als dieser mit dem Tablett erschien und sie beide sich ein Glas mit Champagner nahmen, bemerkte Denise, daß die beiden Männer, die auf sie zugegangen und dann wieder umgekehrt waren, nun offenbar dachten, daß der Familienstreit beendet sei.

Graf Bertil Jacobsson trat mit einer leichten Verbeugung zu den Marceaus. »Wie geht es Ihnen? Einer unserer bekanntesten Mitbürger ist begierig darauf, Ihre Bekanntschaft zu machen.« Er zauberte Hammarlund wie aus einer Theaterkulisse hervor. »Dr. Denise Marceau – Dr. Claude Marceau – unser berühmter Industrieller, Herr Ragnar Hammarlund.«

Hammarlund wandte sich an Denise. »Graf Jacobsson erzählte mir, Sie seien brillant gewesen bei der Pressekonferenz heute nachmittag.«

»Da hat er weit übertrieben«, sagte Denise mit einem Lächeln für Jacobsson und einem triumphierenden Seitenblick für ihren Mann.

»Es ist wirklich so«, sagte Jacobsson begeistert. »Ich habe schon viele Chemiepreisträger reden gehört, aber nur wenige haben sich so klar ausgedrückt wie *Madame le docteur.*« Er wandte sich nun an Claude. »Ich hoffe, daß es Ihnen gut gefällt heute abend.«

»Es würde mir noch besser gefallen«, erwiderte Claude freimütig, »wenn ich einen schwedischen Drink bekommen könnte statt Champagner. Für einen Franzosen ist Champagner dasselbe wie Milch für einen Amerikaner.«

»Aber natürlich, Sie können alles haben«, sagte Jacobsson, sich nervös umschauend.

»Sehr gut – übrigens, wo ist der Waschraum?« fragte Claude. Er nickte seiner Frau zu. »Chérie«, sagte er, und dann zu Hammarlund: »Entschuldigen Sie mich bitte einen Augenblick, Herr Hammarlund. Ich komme gleich wieder.«

Er wandte sich ab und ging dann mit Jacobsson eilends davon.

Denise schaute ihm nach, noch wütender als zuvor, weil er sie mit einem völlig Fremden stehenließ, den sie jetzt sagen hörte: »Ich habe Ihre Arbeit seit Jahren in den wissenschaftlichen Zeitschriften verfolgt. Kein anderer Chemiker auf Erden hätte diese Anerkennung mehr verdient.«

»Und ich habe seit Jahren von Ihnen gelesen«, sagte Denise mit Anstrengung. »Ist es wahr, daß Sie einst für Ivar Kreuger gearbeitet haben?«

»Ja, doch ich war schon Monate vor dem Skandal ausgestiegen«, erwiderte Hammarlund. »Ich verließ Kreuger und sein Streichholzreich und nahm anderweitige Verbindungen auf. Ich habe nur wenig Interesse für Zündhölzer – obgleich mehrere meiner Forscher jahrelang daran gearbeitet haben, ein permanentes Zündholz zu produzieren, das seinen Besitzer überdauert.«

»Ich wußte gar nicht, daß Sie sich für Forschung interessieren«, sagte Denise, und weil sie zu ungeduldig war, um höflich zu sein, fügte sie hinzu: »Ich dachte, Männer wie Sie interessierten sich nur für Geld?«

»Das tun wir auch«, bestätigte Hammarlund trocken. »Aber Forschung bedeutet im Grunde genommen Geld. Ich besitze allein in Schweden neun Industrie-Laboratorien. Zwei habe ich sogar in Ihrem Heimatland Frankreich. Sie tragen nicht meinen Namen, aber sie werden unterhalten durch meine Stiftungen, und eines Tages wird eines meiner Laboratorien ein Gewebe produzieren, das sich niemals abnützt, oder einen Automobilreifen, der ewig hält – und das Riesenkapital, das ich in Unwahrscheinlichkeiten stecke, wird sich voll bezahlt machen. Zur Zeit interessiere ich mich für synthetische Nahrungsmittel. Ich habe noch einen Aufsatz in meinen Akten, den Sie und Ihr Gatte vor langer Zeit veröffentlichten. Er betrifft Experimente, die Sie mit einer Sorte Algen als möglichen Nahrungsersatz anstellten.«

»Ja, das war kurz nach unserer Verheiratung.«

»Warum haben Sie diese Arbeit aufgegeben?«

»Wir sahen keine Zukunft darin, und wir waren jung und von tausend Hoffnungen erfüllt. Wir arbeiteten an einem Dutzend von Projekten, bis wir das eine fanden, dem wir uns dann mit ungeteilter Kraft widmeten.«

»Aus einem selbstsüchtigen Gesichtspunkt heraus wünschte ich, Sie hätten auf synthetischem Gebiet weitergemacht. Übrigens arbeitet ein hervorragender analytischer Chemiker direkt unter mir in meinem Privatlaboratorium hinter meiner Villa. Es ist Dr. Oscar Lindblom, ein noch unbekannter junger Mann, der eines Tages berühmt werden wird. Erst heute morgen bereiteten wir zusammen eine Homogenese vor. Nahrungsmittel-Synthese ist ein richtiges Hobby von mir. Möchten Sie gern erfahren, warum ich mich gerade für dieses Gebiet so sehr interessiere?«

Denise wollte es nicht wissen. Sie schaute sich suchend nach Claude um, bis ihr einfiel, daß ihr Gefährte sie etwas gefragt hatte. »Warum Sie sich gerade dafür interessieren? Um damit Geld zu verdienen, nehme ich an.«

»Diesmal, in aller Aufrichtigkeit, nein, wenigstens ist es nicht der ausschlaggebende Grund. Sehen Sie, Frau Doktor, ich bin immer Vegetarier gewesen, und diese Einstellung brachte mich dazu, mich auf synthetische Nahrungsmittel zu spezialisieren – einschließlich Algen, die ich den synthetischen Mitteln gleichsetze, und erst dann sah ich allmählich, daß der kommerzielle Wert solcher Produkte noch wichtiger ist als ihre übrigen Vorzüge. Eines Tages – schon bald – wird niemand auf Erden mehr Hunger leiden oder unterernährt sein, dank der billigen synthetischen Nahrungsmittel.«

»Die Sie fabrizieren werden?«

»Das ist mein Traum. Auf jeden Fall betreibe ich beinahe einen

Heroenkult mit überragenden Chemikern, und so habe ich mit Freuden die Gelegenheit ergriffen, Sie persönlich kennenzulernen. Auch wissen Sie ja vielleicht, daß ich in dieser Woche ein Diner gebe für die in Stockholm weilenden Nobelpreisträger, und es würde uns eine Ehre sein –«

»Sie sagen ›wir‹. Sind Sie verheiratet?«

»Ich lebe mit Vorliebe allein. Ich halte es darin mit Ibsen: ›Ein starker Mann ist am stärksten allein.‹«

»Und eine starke Frau?«

Er starrte sie an, der flache Spiegel seiner Augen fing eine Vision auf von ihrer Unzufriedenheit und Bitterkeit. »Bei einer Frau bin ich mir nicht so sicher – Frauen sind da wohl anders.« Er wartete auf ihren Widerspruch, aber sie hatte sich wieder in der Gewalt. »Mit ›wir‹«, fuhr er fort, »meine ich meine Feunde, und es wird mir eine Ehre sein, Sie bei mir zu begrüßen. Dr. Lindblom wird natürlich auch anwesend sein beim Souper – ich glaube, er wird Sie interessieren –, und Fräulein Märta Norberg wird liebenswürdigerweise als meine Gastgeberin fungieren.«

»Märta Norberg – die Schauspielerin?«

»Niemand anders! Ich darf also hoffen, daß Sie und Ihr Mann meine Gäste sein werden?«

»Ich spreche nie für meinen Mann«, erwiderte Denise. »Sie müssen ihn selbst einladen. Was mich angeht, ja, ich werde mit Vergnügen kommen. Allerdings unter zwei Bedingungen – Sie dürfen nicht darauf bestehen, daß ich mir Ihr Laboratorium anschaue, und Sie dürfen mir weder eine synthetische noch eine vegetarische Mahlzeit vorsetzen.«

Hammarlund tupfte sein feuchtschimmerndes Albinogesicht fast vergnügt mit dem Taschentuch ab. »Ich verspreche Ihnen beides.«

Er betrachtete sie einen Augenblick forschend, und in diesem Augenblick sah sie Claude und Jacobsson auf sie zukommen. »Hier sind sie endlich«, sagte sie rasch. »Mit meinem Mann werden Sie sich bestimmt gut unterhalten.« Und an Claude gewendet, der jetzt mit Jacobsson zu ihnen trat, fuhr sie fort: »Herr Hammarlund war überaus liebenswürdig, und du wirst in ihm einen Gönner der Chemie finden und sehr geschmeichelt sein, wenn du erfährst, daß ihm unsere erste Arbeit bekannt ist.« Dann sagte sie unvermittelt zu Jacobsson: »Ich habe noch fast kein Wort mit den anderen Preisträgern gewechselt. Ich glaube, ich sollte das tun.« Sie nahm Jacobssons Arm. »Würden Sie mich geleiten, Graf?«

Zu der Gruppe – der größten im *Weißen-Meer-Salon* –, der Denise Marceau und Jacobsson sich anschlossen, gehörten Saralee Garrett, John Garrett, ein ernster, mit Pickeln behafteter schwedischer Prinz in Uniform, Margherita Farelli, Carlo Farelli, Konrad Evang, Emily Stratman, Max Stratman und Carl Adolf Krantz.

Der junge Prinz hielt mit unnatürlich hoher Stimme einen biographischen Vortrag über Alfred Nobel, als Antwort auf eine von Margherita etwas plump gestellte Frage über den Stifter des Preises. John Garrett hörte mit schlecht verhehlter Ungeduld zu, denn ihm stand der Sinn weder nach Informationen noch nach Unterhaltung, sondern nach Mord.

Seit seinem Fiasko bei der Pressekonferenz war er sich seines Wertes wieder bewußt geworden und hatte entschieden, daß er berechtigt sei, sich mit allen Mitteln, und sei es selbst Mord, zu verteidigen. Nie wieder würde er zulassen, daß der Italiener ihn wie einen untergeordneten Assistenten behandelte. Er wartete nur darauf, daß Farelli das Wort ergriff, damit er ihn unterbrechen, ihm widersprechen und ihn so als ein unwürdiges Mitglied dieses erlesenen Kreises bloßstellen konnte. Doch der so beredte und schwungvolle Farelli von heute nachmittag schien nicht vorhanden. Heute abend war er nur Zuhörer, und Garrett knirschte mit den Zähnen und kam nicht zum Zug.

Der junge Prinz setzte mit schriller Stimme seinen Vortrag über Alfred Nobel fort: »– ist ein weiterer Grund, daß wir ihn so glühend bewundern. Er überwand alle Widerstände. Sein Vater wurde zweimal bankrott. Er selbst hatte keine regelrechte Ausbildung genossen und nicht einmal eine abgeschlossene Schulbildung. Das wird Sie besonders interessieren, Professor Stratman. Sie sprachen von John Ericsson – dem Erbauer der *Monitor* für Lincoln – und von seinen frühen Experimenten, die Sonnenstrahlen zu speichern. Wußten Sie, daß Nobel in Amerika mit Ericsson zusammentraf?«

»Tatsächlich?« sagte Stratman.

»Es steht in unseren Geschichtsbüchern. Nobel war damals erst siebzehn. Ericsson zeigte ihm die Maschine, die er mit Sonnenenergie in Gang zu setzen hoffte, und das inspirierte die erfinderische Ader in Nobel.«

»Und dann erfand Nobel das Nitroglyzerin«, warf Garrett wichtigtuerisch ein.

»Ich glaube, das ist nicht ganz korrekt, Dr. Garrett.« Es war Farelli, der hiermit in die Unterhaltung eingriff. »Nitroglyzerin – Sprengöl – wurde von einem meiner Landsleute entdeckt, einige Zeit vor Nobel – von Professor Ascanio Sobrero in Turin.«

»Richtig«, bestätigte der junge Prinz.

Garretts Selbstvertrauen sank bei diesem neuen Rückschlag. Er war übereifrig gewesen und beschloß, den gleichen Fehler nicht zweimal zu machen.

»Was Nobel gelang, war die Erfindung des Zündhütchens«, sagte der junge Prinz, »und später des Sicherheitspulvers, bestehend aus Nitro in Kombination mit deutschem Ton, womit das große Dynamitgeschäft begann, das ihn zum Millionär machte. Doch wie ich schon sagte, für ihn war es immer ein Kampf gegen Widerstände. In den Anfangsstadien sprengte der Explosivstoff seine Fabrik in die Luft, wobei sein jüngerer Bruder getötet wurde. Er mußte sein Laboratorium auf ein Pontonfloß inmitten eines schwedischen Sees verlegen. Durch unglückliche Zufälle sprengte sein Explosivstoff Schiffe vor Deutschland und Panama in die Luft, einen ganzen Häuserblock in San Francisco, ein Warenhaus in Australien. Einmal hat der amerikanische Senat, wie mir berichtet wurde« – er sprach jetzt zu Garrett –, »allen Ernstes über eine Gesetzesvorlage debattiert, die das Verschiffen von Nobels Sprengstoff zu einem Verbrechen erhob, das mit Tod durch den Strang bestraft werden sollte.«

»Ja«, sagte Garrett, »meine amerikanischen Landsleute sind oft sehr argwöhnisch gegen die Wissenschaften. Als ich meine Forschungen in der Herztransplantation machte, erhielt ich viele drohende verschrobene Briefe, die mich davor warnten, mit Gott konkurrieren zu wollen.«

Farelli schwieg, und Garrett fühlte sich erwärmt durch diesen kleinen Sieg.

»Glücklicherweise lernte Nobel, sein Dynamit zu zähmen und zu bändigen«, sagte der junge Prinz, »und innerhalb von zehn Jahren besaß er fünfzehn Fabriken und war einer der reichsten Männer der Welt – fast so reich für damalige Verhältnisse wie heute unser berühmter Herr Hammarlund.«

»Höchst interessant«, sagte Farelli. »Aber mich würde noch etwas anderes interessieren. Ich weiß so gut wie nichts über meinen Wohltäter selbst, von seinem Charakter, seinem Privatleben. Was für ein Mann ist er gewesen?«

Garrett sprang ein. »Sicherlich, Dr. Farelli, haben Sie wenigstens einen der zahllosen Artikel oder eines der Bücher über Nobel gelesen? Man findet sie überall. Ich las viele und habe das Gefühl, ihn genauso gut wie einen meiner Verwandten zu kennen.«

»Dann müssen Sie zwischen den Zeilen lesen können, Dr. Garrett«, erwiderte der Italiener. »Ich habe nicht gesagt, daß ich noch nichts über Nobel gelesen hätte, sondern daß ich trotz aller Lektüre nichts über ihn weiß. Was für ein Mann ist das, der etwas so Destruktives wie Dynamit erfindet und gleichzeitig Preise stiftet für den Frieden auf Erden, für Idealismus in der Literatur und für Entdeckungen, die dem Wohle der Menschheit dienen?«

»Schuldbewußtsein, alles nur Schuldbewußtsein«, sagte Garrett mit schwankender Stimme, sich verzweifelt der Ausdrucksweise von Dr. Keller und der Therapiegruppe bedienend. »Er hat für seine Schuld bezahlt. Das ist doch ganz klar.«

»Graf Jacobsson hat Nobel persönlich gekannt«, warf der junge Prinz ein.

Graf Bertil Jacobsson räusperte sich. »Wenn ich etwas dazu bemerken darf –«

Alle Augen ruhten auf Jacobsson, als er fortfuhr: »– so neige ich dazu, Dr. Farelli zuzustimmen, daß Nobel bis zum heutigen Tag ein Rätsel blieb. Kein Buch hat seine widerspruchsvolle Natur richtig dargestellt. Gewiß, ich lernte ihn flüchtig kennen, in gewissem Sinn habe ich jedoch mein ganzes Leben mit ihm verbracht, und trotzdem bezweifle ich, ihn zu kennen.«

Garrett spürte, wie Saralee mitfühlend den Arm in seinen schob, aber das konnte ihn nicht trösten.

»Nobel war ein Atheist, trotzdem las er die Bibel«, sagte Jacobsson. »Er war ein Junggeselle, der die Frauen widerwärtig fand, trotzdem bewunderte er die Wohlgestalt junger amerikanischer Schönheiten. Unsere Miss Stratman hätte ihm außerordentlich gut gefallen.«

Farelli, Krantz, Evang und der junge Prinz folgten Jacobssons Hinweis und taxierten alle zugleich Emilys Reize. Sie wurde rot vor Verlegenheit und bedeckte dann unwillkürlich mit der Hand den Brustansatz, den der tiefe Ausschnitt des Kleides frei ließ, das sie erst nicht anziehen gewollt und dann aus Trotz doch gewählt hatte.

Als Graf Jacobsson ihre tiefe Verlegenheit bemerkte, an der er sich schuldig fühlte – dabei hatte er nur ihrer stillen Schönheit seine Reverenz erweisen wollen –, nahm er rasch seine Erzählung wieder auf. »Nobel war ein Sozialist, andererseits spielte er mit dem Gedanken, eine Art Diktatur zu wählen, wobei das Stimmrecht auf die Gebildeten beschränkt sein sollte. Über Preise pflegte Nobel zu spotten. Er sagte oft, er verdanke den schwedischen Orden des Nordsterns seinem Koch, dessen Gerichte die Männer verführt hätten, die den Orden vergaben. Er behauptete steif und fest, den brasilianischen Orden der Rose habe er nur deshalb erhalten, weil er Dom Pedro, den Beherrscher Brasiliens, persönlich kannte. Er verabscheute die Publizität, weigerte sich, Interviews zu geben oder sich fotografieren zu lassen. »Das paßt für Schauspieler und Mörder«, hörte ich ihn einmal sagen. »Trotzdem stiftete er seinen weltberühmten Nobelpreis. Was würde er wohl über unsere Pressekonferenzen gedacht haben?«

Stratman mischte sich ein. »Warum hat er eigentlich nicht daran gedacht, auch die Besten in Botanik, Biologie, Zoologie und Psychologie zu ehren?«

»Er hat noch zahlreiche andere Gebiete weggelassen«, stimmte Jacobsson zu. »Architektur zum Beispiel, Volkswirtschaft, Musik und bildende Kunst. Und das ist kein Zufall. Er bedachte nur die Gebiete mit dem Preis, die ihn selbst interessierten. Um ganz aufrichtig zu sein, in einem früheren Testament war auch die Literatur weggelassen – aber dies korrigierte Nobel, als er in seinen letzten Jahren zu lesen und zu schreiben begann und sein Interesse für Literatur erwachte.«

»Wie ich hörte, gab es mit seinem Testament Schwierigkeiten?« sagte Stratman.

»Ja, leider.« Jacobsson wäre in diesem Punkt gern diskret gewesen, aber der Pädagoge in ihm drängte alle Vorsicht beiseite. »Er war mißtrauisch gegen die Juristen, und so verfaßte er ohne Zeugen ein dilettantisches Testament. Er hinterließ ein Vermögen, aber setzte niemand namentlich fest, der es verteilen sollte. Glücklicherweise übernahm der König diese Pflicht. Nobel hatte Verwandte in Rußland und Schweden, und der schwedische Zweig erhob Einspruch gegen das Testament und führte diesen Kampf fünf Jahre lang. Schließlich wurde dieser Streit beigelegt, und die Preise wurden neunzehnhunderteins zum erstenmal erteilt, in der Musikakademie, sechs Jahre nach Nobels Tod.«

»Ich zum Beispiel – Margherita und ich –, wir sind sehr dankbar«, sagte Farelli fröhlich. »Nicht nur die Ehre – Nobel wußte das ja ganz genau –, sondern die Lire, vielmehr Kronen, werden sehr nützlich sein in einer Zeit, in der Geld als die höchste Ehre angesehen wird.«

»Was werden Sie mit dem Geld anfangen?« fragte Garrett kampflustig über die ganze Gruppe hinweg.

»Ich gebe alles meiner Lieblingsstiftung«, sagte Farelli, »dem Carlo-Farelli-Fonds, um damit Carlo Farelli und alle kleinen Farellis am Leben zu erhalten.«

»Sie wollen das Geld für sich behalten?« fragte Garrett vorwurfsvoll.

»Ganz bestimmt.«

»Jedermann nach seinem Geschmack. Ich übergebe meinen Anteil dem *Rosenthal Medical Center* in Pasadena – für Grundlagenforschung. Die Grundlagenforschung braucht jeden Pfennig, den sie kriegen kann.«

»Meinen Glückwunsch«, sagte Farelli. »Ich beneide Sie darum, daß Sie sich das leisten können.«

»Ein Wissenschaftler hat keine andere Wahl«, erwiderte Garret pathetisch.

Carl Adolf Krantz machte eine Geste zu Stratman hin. »Und Sie, Herr Professor? Oder wünschen Sie darüber nicht zu sprechen?«

»Ich muß die Partei meines Freundes aus Rom ergreifen«, erwiderte Stratman. »Ich werde den Geldpreis behalten. Die Welt hat einen brauchbaren Beitrag von mir bekommen, und ich kann ihr Geld gut brauchen.«

»Bravo, das ist ganz meine Meinung«, sagte Krantz mit Enthusiasmus.

Garrett wurde rot. »Schön, die Abstimmung steht zwei zu eins, trotzdem finde ich –«

Graf Bertil Jacobsson sah, daß der Augenblick zu diplomatischer Vermittlung gekommen war, und er unterbrach sanft den Protest des

Amerikaners. »Ich glaube, es gibt keine Regel im Zusammenhang mit diesem Einkommen. Viele, wie Sie, Dr. Garrett, haben die Summe für bewunderungswürdige Ziele hingegeben. Albert Einstein behielt nichts von seinem Nobelgeld. Mit Billigung seiner zweiten Frau, Elsa, die auch seine Kusine war, schenkte er die Hälfte des Geldes seiner ersten Frau, Mileva, für all ihre Mühsal in seinen schwierigen ersten Jahren. Das übrige übergab er wohltätigen Einrichtungen in Berlin. Romain Rolland schenkte sein Geld pazifistischen Organisationen. Fridtjof Nansen ließ von seinem Geld zwei landwirtschaftliche Schulen in Rußland errichten. Rabindranath Tagore übergab sein Nobelgeld seiner internationalen Schule in Indien –«

»Jane Addams«, unterbrach ihn Konrad Evang, »gab ihren Anteil von fünfzehntausendsiebenhundertfünfundfünfzig Dollar der Internationalen Frauenliga für Freiheit und Frieden.«

Jacobsson nickte. »Richtig. Aber andererseits haben ebenso viele es vorgezogen, das Geld zu behalten. Selma Lagerlöf zum Beispiel, Björnson, die Curies, Yeats, der Physiker Dr. Clinton Davisson und Knut Hamsun. Sie sehen also, meine Herren, es gibt da keine Norm.«

»Vor allem ist es wichtig, zu wissen«, sagte der junge Prinz, »daß von Nobels neun Millionen Dollar eine Viertelmillion in amerikanischen Staatspapieren und alles übrige in schwedischen Wertpapieren, Eisenbahnen, Immobilien investiert wurde und daß daraus immer genügend Zinsen zur Verfügung stehen, die an die Preisgewinner verteilt werden können. Ich erinnere mich nicht eines einzigen Jahres, in dem ein Einzelpreis weniger als dreißigtausend in amerikanischen Dollars betragen hätte, und in diesem Jahr beträgt er über fünfzigtausend. Ich glaube, daß wir das wohl allein unserer gesunden Wirtschaft – und unserer jahrelangen Neutralität – verdanken.«

Jacobsson bedauerte, daß die Neutralität mit solcher Selbstgefälligkeit zur Sprache gebracht worden war, und fühlte, daß er, ohne den Prinzen zu beleidigen, den dadurch entstandenen Eindruck korrigieren mußte.

»Ich weiß nicht, wieviel unsere Wirtschaft durch unsere Art der Neutralität gewonnen hat«, wandte er vorsichtig ein, »auch begünstigten doch die meisten Schweden im Zweiten Weltkrieg die Sache der Alliierten, und –«

»Unsinn!« unterbrach ihn Carl Adolf Krantz in scharfem Ton.

»– doch, trotz des Einspruchs meines Kollegen, die meisten Schweden unterstützten die Sache der Alliierten, wann immer sie konnten. Wir sandten neunzehnhundertneununddreißig einhundert Millionen Dollar und neuntausend Freiwillige nach Finnland zur Unterstützung seines Kampfes gegen Rußland. Als wir eine Nazi-V-1-Rakete fanden, schickten wir sofort die einzelnen Teile nach England. Wir hatten ein Aufnahmelager für jüdische Flüchtlinge in Malmö, und wir weigerten uns, nazistischen oder faschistischen Kriegsverbrechern Asyl zu gewähren. Wir bewahrten fast zwanzigtausend Dänen und Norweger vor den Konzentrationslagern.«

»Schweden war deutschfreundlich gesinnt, wie Sie genau wissen«, fuhr Krantz Jacobsson zornig an. »König Gustag V. war mit einer Deutschen verheiratet. Alle unsere Wissenschaftler, wie auch ich, haben auf deutschen Universitäten studiert. Deutsch war unsere zweite Sprache in Stockholm. Und im Krieg haben wir es England verweigert, über unser Land Truppen nach Finnland zu schicken, statt dessen erlaubten wir Hitler neunzehnhundertvierzig – mit vollem Recht damals –, auf unseren Eisenbahnen Truppen und Geschütze nach Narvik und Trondheim zu befördern. Neunzehnhunderteinundvierzig ließen wir eine ganze deutsche Division durch unser Land nach Finnland zum Angriff auf Rußland marschieren. Wir lieferten Kugellager nach Deutschland und Hunderte andere lebensnotwendige Dinge. Ich bedaure die Nazi-Exzesse, von denen die meisten Deutschen nichts wußten, aber Deutschland ist das Land, das Beethoven, Goethe, Kepler, Hertz, Hegel hervorbrachte –«

»Und auch Goebbels, Himmler, Streicher, Heydrich, Ilse Koch«, sagte Stratman seufzend.

Aus dem Konzept gebracht, starrte Krantz Stratman erstaunt an. »Ja, natürlich, das will ich nicht leugnen, Herr Professor, aber es ist immer so – wo es Gutes gibt, ist auch Böses vorhanden. Und wenn das Böse vergeht, bleibt das Gute. Alle Schweden sind sich darüber klar. Da wir beständig Zuschauer sind, behalten wir unsere Objektivität. Ich bin jedenfalls stolz darauf, daß ich früher für Deutschland tätig war. In Friedenszeiten hat es uns mehr gegeben als England oder Amerika.«

Eine bange Stille trat ein, bis schließlich der junge Prinz das Wort ergriff. »Ich glaube, es ist allbekannt, daß Schweden sich weder für die Deutschen noch für die Alliierten einsetzte. Schweden war für Schweden und für die Menschlichkeit, wie es das Märtyrertum unseres verehrten Dag Hammarskjöld für die Sache des Friedens beweist.«

»Ich war im Zweiten Weltkrieg Mitglied eines Sanitätskorps, das der Marine zugeteilt war«, sagte Garrett daraufhin so unzusammenhängend mit dem Vorgehenden, wenigstens für die Zuhörer, daß manche sichtlich sehr erstaunt waren. Aber Garrett wußte genau, worauf er hinauswollte. »Ich war Zeuge des Kampfes bei Iwo Jima«, fuhr er fort, den Blick auf Farelli geheftet. »Wo waren Sie eigentlich im Zweiten Weltkrieg, Dr. Farelli?«

Es entstand ein betretenes Schweigen.

Farelli bewahrte seinen Gleichmut. Er betrachtete Garrett kühl. »Ich war nicht bei Iwo Jima dabei, denn ich befand mich als Häftling im *Regina-Gefängnis* in Rom. Nicht alle Italiener gehörten zu Mussolinis Schwarzhemden, wie Sie sehen.«

Garrett fühlte den Hieb und verstummte.

Farelli wandte sich an Stratman. »Ich bin jedoch sicher, Professor Stratman weiß mehr von all diesem Leid als ich«.

Stratman fühlte, wie Emily neben ihm zusammenzuckte, und er erwiderte in leisem, ernstem Ton: »Ich habe nicht gelitten, jedenfalls nicht physisch. Ich verbrachte den ganzen Krieg in einem Laboratorium, als Geisel. Die Frau meines Bruders war in Ravensbrück und dann in Auschwitz.«

In seinem verletzten Selbstbewußtsein wollte Garrett irgend etwas sagen, um sich wieder Respekt zu verschaffen. Er wollte Mitgefühl zeigen. Ohne weiter nachzudenken, fragte er Stratman: »Wurde sie in der Gaskammer umgebracht?«

Stratman fuhr zurück und schaute Emily an. Ihre Augen hatten sich mit Tränen gefüllt. »Ich – ich möchte was zu trinken«, stieß sie hervor, drehte sich um und eilte davon.

Stratman blickte ihr nach und wandte sich dann an Garrett und die andern. »Ja, sie fand den Tod in der Gaskammer. Sie war Emilys Mutter. Emily verbrachte den Krieg in Ravensbrück. Sie ist jetzt in meiner Obhut.«

Die Unterhaltung war in eine Sackgasse geraten, die Gruppe löste sich langsam auf und die einzelnen Mitglieder gesellten sich zu den anderen Gästen im Salon.

Wie gebannt, in seiner Trunkenheit alle Höflichkeit außer acht lassend, hatte Andrew Craig schon seit einer Weile die schlanke Brünette mit dem aufreizend schönen Gesicht in der Gruppe nebenan betrachtet. Von all den jungen Frauen in dem großen Salon war sie die einzige, die sein Interesse erregte. Jetzt sah er mit Bestürzung, daß ihr Gesicht sich vor Aufregung verzerrte und daß sie sich von den anderen entfernte. Seine Augen folgten ihr, und er entdeckte, daß sie auf einen livrierten Diener zuging, der sich zwischen ihm und dem Mädchen befand.

Einen plötzlichen Impuls gehorchend, verabschiedete Craig sich formlos von seiner Gesellschaft, die aus Ingrid Pahl, einem Gelehrten und Mitglied der Schwedischen Akademie sowie dem italienischen Gesandten bestand, und versuchte, obwohl ein wenig schwankend, den Diener zu gleicher Zeit wie das Mädchen zu erreichen.

Emily Stratman stand schon vor dem Tablett und ergriff das letzte Glas mit Champagner, als Craig hinzutrat. Er schaute den Diener fragend an, und dieser hielt einen Finger in die Höhe zum Zeichen, daß Craig warten solle, und eilte davon.

Craig sah das Mädchen an, dessen Gesicht über das Glas geneigt war. »Ich bin sicher, wir haben uns schon irgendwo kennengelernt«, sagte er.

Sie hatte ihn bisher kaum wahrgenommen und hob nun den Kopf.

»Nein, das haben wir nicht«, erwiderte sie. Plötzlich krauste sie die Nase, als ob es sie kitzele. »Es prickelt«, sagte sie und deutete auf den Champagner.

»Sie müßten Französin sein – oder eine Tauchmaske tragen –, um kein Kitzeln zu verspüren.«

Sie vermied seine Augen, und er fuhr fort: »Wenn wir uns noch nicht kennengelernt haben, so können wir das jetzt nachholen. Ich bin Andrew Craig. Ich habe –«

»Ich weiß«, sagte sie. »Man hat mich auf Sie aufmerksam gemacht, als Sie hereinkamen. Meine Glückwünsche.«

»Vielen Dank. Sind Sie Professor Stratmans Tochter?«

»Seine Nichte.«

»Und Sie sorgen für ihn?«

»Wahrscheinlich ist es umgekehrt.« Sie zögerte und fügte dann hinzu: »Mein Onkel ist sehr selbständig. Ich bin es nicht.«

Er schaute sie forschend an. Sie war größer, als er erwartet hatte. Das kurze schwarze Haar, das in Locken ihre Wangen umrahmte, gab ihrem mädchenhaften Gesicht ein pikantes Aussehen. »Jungfräuliche Vestalin«, dachte er, doch die ostasiatisch schrägliegenden Augen, grün wie Smaragde, machten den Vergleich unmöglich. Ihre Gelassenheit entzückte ihn.

Sie war ein Bild der Selbstsicherheit, obwohl sie eben gesagt hatte, sie sei nicht sehr selbständig.

»Ich habe Sie vor ein paar Minuten beobachtet, in dieser Gruppe mit Ihrem Onkel«, sagte er. »Ich war beeindruckt von Ihrer gelassenen Haltung – dem *sangfroid*, das die Franzosen so bewundern –, und dann schienen Sie plötzlich sehr aufgeregt und liefen davon. Sind Sie noch immer aufgeregt?«

»Ja, sehr. Lassen Sie sich von der Fassade nicht täuschen. Es hat Jahre gebraucht, sie zu errichten, um etwas zu haben, wohinter man sich verbergen kann.« Sie hielt inne, als sei sie erstaunt über sich selbst. »Ich weiß gar nicht, warum ich Ihnen das erzähle. Ich muß betrunken sein. Das ist schon mein viertes Glas Champagner.«

»Nein, ich muß betrunken sein, daß ich darüber überhaupt gesprochen habe.« Er war gezwungen, mehr zu sagen. »Ich fragte Sie nur deshalb danach, weil ich Angst hatte, etwas Falsches zu sagen. Ich kann es nicht erklären. Es erschien mir plötzlich wichtig, das ist alles.«

»Schon gut. Es macht mir nichts aus.«

»Sie wissen meinen Namen, aber ich weiß den Ihren nicht.«

»Emily Stratman. Geburtsort Deutschland. Naturalisierte amerikanische Bürgerin. Aufgewachsen in New York City, seit meinem fünfzehnten oder sechzehnten Lebensjahr. Jetziger Wohnort Atlanta, Georgia. Habe ich etwas vergessen?«

»Ja. Ehestand.«

»Geschworene Einzelgängerin.«

»Als Resultat einer zerbrochenen Ehe?«

»Ist das die Art, wie Schriftsteller ihren Stoff sammeln? Keinerlei Ehe. Weder in der Vergangenheit, Gegenwart noch Zukunft.«

»Wie können Sie über die Zukunft Bescheid wissen?«

»Weil ich über die Gegenwart Bescheid weiß. Doch keinerlei Grübelei heute abend. Keine Selbstanalyse. Nur Champagner und der König.«

»Mit anderen Worten, Sie haben sich noch immer nicht beruhigt?«

Einen Augenblick blieb sie stumm und blickte in ihr Glas, ohne zu trinken. Dann schaute sie auf und begegnete seinen Augen. »Stimmt. Und ich nehme an, Sie wollen den Grund dafür wissen?«

Er nickte.

»Es ist Material für Ihr nächstes Buch, Mr. Craig!« Sie berichtete ihm kurz, was vorgefallen war, und schloß dann: »Jedenfalls schmerzte es mich, als sei es eben erst passiert – es war, als schaute ich in den Sarg meiner Mutter. Ich hatte an sie – auf diese Art – seit Jahren nicht mehr gedacht. Und dann, aus dem Blauen heraus, unter Fremden, an diesem offiziellen Ort, wurde alles wieder aufgerührt. So verlor ich die Beherrschung. Nun haben Sie Ihr Material, Mr. Craig.«

Er war sehr erschüttert. »Ich will kein Material von Ihnen, Miss Stratman.«

»Was wollen Sie sonst?«

»Jemand, mit dem ich mich ganz ungezwungen unterhalten kann.«

Der livrierte Diener war mit seinem gefüllten Tablett zurückgekehrt, und Craig nahm ein Glas Champagner und wartete, bis sich der Mann entfernt hatte.

»Ich muß revidieren, was ich eben sagte«, begann er dann sogleich wieder, »was ich wünsche, ist nicht irgend jemand, um mich zu unterhalten – ich will mich speziell mit Ihnen unterhalten. Keine Erklärung darüber. Man sieht ein Mädchen, eine junge Dame, und weil ihre Augen grün sind oder ihr Lächeln reizend ist oder weil sie ihr Haar aus der Stirn gebürstet trägt –«

»Oder weil sie aufgeregt ist.«

»– ja, lauter solche Dinge, und deshalb möchte man sie kennenlernen. Manchmal lernt man sie kennen und merkt, es war ein Irrtum und man ist wieder mal auf eine Illusion hereingefallen, und manchmal –« Seine Stimme verebbte, und er zuckte die Achseln und trank.

»Ist die Frau, mit der Sie kamen, ein Mitglied Ihrer Familie?« fragte sie.

»Meine Schwägerin. Aber woher wissen Sie, daß sie nicht meine Frau ist?«

»Ich lese Zeitungen, Mr. Craig. Ich lese auch Bücher, scheffelweise, und ich lese über ihre Autoren. Ich wußte, daß Sie Witwer sind.«

»Ja, das bin ich. Meine Schwägerin war seither meine Amme, ist es nun schon drei Jahre lang.«

»Wie leben Sie?« fragte Emily nach einer kurzen Pause. »Ich weiß, Sie leben irgendwo in Wisconsin – aber wie?«

Der häßliche Film der letzten Jahre rollte in seinen Gedanken ab, und er erwog kurz, ihr die abstoßende Wahrheit zu sagen, und lehnte das dann instinktiv ab. Wie ein Jüngling wollte er einem schönen Mädchen imponieren. »Ich besitze ein geräumiges Farmerhaus im südlichen Wisconsin, in der Umgebung einer reizenden kleinen Stadt«, hörte er sich sagen. »Morgens gehe ich spazieren oder arbeite im Garten, manchmal reite ich auch aus oder besuche Freunde. Nach dem Lunch schließe ich mich in mein Arbeitszimmer im ersten Stock ein und schreibe bis zum Abend. Meine Abende verbringe ich still, ein paar Freunde, oder Karten, oder Lektüre ... Hin und wieder fahre ich für ein paar Wochen nach Chicago oder New York, um das Heu aus dem Haar zu bekommen. Ich fürchte, es klingt ein wenig langweilig.«

»Es klingt köstlich.«

Craig lächelte gezwungen. Wenn nur Lucius Mack ihn hätte hören können. Er hätte gesagt: *Well, old man*, freue mich, daß du dir wieder Romane ausdenkst – war höchste Zeit.

»Was fangen Sie mit sich an?« fragte er.

»Ich – ich versorge das Haus meines Onkels und arbeite in einem Versehrtenspital außerhalb von Atlanta, und wie ich schon sagte, lese ich eine ganze Menge. Zur Zeit übrigens eines Ihrer Bücher. Ich kaufte es für das Schiff.«

Er war erfreut und ließ es merken. »Welches?«

»Ich glaubte, ich hätte sie alle gelesen, und dann entdeckte ich, daß ich *Der Vollkommene Staat* noch nicht kannte. Ich bin fast damit fertig. Ich glaube, dieser Roman ist mir der liebste. Ich halte ihn für Ihren bedeutendsten. Onkel Max sagte, er sei vor nicht allzu langer Zeit auch in Skandinavien erschienen und habe Ihnen den Preis eingebracht. Sie verdienen ihn.«

Seine instinktive Zuneigung zu ihr war zur Anbetung geworden. »Am liebsten würde ich Sie zur nächsten Verkaufssitzung meines Verlegers schicken.«

»Das ist nicht nötig. Sie brauchen doch jetzt keine Reklame mehr.« Sie schaute ihn an. »Es ist seltsam, den Autor kennenzulernen«, sagte sie endlich. »Ich wußte nicht, was für ein Bild ich mir machen sollte. Zwei der Bücher, eigentlich drei, waren so gewalttätig – nein, ich meine zornig – wütend. Sie sind überhaupt nicht so.«

»Mein Talent zur Gewalttätigkeit ist schön verborgen und tritt nur bei besonderen Gelegenheiten in Erscheinung. Gewalttätigkeit ist eine rote Fahne – sie fordert Streit heraus – fordert dazu auf, mit dem Leben zu ringen – und meine nach außen gekehrte Seite ist zurückhaltend und verletzlich und möchte ungeschoren bleiben. Verstehen Sie das?«

»Vollkommen.«

Er schaute sich im Salon um und merkte, daß er entweder kurzsichtig war oder daß ein leichter Nebel sich über die Anwesenden gesenkt hatte. Zuviel getrunken, dachte er, viel zuviel, und nun bedauerte er diese Flucht. Er wollte hierher gehören, alle Sinne intakt, aber nun war es zu spät. Er leerte sein Glas Champagner in einer Art letzter Geißelung. »So«, sagte er und stellte das Glas auf die Marmorplatte einer Kommode, »jetzt möchte ich Ihnen etwas zeigen.«

Er nahm ihren Arm, aber sie widerstrebte. »Was wollen Sie mir zeigen?«

»Sehen Sie dort drüben die Tür? Ich hörte vorhin, sie führe zu einem der historischen Staatszimmer – Sofia Magdalenas Prunkschlafzimmer –, man sagt, es lohne sich, es anzuschauen. Also schauen wir es an.«

Sie zögerte. »Ich weiß nicht recht –«

»Seien Sie unternehmungslustig, kommen Sie!«

Das majestätische Schlafzimmer, schwach beleuchtet von einer einzigen Lampe, war in Weiß und Gold gehalten und hatte eine barocke Decke. Die Wandpfeiler erhielten ihren femininen Charakter durch rosa Lorbeerblätter. Auf der Decke befand sich eine überwältigende Allegorie der vier Kontinente. Das übrige verlor sich in den Schatten.

Craig blieb mit unsicheren Knien an der Tür stehen, seine geröteten Augen folgten Emily, als sie ohne Zögern zu einem Alkoven trat, um zwei Gérard-Gemälde zu betrachten. Im Salon draußen hatte Craig nur Emilys Gesicht betrachtet, aber in diesen privaten Gemächern sah er, wie zum erstenmal, ihren Körper, der akzentuiert wurde durch das schwarze enge Abendkleid. Er entdeckte, daß sie durchaus nicht überschlank war. Das Fleisch ihrer Schultern über den üppigen Brüsten erschien warm und weich, und die Hüften und Schenkel wölbten sich voll unter der schmalen Taille. Es war ihm, als sei er plötzlich aus einem langen Schlaf erwacht. Er ersehnte sich ein Anrecht auf Emilys körperliche Schönheit, und ein Verlangen, das ihm so lange fremd gewesen war, nahm nun, gegen alle Vernunft, ganz von ihm Besitz.

Trunken ging er durch das Schlafzimmer und blieb vor ihr stehen. Sein Herz klopfte, und er kam sich verrückt und ausschweifend vor. Überrascht sah sie ihn an.

»Ich wollte allein sein mit Ihnen«, sagte er.

Aus ihren Augen sprach Bestürzung, aber sie rührte sich nicht. »Wir sind allein.«

»Sie sind so schön – Sie sind so schön – ich muß es sagen –«

»Danke«, sagte sie steif. »Ich glaube, wir sollten jetzt –«

»Emily, ich sehne mich danach, dich zu küssen. Ich habe keine Frau berührt, aus der ich mir etwas machte – keine schöne Frau – seit –«

Er legte die Hände auf ihre Arme, spürte ihre Weichheit. Er versuchte, sie an sich zu ziehen, aber plötzlich war sie nur heftiges Widerstreben.

Sie riß sich los, trat einen Schritt zurück. »Rühren Sie mich nicht an!«

»Emily, hör mich an. Ich versuche, dir zu sagen –«

»Fort! Gehn Sie fort!« Sie wollte an ihm vorbei, aber er packte sie an den Schultern und zwang sie, stehenzubleiben.

Erst jetzt sah er sie, wie er sie noch nie gesehen hatte, atemlos, zitternd, verängstigt, in großer Bedrängnis, und in diesem Augenblick entdeckte er eine verborgene Wunde in ihr, die er bisher nur bei sich selbst gekannt hatte. Er ließ sie los. »Verzeihen Sie mir, Emily. Ich bin nicht so – wirklich nicht –, ich habe zuviel getrunken. Ich verlor den Kopf. Können Sie mir verzeihen – es vergessen? Bitte vergessen Sie es. Es kam von dem vielen Trinken – den ganzen Tag – und dann –«

Ein plötzliches lautes Knarren unterbrach seine Worte, und ein Strahl von hellerem Licht fiel auf sie. Im Türrahmen stand Leah Decker, streng wie das Gewissen.

Sie ging langsam vorwärts, mit zusammengepreßten Lippen, von einem zum andern schauend, bis sie sich fast vor ihnen befand.

Zu Craig gewendet, sagte sie eiskalt: »Ich sah dich hier hereingehen. Ich dachte, ich müßte es dir mitteilen – man wird dich vermissen. Der König wird gleich erscheinen.«

Craig atmete tief, suchte seine Fassung zu gewinnen. »Das ist Miss Emily Stratman, Professor Stratmans Nichte – meine Schwägerin, Miss Leah Decker.«

»Freut mich, Sie kennenzulernen«, sagte Emily mit matter, dumpfer Stimme. »Wollen Sie mich bitte entschuldigen – mein Onkel –«

Rasch, mit hoch erhobenem Kopf, ging sie hinaus.

Leah schaute ihr grübelnd nach und wandte sich dann zu Craig.

»So«, sagte sie.

»Was so?«

»Nicht wichtig ... Komm schon endlich.«

Als Graf Bertil Jacobssons Stock dreimal auf den Boden stieß, traten die Gäste im Salon an die Wand zurück, einen langen Halbkreis bildend, und warteten. Doch kaum war das Echo von Jacobssons Stock verhallt, als der König eintrat, gefolgt von den elegant gekleideten Prinzessinnen und Prinzen. Während das Gefolge regungslos stehenblieb, machte der König, in schmucklosem Abendanzug ohne Orden, einen Schritt vor und überschaute den Raum mit einem kurzen Anflug von Lächeln.

Jacobsson ging rasch über den Teppich zu seinem Herrscher. Er blieb dann in aufrechter Haltung vor ihm stehen, und der König bot ihm die Hand, die Jacobsson, den Kopf neigend, nahm.

Jetzt trat der König zu dem Halbkreis der Gäste, Jacobsson immer einen Schritt hinter ihm, die Namen flüsternd, während der König jeden Gast, Männer und Frauen, mit einem Händedruck, einem Nicken und einem gemurmelten Wort begrüßte.

Andrew Craig, neben Leah im ersten Drittel des Halbkreises stehend, hatte dies alles mit umnebelten Augen beobachtet, als er plötzlich eine ungewöhnliche Bewegung neben sich bemerkte. Er war belustigt, seine Schwägerin ruckartig in der Tiefe versinken zu sehen, und begriff, daß dies ihre Darstellung des eben erst erlernten Hofknickses war. Er sah sie langsam, mühsam wieder auftauchen, und kaum stand sie wieder aufrecht, hörte er seinen Namen deutlich ausgesprochen und die Worte »Literatur« und »Preisträger«. Er stand dem König von Schweden gegenüber, der ihm die Hand reichte. »Willkommen in unserem Land, Mr. Craig.« Craig drückte verwirrt seinen Dank aus, und der Monarch fuhr fort: »Ich las mit Vergnügen Ihren Roman *Der Vollkommene Staat*. Seine Gedanken entsprechen meinen eigenen.«

»Ich weiß das zu würdigen, Majestät.«

»Ich warte gespannt auf die Vollendung Ihres nächsten Werkes.«

Unterstützt von dem Bataillon Flaschen, die er getrunken, meinte Craig kühn: »Ist das ein Befehl, Majestät?«

Der König war amüsiert. »Wenn Sie es dafür halten wollen, Mr. Craig.«

»Ich fühle mich sehr geschmeichelt und inspiriert. Majestät werden das erste Exemplar erhalten.«

Der Monarch setzte seinen Weg fort, und Craig merkte, daß er sich wirklich geschmeichelt fühlte durch das Interesse des Herrschers, wenn auch freilich nicht inspiriert.

Er hörte Leahs aufgeregtes Gewisper. »Wie konntest du nur mit Seiner Königlichen Hoheit so scherzen?«

»Er schien nichts dabei zu finden. Es gefiel ihm.«

»Selbst dann ... Du bist unzurechnungsfähig, wenn du trinkst – was wirst du als nächstes anstellen?«

»Lieber Himmel, Leah, wir sind der Erfolg des Abends. Ich will deinen Hofknicks nicht kritisieren, und du läßt mein Gespräch in Frieden. So, und nun benimm dich bitte.«

»Alle sahen euch in den Korridor zu diesem Schlafzimmer gehen –«

»Und wenn schon? Hier ist kein Hurenhaus.«

Leah fuhr errötend zurück, wollte etwas entgegnen, zog es aber dann vor, sich in beleidigtes Schweigen zu hüllen.

Der König hatte inzwischen seinen gesellschaftlichen Pflichten genügt und wartete nun am Ende des Salons am Eingang zur Galerie Karls XI. auf seine Begleitung. Gefolgt von den königlichen Prinzessinnen und Prinzen, betrat er den Speisesaal. Dann formierten sich die Gäste zu einer Kolonne und begaben sich hinein zum Königlichen Bankett.

Craig fand seinen durch Tischkarte bezeichneten Platz zwischen Leah und Ingrid Pahl, etwa zehn Meter vom König entfernt, der am Kopfende des Tisches saß, zu seiner Rechten zwei Prinzessinnen, zu seiner Linken eine Prinzessin und einen Prinzen. Hinter ihm stand ein Kellner in der königlichen Livree.

Craigs Blick wanderte durch den Galeriesaal, blieb an den Büsten eines Königs und einer Königin aus längst vergangener Zeit hängen und an verschiedenen Schränken mit Silberzeug und Bernstein und Porzellan. Das Deckengemälde über ihm hielt – wie er später erfuhr – Ereignisse aus der Regierungszeit Karls XI. und Ulrika Eleonoras fest. Von der Decke hing ein schimmernder Kronleuchter, und direkt darunter stand auf dem Tisch eine prachtvolle hohe Vase. Vor ihm selbst befand sich ein kostbares silbernes Gedeck.

Er blickte zum König hin, ob er das gleiche Gedeck habe, aber seine Augen blieben an einem Gegenstand neben des Königs Teller hängen. Es war ein ganz gewöhnliches Ei, das seltsam majestätisch in einem schimmernden goldenen Eierbecher steckte. Er wandte sich an Ingrid Pahl: »Was ist das dort?«

»Wo?«

»Neben dem Teller des Königs. Sieht wie ein gewöhnliches Ei aus.«

»Das ist auch ein Ei«, sagte Ingrid Pahl fröhlich. »Es ist eine Tradition. Vor langer Zeit setzte sich einer der frühesten christlichen Herrscher in Schweden – vielleicht Olof Skötkonung oder Erik Jedvardsson – mit Leibschmerzen zum Mahl nieder, wies seine üppigen Speisen zurück und verlangte ein einfaches gekochtes Ei. Das war unerhört – Eier waren eine Kost für Bauern –, und eine Stunde lang wurde die Küche des Palastes nach dem gewöhnlichen Ei durchstöbert, während der König wütend dasaß und wartete. Endlich wurde das Ei gefunden und serviert, aber inzwischen war der König schon vollkommen außer sich. Er erließ eine königliche Proklamation. Von diesem Tag an mußte immer ein gekochtes Ei neben des Königs Teller stehen, damit es bereit war, falls er Verlangen danach hatte. Diese Tradition hat sich zehn Jahrhunderte lang erhalten. So sehen Sie auch hier das königliche Ei.«

»Bezaubernd«, sagte Craig. »Und dort drüben, auf dem Tisch hinter ihm –?«

»Ach ja, seine juwelenbesetzte Krone, sein Zepter, sein Globus und Kreuz – Macht und Gerechtigkeit –, sein Horn mit dem Salbungsöl. Alles Symbole der Autorität und des Herrschaftsrechts. Auch das ist alte Tradition, Mr. Craig. Er trägt weder die Krone, noch schwingt er das Zepter. Aber sie sind da, wie Sie sehen, und er weiß es, und die demokratische Regierung weiß es, und das schwedische Volk weiß es – und es ist tatsächlich etwas, worauf man vertrauen und woran man sich halten kann in gefährlichen Zeiten.«

Inzwischen war der Kaviar serviert worden, und als Craig über den Tisch schaute, um zu sehen, wer ihm gegenübersaß, entdeckte er Stratman und Emily. Er hatte nicht mehr das geringste Interesse an dem prachtvollen Essen, sondern konzentrierte sich mit aller Kraft darauf, Emilys Blick aufzufangen und ihr irgendwie zu verstehen zu geben, daß er sich albern benommen hatte und sie ihm verzeihen müsse. In den nächsten anderthalb Stunden starrte er regelmäßig immer wieder zu ihr hinüber. Ingrid Pahl sprach zu ihm, und Leah sprach zu ihm, aber er hörte sie nicht. Die warmen Gerichte wurden serviert und wieder abgetragen – die Suppe, der *marinerad sill* (der wie süßer Lachs schmeckte), das große Stück Wildbret mit Johannisbeergelee, das zarte Rentiersteak, die Mixed Pickles aus Grünsalat, Obst, Erbsen, Garnelen und in Scheiben geschnittenen Pilzen, das *västkustsallad* genannt wurde, die traditionelle Eisbombe mit ihrer Königskrone aus Zucker –, aber Craig ließ fast alles unberührt, und wenn er etwas aß, nahm er nur ein paar Bissen. Er hatte nochmals Chamgagner verlangt, und diesen trank er während des ganzen Soupers. Sooft er auch zu Emily hinüberblickte, sie vermied es, den Kopf zu heben und von seiner Existenz Notiz zu nehmen. Da der Tisch ziemlich breit war und die Vase sowie auch Leah eine Barriere bildeten, konnte er deshalb nicht das Wort an sie richten.

Mürrisch trank er; einmal mußte er sich einem formellen Toast auf Seine Königliche Majestät anschließen und ein anderes Mal einem auf das Andenken Alfred Nobels. Sein seelisches Barometer stieg bis zur Selbstgerechtigkeit und fiel bis zur Selbstbemitleidung. Eine Zeitlang ärgerte er sich über Emilys Ungerechtigkeit. Doch schließlich fragte er sich: Warum, zum Teufel, schere ich mich überhaupt um Emily Stratman? Es hatte seit Harriet keine Frau mehr für ihn gegeben, und Verwirrung der Gefühle anderer Frauen wegen hatte er sich erspart, weil er sich so hingebungsvoll seiner eigenen Verwirrung und Schuld gewidmet hatte. Einen Augenblick lang, als er Emily kennenlernte, war er so kühn gewesen, die verbotene Grenze zurück in die Wirklichkeit zu überschreiten, aber das war so unerfreulich gewesen, wie er es immer befürchtet hatte, und nun war er froh, wieder dahin zurückzukehren, woher er gekommen war. Die Frauen waren mit Harriet gestorben. Zur Hölle mit ihnen. Leb wohl, Emily.

Er war überrascht, als er merkte, daß alle sich vom Tisch erhoben. Nun erst kam ihm zum Bewußtsein, daß das Königliche Bankett zu Ende war und der König den Raum verlassen hatte. Es kostete ihn Mühe, aufzustehen.

»Es gibt gleich Kaffee im Salon«, sagte Ingrid Pahl.

»Gut«, antwortete er.

Er bemerkte, daß Leah in eine Unterhaltung mit einem Diplomaten verwickelt war und schon vorausging. Er gesellte sich zu Ingrid Pahl und kehrte mit ihr in den Salon zurück, wo auf einer langen Bar der Kaffee bereitstand. Er war jetzt nicht in der Stimmung für Emily, und noch weniger für Leah. Er wünschte den Anklägern zu entfliehen, den Verkörperungen der Mißbilligung.

Ganz in der Nähe stand Graf Bertil Jacobsson allein, einen seiner Orden befestigend. Craig ging zu ihm hin.

»Graf«, sagte er, »wenn Sie meine Schwägerin, Miss Decker, sehen, sagen Sie ihr bitte, daß ich früher gegangen bin, weil ich zu Fuß zum Hotel wollte, um ein bißchen frische Luft zu schöpfen.«

»Selbstverständlich, Mr. Craig.« Jacobsson verhehlte nicht, daß ihn das beunruhigte. »Sie fühlen sich doch wohl?«

»Besser als je. Ein denkwürdiger Abend. Ausgezeichnetes Essen.«

»Es wird Ihnen Freude machen, zu erfahren, daß Seine Königliche Majestät richtig entzückt war von Ihnen.«

»Erzählen Sie das bitte meiner Schwägerin, ja?« Er hätte gern hinzugefügt: und auch Emily Stratman. Aber er unterließ es.

Statt dessen sagte er: »Und vielen Dank, Graf.«

Dann holte er Hut und Mantel und verließ das Königliche Schloß.

Er wartete an der windigen Ecke vor dem abgelegenen kleinen Hotel auf das Taxi, das er in der drittklassigen Bar drinnen bestellt hatte.

Es mußte weit nach Mitternacht sein, denn nachdem er das Schloß verlassen hatte, war er ziellos dahingegangen, hin und wieder stolpernd und sich an eiskalte Wände dunkler Häuser lehnend. Schließlich hatte er das trüb erleuchtete Hotel in der Seitenstraße entdeckt und sich in der leeren Bar eine halbe Stunde lang mit Whisky wieder aufgetaut.

An diesem Abend, so schien es ihm, hatte er den Tiefpunkt seiner Existenz erreicht. Eine zauberhafte Veranstaltung an der er als hochgeehrter Gast teilgenommen hatte, erwies sich als eine weitere Niederlage seines Lebens. Doch seltsamerweise blieb während seiner langen Wanderung hartnäckig ein kleiner Funken – winzig, aber pulsierend – lebendig: der Wunsch, geliebt zu werden – nicht aus Mitleid, nicht aus Respekt – sondern einfach nur geliebt.

Als er sich über das Gefühl klar war, wußte er, was er tun mußte. In nüchternem Zustand wäre es eine Verrücktheit gewesen. Trunkenheit hatte ihre eigene Logik.

Endlich kam die schwarze Limousine mit dem Zähler. Craig kroch in den rückwärtigen Sitz. Sekundenlang suchte er seine Brieftasche, fand sie schließlich und nahm den Fetzen Papier heraus, den er, an die Flasche geheftet, im Zug von Malmö gefunden hatte. »Fahren Sie zur Polhemsgatan 172 C.«

Dann befand er sich in einem siebenstöckigen Appartementgebäude. Über der verglasten Tür hing ein Kranz mit elektrischen Weihnachtskerzen, die ausgeschaltet waren. Craig drückte auf die Klingel, die Tür sprang auf. Er trat ein.

Über jedem Briefkasten an der Wand der Eingangshalle befand sich ein Name, der Buchstabe eines Appartements und die Zahl des Stockwerks. Über dem fünften Briefkasten von rechts stand »Fröken Lilly Hedqvist, Apt. C., St. 6.«

Sich benommen in der düsteren Beleuchtung vorwärtstastend, erreichte Craig den Aufzug. Nach einem Blick auf die Knöpfe drückte er auf Nr. 6 und fuhr hinauf zum obersten Stock.

Das letzte Appartement, in der Nähe des Fensters und der Feuerleiter, trug das Schild C. Er klopfte sacht, und als nicht sofort geantwortet wurde, lauter.

Hinter der Wand erklang ihre Stimme: »Ja?«

»Ich bin's«, sagte er.

Er hörte, wie der Riegel zurückgeschoben wurde, die Tür öffnete sich ein Stück, und dann flog sie plötzlich ganz auf.

Er erkannte nur die Kaskade von goldblondem Haar. »Mr. Craig«, flüsterte sie überrascht, ihren lavendelblauen Morgenrock am Hals zusammenhaltend. »Kommen Sie herein, bitte.«

Ihr Ton war so flehend, daß er sofort gehorchte. Seine von Alkohol und Müdigkeit geschwächten Augen konnten nur einen Teil des Raumes wahrnehmen: ein Mosaik über einem Diwan aus Fichtenholz mit gestreiften Kissen, einen gläsernen Kaffeetisch über einem schwarzen röhrenförmigen Fuß, zwei Korbstühle, einen kleinen Fernsehapparat, ein breites Bett, aus einer Nische in der Wand herabgelassen. Irgendwie erreichte er das Bett und ließ sich auf die weiche Decke sinken.

Sie stand vor ihm, er spürte es.

Er versuchte es zu erklären. »Lilly – ich – ich bin sehr betrunken – und sehr alt – und hab keine Angst – nur heut nacht – wollt' ich bei jemand sein, der es weiß und dem es nichts ausmacht – und ich dachte an dich, Lilly. Macht's dir was aus?« Sie kniete vor ihm hin. »Oh, Mr. Craig, ich bin so glücklich, daß Sie gekommen sind. Legen Sie sich hin. Sie müssen sich ausruhen.«

Er fühlte sich wohl und willkommen, und dann spürte er, daß sie ihm den Mantel und Rock ausgezogen hatte und daß sein Kopf tief in dem Federkissen lag und seine Beine auf dem Bett ausgestreckt waren. Halb im Traum gewahrte er, daß sie ihn auch von seinem Hemd befreite und daß sie sich besorgt über ihn neigte, und vielleicht war das, was über seine Wange streifte ihre Brust. Es war wundervoll, das zu träumen vor dem Einschlafen, und dann, ganz plötzlich, schlief er.

Sein Bewußtsein erwachte hinter den Augenlidern, und er wartete, ohne sich zu rühren, während das allmähliche Wachwerden von seinem ganzen Körper Besitz nahm.

Zuerst hatte er geglaubt, er befinde sich im Mansardenzimmer in Miller's Dam, und dann fiel ihm ein, daß er im *Grand-Hotel* in Stockholm sein mußte, und dann, mit wachsender Bestürzung, begriff er, daß er sich in einem Zimmer aufhielt, das ihm unbekannt war.

Neben ihm, unter der Decke zusammengerollt, schlief Lilly Hedqvist. Strähnen ihres verwirrten Haares fielen ihr übers Gesicht, die Decke hatte sie bis zu den Schultern gezogen, so daß nur die schmalen weißen Träger ihres Nachthemdes zu sehen waren.

Als Craig nun die Schlafende betrachtete, war er gerührt. Er war in ihre Häuslichkeit eingedrungen, ein Fremder, ein Ausländer, ein Betrunkener, und sie hatte ihn aufgenommen mit uneingeschränkter Güte und offenem Vertrauen und ihm ihre Pflege und ihr Bett angeboten. Craig schuldete ihr viel, das wußte er, aber vor allem schuldete er ihr, daß er sie sofort von seiner Gegenwart befreite, ohne sie aufzuwekken.

Widerstrebend glitt er aus dem Bett und wünschte heiß, diese Begegnung hätte stattgefunden, bevor er so betrunken war. Aber dann hätte sie überhaupt nicht stattgefunden, weil sie aus Mitleid zustande gekommen war – aus ihrem Mitleid mit ihm und aus seinem Mitleid mit sich selbst. Nun fühlte er sich nüchtern und hatte, unglaublicherweise, keinen Kater. Er schwor sich im stillen: ein neues Blatt, Schluß mit dem Trinken, Schluß mit der Selbstzerstörung!

»Wo wollen Sie hin, Mr. Craig?«

Lillys Stimme schreckte ihn aus seinen Gedanken, und er fuhr herum. Sie lag auf dem Rücken, den Kopf zu ihm gewandt, und strich sich die Haare aus den Augen.

»Ins Hotel«, sagte er. »Ich wollte mich fortschleichen, ohne Sie zu wecken.«

»Warum?«

»Ich wollte Sie nicht kompromittieren.« Er zögerte. »Nein, das allein war nicht der Grund. Ich schämte mich, Ihnen entgegenzutreten.«

»Sie haben keinen Grund, sich zu schämen.«

»Die Verfassung, in der Sie mich sahen –«

»Ich sah einen Mann, der zuviel getrunken hatte und müde war. Ich hatte an Sie gedacht – an die lustigen Stunden, die wir auf dem Malmö-Fährschiff erlebten –, und ich freute mich, daß Sie an mich dachten und zu mir kamen.«

»Ja, ich habe an Sie gedacht.«

Sie setzte sich auf, an das Kissen gelehnt. »Kommen Sie hierher, Mr. Craig.«

Er ging um das Bett herum und setzte sich neben sie.

»Warum haben Sie gestern nacht an mich gedacht?« fragte sie.

»Zuerst wollte ich allein sein, ich war erschöpft, und dann wollte ich plötzlich nicht allein sein – ich sehnte mich nach Gesellschaft – und da kamen Sie mir in den Sinn – Sie hatten mir so gut gefallen – und irgendwie fand ich hierher.«

»Aber Sie haben keine Gesellschaft gehabt, wie Sie es nennen. Sie haben geschlafen, und jetzt gehen Sie und sind immer noch allein.«

»Ja.«

»Ist es das, was Sie sich wünschen – allein zu sein?«

»Lilly, du lieber Gott –«

»Nein, Sie müssen aufrichtig sein zu mir und auch zu sich selber. Das müssen Sie lernen. Warum kamen Sie in Wirklichkeit zu mir?«

»Schön, da Sie mich fragen – weil ich Sie haben wollte, verdammt noch mal –«

»Sie wollten mich haben«, wiederholte sie leise, ohne es als Frage klingen zu lassen. »Ja, das ist die Wahrheit. Und warum fürchten Sie sich jetzt davor? Warum machen Sie so etwas Kompliziertes daraus?«

»Es gehören zwei dazu –«

»Wir sind zwei.« Sie warf die Decke weg und streckte ihre Arme aus. Gleich darauf war er neben ihr, in ihren Armen, hielt sie umfaßt, küßte ihren Hals, ihren Nacken und ihre Wangen. Sie zog seinen Kopf zwischen ihre Brüste. »Du bist müde, ich kann es sehen, aber nun bist du nicht allein, wenn du schläfst.«

Lange Zeit blieb er so liegen, die Wärme und den Frieden genießend, bis sich langsam, ganz langsam die Ruhe in Begehren verwandelte. Er begann sie zu küssen und hörte ihr Herz schlagen und auch sein eigenes. Und dann hielt sie seinen Kopf in ihren Händen und küßte seine Stirn und seine Augen und zuletzt seine Lippen.

»Leg dich hin«, flüsterte sie.

Er fühlte seine Schulterblätter auf dem Kissen, hielt aber noch immer ihre Taille umfaßt, als sie über ihn kam, ihn umschlingend, bis sein Körper mit ihrem verschmolz.

Alle Vernunft verließ ihn, als er sich seinen Sinnen überließ, seufzte er: »Danke dir, Lilly –«

Ihre Stimme kam von weit weg, ritt auf der wogenden Welle der Dünung. »Niemals sollst du mir danken«, flüsterte sie. »Liebende bedanken sich nicht –«

Das übrige wurde erstickt durch die anstürmenden Wellen der Leidenschaft.

»Lilly – Lilly –«

Ihr Atem war auf seinen Wangen, und er öffnete die Augen und sah sie: fast unwirklich schien sie ihm mit dem herabfallenden flachsfarbenen Haar, wie eine nordische Göttin: Freya, die schwedische Göttin der sinnlichen Liebe.

Viel später, als sie still nebeneinander lagen, sagte sie: »*Du är inte ensam* – Du bist nicht allein.«

Aber er hatte sie nicht gehört. Er schlief.

SECHSTES KAPITEL

Es war früher Nachmittag, als Andrew Craig zum *Grand-Hotel* zurückkehrte.

Seine Stimmung hatte sich gebessert. Physisch fühlte er sich wie von alten Giften befreit und daher erholt und frisch. Zum erstenmal seit Jahren hatte er ohne Alkohol oder Schlafmittel geschlafen.

Als er aufgewacht war, hatte er den Platz neben sich im Bett leer gefunden. Von Lilly war nur ein an das Kopfkissen gehefteter Zettel zurückgeblieben:

Lieber Andrew, der Kaffee steht auf dem Herd, du brauchst ihn nur heiß zu machen. Ich hoffe, daß wir uns wiedersehen.

Lilly Hedqvist.

Nachdem er sich angezogen und Kaffee getrunken hatte, hatte er eine Zeile hinzugefügt. »Ich komme bald wieder«, hatte er geschrieben – und dann war er gegangen.

Die Stadt war jetzt von Licht überflutet, und die Luft war heute überraschend mild, fast balsamisch. Die Sonne stand hoch und hell am kobaltblauen Himmel, und die schwedischen Fußgänger schienen glücklich über den unvermutet hereingebrochenen Frühling zu sein.

Den Mantel über dem Arm schlenderte Craig gemächlich bis zum nächsten Platz und bemerkte dabei, daß alle Farben – die der Kleidung der Frauen, der Tonwaren auf einem Fenstersims, der gelben Möbel in einem Schaufenster, der rotbebänderten Festpackungen in einem Tabakladen – lebhafter waren als vorher, entweder weil die Sonne schien oder weil er nicht mehr betrunken war.

Auf dem Platz angekommen, nahm er ein Taxi und ließ sich zum Hotel fahren. Er konnte sich nicht erinnern, welches Programm die Nobelleute für diesen Tag vorgesehen hatten, aber er hoffte, daß es interessant genug war, um Leah aus dem Haus zu locken. Befand sie sich im Hotel, würde er eine plausible Entschuldigung finden oder ihre Vorwürfe ertragen müssen. Auf jeden Fall brauchte er Zeit, um sich eine glaubwürdige Geschichte auszudenken, und er schickte ein Gebet zum Himmel, daß Leah fort sein möge.

Als er die Zimmerflucht betrat, mußte er feststellen, daß sein Gebet nicht erhört worden war. Leahs Handtasche stand, wie ein Warnzeichen, auf dem großen Entreetisch.

Leah selbst saß steif aufgereckt mit verkniffenem Gesicht im Wohnzimmer, das Telefon in ihrem Schoß.

»Ich sehe, daß du wenigstens noch am Leben bist«, fuhr sie ihn an. »Ich habe schon überall hintelefoniert, es fehlt nur noch das Leichenschauhaus.«

»Es tut mir leid, Leah. Ich hätte wohl anrufen sollen.«

»Anrufen sollen?« wiederholte sie schrill. »Darf ein Mensch so rücksichtslos sein gegen einen anderen? Es war schon schlimm genug, mich im Schloß gestern abend einfach stehenzulassen – absolut erniedrigend –, aber da ich wußte, daß du total betrunken warst, als du fortgingst, blieb ich die halbe Nacht wach, bis ich in diesem Stuhl hier einschlief, und seither machte ich mir die gräßlichsten Sorgen ... Hatte ein Auto dich überfahren? Warst du in einen Kanal gefallen? – Weiß der Himmel, was ich mir alles vorstellte.«

»Hat der Graf dir meine Botschaft nicht ausgerichtet?« fragte er lahm.

»Er hat nicht gesagt, daß du bis zum nächsten Nachmittag verschwinden würdest.«

»Ich habe nicht beabsichtigt –«

»Du bist unmöglich«, unterbrach sie ihn scharf. »Was werden sie sich denken? Ich rief Graf Jacobsson in der Stiftung an – Mr. Manker im Außenministerium –, ich telefonierte sogar mit Professor Stratman.«

Craig stieg das Blut ins Gesicht. »Stratman? Was hat er mit mir zu tun?«

Leah war jetzt nicht mehr so sicher und daher auch weniger aggressiv. »Ich weiß es nicht – ich sah, nachdem ich deine Botschaft erhalten hatte, auch Professor Stratman mit dem Mädchen fortgehen, und ich dachte – nun, daß du sie vielleicht irgendwo getroffen hast –«

»Und mich mit ihr verabredet habe? Das meinst du doch?« Craig war plötzlich wütend. »Und wenn – ist das nicht meine eigene Angelegenheit? Habe ich denn gar kein Privatleben? Ich finde es unerträglich, daß du die ganze Stadt von jedem Schritt, den ich tue, unterrichtest. Du warst besorgt, wie ich mich benehmen, ob ich keinen Skandal verursachen würde. Nun, wenn es einen geben sollte, so hast du ihn veranlaßt mit deinen hysterischen Telefonanrufen.«

Er war auf dem Weg ins Schlafzimmer, als das Telefon klingelte.

Leah fuhr zusammen und ließ fast den Apparat fallen. Craig blieb stehen.

»Oh, Sie sind sehr gütig, Graf Jacobsson. Gerade eben kam er heim ... Ja, es geht ihm gut. Er hatte ein paar alte Freunde besucht, Leute, die er kennenlernte, als er früher hier war ... Wie bitte? O ja, ja gewiß, wir sind bereit. Wir warten dann unten in der Halle.«

Sie hing auf und warf Craig einen unglücklichen Blick zu. Er wollte keinen Sieg dieser Art. Sein Zorn verrauchte.

»Schau, Leah, laß uns nicht streiten –«

»Ich will gar nicht streiten. Ich will nur, daß dir nichts passiert. Ich denke dabei immer an die arme Harriet – ich kann es nicht ändern.«

Er erschrak. Gegen alles konnte er sich wehren, nur nicht gegen diese seine Schuld. Leah hatte ihn wieder an die noch offenstehende Rechnung und die immer höher anlaufenden Zinsen erinnert.

»Leah, wir hatten beide unrecht. Du hättest nicht einen solchen Sturm aufwühlen, und ich hätte dir nicht solche Angst einjagen sollen. Ich war schrecklich betrunken gestern abend, also ging ich fort und lief spazieren. Da es kalt war, landete ich schließlich in einer Hotelbar, um Kaffee zu trinken, und dann wurde mir schlecht, und der Barmixer, der merkte, daß ich Amerikaner war, packte mich auf ein Feldbett im Hinterzimmer seiner Bar, damit ich meinen Rausch ausschlief, was ich auch gründlich tat.«

Sie hätte es gern geglaubt und gern Frieden gehalten, aber sie konnte nicht über ihren Schatten springen.

»Deine Kleider sind nicht zerdrückt«, sagte sie.

»Ich hatte sie nicht an beim Schlafen«, erwiderte er geduldig. »Der Mixer zog sie mir aus und hing sie auf.«

»Wenn jemand das entdeckt hätte – ein Nobelpreisträger in diesem Zustand – bewußtlos auf einer Pritsche im Hinterzimmer einer Bar! Das wäre schrecklich!«

Er nickte schuldbewußt und dachte an die scharfzüngige junge Dame von den *Consolidated Newspapers*, und wie sie sich auf eine solche Story stürzen würde. Doch diese Story war vergleichsweise harmlos gegen das, was sich wirklich ereignet hatte – und er malte sich einen Augenblick lang aus, was darüber wohl Miss Wiley und Leah denken würden!

Er stand diese Woche schließlich im internationalen Rampenlicht – und das machte es notwendig, daß er sich jeden Schritt sorgfältig überlegte, wenn ihm an seiner Zukunft etwas lag. Bis heute morgen war ihm das gleichgültig gewesen, aber plötzlich, ihm selbst rätselhaft, beschäftigte ihn der Gedanke an seinen guten Ruf.

»Du hast völlig recht, Leah«, sagte er. »Wir wollen Schlagzeilen vermeiden, bis die Zeremonie vorüber ist und wir die fünfzigtausend in der Hand halten.«

»Es ist nicht nur deshalb.«

»Ich mache nur Spaß. Ich sagte, daß du recht hast, Leah. Und nun laß uns friedlich irgendwohin gehen zum Lunch, der Tag liegt noch vor uns.«

»Ich habe schon gegessen, und wir haben eine Verabredung. Kennst du denn das Programm nicht, Andrew? Wir besichtigen heute Stockholm. Mr. Manker und Graf Jacobsson werden uns und einem anderen Paar die Stadt zeigen. Oh, und auch dein schwedischer Verleger wird mit dabeisein.«

»Wie heißt er denn?«

»Mr. Flink. Hast du das vergessen? Mr. Indent Flink. Graf Jacobsson möchte, daß du deinen Verleger kennenlernst.«

»Lee, ich habe Stockholm schon mit Harriet besichtigt –«

»Das ist doch schon lange her. Außerdem mußt du mit deinem Verleger zusammentreffen. Schließlich trug seine Ausgabe dazu bei, daß du den Preis erhieltest.«

»Ich kann ja mit ihm sprechen und mich dann mit einer Entschuldigung aus dem Staub machen. Du nimmst natürlich an der Fahrt teil. Ich möchte viel lieber auf eigene Faust durch die Stadt schlendern –«

»Nein, Andrew, das wäre unhöflich.«

»Du bekommst jeden Tag mehr Ähnlichkeit mit Harriet.«

»Das hoffe ich.«

Das war eine Lüge, und er wußte nicht, warum er das gesagt hatte. Harriet hätte mit ihm beraten, wie sie um eine formelle Besichtigungstour herumkämen. Wenigstens glaubte er das. Aber plötzlich war er sich dessen nicht mehr sicher. »Okay, Leah, du hast gewonnen.« Er ging zum Schlafzimmer, um sich umzuziehen. »HSB, wir kommen.«

»Was soll das heißen?«

»Das wirst du schon sehen«, erwiderte er rätselhaft. »Das wirst du schon sehen.«

»Die erste Station unserer zwanglosen Besichtigungsfahrt«, sagte Mr. Manker, der am Steuer der Limousine des Außenministeriums saß, »wird die HSB-Genossenschafts-Wohnsiedlung auf der Reimersholme–Insel im südlichen Teil von Stockholm sein. HSB ist im übrigen eine Abkürzung für Hyresgästernas Sparkasse- och Byggnadsförening – was etwa Mieter-Spar- und Bau-Gesellschaft bedeutet, eine Bezeichnung, mit der ich Sie nicht belasten will. Von jetzt ab nenne ich diese Genossenschaft also nur noch HSB.«

Craig drehte sich auf seinem Vordersitz zu Leah um, die im Fond saß, und sie bestätigte die Lösung des Rätsels mit einem befriedigten Lächeln.

Mr. Manker griff mit einer Hand nach dem Rand seines weichen Filzhutes. »Wenn die Damen nichts dagegen haben, werde ich meinen Hut ablegen und die Wohltat der Sonne genießen, die Herr Professor Stratman erst kürzlich gezähmt hat.«

»Ich bin sicher, daß weder Miss Stratman noch Miss Decker etwas dagegen einzuwenden hat«, erwiderte Stratman liebenswürdig.

Als Craig mit Leah in den Wagen gestiegen war, hatte er erst gemerkt, daß die anderen Teilnehmer Stratman und Emily waren, was ihn sehr bestürzte. Ohne Leah anzuschauen, spürte er sofort ihre feindselige Zurückhaltung. Er selbst hatte Emily herzlich, aber nur kurz begrüßt, als wolle er ihr zeigen, daß er ein ganz anderer Mann war – der Inbegriff von Nüchternheit –, und dies ein neuer Tag. Sie hatte seine Begrüßung zwar erwidert, aber ohne jede Andeutung von Verzeihen oder Einverständnis.

Jetzt fuhren sie schweigend zwischen dem Kanal und den Häuserreihen dahin, Leah, Stratman und Emily auf dem Rücksitz und Indent Flink, der Verleger, und Craig auf den beiden Klappsitzen. Flink, ein korpulenter Mann Ende Vierzig, der Craig unwillkürlich an dänisches Bier und an skandinavische Heringe denken ließ, war stolz auf seine mühelose Beherrschung des Amerikanischen. »Ich nehme an, Sie haben die heutigen Zeitungen gesehen«, sagte Flink zu Craig. »Phantastische Besprechungen. Graf Jacobsson hat Ausschnitte für Professor Stratman und ich habe fünf für Sie.« Er griff in seine Tasche. »Hier. Sehen Sie selbst.«

Aus Höflichkeit sah sich Craig die Artikel an. »Es tut mir leid, ich kann nicht Schwedisch«, sagte er und gab sie rasch zurück. Doch Leah beugte sich vor und protestierte. »Andrew, du mußt sie als Andenken behalten.«

»Okay«, sagte Craig, »aber ich würde gern wissen, was darin steht. Lesen Sie sie aber um Gottes willen nicht vor – ich möchte nicht den Professor oder Miss Stratman damit langweilen.«

»Mich langweilt es nicht.« Das war Emily. Craig fuhr herum, um ihr zu danken, und er war wieder genauso fasziniert wie am Abend vorher. Ihr dunkles Haar schimmerte in der Sonne, und die Schönheit ihrer grünen Augen und ihrer gebogenen Nase wurde erhöht durch die karminrote Lippenfarbe, noch frisch und feucht, das einzige Make-up, das sie trug. Craig fühlte Leahs wachsamen Blick und wandte sich wieder dem Verleger zu. »Geben Sie mir aber nur die Hauptpunkte der Berichte«, sagte er.

Mit monotoner Stimme übersetzte Flink auszugsweise die Artikel; als er jedoch zum letzten kam, stockte er.

»Was steht denn in diesem, Mr. Flink?« fragte Craig.

Der Verleger zuckte die Achseln. »Unsinn. Er berichtet von einem Wortwechsel zwischen Ihnen und einer amerikanischen Korrespondentin, Miss Wiley, mit dem die Pressekonferenz ihr Ende fand.«

Craigs Gesicht wurde finster. »Schreibt man mehr darüber?«

»Nun –«

In dieser Sekunde wurde Craig klar, daß der Artikel sich mit Miss Wileys Anspielung auf seine Trunksucht beschäftigte und die Szene sensationell aufgebauscht hatte. Das war das letzte, worüber er im Beisein von Emily und Leah diskutieren wollte.

»Ist ja unwichtig«, sagte er zu Flink.

Aber Leah hatte sich schon wieder vorgebeugt. »Worum handelt es sich denn? Was schreiben sie? Was ist bei der Pressekonferenz passiert, Andrew?«

Verbindlich antwortete Jacobsson an Craigs Stelle: »Es war ohne jede Bedeutung, Miss Decker. Mindestens einen solchen Zwischenfall erleben wir in jedem Jahr.«

»Was für einen Zwischenfall?« fragte Leah schrill.

»Miss Wiley schreibt für einen Zeitungskonzern, der vom Skandal lebt«, sagte Jacobsson, »und wenn es keinen Skandal gibt, muß sie einen erfinden, um ihre Brötchen zu verdienen. Sie fragte Mr. Craig nach sehr persönlichen Dingen, und er war der Ansicht – völlig richtig –, daß sein Privatleben, seine Gewohnheiten oder seine Ehe die Presse nichts angingen. Das war alles. Um zu verhindern, daß die Person uns noch länger quälte, beendete ich die Konferenz.«

»Wie unverschämt solche Reporter sind!« sagte Leah, noch immer nicht beruhigt.

»Und jetzt, Professor Stratman, möchten Sie sicher wissen, was in Ihren Zeitungsausschnitten steht?« fragte Jacobsson.

»Eine allgemeine Übersicht genügt«, sagte Stratman, worauf Jacobsson einen kurzen Bericht gab.

Als sie die HSB-Genossenschafts-Wohnsiedlung auf Reimersholme erreichten, die fast tausend Wohnungen umfaßte, parkte Manker die Limousine vor einem der Appartement-Häuser und sprach einige Minuten über die gemeinnützige Bewegung, der diese Siedlung ihr Entstehen verdankte. Schließlich fragte er: »Interessiert es Sie, einen Blick hineinzuwerfen?«

Alle stiegen aus und versammelten sich auf dem Trottoir in der milden Sonne.

Craig sagte zu Manker: »Wenn Sie nichts dagegen haben, möchte ich lieber hierbleiben und ein bißchen rauchen. Ich habe Ihre Genossenschafts-Wohnungen schon gesehen.«

»Wie Sie wünschen.«

»Ich glaube, ich werde Mr. Craig Gesellschaft leisten«, sagte Ident Flink.

Craig blickte Emily nach, bis sie mit den andern in dem Gebäude verschwunden war, und holte dann seine Pfeife heraus. Der Verleger suchte nach Streichhölzern und gab ihm Feuer.

»Was halten Sie von unseren Genossenschaften?« fragte Flink.

»Ich bewundere sie«, erwiderte Craig, »und ich bewundere sehr eine Nation, die keine Slums kennt, und halte sie für sehr weit fortgeschritten.«

»Es wird Sie interessieren, daß unsere Genossenschaften sich sogar auf das Feld der Literatur begeben haben«, sagte Flink.

»In welcher Weise?«

»Sie geben eine Zeitschrift heraus und auch Bücher zu niedrigen Preisen. Und veranstalten jährlich eine Lotterie, um Geld zusammenzubringen für etwa drei Dutzend Schriftsteller, die eine Unterstützung verdienen.«

»Tatsächlich? Ist man hier an Schriftstellern derartig interessiert?«

»Außerordentlich«, sagte Flink. »In Schweden leben sieben Millionen Menschen. Fünfundsechzig Prozent aller Erwachsenen lesen regelmäßig Bücher.«

»Erstaunlich«, sagte Craig.

»Unser Problem hier ist die Kritik. Ob ein Buch Erfolg hat oder nicht, hängt von den Besprechungen ab. *Der Vollkommene Staat* hatte einmütig begeisterte Kritiken. Mich ärgerte nur, daß diese Begeisterung nicht nur mit seinem literarischen Wert zusammenhing, sondern auch damit, wie ich argwöhne, daß diese Geschichte über Plato den Rezensenten die Möglichkeit bot, in ihren Besprechungen ihre eigene Gelehrsamkeit zu offenbaren.«

Craig lachte. »Ich kann mir denken, daß so was vorkommt.«

»Ich bin sicher«, erwiderte Flink ernsthaft, »bei jedem Ihrer Bücher war es so. Gewisse Kritiker benutzten sie, um sich mit Ihrem Wissen zu brüsten. Ich glaube, sogar das Nobelkomitee läßt sich manchmal davon beeinflussen. Jacobsson hat mir einmal über den Streit erzählt, der um den zweiten Nobelpreis für Literatur im Jahr neunzehnhundertzwei entstand. Es waren viele nominiert worden, über die hinter verschlossenen Türen beraten wurde – Anton Tschechow, Thomas Hardy, Henrik Ibsen –, doch wer waren die Sieger in der letzten Abstimmung? Theodor Mommsen, fünfundachtzig Jahre alt, mit seinem fünfbändigen Werk *Römische Geschichte*, und Herbert Spencer, zweiundachtzig, mit seinem zehnbändigen Werk *System der synthetischen Philosophie*. Sie sahen also für den Literatur-Nobelpreis einen deutschen Historiker und einen englischen Philosophen vor – statt Tschechow oder Ibsen. Mommsen wurde gewählt und erhielt den Preis. Warum? Das Nobelkomitee sagte, um seiner künstlerischen Qualität willen. Im Vergleich zu Ibsen? Ich vermute eher, ein Preis für Mommsen bedeutete eine Reklame für die Nobel-Sachverständigen, für ihre große Bildung und Gelehrsamkeit. Möglicherweise spielte diese Selbstgefälligkeit auch bei Ihrer Wahl eine Rolle. Ich weiß es nicht.«

Als nach einer Weile Manker mit seiner Schar wieder auftauchte, eilte Leah auf Craig zu, packte ihn am Arm und erzählte atemlos von schalldichten Räumen, rostfreiem Stahl und Müllschluckern. Interesse heuchelnd, hielt Craig verstohlen nach Emily Stratman Ausschau und sah sie dann über den Rasen auf sich zukommen. Sie trug einen hochgeschlossenen blaßblauen Pullover unter ihrer weichen Lederjacke. Ihre Brust, die sich hob und senkte – waren sie Treppen gestiegen oder war sie erregt? –, zeichnete sich ab, und während Craig sie beobachtete, wie sie in der Sonne dahinschritt, fühlte er sich seltsam beglückt.

Sie fuhren wieder weiter, wobei Manker mit beträchtlicher Beredsamkeit auf die historische Bedeutung dieses Museums und jener Galerie und zahlloser Kirchen hinwies. Auf der lieblichen Helgeandsholmen, der Heiligen-Geist-Insel, brachte er den Wagen zum Stehen, und sie schauten sich das häßliche germanische Riksdagshuser, das Parlamentsgebäude, an und erfuhren, daß es achtzehnhundertfünfundsechzig erbaut wurde und daß die Aristokratie sich dem allgemeinen Wahlrecht widersetzt (Graf Jacobsson zuckte sichtbar zusammen) und nur zehn Prozent der Bevölkerung für stimmberechtigt erklärt hatte, bis nach dem Sturz der Hohenzollern und der Romanows auch Schweden endlich das allgemeine Stimmrecht und echte Demokratie erhielt.

Sie setzten ihre Fahrt durch Stockholm fort – »eine Stadt auf zwölf Inseln, die durch zweiundvierzig Brücken miteinander verbunden sind«, erzählte Manker –, bis sie zu einer riesigen unterirdischen Garage kamen, die den Namen Katarinaberget trug und über die Manker berichtete, daß sie als Schutzraum für zwanzigtausend Menschen gegen nukleare Explosionen erbaut worden sei. Zum erstenmal auf dieser Fahrt war Craig fasziniert – von einem der Zukunft gewidmeten Projekt.

»Wir hoffen, daß die Menschen aus Ihrem Buch *Armageddon* eine Lehre ziehen«, sagte Indent Flink zu Craig, »sollten sie es jedoch nicht tun, so sehen Sie hier, daß wir Vorkehrungen getroffen haben, um zu überleben.«

»Wie viele solche Bunker haben Sie?« fragte Craig.

Mr. Manker antwortete: »Wir haben jetzt vier solche Atombombenbunker in Stockholm, mit denen wir fünfzigtausend Menschen das Leben retten könnten, und alles in allem neunzehn große Bunker und dreißigtausend kleine über ganz Schweden verteilt, die alle zusammen über zwei Millionen Menschen fassen. Die restlichen Einwohner könnten wir in kürzester Zeit aus den Städten in ländliche Gebiete evakuieren. Der unterirdische Schutzraum, den Sie hier sehen, ist mit Elektrizität, Heizung, Wasser und Nahrungsmitteln, sogar Anlagen für Schulen versehen. Ein großer Teil unserer Schwerindustrie – Bofors und Saab zum Beispiel – baut seine Flugabwehr und Düsenflugzeuge in unterirdischen Fabriken, die in Granitfelsen eingegraben sind. Andere Nationen sprechen nur von der zivilen Verteidigung, während wir in Schweden sie schon in die Tat umgesetzt haben.«

Emily starrte mit Grauen auf die durchhöhlte Untergrundgarage. »Das ist furchtbar«, murmelte sie.

»Wieso furchtbar?« fragte Manker. »Wir sind stolz darauf –«

»Ich meine es nicht so, wie Sie denken«, erwiderte Emily rasch. »Natürlich haben Sie das einzig Richtige getan. Ich meinte« – sie deutete auf den unterirdischen Schutzraum –, »daß hier der Ring sich schließt, daß wir dahin zurückkehren, woher wir kamen. Der Neandertaler gräbt seine prähistorischen Höhlen wieder aus, mit dem einzigen Unterschied, daß die Höhlen jetzt Klimaanlagen haben.«

Ihr Ernst hatte sie alle betroffen gemacht, und Graf Jacobsson war besorgt, daß der Nachmittag getrübt werden könnte. »Jetzt müssen Sie die lichtere Seite von Stockholm sehen«, verkündete er. »Mr. Manker, würden Sie uns bitte zum Djugarden und zum Skansen fahren?«

Der Attaché steuerte den großen Wagen durch den regen Nachmittagsverkehr, sich vorschriftsmäßig auf der linken Straßenseite haltend, was alle, mit Ausnahme der Schweden, Nerven kostete. Durch die Innenstadt ging es in östlicher Richtung immer weiter, bis sie sich der großen ländlichen Insel Djurgarden näherten.

Langsam fuhr Manker um eine Gruppe seltsamer und prächtiger Gebäude herum. »Wir nennen das hier die Diplomatenstadt«, sagte Jacobsson. »Hier befinden sich die meisten ausländischen Botschaften und Gesandtschaften. Dort drüben«, begann er zu erklären, »sehen Sie die Italienische Botschaft und –«

Nachdem alle Gebäude identifiziert waren, überquerten sie eine Kanalbrücke und bogen in die kurvenreiche Straße der großen Insel ein. Zur Linken erstreckten sich eingezäunte Wiesen, die Craig an die Äcker in Wisconsin und Minnesota erinnerten, und zur Rechten lagen die stattlichen Villen der schwedischen Oberschicht. »Djurgarden bedeutet Tierpark«, sagte Jacobsson. »Vor langer Zeit war dies des Königs Jagdgebiet. Jetzt sind die Wälder und Lichtungen ein öffentlicher Vergnügungspark. Was das übrige anbelangt, die Landsitze unserer Aristokraten und Millionäre und Künstler, so glaube ich, daß Mr. Manker besser darüber Bescheid weiß; er wird Sie auf Dinge, die Sie interessieren könnten, aufmerksam machen.«

Enthusiastisch entledigte sich Manker seiner Aufgabe und verwies sie, ganz zuletzt, an dem Teil des Djurgardsbrunns-Kanals, der einem blaugrünen See glich, auf *Askslottet*, das Gewitterschloß, ein kleines, aber unheimlich wirkendes Abbild des Tadsch Mahal: den Besitz von Ragnar Hammarlund.

»Fahren Sie bitte zum Haupteingang«, wies Jacobsson Manker an. »Unsere Gäste haben alle Mr. Hammarlund kennengelernt – in zwei Tagen werden sie seine Gastfreundschaft genießen –, und sicherlich interessieren sie sich besonders für seinen Wohnsitz.«

»Sie wollen damit sagen, daß in diesem Haus tatsächlich jemand wohnt?« fragte Leah erstaunt, als sie vor dem eisernen Tor vorfuhren.

»Ja, in der Tat, und noch dazu ein Junggeselle«, erwiderte Jacobsson.

Ein schneeweißer Kiesweg führte dramatisch zu einer weißen Meerjungfrau von Carl Milles. Die Nymphe bewachte einen wunderbaren, von knorrigen Eichen umstandenen künstlichen Teich, und auf beiden Seiten führten Pfade zu dem Abbild des marmornen Mogulgrabmals, zu *Askslottet*. Das viereckige hellgraue Gebäude war zwei Stockwerke hoch und hatte ein steiles rötliches Dach. Vier schlanke Pfeiler ragten wie Minarette vor dem Eingang empor.

»Natürlich wohnt Hammarlund nicht ganz allein hier«, sagte

Jacobsson. »Er hat einen ganzen Stab geheimnisvoller Gefolgsleute. Auf alle Fälle macht das Ganze einen sehr imposanten Eindruck ... Nun, Mr. Manker, wollen wir weiterfahren?«

»Man kann es fast nicht glauben, daß er ein Millionär ist und dieses große Schloß besitzt«, sagte Leah. »Ich will damit sagen, daß er mir eigentlich recht unbedeutend und eher gewöhnlich vorkam.«

»Aber nein«, entgegnete Emily, »er war genau das, was ich erwartet hatte – typisch für seine Stellung –, ganz wie aus den vielen Romanen über Industriemagnaten, Munitionsfabrikanten und Waffenhändler entsprungen.«

Da Craig sich für diese junge Frau interessierte, konnte Leah von ihr keinen Widerspruch dulden. »Sie sind sehr romantisch«, sagte sie zu Emily. »Was ist denn so Auffallendes an ihm?«

»Erstens ist er grotesk, und zweitens sehe ich Hammarlund doppelt, wenn ich an ihn denke – die trübe Gestalt, die uns tagsüber vor Augen tritt, und die andere Gestalt, die er verbirgt, bis es Nacht wird.«

»›Ich möchte über einen Burschen schreiben, der aus zwei Seelen besteht‹«, zitierte Craig. »Das hat Robert Louis Stevenson einmal zu Andrew Lang gesagt, und aus diesem Gedanken heraus ist Jekyll-Hyde entstanden. Im übrigen halte auch ich Hammarlund für grotesk, für einen Menschen voller Geheimnisse, der seinem zweiten Selbst nur bei Nacht freie Hand läßt, wenn weltbewegende Dinge zu tun sind und ihm niemand zuschaut. Das ist der Mann, den wir nie zu sehen kriegen, der Mann, der Kartelle gründet und Millionen verdient.«

»Oh, Sie mögen bis zu einem gewissen Grad recht haben«, sagte Jacobsson, »aber vielleicht ist es weniger aufregend, als Sie denken. Natürlich spinnt Hammarlund beständig irgendwelche Intrigen – tun das nicht alle großen Geschäftsleute? –, aber er führt meines Wissens weder ein Doppelleben noch hält er sich eine Privatarmee.«

»Ich bin sehr gespannt auf seine Dinnerparty«, sagte Leah.

»Sie wird sehr korrekt und luxuriös sein«, versprach Jacobsson, »also erwarten Sie keine verborgenen Türen und geheimen Gänge oder Leichen, die aus Wandschränken fallen.« Er lächelte nachsichtig, und es war fast, als höre man die pergamentartige Haut seines Gesichtes knistern.

Nach einem Blick durch die Windschutzscheibe fuhr Jacobsson fort: »Und jetzt kommen wir zu einer nicht weniger zauberhaften, aber sehr viel unschuldigeren Institution, auf die wir Schweden sehr stolz sind. Ich meine unseren berühmten Skansen-Park. Auch hier werde ich das Wort Mr. Manker überlassen.«

Manker schaltete den ersten Gang ein, fuhr die steile Auffahrt hinauf und sagte dann im Tonfall eines erfahrenen Cook-Reiseleiters: »Der Park ist einzigartig. Er ist kein Vergnügungspark wie Disneyland oder Tivoli. Er ist ein Museum im Freien, ein Konzentrat von Schwedens Vergangenheit, sichtbar in die Gegenwart gestellt. Er wurde achtzehnhunderteinundneunzig eröffnet, und in den folgenden Jahrzehnten wurde er zu einer unserer bekanntesten Attraktionen. Sie werden unsere jahrhundertealten Adelssitze wiederaufgebaut sehen ...«

Als Manker seine Ansprache beendet hatte, waren sie an dem für sie reservierten Parkplatz angelangt. Craig, der hinter Emily aus dem Wagen stieg, betrachtete das Eingangstor zum Skansen-Park und erinnerte sich an den regnerischen Sommertag, als er und Harriet, mit Kameras und Eiscremebechern bewaffnet, durch dieses Tor gegangen waren. Er erinnerte sich, daß es ihnen damals großen Spaß gemacht hatte, als entdeckten sie eine alte geographische Zeitschrift im Wartezimmer eines Zahnarztes. Aber heute war er absolut nicht in der Stimmung für solche Geschichtsstudien. Er beobachtete, wie Stratman sich leise mit Emily unterhielt und wie der Physiker sich dann zu Jacobsson und Manker begab.

»Verzeihen Sie bitte«, sagte Stratman, »wenn ich an dieser Besichtigung nicht teilnehme. Der Geist ist willig, aber das Fleisch ist schwach.« Er warf einen Blick in den Park. »Dieser Skansen-Park scheint riesig zu sein.«

»Er besitzt eine moderne Rolltreppe«, sagte Manker.

»Vielen Dank. Aber ich setze mich lieber in den Wagen und ruhe mich ein bißchen aus. Ich muß mit meiner Kraft etwas haushalten.«

Emily war neben ihren Onkel getreten, auf ihrem Gesicht zeigte sich Besorgnis. »Ich werde bei dir bleiben, Onkel Max –«

»Ach nein – das erregt nur Aufsehen –, bitte, geh mit den jungen Leuten.«

Aus einem ihm selbst nicht bewußten Beweggrund heraus sagte Craig: »Ich werde hier bleiben, Miss Stratman, seien Sie also unbesorgt.« Er wandte sich an Jacobsson und Manker. »Ich möchte kein Spielverderber sein, aber ich kenne den Park sehr gut, wenn es sich auch natürlich lohnt, ihn zweimal zu sehen.«

Emily war noch nicht beruhigt. »Onkel Max, ich möchte lieber –«

»Nein«, antwortete Stratman energisch. »Ich will, daß du mitgehst und mir alles erzählst. Mr. Craig und ich hatten noch keine Gelegenheit zu einer Unterhaltung. Ich werde ihm eine Lehrstunde in Physik geben, und er wird mir Literaturverständnis beibringen. Bitte, mein Kind –«

Als Stratman und Craig schließlich im Wagen saßen und zufrieden ihre Pfeifen schmauchten, meinte der Physiker: »Je mehr Jahre man addieren kann, desto mehr Vergnügen muß man abziehen. Früher einmal habe ich gefischt, Billard gespielt, gefeiert, nächtelang mit meinem Bruder Karten gespielt, gegessen, getrunken, meine Pfeife geraucht und gearbeitet – Arbeit war immer ein Vergnügen.« Er hob seine braune Meerschaumpfeife in die Höhe. »Jetzt bleiben mir nur die Pfeife und die Arbeit. Aber ich beklage mich nicht. Es genügt.«

»Ich beneide Sie«, sagte Craig. »Ich habe nur die Pfeife.«

»Und nicht die Arbeit?«

»Nein.«

Stratman schwieg einen Augenblick. »Emily erzählte mir, daß Sie erst kürzlich Ihre Frau verloren. Ist das der Grund?«

»Als ich sie verlor, schien für mich alles keinen Sinn mehr zu haben.«

»Ist nicht die Arbeit, jedenfalls die schöpferische Arbeit, der eigentliche Sinn des Lebens?«

»Gewiß. Die Hingabe an sie sollte das einzig Wichtige sein. Doch dazu gehört schrecklich viel Kraft, Professor.«

»Statt Kraft möchte ich lieber einen anderen Begriff setzen – dieses unrealistische Gefühl, daß der Herr Sie – gerade Sie – dafür auserwählt hat.«

»Das fühlte ich immer.«

Stratman nickte. »Ich zweifle nicht, daß Sie das taten. Sonst wären sie heute nicht in Stockholm. Aber was ist Ihnen zugestoßen? Ich glaube es zu erraten, obwohl ich kein Psychologe bin. Das unrealistische Gefühl der Auserwähltheit wurde verletzt durch ein schreckliches Geschehen in der Realität – durch den plötzlichen Tod Ihrer Frau. Sie wurden dadurch zu Boden gerissen, Ihr Glaube wurde erschüttert, und der Schock hat Sie noch immer in seinen Krallen. So was passiert, junger Mann, so was passiert.«

Craig versuchte, sich darüber klarzuwerden, aber er war noch nicht soweit, es zu verstehen, und beschloß, das gründliche Nachdenken darüber auf einen anderen Tag zu verschieben. »Vielleicht haben Sie recht«, sagte er – und kein Wort mehr.

Beide Männer waren in Stillschweigen versunken, sie rauchten ihre Pfeifen, horchten auf die fernen Laute aus dem Skansen-Park und genossen die Wintersonne, die durch die offenen Fenster des Autos drang.

»Warum sind Sie hiergeblieben?« fragte Stratman plötzlich. »Nur um einem alten Mann Gesellschaft zu leisten?«

»Nein, keineswegs.«

»Warum dann? Um von sich selbst zu sprechen?«

»Auch nicht. Instinktiv wünschte ich, bei Ihnen zu bleiben, weil Sie Emily nahestehen.«

»Oh, Emily?« Aber sein Gesicht zeigte keine Überraschung. Stratman klopfte seine Pfeife aus, schob seine Brille höher hinauf und betrachtete Craig gleichmütig, als sehe er in ihm zum erstenmal nicht den Nobelpreisträger, sondern den Menschen. »So«, sagte er, »und was hat Emily mit uns zu tun?«

»Hat sie Ihnen erzählt, daß wir uns gestern abend kennenlernten?«

»Ja. Wir plauderten hinterher über die Veranstaltung, und sie erzählte mir ein bißchen von Ihnen, wie auch von den anderen Gästen, die sie kennengelernt hat.«

»Ich verstehe.« Craig fühlte sich enttäuscht. Er hatte sich mehr erhofft, irgendein spezielles Interesse. »Hat sie Ihnen erzählt, was sich zwischen uns abspielte?«

»Was hat sich zwischen Ihnen abgespielt?«

»Ich war betrunken, und ich habe sie verletzt.«

»Hmmm.« Stratman dachte nach, suchte vielleicht nach einer Erklärung. »Es tut mir leid, das zu hören. Ich hätte es Ihnen vorhersagen können – sie ist äußerst empfindlich und sehr zurückhaltend Männern gegenüber. So – Sie haben sie also verletzt?«

»Ja, das tat ich. Ich habe auf eine Gelegenheit gewartet, um mich zu entschuldigen. Aber sie hat das verhindert.«

»Das kann ich mir denken. Das ist ihre Art, seit sie kein Kind mehr ist.« Er wartete eine Weile. »Warum ist das so wichtig für Sie, Mr. Craig?«

»Ich finde sie sehr anziehend. Ich möchte, daß sie eine gute Meinung von mir hat.«

»Dann haben Sie keine beneidenswerte Aufgabe –«

»Eine hoffnungslose?«

Stratman zuckte die Achseln. »Wer kann das sagen? Ich kenne sie besser als irgendeinen anderen Menschen auf der Welt. Ich liebe sie, als wäre ich ihr Vater. Ich habe sie erzogen. Ich kenne ihre Eigenheiten und Träume und weiß, wie sie reagiert. Aber jeder Tag ist eine neue Schöpfung des Lebens, und auf gewisse Weise beginnt jeder Mensch jeden Tag als ein Neugeborener. Das Gehirn, das Nervensystem, die Muskeln, die Drüsen, sie alle beantworten die Ereignisse des Tages auf eine bestimmte und vertraute Art – aber dann tritt irgendein Zwischenfall ein, eine unvorhergesehene Begegnung, ein außergewöhnlicher Reiz, und plötzlich hat das bisherige Verhalten keinerlei Bedeutung – das Gehirn oder Nervensystem reagiert anders, auf eine bisher unbekannte Art. Wie soll man daher über andere Menschen urteilen oder gar in ihrem Namen sprechen können? Wie soll ich wissen, wie Emily heute zu Ihnen steht – morgen? Sie sind ein berühmter und geehrter Geschichtenerzähler, und ohne Zweifel haben Sie ein viel schärferes Wahrnehmungsvermögen hinsichtlich der Menschen als ich. Gebrauchen Sie Ihren Optimismus und Ihren Geist.«

Craig lächelte. Sicherlich machte der alte Mann sich jetzt ein wenig über ihn lustig. Daher erwiderte er scherzend: »Meine Geschichten handeln von der Vergangenheit. In der Gegenwart bin ich ein Fremdling und ohne Waffen.«

»Es gibt keine Gegenwart«, sagte Stratman. »Eine Minute vorher ist schon die Vergangenheit.« Seine Augen funkelten hinter den dicken

Gläsern. »Sie sind nicht ohne Waffen.« Er rekelte sich tiefer in den Sitz und kreuzte seine kurzen Beine. »Ich werde jetzt ein bißchen schlafen.«

»Und ich«, Craig erhob sich, »werde einen Spaziergang machen.«

Stratman waren die Augenlider schon zugefallen, aber nun öffnete er sie wieder. »Mr. Craig –«

»Ja, Professor?«

»Ich denke, Sie wollen versuchen, ihre gute Meinung zu gewinnen.«

Craig blieb stumm.

Stratman seufzte müde. »Sollte Ihnen gelingen, was anderen nicht gelang, daß sie nämlich ihr Mißtrauen aufgibt, so enttäuschen Sie sie nicht – und auch mich nicht.«

Ohne Ziel, ohne Neugier wanderte Craig im Umkreis des Skansen-Parks umher, ab und zu stehenbleibend, um Kindern beim Spielen zuzuschauen, einmal, um eine Limonade zu trinken. Er schlenderte immer weiter, überließ sich seinen Gedanken, die sich mit den neuen Menschen, die in sein Leben getreten waren, beschäftigten, und mit Miller's Dam und dem Fachwerkhaus an der Wheaton Road und mit Lucius Mack und schließlich mit Harriet – Harriet, die begraben lag, schien einer anderen Zeit anzugehören.

Eine halbe Stunde war vergangen, als Craig wieder bei der Limousine anlangte. Da er sah, daß die andern schon im Auto saßen und nur Manker auf und ab ging und nach ihm Ausschau hielt, lief er die letzte Strecke. Er entschuldigte sich und konnte dann, als Antwort auf Leahs Frage, nicht um sein Leben erklären, wo er gewesen war und was er getan hatte. Manker hatte seinen Platz am Steuer wieder eingenommen, und sie fuhren weiter.

Craig lauschte, wie Emily hinter ihm ihrem Onkel kurz, aber begeistert von ein paar Höhepunkten des Skansen-Besuches berichtete. Als sie damit fertig war, fragte sie ihren Onkel, wie er sich jetzt fühle.

»Erfrischt, wieder wie ein Tourist ... Graf Jacobsson, was ist jetzt die nächste Sache, zu der Sie uns alle bekehren wollen?«

»Die beste, die wir zu bieten haben«, erwiderte Jacobsson. Er lächelte und fuhr dann fort:

»Mr. Manker fährt uns nun zur Altstadt – genauer, zum Stortorget, dem Großen Platz, dem siebenhundert Jahre alten ursprünglichen Zentrum Stockholms.«

Während sie die lange Strecke zurückfuhren, überquerten sie die Norbro-Brücke, fuhren am Königlichen Schloß entlang, verlangsamten die Fahrt vor der Storkyrkan-Kathedrale, die im Jahr 1260 erbaut worden war, bogen in eine enge, alte Gasse ein, die auf den weiten Platz mündete, und parkten vor dem Börssalen – der Börse, wie ihnen Manker erklärte.

Nachdem sie alle den Wagen verlassen hatten, führte Manker sie um den alten, mit Kopfsteinen gepflasterten Platz herum, der von einem großen, runden, altertümlichen Brunnen beherrscht wurde. Rund um dieses Wahrzeichen standen öffentliche Bänke, die bei diesem milden Wetter mit alten zeitunglesenden Männern und schwatzenden ältlichen Hausfrauen besetzt waren.

Dann schlenkerte Manker mit ihnen durch die alten Gassen und Seitenstraßen, die zum Stortorget führten. Diese schattigen Gassen waren winkelig und finster wie zu Zeiten des Mittelalters, umschlossen von ehrwürdigen Giebelhäusern wie aus Grimms Märchen.

»Heute möchten fast alle Leute hier in der Altstadt wohnen«, erzählte Mr. Manker. »Es ist dies ein Zeichen des sozialen Ranges – was Sie in Amerika ein ›status symbol‹ nennen – ist das richtig? Die Fassade der Häuser ist noch original. Sie kann nicht renoviert werden. Man hat sie so gelassen, wie sie immer waren, und sie sind nun verwittert, die Steine zerbröckeln, die Farbe blättert ab, und das macht ihren Charme aus. Jedoch innen sind die meisten Wohnungen völlig modern, mit den allerletzten Errungenschaften der Technik ausgestattet, einschließlich der Ölheizungen für die Wintermonate.«

Langsam führte sie Manker zurück zu dem alten Brunnen in der Mitte des Stortorgets. »Dies ist eine historische Stätte«, verkündete er. »Genau hier fand das berüchtigte Stockholmer Blutbad statt. Im Jahr fünfzehnhundertzwanzig versprach ein dänischer König, der über ganz Skandinavien herrschte, achtzig rebellischen schwedischen Aristokraten die Begnadigung, lud sie zu einer Feier auf diesem Platz ein und übte dann Verrat an ihnen, indem er alle achtzig enthaupten ließ. Dort aber«, Manker wies in Richtung der Börse, »gibt es Erfreulicheres. Dieser Rokoko-Palast wurde siebzehnhundertdreiundsiebzig gebaut. Im Parterre befindet sich die Börse, aber oben sind die Büros und die Bibliothek der *Schwedischen Akademie*, in der André Gide und T. S. Eliot und Andrew Craig für den Nobelpreis für Literatur gewählt wurden.« Er wandte sich an Craig. »Alfred Nobel ist übrigens nicht Ihr einziger Wohltäter. Es gibt noch einen zweiten, und zwar König Gustav III., der siebzehnhunderteinundsiebzig den schwedischen Thron bestieg und fünfzehn Jahre später die *Schwedische Akademie* gründete. Trotz aller seiner Fehler, und sie waren zahlreich, angefangen bei seinem mangelnden Interesse für die Armen bis zu seinen verschwenderischen Ausgaben für sich selbst, hat Gustav III. sich unsere Hochachtung erworben, weil er uns einen großen Teil unserer Kultur schenkte, bevor er siebzehnhundertzweiundneunzig bei einem Maskenball ermordet wurde. Er schenkte uns unsere Oper. Er schenkte uns Kunstwerke aus allen Winkeln der Erde. Und schließlich, um die Literatur zu fördern, gründete er in Nachahmung der Franzosen die *Schwedische Akademie*. Weil er abergläubisch die Zahl achtzehn verehrte, errichtete er eine Akademie mit achtzehn Mitgliedern, die aus den anerkanntesten schwedischen Schriftstellern und Gelehrten bestanden. Achtzehn Mitglieder, Mr. Craig, wählten Sie für den Nobelpreis.«

Jacobsson trat zu Craig und berührte seine Schulter. »Vielleicht würde es Sie interessieren, den Ort zu sehen, an dem Sie gewählt wurden?«

»Es würde mich natürlich interessieren«, sagte Craig, »aber ich fürchte, die andern würden sich dabei langweilen. Vielleicht kann ich eines Tages allein hierherkommen –«

»Unsinn«, unterbrach ihn Stratman. »Wir alle würden gern die Akademie besichtigen.«

Die Gruppe folgte Graf Jacobsson quer über den Platz und bog mit ihm an der Ecke in die Seitenstraße ein. Sie gingen die Straße hinauf und blieben schließlich vor zwei riesigen verwitterten Türflügeln am Källargränd 2 stehen. Rechts vom Eingang war an einem Granitblock eine Tafel befestigt mit der Inschrift: SVENSKA AKADEMIENS NOBELBIBLIOTEK.

Durch eine düstere Halle gelangten sie über breite Steinstufen zum ersten Stock empor und dann durch eine sandfarbene Tür in einen langen Gang, der freundlich beleuchtet war und an einen Schulkorridor erinnerte. Gleich rechts stand der jetzt unbesetzte Schreibtisch eines Bibliothekars, und dahinter befand sich die Tür zur Nobelbibliothek mit der literarischen Produktion der Nobelpreisträger, aus sich bekämpfenden und miteinander verbündeten Ländern, in nahezu allen Sprachen.

Mit einer Sicherheit, die seine Vertrautheit bewies, führte Jacobsson sie durch den langen Gang, auf dessen beiden Seiten Bücherregale standen, bis sie durch eine weitere Tür in einen riesigen Hörsaal kamen. Während sie den Hörsaal durchquerten, sagte Jacobsson: »Wir nähern uns unserer Kaaba, der geheiligten Stätte, wo die Akademiemitglieder sich jährlich versammeln, um einen Nobelpreisträger zu wählen. Der verschwiegene Raum wird das Sitzungszimmer genannt. Und hier sind wir.«

Sie gingen durch eine weitere Tür in einen hellen breiten Raum mit hoher Decke und großen Fenstern, die Aussicht auf den historischen Platz unten boten. Unter einem funkelnden Kristallkronleuchter befand sich ein großer rechteckiger Tisch, und rings um den Tisch standen zwölf geschnitzte Sessel, deren Sitze, Rücken- und Armlehnen mit blauem Plüsch gepolstert waren. Der polierte Tisch war leer bis auf ein hözernes Tablett mit einer Schreibfedergarnitur, die vor fast zwei Jahrhunderten König Gustav III. gehört hatte, einem Zinnkrug und einer Vase aus Glas. An den Wänden standen ein blaubezogenes Sofa und weitere Sessel, und an einer Wand hing eine blinkende goldene Medaille, in die ein Bündel Weizenähren, König Gustavs III. königliches Symbol, eingraviert war. Hinter dem Sessel des ständigen Sekretärs der Akademie, am Kopf des Tisches, stand das immer gegenwärtige Gewissen – eine Marmorbüste des Gründers Gustav III. – auf einem runden Steinsockel.

»Ja«, sagte Jacobsson, liebevoll über die Marmorbüste streichend. »Seit die Akademie neunzehnhundertvierzehn diesen Raum übernahm, saß Seine Majestät hier und lauschte den Geheimnissen, welche die ganze Welt gerne erfahren hätte. Vordem fand die Abstimmung im Heim des ständigen Sekretärs am Skeppsbron statt, dann in einer gemieteten Wohnung an der Engelbrektsgatan und dann in der alten Nobelbibliothek am Bantorget. Aber seit Romain Rolland im Jahr neunzehnhundertfünfzehn gewählt wurde, fand für jeden Literaturpreisträger die Abstimmung in diesem Raum statt.«

»Wie oft kommen die Akademiemitglieder hier zusammen?« fragte Emily.

»Ich will Ihnen den *modus operandi* erklären«, sagte Jacobsson. »Wir wollen als Beispiel unseren diesjährigen Preisträger nehmen: Mr. Andrew Craig. Die Aufstellung von Kandidaten für den Nobelpreis für Literatur war in diesem Jahr, wie stets, am vergangenen ersten Februar abgeschlossen. Die Nominierungen wurden, meistens schriftlich, der *Schwedischen Akademie* übermittelt. Dieses Jahr waren es neunundvierzig. Dreißig kamen von allgemein akkreditierten Quellen – früheren Preisträgern auf jedem Gebiet oder berühmten Universitäten der ganzen Welt –, und neunzehn kamen von nicht akkreditierten Quellen, wie zum Beispiel von Verlegern oder Ehefrauen von Autoren oder von den Autoren selber, und wurden ausgeschieden. Mr. Craigs Name wurde nicht von einer ausländischen Quelle genannt, sondern von mehreren Bewunderern unserer eigenen *Schwedischen Akademie*, angeführt von Miss Ingrid Pahl, einem stimmberechtigten Mitglied. Ich glaube, Mr. Flink kann Ihnen sagen, wie die Sache zustande kam.«

Indent Flink wandte sich an Craig und Leah. »Dafür bin ich eigentlich nicht zuständig«, erklärte er mit gespielter Bescheidenheit, »denn als Verleger habe ich sowohl in New York einen Mann, der für mich nach geeigneten Büchern Ausschau hält, wie auch in Paris und London. Mr. Craigs letzter Roman, der in Skandinavien übersehen wurde, ist mir mit einer Reihe anderer Bücher zugeschickt worden. Ich war sehr beeindruckt von *Armageddon* und erwarb die schwedischen Rechte darauf für fünfhundert Dollar. Ich glaube, das war der Preis?«

»Ja«, bestätigte Leah.

»Ich brachte die Übersetzung im September vor – einen Augenblick – vor vier Jahren heraus. Die Besprechungen waren so überwältigend, daß, wie ich glaube, viele der achtzehn Akademiemitglieder den Roman lasen und dadurch mit Mr. Craig bekannt wurden.«

»Genauso war es«, sagte Jacobsson.

»Nun, um es kurz zu machen«, fuhr Flink fort, »ich erwarb zwei weitere Romane von Mr. Craig, der Absatz war zufriedenstellend und die Begeisterung in literarischen Kreisen noch größer als beim ersten Roman. Dann ließ ich mir ein Exemplar von *Der Vollkommene Staat* kommen, und das war das beste von allen. Ich übersetzte es selbst und veröffentlichte es Anfang des letzten Jahres. Diesmal hatte ich meinem Kuchen und aß ihn auch. Es wurde ein Bestseller, der reißend Absatz fand, und die Kritik überschlug sich vor Begeisterung. Damit, glaube ich, war's geschafft. Ein Andrew-Craig-Kult hatte die Akademie erfaßt – Miss Pahl stand keineswegs allein –, und so wurde er im Februar für den Preis nominiert.«

Craig hatte aufmerksam zugehört, so objektiv, als handele es sich um einen anderen Schriftsteller, doch als er jetzt alle Blicke auf sich gerichtet sah, begriff er, daß man von ihm einige Worte erwartete. »Mein amerikanischer Verleger ist Ihnen dankbar, mein Agent ist Ihnen dankbar, die Security Bank in Miller' Dam ist Ihnen dankbar, und ich bin Ihnen dankbar, Mr. Flink.«

»Ganz im Gegenteil, die Welt ist Ihnen dankbar«, sagte Flink großartig.

Verlegen suchte Craig das Thema zu wechseln. »Graf Jacobsson, und was geschah dann nach den Nominierungen im letzten Februar – oder ist das ein Geheimnis?«

»Nicht im geringsten«, erwiderte Jacobsson. »Vier der achtzehn Akademiemitglieder fungieren als Ausscheidungsausschuß. Die wichtigsten Bücher der dreißig offiziell Nominierten wurden ihnen zugeschickt. Viele dieser Werke, wie auch die Ihren, existierten schon in schwedischer Sprache und waren leicht zu lesen. Von anderen gab es keine Übersetzung, und daher mußten die vier Ausschußmitglieder sie in ihrer Originalsprache lesen. Außer Schwedisch lesen die Ausschußmitglieder auch geläufig Englisch, Französisch, Deutsch und Spanisch. Sollte ein nominiertes Werk jedoch in einer Sprache wie etwa Chinesisch oder Hindu geschrieben sein, so wird es dafür zuständigen Experten übergeben. Sprache ist eine Barriere; aber ich bezweifle, daß dies jemals die Berücksichtigung eines Werkes von wirklichem Wert verhindert hat. Ich denke in diesem Zusammenhang an das Jahr neunzehnhundertdreizehn, als Rabindranath Tagore in Indien für sein dichterisches Werk nominiert wurde. Es lag damals nur ein einziges Werk in Englisch vor, in Schwedisch überhaupt keines. Das beste seiner Poesie war in seinem heimatlichen Bengali verfaßt. Der Vier-Mann-Ausschuß machte indessen einen schwedischen Gelehrten ausfindig, einen erfahrenen Orientalisten, der Bengali lesen konnte. Er war so begeistert von Tagore, daß er vorschlug, unseren Akademiemitgliedern Bengali beizubringen, damit sie den Dichter in seiner eigenen Sprache verstehen könnten. Aber die Akademiemitglieder fanden Bengali zu schwierig und warteten die Übersetzung des Professors ab. Sie war so exakt und schön, daß alle sich einig waren, Tagore müsse den Preis erhalten.«

»Dann liegt die Erteilung des Literaturpreises in Wirklichkeit in Händen von vier Männern«, sagte Stratman.

»Ganz und gar nicht«, erwiderte Jacobsson. »Der Vier-Männer-Ausschuß leistet nur die vorbereitende Arbeit. In diesem Jahr lasen sie die Hauptwerke der dreißig Nominierten. Sie schieden vierundzwanzig aus und einigten sich auf sechs Namen für die letzte Runde. Die besten Bücher dieser sechs – Mr. Craig, ein anderer amerikanischer Autor, zwei Deutsche, ein Engländer und ein Japaner – wurden allen übrigen Akademiemitgliedern übersandt, zusammen mit ins Schwedische übersetzten Auszügen von anderen Büchern der Nominierten. Den ganzen vergangenen Sommer über haben die achtzehn Mitglieder der Akademie nichts anderes getan als gelesen.

Und nun komme ich auf Ihre erste Frage, Miss Stratman – Mitte September haben sie alle sich zum erstenmal hier in diesem Raum versammelt, um zu diskutieren, was sie gelesen hatten, um sich gegenseitig auszuhorchen, um über ihre Lieblingswerke zu sprechen. Eines Morgens im vergangenen Monat, im November, versammelten sie sich zum zweitenmal in diesem Raum – sie setzten sich, bei verschlossenen Türen, um diesen Tisch, Besucher werden dabei nicht zugelassen –, um den Preisträger des Jahres zu wählen. Der Vorsitzende des Vier-Männer-Ausscheidungs-Ausschusses erhob sich hier von seinem Stuhl und sagte: ›Wir haben die dreißig Nominierungen auf sechs reduziert, und von diesen sechs möchten wir besonders zwei Namen empfehlen.‹ Dann nannte er Mr. Craigs Namen als erste Wahl und den Namen eines englischen Autors – diesen Namen darf ich nicht nennen – als zweite Wahl. Daraufhin las er biographische Daten von Mr. Craig und den fünf anderen Nominierten vor. Und dann las er sowohl günstige wie ungünstige Kritiken über das literarische Werk eines jeden vor. Hierauf begann die Debatte. Sie dauerte sechs Stunden. Wenn Sie glauben, die Schweden seien stets ruhige und friedliche Leute, wünschte ich, Sie könnten nur einen einzigen solchen Streit miterleben. Es kam zu vielen leidenschaftlichen Ausbrüchen für und gegen jeden Nominierten. Schließlich wurden die Stimmzettel auf den Tisch gelegt. Sechzehn gaben ihre Stimme ab, zwei enthielten sich ihrer Stimme. Ich bin glücklich, Ihnen sagen zu können, Mr. Craig, daß Sie mit einer rühmlichen Mehrheit gewannen. Ich wurde sofort informiert und setzte am gleichen Abend das Benachrichtigungstelegramm auf, das unverzüglich an Sie abging. Kurz darauf erhielt die Presse die Nachricht vom Außenministerium.«

Stratman ging zu einem Stuhl und stützte sich darauf. »Dieser Streit, Graf Jacobsson, diese leidenschaftliche Debatte, von der Sie sprachen – können Sie uns darüber nichts Genaueres sagen?«

»Es erscheint mir nicht richtig, wenn ich von den geschlossenen Sitzungen dieses Jahres oder des vergangenen Jahres berichte«, sagte Jacobsson, »aber ich glaube, es ist nichts dagegen einzuwenden, wenn ich von ein paar historischen Meinungsverschiedenheiten erzähle.« Er bemerkte, wie müde der Physiker war, und sagte plötzlich: »Bitte, Herr Professor – das heißt, Sie alle –, setzen Sie sich doch, während wir uns unterhalten. Nehmen Sie diese Sessel. Das hier ist kein Museum – die Sessel stehen da, um benutzt zu werden.« Bald saßen alle behaglich um den langen Tisch. Jacobsson hatte sich am Kopfende niedergelassen, vor der Büste von Gustav III.

»Um das zu beurteilen, was ich Ihnen erzählen will«, begann Jacobsson, »müssen Sie sich vor Augen halten, daß unsere achtzehn Mitglieder, wie auch die aller anderen preiserteilenden Komitees, schließlich bloß Sterbliche sind. Die meisten sind erfahrene und kenntnisreiche Männer und Frauen mit klassischer Bildung, objektiv und integer. Aber, ich wiederhole, sie sind Sterbliche – sie haben persönliche Neigungen und Abneigungen, Vorurteile und Eitelkeiten. Sie können von anderen beeinflußt werden und sich gegenseitig beeinflussen. Sie können kühn sein, aber auch ängstlich. Sie können kosmopolitisch, aber auch provinziell eingestellt sein, auf dem einen Gebiet vielleicht überspezialisiert und auf einem anderen völlig unwissend. Aber auch wenn wir das alles in Betracht ziehen, so sind es doch die achtzehn besten Köpfe auf diesem Feld, über die wir verfügen. Wenn sie einmal ernannt sind, tun sie diesen Dienst auf Lebenszeit und sind die ergebenen Diener von Alfred Nobels Testament, die Schiedsrichter einer Akademie, die Rudyard Kipling, Gerhart Hauptmann, Romain Rolland, Anatole France, George Bernard Shaw, Sigrid Undset, Thomas Mann, Bertrand Russell und Boris Pasternak geehrt hat. Sie sind aber auch die Schiedsrichter einer Akademie, die Émile Zola, Leo Tolstoi, Henrik Ibsen, Marcel Proust, Mark Twain, Joseph Conrad, Maxim Gorki, Theodore Dreiser und August Strindberg ignoriert oder abgelehnt hat. Sie sehen, sie sind klug und sie sind töricht, aber nicht klüger und nicht törichter als andere auch.«

Craig wandte sich an Jacobsson. »Ihre Auswahl verstehe ich, und ich stimme ihr größtenteils von Herzen zu – aber ihre Unterlassungen kann ich nicht verstehen. Von einigen davon war gestern bei der Pressekonferenz die Rede. Sie sind offenbar oft und von überall nominiert, aber niemals berücksichtigt worden. Warum erhielten Zola und Tolstoi nicht einen der allerersten Preise? Warum haben Ibsen und Strindberg, beide aus Ihrer Heimat, niemals den Preis erhalten? Sind die damaligen Schiedsrichter Dummköpfe gewesen? Oder spielten tatsächlich Vorurteile eine Rolle?«

»Oh, davon wollte ich gerade sprechen«, sagte Jacobsson. »Ja, im allgemeinen war Vorurteil der Grund – manchmal Eitelkeit – oft politische Taktik und Schwäche. Lassen Sie uns die Namen, die Sie erwähnten, näher betrachten. Émile Zola hat bis neunzehnhundertzwei gelebt und hätte also zweimal für den Nobelpreis gewählt werden können. Tatsächlich wurde er für den ersten Nobelpreis offiziell nominiert von Pierre Berthelot, dem berühmten französischen Chemiker. Aber sehen Sie, Alfred Nobel war erst fünf Jahre tot, und sein kraftvoller Geist warf einen langen und unübersehbaren Schatten über die Mitglieder der Akademie. Zu seinen Lebzeiten hatte Nobel Zolas *Nana* wie auch seine anderen naturalistischen Romane verabscheut. Nobel fand sie allzu – wie soll ich es nennen? – allzu sinnlich, grob, veristisch. Vergessen Sie nicht, daß Nobel in seinem Testament den Literaturpreis für ›das hervorragendste Werk mit einer idealistischen Tendenz‹ bestimmte. Nach Nobels Dafürhalten war Zola alles andere gewesen als ein Idealist, und die Nobel-Schiedsrichter wußten das und mußten den Geschmack des Stifters berücksichtigen, wenn sie über sein Geld verfügten.«

»Das kann ich begreifen«, stimmte Craig zu. »Zum erstenmal bekommt die Unterlassung einen Sinn.«

»Sie nannten Tolstoi, Ibsen, Strindberg«, fuhr Jacobsson fort. »Hier waren es zum größten Teil die starken Vorurteile eines Mannes – eines Schiedsrichters –, denen sie alle zum Opfer fielen.«

Craig konnte seine Überraschung nicht verbergen. »Tatsächlich?«

»Ja, so war es«, erwiderte Jacobsson. »Gewiß, es spielten auch noch andere Faktoren mit. Die Akademiemitglieder waren nicht nur durch das Gebot des Idealismus gehindert, sie waren sehr konservativ und – von dreien abgesehen – wenig vertraut mit der Literatur, sondern Historiker, Theologen, Philologen. Einer der besagten drei, ein sehr bemerkenswerter Mann, Dichter und Essayist, war Dr. Carl David af Wirsén. Als die Akademie die Nobelpreisverleihung übernahm, war Wirsén ihr Präsident, ihre machtvollste Persönlichkeit. Er war damals achtundfünfzig, klug und gelehrt, aber ein Mensch mit starken persönlichen Vorurteilen. Als Beispiel, wie sehr er die Akademie beherrschte, brauchte ich nur zu erzählen, was neunzehnhundertsieben geschah. Wenn die Akademie eines ihrer achtzehn Mitglieder verliert und ein lebenslängliches Neumitglied wählt, muß der König zustimmen. Im Jahre neunzehnhundertsieben wurde ein neues Mitglied, ein hervorragender Literaturhistoriker, gewählt, gegen Wirséns Einspruch, das neue Mitglied habe sich einst einer Majestätsbeleidigung schuldig gemacht, als er ein kritisches Werk über Gustav III., den Gründer der Akademie, veröffentlichte. Als Wirsén entdeckte, daß er überstimmt worden war, begab er sich zu König Oskar II. und überredete ihn, das neue Mitglied abzulehnen – und dieser Mann wurde erst Mitglied der Akademie, als Gustav V. den Thron bestiegen hatte. So groß war Wirséns Macht. Und er war es auch, der Tolstoi den Preis verweigerte.«

»Wie hat er das fertiggebracht?« fragte Emily.

»Das ist schwierig zu erklären, Miss Stratman, aber ich will es versuchen. Die Französische Akademie hatte Sully Prudhomme, einen ziemlich unbekannten Dichter, für den ersten Preis nominiert. Die Schwedische Akademie hatte große Hochachtung vor ihrem französischen Vorbild. Außerdem wünschte sie, eine sichere, unanfechtbare Wahl zu treffen. Und daher erteilte sie diesen ersten Literaturpreis Prudhomme. Die literarische Welt war entsetzt, sogar hier in Schweden. Vierzig bis fünfzig schwedische Schriftsteller und Künstler rügten die Akademie und reichten eine Petition zugunsten Tolstois ein. Übrigens hätte Tolstoi in jenem ersten Jahr gar nicht gewählt werden können, weil ihn niemand offiziell nominiert hatte. Dieses Versehen wurde im zweiten Jahr gutgemacht. Tolstoi wurde neunzehnhundertzwei nominiert. Aber nun trat Wirsén, der Präsident der Akademie, auf den Plan. Ich habe die Protokolle der stürmischen Sitzung gesehen, als die Schiedsrichter unter Mommsen, Spencer und Tolstoi einen Laureaten wählen mußten. Es war Wirsén, der fast allein Tolstoi zu Fall brachte. Wirsén gab zu, daß *Krieg und Frieden* ein unsterbliches Werk sei. Aber er behauptete, Tolstois spätere Werke seien sinnlich und stupid, Tolstoi verdamme die Zivilisation, er verfechte den Anarchismus, er habe die Frechheit besessen, das *Neue Testament* umzuschreiben, und, das größte Verbrechen von allen, er habe alle Geldpreise als schädlich für Künstler bezeichnet. Wirséns leidenschaftlicher Protest trug den Sieg davon, der große Russe wurde abgelehnt, und obgleich er noch acht Jahre lang den Preis hätte erhalten können, wurde er nie wieder ein ernsthafter Kandidat.«

»Und Ibsen und Strindberg?« fragte Craig.

»Auch hier sprach Dr. Wirsén das ausschlaggebende Veto. Ibsen wurde neunzehnhundertdrei nominiert. Wirsén argumentierte, wenn man Ibsen jetzt noch ehre, so sei es, als ehre man ein Denkmal. Wirsén wollte wohl damit sagen, daß Ibsen seine besten Stücke zwischen achtzehnhundertsiebenundsechzig mit *Peer Gynt* und achtzehnhundertzweiundneunzig mit *Baumeister Solness* geschrieben und daß er in den elf Jahren darauf sehr nachgelassen habe. Außerdem sei ein norwegischer Landsmann von Ibsen, Björnstjerne Björnson, ein Schriftsteller, den Nobel selbst bewunderte, noch auf der Höhe seiner Kraft. Das Argument trug den Sieg davon. Ibsen wurde abgelehnt und Björnson gewählt.« Jacobsson hielt einen Augenblick in Gedanken verloren inne und fuhr dann fort: »Die Opposition gegen August Strindberg war bedauerlicherweise womöglich noch erbitterter. Vor allem nannte Wirsén Strindbergs Stücke ›altmodisch‹. Andererseits denke ich aber, daß Strindberg selbst sein eigener schlimmster Feind war. Wirsén und die Mehrheit der Akademie, wie auch der König von Schweden, waren entsetzt über das Privatleben des Dramatikers. Strindberg war aus der

Schule gejagt worden, wegen schlechten Benehmens. Aus jeder Stellung, die er innehatte, war er entlassen worden. Er war dreimal verheiratet und dreimal geschieden. Er war zu einer Gefängnisstrafe verurteilt worden, wegen Gotteslästerung. Er war ein Trunkenbold, galt als Antisemit und Verfechter der schwarzen Magie. Und selbst wenn er noch Aussichten gehabt hätte, so zerstörte er sie selbst, weil er die *Schwedische Akademie* in der Presse lächerlich machte. Ich glaube, es war die *Aftontidningen*, in der er schrieb: ›Der Anti-Nobelpreis ist der einzige Preis, den ich annehmen würde!‹ Niemand hat Lust, jemanden zu ehren, der ihn ständig beleidigt, und daher fiel es Wirsén und der Akademie leicht, Strindberg den Preis vorzuenthalten. Allerdings muß ich um der Genauigkeit willen hinzufügen, daß Wirsén nicht immer seinen Willen bekam. Neunzehnhundertacht gab es einen schrecklichen Streit. Wirsén und der Ausschuß waren für Algernon Swinburne, und die Hälfte der Akademie war für Selma Lagerlöf. Sie gelangten dabei auf einen toten Punkt, und ein Außenseiter-Kandidat, der Deutsche Rudolf Eucken, wurde zum Preisträger gewählt. Nach einem Jahr voller Intrigen gelang es jedoch den Lagerlöf-Anhängern, bei der Abstimmung die Majorität zu erlangen, und so wurde ihr neunzehnhundertneun, trotz Wirséns Opposition, der Preis verliehen. Mit dieser Niederlage, glaube ich, verlor Wirsén seine Macht über seine Kollegen.«

»Das Veto gegen Strindberg interessiert mich«, sagte Craig. »Gingen viele Autoren des Preises ihres Privatlebens wegen verlustig?« Schon eine ganze Weile hatte Craig an sein Leben während der letzten drei Jahre gedacht, an seine Alkoholexzesse, und er fragte sich, ob die Akademie ihm den Preis zuerkannt hätte, wenn sie die Wahrheit gewußt hätte. Nun war er auf die Antwort gespannt.

»Leider ergibt sich daraus oft ein Streitpunkt«, gab Jacobsson zu, »aber abgesehen von Strindberg und d'Annunzio kann ich mich an keinen einzigen Fall erinnern, bei dem es den Ausschlag gegeben hätte. Doch da Sie die Sprache darauf bringen, fällt mir ein Laureat ein, der beinahe seines Privatlebens wegen abgelehnt worden wäre. Wenn die Damen mir verzeihen wollen ... Ich spreche von André Gide: Jahr um Jahr war er nominiert worden, und Jahr um Jahr wurde er abgelehnt wegen seiner Homosexualität, die er öffentlich zugegeben und verteidigt hatte. Im Jahr neunzehnhundertsiebenundvierzig tauchte wieder Gides Name auf. Inzwischen waren viele Mitglieder der Akademie ihm gegenüber toleranter geworden. Seine perverse Neigung war noch immer ein Streitpunkt, doch er wurde gewählt, und da er leidend war, nahm der französische Botschafter seinen Preis entgegen.«

»Sie sprachen von persönlichem Verhalten«, sagte Emily, »und die persönlichen Überzeugungen? Haben die Ideen, für die ein Schriftsteller eintritt, Einfluß auf die Wahl?«

»Allerdings«, erwiderte Jacobsson. »Neunzehnhundertsechzehn empfahl der Akademie-Ausschuß Zenito Pérez Galdós, einen Spanier. Aber die Majorität der damaligen Mitglieder der Akademie war sehr beeindruckt von Romain Rollands Pazifismus, von seiner mutigen und unbeirrbaren Haltung im Ersten Weltkrieg, die sein freiwilliges Exil zur Folge hatte, seine Übersiedlung vom kriegerischen Frankreich in das neutrale Schweden. Aus diesem Grund gewann Rolland den Preis. Neunzehnhundertachtundzwanzig war Erzbischof Nathan Söderblom Mitglied der *Schwedischen Akademie*. Er war keine literarische Größe, aber ein Geistlicher von beträchtlichem Verdienst – ein paar Jahre später gewann er den Friedenspreis –, und als er sich für Henri Bergson als Preisträger für Literatur einsetzte, weil er die Philosophie des Franzosen verehrte, brach der Widerstand gegen Bergson zusammen. Manchmal jedoch, Miss Stratman, gereichen die Überzeugungen eines Schriftstellers ihm auch zum Nachteil. Neunzehnhundertvierunddreißig war der Italiener Benedetto Croce der Favorit für den Literaturpreis. Das war zu der Zeit, als in Italien Benito Mussolini und seine Schwarzhemden im Kommen waren. Croce war Antifaschist und sprach seinen Haß gegen Mussolini offen aus. Ein Nobelpreis für Croce wäre für Mussolini ein Schlag ins Gesicht gewesen, und der italienische Diktator wußte das genau. Ich habe keine Beweise für das, was passiert ist – manche sagen, Mussolini habe sich mit seinem Botschafter in Schweden in Verbindung gesetzt und der Botschafter habe mit der *Schwedischen Akademie* Fühlung genommen –, jedenfalls wurde Croce seiner Überzeugungen wegen abgelehnt, und sein diesbezüglich harmloserer Landsmann Luigi Pirandello erhielt den Preis. Ich weiß, daß man das charakterlos nennen könnte, aber Sie müssen es im Zusammenhang jener Zeit ansehen, einer Zeit, in welcher der Faschismus eine entsetzliche Bedrohung war. Immerhin glaube ich, daß unsere Akademie-Mitglieder es wiedergutmachten, als sie neunzehnhundertachtundfünfzig mutig Boris Pasternak den Preis um *seiner* Überzeugungen willen zuerteilten, obwohl die Kommunisten uns deshalb die Pistole auf die Brust setzten.«

»Aber kann man denn auf Sie einen Zwang ausüben?« fragte Stratman.

Jacobsson hab die Handflächen nach oben und zuckte die Achseln. »Ich sagte Ihnen ja, Herr Professor, auch wir sind nur Menschen. Meistens ist dieser Zwang nur unbedeutend und kommt keineswegs in allen Fällen von außerhalb dieses Raumes. Es existiert immer das, was die Amerikaner ›lobbying‹ nennen.« Jacobsson machte eine Pause. Es schwebte ihm etwas auf der Zunge, er zögerte jedoch, bevor er fortfuhr: »Es gibt da einen ganz bekannten Fall – es handelt sich um einen amerikanischen Autor – seinen Namen will ich lieber nicht erwähnen. Dieser Autor hatte mehrere Romane geschrieben, die zwei ältere Mitglieder

der Akademie, nämlich den Forscher Sven Hedin und die Dichterin Selma Lagerlöf, außerordentlich beeindruckt hatten. Diese beiden suchten ihre Kollegen zu überzeugen, daß der Amerikaner den Preis bekommen müsse. Die Majorität der Akademie hielt die Veröffentlichungen des Amerikaners für unbedeutend oder, wie der Vorsitzende sich ausdrückte, für ›zweitrangig‹. Dennoch blieben Hedin und die Lagerlöf hartnäckig, sie dramatisierten den polemischen Wert dieser Romane, beriefen sich schließlich auf ihre Seniorität als Sachverständige, bis die Akademie kapitulierte. Der Amerikaner erhielt den Preis, obgleich ursprünglich die Majorität der Mitglieder ihn abgelehnt hatte.«

Jacobsson warf einen Blick auf Stratman. »Haben Sie nun genug gehört von unseren kleinen Kämpfen in diesem Raum, oder haben Sie Appetit auf mehr?«

»Der Hauptgang war ausgezeichnet«, erwiderte Stratman lächelnd. »Ich habe noch Lust auf ein Dessert.«

»Sehr schön.« Jacobsson überlegte eine Weile und fuhr dann fort: »Im Jahr neunzehnhunderteinundzwanzig waren die beiden führenden Kandidaten John Galsworthy und Anatole France. Der Ausschuß empfahl Galsworthy, bezeichnete France' Produktion als ein ›niedliches Treibhaus‹, aber die Mehrheit der Akademie begünstigte Anatole France, weil er eine neuromantische Welle ausgelöst habe. Er wurde gewählt. Erst elf Jahre später wurde Galsworthy wieder als ernsthafter Kandidat nominiert. Seine Rivalen waren diesmal der deutsche Dichter Paul Ernst und H. G. Wells. Als Argument für Ernst wurde angeführt, er sei nicht nur bedeutend und uneigennützig, sondern habe auch das Geld nötiger als Galsworthy. Trotzdem fiel die Endabstimmung zugunsten Galsworthys aus.

Das Argument, daß die finanzielle Notlage eines Kandidaten in Betracht gezogen werden müsse, mag eine beeinflussende Rolle gespielt haben, als neunzehnhundertdreiundzwanzig William Butler Yeats über Thomas Hardy siegte. Einmal das, und außerdem die Tatsache, daß Yeats' Befürworter gegen Hardys Pessimismus sprachen, der ihrer Meinung nach Nobels Forderungen nicht entsprach.«

»Gab es öfter solch heftige Debatten über einen amerikanischen Laureaten?« wollte Craig wissen.

»Mehrmals«, räumte Jacobsson ein. »Neunzehnhundertdreißig fand wohl die hitzigste Sitzung in diesem Raum statt. Drei Jahrzehnte lang hatte die Akademie amerikanische Kandidaten übergangen, Männer wie Mark Twain, Edwin Markham, Stephan Crane. Aber neunzehnhundertdreißig waren Sinclair Lewis und Theodore Dreiser die führenden Rivalen um den Preis. Um ganz aufrichtig zu sein, für keinen der beiden Kandidaten begeisterte man sich sehr. Lewis nannte man einen populären Vielschreiber; nur einer seiner Romane, *Babbitt*, wurde allgemein geschätzt. Gegen Dreiser wurde eingewendet, er sei zu grobschlächtig. Am Ende wurde Sinclair Lewis gewählt. Ich erinnere mich gut an ihn: nichts wie Arme und Beine. Er hatte Schwedisch nach Schallplatten studiert. Ein äußerst liebenswürdiger Mann. Er war sehr stolz auf seinen Preis, erzählte uns jedoch allen, daß viele andere den Preis mehr verdient hätten.« Jacobsson schaute zum anderen Ende des Tisches. »Ich sehe, Mr. Manker gibt mir ein Zeichen. Ich fürchte, ich habe viel zu lange erzählt, da Sie ja noch mehr von der Stadt sehen müssen, bevor die Sonne untergeht.« Er rückte seinen Stuhl zurück und erhob sich.

Fasziniert von des Grafen Erinnerungen spürte Craig zum erstenmal seit seiner Ankunft in Stockholm einen Schimmer von Dankbarkeit über seinen eigenen Sieg. Er fühlte sich dessen unwert, aber auch neu befeuert. Er hatte drei Jahre lang seine Vernichtung herausgefordert und sie gefürchtet, und nun brachte ihm das Wissen Beruhigung, daß er trotz allem niemals sterben würde, solange die Nobel-Ehrentafel der Kulturwelt noch irgend etwas bedeutete ... In vieler Hinsicht zählte das Gespräch in diesem Raum zu seinen besten Augenblicken in Schweden, dieses Gespräch und Lillys Zuneigung und die erstorbenen Gefühle, die in Emily Stratmans Gegenwart wieder erwacht waren. Und in seine von Trauer und Schuld getrübte Seele schien zum erstenmal ein wenig Licht zu fallen. Als er aufstand, sprach er leise dem alten Grafen seinen Dank aus.

Die Sonne stand jetzt niedriger, wärmte aber noch immer, als sie zum Rathaus kamen und sich auf der freien Terrasse unter dem Bogen der Säulenhalle zusammendrängten, um Manker zuzuhören.

Er hatte ihnen versprochen, dieses Rathaus würde das interessanteste Gebäude sein, das sie in Stockholm zu sehen bekämen. Sie wurden nicht enttäuscht. Sie waren von der Altstadt nordwestlich zur Kungsholmen-Insel gefahren, und hier, auf einer kleinen Halbinsel zwischen dem Mälarsee und der Klarasjö-Bucht, fanden sie Stockholms außergewöhnliches Rathaus.

Sie sahen zuerst den dicken viereckigen Turm, der mehr als hundert Meter hoch in den Himmel ragte. Sie sahen, daß er rostrot war, wie auch das übrige Gebäude, und daß seine Spitze drei Kronen schmückten. Sie sahen auch, daß das Rot von den Backsteinen stammte und daß jeder einzelne Backstein liebevoll mit der Hand gesetzt worden war. Das Dach des Rathauses war aus leuchtendem Kupfer, die Türen aus Eiche und die Balustrade, die sich unter den Bogen und dicken Säulen der Terrasse über dem Wasser erstreckte, aus Marmor.

Während Manker die Geschichte des Rathauses erzählte, bemerkte Craig, daß Emily sich von der Gruppe getrennt hatte und nun auf einer Marmorbank im Garten nebenan saß. Und als die anderen sich kurz darauf anschickten, Manker in das Innere des Rathauses zu folgen, um vor allem den goldenen Bankettsaal und das große Wandmosaik zu sehen, das aus einer Million farbiger Steine gemacht war und die Geschichte Stockholms darstellte, löste sich Craig aus der Gruppe und ging zu ihr hin.

»Miss Stratman, wenn Sie nichts dagegen haben, möchte ich gern mit Ihnen sprechen.« Er hatte es nicht so förmlich sagen wollen, aber nun war es geschehen, und sein Instinkt sagte ihm, daß eine allzu vertrauliche Annäherung sie nur abgeschreckt hätte.

Sie blieb, noch unentschlossen, sitzen. »Man erwartet wohl, daß wir mitkommen?«

»Dafür bleibt uns noch viel Zeit.« Er setzte sich auf die Marmorbank, einen Meter von ihr entfernt, und deutete auf den See hinaus. »Schauen Sie das an. Und behaupten Sie nicht, daß das, was drinnen zu sehen ist, besser für den Seelenfrieden sei.«

Sie starrten beide auf die stillen blauen Wasser des Mälarsees hinaus, beobachteten die geschmeidig dahingleitenden Seemöwen und die dunstigen Umrisse der wie ein Feenland auftauchenden Insel Riddarholmen.

»Friede, ja, wie schön«, sagte sie leise.

Dann saßen sie eine Weile schweigend nebeneinander, und schließlich fragte Craig:

»Woran denken Sie?«

»Eigentlich an Sie. Dieser Besuch in der *Schwedischen Akademie* – all das, was Graf Jacobsson über die legendären Persönlichkeiten erzählte – hat einen tiefen Eindruck auf mich gemacht. Und ich dachte eben, ich säße hier auf einer Steinbank in Stockholm mit einem Mann – über den man in späteren Jahren genauso sprechen wird, wie man heute über Anatole France und John Galsworthy gesprochen hat.«

»Ich werde wohl eher einer wie Eucken oder Bunin auf der Nobel-Ehrentafel sein. Genau wie auch nicht alle unsere Präsidenten Lincolns waren; es gab auch Polk und Pierce.«

»Das glaube ich nicht.«

»Sie wissen doch gar nichts von mir, Miss Stratman.«

Sie drehte sich mit einem Ruck zu ihm um. »Was hat mich über Nacht von Emily zu Miss Stratman gemacht?«

»Die wunderbare Zauberin Nüchternheit.«

»Ich verstehe. *Well*, betrunken oder nüchtern – ich bin Emily.«

»In diesem Fall – bin ich Andrew.«

Sie runzelte die Stirn. »Das ist schwierig für mich. Ich muß noch eine Weile bei Mr. Craig bleiben. Der nächste Schritt wird dann sein – nun, Mr. Craig wegzulassen und Sie gar nicht beim Namen zu nennen – als Übergang – und erst lang nachher könnte ich Sie vielleicht beim Vornamen nennen. Aber wir haben ja nur eine Woche Zeit.«

»Andrew ist so leicht auszusprechen. Versuchen Sie es.«

»Ich kann nicht.«

»Sie brauchen es mir nur nachzusprechen. Andrew.«

Sie lächelte. »Nun gut, ich werde den Mr. Craig weglassen, vorläufig gar keinen Namen sagen und abwarten, was geschieht.« In gleichgültigem Ton fuhr sie fort: »Vorhin am Skansen-Park – worüber haben Sie und mein Onkel sich da unterhalten?«

»Über Sie.«

»Aber ich bin doch völlig uninteressant, durchaus kein Objekt für einen Biographen oder Romanschreiber. Muß eine gute Romanfigur nicht für Konflikte und Aufregungen sorgen – für Handlung, Intensität, Leidenschaft – oder ähnliches?«

»Nicht unbedingt, aber es hilft natürlich. Die meisten Menschen sind gute Romanfiguren – von innen her betrachtet sozusagen.«

»Mag sein«, meinte Emily. »Trotzdem, ich kann nicht einsehen, wieso zwei berühmte Nobelgehirne sich länger über mich unterhalten sollten.«

»Ich brachte die Sprache auf Sie«, sagte Craig, »weil es mir wichtig erschien. Ich erzählte Ihrem Onkel, wie ich mich am Abend zuvor benommen hatte und daß ich verpflichtet sei, Ihre Verzeihung zu erlangen, nicht nur Ihre, sondern auch meine, weil mir an Ihrer guten Meinung gelegen ist.«

»Was hat er geantwortet?«

»Er gab mir deutlich zu verstehen, daß ich mir nicht allzuviel Hoffnung machen sollte, Sie wieder zu versöhnen.«

»Ach – ich muß zugeben, daß ich vergangene Nacht darüber nachgedacht habe –«

»Ich war betrunken, Emily. Es ist sonst nicht meine Art, hübsche Mädchen, die ich gerade erst kennenlernte, in abgelegene Räume mitzunehmen und zu versuchen, sie zu küssen. Dazu bin ich viel zu zurückhaltend. Aber meine Hemmungen waren von mir gefallen, und es trieb mich dazu, in kurzen Minuten zu versuchen, was ich normalerweise erst nach Wochen versuchen würde. Daher: verzeihen Sie mir bitte.«

»Wenn Sie nur einen Augenblick gewartet hätten, dann hätten Sie sich überhaupt nicht zu entschuldigen brauchen«, erwiderte Emily. Sie zögerte einen Augenblick und sagte dann: »Ich habe, wie gesagt, letzte Nacht darüber nachgedacht und erkannt, daß es gar nichts gibt, was ich Ihnen verzeihen müßte. Wenn überhaupt von Verzeihung gesprochen werden soll, so bin ich es, die darum bitten muß.«

Craig runzelte bestürzt die Stirn.

»Ja«, fuhr Emily fort, »ich selbst. Ich bin kein Kind mehr, trotzdem benehme ich mich manchmal wie ein Kind. Ich wußte, nun – daß Sie einige Drinks zu sich genommen hatten – genau wie ich auch, und ich amüsierte mich über Sie und fühlte mich mehr geehrt, als ich merken lassen wollte. Ich ging mit Ihnen in diesen Raum, weil ich es wollte. Und was Ihre – Ihre Annäherungsversuche betrifft, so hätte ich dem mit Humor begegnen können, oder wenn schon ernsthaft, dann liebenswürdig, statt das in Ohnmacht sinkende Mädchen des neunzehnten Jahrhunderts zu spielen. Es war aber dennoch eine unwillkürliche Reaktion, das einzige, was ich zu meiner Entschuldigung vorbringen kann – und ich bin sicher, daß es sich bei Ihnen ebenso verhielt. Also, lassen Sie uns von neuem beginnen, Andrew.«

»Sehen Sie, Sie haben es gesagt – Andrew.«

»Wirklich? Ist das nicht seltsam?«

»Jedenfalls weiß ich jetzt, wie wir von neuem anfangen müssen«, sagte Craig. »Ich habe noch nichts zu Mittag gegessen – und schlage vor, daß wir in die Stadt zur Kungsgatan fahren. Ich nehme ein Sandwich, und Sie müssen etwas Erfrischendes trinken, und dann wollen wir umherschlendern und schauen, oder auch nicht schauen, und absolut nichts tun.«

Sie zögerte. »Und was machen wir mit den anderen?«

»Ich werde ihnen sagen, daß wir einige Einkäufe zu erledigen haben.«

»Stimmt! Ich habe tatsächlich noch nichts gekauft.«

»Und Ihrem Onkel werde ich mitteilen, daß Sie ihn später im Hotel wieder treffen.« Craig sprang auf. »Bitte, bleiben Sie sitzen und warten Sie auf mich.« Dann ging er eilends auf das Rathaus zu.

So waren sie also den Spätnachmittag über durch die Stadt gewandert und hatten sich schließlich noch für ein gemeinsames Abendessen entschieden. Craig hatte eben Professor Stratman im Hotel angerufen und ihn davon in Kenntnis gesetzt, und nun stiegen sie die steile Steintreppe hinab und gelangten durch den gewundenen schmalen Gang in die langgestreckte, aus dem Stein ausgehauene Kellergrotte. Es war das berühmteste und beliebteste Restaurant der Altstadt, den schwedischen Bohemiens als *Den Gyldene Freden* und den ausländischen Besuchern als *Der Goldene Frieden* bekannt.

Jetzt saßen sie an einem kleinen Tisch an der Felsenwand einander gegenüber, während eine reizende Kellnerin mit einer weiß- und korallenfarbenen Schürze ihre Bestellung für Martinis dry entgegennahm. Als die Kellnerin gegangen war, schaute sich Emily voller Entzücken um. Um diese frühe Abendstunde war das gemütliche Lokal nur halb gefüllt, mit zwanglos gekleideten, großenteils fröhlichen und lärmenden Gästen. Es wurde nur ein wenig stiller, wenn ein respektabel aussehender Troubadour, mit Hornbrille und dunklem Anzug, am Kellereingang erschien, auf der Laute zu spielen begann und dazu die alten Lieder von Carl Michael Bellman sang.

»Nun«, sagte Craig, »wie gefällt es Ihnen?«

»So etwas habe ich noch nie gesehen. Ich bin froh, daß Sie mich hierherführten. Ist es so alt, wie es ausschaut?«

»Älter. Bellman machte *Den Gyldene Freden* bekannt. Er war sein berühmtester Gast. Er kam jeden Abend hierher, schrieb seine Gedichte und sang sie, wurde betrunken und ausgelassen. Man erzählt sich, daß er dann auf den Tischen tanzte. Das war in den Jahren um siebzehnhundertsiebzig, das ist also schon lange her. In neuerer Zeit kaufte Anders Zorn, der Maler, das Restaurant und machte eine Art Künstlerlokal daraus, was es heute noch ist. Sehen Sie, wie breit diese Sessel sind. Das ist Zorns Werk. Er war dick und blieb in den alten Sesseln stecken, daher ließ er diese hier nach seinen Angaben herstellen. Schließlich übergab er das Raustarant der *Schwedischen Akademie*, und ich glaube, sie hat noch immer Anteil am Gewinn. Als ich das erstemal hierherkam, holten, nachdem der Lautenspieler und das Orchester zu musizieren aufgehört hatten, ein paar Gäste ihre Gitarre unter dem Tisch hervor und begannen zu spielen, und alle Anwesenden sangen schließlich mit.«

Die Kellnerin stellte die Martinis vor sie hin. Craig sagte »*Skal*« und tat nur einen kleinen Schluck, fest entschlossen, nicht mehr als diesen einen zu trinken.

»Kam Ihre Frau mit Ihnen hierher?« fragte Emily.

»Ja. Sie war natürlich entzückt. Aber ein Besuch genügte ihr. Sie war kein ›Ausgeh-Typ‹. Sind Sie's?«

»Himmel, nein.«

»Das habe ich auch nicht angenommen. Ich bin's auch nicht. Aber Harriet liebte es, sich seltsame Lokale anzusehen: Einmal ging sie sehr gern hin – und damit war's genug. Als Studentin an der Columbia-Universität wohnte sie eine Zeitlang in Greenwich Village. Ich glaube, das hing ihr immer an. Wann immer wir in irgendeine Stadt kamen, versuchte sie, ihr Greenwich Village zu finden.«

»Hat es ihr gefallen, in einer kleinen Stadt zu leben?«

»Sehr. Aber ich glaube, wir wären dennoch nicht dort geblieben. Sie liebte die Häuslichkeit, wollte jedoch irgendwo in der Nähe Greenwich Village erreichbar wissen.«

»Und Sie?« fragte Emily.

»Ich bin gar kein Liebhaber von Greenwich Village. Ich bin kein Bohemien, sondern mit dem Land verwachsen. Und Sie, Emily?«

Sie drehte nachdenklich ihr Glas in ihrer Hand. »Ich bin ich, wo ich auch bin. Die Landschaft ist nicht entscheidend. Was außerhalb ist, berührt mich wenig, weil ich in mir selbst lebe.«

»Sind Sie glücklich?«

»Wer ist jemals glücklich? Ich bin zufrieden. Ich bescheide mich.«

»Das ist ein großes Wort«, sagte Craig. »Es ist eine Art Frieden.«

»Wie ja auch Sterben ... Nein, beneiden Sie mich nicht. Ich bin wie eine Pflanze. Können Sie eine Pflanze beneiden?«

Er lächelte. »Ja, das kann ich.« Er schwieg eine Weile und fuhr dann fort: »Denn, um Ihnen die Wahrheit zu gestehen, ich habe seit drei Jahren weder gearbeitet noch gelebt. Ich wache auf und weiß nicht, was für ein Tag ist, noch wie das Wetter ist, noch ob es draußen einen Vogel oder eine Blume gibt. Einen Tag um den andern esse ich, was Leah kocht, halte Bücher in der Hand, die ich nicht lese, spiele Karten mit Freund Lucius Mack und lege mich schlafen. Eine Pflanze wächst wenigstens. Ich bin ein Fossil.«

»Das alles wegen Ihrer Frau?«

»Früher war es so. Jetzt bin ich dessen nicht mehr sicher. Ich habe im letzten Jahr nicht allzu viel an sie gedacht. Aber die Untätigkeit ist geblieben. Wenigstens bis heute. Heute fühlte ich mich lebendig, nicht wie ein Fossil. Ich glaube, das ist ein Kompliment für Sie.«

»Danke schön, Andrew«, sagte Emily einfach. Dann betrachtete sie nachdenklich ihren Drink. »Sie können also eine Pflanze beneiden.«

»Tun Sie es nicht?«

»Auch ich möchte offen sein. Mein Bescheiden ist eigentlich eher eine Art selbstgewählter Verbannung. Abgesehen von Onkel Max bin ich allein.«

»Wie ist das möglich? Ein Mädchen wie Sie – ich könnte mir denken, daß hundert Bewerber sich um Sie drängen.«

»Nicht hundert, aber einige. Das will ich nicht ableugnen. Ich gab ihnen jedoch zu verstehen, daß ich nicht zu haben bin.«

»Wünschen Sie sich denn keinen Mann, Kinder, ein eigenes Heim?«

»Ja, Kinder und ein eigenes Heim.«

»Ich verstehe.« Er leerte sein Glas und betrachtete sie forschend. »Ich erzählte Ihnen von meinem Verlust – wie verhält es sich mit Ihrem Verlust?«

»Sie meinen meine Mutter und meinen Vater? Das ist schon so lange her –«

»Wirklich?«

Sie starrte ihn an. »Nein, es stimmt nicht. Meine Mutter trug an jenem Tag ein fadenscheiniges grünes Baumwollkleid – ich schlief in der Baracke – der Morgen dämmerte schon – sie beugte sich über mich und küßte mich. ›Emmy‹, sagte sie, ›der Kommandant will mich sprechen. Vielleicht hat er gute Nachrichten. Ich werde dich aufwecken, wenn ich zurückkomme.‹ Sie kam nie zurück. Sie luden sie auf den Viehwagen nach Auschwitz. Mein Vater war in Berlin bei Onkel Max. Sein Gesicht hatte ich damals schon vergessen – bis auf seine lustige Nase – er und Onkel Max hatten Zwillingsnasen, wie zwei Tulpenzwiebeln – auch an den Ausdruck von Zärtlichkeit, den er immer hatte.

wenn wir zusammen spielten, erinnerte ich mich noch. Doch es lag alles so fern – und so war ich, als meine Mutter fort kam, ganz allein. Als ob ein Kind plötzlich aufwacht und das Haus finster und leer findet.«

Craig blieb stumm, denn dazu gab es nichts zu sagen. Eine Weile saßen sie schweigend, dann begann Emily wieder: »Doch wir wollen die Vergangenheit ruhen lassen und von der Gegenwart sprechen.« Sie versuchte zu lächeln. »Ich erlebte heute einen glücklichen Tag, Andrew. Ich bin Ihnen dankbar. Ich glaube nicht, daß ich Stockholm jemals vergessen werde.«

»Ich glaube, auch mir wird es so ergehen. Nun, wir wollen abwarten.«

Es war fast elf Uhr nachts, als Craig in sein Appartement zurückkehrte. Der Zauber des Abends, der Zauber von Emilys Gegenwart hielt ihn noch umfangen. Das Abendessen in *Den Gyldene Freden* hatte sich mehr als drei Stunden hingezogen. Dann waren sie noch durch die Altstadt geschlendert, und als es zu kalt zu werden begann, schlugen sie rasch den Weg zum *Grand-Hotel* ein. Obgleich sie sich den ganzen Abend sehr nahe gewesen waren, zog Craig absichtlich keinen Vorteil daraus, und beim Verabschieden wurde sein Ton freundlich formell. Sie hatte ihm ihre Hand hingestreckt und sich für die Führung durch die Stadt und das Abendessen bedankt, und er hatte ihre kühle Hand ergriffen und sich für ihre Gesellschaft bedankt. Und dann war er rasch gegangen.

Als er jetzt sein Appartement betrat – ihrer beider Appartement, fiel ihm ein, und erst das brachte ihm Leah wieder in Erinnerung –, sah er, daß der Vorraum beleuchtet war und im Wohnraum nur eine einzige Lampe brannte. Leah war nirgends zu sehen, und er nahm an, sie sei in ihrem Schlafzimmer und zu Bett gegangen. Er wünschte vor allem heute keine Szene, keinen Mißklang in diesem fast vollkommenen Tag. Auf den Zehenspitzen schlich er durch das teppichbelegte Wohnzimmer, schob die Vorhangfalten beiseite und betrat seinen kleinen Schlafraum. Das gedämpfte gelbe Licht über dem Bett beschien die ordentlich zurückgeschlagene Bettdecke und seinen darauf ausgebreiteten Pyjama. Kurz überlegte er, ob wohl das Zimmermädchen oder Leah das getan hatte.

Er entkleidete sich, ergriff den Pyjama, drehte die Lampe aus und ging ins Badezimmer. Er schloß leise die Tür, ließ Wasser in die Wanne laufen und genoß schließlich das warme Bad, während er im Geist nochmals die Höhepunkte des Tages durchlebte: Lilly Hedqvist, die *Schwedische Akademie* und Emily Stratman. Lilly hatte ihm physische Entspannung geschenkt und das Gefühl, daß er nicht allein sei. Jacobsson hatte ihm den Stolz auf seine Arbeit wiedergegeben. Emily aber hatte ihm eine neue Hoffnung für die Zukunft geschenkt, ein Ziel, für das zu leben es sich lohnte. Und ohne es zu wissen, hatten sie ihm alle zusammen bewiesen, daß er einen Tag verbringen konnte ohne Alkohol und Drogen.

In sein Schlafzimmer zurückgekehrt, legte er sich behaglich hin und rutschte zur Mitte des Bettes. Plötzlich stießen seine Hand und sein Bein auf etwas, und er wußte sofort, daß es ein menschlicher Körper war. Das Herz klopfte ihm bis zum Hals vor Überraschung und Schreck.

»Wer ist das?« stieß er erstickt hervor.

Nach langem erst kam eine Antwort, fast unhörbar: »Ich bin's.«

Es war Leah Deckers Stimme.

Auf einen Ellbogen gestützt, wartete er eine Weile, bis sein Herz nicht mehr so schlug und sein Schock nachließ.

»Leah?« flüsterte er.

»Ich bin's«, wiederholte sie.

»Was zum Teufel tust du hier?« Er hatte sich wieder gefaßt. »Ich will Licht machen.«

Er setzte sich auf, um nach der Lampe zu tasten, aber rasch warf sie sich über seine Brust und packte seinen ausgestreckten Arm. »Nein, Andrew!« rief sie. »Laß das, bitte, laß das –«

Er roch, daß sie Whisky getrunken hatte, und schob sie zur Seite. Er fühlte, wie sie krampfhaft die Decke über sich zog.

»Leah, um Himmels willen, bist du betrunken oder was ist sonst los?«

»Ich bin nicht betrunken«, erwiderte sie mit zitternder Stimme. »Ich – ich nahm ein paar Drinks, weil ich Mut brauchte, aber ich bin nicht betrunken.« Nach einer Pause sagte sie: »Andrew – ich bin nackt.«

»Ich weiß, daß du nackt bist«, erwiderte er.

»Andrew, sprich nicht, bitte, sprich nicht, sag kein Wort. Sonst verderben wir alles. Hör zu. Hörst du mir zu?« Atemlos fuhr sie fort: »Du weißt, wie schwer mir das fällt. Ich habe drei Jahre gebraucht, um den Mut dazu aufzubringen. Das war falsch, doch ich konnte nicht gegen meine Natur, obgleich ich wußte, daß du mich brauchst. Aber seit wir hierherkamen – seit ich sehe, in was für einer Krise du bist, habe ich mich entschlossen – habe ich mich heute abend entschlossen – ich muß an dich denken – es ist wirklich das einzig Richtige –«

»Leah –«

»Mach dir keine Sorgen um mich, Andrew. Es ist das Richtige – es ist das, was Harriet gewünscht hätte. Nur du bist wichtig. Ich habe meine Aufgabe im Leben gefunden – *nämlich dich glücklich zu machen.*«

»Leah – ich bin – ich weiß nicht, was ich sagen soll –«

Sie hörte nicht zu, war viel zu sehr beschäftigt mit sich. »Ich werfe die Decke weg, Andrew. Ich bin nackt. Du kannst zu mir kommen. Du wirst es vielleicht nicht glauben, aber du bist der erste. Kein Mann hat mich bisher auf diese Art berührt. Aber du darfst es. Ich bin jetzt bereit.«

Er war wie betäubt und setzte sich wieder auf, um mit ihr zu sprechen, aber sie hielt irrtümlich diese Bewegung für eine Geste der Leidenschaft und wollte ihn an sich ziehen.

»Leah, warte«, sagte er. Und dann: »Sag mir, warum du das tust. Und ich bitte dich: sei aufrichtig. Brauchst du das? Mußt du das haben?«

Er hörte ihr Atemholen und den erschreckten Ton ihrer Stimme. »Aber Andrew! Natürlich brauche ich das nicht. Du weißt das genau. Frauen brauchen es nicht. Aber ich weiß, wie es bei Männern ist, und du bist ein Mann. Ich kam hierher, um dich glücklich zu machen, auf die beste Art, in der eine Frau das vermag.«

»Leah, das alles ist ein Irrtum. Ich bin glücklich. Du brauchst kein Opferlamm zu sein. Du brauchst deinen Körper nicht zu opfern, um mich glücklich zu machen. Ich würde dir das nie antun.«

»Laß uns nicht reden, Andrew. Ich weiß, du warst darauf nicht gefaßt. Du möchtest keinen Vorteil aus unserer Verwandtschaft ziehen. Ich verspreche dir, daß ich es nicht so ansehe. Ich habe erlebt, wie du dich zu Tode trinkst. Niemand hat wie ich dein Elend mit angesehen. Und hier scheinst du noch viel schlimmer dran zu sein – du tust sonderbare Dinge – gehst allein aus – fängst an, Frauen nachzulaufen – ich merke sehr wohl, wie du sie anschaust – und dann kam es plötzlich über mich – daß ich töricht war – und daß du viel zu taktvoll bist, um mir dein Verlangen zu gestehen. Und ich dachte – immerzu – was würde Harriet mir zu tun raten – und ich wußte, sie würde zustimmen, sie würde die erste sein, die mir zuruft: ‹Hilf ihm, Leah, rette ihn, mache ihn glücklich und normal!› Du brauchst dich nun nicht mehr zu quälen und unter Spannungen zu leiden. Ich werde da sein, du mußt nun nicht mehr trinken und wie ein Asket leben … Du kannst wieder dein Vergnügen haben, kannst wieder du selbst werden. Verlang nicht, daß ich soviel rede, Andrew, bitte –«

»Oh, Himmel, Leah, hör zu.«

»– weil das nicht die Art ist, wie ich's geplant habe. Ich habe nur getrunken, um Mut zu bekommen, und weil ich Angst hatte, ich könnte dir nicht gefallen, da ich nicht Harriet bin und noch nie mit einem Mann zusammen war …« Sie sprach immer leiser, schließlich flüsterte sie: »Du kannst mich jetzt nehmen, Andrew.«

»Verdammt noch mal, Leah, nein. Verdammt noch mal, ich will dich nicht nehmen, ich kann nicht.« Er war wütend, daß sie ihn in diese Lage gebracht hatte. »Ich will so etwas nicht mit dir – oder vielleicht will ich es auch, ich weiß es nicht – aber selbst dann würde ich es nicht tun.«

Erregt sprang er aus dem Bett, suchte nach dem Schalter und knipste die Lampe an.

»Was tust du denn?« stöhnte sie. »Mach das Licht aus.«

»Nein. In der Dunkelheit kann ich mir nicht trauen. Ich bin nur ein Mensch.«

Sie hielt ihr Gesicht abgewandt. »Warum hast du denn Angst?«

Er wußte, daß seine Zurückweisung schrecklich für sie war, daher suchte er seinen Zorn zu bezähmen. »Es ist nicht gut für uns, kannst du das nicht verstehen? Für einen Mann bedeutet es nichts. Für einen Mann ist es leicht. Es wäre ein Vergnügen für mich gewesen. Du bist eine attraktive Frau. Aber wo wäre da die Grenze? Du bist nicht auf der Welt, um mir gefällig zu sein – meine Sklavin zu spielen. So selbstsüchtig bin ich nicht. Und mehr würde es nicht sein. Ich könnte dir niemals versprechen, dir mehr anzubieten. Es wäre unrecht von mir, der erste zu sein, es sei denn, du brauchtest das. Dann wäre es vielleicht etwas anderes. Aber du brauchst es nicht. Du sagst, du brauchst es nicht. Wenn du damit bis heute gewartet hast, dann solltest du noch warten, bis es dir mehr bedeutet: bis der Richtige kommt. Da ist doch dieser nette Bursche aus Chicago – Beazley – Harry Beazley – mit ihm würde es für dich ein ganzes Leben bedeuten. Aber mich kennst du ja. Ich kann dir nichts versprechen – keine Liebe –, nicht einmal Zuneigung. Und Heirat – an Heirat mag ich nicht einmal denken. Ich will mit dir keine Beziehung dieser Art. So, und nun wollen wir nie mehr davon sprechen und nie mehr daran denken. Laß uns so weitermachen wie bisher.«

Zum erstenmal wandte sie ihm ihr Gesicht zu. Ihre schmalen Lippen zitterten. »Geh ins andere Zimmer«, sagte sie mit kalter, ausdrucksloser Stimme, »bis ich wieder annehmbar aussehe.«

Er zog sich verlegen zurück und schob dann die Vorhänge ganz dicht zusammen, so daß sie jeden Zoll des Schlafraumes verbargen. Auf dem Rauchtisch fand er eine Packung von Leahs Zigaretten, nahm eine heraus und zündete sie an. Seine Hand zitterte, als er die Zigarette hielt. Er konnte sich nicht erinnern, seit Harriets Tod irgendwann einmal so tief bestürzt gewesen zu sein.

Plötzlich flog der Vorhang beiseite, und Leah erschien. Sie trug einen Flanellbademantel über dem Nachthemd und Pantoffeln. Ihr Haar war offen, doch gekämmt. Ihr Gesicht war beherrscht, aber eisig.

Sie ging ohne Scham oder Schüchternheit auf ihn zu. Jede Bewegung sprach ihre Gedanken aus: Ich bin schuldlos, die Schuld liegt allein bei dir. Ich bot dir in aller Güte und Liebe an, dich vor dir selber zu retten, und du hast mich zurückgewiesen. Gott wird dich bestrafen, nicht mich, denn ich bin die Magd, deren Name Hagar ist.

Gegen fanatische Rechtschaffenheit war Craig, wie er genau wußte, hilflos.

»Ich habe mir dein Paket Lügen angehört«, begann Leah mit kreischender Stimme, »und ich möchte dir nur sagen, daß du mir nichts vormachen kannst.«

»Was soll das heißen?«

»Es heißt, daß ich dich durchschaue, besser als irgend jemand auf der Welt. All dieses scheinheilige Geschwätz, du wolltest Rücksicht nehmen auf mich, du wolltest mich bewahren für einen andern, du wolltest mich schonen. Andrew, ich kenne die Wahrheit. Ich habe sie vermutet, aber jetzt kenne ich sie.«

»Vielleicht weihst du mich in dein Geheimnis ein.«

»Du hast meine Liebe nicht gebraucht, die rein ist und anständig, weil du in diesen letzten paar Tagen schon soviel bekommen hast von dieser kleinen Hure aus Atlanta!«

»Leah!«

»Ich konnte es von der ersten Minute an sehen, da sie dich zu Gesicht bekam. Sie hat sofort ihre Krallen in dich geschlagen. Sie gab dir rasch, was du brauchtest. Sie hat schon einen Nobelpreisträger in der Familie, aber das ist ihr nicht genug. Sie möchte zwei haben. Sie sah, daß du schwach bist – jede erfahrene Frau konnte das sehen –, und sie setzte auf deine Schwäche und hat dich auch bekommen. Und das ist der Grund. Andrew, Andrew, was bist du für ein Narr!«

Er suchte seinen Ärger zu unterdrücken, denn er wußte, daß er sie verletzt hatte, aber es war ihm unmöglich. »Du bist hier der Narr, wenn du das wirklich glaubst. Emily Stratman ist so unberührt, wie du es bist.«

»Ich sehe, du weißt es. Hast du's herausgefunden?«

»Verdammt noch mal, Leah, halt den Mund. Natürlich ist sie attraktiv, und ich bin nicht aus Holz. Du kannst dich drauf verlassen, daß ich versucht habe, bei ihr anzukommen. Ich kam keinen Schritt weit. Ich habe sie nicht berührt. Ich habe sie nicht einmal geküßt.«

»Du warst den ganzen Tag mit ihr zusammen.«

»Und wenn schon! Was ist dabei? Ich hatte die Besichtigungen satt und wollte meine eigenen Wege gehen – sie mußte was einkaufen, ich wollte Gesellschaft, und so gingen wir eben zusammen. Das ist alles. Ist das ein Unrecht?«

Leah sah wieder eine neue Hoffnung vor sich. »Wenn das wahr ist, ist es kein Unrecht, und ich bitte um Entschuldigung.«

»Es ist wahr, das schwöre ich. Und auch alles, was ich dir im Schlafzimmer sagte, ist wahr.«

»Du sagtest, wir wollten darüber nicht mehr sprechen.«

»Einverstanden.«

Es war kein Grund mehr, zu streiten, aber Leah ging immer noch nicht. »Ich – ich verstehe nicht, was du Gemeinsames finden kannst bei einer völlig Fremden –«

»Auch Harriet war eine Fremde, bevor ich sie kennenlernte. Und du ebenso. Und so ist es bei allen Menschen, bevor sie miteinander in Verbindung treten. Miss Stratman und ich schlenderten umher und plauderten dabei über ganz belanglose Dinge – ich zeigte ihr auch ein paar Stellen in der Altstadt, wo Harriet und ich gewesen waren –«

»Du hast mit ihr über Harriet gesprochen?«

»Natürlich. Warum denn nicht? Ich erzählte ihr von Harriet und von unserem Leben, das ist doch selbstverständlich.«

»Wie konntest du nur! Du kennst sie doch erst seit zwei Tagen. Ich begreife nicht, was in dich gefahren ist. Du handelst in jeder Beziehung ganz unverantwortlich. Ich sehe schon, was uns alles bevorsteht. Trinken, immer mehr trinken, und dann noch fremde Frauen und jämmerliche Geständnisse – das kannst du nicht tun, Andrew, nicht jetzt – jetzt, wo alle Welt dich kennt – wo du Nobelpreisträger bist. Was würden die Leute sagen, wenn sie wüßten, daß du deine Frau getötet hast? Wenn das nun bekannt würde? Ich kann mir denken, daß du betrunken warst und auch das dem Stratman-Mädchen erzählt hast. Oder?«

Es war Craig, als habe er von dem Augenblick an, als er Leah zurückwies, gewußt, daß sie ihm den Schlag versetzen würde, wie sie es immer getan hatte, wenn er ihr Mißfallen erregte. Es war der einzige Schlag, mit dem sie ihn in die Knie zwingen konnte. Dagegen war er wehrlos. Er haßte die Vergangenheit, die ihr diese unfehlbare Waffe in die Hand gab, gegen die er sich nicht schützen konnte.

»Sei unbesorgt«, sagte er, plötzlich sehr müde. »Ich habe ihr nichts von dem Unfall erzählt.«

Er wandte sich um und ging in sein Schlafzimmer zurück. Mit Widerwillen betrachtete er das zerwühlte Bett, die tiefen Kuhlen in beiden Kopfkissen. Dann holte er eine Flasche Scotch aus seinem Handkoffer, ließ sich in den Lehnstuhl sinken und trank in tiefen Zügen.

Fuhr er in einem Karussell oder kreiste das Zimmer um ihn?

Seine verschwimmenden Gedanken wanderten wirre Wege, gaukelten ihm eine irische Grabschrift vor, die er irgendwo gelesen, irgendwo gesehen hatte. Er begrüßte sie mit zynischer Freude. Sie war Andrew Craigs Grabschrift in dieser Begräbnisnacht.

Hier liegt Jonathan Munden
Ertrunken und niemals gefunden.

SIEBENTES KAPITEL

»Sie sagen, Sie befänden sich in Schwierigkeiten, Mr. Craig?« wiederholte Graf Bertil Jacobsson ins Telefon. »Ich verstehe nicht ganz. Welcher Art Schwierigkeiten?«

Am Schreibtisch neben dem Fenster im zweiten Stock der Nobelstiftung an der Sturegatan vierzehn sitzend, schweifte Jacobssons Blick mit dem Ausdruck höflichen Bedauerns zu seinen beiden Vormittagsbesuchern Dr. Denise Marceau und Dr. Claude Marceau und bat sie um Nachsicht wegen der Unterbrechung.

Claudes verständnisvolles Schulterheben sagte Jacobsson, daß es ihnen nichts ausmachte, und um den alten Aristokraten zu beruhigen, öffnete Claude sein silbernes Zigarettenetui und bot es seiner Frau an. Die beiden Marceaus lehnten sich in das blaue Sofa zurück und rauchten. Abwesend starrte Claude auf das Porträt König Gustavs an der Wand, während Denise mit halbem Ohr zuhörte, wie der Vizepräsident den unsichtbaren Literatur-Nobelpreisträger zu besänftigen suchte.

»Sie sind vor zehn Minuten von einer Gruppe von Collegestudenten geweckt worden, die Ihnen draußen im Korridor ein Ständchen brachten? Verstehe ich richtig? ... Ja. Und dieser junge Mann, ihr Sprecher, ein Herr Wibeck, erklärte, sie seien die Delegierten der Universität Uppsala, dazu ausersehen, Sie zu einer Vorlesung zu eskortieren? ... Hm, es könnte ein Irrtum sein, Mr. Craig – das gedruckte Programm der für Sie festgelegten Veranstaltungen, das ich Ihnen bei Ihrer Ankunft aushändigte, wird Sie darüber informieren, ob das wirklich auf Ihrem Terminplan steht oder nicht. Wie? – Oh, Miss Decker hat Ihr Exemplar und sie ist heute morgen ausgegangen? Ich freue mich, Ihnen aushelfen zu können. Ich habe hier ein Exemplar bei der Hand. Einen Augenblick, bitte. Heute ist also der fünfte Dezember. Ja, hier steht es. Ich werde es Ihnen vorlesen. ›Mr. Craigs Programm für den fünften Dezember. Neun Uhr dreißig, vormittags. Vortrag vor den Literaturstudenten der Universität Uppsala über das Thema: Hemingway und der Stil der Islandsagas. Drei Uhr dreißig, nachmittags. Vortrag vor den Literaturstudenten der Universitäten Stockholm und Lund über das Thema: Literarische Kritik im Amerika der fünfziger und sechziger Jahre. Acht Uhr abends: frei. Nach Belieben Besuch der Vorstellung *La Bohème* in der Schwedischen Königlichen Oper.‹« Jacobsson machte eine Pause. »Das ist also Ihr Programm. Ich fürchte, Sie haben diese beiden Vorlesungen versprochen. Erinnern Sie sich – an Ihren Brief aus Wisconsin? Wie bitte? ... Ich begreife Ihr Problem. Selbst wenn Sie sich nicht darauf vorbereitet haben, so bin ich sicher, daß die Studenten sich ebenso freuen werden, wenn Sie über irgendein improvisiertes Thema sprechen. Wie? ... Es tut mir leid, das zu hören, Mr. Craig. Ich rate Ihnen, nehmen Sie zwei bis drei Aspirin oder unser Magnecyl etwa ...

Nein, ich wünschte, es wäre möglich, aber wir sind alle beschäftigt heute morgen. Miss Pahl begleitet Dr. Garrett zum *Karolinen-Institut*. Dr. Krantz muß einen Kollegen treffen, der mit dem Flugzeug von Berlin kommt. Ich bin im Begriff, mit den beiden Dr. Marceaus einen Rundgang durch unsere Institutionen zu machen, so wie gestern mit Ihnen. Ich bin sicher, Sie werden den jungen Herrn Wibeck sehr liebenswürdig und hilfsbereit finden ...«

Während Denise dem Gespräch über die Schwierigkeiten ihres Mitpreisträgers und den besänftigenden, aber bestimmten Erwiderungen des Grafen lauschte, überdachte sie die letzte Entwicklung ihrer eigenen Schwierigkeiten. Ihr eigenes Dilemma war jedenfalls viel bedrükkender als das Craigs, und dafür gab es keine leichte Lösung.

Gestern hatte Denise es Claude klipp und klar gesagt: wenn er es wagen sollte, Gisèle Jordan innerhalb der nächsten drei Tage auch nur eine einzige Stunde in Kopenhagen zu besuchen, würde das ihre sofortige Trennung und Scheidung bedeuten. Darüber hinaus hatte Denise, die seine wundeste Stelle – seine spießbürgerliche Angst vor Schande – gut kannte, ihm gedroht, die Trennung noch vor der abschließenden Nobelverleihungszeremonie durch die Presse bekanntzugeben.

Claude hatte an ihrem Ernst nicht gezweifelt und auch keinen Versuch gemacht, sie zu beschwichtigen, sondern hoch und heilig geschworen, es werde kein Stelldichein in Kopenhagen stattfinden.

Doch jetzt spürte sie keine Erleichterung über das feierliche Versprechen ihres Mannes. Er hatte, bevor sie die Affäre entdeckte und auch später, bewiesen, daß sein Fleisch schwach war. Die Ankunft seiner Geliebten morgen an einem Ort, der ungefähr nur ein bis zwei Stunden entfernt war, würde eine sehr große Versuchung sein. Claude hatte zwar sein Wort gegeben, doch Denise wollte nicht sein Wort, sondern Sicherheit.

Sie gewahrte, daß Jacobssons Gespräch mit Craig seinem Ende zuging. Craig hatte sich offenbar gefaßt und war bereit, seiner Verpflichtung nachzukommen. Jacobsson erinnerte ihn an den Ort seiner Vorlesungen und schloß dann: »Was Ihre übrigen Verpflichtungen betrifft, so werde ich Ihnen ein weiteres Exemplar des Programms für Sie selbst zusenden. Es gibt noch andere Veranstaltungen, an denen Sie teilnehmen müssen. Wir möchten unsere verehrten Gäste nicht überfordern, aber Sie können sicher verstehen, daß man das Verlangen hat, Sie kennenzulernen ... Gewiß, jederzeit, Mr. Craig. Ich stehe hier zu Ihrer Verfügung. Und haben Sie vielen Dank.«

Aus dem Wunsch heraus, von ihren Gedanken abgelenkt zu werden, hatte Denise Marceau schließlich aufmerksam zugehört, und während der letzten Sätze war ihr eine Idee gekommen, etwas Nützliches, Hoffnungsvolles. In dem Augenblick, da Jacobsson den Hörer auflegte, nahm die Idee feste Gestalt an. Sie hatte gefunden, was sie seit gestern suchte – die Garantie, daß ihr Mann keine Möglichkeit haben würde, Gisèle Jordan zu sehen, wenigstens nicht in Kopenhagen.

»Entschuldigen Sie bitte«, sagte der Graf jetzt. »Ich bin Ihnen sehr dankbar für Ihre Geduld. Ich kann Mr. Craig gut begreifen. An manchen Tagen scheint unser Programm wirklich etwas viel zu verlangen.«

»Das finde ich gar nicht«, warf Denise rasch ein. »Meiner Ansicht nach sind wir es uns und unseren Gastgebern schuldig, jeden Augenblick zur Verfügung zu stehen.«

»Ich wünschte, jedermann dächte so –«, begann Jacobsson, aber Denise fuhr eilends fort: »Tatsächlich, Graf Jacobsson, ich finde nicht, daß mein Mann und ich hier genug zu tun haben. Ich bin sicher, daß Claude auch der Meinung ist –«

Claude war viel zu bestürzt über ihre Bemerkung, um sich dazu zu äußern.

»– und deshalb wollte ich Sie heute morgen um einen Gefallen bitten. Ich hätte schon am ersten Tag davon sprechen sollen. Aber vielleicht finden Sie es anmaßend.«

»Was Sie nur immer wünschen, soll geschehen«, sagte Graf Jacobsson.

»Durch das Programm erfuhr ich, daß wir in den nächsten drei Tagen zwei freie Abende haben. Morgen findet das Hammarlund-Souper statt, dann aber kommen zwei freie Abende, außerdem ist da noch ein freier Nachmittag. Claude und ich würden gern für diese Zeit etwas planen. Und zwar Verabredungen, um engere Verbindungen zwischen uns und Ihren Wissenschaftlern in Skandinavien herzustellen.«

Jacobsson äußerte seinen Beifall. »Höchst bewundernswert von Ihnen, Dr. Marceau. Ich hatte viele Einladungen für Sie abgelehnt aus Furcht, es würde Sie zu sehr ermüden.«

»Aber keineswegs«, erklärte Denise bestimmt. »Sie können uns gar nicht zu sehr in Atem halten.«

Claude durchschaute jetzt ganz klar die Strategie seiner Frau. Da er aber gar nicht die Absicht hatte, Gisèle in Kopenhagen zu besuchen, weil ihm das unnötig riskant erschien, hatte Denise keinen Grund, diesen Kerker der Betriebsamkeit um ihn zu errichten. Es war lästig und töricht. »Denise«, wandte er ruhig ein, »bist du nicht allzu ehrgeizig? Ich möchte, wie du, möglichst viel aufnehmen. Doch ich will nicht, daß du dich überforderst.«

Denise bedachte ihren Mann mit einem scheinheiligen Lächeln und wandte sich wieder Jacobsson zu. »Ist er nicht rücksichtsvoll, Graf? So ist er immer gewesen. Das hat unsere Zusammenarbeit möglich gemacht.«

Jacobsson hatte sich bemüht, die Nuancen des Wortwechsels der beiden zu verstehen, aber ohne nähere Informationen war ihm das nicht möglich; er entschied sich daher zugunsten der Dame. »Ich werde mich mit dem Königlichen Institut für Technologie in Verbindung setzen«, sagte er, »und mit dem Institut für Anorganische Chemie an der Universität Stockholm. Sie hatten mich bestürmt, daß Sie einen Vortrag hielten. Jedoch« – er schaute in Claude Marceaus verärgertes Gesicht und bot ihm ein Besänftigungsmittel – »wenn Sie Ihre Meinung ändern sollten, die Anstrengung zu groß finden, kann ich die Verabredungen, die ich arrangieren will, stets wieder absagen.«

»Wir werden unsere Meinung nicht ändern«, erwiderte Denise fest. »Benachrichtigen Sie uns über unsere neuen Termine, und wir werden ihnen *beide* nachkommen.« Sie öffnete ihre Tasche und nahm eine neue Zigarette heraus. »Genug davon. Bevor das Telefon läutete, sprachen Sie von dem erstmals verliehenen Chemiepreis.«

»O ja, ja«, sagte Jacobsson, erleichtert, zu einem weniger strittigen Thema zurückkehren zu können. »Ich versuchte, Sie über den Hintergrund des Chemiepreises zu informieren, bevor ich Ihnen den Konferenzraum zeige, in dem das Nobelkomitee für Chemie in diesem Jahr über Ihre Kandidatur debattierte. Nun – wie ich vorhin schon sagte, bestimmte Alfred Nobel ein Fünftel der Zinsen des Preisfonds für die Person oder Personen, ›denen die wichtigste chemische Entdeckung oder Vervollkommnung gelungen ist‹. Das war die ganze Anweisung, die er uns gab. Im Jahr neunzehnhundert schickte die *Akademie der Wissenschaft* an zehn Institutionen und an hundert bekannte Wissenschaftler in jedem Winkel der Welt Briefe mit der Aufforderung, für den ersten Nobelpreis Nominierungen einzusenden. Aber nur zwanzig Nominierungen gingen ein, und von diesen schlugen elf denselben Mann vor – Jacobus Hendricus van't Hoff aus den Niederlanden, der, wie Sie wissen, die Stereochemie einführte. Er wurde der erste Chemiepreisträger. Unsere Wahl wurde allgemein begrüßt.«

Jacobsson saß einen Augenblick in Gedanken verloren. »In jenen ersten Jahren begingen wir auf dem Gebiet der Chemie nur einen einzigen groben Fehler. Wir übergingen den amerikanischen Professor Willard Gibbs von der Yale-Universität.«

»Gibbs war unbestreitbar ein Genie«, stimmte Claude zu. »Ich las seine Monographie *Über das Gleichgewicht heterogener Substanzen* mit großer Begeisterung. Es braucht Sie jedoch nicht zu beschämen, daß er übersehen wurde. Ich habe gehört, daß auch seine Landsleute ihn nicht zu würdigen wußten. Ein amerikanischer Wissenschaftler, der unser Laboratorium in Paris besuchte, erzählte mir, daß, als Gibbs starb – neunzehnhundertdrei, glaube ich –, seine amerikanischen Kollegen und Studenten kaum Notiz davon nahmen. Sie hielten ihn für einen exzentrischen alten Mann. Die meisten Beileidsschreiben kamen von Wissenschaftlern aus Europa, die ihn gelesen und seine Bedeutung erkannt hatten.«

Denise fragte Jacobsson: »Warum hat die *Königliche Akademie der Wissenschaft* ihn übergangen?«

»Er war seiner Zeit zu weit voraus und hier verstand niemand seine Theorien«, erwiderte Jacobsson schlicht. »Wie ich schon gestern Mr. Craig sagte, sind unsere Schiedsrichter nur allzu menschlich. Sie begehen Irrtümer. Meist jedoch haben sie recht.«

»Ja, meist haben sie recht«, sagte Denise. »Hat auch einer Ihrer Chemie-Schiedsrichter den Nobelpreis gewonnen?«

»Professor The Svedberg wurde neunzehnhundertsechsundzwanzig gewählt, sehr verdientermaßen, und er hat bei vielen Preisen mit abgestimmt. Ein bemerkenswerter Mann war das: eine Ein-Mann-Fakultät, eine wandelnde Bibliothek und ein bedeutender Forscher. Dieser erstaunliche Gelehrte sprach sieben Sprachen, las lateinische Dichter im Original, lernte Spanisch in zwei Monaten, bevor er eine Reise nach Südamerika unternahm. Wir haben unseren Anteil an Genies gehabt. Die jährliche Abstimmung ist in guten Händen.«

»Wie stellen Ihre Schiedsrichter fest, ob ein bestimmter Kandidat lieber in Chemie oder in Physik geehrt werden soll?« fragte Claude. »Meiner Meinung nach gibt es da oft beträchtliche Überschneidungen.«

»Sie bringen unsere Hauptprobleme zur Sprache«, gab Jacobsson zu. »Wenn eine solche Entscheidung getroffen werden muß, tauschen die Chemie- und Physikkomitees ihre Ansichten aus und entscheiden durch Schiedsspruch. Ich nehme an, eine solche Entscheidung mußte neunzehnhundertvierundvierzig getroffen werden, als Dr. Otto Hahn Kandidat war – wegen seiner Entdeckung der nuklearen Spaltung, die überall die Physiker beeinflußte und dann zur Atombombe führte. Hahn machte seine Experimente aber auf chemischem Gebiet und erhielt so den Chemiepreis ... Ich glaube, daß unsere chemischen Schiedsrichter am glücklichsten sind, wenn es keine Überschneidung gibt und sie für Kandidaten stimmen können, deren Entdeckungen fraglos zum Reich der Chemie gehören. Viele solcher klar abgegrenzten Entscheidungen fallen mir da ein – Sir William Ramsays Entdeckung des Heliums, Henri Moissans Isolierung von Fluor und der Möglichkeit des elektrischen Schmelzens und seine Herstellung künstlicher Diamanten. Im Falle Moissan hatte tatsächlich eine Majorität der Akademie den Russen Dmitri Mendelejev für seine Begründung des Periodischen Systems begünstigt – aber ein zur Minorität gehörender Schiedsrichter beeindruckte die anderen mit Moissans Vielseitigkeit, und so trugen die künstlichen Diamanten den Sieg davon. Andere, klar abgegrenzte Entscheidungen? Richard Willstätters Arbeit, und später die Hans Fischers über Chlorophyll, und im Jahr neunzehnhundertsechzig Willard F. Libbys Atom-Zeit-Uhr, welche das Alter von fünfzigtausend Jahre alten Fossilien, sogar das des Haars einer ägyptischen

Mumie bestimmen konnte. Solche Chemiepreise lieben unsere Schiedsrichter vor allem.«

»Und Sie, Graf Jacobsson«, fragte Denise, »was lieben Sie vor allem?«

Jacobsson war erstaunt, aber dann lächelte er. »Ich schließe mich der Mehrheit an. Ich bin nur ein unwissender Zuschauer.« Er überdachte das Gesagte einen Augenblick, erinnerte sich an seine Aufzeichnungen und fügte dann hinzu: »Übrigens hat mich der Medizinpreis von neunzehnhundertsiebenundfünfzig – der ein Fall von Überschneidung war und statt dessen sehr gut ein Chemiepreis hätte werden können – ganz besonders befriedigt, weil er wirklich verdient war und weil ich, ein bejahrter Mann, davon profitiert hatte ... Ich bin sicher, Sie kennen Dr. Daniel Bovets Entdeckungen. Es war von Geburt Schweizer, der italienischer Bürger wurde. Eine Zeitlang, glaube ich, arbeitete er in Ihrem Institut in Paris.«

Denise nickte. »Ja, kurz vor unserer Zeit.«

»Bovet machte in vier Jahren dreitausend Experimente. Ihr Ergebnis waren die Sulfate und die berühmten antiallergischen Drogen – Antihistamine und synthetisches Curare, das in der Chirurgie zur Entspannung der Muskeln verwendet wird, und so fort. In Paris verliebte sich Bovet dann in die Tochter eines früheren Premierministers von Italien – ihr Name war Filomena Nitti –, und er erzählte der Presse: ›Ich hielt sofort um sie an. Es war eine blitzschnelle chemische Reaktion.‹ Danach arbeiteten sie zusammen wie die Curies und die Joliot-Curies und Sie selbst. Ich denke mir, es muß wundervoll sein, wenn Mann und Frau ein derartig gemeinsames Interesse haben.«

Claude krümmte sich, und Denise warf ihm einen Blick zu, der Graf Jacobsson nicht entging. Claude suchte nach seinem Zigarettenetui, und Jacobsson spürte verblüfft, wie gespannt die Atmosphäre war. Unwillkürlich dachte er, dieses Paar müßte glücklicher sein, fester zusammenhalten. Er hätte ihnen gern erzählt, wie glücklich Marie Curie, die als erste Frau diesen Preis erhielt, gewesen war, daß sie ihn mit ihrem Mann teilte, und wie traurig, als sie um ihres zweiten Preises willen dann allein nach Stockholm kam, denn Pierre Curie war neunzehnhundertsechs durch einen Unfall ums Leben gekommen. Und wie gut Dr. Gerty und Dr. Carl Cori, die den Medizinpreis für das Isolieren von Enzymen erhielten, einander verstanden hatten. Aber Jacobsson hatte das bestimmte Gefühl, daß dies nicht der richtige Augenblick sei für solche Beispiele. Trotzdem, da war seine Aufgabe und die Würde der Preise, und er mußte etwas finden, womit er den Marceaus eine kleine Warnung geben konnte. Da fielen ihm Irène und Frédéric Joliot-Curie ein, die neunzehnhundertfünfunddreißig gemeinsam den Preis von einundvierzigtausend Dollar erhielten, und mit ihrer Hilfe konnte er vielleicht seinen Zweck erreichen.

»Sie gehören tatsächlich einem auserwählten Kreis an«, sagte Jacobsson. »Sie sind in der Geschichte des Nobelpreises erst das vierte Ehepaar, das den Preis erhielt. Gerade an diesen Preisen sind wir gefühlsmäßig beteiligt, und die Gewinner haben uns, mit einer einzigen Ausnahme, mit Stolz erfüllt.«

»Einer Ausnahme?« fragte Denise vorsichtig.

»Ich denke an Ihre Landsleute Irène und Frédéric Joliot-Curie, die den Chemiepreis bekamen für ihre Entdeckungen auf dem Gebiet der radioaktiven Elemente.«

»Was war mit ihnen?« fragte Denise.

»Sie verdienten den Preis für ihr künstliches Radium, und sie erhielten ihn hier in Stockholm, und wir würden ihnen den Preis auch wieder verleihen. Aber ihr Verhalten, nachdem sie den Preis erhalten hatten, war – in bestimmter Beziehung – unglücklich.«

»Sie waren ein treues Ehepaar«, sagte Denise scharf, mit einem halben Blick zu ihrem Mann.

»O ja, gewiß, nichts Derartiges«, sagte Jacobsson hastig. »Und im Zweiten Weltkrieg zeichneten sie sich aus: Frédéric Joliot-Curie entführte den größten Vorrat der Welt an Schwerem Wasser, damals sehr wichtig für Atomforschung, direkt vor der Nase der Nazis in Norwegen. Er bekam ihn unbehelligt nach England. Und in Frankreich organisierte er, trotz der Gestapo, achtzehn unterirdische Laboratorien, in denen Brandflaschen für den Maquis hergestellt wurden. Aber zweifellos wissen Sie das alles.«

»Ja, das wissen wir«, sagte Denise.

»Ihr Verhalten nach dem Krieg war es, das von den meisten Schweden mißbilligt wurde. Frédéric schloß sich der französischen kommunistischen Partei an. Und Irène Joliot-Curie sagte zu einem amerikanischen Besucher, daß die Vereinigten Staaten unzivilisiert seien und daß die Arbeiterklasse die Regierung stürzen müßte. Ich erinnere mich noch an andere Dinge, die sie zu ihm sagte, da ich alles in meinen Aufzeichnungen festgehalten habe. So zum Beispiel: ›Sie hetzen zum Krieg. Sie sind Imperialisten, und Sie wollen den Krieg. Sie wollen die UdSSR angreifen, aber sie wird Sie besiegen durch die Kraft ihrer Idee.‹ Ich kann Ihnen versichern, das hat viel Kopfschütteln verursacht in der *Schwedischen Akademie der Wissenschaft.*«

»Sehr bedauerlich«, sagte Claude. »Aber sicherlich beurteilen Sie Ihre Preisträger nach ihrer wissenschaftlichen Leistung und nicht nach ihrer privaten Tätigkeit.«

»Richtig«, erwiderte Jacobsson, und dann fügte er langsam hinzu: »Unsere Preisträger werden jedoch so sehr verehrt, so allgemein respektiert, daß wir, wenn sie Skandale verursachen, unglücklich sind – überaus unglücklich.«

Jacobsson war sicher, daß der Pfeil, den er rein instinktmäßig abgeschossen hatte, ins Schwarze traf. Denn Denise betrachtete ihren Mann mit kühlem Blick, und Claude vermied diesen Blick und erhob sich vom Sofa.

»Ich bin begierig, den Raum zu sehen, in dem über die Chemiepreise abgestimmt wird«, sagte er.

Jacobsson stand auf. »Der Raum, den Sie sehen werden, ist allerdings nicht der, in dem die Abstimmung stattfindet. In diesem Raum hält das Komitee für Chemie oft die Vorversammlungen ab, die schließlich zur Aufstellung der Preisträger führen. Die endgültige Abstimmung findet seit neunzehnhundertdreizehn im Sitzungssaal der *Königlichen Schwedischen Akademie der Wissenschaft* statt, einem Gebäude, das in Frescati, nicht weit vom Zentrum Stockholms, liegt.«

Sie gingen nun durch das Büro des Präsidenten hinaus in den Korridor und dann in den Raum, den Jacobsson das Konferenzzimmer der Nobelstiftung nannte.

»Hier«, sagte Jacobsson, »haben die Männer des Nobelkomitees sich auf Sie beide als die Favoriten für den Chemiepreis geeinigt, und hier hat das Komitee für Physik Professor Stratman und einige andere als die ersten Kandidaten für den Physikpreis bestimmt.«

Die Marceaus schauten sich in dem grünen Raum um. Er hatte nichts von dem Glanz eines Schaukastens für Touristen und auch nichts von der erstarrten Atmosphäre eines Archivs. Er machte den Eindruck, daß hier häufig lebendige Arbeit von lebendigen Menschen getan wurde. Den größten Teil des Konferenzzimmers nahm der Tisch ein, der mit abgenutztem Leder bezogen war und um den zehn lederbezogene Stühle standen. Der Tür gegenüber hing ein großes Ölbildnis von Alfred Nobel, in sitzender Stellung, das erst nach seinem Tod im Jahr neunzehnhundertfünfzehn gemalt worden war.

Jacobsson führte die Marceaus, rechts von der Tür beginnend, durch den Raum. Ein langer Marmorsims lief hier die Wand entlang, auf dem rotgebundene Bände standen. Jacobsson griff einen davon heraus. »In diesen Bänden sammeln wir die – wenn möglich – autographierten Fotos unserer Preisträger. Am Tag nach der Schlußzeremonie werden Sie aufgefordert, hierherzukommen, um Ihre Schecks in Empfang zu nehmen und Ihre Fotografien zu signieren.« Er öffnete das Album. »Hier sehen Sie die Fotos von zwei deutschen Chemiepreisträgern. Hier ist Professor Richard Kuhn von der Universität Heidelberg, dem der Preis neunzehnhundertachtunddreißig für seine Arbeit über Vitamine zugesprochen wurde. Und auf dieser Seite sehen Sie Professor Adolf Butenandt von der Universität Berlin, der, zusammen mit einem andern, neunzehnhundertneununddreißig den Preis für seine Arbeit über Sexualhormone erhielt. Wie Sie sicher wissen, hat Hitler seinen Untertanen nicht gestattet, den Nobelpreis anzunehmen. Jedoch neunzehnhundertachtundvierzig, nach Beendigung des Krieges und nach Hitlers Tod, schrieben uns diese beiden, um uns für die Ehrung zu danken, die entgegenzunehmen ihnen nicht erlaubt worden war. Wir sandten ihnen ihre Goldmedaillen und Urkunden, aber den Geldpreis konnten wir ihnen nicht mehr zukommen lassen. Satzungsgemäß wurde er ein Jahr lang zur Verfügung gehalten und dann an den Hauptfonds zurückgegeben. Schlimm. Wirklich schlimm.«

Jacobsson stellte den Band wieder an seinen Platz und deutete dann auf das Porträt einer Frau, das über dem Sims hing.

»Alfred Nobels Mutter, von Anders Zorn gemalt«, sagte er. »Nobel liebte sie über alles. Selbst wenn er auf Reisen war, suchte er es einzurichten, jedes Jahr an ihrem Geburtstag in Stockholm zu sein. Sie ist sechs Jahre vor ihm gestorben.« Sie gingen weiter zu der Wand der Tür gegenüber. Jacobsson deutete auf die Gemälde zu beiden Seiten von Nobels Porträt. »Das ist Bertha von Suttner, die wichtigste Frau in Nobels Leben außer seiner Mutter. Sie war eine adlige Erzieherin in Österreich gewesen und hatte sich auf ein Inserat in einer Wiener Zeitung gemeldet: ›Älterer kultivierter, sehr wohlhabender Herr, wohnhaft in Paris, sucht reife, sprachkundige Dame als Sekretärin und zur Überwachung des Haushalts.‹ Nobel war der ältere kultivierte, sehr wohlhabende Herr. Sie wurde seine Sekretärin und oft auch seine Ratgeberin. Später heiratete sie einen jungen Baron und wurde eine der ersten Pazifistinnen der Welt. Es ist möglich, daß sie Nobel beeinflußt hat, den Friedenspreis zu stiften. Jedenfalls finden wir, daß sie an dieser Wand neben ihn gehört. Das Bild auf der anderen Seite stellt Ragnar Sohlman dar, einen Präsidenten dieser Stiftung, der neunzehnhundertachtundvierzig starb. Er war ein persönlicher Freund von Nobel und einer der Vollstrecker seines Testamentes.«

Jacobsson deutete auf die drei Bronzebüsten im Raum. »Diese Büste stellt Alfred Nobel dar. Für die Zeremonie am Zehnten bringen wir sie in die Konzerthalle, dann kommt sie wieder hierher zurück. Die Büste dort zeigt Nobels Vater und die andere einen seiner Brüder. Vielleicht möchten Sie nun gern wissen, was sich im Sitzungszimmer an jenem Nachmittag abspielte, als Sie und Ihr Mann als Kandidaten vorgeschlagen wurden?«

»Das würde mich sehr interessieren«, sagte Denise.

»Über die vier führenden Chemiekandidaten war in diesem Raum schon vorher abgestimmt worden«, sagte Jacobsson. »Das waren Sie beide, zwei Amerikaner als ein weiteres Team, ein Däne und ein Kandidat aus Israel. Nach einer Debatte von kaum zwei Stunden gingen Sie als die Preisträger hervor, mit großer Stimmenmehrheit. Einer Ihrer Kollegen unterlag wohl einem gewissen Vorurteil. Er war wohlhabend, seine Arbeit brachte ihm finanzielle Vorteile, und nur aus diesem Grund waren einige Schiedsrichter gegen ihn. Sie werden deren Empfindlichkeit in dieser Beziehung verstehen, wenn ich Ihnen sage, daß im Widerspruch zu Nobels Forderung, Träumer zu belohnen, denen es schwerfällt, im Leben vorwärtszukommen, das Chemiekomitee neunzehnhunderteinunddreißig den Preis Karl Bosch zusprach, dem Generaldirektor von IG-Farben, und Friedrich Bergius, auch von IG-Farben, für sein Verfahren der Kohleverflüssigung. Für diese Wahl wurde das Komitee sehr getadelt. Jedenfalls entschieden die gegenwärtigen Schiedsrichter, daß Sie beide Träumer seien und in jeder Beziehung qualifiziert.«

»Wir fühlen uns sehr geehrt«, sagte Claude. »Haben Sie vielen Dank für die Information.«

Während Jacobssons Bericht waren sie wieder auf den Korridor hinausgegangen, und nun geleitete Jacobsson sie zum Ausgang. Als Denise ihm zum Abschied die Hand reichte, erinnerte sie ihn: »Graf Jacobsson, bitte denken Sie daran, unseren Terminplan zu vervollständigen. Wir möchten jede Minute beschäftigt sein.«

»Es wird mir ein Vergnügen sein, diese Verpflichtung zu erfüllen«, erwiderte Jacobsson und blickte den beiden eine Weile sinnend nach, ehe er hinter ihnen die Tür schloß.

Im Dunkel des kalten Wintermorgens fuhr der Dreizylinder-Saab dreiundneunzig über den Solnavägen zu dem Stadtteil, in dem die zahlreichen Gebäude des *Karolinen-Medico-Chirurgical-Instituts* lagen.

Am Steuer des Saab saß ein junger Fahrer des Instituts, im Fond befanden sich Ingrid Pahl und Dr. Garrett. Als Krantz gestern abend erklärt hatte, es sei ihm nicht möglich, Dr. Garrett ins *Karolinen-Institut* zu begleiten, hatte Jacobsson Ingrid Pahl telefonisch gebeten, Krantz zu vertreten, die zuerst protestiert hatte, da sie nichts von Medizin verstand, nun aber erleichtert aufatmete, weil Garrett sich als einfacher, liebenswürdiger Mann erwies, der völlig mit seinen eigenen Gedanken beschäftigt war, was ihr die Aufgabe wesentlich erleichterte.

Für Garrett war dies ein kritischer Vormittag. Auf seine eigene Bitte hin fand an Stelle der Besichtigung des Schlosses Drottingholm dieser Besuch im *Karolinen-Institut* statt. Sein Protegé Dr. Erik Öhmann war verständigt worden und erwartete ihn. Öhman war, ohne es zu wissen, eine wesentliche Waffe bei der Offensive, die Garrett gegen Carlo Farelli mit dem heutigen Tage eröffnen wollte.

Farelli hatte, nach der Pressekonferenz, am nächsten Tag die Spalten in den Zeitungen fast allein ausgefüllt, und als Garrett in seiner Verzweiflung im Salon des Königlichen Schlosses versucht hatte, eine Guerillakampagne gegen Farelli zu beginnen, war er zurückgewiesen worden. Diese Niederlage fraß noch an ihm. Er wußte nun, daß er einen sorgfältig vorbereiteten Frontalangriff starten mußte, auf dem Schlachtfeld der ersten Seiten der Weltblätter.

Die Begegnung mit Öhman mußte Garretts erster Angriffspunkt werden. Er würde von Öhmans Fortschritten erfahren, die eine Weiterentwicklung seiner eigenen Entdeckung waren. Er würde Öhmans drei erfolgreich durchgeführte Herztransplantationen studieren und die drei weiteren Patienten untersuchen, die Öhman zur Zeit unter Beobachtung hatte. Und dann wollte Garrett Sue Wiley anrufen und sich ihr zu einem sehr viel freimütigeren Interview zur Verfügung stellen als neulich im Flugzeug. Er würde farbenprächtige Details von seiner Begegnung mit Öhman enthüllen, menschlich interessante Fakten über Öhmans Patienten angeben und Öhmans Erfolge so sehr rühmen, daß er damit sich selbst rühmte. Er würde Miss Wiley einige konkrete Angaben über seine zukünftige Arbeit machen. Von Farelli aber würde überhaupt nicht gesprochen werden. Die Story für die *Consolidated Newspapers* würde in der ganzen Welt verbreitet werden. Das würde der Anfang sein. Er würde den Herrn der Finsternis vom Podium stoßen und endlich den ihm allein zustehenden Ehrensitz einnehmen.

Garrett wurde sich plötzlich bewußt, daß er Ingrid Pahl ein wenig Konversation schuldete, und so entwickelte sich ein etwas stockendes Gespräch, in dessen Verlauf ihm die Schwedin sagte, wie gering ihre medizinischen Kenntnisse seien.

»Die Wahrheit nämlich ist«, erläuterte sie, »daß Dr. Krantz heute morgen hätte Ihr Begleiter sein sollen. Mit ihm hätten Sie sich blendend unterhalten. Er ist zwar ein Griesgram, aber ein recht geistreicher. Doch Dr. Krantz mußte zum Bromma-Flughafen fahren, um einen alten Freund und berühmten Wissenschaftler aus Ost-Berlin abzuholen.«

»Aus Ost-Berlin? Dürfen die denn von dort ins Ausland reisen?«

»Ich denke schon, Dr. Garrett. Sie müssen nicht alles glauben, was in den Zeitungen steht. Freilich dürfen es sicher nicht alle ... Ich habe keine Ahnung, wer Dr. Krantz' Freund ist, aber auf jeden Fall mußte er ihn persönlich abholen. Und deshalb fiel mir die Ehre zu, Sie ins *Karolinen-Institut* zu bringen. Ich hoffe, Sie sind nicht allzusehr enttäuscht.«

»Miss Pahl, ich sagte Ihnen schon –«

»Übrigens weiß ich sogar ein bißchen was vom *Karolinen-Institut.* Vor ein paar Jahren bat mich eine englische Zeitschrift, eine Artikelserie über Schweden zu schreiben. Sie wollte mit einem Bericht über das *Karolinen-Institut* beginnen, da dieses als Ursprungsort des Nobelpreises für Medizin bekannt ist. Wenn es Sie also interessiert –«

»Natürlich«, sagte Garrett rasch.

Er war bestrebt, seine Ungeduld zu verbergen, denn er wollte, sie wären endlich am Ziel angelangt, damit er mit Öhmann sprechen und mit der Kampagne gegen den Feind beginnen könnte.

»Tatsache eins«, begann Ingrid Pahl. »Das *Karolinen-Institut* wurde achtzehnhundertzehn gegründet, um die schwedische Armee, die einen ihrer periodischen Kriege gegen Dänemark und Rußland führte, mit Militärärzten zu versorgen. Tatsache zwei. Alfred Nobel war von der Medizin fasziniert. Bei verschiedenen Gelegenheiten veranlaßte er Freunde, unter seiner Leitung Bluttransfusionen und Experimente mit Urin vorzunehmen. Es war logisch, daß er einen Medizinpreis stiftete und daß er das angesehene *Karolinen-Institut* auserwählte, ihn zu verleihen. Tatsache drei. Das Karolinen-Komitee hatte zu entscheiden, was Nobel beabsichtigte, als er in seinem Testament schrieb, er wünschte, daß ›die wichtigste Entdeckung‹ auf dem Gebiet der Medizin oder Physiologie geehrt werde. Wollte er, daß nur praktische Fortschritte belohnt wurden? Oder auch theoretische Fortschritte? Das *Karolinen-Institut* beschloß, beide Entdeckungsgebiete zu berücksichtigen. Und sie beschränkten ihre Preise nicht auf Mediziner. In all den Jahren ehrten sie auch Biologen, Chemiker, Zoologen und einmal sogar einen Biophysiker. Tatsache vier. Nominierungen für den Preis, den Sie erhielten, gehen ein von Professoren des *Karolinen-Instituts*, von Mitgliedern der *Schwedischen Akademie der Wissenschaft*, von früheren Medizin-Nobelpreisträgern, von Medizinern aller größeren Universitäten in Skandinavien und von Medizinern bekannter Universitäten in zwanzig anderen Ländern. Etwa eintausend Personen sind berechtigt, Nominierungen einzureichen. Soll ich fortfahren?«

»Bitte«, sagte Garrett, der von diesen Tatsachen gegen seinen Willen gefesselt war.

»Tatsache fünf. Es gibt drei ständige Mitglieder des Nobelkomitees für Medizin, welche die geeigneten Kandidaten empfehlen. Gewöhnlich wird das Komitee noch durch Experten auf diesem oder jenem Gebiet aus dem Lehrkörper des *Karolinen-Instituts* erweitert. Die Medizinpreisträger werden jedes Jahr in dem Sitzungszimmer im Erdgeschoß gewählt. Es ist ein heller luftiger Raum mit dem längsten modernen Tisch, den Sie je gesehen haben, und modernen schwedischen Stühlen für die Schiedsrichter. Soviel ich mich erinnere, hängen sechzehn oder achtzehn Ölgemälde von hervorragenden schwedischen Ärzten und Nobelbeamten an den Wänden, und zwischen den Fenstern stehen zwei weiße Marmorstatuen. Die Endabstimmung wird von fünfundvierzig Medizinern und Dozenten des *Karolinen-Instituts* vorgenommen.«

Der Wagen verlangsamte die Fahrt, und Ingrid Pahl deutete mit einer Kopfbewegung zum Fenster. »Und hier ist es nun – das *Karolinen-Institut*.«

Der Saab hielt eben auf einem gepflasterten Vorplatz, und vor ihnen lag ein gedrungenes dreistöckiges, langes Gebäude aus rotem Backstein. Drei Zementstufen führten zu zwei schweren Türen, und über dem Eingang war zu lesen MEDICINSKA NOBELINSTITUTET. Garrett ließ den Blick nach rechts schweifen. Dort stand eine Bank, und hinter ihr, auf einem hohen Steinsockel, eine dunkle Bronzebüste von Alfred Nobel, um dessen Augen und schmalen Mund jetzt Frostspuren zu sehen waren.

Als sie in Dr. Erik Öhmans Zimmer eintraten, sprang dieser von seinem Schreibtisch auf und lief ihnen entgegen. Ingrid Pahls förmliche Vorstellung völlig ignorierend, ergriff er spontan Garretts Hand und drückte sie mit unverhohlenem Enthusiasmus.

»Dr. Garrett«, rief er, »Dr. Garrett – was für eine Freude ist das für mich. Wie lang habe ich auf diesen Augenblick gewartet –«

Er bot ihnen Platz an und meinte dann: »Gleich werden wir heißen Kaffee bekommen.« Er schaute Garrett mit glänzenden Augen an, wie ein demütiger Untertan seinen Herrn. Wenn er sprach, begann er manchmal mit einem langgezogenen Rollen, was, wie Garrett bald merkte, von einem Sprachfehler herrührte. Mit seinem rötlichen kurzgeschorenen Haar und den groben Zügen glich Öhman einem europäischen Mittelgewichtsboxer, der ein paar Jahre zu lang im Kampfring gestanden hatte. Und die Hände mit kurzen wurstartigen Fingern wirkten plump und nicht wie die eines Herzchirurgen. Aber Garrett sah auch den Ausdruck von Güte auf diesem Gesicht, die Bewunderung, die es jetzt ausstrahlte, und aus seinen Briefen kannte er die wissenschaftliche Gründlichkeit und Erfahrung dieses Mannes.

Als Dr. Öhmans knabenhafte Freude etwas abgeklungen war, bat er Garrett, ihm die und jene Frage zu beantworten, und lauschte dann so verehrungsvoll Garretts Antwort, als wolle er jedes Wort für den vor ihm liegenden langen Winter auswendig lernen.

Garrett berichtete über seine Erlebnisse in Kalifornien, nachdem bekanntgeworden war, daß er den Nobelpreis erhalten hatte. Dann erzählte er, auf Öhmans Bitte, von den Jahren seiner Transplantationsversuche und ließ, sehr wirkungsvoll, wie er fand, den berühmt gewordenen Fall Henry M. nochmals aufleben. Er war entzückt, als er merkte, wie fasziniert Ingrid Pahl von dieser Geschichte war und daß auch Öhman sich so leidenschaftlich dafür interessierte wie für alles andere, was er erzählt hatte.

Schließlich hatte Garrett das Gefühl, er habe lange genug über sich selbst geredet. Wenn sein Schlachtplan gelingen sollte, war es notwendig, Öhman dazu zu bringen, mehr von sich und seiner Karriere zu verraten. Während seines Monologs hatte er sich Öhmans Büro näher betrachtet und entdeckt, daß zwei Wände des Raumes bedeckt waren mit Fotografien und Schnappschüssen, manche mit Unterschriften versehen, und Garrett erkannte mehrere frühere Nobelpreisträger.

»Sie haben mir in Ihren Briefen nie erzählt, Dr. Öhman, ob Sie irgendwelchen Einfluß haben auf die Verleihung der Medizin-Nobelpreise. Haben Sie das?«

»In gewisser Weise«, erwiderte Öhman.

Bevor er fortfahren konnte, wurde an die Tür geklopft. Ein hübsches Mädchen, eine in Schildpatt gefaßte Brille in einem Gesicht ohne alles Make-up, kam herein und zog einen Servierwagen mit heißem Kaffee und süßem Gebäck hinter sich her. Öhman stellte sie als seine Sekretärin vor, und sie entschuldigte sich, daß es so lange gedauert habe.

Nachdem sie den Kaffee eingeschenkt hatte und wieder gegangen war und während sie alle tranken und Gebäck aßen, räusperte sich Öhman. »Dr. Garrett – Sie hatten mich über meine Rolle in der Nobelveranstaltung gefragt – sie ist nur klein, sehr klein, muß ich sagen, und gleichzeitig interessant. Wissen Sie Näheres über die Medizinpreise?«

»Miss Pahl war so freundlich, mir einiges zu erläutern.«

»Sehr wenig, Dr. Öhman«, sagte Ingrid Pahl. »Denn ich weiß nur, daß Dr. Arrowsmith den Preis erhielt.«

Öhman lachte. »Tatsächlich, er hat ihn erhalten, nicht wahr? Martin Arrowsmith, Gottlieb, Sondelius – wie lebendig sie vor mir stehen. Was war es doch, was Arrowsmith bekämpfte? – Ja, die Beulenpest in Westindien, so war es. Unser Komitee hat große Achtung vor Pestbekämpfern, aber es hat mich immer betrübt, daß einige der besten nicht geehrt worden sind.«

»Denken Sie an jemand Bestimmtes?« fragte Garrett.

»Das tue ich«, sagte Öhman. »Ich bin immer der Meinung gewesen, daß Walter Reed und General Gorgas, ebenso Noguchi, zusammen einen Preis für ihre Arbeit gegen das gelbe Fieber hätten bekommen müssen. Gorgas war oft nominiert worden, wie ich erfuhr, aber da er keine Entdeckung gemacht hat, konnte er nicht gewählt werden. Reed starb zu früh, glaube ich. Jedenfalls lohnt es nicht, jetzt darüber zu streiten. Noch etwas Kaffee, Miss Pahl?«

Er schenkte Ingrid Pahl nach, dann Garrett und dann sich selbst und lehnte sich wieder in seinen Stuhl zurück.

»Hat Miss Pahl Ihnen von unserem Nominierungsverfahren erzählt?« fragte er Garrett.

»Ja.«

»Dann wissen Sie auch Bescheid über unsere speziellen Nachforschungen?«

»Nein, darüber weiß ich nichts.«

»Das muß ich Ihnen also erzählen. Denn auf diesem Gebiet habe ich mehrmals für das Nobelkomitee gearbeitet. Ich war zum Beispiel wegen meiner genauen Kenntnis Ihrer Entdeckung einer der beiden sogenannten Experten, der Ihre Kandidatur unter die Lupe nehmen mußte, Dr. Garrett.«

»Davon wußte ich nichts«, sagte Garrett. »Dann bin ich Ihnen also großen Dank schuldig.«

»Kein bißchen«, erwiderte Öhman. »Jeder Mensch hätte die Größe Ihrer Entdeckung begriffen und ihren Wert gewürdigt ... Das Karolinen-Nobelkomitee bedient sich seiner Experten – Detektive würden sie wahrscheinlich in Amerika genannt – mehr als die anderen preiserteilenden Komitees, weil die medizinische Forschung so unübersichtlich ist. Es gibt da so viele verschiedene Spezialgebiete. Daher bleibt, wenn die Kandidaten ausgesiebt sind, noch ein letzter Schritt zu tun. Jeder Kandidat wird einem Mitglied unserer Fakultät, der ein Experte auf dem speziellen Gebiet des Kandidaten ist, zur Überprüfung zugeteilt. Der betreffende Experte unternimmt nun eine gründliche Überprüfung der Entdeckung des Kandidaten. Manchmal reist er sogar in das Heimatland des Kandidaten, um sich selbst eine Meinung zu bilden, ohne die Gründe seines Besuches zu verraten.

Als Ivan Pawlow neunzehnhunderteins für den ersten Medizinpreis nominiert wurde, für seine Experimente in der Physiologie der Verdauung, fuhren zwei unserer Experten, der berühmte Professor Johansson und Professor Tigerstedt, nach St. Petersburg, um Pawlow und seine Hunde kennenzulernen und sich von seinen Erfolgen persönlich zu überzeugen. Pawlow erfreute sich auch deshalb besonderer Aufmerksamkeit, weil man wußte, daß Alfred Nobel selbst sich für die Arbeit des Russen interessiert und ihm einmal eine große Schenkung gemacht hatte. Offenbar war der Bericht unserer Experten jedoch nicht völlig befriedigend, denn Pawlow hat, wie Sie wissen, den ersten Nobelpreis in jenem Jahr nicht erhalten. Er bekam ihn erst drei Jahre später.«

»Wer bekam den ersten Preis für Medizin?« fragte Ingrid Pahl. »Ich erinnere mich jetzt tatsächlich nicht mehr.«

»Es gab einen scharfen Kampf in jenem ersten Jahr«, sagte Öhman. »Nur ein paar Schiedsrichter unterstützten Pawlow. Das Komitee empfahl, den Preis zwischen dem Dänen Niels Finsen und dem Engländer Ronald Ross zu teilen. Aber auch der Deutsche Emil von Behring stand in engster Wahl. Schließlich entbrannte der Streit um von Behring. Manche fanden, daß seine Entdeckung des Serums gegen Diphtherie nicht mehr neu und daher für den Preis nicht geeignet sei. Andere fanden, daß sie gerade deshalb geehrt werden müßte, weil sie von der Welt längst anerkannt und nicht mehr strittig sei. Behring erhielt auch den Preis, und die drei Verlierer, Ross, Finsen und Pawlow, bekamen ihre Preise in den folgenden drei Jahren.«

Garretts Aufmerksamkeit galt wieder den gerahmten Fotografien an den Wänden. »Stellen diese Bilder alle Medizinpreisträger dar, Dr. Öhman?«

Öhman richtete seinen Blick voller Stolz auf die Fotos. »Mein kleines Hobby«, sagte er. »Es ist lange her – es war in den dreißiger Jahren und ich noch ein kleiner Bursche –, als mein Vater, der Journalist war, mich zu einer Nobelzeremonie mitnahm, es war ein denkwürdiges Erlebnis für einen kleinen Jungen. Ich sah zu, wie Sir Charles Scott Sherrington die Urkunde für den Medizinpreis entgegennahm, und mein Vater erzählte mir alles über Sherrington – daß er dreißig Jahre lang regelmäßig nominiert wurde und die Experten aus irgendwelchen Gründen jedesmal gegen ihn waren und daß sie jetzt endlich, da er schon ein alter Mann war, ihren Widerstand aufgaben. Das hat mich sehr bewegt. An jenem Abend war mein Schicksal beschlossen. Auch ich wollte Mediziner werden. Sherringtons Bild war die erste Fotografie, die ich lange Zeit später an diese Wand hing. Hier ist es, hinter meinem Schreibtisch.«

Öhman sprang auf, ging um den Schreibtisch herum, den Blick auf seine Fotos gerichtet. »Nach und nach beschaffte ich mir die Fotografien aller Preisträger, wenigstens die Hälfte davon ist mit ihrer Widmung versehen. Ein sehr anregendes Hobby.« Er deutete auf eine verwischte Fotografie. »Der große Dr. Paul Ehrlich. In den ersten acht Jahren wurde er siebenmal von Professoren dreizehn verschiedener Nationen nominiert. Neunzehnhundertacht wurde endlich seine Leistung bei der Serumforschung anerkannt. Im Zusammenhang mit ihm gibt es eine Anekdote: Der deutsche Kaiser war stolz wie ein Pfau auf Ehrlichs Sieg über die Spirochäten, welche die Syphilis verursachen, und bei einem großen Bankett sagte er zu ihm – befahl ihm, als wäre es die einfachste Sache der Welt: ›Schön, lieber Ehrlich, machen Sie so weiter, erledigen Sie auch den Krebs.‹«

Rasch ging Öhmann von Bild zu Bild, tippte hin und wieder auf eines und warf ein paar Brocken hin. »Hier – Sir Alexander Fleming. Universität London. Er suchte nach Influenzaerregern, als er auf einer seiner Bazillenkulturen einen blaugrünen federförmigen Körper entdeckte. Er nannte ihn, nach dem englischen Wort für Feder, Penicillin. Das war neunzehnhundertachtundzwanzig, aber er erhielt den Nobelpreis für diese Entdeckung erst neunzehnhundertfünfundvierzig, siebzehn Jahre später, weil er anfangs dafür noch keine praktische Verwendung hatte. Erst Sir Howard Florey und Dr. Ernst Boris Chain in Oxford begannen darüber nachzudenken, wofür sie wohl brauchbar sei. Sie injizierten Mäusen tödliche Dosen von Streptokokken, und der Hälfte der Mäuse injizierten sie außerdem Penicillin. Diese Hälfte der Mäuse blieb am Leben, die anderen starben – und damit hatten sie für Dr. Flemings zufälligen Fund eine Anwendung gefunden. Sie erhielten alle drei den Preis.«

Er war an einem breiteren Rahmen angekommen, der zwei Fotos enthielt. »Der erste gemeinsame Preis – das wird Sie besonders interessieren, Dr. Garrett. Fünf Jahre lang hat die *Schwedische Akademie* der Versuchung widerstanden, einen Einzelpreis zu zersplittern. Erst neunzehnhundertsechs gab sie dieses Prinzip auf und teilte einen Preis zwischen dem Italiener Camillo Golgi und dem Spanier Ramon y Cajal.

Seitdem sind die Preise oft geteilt worden – wie Dr. Farelli und Sie es bezeugen.«

Garett stieg das Blut in die Wangen, und er hätte gern von Farellis Vergehen gesprochen, aber er scheute sich, die Sache vor Ingrid Pahl zur Sprache zu bringen. Er sagte daher: »Finden Sie diese gemeinsamen Preise richtig?«

»So viele Kandidaten arbeiten oft auf dem gleichen Gebiet, es ist dann gar nicht möglich, nur einen zu ehren.« Öhman war vor dem Bild eines älteren Herrn stehengeblieben. »Mein Liebling seit neunzehnhundertneunundvierzig: Dr. Antonio Egas Moniz in Lissabon, Portugal.«

»Wer ist das?« fragte Ingrid Pahl.

»Neunzehnhundertsechsunddreißig führte er die präfrontale Lobotomie ein«, erwiderte Öhman. »Es gab kein Heilmittel für bestimmte Fälle schwerer geistiger Störung, Wahnvorstellungen, Depressionen ... Medikamente nützten nichts. Psychiatrische Behandlung nützte nichts. Dr. Moniz fand heraus, daß diese an Irrsinn grenzenden Ängste von den Vorderlappen des Gehirns herrührten, einer bestimmten grauen Materie im Schädel über den Augenbrauen. Durch Schnitte in die Seite des Kopfes und die Durchtrennung der Nervenfasern der Vorderlappen – mit einem bestimmten langen dünnen Messer – erzielte Dr. Moniz eine fast völlige Reduzierung der Angstzustände eines Patienten.«

»Das klingt fürchterlich«, sagte Ingrid Pahl.

»Immerhin besser als Selbstmord oder Irrsinn«, erwiderte Öhman. »Der Patient ist von allen Ängsten und Sorgen befreit. Der einzige unerfreuliche Aspekt dabei ist, daß er häufig zu einem unzurechnungsfähigen Dummkopf wird ... Das Gehirn ist jedenfalls der am wenigsten erforschte Teil des menschlichen Körpers. Aus diesem Grund habe ich stets Dr. Moniz' Entdeckung höher gestellt als alle anderen – bis dann ein neuer Favorit kam.«

Öhman zog ein Schreibtischfach heraus und entnahm ihm eine Fotografie. Zusammen mit einer Feder hielt er sie Garrett hin.

»Würden Sie bitte Ihre Fotografie signieren, Dr. Garrett? Sie wird von jetzt an den Ehrenplatz bekommen – über Dr. Moniz.«

Als die beiden Ärzte allein waren – Ingrid Pahl hatte sich mit dem Versprechen, ihn in einer Stunde abzuholen, taktvoll zurückgezogen, nachdem Garrett geäußert hatte, er wolle noch ein wenig fachsimpeln –, befolgte er seinen Schlachtplan. »Wann führen Sie Ihre nächste Transplantation aus?« fragte er Öhman.

»Am Zehnten beginnen wir morgens um sieben Uhr mit einer Operation. Ich mache inzwischen noch verschiedene Tests an dem Patienten und versuche, mir Kälber und Schafe in der richtigen Größe zu verschaffen, um die besten frischen Herzen zur Verfügung zu haben. Es ist ein sehr interessanter Fall. Der aufregendste und wichtigste, den ich je unter dem Messer hatte. Der Patient ist ein Graf, Anfang Siebzig, ein entfernter Verwandter Seiner Königlichen Majestät. Das Ergebnis wird in der Öffentlichkeit viel Aufmerksamkeit erregen.«

Garretts Herz tat einen Sprung. Das war die große Chance, auf die er so gehofft hatte.

»Wird es irgendwelche Schwierigkeiten geben?« fragte er.

»Ehrlich gesagt, haben mir einige Aspekte des Falles Sorgen gemacht, aber jetzt bin ich wieder zuversichtlich – seit gestern, seit Dr. Farelli hier war, um den Patienten zu untersuchen.«

Garrett spürte, wie ihm alles Blut aus dem Kopf wich, er glaubte fast, er werde ohnmächtig. »Farelli?« keuchte er.

Öhman runzelte überrascht die Stirn, als er sah, wie erregt sein Gast war. »Wieso – ja, Dr. Farelli. Er tauchte gestern hier auf, zusammen mit einer Journalistin, die ihn interviewt hatte – eine Miss Wiley aus Amerika –, und ohne alle Förmlichkeit stellte er sich vor und sagte, er würde gern meine Station sehen, meine Patienten – alles sehr liebenswürdig –«

»Und Sie – Sie führten sie durch Ihre Station – alle beide?«

»Wieso, natürlich. Und er war so freundlich, die Krankengeschichten und Tabellen der Patienten zu studieren und mir Ratschläge zu geben. Wie gesagt, es war sehr liebenswürdig und freundlich von ihm –«

»Sie Narr!« schrie Garrett.

Öhman stand wie vom Blitz getroffen da. »Verzeihung?«

»Sie haben mich gut verstanden. Liebenswürdig von ihm? Daß ich nicht lache. Er ist ein arroganter, eitler Sensationsmacher und ein Dieb.«

»Dr. Garrett, ich – sprechen Sie von Dr. Farelli?«

»Von keinem andern.« Garrett sprang auf, keiner Beherrschung mehr fähig. »Ich nehme an, daß die Journalistin, diese Miss Wiley, sich über alles Notizen machte?«

»Ja, natürlich.« Öhman nahm die Zeitungen vom Schreibtisch. »Die schwedischen Zeitungen brachten ihre Story auch heute schon.«

»Und darin ist nur von diesem Farelli die Rede?«

»Ich – ich – ja, was soll ich sagen – natürlich, Dr. Garrett, ich verstehe gar nicht – Sie sind so aufgeregt – was ist denn passiert? Ist da etwas, das ich wissen sollte?«

»Sie haben verdammt recht, da ist etwas, das Sie wissen sollten.« Garretts Lippen zuckten, er hämmerte mit der rechten Faust in die flache linke Hand. »Setzen Sie sich!« befahl er. »Ich werde Ihnen was erzählen über diesen Scharlatan Farelli – der versucht, Sie auszunutzen – der uns beide zu Narren macht – und das Nobelkomitee dazu – so, setzen Sie sich.«

Benommen sank Dr. Öhman auf einen Stuhl, starrte hinauf zu seinem Abgott, der sich so plötzlich in einen rachsüchtigen Dämon verwandelt hatte, und langsam, mit unbeugsamem Haß, begann Garrett mit seiner Anklagerede.

Carl Adolf Krantz, dem es nur mit einiger Schwierigkeit gelang, die Mercedes-Benz-Limousine in die schmale Parklücke vor dem großen Gebäude des Flughafens Bromma zu manövrieren, wußte, daß er sich verspätet hatte, und als er den Wagen verließ, wurde ihm diese unerfreuliche Tatsache durch die Ankunfts- und Abflugstafel bestätigt. Die viermotorige Maschine der tschechoslowakischen *Airlines* war in Ost-Berlin um neun Uhr fünfundfünfzig abgeflogen und wurde in Stockholm, auf dem Flug nach Helsinki, um zwölf Uhr fünfundfünfzig erwartet. Und jetzt war es ein Uhr sechs. Ein rascher Blick beruhigte Krantz' Nerven. Die Passagiere aus Ost-Berlin mußten noch den Zoll passieren.

Krantz überlegte, ob Dr. Hans Eckart wohl nach ihm Ausschau gehalten hatte, bevor er sich zum Zoll begab. Er bedauerte sehr, durch einen Reifenschaden kostbare Zeit verloren zu haben, doch bei dem bloßen Gedanken an ihr Wiedersehen hoben sich Krantz' Lebensgeister. Den Auftrag, den Eckart ihm vor mehr als einem Jahr in Ost-Berlin so freundlich erteilt hatte und der ihm so unmöglich erschienen war, hatte er mit vollem Erfolg durchgeführt. Krantz hatte hervorragende Arbeit geleistet, und Eckart mußte ihm aushändigen, was er ihm versprochen hatte. In diesem Sinn war die Ankunft des deutschen Physikers in Stockholm heute nicht nur ein Gratulationsbesuch, sondern eine Garantie für die Bezahlung.

Trotz des rauhen Wintertages fieberte Krantz vor Erwartung. Bald würde man ihm das Prestige und die Sicherheit zusagen, die ihm zur fixen Idee geworden waren, seit der freie Lehrstuhl für Physik an der Universität Uppsala, der ihm von Rechts wegen zustand – in Anbetracht seiner wissenschaftlichen Kapazität und seines höheren Dienstalters –, einem anderen zugesprochen worden war.

Während er grübelnd in der eiskalten Luft des frühen Nachmittags wartend dastand, hörte er plötzlich seinen Namen rufen. Dr. Hans Eckart, nur einen leichten Koffer in der Hand, kam im Paradeschritt auf ihn zu: zumindest machte sein exakter militärischer Gang den Eindruck eines gemäßigten Paradeschritts, was oft Anlaß gab, daß man sich nach ihm umdrehte. Krantz jedoch ließ sich dadurch nicht überraschen, denn er war an diese Tatsache schon seit dem Krieg gewöhnt.

»Guten-Tag, Hans!« rief er mit überschwenglicher Herzlichkeit. »Wie geht es Ihnen?«

»Sehr gut, danke – und Ihnen?« Eckart trat einen Schritt zurück und musterte Krantz. »Es bedarf keiner Antwort. Ich sehe, Sie sind in Form. Nicht älter, kein bißchen älter als das letztemal.«

»Wie lange ist das her, Hans? Ein Jahr –«

»Ein Jahr und zwölf Tage«, sagte Eckart präzis. »Es ist sehr aufmerksam von Ihnen, mich abzuholen, bei all den Pflichten, die Sie in der Nobelwoche haben.«

»Sie abzuholen ist meine schönste Pflicht in der Nobelwoche«, sagte Krantz mit ehrlicher Überzeugung.

»Nicht ganz, nicht ganz«, erwiderte Eckart mit grimmigem Humor. »Einer war Ihnen, wie ich weiß, noch mehr willkommen.«

Krantz verstand den Hieb, der nicht unfreundlich gemeint war, sondern ihnen beiden Spaß machte. Er lächelte. »Ja, Hans, es stimmt, auch der andere war mir sehr willkommen ... Es tut mir nur leid, daß das Wetter so schlecht ist. Kommen Sie, ich habe draußen einen Mercedes stehen.«

Sie setzten sich in Marsch.

Während des Krieges war Eckart, ein unbedeutender Forscher auf physikalischem Gebiet, der beträchtliche Kenntnisse über Schweres Wasser hatte, öffentlich von der Gestapo verhaftet worden, saß eine Zeitlang im Gefängnis und wurde dann für die Dauer des Krieges in die Abteilung des *Kaiser-Wilhelm-Instituts* versetzt, in der Nichtarier unter »Schutzhaft« gehalten wurden, um für das Vaterland zu arbeiten. Es wurde damals behauptet, Eckart sei zu einem Viertel jüdischer Abstammung. Aber in den Jahren nach dem Krieg hatten verschiedene deutsche Wissenschaftler, die Krantz kennengelernt hatte, ihn darüber aufgeklärt, daß Dr. Hans Eckart nicht im geringsten jüdischer Abstammung war. Es sei alles Schwindel gewesen, seine Arretierung, seine Schutzhaft, um jemand zwischen die jüdischen Wissenschaftler zu setzen, denen man nicht traute, und die man überwachen wollte.

Es gab keinen Beweis für diese Behauptung, aber Krantz glaubte sie. Nach dem Krieg war Eckart zuerst auf seinen alten Dozentenposten an der Friedrich-Wilhelm-Universität, die jetzt Humboldt-Universität hieß, zurückgekehrt. Fast über Nacht war Eckart im Rang gestiegen. Zum Dozenten hatte er den Titel eines Vorsitzenden der Physikalischen Abteilung hinzugefügt. Da er sich nun mehr als Verwalter denn als Dozent betätigte, gehörte er bald dem Vorstand der Universität an. Aber seine Amtsbefugnisse reichten viel weiter als die Aufsicht über die Fakultäten und die neuntausend Studenten. Er war mehrmals zu diplomatischen Missionen ausgesandt worden und wurde zu einem inoffiziellen Sprecher der ostdeutschen Wissenschaft. Weil eine der beiden Weltmächte – die größere der beiden Mächte nach Krantz' Ansicht – ihm den Rücken deckte, war sein politischer Einfluß unabschätzbar.

Als Eckart jetzt sein vom Nebel angelaufenes Monokel mit dem Taschentuch blank rieb, genoß Krantz das erfreuliche Gefühl, einen mächtigen Gönner zu besitzen.

»Hier sind wir«, sagte Krantz, als sie beim Wagen anlangten.

Sie waren schon ein paar Minuten gefahren, aber erst als der Flughafen außer Sicht war, brach Dr. Hans Eckart das Schweigen. Er war ein Mann, der keine überflüssigen Worte zu machen pflegte, und so ging er auch jetzt gleich auf sein Ziel los.

»Sie warten darauf, daß ich Ihnen gratuliere, Carl –«

»Nun –«, sagte Krantz, der nicht wußte, ob er sich freudig überrascht oder still-bescheiden verhalten sollte.

»– und ich kam, um Ihnen zu gratulieren, in meinem eigenen Namen und im Namen meiner Kollegen.«

»Vielen Dank«, erwiderte Krantz mit unverhohlener tiefer Erleichterung.

»Kurz gesagt – wir hatten erwartet, daß Max Stratman in diesem Jahr an der Reihe sein würde. Aber wir konnten kein Risiko eingehen. Ihr Nobelleute laßt euch so leicht täuschen und ablenken. Und weil wir kein Risiko eingehen wollten, ließen wir Sie damals nach Berlin kommen, Carl.«

Trotz seiner Ehrerbietung wollte Krantz das nicht ohne jeden Kommentar schlucken. Seine eigenen Verdienste sollten ins rechte Licht gesetzt werden. »Niemals ist jemand ›an der Reihe‹ für den Nobelpreis«, erwiderte er sanft. »Tatsächlich war es bis zum Februar noch nicht einmal sicher, ob er überhaupt nominiert werden würde. Seine früheren Entdeckungen waren überholt und durch modernere entwertet. Und was seine neue Entdeckung betrifft, auf dem Gebiet der solaren Energie, so tauchten darüber Zweifel auf, nicht nur in der *Königlichen Schwedischen Akademie*, sondern bei den namhaften Physikprofessoren auf der ganzen Welt, die zum Nominieren berechtigt sind. Überall herrschte das Gefühl, diese Entdeckung sei noch nicht genug erprobt, es sei noch verfrüht für eine Ehrung. Dieser Widerstand wurde bestärkt durch den Mantel von Geheimnissen, mit dem die Amerikaner seine Entdeckung umgaben. Da keine genauen Informationen zu erlangen waren, neigten viele Schiedsrichter zu der Ansicht: Vielleicht wird die Entdeckung überschätzt. Vielleicht ist sie überhaupt ein Schwindel!«

»Sie ist kein Schwindel, das garantiere ich Ihnen.«

Krantz schaute seinen Freund nachdenklich an. »Wissen Sie das ganz sicher?«

»Wir sind uns sicher«, antwortete Eckart.

»Das war natürlich auch meine Meinung«, sagte Krantz. »Jedenfalls lag Anfang Januar noch keine Nominierung Stratmans vor, und der ganze Plan wurde immer riskanter. Das heißt, wenn niemand ihn nominiert hätte, so hätte ich es in letzter Minute tun müssen. In diesem Fall hätte ich ihn wohl kaum durchbekommen, wie ich freimütig zugebe. Glücklicherweise trafen in elfter Stunde drei schwerwiegende Nominierungen ein, aus Amerika, England, Frankreich –«

»Natürlich«, unterbrach Eckart in ziemlich scharfem Ton. »Sie alle profitieren von seiner Entdeckung. Sie kennen sie genau.«

»Und dann habe ich, zur Verstärkung, meine eigene Nominierung Stratmans eingereicht. Das ergab vier Nominierungen und machte ihn zu einem bevorzugten Kandidaten, aber noch keineswegs zum Favoriten. Noch mindestens drei Kandidaten waren im Rennen, samt Cliquen, die sie unterstützten. Noch nie hatte ich eine schwierigere Aufgabe.«

Dr. Hans Eckart war nicht nur Wissenschaftler, sondern auch Diplomat. Er wußte, wann er jemanden in die Enge treiben und wann er ihn besänftigen mußte. »Verstehen Sie mich nicht falsch, Carl. Ich wollte nur wissen, wie es um Ihre Position stand, als der Kampf begann. Ihre Briefe waren sehr vorsichtig, aber ich vermutete, daß Sie Schwierigkeiten hatten. Wir sind alle überglücklich über Ihre Leistung. Meine Glückwünsche waren keine leere Formalität, sondern aufrichtig gemeint. Wir würden Ihnen diesen Auftrag nicht anvertraut haben, hätten wir nicht von ganzem Herzen an Sie geglaubt.«

»Ich danke Ihnen für Ihr Vertrauen.«

Eckart starrte eine Weile aus dem Wagenfenster auf die frosterstarrte monotone schwedische Landschaft, dann kehrte sein Blick wieder zu Krantz zurück. »Nun aber wüßte ich gern, wie Sie Stratman durchgebracht haben. Sie sagten, es hätte von Anfang an Widerstände gegen ihn gegeben. Wie also setzt ein Mann ohne jede Hilfe einen Nobelpreis für einen anderen durch?«

Krantz fühlte sich geschmeichelt. Jetzt begriff er. Anfangs hatte Eckart seinen Anteil an der Verleihung des Physikpreises herabgesetzt, weil er nicht wollte, daß Krantz übermütig wurde und womöglich zu große Forderungen stellte. Das entsprach ihrer schlauen Taktik, die Krantz seit langem genau kannte. Aber abgesehen von alledem wußten sie, daß er, Carl Adolf Krantz, ein stimmberechtigtes Mitglied der *Königlichen Schwedischen Akademie der Wissenschaft,* tatsächlich Professor Stratman den Preis zugeschanzt hatte – dem Manne also, den sie als den Preisträger dieses Jahres haben wollten.

»Ich will nicht mehr aus mir machen, als ich bin«, begann er bescheiden. »In den letzten Jahren ist es erst dreimal oder auch viermal einem einzigen Schiedsrichter gelungen, einen Minderheitskandidaten ins erste Glied zu schieben. So was muß natürlich sehr vorsichtig geschehen. Gewöhnlich gibt es, vor allem in der Physik, einen Vorzugskandidaten, der alle anderen hinwegfegt, und dagegen läßt sich nichts unternehmen. Das war der Fall, als Wilhelm Röntgen den ersten Physikpreis für seine Entdeckung der X-Strahlen erhielt. So war es, als Enrico Fermi ihn bekam, und ebenso, als Ernest Lawrence den Preis für das Zyklotron erhielt. Bei Albert Einstein dagegen war das nicht so eindeutig. Einflüsse von außerhalb hinderten uns, ihn für seine allgemeine Relativitätstheorie auszuzeichnen. Erinnern Sie sich noch an den deutschen Nobelpreisträger Philipp Lenard? Man erzählte sich damals, Lenard sei Antisemit geworden, als Deutschland den Ersten Weltkrieg verlor. Weil Einstein Jude war, hat Lenard vermutlich gegen ihn opponiert. Lenard zog eine richtige Kampagne gegen Einstein auf, teilte unseren Schiedsrichtern mit, die Relativitätstheorie sei in Wirklichkeit gar keine Entdeckung, sie sei auch noch gar nicht erwiesen und ohne jeden Wert. Das machte unsere Schiedsrichter bedenklich. Sie umgingen Einstein jahrelang, und als sie ihn neunzehnhunderteinundzwanzig zum Physikpreisträger wählten, taten sie es um der weniger bedeutenden Entdeckung des fotoelektrischen Effektes willen. Ich erwähne das nur als Beispiel dafür, daß unsere Schiedsrichter nach der einen wie nach der anderen Richtung hin beeinflußt werden können. Allerdings nur in seltenen Fällen. Wenn ein einziger Mann die Schiedsrichter für oder gegen einen Kandidaten, besonders einen unbedeutenden, beeinflussen will, muß dieser Mann genau wissen, wo die im Wettbewerb stehenden Kandidaten angreifbar sind, und er muß eine unbeschränkte Begeisterung für den Kandidaten hegen, für den er sich einsetzt. Hätten Sie einen anderen Physiker vorgeschlagen als Stratman, würde ich vielleicht die nötige Begeisterung nicht aufgebracht haben. Aber darüber sprachen wir schon in Berlin – Stratman ist ein Kandidat, an den ich von Anfang an geglaubt habe. Sein Speichern von Sonnenenergie wird, davon bin ich überzeugt, das Gesicht der Welt verändern –«

»Ja, gewiß, das ist auch unsere Meinung«, unterbrach ihn Eckart.

»– und so gaben Sie mir einen Namen, der meiner Hingabe würdig war. Nun schön. Das wollte ich nur vorausschicken. Sie haben mich gefragt, wie ein einzelner Mann ohne jede Hilfe einen Nobelpreis für einen anderen durchsetzen kann. Und ich sagte, daß das schon hin und wieder vorkam. Ich werde zu Ihrer Information ein Beispiel nennen. Das spielte sich neunzehnhundertfünfundvierzig in der *Schwedischen Akademie* ab, als sie den Literaturpreis für jenes Jahr vorbereiteten.«

»Literatur!« sagte Eckart und klemmte sein Monokel fest. »Gewäsch!«

»Das müssen Sie mit Alfred Nobel ausmachen«, sagte Krantz aggressiv, aber gleich suchte er seine Entgleisung wiedergutzumachen. »Natürlich bin ich im Grunde Ihrer Meinung. Aber diesen Preis gibt es nun einmal, dazu achtzehn Schiedsrichter, und wie verhilft man nun einem Minoritätskandidaten zum Sieg? Neunzehnhundertfünfundvierzig war das so: Vorzugskandidaten waren in jenem Jahr André Gide, William Faulkner, Hermann Hesse, die alle später den Preis bekamen, und Jules Romains, Carl Sandburg, Benedetto Croce. Es wurde sogar davon gesprochen, Thomas Mann den Preis zum zweitenmal zu verleihen. Während all der Diskussionen und Intrigen um diese Kandidaten verliebte sich einer der Schiedsrichter der Akademie, Hjalmar

Gullberg, ein Dichter, in die Verse einer obskuren Lehrerin in Chile mit Namen Gabriela Mistral. Haben Sie jemals von ihr gehört?«

»Nein.«

»Aber von den andern?«

»Selbstverständlich, Carl. Für was halten Sie mich?«

Eilig fuhr Krantz in seiner Geschichte fort. »Gabriela Mistral war in Mexiko und Lateinamerika veröffentlicht worden, fast nirgendwo sonst. Was Schweden anbelangte, so war sie völlig unbekannt. Sie hatte noch weit weniger Chancen, den Nobelpreis zu bekommen, als Max Stratman! Gullberg versuchte, Gabriela Mistral seinen Kollegen anzupreisen, sie wiesen ihn jedoch kurzerhand ab. Gullberg ließ sich nicht abschrecken, sondern beschloß, den Preis für seine Kandidatin im Alleingang durchzusetzen. Ein gewagtes Unternehmen, das kann ich Ihnen versichern.«

»Das ist mir klar.«

»Gullberg begann ihre besten Gedichte ins Schwedische zu übersetzen – eine schwierige Aufgabe –, und fand dann auch einen geeigneten Verlag dafür. Er machte viel Reklame für Gabriela Mistrals Werk. Er schickte Exemplare davon an alle Mitglieder der *Schwedischen Akademie*. Seine Übersetzungen waren hervorragend, und das hat, im Verein mit geschickter Werbung, meiner Ansicht nach das Blatt gewendet. Gabriela Mistral, eine völlig Unbekannte, eine Außenseiterin, hat, was kein Mensch für möglich halten sollte, den Nobelpreis für Literatur im Jahre neunzehnhundertfünfundvierzig erhalten. Sie sehen also, wie so was gemacht wird.«

Eckart zeigte sich gebührend beeindruckt, und dann fragte er: »Und wie haben Sie es bewerkstelligt, Carl?«

»Da müssen wir bis zu unserer Besprechung in Berlin zurückgehen. Sie hatten mich nach Berlin gerufen, um mich zu fragen, ob es für mich in Betracht komme, den Lehrstuhl für Physik an der Humboldt-Universität zu übernehmen, und ich hatte geantwortet, das sei der Traum meines Lebens. Und Sie sagten, daß bald ein Lehrstuhl frei werden würde, aber Sie wünschten nicht, daß ich schon jetzt auf meine Mitgliedschaft beim Nobel-Physikkomitee der Akademie für Wissenschaften verzichte. Sie sagten, es sei wichtig für Sie, für die Universität, für die Regierung der DDR, daß Max Stratman den Physikpreis erhalte und dadurch veranlaßt werde, nach Stockholm zu kommen. Da Sie meine Verehrung für Stratman und für seine Arbeit kannten, war es Ihnen sicherlich lieber, daß ich in Stockholm blieb, dort meine Schuldigkeit tat, bis Stratman den Preis erhielt. Die Vereinbarung war – wenn ich Ihnen Stratman lieferte, dann würden Sie meine Bewerbung begünstigen.«

Eckart zuckte etwas zusammen. »Ich glaube nicht, daß wir das so plump formuliert haben, Carl.«

Krantz wollte sich nicht so abspeisen lassen. Das war für ihn lebenswichtig. »Das war der Sinn Ihres Auftrags, Hans.«

»Schon gut, ja. Wir respektieren und belohnen unsere Freunde.«

»Ich habe Sie nicht gefragt, warum Sie Stratman in Stockholm haben wollten. Ich war der Ansicht, das gehöre nicht zu unserem – es sei kein Teil unseres Handels.«

»Soviel ich weiß, habe ich Ihnen gesagt, wir wollten ihn hier haben, in der Nähe, in einem freien und neutralen Klima, fern von seinen Entführern und Wächtern, wo wir mit ihm sprechen können – wo ich ihn besuchen kann, als ein alter Freund, nur das war uns wichtig.«

Krantz schwieg einen Augenblick und fuhr dann fort: »Ich versprach Ihnen jedenfalls zu tun, was ich könnte, aber damals habe ich die Schwierigkeiten noch nicht übersehen. Stratman wurde rechtzeitig nominiert, wie ich Ihnen schon sagte, aber das war erst der Anfang. Den ganzen Frühling und Sommer hindurch sammelte ich Stratmans veröffentlichte Aufsätze und übersetzte sie – wie Gullberg – mit aller Sorgfalt, und dann schickte ich sie meinen Kollegen mit persönlichen Anmerkungen zu. Von Kollegen im Ausland suchte ich Einzelheiten über Stratmans neueste Entdeckung zu erfahren, die spezifische Umwandlung und Speicherung der solaren Energie, aber ich rannte gegen eine Mauer. Die amerikanische Geheimhaltung beraubte mich der besten Details. Was ich aber erhielt, waren begeisterte Bestätigungen seiner Entdeckung von Leuten, die das Resultat der Entdeckung und ihren Wert aus eigener Anschauung bezeugen konnten. Diese ganze Korrespondenz habe ich übersetzt und den anderen Schiedsrichtern zum Lesen gegeben. Während des Sommers gelang es mir, zwei Physiker nach Stockholm einzuladen, einen Engländer und einen Russen –«

»Ja, wir waren behilflich, dem Russen die Reise hierher zu ermöglichen.«

«Tatsächlich? Ich fand damals, es sei fast zu leicht gegangen. Das war sehr geschickt von Ihnen. Und er und auch der Engländer, beide Spezialisten für solare Forschungen, hielten wertvolle Vorlesungen – ich sorgte dafür, daß meine Kollegen anwesend waren, und bemühte mich auch darum, daß die Redner Stratman lobend erwähnten; aber in beiden Fällen war mein Hinweis darauf unnötig, denn ihr Lob wäre ohnehin überschwenglich gewesen. Um diese Zeit, glaube ich, waren meine Kollegen hinlänglich orientiert, Stratman war für sie ein Begriff, und zum erstenmal war er ein ernsthafter Kandidat.«

»Das haben Sie gut gemacht.«

»Sie haben erst die Hälfte gehört, Hans. Die entscheidende Arbeit mußte im Herbst getan werden. Bis dahin war meine Arbeit konstruktiv gewesen. Um Stratman aufzubauen. Jetzt änderte ich meine Taktik. Meine nächste Arbeit wurde notwendigerweise destruktiv, um die

Rivalen zu vernichten. In einer Reihe von zwanglosen Lunches mit meinen Schiedsrichterkollegen brachte ich in Erfahrung, daß drei Favoriten vor Stratman an der Spitze lagen. Ich will Sie nicht mit ausführlichen Biographien langweilen. Es genügt, wenn ich erwähne, daß einer von ihnen dieser Norweger mit seinen neuesten Entdeckungen auf dem Gebiet der Gravitation war. Der zweite war der spanische Meteorologe, der Mann mit der neuen Wolkenkammer, der behauptet, er habe es als erster unternommen, das Wetter zu beeinflussen. Die dritten waren ein australisches Team, das Neuerungen im Hochfrequenztransport entdeckt hatte – ich muß gestehen, faszinierend –, ein kompliziertes Verfahren, um unterirdische Kabel unter betonierten Straßen und Eisenbahnschienen zu führen und die Wagen elektrisch anzutreiben.«

»Was war Ihr nächster Schritt, Carl? Wie haben Sie die Konkurrenz sabotiert?«

Diese Frage war Krantz unbehaglich. Eine Weile hielt er schweigend den Blick auf den dreizackigen Stern des Kühlers gerichtet.

»Der Norweger war am leichtesten zu erledigen. Ich schrieb eine Abhandlung – ich muß sie Ihnen zeigen –, in der ich nachwies, daß seine Entdeckung auf dem Gebiet der Gravitation für Schweden nachteilig sein könnte, wenn sie von Norwegen kontrolliert wird. Sie würde unserem Nachbarn zum Beispiel ein unerhörtes Übergewicht im Raketenantrieb geben. Ich wußte, daß dies den nationalen Stolz unserer Schiedsrichter treffen würde. Überdies wies ich, um ihnen den Rückzug zu erleichtern, darauf hin, daß viele der norwegischen Experimente mit dem Wert antigravitätischer Felder nicht nur in der Physik, sondern auch in der Medizin zu tun hätten – Sie wissen, Linderung bei Herzleiden –, und ich wies darauf hin, daß die Kandidatur des Norwegers nächstes Jahr vom Nobel-Medizinkomitee geprüft werden sollte. So erhielt der Norweger nur zwei Stimmen. Was den Spanier mit seiner Wetterbeeinflussung anbelangt, so konnte ich in Erfahrung bringen, daß er ein Falangist ist, und ich machte verschiedene verbannte spanische Wissenschaftler mit unantastbarem Ruf ausfindig und bat sie, sich darüber zu äußern. Ihre Briefe gelangten ›zufällig‹ in die Hände der Leiter unseres Komitees. Ihre Kritik an der Entdeckung des Falangisten war höchst wirkungsvoll, muß ich sagen. Bei den Australiern lag die Sache anders. Ihre Hochfrequenz-Erfindung wurde überall sehr gerühmt. Überdies hätte es in diesem Fall bei einer Preiszuerteilung keinerlei Kontroversen gegeben. Es gab keine Möglichkeit für mich, Zweifel am Wert ihrer Arbeit hervorzurufen.«

»Was konnten Sie sonst tun?«

»Ich konnte sie durch sie selbst erledigen«, sagte Krantz gelassen. »Ich habe hier in Stockholm einen Mann, einen Flüchtling, der schon länger hier lebt. Er ist Ungar. Er hatte im Zweiten Weltkrieg für eine der Achsenmächte als kleiner Spionage-Agent gearbeitet. Ich habe ihn bei verschiedenen Gelegenheiten zu Nachforschungen angestellt und fand ihn recht brauchbar. Er ist gebildet und auf Literatur versessen. Er hat auch ganz gute Verbindungen zur internationalen Presse. Sie füttern ihn mit Leckerbissen, für die er sich mit kleinen Skandalgeschichten revanchiert. Ich kaufte mir ihn, damit er die Australier unter die Lupe nahm. Ich riskierte dabei nichts, weil er auf mich angewiesen ist. Er ist staatenlos, und ich und ein paar andere haben sich um seine Aufenthaltsgenehmigung gekümmert. Zudem braucht er dringend die paar Kronen, die wir ihm hie und da spenden. Ich benutzte ihn, um herauszufinden, daß der spanische Kandidat ein Falangist war. Als ich Informationen über die Australier brauchte, benutzte ich ihn wieder.«

Krantz lächelte selbstzufrieden und berichtete dann weiter: »Die beiden Australier waren Homosexuelle. Wir hatten für Beweise gesorgt, und als letzten Monat die Endabstimmungskonferenz stattfand, ließ ich einen meiner konservativen Kollegen reden – ich hatte ihm die Fakten gezeigt und gesagt, es würde ihn vielleicht interessieren, obgleich ich dächte, das sei kein entscheidender Punkt –, und im kritischen Augenblick platzte er damit heraus und machte es zum entscheidenden Punkt. Professor Max Stratman wurde innerhalb von fünfundvierzig Minuten zu unserem Nobelpreisträger gewählt.«

Eckart schüttelte den Kopf. »Carl, Carl, was bleibt mir da noch zu sagen? Sie sind ein Meister. Nur ungern würde ich mich Ihnen als Kandidat stellen.«

»Sie hätten nichts zu befürchten, Hans. Ich würde Sie begünstigen.«

»So spielt sich das also ab«, bemerkte Eckart nachdenklich.

»In diesem Fall, ja. Für ein zweites Mal könnte ich nicht garantieren.«

»Sie werden für unsere Universität ein glänzender Zuwachs sein, Carl.«

Krantz löste den Blick von der Straße und schaute seinen Gast an. »Wann?« fragte er.

»Bald, bald. Seien Sie ohne Sorge. Jetzt muß ich Stratman sehen. Und Sie beendigen Ihren Nobelzirkus. Dann kehre ich nach Berlin zurück, bespreche mich mit dem Ausschuß, und daraufhin werden Sie bestätigt werden.«

»Muß ich noch so lange warten?«

»Wie lange? Das ist doch nicht lange. Zwei Wochen oder drei. Die Formalitäten erledigen – mehr ist nicht nötig. Ich werde Sie anrufen, und dann werden Sie kommen.«

Eckart faltete die Hände in seinem Schoß und starrte geradeaus. »Stockholm!« sagte er nach einer kurzen Pause.

»Ja, in ein paar Minuten sind wir in der Innenstadt. Übrigens – ich muß Sie daran erinnern, Hans, daß ich Ihr Zimmer im *Grand-Hotel* nur für zwei Tage bestellt habe. Das war gar nicht leicht. Die Stadt ist vollgestopft. Haben Sie die Absicht, länger zu bleiben?«

»Das weiß ich noch nicht sicher, Carl. Vielleicht bleibe ich noch bis zum Zehnten hier. Ich gebe Ihnen morgen Nachricht.«

»Wann werden Sie Stratman sehen?«

»In der nächsten Stunde. Sobald ich mich eingeschrieben habe, lasse ich mich mit seinem Zimmer verbinden. Ich habe ihm telegrafiert. Er erwartet mich.«

»Und Sie sind sicher, daß er Sie sehen will?«

Eckart klemmte sein Monokel fester. »Warum sollte er mich nicht sehen wollen? Sie vergessen, daß Max Stratman, sein Bruder und ich den ganzen Krieg über Seite an Seite im *Kaiser-Wilhelm-Institut* gearbeitet haben. Wir sind Freunde, alte Freunde. Heute wollen wir zusammen lunchen. Wir werden über viele Dinge sprechen. Es soll möglichst gemütlich zugehen. Bestellen Sie bitte gleich einen Tisch für uns. Im *Riche*, denke ich. Das ist wohl das beste Restaurant ... Ja, Carl, haben Sie keine Sorge, Max Stratman freut sich auf dieses Zusammensein.«

Das Restaurant *Riche* an der Birger Jarlsgatan vier, einige Häuserblocks hinter dem *Grand-Hotel*, war eines der teuersten und vornehmsten Lokale Stockholms. Die verglaste Veranda – wo die dezente Musik nur leise und das Stimmengewirr nur gedämpft zu hören war und von der aus man die elegant gekleideten Schweden und Schwedinnen auf der Straße draußen beobachten konnte – war der beliebteste Speiseraum. Und hier waren vor einer halben Stunde Dr. Hans Eckart aus Ost-Berlin und Professor Max Stratman aus Atlanta an ihren Tisch geleitet worden.

Bisher hatte Eckart fast unaufhörlich gesprochen. Stratman betrachtete ihn immer wieder nachdenklich. Sein Gegenüber hatte sich seit dem Kriege nicht auffallend verändert, aber einiges war doch von Grund auf anders geworden: Früher hatte Eckart nicht derartig fahrig und ziellos dahergeredet wie jetzt, und Stratman kam daher zu dem Schluß, daß Eckart nervös sei. Aber da er selber es nicht war, brachte ihn Eckarts Geschwätz nicht aus der Ruhe.

Nachdem Eckart ihm überschwenglich zum Nobelpreis gratuliert hatte, erging er sich in Erinnerungen an die fröhlicheren Seiten der Vergangenheit, die sie gemeinsam erlebt hatten. Er hatte alte Anekdoten aus den Zeiten im *Kaiser-Wilhelm-Institut* aufgewärmt, über ihre Kollegen gewitzelt und erzählt, was aus den Kollegen geworden war, die den Krieg überlebt hatten. Eckart verstand es geschickt, jene grausame Zeit der Gefangenschaft, der Arbeit für den Teufel, so hinzustellen, als seien sie alle Mitglieder eines exklusiven Herrenklubs gewesen und als hätten sie kaum anderes als gute Erinnerungen an jene Zeit.

Nachdem der Kellner die Hauptspeise serviert hatte, war Stratman sich darüber klar, daß er diese künstliche Fröhlichkeit nicht mochte, daß sein Dinnergefährte niemals sein Freund gewesen war, sondern nur jemand, der zwei Jahre lang in das Laboratorium gekommen und wieder gegangen war, und daß er zu alt war, um seine Zeit mit leerem Gerede zu vertrödeln.

»Offenbar erinnern Sie sich mit einigem Vergnügen der Vergangenheit«, begann Stratman. »Das kann ich von mir weniger sagen. Das einzige, was mich an jene Zeit, die wir zusammen verlebten, gern zurückdenken läßt, ist mein Bruder Walther. Sie erwähnten ihn in Ihrem Telegramm. Ich kann mir nicht denken, warum. Vielleicht sind Sie so freundlich, es mir zu sagen?«

Eckart, der es nicht mehr gewohnt war, daß ihm jemand einfach die Pistole auf die Brust setzte, versuchte stirnrunzelnd sein Mißvergnügen zu verbergen. Er hatte gehofft, er könne das Gespräch nach seinen Wünschen lenken, aber nun erinnerte er sich, daß man Stratman oft eigensinnig und ungeduldig genannt hatte. Er tat so, als müsse er sich seine Antwort zurechtlegen, während er eine Schnitte Roastbeef nahm.

»Was wissen *Sie* über Walthers Tod?« fragte er.

»Nicht viel. Als ich mich in England aufhielt, bevor ich nach Amerika emigrierte, benachrichtigten mich die Engländer, daß Walther unmittelbar nach meiner Flucht wegen seiner Beihilfe vom MWD verhaftet und in ein sibirisches Arbeitslager deportiert worden sei. Dort starb er einen oder zwei Monate später, oder er wurde umgebracht – darüber weiß ich nichts Genaues –, während ich mich noch in der Obhut der Amerikaner befand. Das wäre alles.«

»Man hat Sie falsch informiert«, sagte Eckart.

»Wirklich?«

»Ohne jeden Zweifel, alter Freund. Die Engländer haben Sie belogen. Sie wollten sich Ihren Haß zunutze machen. Sibirien? Arbeitslager? Was für eine unsinnige Geschichte das ist! Nein, glauben Sie mir, ich kenne die Tatsachen. Walther wurde nicht nach Sibirien geschickt, sondern in ein Laboratorium für Kernphysik, hundert Kilometer von Moskau entfernt. Als seine Vergangenheit überprüft wurde, entdeckte man – durch einen Aufsatz, den er veröffentlicht hatte –, daß er ein Experte für Beulenpest war. Sofort wurde ihm eine bessere Stellung geboten. Man bat ihn, sich einem Team von Forschern anzuschließen, das sich unter der Leitung des bekannten Dr. Viktor Glinko mit Experimenten für die biologische Kriegführung abgab, mit Bakterienbomben: in diesem Fall mit der Möglichkeit, die Beulenpest vorzutäuschen, die dreizehnhundertachtundvierzig fünf Millionen Menschen in

Frankreich und England tötete. Während der ersten Experimente gab es ein Unglück, viele wurden getötet, und Walther gehörte zu denen, die vermißt und für tot gehalten wurden. Ich gebe Ihnen mein Wort, Max, und ich glaube, Sie werden erleichtert sein, das zu wissen. Walther ist nie verhaftet oder zu Sklavenarbeit gezwungen worden. Er war begeistert von diesem neuen Gebiet. Er hat sich freiwillig gemeldet und alle Kraft dafür eingesetzt, sich aus einem Physiker in einen Bakteriologen zu verwandeln. Er wurde bis zum Schluß mit aller Rücksicht behandelt und allem Komfort umgeben. Und warum auch nicht? Sie wissen, wie sehr die Sowjets Wissenschaftler respektieren.«

»Er hat sich also freiwillig dazu gemeldet, Bakterienbomben herzustellen?«

»Ja.«

»Ich bedaure, aber das glaube ich Ihnen nicht. Ich denke, ich kannte meinen älteren Bruder besser, als Sie ihn kannten. Zu so etwas hätte er sich nie hergegeben.«

»Lassen wir das also. Ich verstehe Ihre Liebe zu ihm, aber das ist alles lange her. Als Forscher stand er über der kleinlichen Politik. Es war eben ein Auftrag, und war er nicht stets an diesen Dingen interessiert gewesen? Ich habe einen Abdruck seines wissenschaftlichen Aufsatzes über die Beulenpest gelesen –«

»Kindischer Zeitvertreib«, unterbrach ihn Stratman. »Er schrieb diesen törichten Aufsatz, als er Anfang Zwanzig war. Geschichtliche Unglücksfälle waren sein Hobby, und aus Spaß, aus Sensationslust – oh, vielleicht weil er Aufmerksamkeit erregen wollte, seine Neigungen waren damals dieser Art – richtete er sein wissenschaftliches Interesse auf die Beulenpest von dreizehnhundertachtundvierzig. Das ist nur ein kindliches Spiel. Aber den Schwarzen Tod für die Russen auf Flaschen zu ziehen, das ist etwas ganz anderes. Nein, ich kann das nicht glauben.«

»Sein sogenanntes Kinderspiel war eine recht tödliche Waffe«, sagte Eckart mit Nachdruck. »Die Russen sahen das, und auch ich sah es, als ich Walthers Aufsatz las. Ich meine damit nicht die geschichtliche Tatsache – alle Einzelheiten über die Beulenpest, der ein Drittel der Bevölkerungen Frankreichs und Englands zum Opfer fielen. Ich meine Walthers prophetische Theorien über die Möglichkeiten, eines Tages biologische Kräfte dafür einzusetzen, künstlich die gleichen Epidemien hervorzurufen, wie sie einst durch die Beulenpest und die Lungenpest hervorgerufen wurden.«

»Ich wiederhole – nichts als jugendliche Geltungssucht. Sie war seine einzige Schwäche. Walther war viel zu gütig, viel zu menschenfreundlich –«

»Lassen wir das ruhen. Es ist nutzlos, länger darüber zu streiten. Aber das werden Sie nicht ableugnen, mein Freund – Walther hat mit uns während des Krieges an der nuklearen Spaltung gearbeitet.«

»Natürlich tat er das, ebenso wie ich. Wir taten es, weil wir genau wußten, das Programm war so gelähmt durch Hitlers Politik, so bar aller großen Möglichkeiten, daß Deutschland niemals zu einer Atombombe kommen würde, bevor das Reich zerschlagen war. Wäre das nicht so völlig gewiß gewesen, so wären Walther und ich lieber in Hitlers Gasöfen umgekommen, als unsere Mitarbeit zur Verfügung zu stellen. Sogar dann, wenn Walthers Frau und seine Tochter dabei umgekommen wären!« Stratman schnaubte vor Zorn. »Auch so kam Walthers Frau in Auschwitz um – und für nichts.«

Eckart setzte rasch eine teilnahmsvolle Miene auf. »Das alles war entsetzlich – und es stimmt schon: für nichts. Ich verabscheue diese Nazibande so sehr wie –«

»Was verstehen Sie darunter – Nazibande? Es war die Schuld aller – nicht nur der Wahnsinn einer politischen Partei.«

»Kommen Sie, Max, das glauben Sie ja selber nicht, mögen Sie auch noch so verbittert sein. Die Menschen sind Schafe. Sie leben in den Tag hinein und haben keine Ahnung, was rings um sie vorgeht. Jeder lebt nur in seinem Heim, in seinem Häuserblock, nichts sonst existiert wirklich für ihn.«

»Es waren Tausende dazu nötig, um die Knochen aus jenen Gasöfen herauszuschaufeln, und Millionen, um die *Wehrmacht* aufzustellen. Aber wie dem auch sei: die Russen sind jedenfalls nicht besser. Und nun haben wir ein hübsches Märchen, um die Überlebenden zu besänftigen: Walther wurde sehr höflich behandelt, und er starb glücklich in Erfüllung seiner Pflicht. Sind das die Neuigkeiten, die Sie mir überbringen wollten?«

»Es tut mir leid, daß Sie mir nicht glauben.«

»Ich wollte, ich könnte es«, sagte Stratman. »Aus welcher Quelle beziehen Sie überhaupt diese Nachrichten?«

»Wie Sie wissen, bekleide ich ein paar Stellungen von einiger Wichtigkeit in Ost-Berlin. Ich habe Zugang zu vielen Akten, welcher Art auch immer. Ich nahm mir vor, herauszufinden, was aus unseren alten Kollegen vom *Kaiser-Wilhelm-Institut* geworden ist. Ich dachte, ich könne sie alle zusammenbringen – für friedliche nukleare Forschungen.«

»Und dabei stießen Sie auf Walthers Todesanzeige?«

»Auf seine ganze Geschichte. Und auch auf seine Todesanzeige, wie Sie es nennen. Sehen Sie, lange Zeit, nachdem wir von dem Unglücksfall gehört hatten, der Explosion in Dubna in der Nähe von Moskau, und die Liste der Toten und Vermißten gesehen hatten – mehrere unserer alten Kollegen kamen dabei ums Leben –, hegten einige von uns die Hoffnung, daß die Vermißten nicht tot, sondern irgendwohin verschwunden, vielleicht auch geflüchtet seien und wir sie eines Tages lebendig wiedersehen würden. Leider hat sich die Hoffnung nicht erfüllt. Denn nun muß ich Ihnen sagen, daß unter den Papieren, die ich fand, einige noch nicht übersetzt waren – und eines davon, schon einige Jahre alt, bestätigte offiziell Walthers Tod. So, das war's.«

»Das ist also Ihr großartiger Fund!« sagte Stratman bitter.

Eckart nickte feierlich, als erweise er diese Ehrerbietung einem Verstorbenen. »Ja, das und noch ein wenig mehr.« Er griff unter den Stuhl nach seiner Aktentasche. Stratman hatte diese Tasche vergessen. Aktentaschen gehörten so sehr zur Ausrüstung eines Deutschen, daß man ihnen keinerlei Beachtung schenkte. Während Eckart die Tasche öffnete, fuhr er fort: »Ich hörte, daß Walthers Tochter wohlauf und bei Ihnen in Amerika ist.«

»Woher wissen Sie das?« fragte Stratman rasch.

Dr. Hans Eckart lächelte. »Ich lese doch die Zeitungen. Sie vergessen, daß Sie eine Berühmtheit sind. Nun, es gelang mir – was gar nicht leicht war –, ein paar von Walthers persönlichen Besitztümern sicherzustellen. Ich ließ sie nach Berlin zurückschicken, weil ich, genau wie Sie, ein gefühlsbetonter Mensch bin. Ich hatte Ihren Bruder ins Herz geschlossen.«

Stratman stocherte stumm an seinem Roastbeef herum.

»Und als ich erfuhr, daß seine Tochter noch lebte, war mein erster Gedanke, sie würde sich über dieses Andenken freuen.«

Aus der Aktentasche hatte er eine frisch polierte, aber verbeulte Armbanduhr gezogen, einen zerlesenen Talmud, ein vergilbtes, auf steifen Karton geklebtes Foto von Walther, Rebecca und Emily – sie war zwei Jahre alt auf dem Bild – und ein schadhaftes emailliertes Zigarettenetui mit den Initialen W. S., das Walther vor dem Krieg von seinen damaligen Arbeitgebern zum zehnjährigen Jubiläum seiner Mitarbeit als Ingenieur zum Geschenk erhalten hatte.

Während Stratman diese Gegenstände einen nach dem andern entgegennahm, füllten sich seine Augen mit Tränen, und sein Herz klopfte, als wolle es zerspringen. Langsam steckte er die Armbanduhr, den kleinen Talmud, das Zigarettenetui in seine Taschen und legte das Foto mit der Rückseite nach oben neben seinen Teller.

»Es tut mir sehr leid«, sagte Eckart. »Ich versuchte, Ihnen einen Gefallen zu tun.«

»Vielen Dank«, sagte Stratman aufrichtig. »Wir wollen jetzt essen.«

Sie aßen fünf Minuten lang, ohne zu sprechen, bis Eckart sah, daß Stratman sich wieder gefaßt hatte.

»Sie sagten vorhin, Sie hätten keinerlei gute Erinnerung an die Vergangenheit. Lassen Sie uns daher die Vergangenheit vergessen. Wir leben in der Gegenwart, und da bleibt uns sehr viel zu tun.«

Stratman nickte und kaute, ohne zu antworten.

»Ich bin jetzt eins der ältesten Mitglieder des Lehrkörpers der Humboldt-Universität«, sagte Eckart. »Wußten Sie das schon?«

»Nein.«

»Die Zukunft liegt in den Händen der Wissenschaft, und ich bin ein Wissenschaftler. Ich sorge mit dafür, daß die Universität das umfassendste Grundlagenforschungsprogramm der ganzen Welt erhält. Wir versammeln bei uns führende Geister aller Länder. Möchten Sie gerne etwas von unseren Plänen erfahren?«

»Nicht unbedingt«, sagte Stratman. »Für mich ist das hier ein Ferienaufenthalt, keine Geschäftsreise.«

Mühsam zwang sich Eckart zu einem verständnisvollen Lachen. »Natürlich, Sie haben recht. Aber ich selbst bin neugierig. Welche Pläne haben Sie?«

»In welcher Hinsicht?«

»Auf dem Gebiet, auf dem Sie arbeiten. Sie haben die Umwandlung und Aufspeicherung der Sonnenenergie vervollkommnet. Was haben Sie nun vor?«

»Ich werde ein Diener der Sonne bleiben.«

»Für friedliche Zwecke, wie ich hoffe?«

»Wer behauptet, die Energie, die wir jetzt zum Antrieb von Raketen benutzen, sei nicht für friedliche Zwecke?« Stratman schob seine Brille auf die Stirn und blickte Eckart zornig an. »Ich denke, meine Entdekkung wird für den Frieden sorgen. Und die Arbeit, die ich für die Zukunft plane, wird ihn doppelt sichern.«

»Ich kann Ihnen nicht sagen, wie glücklich mich das macht – zu wissen, daß wir beide auf das gleiche Ziel hinarbeiten. Das macht es mir leichter, einen Gedanken zu äußern, der mir gekommen ist.«

»Ja?«

»Ich möchte, daß Sie mich aufmerksam anhören. Lassen Sie mich bitte zu Ende sprechen.« Er machte eine Pause, dann fragte er: »Haben Sie jemals daran gedacht, wieder in das Vaterland zurückzukehren?«

Stratman schaute auf. »Wie meinen Sie das? Ihre Umschreibungen machen eine offene Unterhaltung schwierig. Wovon sprechen Sie?«

»Von einer hohen Position – einer der höchsten – für Sie in Ost-Berlin. Sie würden in Ihrer Fakultät der angesehenste Wissenschaftler an der Humboldt-Universität sein. Wir würden Ihnen ein Heim nach Ihrer Wahl zur Verfügung stellen und ein privates Laboratorium. Und Ihnen ein dreimal so hohes Gehalt offerieren, als Sie jetzt bekommen. All das, um Sie wieder in das Land Ihrer Geburt zu bringen. Zum erstenmal in Ihrem Leben würden Sie für sich selber arbeiten, vollkommen frei ...«

Stratman legte Gabel und Messer auf den Tisch.

»Sie meinen, ich solle dem Westen die Treue brechen und mich den Kommunisten anschließen?«

»Kindischer Unsinn – Kommunismus, Kommunismus! Sie überfüttern euch mit diesem Quatsch in Amerika. Wer kümmert sich um den Kommunismus? Bin ich etwa ein Kommunist? Ganz gewiß nicht. Ich bin ein deutscher Bürger und ein deutscher Wissenschaftler, das ist die beste Religion, und der gehören auch Sie an.«

»Tue ich das? Noch vor kurzem dachte man anders darüber. Vor kurzem war meine Religion jüdisch, nicht deutsch.«

»Wir hatten nichts zu schaffen mit diesen Verbrechern.«

Stratman schüttelte melancholisch den Kopf.

»Ich liebe Deutschland nicht mehr ... Ich liebe meine Jugendzeit. Daß ich sie in Deutschland erlebte, war ein Zufall. Ich hätte genauso irgendwo anders geboren werden können.«

Eckarts Gesicht zeigte Erstaunen.

»Ich kann Ihnen das nicht glauben.«

»Es ist so. Aber angenommen, das alles wäre tatsächlich nur Bitterkeit über das, was geschehen ist. Angenommen, ich wollte eines Tages in die frühere Heimat zurückkehren ... Das würde im hier zur Debatte stehenden Fall nicht Deutschland sein, sondern Sowjetdeutschland.«

»Das ist doch alles nur Propaganda.«

»Wer bezahlt Ihnen Ihr Gehalt? Wer würde meines bezahlen an Ihrer Universität?«

»Die deutsche Regierung, natürlich.«

»Die *ost*deutsche Regierung, meinen Sie. Östlich vom Brandenburger Tor herrschen Rußland und der Kommunismus. Das ist Ihre oberste Regierung. Sie sind zur unrechten Zeit zu mir gekommen. Sie sehen – ich bin verdorben worden! Ich denke und rede, was ich will, ich lese, was ich will, und tue, innerhalb des Gesetzes, was ich will – und wenn man die Freiheit kennengelernt hat, läßt man sie nicht mehr.«

Eckart preßte seine Lippen zusammen.

»Diese Ihre Freiheit –«, sagte er dann, »halten Sie mich für einen Provinztrottel? Ich habe Bilder gesehen von Ihren Slums, von Ihren unzähligen Arbeitslosen, von Schwarzen, die auf den Straßen geprügelt werden. Und die Knechtung der Wissenschaft – Oppenheimer – all die andern – ist das Ihre Freiheit? Ich versichere Ihnen, eine solche Barbarei, solch primitive Lebensbedingungen werden Sie in der DDR nicht finden.«

Stratman schob seinen Teller zurück.

»Die Freiheit brütet ihre eigenen Krebsschäden aus«, sagte er. »Der Farbige war einst ein Sklave, bald aber wird er frei sein. Unter dem Kommunismus werden die Deutschen weder zu unseren Lebzeiten noch später frei sein. Wir in Amerika haben Hoffnung. Ihr habt keine.«

»Ich möchte mich nicht mit einem alten Freund streiten. Ich will nichts mit Politik zu tun haben, und Sie auch nicht. Ich möchte Sie bei uns haben, das ist alles. Nicht in Rußland, nicht in Amerika. In Deutschland. Und wenn es, aus persönlichen Gründen, nicht Deutschland sein kann, so bin ich zu einem Kompromiß bereit. Wir lassen Sie Ihre Arbeit in einem neutralen Klima tun – in Schweden, in der Schweiz, wo Sie wünschen – unter der Bedingung, daß Sie für uns arbeiten. Warum? Weil die Arbeit für Amerika oder Rußland keine Arbeit für den Frieden ist. Aber wenn Sie für Ihr Vaterland arbeiten, das sich mit aller Kraft für den Frieden einsetzt – das hat Sinn für uns alle.«

Stratman seufzte. »Verschwenden Sie nicht länger Ihre Beredsamkeit an mich. Ich sehe, Sie haben diesen Lunch nicht arrangiert, um über Walther zu sprechen, sondern um mich für Ihren Plan zu gewinnen. Es ist zwecklos. Wenn ich von Ihnen Geld annähme, könnte ich weder vor mir selber noch vor meiner Nichte Emily noch vor der Erinnerung an Walther und Rebecca bestehen. Ich bin ein Amerikaner geworden, und das werde ich bleiben bis zum Ende meiner Tage.«

Eckarts Gesichtsausruck hatte Erregung der verschiedensten Grade gezeigt, aber nun zwang er seine Miene zu freundlicher Resignation.

»Nun gut. Ich respektiere Ihre Gefühle. Sie können mir aber nicht verübeln, daß ich den berühmtesten Physiker der Welt zu gewinnen suchte, oder? Ihr Werk ist so wichtig, daß ich nur hoffe, es dient dem Frieden.«

»Lassen Sie das meine eigene Sorge sein.«

»Wie lange wollen Sie in Stockholm bleiben?«

»Bis zum Tag nach der Zeremonie – das ist der Elfte, glaube ich –, nur damit ich noch Zeit habe, meinen Scheck einzulösen. Dann nehme ich Emily vielleicht für eine Woche mit nach Paris. Jedes Mädchen sollte einmal Paris sehen. Von da aus geht es zu Schiff nach Hause. Es wartet dort viel Arbeit auf mich. Und Sie?«

»Ich habe hier noch einiges zu tun. Vielleicht bleibe ich noch ein paar Tage länger.« Er zögerte, dann fuhr er fort: »Übrigens, wenn Sie je Geld brauchen sollten und es sich anders überlegen –«

»In meinem Alter? Ich habe mein Gehalt, das sehr großzügig ist, und jetzt noch Nobels Legat.«

In diesem Augenblick haßte Eckart den Nobelpreis, der ironischerweise Stratman die völlige Unabhängigkeit geschenkt hatte; gleichzeitig aber war der Preis dazu notwendig gewesen, Stratman überhaupt hierherzubringen, damit versucht werden konnte, ihn zu gewinnen.

»Es ist nun einmal so, daß Menschen ihre Meinungen ändern«, sagte Eckart hoffnungsvoll. »Vielleicht kann ich eines Tages einen höheren Anreiz bieten.«

»Niemals hoch genug.«

»Ich hoffe doch. Wir werden es sehen ... Möchten Sie einen Nachtisch?«

Stratman schüttelte den Kopf. »Nein. Ich glaube, ich habe schon alles gehabt, was ich an einem Tag verdauen kann.«

Bis auf die unzulänglichen Lichtkreise der Straßenlampen war die Innenstadt von Stockholm am späten Nachmittag, als Craig von der Halle der Börse in sein Appartement im *Grand-Hotel* zurückkehrte, stockdunkel.

Die letzte Vorlesung war erfolgreich, aber anstrengend gewesen. Trotz seiner körperlichen Erschöpfung fühlte er sich zufrieden. Der Empfang, der ihm von den Studenten und ihren Professoren bereitet worden war, hatte seinen Schriftstellerstolz gestärkt, und er stützte auch den zerbrechlichen Bau, den Jacobsson in der *Schwedischen Akademie* auf den Ruinen seines alten Selbst für ihn errichtet hatte. Vor allem aber trug die Erinnerung an einen zwanglosen Lunch mit Emily, im Appartement der Stratmans, zu seinem jetzigen Wohlbehagen bei. Nach und nach gewann er Emilys Vertrauen, und zum erstenmal seit drei Jahren genoß er die Gesellschaft einer jungen Frau, die ihn anzog. Er hatte sich heute nachmittag geschworen, er werde sich nie wieder dem Trunk ergeben.

Die Tatsache, daß er nun, sich behaglich auf dem Sofa in seinem Wohnraum rekelnd, einen doppelten Scotch mit Soda in der Hand hielt, war keinesfalls ein Bruch dieses Gelöbnisses. Es war der normale Craig aus den fernen Zeiten mit Harriet, der sich – wie so viele Männer – vor Tisch mit einem doppelten Whisky entspannte; das war alles.

Er genoß es, endlich einmal allein zu sein. Natürlich hätte er sehr gern mit Emily zu Abend gegessen, aber sie hatte ihrem Onkel versprochen, ihn und Mitglieder der *Königlichen Schwedischen Akademie der Wissenschaft* in die Oper zu begleiten. Und von Leah hatte er eben erst eine Nachricht in der Hotelhalle vorgefunden, daß sie mit Manker zum Essen gegangen sei und anschließend, genau wie Emily, die Oper besuchen werde. Er war froh, daß er heute abend Leah nicht mehr zu sehen brauchte, daher segnete er die Oper und trank behaglich seinen Whisky.

Er genoß es, allein seinen Gedanken nachhängen zu können. Und er genoß seinen Drink, denn es würde der einzige sein heute abend. Was würde er mit diesem freien Abend beginnen? Er würde am Zeitungsstand unten in der Halle ein paar amerikanische Zeitschriften kaufen, an einem ruhigen Tisch im Wintergarten essen und dann in sein Appartement zurückkehren – den Pyjama anziehen, ins Bett kriechen, ein paar Einfälle zu *Rückkehr nach Ithaka* notieren, die ihm in den beiden letzten Tagen gekommen waren, und dann eine neue englische Bibliographie über Kierkegaard lesen, die ihm die Studenten von Uppsala geschenkt hatten. Sicher würde er gut schlafen und früh und erfrischt aufwachen, so daß er Emily zum Frühstück und zu einem langen Spaziergang abholen konnte.

Er wollte eben ins Badezimmer gehen, als er glaubte, es habe jemand an die Tür geklopft. Er horchte. Das Klopfen wiederholte sich. Er eilte zur Tür und öffnete.

Eine junge Dame stand im Korridor. »Hello, Mr. Craig«, sagte sie.

Er erkannte sie nicht. Ein Robin-Hood-Hut verdeckte fast ihre Ponyfrisur. Ihre Nase erinnerte an den Schnabel einer Seemöwe. Ihre Lippen waren nur ein dünner Strich. Als sie sich anschickte, sich nochmals vorzustellen, zwinkerte sie, so daß Craig sie an diesem Tic plötzlich erkannte. »Erinnern Sie sich nicht mehr?« fragte sie. »Ich bin Sue Wiley von den *Consolidated Newspapers.*«

Er erinnerte sich und hätte ihr am liebsten die Tür vor der Nase zugeschlagen, aber für eine solche Unhöflichkeit war er zu nüchtern. »Was kann ich für Sie tun?« fragte er kühl. »Oder sind Sie gekommen, um sich zu überzeugen, ob ich mich noch geradehalten kann?«

»Es tut mir leid, daß Sie sich darüber so geärgert haben, Mr. Craig. Das ist eben mein Beruf. Wie soll ich zu Storys kommen, wenn ich keine Fragen stellen darf?«

»Ich habe nicht die Absicht, Sie hereinzubitten«, sagte Craig, »und ich werde auch nicht mehr lange hier stehenbleiben. Sagen Sie mir, was Sie wünschen.«

»Ich habe jemand unten in der Halle, der Sie kennenlernen möchte – jemand, den, wie ich glaube, auch Sie kennenlernen möchten –«

»Wer ist das?«

»Ich glaube mich recht zu erinnern, daß Sie unter anderem bei Ihrer Pressekonferenz Gunnar Gottling als den begabtesten Schriftsteller Schwedens rühmten. Er sitzt in der Halle. Ich versprach, ihn mit Ihnen bekannt zu machen.«

Nun war Craig interessiert. Trotzdem zögerte er. »Was hat Gottling mit Ihnen zu tun?«

»Ich bin dabei, alle prominenten Schweden über ihre Einstellung zu den Nobelpreisen zu interviewen. Heute nachmittag hatte ich mich mit Gottling verabredet. Er ist ein großartiger Unterhalter und steckt voller interessanter Neuigkeiten. Natürlich kamen wir auch auf Sie zu sprechen, und er hatte eine Masse über Sie und die Literaturpreise zu sagen. Er wollte Sie gern kennenlernen, und ich schlug vor, daß wir zu dritt zu Abend essen könnten. Also fuhr er mich hierher –«

»Miss Wiley, nichts wäre mir lieber, als mit Gunnar Gottling zusammen zu sein. Aber nicht in Ihrer Gegenwart, vielen Dank.« Sue Wileys geschultes Gehirn überlegte, berechnete und entschied sehr rasch. Sie fütterte die Maschine Gottling. Sie fütterte die Maschine Craig. Sie fütterte die eigene Maschine. Die Kombination ging offensichtlich nicht auf. Also mußte sie sich selbst abziehen. Wenn sie die Story nicht aus erster Hand kriegen konnte, dann eben aus zweiter Hand. Gottling würde ihr das Ergebnis morgen mitteilen.

»*All right*, Mr. Craig«, sagte sie. »Wenn Sie mich nicht dabeihaben wollen, so kann ich nichts dagegen tun. Ich habe meine Story von Gottling schon bekommen, daher ist es egal. Ich werde die selbstlose Helferin spielen und hoffe, Sie geben mir dafür eine gute Note in Ihrem Zeugnisbuch. Ich stelle Sie beide einander vor und mache mich selbst rar. Was halten Sie davon?«

Craig blieb mißtrauisch.

»Sie werden sich rar machen? Was heißt das?«

»Ich werde mich aus dem Staub machen. Ich werde abhauen. Notfalls hänge ich mich auf, falls Sie das wünschen.«

Craig mochte Sue Wiley noch immer nicht, aber er konnte nicht länger argwöhnisch sein. Ein Zusammensein mit Gottling an einem freien Abend war zu verlockend. Er bewunderte Gottlings ungehemmte, sinnliche, frenetische Prosa. Der Schriftsteller Craig war zu neuem Leben erwacht, diese Existenz galt es zu kräftigen. »Okay«, sagte er. »Ich will nur meinen Mantel holen.«

Gunnar Gottling lief ungeduldig um einen Tisch am Ende der Halle herum, die Hände auf dem Rücken verschränkt, ohne auf die neugierigen Blicke der flüsternden Gäste zu achten. Craig sah einen mittelgroßen Mann mit einer exzentrischen Pelzmütze und einem schäbigen Pelzmantel. Als sie näher kamen, nahm Craig ein wildes Kosakengesicht wahr: eine niedrige Stirn, buschige Augenbrauen, tiefliegende braune, blutunterlaufene Augen. Der Schnurrbart war kein Lippenschmuck, sondern ein wilder Busch, der den Mund und einen Teil der Wangen bedeckte. Der Brustkasten war so breit wie ein Kleiderschrank, und sein Rock war übersät mit Flecken und Zigarettenlöchern.

»Mr. Gottling«, sagte Sue Wiley, »Mr. Craig.«

Gottling brummte und hustete, als er Craigs Hand ergriff und sie fast zermalmte. »Sososo«, grunzte er, während Sue Wiley versuchte, beide Männer gleichzeitig zu beobachten.

»Ich habe zwei Ihrer Bücher mit großer Freude gelesen, Mr. Gottling«, sagte Craig.

»Sie sind ein guter Leser«, erwiderte Gottling. »Über Ihr Schreiben werden wir uns nachher unterhalten. Zuerst müssen wir etwas trinken.« Er warf einen Blick über die Halle und rümpfte verächtlich die Nase. »Hier stinkt es. Das ist was für die Satten. Gehören Sie auch dazu, Mr. Craig?«

»Ich weiß nicht recht, wie Sie das meinen?«

»Aufgebläht vor Sicherheit und Selbstzufriedenheit!«

»Kaum«, erwiderte Craig.

»Hoffentlich macht Sie dieser Nobelpreis nicht dazu. Das ist Teufelsgeld. Es liefert Sie der Konformität, dem Genuß, dem Geschäftssinn aus. Kein Preisträger hat jemals mehr ein ehrliches Wort geschrieben, nachdem er das Geld bekommen hatte. Dieser Ort stinkt. Wo wollen wir trinken und essen?«

Sue Wiley schaute Craig an und sagte rasch: »Zählen Sie nicht auf mich, Mr. Gottling. Arbeit, Arbeit, Sie wissen ja –«

Gottling stierte Sue Wiley an. »Was meinen Sie damit – Arbeit? Davon wird eine Frau häßlich. Das beste, was Sie tun können, junge Frau, ist, auszugehen und sich für einen Mann hinzulegen.«

Gottlings Stimme dröhnte wie ein Gong, so daß viele Leute in der Halle sich mit großen Augen erschreckt umschauten. Craig wäre am liebsten unter den Tisch gekrochen, doch Sue Wiley, an die rauhe Sprache der Presseleute gewöhnt, zuckte nicht mit der Wimper. »Mr. Gottling, vielen Dank für Ihren Ratschlag, aber ich liebe meine Arbeit. Und schönen Dank für das Interview. Es war Klasse. Ich hoffe, wir sehen uns noch mal. Schönen guten Abend, Mr. Craig.«

Sie entfernte sich würdevoll.

»Aufgedreht und geschlechtslos«, brummte Gottling ihr nach. »Typische Amerikanerin.«

»Wenn sie typisch wäre, würde ich meine Staatsbürgerschaft aufgeben«, sagte Craig. »Ich gebe Ihnen mein Wort, daß sie das nicht ist.«

»Nicht? Wirklich nicht? Mit wieviel amerikanischen Frauen haben Sie geschlafen, Craig?«

»Keine Ahnung. Mit einem Dutzend. Zwei Dutzend. Ich habe es noch nicht gezählt.«

»Ich meinerseits habe gezählt. Erst nach den ersten hundert hörte ich mit dem Zählen auf. Sie sind alle gleich, völlig gleich, mit Ausnahme der Polinnen. Alles dasselbe.« Er schnaubte. »Jetzt weiß ich, wo wir auftanken. Schon mal im *Djurgårdsbrunns Wårdshus* gewesen?«

»Ich bin nicht sicher.«

»Wenn Sie dort gewesen wären, wüßten Sie's. Beste Kneipe in ganz Schweden. Fünfzehn Minuten von hier, draußen im Park. Kommen Sie, ich habe meinen Wagen da.«

Ein paar Minuten später waren sie unterwegs zur Peripherie der Stadt.

»Gefällt Ihnen mein Englisch?« rief Gottling nach einer Weile, während er eine Kurve nahm.

»Man könnte meinen, Sie hätten in den Vereinigten Staaten gelebt.«

»Wo auch sonst? Sechs Jahre in Ihrem lausigen Land – damals als ich noch ein junger Bursche war. Ich heuerte von einem norwegischen Frachter ab und schlug mich bis nach Chicago durch. Arbeitete in den Viehhöfen und als Anwerber und als Mixer in einer Spielhölle auf der South Side. Meine freien Tage verbrachte ich im Comiskey Park, ich soff und lärmte mit den andern, und jede Nacht hatte ich ein farbiges

Mädchen. Haben Sie bei denen schon mal Ihr Glück versucht, Craig?«

»Nie. Mangel an Gelegenheit.«

»Sie haben nichts versäumt. Sie riechen gut und sie haben große Brüste und sie machen schön mit, aber sie werden überschätzt. Die weißen Boys erwarten zuviel. So hat man nicht mehr von ihnen als von den weißen – die Polinnen ausgenommen, sie sind ein Sonderfall. Sie haben den Teufel im Leib.«

»Sagen Sie, weshalb gingen Sie in die Vereinigten Staaten, Gottling?«

»Wie ich schon sagte, ich war ein junger Bursche. Unternehmungslustig. Und ich hatte eine Masse gelesen. In jener Zeit war Schweden nichts für arme Schweine. Das war noch vor diesem phantastischen Wohlfahrtsstaatsquatsch. Zu jener Zeit waren die faulen Halunken oben und die fleißigen Sklaven unten. Ich wollte wo sein, wo ich meine Muskeln gebrauchen und ich selber sein konnte. Dafür kam nur Rußland in Frage oder die Vereinigten Staaten. Nun, ich hatte keine Vorliebe für diese Bolschewiken, damals nicht und auch heute nicht. Kein lausiger Kommissar wird jemals Gunnar Gottling befehlen, was er zu tun hat. So nahm ich Kurs Vereinigte Staaten. Aber das war auch Quatsch. Prohibition und Puritaner und Blaustrümpfe. Und die Armen blieben arm und die Reichen wurden reicher. Demokratie. Ha!«

In der Dunkelheit des holpernden Wagens schaute Craig diesen freimütigen, zornigen Mann an. »Ich weiß, wogegen Sie sind, Gottling. Aber wofür sind Sie?«

»Für Anarchie, ganz einfach. Zurück zu den Sippen und absolute Freiheit. Ihr gilt meine Untertanentreue, ihr und der Republik Gottling. Drei gutgläubige Bürger gibt es in der Republik Gottling – mich und mich und nochmal mich. So weit meine Autobiographie, komme übrigens nie dazu, sie zu schreiben.« Er fuhr schweigend weiter, dann meinte er: »Sie sagten, Sie hätten meine Bücher gelesen, Craig. Welche?«

»Die beiden, die in Englisch veröffentlicht wurden. Das von dem Lapplandmädchen, das nach Stockholm kommt, und das von dem Bauern, der eine Stellung in – in Malmö, glaube ich, bekommt und seine Familie in die Kooperativ-Siedlung bringt.«

»Gefielen Sie Ihnen?« fragte Gottling ohne Umschweife.

»Ich sagte Ihnen ja, sie sind verdammt gut. Ein bißchen lang, ein bißchen grob, aber glänzend.«

»Sie haben verteufelt recht. Ich wünschte, ich könnte das gleiche über Ihre Bücher sagen.«

Craig erstarrte. »Sagen Sie, was immer Sie zu sagen haben. Nur zu, bitte!«

»Sie sind ein Federgewicht, Craig. Sie haben Angst, wenn Sie schreiben. Das macht Sie zu einem Federgewicht.«

Craig raubte es fast den Atem vor Empörung. Wer zum Teufel war dieser Gottling denn? Der Renommierboy einer Literatur, die kein Mensch las. Craig hatte nicht die Absicht, sich heute abend irgend etwas gefallen zu lassen. »Wer hat Angst beim Schreiben?« sagte er. »Ich habe wichtige Themen angepackt, immerhin. Das ist mehr, als Sie getan haben.«

»Seien Sie nicht so empfindlich!« grinste Gottling. »Ich kenne Ihre verdammten wichtigen Themen. Aber warum drücken Sie sich, warum verlegen Sie Ihr Geschrei ein oder zwei Jahrhunderte zurück? Hier ist der Platz, in dieser Welt müssen Sie Ihre Meinung ausposaunen. Attakkieren Sie sie mit offenem Visier, dann werden Sie groß sein! Jetzt sind Sie ein netter, intelligenter Bursche, der nach Punkten gewinnt, aber niemand weiß, ob er einen Schlag erhalten hat. Wissen Sie, was ich meine?«

Craig wußte es nur zu gut – etwas Ähnliches hatte einst auch Harriet gemeint. Aber heute abend hatte er keine Lust, daran zu denken. Er war mit Gottling ausgegangen, damit sein Selbstgefühl gekräftigt würde ... Und nun dies. Er schwieg trotzig und sprach nichts mehr, bis sie vor dem Lokal anlangten, das wie ein englisches Gasthaus aus dem achtzehnten Jahrhundert aussah.

In dem von Lärm erfüllten Barraum befanden sich etwa ein Dutzend Männer. Einige saßen an der Theke, andere sahen sich ein schwedisches Stück im Fernsehapparat an, und die übrigen hockten an den Holztischen. Anscheinend kannten fast alle Gottling und riefen ihm ein herzliches Grußwort zu, das er mit einem ebenso herzhaften Fluch beantwortete. Er führte Craig zu einem Ecktisch, der ein wenig abgesondert von den anderen Tischen stand, und sie setzten sich auf Stühle, die mit einem Plaidstoff, so dick wie Pferdedecken, gepolstert waren. Gottling bestellte einen doppelten Gin auf Eis, und Craig bestellte einen doppelten Scotch auf Eis, und dann warteten sie stumm, bis die Getränke kamen. Craig leerte sein Glas bis zur Hälfte in einem einzigen Schluck, genoß das vertraute Gefühl der in seine Adern strömenden Hitze und nahm nochmals einen Schluck. Er bemerkte, daß Gottling ihn beobachtete, und sah ihn unsicher an.

Gottling nickte beifällig. »Ich hatte gehört, Sie seien ein Säufer, Craig. Nur deshalb nahm ich mir die Mühe, Sie kennenzulernen.«

»Wer hat das gesagt?«

»Ihre Miss Wiley.«

»Dieses Miststück.«

»Ich wüßte es, auch wenn sie's mir nicht gesagt hätte. Amateure nippen und schlürfen genießerisch, aber die Profis wie Sie und ich stürzen es hinunter, weil wir wissen, es gibt davon noch eine ganze Masse mehr, und weil wir wissen, es ist das Köstlichste auf der Welt, abgesehen von gelegentlichem Huren und gelegentlichem Schreiben.«

»Ich genieße das Trinken nicht, Gottling. Ich nehme es eher zu mir, wie man einst den Schierlingbecher nahm –«

»Sie sind ein höchst komplizierter Bursche.«

»Das stimmt. Hat Sue Wiley Ihnen das auch erzählt? Wir wollen noch etwas bestellen.«

Gottling rief die Bestellung über den ganzen Raum dem Barmixer zu, und schon nach wenigen Sekunden standen neue Drinks vor ihnen.

»Warum haben Sie sie überhaupt empfangen?« fragte Craig. »Haben Sie Reklame nötig?«

»Wollen Sie mich aufziehen, Craig? Ich habe genug Reklame. Diese Dame rief an und sagte, sie habe gehört, daß ich sechsmal für den Nobelpreis nominiert wurde und ihn doch nie bekam, und sie arbeite an einer Artikelserie über die ganze Maschinerie, und ob ich etwas dazu zu sagen hätte. Nun, mein Freund, dieser Nobelpreis ist eines meiner liebsten Gesprächsthemen. Daher sagte ich ihr, sie könne gleich kommen. Sie schrieb zwei Notizbücher voll.«

»Warum haben Sie eigentlich nie den Preis bekommen, Gottling?«

»Warum hat ihn Strindberg nicht bekommen? Aus dem gleichen Grund. Bedenken Sie meine Vergangenheit. Ich bin zweimal geschieden – das erstemal, weil ich meine Frau mit dem Kopf gegen die Wand schlug, und das zweitemal wegen Unzucht mit meiner Stieftochter. Ich habe schon fünf Jahre lang eine Dänin als Geliebte – sie trägt eine Brille im Bett, das fasziniert mich –, und ich lasse sie an meiner Stelle Interviews geben. Ich habe vier illegitime Kinder. Ich kam sechsmal ins Kittchen wegen Randalierens in betrunkenem Zustand. Und meine Bücher können nicht gerade idealistisch genannt werden. Doch ich stellte mich aufs Warten ein, weil ich gewiß war, daß ich den Preis früher oder später bekommen würde. Die *Schwedische Akademie* beehrt sich ja doch am liebsten selbst – und daher wird sie mal wieder einen Schweden beehren wollen, dachte ich, und das kann dann nur ich sein. Ich schere mich einen Teufel um die Ehre. Ich brauche den Zaster. Aber ich habe meine Verbindungen, und ungefähr vor zwei Jahren fand ich heraus, daß mit Bestechung nichts zu machen ist. Da dachte ich, zur Hölle damit, dann will ich jetzt wenigstens meinen Spaß haben mit diesen Idioten. So schmierte ich in sechs Wochen einen Schlüsselroman zusammen über das Privatleben der achtzehn Unsterblichen unserer Akademie – Mann, das gab vielleicht ein Gekläff! Ich verdiente nicht schlecht daran, und sie drohten, mich vor Gericht zu schleppen, aber sie hatten viel zuviel Angst. Jedenfalls habe ich unser Nobelkomitee zur Sau gemacht, und aus diesem Grund werden Sie meinen Namen wohl nicht neben dem Ihren sehen.«

Craig stürzte seinen zweiten Doppelten hinunter und bestellte einen dritten. Ebenso Gunnar Gottling.

»Was wollten Sie damit sagen, daß die Akademie sich am liebsten selbst beehrt?« fragte Craig.

»Nepotismus, junger Mann, guter, altmodischer Nepotismus. Vier kleine skandinavische Länder – Schweden, Norwegen, Dänemark, Finnland –, in denen es alles in allem etwa so viel Talent gibt, wie sich in einem Schnapsglas unterbringen läßt, aber sie haben eine Gesellschaft der oberen Zehntausend, die sich gegenseitig bewundern. Nehmen Sie die ersten sechzig Jahre des Nobelpreises. Einunddreißig der Preise gingen an diese skandinavischen Länder. Ist das zu glauben? Dreißig Preise in den ersten fünfzig Jahren. Schweden und Norwegen lobten sich ständig selber und ihre nordischen Nachbarn. Was für ein Quatsch!«

»Das war ja wohl nicht das, was Nobel beabsichtigte, oder?«

»Wer kann das wissen? Aber ich glaube kaum. Er sagte, der Preis solle ohne Ansehen der Nationalität erteilt werden. Doch seine Erben übten von Anfang an Druck aus. Kennen Sie den Fall Bertha von Suttner? Nobels Sekretärin? Nun, als sie keinen der ersten Friedenspreise bekam, begab sich die Nobelfamilie nach Oslo und sagte wörtlich: ›Seht mal, Nobel stiftete den Friedenspreis für die gute alte Bertha, also laßt uns an die Arbeit gehen!‹ Tatsächlich hat neunzehnhundertfünf die alte Bertha den Preis bekommen. Von da an gab es keine Hemmungen mehr. Wer hat wohl außerhalb von Skandinavien viel von Nathan Söderblom gehört? Aber neunzehnhundertdreißig erhielt er den Friedensnobelpreis. Er war es, der die Sterbegebete bei Nobels Beerdigung las. Und er war der Erzbischof von Uppsala. Das war's. Wie viele Menschen außerhalb Skandinavien haben wohl Heidenstam, Gjellerup, Jensen, Sillanpää, Pontoppidan gelesen? Lauter Nordländer! Neunzehnhunderteinunddreißig brach die *Schwedische Akademie* ihr unerbittlichstes Gesetz, daß der Preis niemals einem Verstorbenen erteilt werden dürfe. Denn sie liebte ihren Schriftführer, einen sympathischen Mann, den Dichter Erik Axel Karlfeldt, dessen Witwe und Töchter die Moneten brauchten ... Deshalb erteilten sie ihm den Preis. Überaus rührend. Aber was hat das alles mit der Ehrung großer Autoren zu tun? Und wozu wird dadurch der Preis gemacht?«

»Er ist trotz allem derjenige, der auf der ganzen Welt am meisten respektiert wird«, sagte Craig.

»Natürlich – wissen Sie, warum? Weil die meisten demokratischen Staaten die alten Titel und den sonstigen Quatsch abgeschafft haben. Aber Mensch bleibt Mensch. Man schmachtet nach Titeln, nach einer Elite, nach einer Oberschicht. Und so kam der Nobelpreis um die Jahrhundertwende genau zur rechten Zeit. Die Massen hatten darauf gewartet. Seine Träger waren etwas wie ein neuer Ritterstand. Deshalb ist dieser

Preis so geachtet und populär.« Gottling trank seinen dritten Doppelgin in einem Zug hinunter. »Aber wenn jedermann wüßte, was hinter der Bühne der Preisverleihungen den Ausschlag gibt – nicht nur Nepotismus, sondern genauso engstirnige Vorurteile und Taktiken ...«

»Ich glaube, das ist kein Geheimnis«, sagte Craig. »Jacobsson führte mich gestern in die Akademie, und er war verteufelt ehrlich über die Abstimmungen zum Literaturpreis. Er machte kein Hehl aus den Schattenseiten.«

»Jacobsson!« brummte Gottling. »Der alte ausgestopfte Papagei, der schon lange in ein Museum gehört. Er lebt nur in der Vergangenheit. Mit heutigen Menschen hat er nichts zu tun. Er ist ein Aushängeschild für die Stiftung – er hat blaues Blut, er hat Nobel gekannt, er weiß Bescheid in der Literatur und in der Geschichte –, und ein Teil seines Erfolgs besteht darin, daß er jeder Kritik zuvorkommt. Ich wette zehn zu eins, daß er Ihnen seine üblichen Anekdoten erzählt hat – und damit gewinnt er sein Spiel. Auch das ist nur Taktik, um die Gäste zu entwaffnen. Raffinierte Offenheit, um sie ihrer Objektivität zu berauben. Aber ich wette auch, daß er beispielsweise nicht eingestand, wie sehr die Nobelkomitees immer die Deutschen bevorzugten – wie dieser verrückte Krantz – und die Amerikaner verächtlich ignorierten, wenigstens bis zum Zweiten Weltkrieg; wie sie über sie geradezu den Boykott verhängten.«

Der Whisky hatte jetzt Craigs Kopf erreicht, der Raum drehte sich. »Ich schätze Jacobsson«, sagte er.

»Ihr Amerikaner liebt alle Menschen, um sicherzugehen, daß man euch liebt. Hat Ihnen Jacobsson auch erzählt, wie seine Nobelmannschaft den Deutschen um den Bart ging und den Russen den Krieg erklärte?«

»Nein, das tat er nicht. Ich glaube, ich brauche noch einen Drink.«

»Ich auch ... He, Lars, noch zwei!« Seine blutunterlaufenen Augen sahen Craig wieder an. »Ja, die Deutschen! Neunundvierzig Preise in sechzig Jahren. Die Russen? Sieben Preise in sechzig Jahren, und da haben sie noch Glück gehabt.«

»Ich finde, es beweist aber auch Mut, den Russen die kalte Schulter zu zeigen«, sagte Craig.

»Mut, ha!« explodierte Gottling. »Jeder Schwede hat fürchterliche Angst vor den Russen, und sobald es darauf ankommt, zieht jeder das Kreuz ein. Warum, glauben Sie, sind wir nicht der NATO beigetreten? Weil wir vor Rußland Angst haben! Ich wünschte, wir hätten nur halb soviel Mut wie die Norweger. Sie widersetzten sich den Nazis, als wir es nicht taten, und jetzt widersetzen sie sich den Kommunisten, wenn wir es nicht tun. Sie gaben neunzehnhunderteinundsechzig dem alten Dag Hammarskjöld den Friedenspreis, obwohl sie wußten, daß die Bolschewiken ihn haßten, ob tot oder lebendig. Und wie beruhigen wir dann unser Gewissen? Mit kindischem Unsinn! Indem wir den Russen die Zunge herausstrecken und ihnen den Nobelpreis vorenthalten ... Aber damit wird aus dem geheiligten Nobelpreis letzten Endes ein Mittel lokaler Politik, ein politisches Instrument, während ihr Dummköpfe ihn allesamt als eine große Ehrung betrachtet. Himmel, was für ein Quatsch!«

Die frischen Drinks wurden gebracht. Als Craig sein Glas zum Mund führte, verschüttete er einen Teil davon. »Sie sagten vorhin, der Preis sei antiamerikanisch und prodeutsch gewesen –«

»Ja – das sind nackte Tatsachen! Nehmen Sie die Chemie. Nur ein Amerikaner, Richards von der Harvard-Universität, hat in einunddreißig Jahren den Preis bekommen. Nehmen Sie die Physik. In zweiundzwanzig Jahren erhielt nur ein Amerikaner den Preis, Michelson im guten, alten Chicago. Nehmen Sie die Literatur. Nur ein Amerikaner, nämlich Lewis, in vierunddreißig Jahren. Oder die Medizin. Nur zwei Amerikaner, Carrel und Landstreicher, in zweiunddreißig Jahren. Aber die Deutschen haben unsere Nobelburschen überschüttet ... Fünfzehn Preisträger in den ersten zehn Jahren, abgesehen vom Friedenspreis, der ja ohnehin nichts wert ist. Vierzig und einige Jahre lang galten die Deutschen hier bei uns als eine Art höherer Rasse, zumindest als nordische Menschen wie wir. Aber als ihr sie im Zweiten Weltkrieg fertigmachtet und mit der Atombombe herauskamt, hat man in allen Nobelkomitees eilig die Karten gewechselt – seither überschütten sie euch und die Engländer mit Preisen wie mit Konfetti. Wagen Sie es ja nicht, von Unparteilichkeit zu sprechen, wenn Sie den lausigen Preis erwähnen, den Sie erhielten.«

»Was ist los mit dem Preis, den ich erhielt?« Craig stierte Gottling mit verglasten Augen an.

»Was damit los ist? Haben Sie mir nicht zugehört? In sechzig Jahren sieben Russen in fünf Kategorien, und nicht einer von ihnen einen Einzelpreis. Das ist nicht bloß antikommunistisch, das ist antirussisch. Schon seit der Zarenzeit kommen wir um vor Angst. Wie war das mit den ersten sechzig Preisen für Physiologie und Medizin? Den ersten dieser Preise hätten sie einstimmig dem alten Pawlow zuschanzen müssen. Aber nein, das Komitee zeigte ihm vier Jahre lang die kalte Schulter und gab erst nach, als der Druck zu groß wurde. Und neunzehnhundertacht mußten sie die Hälfte von Ehrlichs Preis einem Russen geben, weil nachgewiesenermaßen die Fortschritte in der Immunität zur Hälfte sein Verdienst waren. Zwei stinkende Medizinpreise an Rußland innerhalb von sechzig Jahren – ein halbes Jahrhundert keinen einzigen. Schauen Sie sich die Chemiepreise an. Neunzehnhundertsechsundfünfzig einen halben Preis, und das, Bruder, ist alles in sechzig Jahren. Wie steht's mit der Physik? In sechzig Jahren nur ein Preis, in den sich drei Russen teilen mußten. Ich bin kein Freund der Russen.

Aber was hat das zu tun mit wissenschaftlichen Entdeckungen? In Rußland wurde hervorragende Arbeit geleistet hinsichtlich der Genetik und der Lebensverlängerung. Die Russen haben ihren Sputnik in den Himmel geschossen und einen Mann namens Gagarin. In diesem Land hat man für Soldaten, die im Krieg verstümmelt wurden, einen künstlichen Penis erfunden. Dort hat Popow noch vor Marconi die Radioübertragung demonstriert, und Tsiolkowsky erfand schon neunzehnhundertelf Stufenraketen. Aber für unsere *Schwedische Akademie* ist Rußland das Land ohne Wissenschaftler. Und diese Idioten in Oslo sind um kein Haar besser. Rußland hat in sechzig Jahren nicht einen einzigen Friedenspreis erhalten, aber Deutschland – ausgerechnet – erhielt drei und Frankreich acht und Amerika zwölf. Und nun, mein Sohn, sind wir wieder bei uns angelangt – bei der Literatur.«

»Bunin und Pasternak«, murmelte Craig.

»Iwan Bunin und Boris Pasternak – zwei Russen in sechzig Jahren. Wissen Sie überhaupt, wer in diesen sechzig Jahren in Rußland lebte und schrieb? Jedermann weiß, daß Tolstoi neunmal abgelehnt wurde. Aber was ist mit Tschechow und Andrejew und Artsibaschew und Maxim Gorki – Gorki hat bis neunzehnhundertsechsunddreißig gelebt. Von ihnen war überhaupt nie die Rede.«

»Bunin und Pasternak«, wiederholte Craig.

»Ach was!« brüllte Gottling; aber kein Mensch in der *Wårdshus-Bar* schaute sich nach ihm um. »Bunin war ein weißrussischer Emigrant, der in Paris lebte und Longfellows *Hiawatha* übersetzte. Er war schon seit fünfzehn Jahren nicht mehr in Rußland gewesen, als die Amerikaner ihn neunzehnhundertdreiunddreißig als Kandidaten aufstellten. Und der alte Boris Pasternak das ehrenwerte Matinee-Idol draußen in seiner Datscha – wer gab auch nur einen Pfifferling um ihn, als er noch große Dichtung schrieb? Wer ehrte ihn damals? Aber in dem Augenblick, als er den Roman veröffentlichte, mit dem er am Kommunismus Kritik übte, als er den Mut hatte zu sagen, was jeder Schwede zu sagen zu feige ist, da belohnte man ihn mit dem Preis, den er nicht annehmen konnte. Irgendwann werde ich den Schriftstellern überall auf der Welt den guten Rat geben: ›Schriftsteller, macht euch an die Arbeit! Schmiert einen antirussischen Wälzer zusammen, laßt ihn ins Schwedische übersetzen, dann seid ihr gemachte Leute. Ihr kriegt den Nobelpreis und den großen Scheck. Genau wie Andrew Craig.‹«

Craig starrte Gottling aus trüben Augen an. »Was zum Teufel wollen Sie damit sagen?«

»Daß sich das so und nicht anders abspielte«, sagte Gottling, der rülpsend seinen Gin hinuntergoß. »Warum, glauben Sie, haben Sie den Nobelpreis gekriegt? Weil Sie ein großartiger Autor sind? Weil Sie bedeutend sind? So etwa wie Kipling, die Undset, Galsworthy und O'Neill? Quatsch! Nichts sind Sie, und die Nobelburschen wissen das, und jedermann in Skandinavien, der ein bißchen Einblick hat, weiß es auch. Sie befinden sich hier mit einem falschen Billett, weil es denen so in den Kram paßte, das ist alles. Ja, Bruder, das ist die Wahrheit. Noch einen Drink?«

»Worüber reden Sie eigentlich?« sagte Craig. Wie von ferne hörte er durch die Vernebelung Alarm. »Sind das noch immer Ihre sauren Trauben?«

»Ich bin der einzige Bursche in Schweden, der den Mut aufbringt, Ihnen die Augen zu öffnen. Ich will nicht mitansehen müssen, wie Sie einen Narren aus sich machen. Den Nobelpreis für Literatur erhält Andrew Craig? Ha! Quatsch. Den Nobelpreis für antirussische Propaganda müßte es heißen. Sie bekamen den Preis, weil die Schweden mit den Russen eine diplomatische Auseinandersetzung hatten wegen zwei Ostseeinseln – davon haben Sie nie was gelesen, oder? Und die Schweden sind im Begriff zu verlieren. Sie kriechen, aber sie müssen das Gesicht wahren – und so versetzten sie den Russen einen Nackenschlag, indem sie Ihren kleinen antikommunistischen Roman *Der Vollkommene Staat* honorierten. Nur um ihnen zu zeigen, was für großartige Kerls sie sind, die vor niemandem Angst haben.«

»Sie faseln, Gottling. Die *Schwedische Akademie* hätte doch in einem Dutzend Ländern Romanciers gefunden, die viel schärfere antisowjetische Bücher geschrieben haben.«

»O nein. Sie sind blind, Mann! Ein Preis für einen Autor eines offenkundig antisowjetischen Buches wäre viel zu gefährlich gewesen – sie wollten keinen zweiten Fall Pasternak. Von Ihrem Roman muß man erst die Zuckerschicht lösen, um zur Tendenz zu gelangen. Wenn Moskau sich also gekränkt fühlt, und das tut es – ich lese *Ny Dag*, unser hiesiges Kommunistenblättchen –, kann die *Schwedische Akademie* sich erstaunt zeigen und achselzuckend sagen, sie hätten ein rein historisches Werk über Plato und das alte Syrakus mit dem Preis honoriert. Und so geschah es auch. Verstehen Sie? Jedermann weiß, daß sich die Sache ganz anders verhält. Aber kein Mensch kann es beweisen. Es ist eine Geste der Angst, wie das Pfeifen im Dunkeln, genauso wie auch Ihr Buch ein ängstliches Buch ist.«

»Ich zitiere Gunnar Gottling – Sie reden nichts als Quatsch.«

»Ich? Teufel noch mal. Ich besitze zwei gute Freunde in der *Schwedischen Akademie*. Das sind die beiden, die mich jedes Jahr nominieren, und die mir nach jeder Abstimmung einen genauen Bericht geben. Sie wären nicht in Frage gekommen, wenn nicht jemand Rußland und die beiden Inseln ins Spiel gebracht hätte. Daraufhin gab es eine hitzige Debatte über Rußland, und dann sagte jemand, das einzig Gute an Ihrem Buch sei, daß es die Sowjets entlarve – natürlich nur, wenn man zwischen den Zeilen lese –, und nach ungefähr einer Stunde war sich die Majorität einig! Tut mir leid, Mann. Eines Tages werden Sie ernst zu nehmende Bücher schreiben, wenn auch dieses Buch noch nicht dazu zählt und wir es alle wissen – also gehen Sie nach Hause mit Ihrem Geld, Craig, und Ihrem Titel und hadern Sie nicht mit dem Schicksal.«

Craig saß sehr still da. Der Alkoholschleier, der ihn umhüllte, war nicht dicht genug, um seine noch gebrechliche Selbstachtung zu schützen. Er wollte hier in Stockholm seine Wiedergeburt erleben, er wollte gesund werden an Seele und Leib. Wenn ihm das nicht gelang, dann war er als Schriftsteller erledigt. Deshalb konnte er Gottlings erbärmlichen Enthüllungen, so sehr sie ihn getroffen hatten, keinen Glauben schenken.

»Sie sind darauf aus, mich zu kränken, Gottling, aber ich habe Sie durchschaut. Sie sind ein heruntergekommenes, verbittertes Wrack, also versuchen Sie, auch uns herunterzuzerren, und wedeln dabei mit der Flagge der Aufrichtigkeit. Wenn Sie diese Drinks nicht bezahlen würden, würde ich Ihnen die Nase damit einschlagen.«

Gottling grunzte und schaute Craig mit seinen trüben Augen blinzelnd an. »Versuchen Sie's ja nicht. Ich fresse Preisträger. Ich mache Hackfleisch aus ihnen, fresse sie zum Frühstück.«

»Aber mit diesem hier werden Sie nicht fertig. Haben Sie wirklich die Absicht, die Drinks zu bezahlen?«

Gottling antwortete erst nach einer Weile. »Ja. Ich bezahle.«

»*Okay*.«

»Craig, Sie bringen mich nicht dazu, Sie zusammenzuschlagen. Ich mag Sie viel zu gern.«

In Craigs Augen stand Verwunderung.

»So ist es«, sagte Gottling. »Ich weiß, Sie sind eine Null, und ich weiß, daß Sie das genau wissen. Vielleicht werden Sie einmal eine Persönlichkeit sein – falls Sie so lange leben –, aber jetzt sind Sie eine Null. Trotzdem mag ich Sie – und warum? Ich schäme mich nicht, es Ihnen zu sagen. Weil Sie es in die Presse brachten, daß ich den Preis hätte kriegen müssen, daß ich ein genialer Schriftsteller sei. Das hat schon lange kein Mensch mehr gesagt, und schon gar nicht jemand von Rang und Namen. Davon kann ich zehren, bis ich sterbe.«

»Aber was kann es für Sie bedeuten, wenn ich, eine Null, das behaupte?«

»Vielleicht sind Sie gar keine Null, und vielleicht bin auch ich keine? Objektivität war noch nie mein Fall. Trinken Sie noch was, Craig. Sie sind mein Gast.«

Als Gunnar Gottling ihn vor dem *Grand-Hotel* abgesetzt hatte, stand Craig eine Weile unschlüssig vor dem Eingang. Es war sehr kalt und die Straße menschenleer, und er fühlte nichts als völlige Leere in sich. Seine neuen Hoffnungen, denen Jacobsson, Emily und die Studenten zum Leben verholfen hatten, waren plötzlich erloschen. Gottlings unbarmherzige Attacke hatte sie vernichtet. Er war nun so wenig lebendig wie an jenem Nachmittag in Miller's Dam, bevor das Telegramm eintraf und Lucius Mack ihn ins Bett brachte. Dreierlei Fluchtmöglichkeiten fielen ihm ein, während er in dem beißenden Wind stand: Emily, Leah – und die dritte Möglichkeit: Freya, die schwedische Göttin der sinnlichen Liebe, die das Wunder einer betäubenden Nacht versprach und alles gab, ohne zu fordern. So ging er rasch zum nächsten Taxi und ließ sich zur Polhelmsgatan 172 C fahren. Aber der alte Portier in der Eingangshalle, der ihn schon kannte, teilte ihm sofort mit, daß Lilly nicht hier war. Einmal im Monat ginge sie in einen Club, radebrechte er, und dies sei heute. Craig fragte nach der Adresse, er hatte es sich nicht klar überlegt, dachte nur an sein Begehren und an ihre selbstlose Bereitschaft, ihm zu helfen.

Und so befand er sich nun vor dem Eingang der riesigen Gymnastikhalle am Walhallavågen, zog mit Anstrengung die grüne Tür auf und taumelte ins Innere. Es gab keinerlei Möbel in diesem Raum bis auf einen Tisch und einen Stuhl, auf dem eine maskuline Frau mittleren Alters in einem braunen Kostüm vor einem metallenen Karteikasten saß. Als Craig auf sie zuging, schaute sie erstaunt auf.

»Ich suche Miss Lilly Hedqvist«, sagte Craig, jedes Wort prononciert aussprechend. »Man sagte mir, sie sei hier Mitglied. Ich bin ein amerikanischer Freund. Ich wüßte gern, ob ich sie sprechen kann?«

»Nun –«, sagte die Empfangsdame zögernd.

»Es ist sehr wichtig.«

Die Frau erhob sich. »Entschuldigen Sie mich einen Augenblick.«

Für Craig war das Warten ermüdend. Es gab keine Möglichkeit, sich zu setzen. Er versuchte daher, auf und ab zu gehen, aber sein Schritt war so unsicher, daß er sich schließlich an die Wand lehnte.

Plötzlich ging die Tür auf, durch die die Empfangsdame zuvor verschwunden war, und zugleich mit dieser erschienen ein großer, kräftiger älterer Herr mit einem Fuchsgesicht, der einen buntgeblumten Bademantel und Strandsandalen trug, und Lilly Hedqvist – in einem weißen Samtkleid und barfuß.

Während der ältere Herr mit der Empfangsdame hinter dem Tisch stehenblieb, kam Lilly rasch auf Craig zu.

»Was ist denn los, Mr. Craig?« fragte sie leise.

Er war fasziniert von ihrem Samtkleid und ihren bloßen Füßen. »Was für ein Club ist das hier?«

»Unser Nudistenverein. Ich habe Ihnen davon erzählt, erinnern Sie sich nicht? Im Winter kommen wir einmal im Monat in dieser Gymnastikhalle zusammen, lassen uns von Höhensonnen bestrahlen und hören uns Vorträge an. Heute ist eine Veranstaltung zum Empfang der neuen Mitglieder. Woher wußten Sie, daß ich hier bin?«

Er sagte es ihr, noch immer von ihrem Samtkleid fasziniert. »Tragen das alle hier – Kleider und darunter Badeanzüge?«

»Nein. Das hier ist doch ein Nudistenverein! Ich habe nichts an unter dem Kleid. Wir gehen hier alle nackt, um der Gesundheit willen. Neue Mitglieder tragen manchmal als Übergang für kurze Zeit diese Kleider, bis sie ihre Scheu überwunden haben. Ich holte mir dies jetzt bloß leihweise aus einem Wandschrank, ich wußte doch nicht, wer hier ist.«

»Lilly, können Sie jetzt fortgehen? Ich muß Sie unbedingt sprechen.«

»Das ist unmöglich, Mr. Craig. In diesem Jahr bin ich hier Schriftführerin, ich muß die Versammlung zu Protokoll bringen. Außerdem möchte ich den Vortrag für die neuen Mitglieder nicht versäumen.«

»Wie lange wird das dauern?«

»Mindestens noch eine Stunde.«

»Eine Stunde? So lange kann ich nicht warten. Was soll ich nur tun?«

Sie schaute ihn besorgt an und hätte ihm gerne geholfen. Plötzlich hellte sich ihr Gesicht auf. »Jetzt weiß ich's. Sie kommen herein und setzen sich zu mir. Das kann Ihnen nur von Nutzen sein. Vielleicht lernen Sie dadurch, gesund zu leben.«

»Nun gut – wenn ich nur bei Ihnen sein kann.«

»Warten Sie. Ich will unseren Direktor fragen.«

Craig beobachtete, wie Lilly zu dem älteren Herrn im buntgeblumten Bademantel ging und rasch und eindringlich auf ihn einredete. Erst schien er zu zögern, aber nach einer Weile kehrte Lilly triumphierend zu Craig zurück. »Es ist in Ordnung. Zuerst wollte er nicht recht. Er ließ sich erst überreden, als ich ihm sagte, Sie seien ein alter Bekannter meiner Familie und Mitglied des amerikanischen Sonnenbad-Vereins in New Jersey – und Sie interessierten sich für den schwedischen Nudismus und wollten daher an unserer Versammlung teilnehmen.«

»Dann ist alles *all right?* Ich kann bei Ihnen bleiben?«

»Es ist *all right.*«

Sie gingen an der Empfangsdame vorbei in einen Vorraum, und Lilly deutete auf die eine Tür. »Diese Tür führt in den großen Saal. Wenn Sie fertig sind, gehen Sie einfach hinein. Ich warte drinnen auf Sie. Machen Sie möglichst rasch. Der Vortrag fängt gleich an.« Sie deutete jetzt auf eine andere Tür. »Gehen Sie da hinein. Das ist der Auskleideraum, für Männer und Frauen. Sie werden schon ein leeres Schließfach für Ihre Kleider finden.«

Sie wollte gehen, aber Craig packte ihre Schulter.

»Wie meinen Sie das – ein Schließfach für meine Kleider? Was erwartet man denn von mir?«

Sie schaute ihn erstaunt an. »Daß Sie sich ausziehn. Wir sind bekanntlich Nudisten. Ich bin nackt. Alle Leute sind nackt.«

»Lilly – verdammt noch mal – so was hab' ich noch nie getan.«

»Mr. Craig, Sie werden sehen, daß es viel leichter ist, als Sie denken, ganz normal. Der menschliche Körper ist nichts Unanständiges, nur Kleider, selbst ein Minimum davon, machen die Menschen neugierig und lüstern. Aber wenn alle unbekleidet sind, ist überhaupt nichts dabei. Sie werden sehen, es ist das Natürlichste von der Welt, und Sie werden sich wie neugeboren fühlen. So, und jetzt rasch, damit wir den Vortrag nicht versäumen.«

Craig spürte genau, daß Lillys Reden wie Sätze aus ihren Broschüren klangen. Aber da sie das alles völlig ernst sagte, mit einer Art kultischer Inbrunst, mochte er ihr nicht widersprechen. Und so begab er sich in den Auskleideraum, während er im Geist schon die Schlagzeilen in den amerikanischen Zeitungen sah: *Betrunkener Nobelpreisträger läuft nackt herum.* Und so etwas konnte durch nichts wiedergutgemacht werden. Alex Inglis und das *Joliet-College* würden darauf verzichten müssen, ihn in ihr Lehrkollegium aufzunehmen ...

Doch als er barfuß und ohne Hemd dastand, war er sich klar, daß er sich vor etwas ganz anderem fürchtete als vor einem Skandal. Er hatte Lillys Körper begehrt, und er begehrte ihn noch immer. Jetzt sollte er ihr nackt gegenübertreten, auch sie würde völlig nackt sein, und der sinnliche Reiz, der von ihr ausging, würde seine Wirkung tun. Es würden auch noch andere Mädchen da sein, vielleicht ebenso schön wie Lilly, und bestimmt würde er auch auf sie reagieren. Was würde dann passieren? Wie ging es Männern bei Nudistenversammlungen? Er schüttelte den Kopf. Was für ein verrücktes Schauspiel würde das alles sein! Doch zum Teufel damit – er gab sich einen Ruck, schob alle Überlegungen beiseite, trat in den Gang hinaus und öffnete die Tür zum Gymnastiksaal.

Die Lampen – nicht die an der Decke, sondern die Höhensonnen überall auf dem Fußboden – blendeten ihn, und er legte die Hand über die Augen. Noch ehe er sich in dem großen Raum zurechtfand oder sah, wer oder was sich darin bewegte, entdeckte er Lilly. Sie ging ihm entgegen, in der Hand einen Bleistift und einen Notizblock, und lächelte. Er hatte sie noch nie bei vollem Licht nackt gesehen, und nun war nichts an ihr, was seine Leidenschaft erregt hätte. Wohl war er glücklich, daß sie ihm gehörte, aber zu seiner Erleichterung rief sie keinerlei sinnliche Begierde wach. Ihm war, als genieße er, mit vielen andern zusammen, ein Wunder der Natur.

»Was geht hier vor sich?« fragte er, sich umschauend. Seine Augen hatten sich an das Licht gewöhnt, und nun erst entdeckte er all die nackten Menschen in der Gymnastikhalle.

Leiber überall, jeder Art, mindestens zweihundert Männer und Frauen, junge und alte – manche lagen auf Matten unter den Höhensonnen, manche saßen auf den hölzernen Bänken und unterhielten sich, manche standen in Gruppen beisammen, und einige spielten Flugball. Es gab schmächtige und dicke und magere Männer. Es gab junge und ältere Frauen, es gab kleine unentwickelte Brüste und große üppige und auch einige, die so vollkommen waren wie die Lillys. Aber es gab keine Befangenheit, keine Neugierde, keine sinnliche Erregtheit.

Lilly wies auf die dritte Bankreihe. Sie setzte sich und schlug die nackten Beine übereinander, um sich eine Unterlage für ihren Notizblock zu schaffen.

»Nun, wie denken Sie jetzt darüber, Mr. Craig?«

»Ich hätte das nie für möglich gehalten.«

»Wie meinen Sie das?«

»So viele Frauen nackt zu sehen ohne jeden sinnlichen Anreiz ...«

»Ich sagte Ihnen doch, daß es so sein würde. Nur die Kleidung erregt die Sinne. Tief ausgeschnittene Kleider oder Bikinis sind am schlimmsten, weil sie die Augen auf bestimmte Stellen des Körpers lenken. Aber wenn man nackt ist, und jeder diese bestimmten Stellen enthüllt sehen kann, wirken sie nicht mehr geheimnisvoll und aufreizend. Sie sind zu etwas Selbstverständlichem geworden. Herr Tapper – unser Direktor, den Sie in der Eingangshalle sahen – sagte, nur Suggestion richte all das Unheil an. Millionen Dollar werden durch die Suggestion des Sexus gemacht, weil die Menschen das Geheimnis enthüllen möchten. Die Parodie im Nachtclub, das Ausblenden im Film, der Gedankenstrich im Buch: das alles dient nur dazu, die Leute sinnlich zu erregen.«

»Ich hatte keine Ahnung, daß Sie eine Moralistin sind, Lilly«, sagte Craig lächelnd. »Aber Herr Tapper hat vermutlich recht, und Sie natürlich auch. Alles, was ich gegen das Nacktsein in der Öffentlichkeit vorbringe, ist, daß dadurch der Sexus außer Kurs gerät.«

»Oh, Mr. Craig, das meinen Sie nicht im Ernst.«

»Nein, natürlich nicht.«

Schließlich nahmen alle Platz – Reihe um Reihe nichts als Schulterblätter, Rücken und Schenkel auf harten Holzbänken –, während Herr Tapper, zur Vorlesung bereit, hinter dem Mikrophon stand.

»Er spricht natürlich schwedisch«, sagte Lilly. »Ich werde es Ihnen, so gut es geht, übersetzen.«

In trockenem, sachlichem Ton skizzierte der Direktor die Geschichte der Nudistenbewegung. Theoretisch hatte sie neunzehnhundertdrei in Deutschland begonnen, mit der Veröffentlichung des Buches *Die Nacktheit* von Richard Ungewitter, dem Sohn eines Uhrmachers. Der Autor hatte eine nackte Gesellschaft propagiert, um Männer und Frauen von der beengenden Kleidung zu befreien, um ihnen den Genuß von Luft und Sonne zu verschaffen, um den Anblick aller Teile des Körpers zu so etwas Alltäglichem zu machen, daß Verführung und Ehebruch und Perversion zum Aussterben verurteilt wären. Kurze Zeit darauf, vielleicht inspiriert von Ungewitters Vorschlag, hatte ein anderer junger Deutscher, Paul Zimmermann – ein Bauer, der früher Schullehrer gewesen war und seine vier Töchter dazu erzogen hatte, alle Kleider zu verschmähen –, das erste Nudistenlager der Welt eröffnet, den Freilichtpark in Klingberg am See. Wer zu dem Park Zugang haben wollte, mußte auf Alkohol, Tabak, Fleisch und jegliche Kleidung verzichten. Der Nudistenpark war ein Erfolg, und innerhalb von zwanzig Jahren gab es allein in Deutschland fünfzigtausend Nudisten. Die Idee breitete sich aus, in der Schweiz, in Skandinavien, in England und schließlich – neunzehnhundertneunundzwanzig – auch in den Vereinigten Staaten. Im gleichen Jahr feierte der Nudismus in Deutschland seinen größten Triumph. Denn in jenem Jahr trat eine Nudistentruppe in der Berliner Volksbühne in einer Varietévorführung auf. Es war eine öffentliche Vorführung, und alle Tänzer und Akrobaten waren nackt. Heute, sagte Herr Tapper, gäbe es fast bei allen Nationen der Erde Nudisten, und nirgends würden sie mehr ernstlich angefeindet.

»Unsere neuen Mitglieder möchten sicherlich bestimmte Fragen beantwortet wissen«, fuhr er fort. »Ich werde die Antwort geben. Was ist unser Ziel? Durch den Nudismus sollen größere Gesundheit, klareres Denken und höhere Moral erreicht werden. Selbstverständlich gestatten wir keinerlei Ausschweifungen in unserem Kreis. Ein solches Verhalten hätte vielmehr den sofortigen Ausschluß aus unserem Verein zur Folge. Haben nun Mitglieder, vor allem männliche, zu befürchten, daß sie bei unseren Versammlungen sexuell erregt werden? Nein. Das ist seit Bestehen unserer Vereinigung noch kein einziges Mal vorgekommen. Offenbar werden die Nervenzellen, von denen die sinnliche Erregung ausgeht, durch größere Ansammlungen nackter Menschen nicht angeregt. Können die Mitglieder eines Nudistenvereins in Ungelegenheiten kommen, wenn ihre Mitgliedschaft in einer weniger toleranten Außenwelt bekannt wird? Kaum. In Amerika kennen sich Nudisten nur beim Vornamen, und Mitgliedslisten werden niemals veröffentlicht. In Schweden haben wir derlei Probleme nicht. Wie Sie wissen, bringen unsere Stockholmer Zeitungen wie auch die Zeitungen in Kopenhagen und Oslo jedes Jahr Aufnahmen von unserem Sommerfest ›König und Königin‹ – es sind lauter Nacktaufnahmen, und die Preisgewinner werden sehr bewundert und geehrt.«

Während Andrew Craig, jetzt fast wieder nüchtern, dem Vortrag folgte, wunderte er sich, wie sehr er sich davon fesseln ließ. Sein Interesse galt keineswegs den Formen der nackten jungen Mädchen, sondern dem, was er hörte. Das Thema Nudismus als solches fand er freilich nicht besonders anziehend – aber die Tatsache, daß es hier eine ganz neue Lebensanschauung gab, mochte sie noch so bizarr sein, und daß so viele Menschen ihr anhingen, während er nichts davon gewußt hatte, interessierte ihn. Sein Durst, das Leben zu beobachten, Menschen und Schicksale kennenzulernen, war zu neuem Leben erwacht.

In seiner Versunkenheit hatte er vorübergehend das quälende Gespräch mit Gottling und die Fragwürdigkeit seiner Nobelpreisauszeichnung vergessen. Ebenso auch sein großes Verlangen nach Lilly, die jetzt nackt neben ihm saß. Und an Leah und Emily hatte er mit keinem einzigen Gedanken gedacht. Er war wieder, was er drei Jahre lang nicht mehr gewesen war, ein Schwamm, der neue Eindrücke aufsog. Die Erkenntnis, daß diese Fähigkeit noch nicht völlig abgestorben war, gab ihm neue Kraft.

Nachdem Herr Tapper seine Rede beendet hatte, war der formelle Teil der Versammlung vorüber. Die meisten Mitglieder erhoben sich, manche kehrten zu ihren Matten unter den Höhensonnen zurück, manche nahmen ihr Flugballspiel wieder auf, und die übrigen strömten in den Ankleideraum, um sich für die Außenwelt anzuziehen.

Lilly erhob sich. »Wir können jetzt gehen«, sagte sie.

Seine Augen glitten über ihren nackten Körper – die vollen Brüste, die geschwungene Linie der Hüften: davon hatte er heute abend geträumt, als er ihr nachgejagt war ... doch jetzt spürte er keinerlei Verlangen. Es war ein nackter Körper unter vielen, ohne Geheimnis, ohne Herausforderung. Vielleicht war das heute nicht ihre Nacht, überlegte er. Vielleicht sollte er sie vor ihrem Appartementhaus absetzen und dann ins Hotel fahren, um zu schlafen.

Sie folgten den andern in den Ankleideraum, und als sie sich nach einer Weile in der Eingangshalle wieder trafen, waren sie dort kurze Zeit allein. Sie blieb stehen, um in ihre Strickweste zu schlüpfen, und während er ihr dabei behilflich war, merkte er, daß der oberste Knopf ihrer Bluse offenstand. Er sah die Kerbe zwischen ihren Brüsten und stellte sich ihre Brüste unter der Bluse und ihre Schenkel unter dem Rock vor, und sofort ergriff ihn die alte, verzehrende Leidenschaft nach dem, was verhüllt war, ein heißes Begehren, es zu sehen und zu besitzen – zum erstenmal, seit er die Gymnastikhalle betreten hatte.

Es belustigte ihn, und er lächelte.

Sie sah es und ergriff seine Hand. »Was ist los, Mr. Craig?«

»Nur ein ganz privater Gedanke«, sagte er. »Ich dachte an das merkwürdigste Wesen auf dieser Welt.«

»Und das wäre?«

»Der Mann.«

ACHTES KAPITEL

Craig erwachte durch den Klang von Stimmen aus dem Nebenraum. Als er die Augen öffnete, war er sich sofort klar, daß er auf dem Klappbett in Lilly Hedqvists Wohnzimmer lag. Er schaute auf die Uhr. Es war schon neun vorbei. Wieso war Lilly noch hier? War sie nicht zur Arbeit gegangen? Und die andere Stimme? Wer war in das Appartement gekommen – ein Freund, ein Feind? – und befand sich nun in der kleinen Küche?

Als er nach einiger Zeit, auf alles gefaßt, dort erschien, glaubte er zuerst, daß Lilly, die am Herd im Vordergrund stand, allein sei, denn der Morgen war dunkel und das Deckenlicht schwach. Lilly hatte eben Kaffee eingeschenkt, und ihr Lächeln zeigte ihm, daß sie nichts bereute.

»Guten Morgen! Hast du gut geschlafen?« Nach dieser Nacht war die letzte Fremdheit zwischen ihnen gefallen, und das Du schien ihnen beiden selbstverständlich.

»Wunderbar, Lilly. Ich glaubte, ich hörte –« Er brach mitten im Satz ab. An Lilly vorbei war sein Blick zu dem im Schatten liegenden Teil der Küche geschweift, und dort stand, nachlässig an die Verandatür gelehnt, in der einen Hand eine Untertasse, in der anderen eine dampfende Kaffeetasse, ein Mann.

»Ich möchte dir meinen besten und ältesten Freund in Stockholm vorstellen«, sagte Lilly. »Nicholas Daranyi. Aber an Nicholas will er nicht erinnert werden. Alle Leute müssen ihn Daranyi nennen.«

»Wie bei der Garbo oder der Duse«, sagte Daranyi. »Oder auch Kitchener. Es wäre herabsetzend, sagte man Horatio Kitchener. Das mag unbescheiden sein von mir, aber wir alle haben unsere kleinen Eitelkeiten.« Er hatte Tasse und Untertasse weggestellt und trat nun vor, um Craig die Hand zu schütteln. »Es ist mir ein Vergnügen, Sie kennenzulernen, Mr. Craig.«

Erst jetzt, im Schein der elektrischen Lampe, konnte Craig den Eindringling genauer beobachten. Daranyi war schon über Fünfzig und kaum mittelgroß. Sein Gesicht war glatt, sorgfältig rasiert, und das pralle Fett seiner Wangen machte seine Augen zu kleinen, lustigen Schlitzen, während Nase und Mund amüsiert zu lächeln schienen. Man hatte fast das Gefühl, er habe sich als Weihnachtsmann verkleidet, um die Kinder zu überraschen. Er schleppte einen beträchtlichen Bauch vor sich her, war unverkennbar ein Mitteleuropäer und wirkte hier deutlich als Ausländer. Ein Duft nach exotischer Seife und starkem Kölnischwasser strömte von ihm aus.

»Ich gestehe, ich bin ein wenig verlegen«, sagte Craig freimütig.

»Aber wieso denn?« fragte Daranyi liebenswürdig. »Weil Sie so lange schliefen?«

Lilly, die gerade ein Tablett zurechtmachte, klatschte entzückt in die Hände. »Oh, Daranyi, begreifst du denn nicht? Mr. Craig ist ein reizender Amerikaner mit der Moral seiner Pilgerväter. Er schämt sich, daß man ihn im Bett einer Frau gefunden hat, mit der er nicht verheiratet ist.«

»Ach so, ich verstehe«, sagte Daranyi. »Aber Mr. Craig, Sie befinden sich hier in Schweden, und ich bin doch für Lilly so etwas wie ein Vater – natürlich ein sehr toleranter Vater«, fügte er rasch hinzu.

»Ich weiß nicht, was ich ohne Daranyi angefangen hätte«, sagte Lilly, die nun mit ihrem Tablett fertig war. »Als ich vor vier Jahren von Lund hierherkam, hatte ich nur drei Empfehlungsschreiben und kannte hier keinen Menschen. Eines der Schreiben war von einer Tante von Daranyi. Er verschaffte mir die Stelle bei der Nordiska Kompaniet. Er verhalf mir zu diesem Appartement. Und an meinen beiden freien Vormittagen und am Sonntag fährt er mich überall hin, wo ich zu tun habe. Ohne ihn wäre ich verloren.«

»Sie dürfen Lilly nicht alles glauben, Mr. Craig«, sagte Daranyi. »Zu meiner geheimen Freude überschätzt sie mich immer.«

»Und Daranyi weiß genau«, fuhr Lilly fröhlich fort, »welchen Kummer die schwedischen Mädchen haben, da es in Schweden mehr Männer als Frauen gibt – du brauchst dich also nicht zu schämen! Daranyi wird dir bestätigen, daß er entzückt war, als er heute morgen kam und dich hier vorfand. Aber nun bitte ins Wohnzimmer, meine Herren, wir wollen frühstücken.«

Etwas bestürzt, aber auch amüsiert, folgte Craig den beiden. »Lilly sagte mir, Sie seien Schriftsteller«, sagte Daranyi, als sie bei Rührei und Kaffee saßen.

Craig, der gerade den Mund voll hatte, nickte.

»Fiktion oder Nonfiktion?« fragte Daranyi.

»Fiktion«, erwiderte Craig.

»Dann ist kaum anzunehmen, daß ich schon was von Ihnen kenne. In meinem Beruf hat man wenig Zeit für Romane. Wenn ich lese, dann vorwiegend politische Bücher oder Biographien, und die meiste Zeit verbringe ich über Zeitungen und Zeitschriften.«

»Was sind Sie von Beruf, Mr. Daranyi?« fragte Craig.

»Ich bin Spion, Mr. Craig«, sagte er langsam.

Craig machte ein törichtes Gesicht vor Erstaunen. Er hatte die Frage nur so nebenbei gestellt und nichts anderes zu hören erwartet, als daß Daranyi entweder Versicherungsagent oder Schuhverkäufer oder Beamter sei. Statt dessen hatte er den unwahrscheinlichsten Beruf der Welt angegeben. Craig dachte schließlich, er müsse sich verhört haben. »Sagten Sie – Spion?«

»Genau das«, erwiderte Daranyi. »Jetzt ist das nicht mehr gerade ein glücklicher Beruf. Das war er früher einmal. Wenn ich einen Sohn hätte, würde ich dafür sorgen, daß er nicht in meine Fußstapfen tritt, sondern ihm raten, Zahnarzt zu werden.«

Craig war noch immer verdutzt. Hielt der dicke Mann ihn zum besten? Er schien völlig ernst zu sein, und Lilly, mit ihrem Frühstück beschäftigt, hörte kaum zu und war keinesfalls mit im Komplott.

»Wenn Sie wirklich Spion sind«, fragte Craig, »für welche Macht sind Sie dann tätig? Und wieso können Sie das einfach ausplaudern?«

»Unter Freunden kann ich es ausplaudern. Wenn ich es überhaupt nicht erwähne, wie soll ich dann zu Kunden kommen? Zudem nehmen mich die meisten Leute gar nicht ernst. Es ist ein ziemlich unwahrscheinlicher Beruf, nicht wahr? Wenn ich arbeite, bin ich jedenfalls sehr diskret. Und für wen ich arbeite? Für jeden, der gut bezahlt. Ich bin der Letzte einer fast ausgestobenen Gattung – der unabhängige Spion.«

Er merkte, daß sich Craig von seinem Erstaunen noch immer nicht erholt hatte, und fuhr fort: »Ja, schon als junger Mann in Budapest wählte ich mir diesen Beruf, so wie man sich für Jura oder Medizin entscheidet. Ein gefährliches, aber auch sehr reizvolles Unterfangen nach allem, was ich darüber gelesen hatte. Im Zweiten Weltkrieg arbeitete ich für die Deutschen in Istanbul. Ich hatte ein paar spezielle Talente ausgebildet – zum Beispiel das Lippenlesen –, und so saß ich in den Cafés und Restaurants, las die Gespräche von den Lippen der anwesenden amerikanischen und französischen und englischen Diplomaten ab und gab ihre Unterhaltungen weiter. Nach dem Krieg erledigte ich einige wichtige Aufgaben in Jordanien und Palästina für die Engländer. Sie sehen, ich treibe keine Günstlingswirtschaft. Gefühlsduselei ist für jemand wie mich gleichbedeutend mit Verhungern. Für die deutsche Mark und das englische Pfund kann man die gleiche Nahrung und Kleidung kaufen.«

»Wie sind Sie nach Schweden gekommen?« wollte Craig wissen.

»Ich konnte nicht nach Budapest zurück und wünschte es auch gar nicht. Ich war staatenlos und entschied mich für Schweden als besonders günstige Operationsbasis. Es liegt nicht weit von Moskau und auch nicht weit von den beiden getrennten Welten Berlins, und es steht außerdem unter den mächtigen Einflüssen Englands und Amerikas. Und auch Schweden selbst ist in seinem eifrigen Bemühen, neutral zu bleiben, ein ausgezeichneter Abnehmer für Spionagedienste. Es war nicht schwierig, als kleiner Auslandskorrespondent hierhergeschickt zu werden, und erst einmal hier, machte ich mich verschiedenen Personen in hohen Stellungen nützlich, die dafür sorgten, daß ich bleiben konnte. Stockholm hat seine Nachteile, es geht zu früh schlafen, aber es gibt schlimmere Orte – und jedenfalls ist neutraler Boden ein Tummelplatz für Verschwörungen aller Art. Mein Einkommen ist gering, doch meine Bedürfnisse sind bescheiden. Ich führe ein ganz angenehmes Leben. Und ich habe gute Freunde wie Lilly.«

»Erzähl doch von Enbom«, sagte Lilly.

»Ach ja, Enbom. Lilly ist stolz auf meinen Anteil daran. Und ich bin es auch. Sehen Sie, Mr. Criag, ich versuche nicht, Ihnen etwas vorzumachen. Ich bin kein bedeutender Spion – dazu kam ich zu spät in meinen Beruf. Meine Art der Spionage ist, wie ich schon sagte, jetzt nicht mehr modern. Und zweitens bin ich ängstlich. Ich schäme mich nicht, das zu gestehen. Unter diesen Umständen bekommt man natürlich nicht viele lohnende Aufträge und wird in gewisser Weise zu einem gewöhnlichen Schnüffler degradiert. Meinen letzten Auftrag bekam ich vor einem Monat von einem dänischen Industriellen, der bestimmte private Auskünfte über einen neuen schwedischen Konkurrenten haben wollte. Und vordem führte ich eine Nachforschung für ein Mitglied der *Königlichen Schwedischen Akademie der Wissenschaft* durch –«

Craig war überrascht. »Für ein Mitglied des Nobelpreiskomitees?«

»Ja«, erwiderte Daranyi. »Dr. Carl Adolf Krantz, einen alten Kunden von mir. Vermutlich haben Sie noch nie von ihm gehört. Jedenfalls sollte ich von dieser Sache besser nicht sprechen.«

Craig fragte nicht weiter, obwohl seine Neugierde erregt war, und Daranyi fuhr fort: »Gelegentlich, wenn auch selten, kommt mir aber auch ein wichtiger Fall in die Hand. Auf einen solchen hat Lilly angespielt – den Fall Enbom im Jahr neunzehnhundertzweiundfünfzig. Haben Sie davon gehört?«

»Ich glaube, ich habe darüber gelesen«, sagte Craig und versuchte, sich an diesen Namen zu erinnern.«

»Es war der wichtigste Spionageprozeß in unserer Geschichte«, sagte Lilly. »Und Daranyi spielt darin eine Rolle.«

»Fritjof Enbom war Reporter für eine schwedische Kommunistenzeitung in Boden«, berichtete Daranyi. »Das ist unsere wichtigste Festung in Lappland, nahe der finnischen Grenze. Enbom war Schwede, ein ideologischer Spion, Agent für Sowjetrußland. Er begann seine Arbeit für Rußland im Zweiten Weltkrieg, er verfügte über einen geheimen Sender, und bis neunzehnhunderteinundfünfzig ging alles gut. Aber dann bekam er Streit mit den Kommunisten, verließ seine Zeitung in Boden und zog um nach Stockholm. Da Enbom nun eine Stellung brauchte, bat er einige seiner alten kommunistischen Freunde um ihre Unterstützung. Aber sie zeigten ihm alle die kalte Schulter. Enbom war wütend. Eines Abends beklagte er sich darüber bei einem Freund und erzählte, was er als Spion für die Kommunisten alles getan habe. Sein Freund, ein loyaler Schwede, ging sofort zum Verteidigungsminister. Daraufhin wurde Enbom verhaftet. Ebenso sein Bruder und seine Geliebte – hier kam ich mit ins Spiel, leider darf ich nicht sagen, wer mich beauftragte und wozu er mich beauftragte –, und außerdem wurden noch vier andere Personen verhaftet. Enbom wurde beschuldigt, militärische Geheimnisse um zehntausend Kronen an Rußland verkauft zu haben, wurde schuldig gesprochen und zu der härtesten Strafe verurteilt, die es in Schweden gibt – lebenslängliches Gefängnis mit Zwangsarbeit. Von den andern wurde einer freigesprochen, fünf jedoch bekamen Gefängnisstrafen, wenn auch nicht so schwere. Jedenfalls sehen Sie, mein Leben ist nicht langweilig. Vielleicht haben Sie Lust, eines Tages meine Geschichte zu schreiben, Mr. Craig?«

Craig lächelte. »Vielleicht«, erwiderte er.

Er schaute Lilly an, die sich eben den Mund mit einer Serviette abwischte. »Dann ist Lilly wohl eine von Ihren Agentinnen?«

»Nein, sie ist völlig hoffnungslos«, erwiderte Daranyi. »Sie hat kein Talent, sich zu verstellen.«

Lilly lachte und warf einen Blick auf ihre Armbanduhr. »Wir werden zu spät kommen. Beeile dich, Daranyi.« Sie sprang auf und schaute Craig an. »Wirst du im Hotel erwartet?«

»Ich glaube nicht.«

»Dann komm bitte mit uns. Da ist jemand, den du kennenlernen mußt. Es wird dich höchstens eine Stunde Zeit kosten. Hinterher wird Daranyi mich am NK absetzen und dich zum Hotel fahren. Ja?«

»Gern.«

Daranyis Wagen erwies sich als ein schwarzer Citroën, und obgleich er mindestens zehn Jahre alt war, schimmerte sein Lack wie neu. Nirgends war eine Schramme zu sehen. Craig half Lilly in den Vordersitz und setzte sich selbst in den Rücksitz. Daranyi klemmte sich hinter das Steuerrad.

»Wohin geht die Fahrt?« fragte Craig nach einiger Zeit.

»Richtung Vallingby«, erwiderte Lilly. »Du wirst schon sehen. Bitte keine Fragen mehr.«

Als sie eine breite Straße mit Wohnhäusern und modernen Läden erreichten, bremste Daranyi und parkte den Wagen zwischen den andern am Straßenrand. Sie stiegen aus und gingen zu einem zweistökkigen Gebäude aus Stein. Craig suchte vergeblich, die schwedische Inschrift über der Tür zu entziffern, während er den beiden in das Innere des Hauses folgte.

Erst kamen sie in einen Vorraum und von da aus in ein hübsch möbliertes Empfangszimmer.

»Setzt euch und macht's euch bequem«, sagte Lilly. »Ich bin gleich wieder da.« Dann verschwand sie durch eine verglaste Tür.

»Was soll die Geheimnistuerei?« fragte Craig.

»Lilly liebt manchmal solche Späße«, erwiderte Daranyi.

Als nach etwa fünf Minuten die Glastür wieder aufging, erschien Lilly wieder – mit einem strohblonden, etwa einjährigen Jungen auf ihren Armen. Sie redete zärtlich auf ihn ein und rieb liebkosend ihre Nase an der seinen, so daß er vor Vergnügen laut lachte. Sie trat zu Craig und ließ den Kleinen, als sei er eine Puppe, eine Art Verbeugung machen.

»Arne, ich will dich mit einem Freund aus Amerika bekannt machen

– Mr. Craig.« Sie lächelte zu Craig auf, der vor Verblüffung blinzelte. »Ich möchte dir meinen Sohn vorstellen, Andrew«, fuhr Lilly fort.

Dann, ohne Craigs Reaktion abzuwarten, brachte sie den Jungen zu Daranyi. »Da ist Onkel Daranyi. Gib ihm einen Kuß.«

Als Lilly wieder, den Jungen auf den Armen, vor Craig stand, meinte sie: »Wie findest du ihn? Sieht er mir ähnlich? Er ist schon sehr klug für seine vierzehn Monate, aber er ist scheu.«

»Er ist prächtig«, sagte Craig, und er meinte es aufrichtig. »Ich wußte gar nicht, daß du früher verheiratet warst, Lilly.«

»Ich war auch niemals verheiratet«, antwortete sie fröhlich. »Aber nun entschuldige uns bitte. Arne und ich müssen zum Vormund. Wir sehen uns nachher.« Craig hielt sich für sehr unkonventionell, in vieler Hinsicht, und dazu hatte auch Stockholm beigetragen, trotzdem hatte sich sein anfängliches Erstaunen in einen Schock verwandelt. Benommen sah er Lilly nach, als sie mit ihrem Sohn das Zimmer verließ.

Dann merkte er, daß Daranyi neben ihm stand. »Sie sind offenbar erstaunt?« fragte der Ungar.

»Ein wenig.«

»Aber nicht entsetzt?«

»Nein ... Das nicht.«

»Ich bin froh darüber. Lilly möchte nicht gern Ihr Mißfallen erregen. Sie fürchtete, es Ihnen nicht mit Worten verständlich machen zu können. Sie ist eine Frau, die ihrem Instinkt folgt. Ihr Instinkt sagte ihr, sie müsse Ihnen ihren Sohn zuerst zeigen. Sie glaubte, dann würden Sie sie besser verstehen.«

»Ich bin dessen nicht ganz sicher«, sagte Craig. »Aber ich bin keinesfalls entsetzt.«

»Sehr gut. Vielleicht kann ich es Ihnen begreiflich machen. Kommen Sie mit. Gleich an der Ecke ist ein *Norman-Restaurant*. Lilly wird uns bald folgen.«

Dort angelangt, bestellte Daranyi Kaffee und Kuchen und wandte sich dann auf seinem Barhocker Craig zu.

»Um es Ihnen begreiflich zu machen«, sagte er ernst, »muß ich einen kleinen Trick anwenden: Sie sind jetzt nicht mehr in den Vereinigten Staaten, sondern in Skandinavien, in einem völlig anderen moralischen Klima, einer sehr viel großzügigeren Welt. Können Sie sich dahineinversetzen?«

»Ich will es versuchen. Sie sagte, es sei ihr Sohn. Aber dazu gehören doch zwei. War es etwas wie ein Unglücksfall?«

»Ganz und gar nicht, Mr. Craig. Arnes Geburt war geplant.«

»Sie scherzen wohl?«

«Mr. Craig, vergessen Sie bitte Ihre amerikanischen Vorurteile. Von zehn Kindern, die in Schweden geboren werden, ist mindestens eins illegitim.«

»Ich bin gewiß kein Puritaner, was immer Lilly behauptet. Weit entfernt davon. Aber irgendwie erwartet man das nicht von jemand, den man kennt – näher kennt – oder von dem man wenigstens glaubt, daß man ihn kennt.«

»Aber *jemand* muß es ja immer sein. Warum also nicht jemand, den man kennt? Menschen werden Millionäre, und manchmal ist es jemand, den man kennt. Menschen morden und werden ermordet, und manchmal ist es jemand, den man kennt. Menschen lassen sich scheiden, und sie begehen Selbstmord, und manchmal ist es jemand, den man kennt. Der kleine Arne ist einer von zehn in Schweden.«

»Wie konnte das geschehen? Sie sagten, es war geplant?«

»Vor zwei Jahren kam ein bekannter, auffallend gut aussehender schwedischer Architekt in die Nordiska Kompaniet, um für seine Frau zum Geburtstag ein Kleid zu besorgen. Lilly war die Verkäuferin. Sie verliebten sich ineinander. Frauen wie Lilly sind gewiß nicht für Promiskuität, aber sie glauben an die Liebe, die sie nicht sublimieren, sondern genießen wollen. Sie hatten ein Verhältnis. Zweifellos liebte dieser Architekt Lilly – aber er liebte auch seine Frau und seine drei Kinder. Lilly ist vernünftig, wie Sie sehen. Sie wußte, daß sie ihn niemals legal besitzen konnte. Aber wenn die Ehe ihr versagt war, so wollte sie wenigstens die Frucht der Ehe. Sie wollte ein Kind, das vielleicht das Ebenbild ihres Geliebten sein würde. Sie besprachen sich also – in aller Offenheit. Und es dauerte auch nicht lange, und Lilly war schwanger.«

Craig bemühte sich, einen klaren Kopf zu behalten. Daranyi stellte es als allzu selbstverständlich hin. »Aber die Konsequenzen – hat sie daran denn nicht gedacht?« fragte er.

»In Schweden gibt es keine Konsequenzen«, erwiderte Daranyi. Der Kaffee war gekommen, er warf zwei Stück Zucker hinein. »Uneheliche Kinder werden hier nicht diffamiert – warum denn auch? Schließlich hat das neugeborene Kind keine Sünde begangen, Mr. Craig. Schweden hat auch von allen Ländern den größten Prozentsatz an illegitimen Geburten, obgleich man natürlich die Illegitimität nicht für das Ideale hält. Man steht hier offen zu dem, was man anderswo vertuscht.«

»Sie meinen tatsächlich, daß Arne nicht darunter leiden wird?«

»Er wird kein bißchen darunter leiden. Als es bei Lilly soweit war, fuhr ich sie in eine staatliche Klinik, wo auch der Vater, der Architekt, schon anwesend war. Nach Arnes Geburt wurde Lilly in ein Zimmer mit zwei verheirateten Müttern gelegt und genauso wie sie behandelt. Die Klinik- und Arztkosten betrugen nur eine Krone pro Tag – etwa zwanzig amerikanische Cent –, ein Vorzug der sozialisierten ärztlichen Behandlung, die von den amerikanischen Ärzten so sehr verabscheut wird. Von der Regierung bekam Lilly vierhundert Kronen als Beihilfe, für ihre dringendsten Bedürfnisse. Noch während ihres Hospitalaufenthaltes erhielt sie den Besuch der Frau, die man zur Pflegerin bestellt hatte. Sie sehen, der schwedische Wohlfahrtsstaat denkt an alles. Etwa um neunzehnhundertsiebzehn wurde das Svenska Barnavardsnämmden gegründet – das Kinderwohlfahrtskomitee –, das die Aufgabe hat, unverheiratete Mütter zu überwachen. Diese Organisation beschäftigt Pflegerinnen, die zwei Jahre lang in Kinderpflege, Psychologie und Soziologie ausgebildet wurden, und sie teilt jeder unverheirateten Mutter eine dieser Pflegerinnen zu. Die Pflegerin gibt Ratschläge, sorgt dafür, daß genügend Geld da ist, und so weiter. Lillys Pflegerin hat sie und ihren Sohn jeden Monat einmal besucht – heute trafen sie sich in dem staatlichen Kinderheim, in dem wir eben waren –, und bald wird die Pflegerin nur noch etwa zweimal im Jahr nachschauen, so lange, bis Arne achtzehn ist.«

»Wie schafft Lilly das finanziell?«

»Der Architekt gibt Lilly zehn Prozent seines monatlichen Einkommens, damit sie Arne aufziehen kann. Ist aber der Vater arm oder kann er nicht festgestellt werden, übernimmt der Staat die finanzielle Unterstützung.«

Craig starrte in seinen Kaffee. »Mr. Daranyi, ich will nicht neugierig sein, aber – kommt Lilly noch mit dem Vater ihres Sohnes zusammen?«

»Nein. Das war schon vor einem halben Jahr zu Ende. Diese Entscheidung hat Lilly selbst getroffen. Sie liebte ihn plötzlich nicht mehr. Sie sah ein, daß er nicht der Richtige für sie war. Jetzt ist sie froh, daß er sie nicht geheiratet hat. Aber sie ist glücklich, daß sie den kleinen Jungen hat. Arne ist ihr Lebensinhalt. Später will sie ihn nur noch tagsüber, solange sie arbeitet, in dem staatlichen Kinderheim lassen, abends und sonntags will sie ihn daheim bei sich haben.«

»Und sie hat wirklich keinerlei Unannehmlichkeiten zu befürchten?«

»Mr. Craig, als Arne geboren wurde, hat Lilly eine Geburtsanzeige in die Zeitungen gesetzt und an alle Freunde Karten mit der freudigen Nachricht übersandt. Sie wissen doch sicher: Kein Mädchen, kein Junge verläßt hier die Schule ohne vollständige Kenntnis über geschlechtliche Dinge, Geburt, Abtreibung, Verhütungsmittel. In Ihrem Land wäre das ausgeschlossen; schon die Kirchen würden das nicht zulassen. Aber hier ist die Staatskirche protestantisch und hat im übrigen auch nicht besonders viel Einfluß. Fast niemand geht bei uns regelmäßig in die Kirche. An ihre Stelle treten Erziehung und eine sehr realistische Regierung. Bei uns ist die Liebe nicht verdächtig. Sie gilt als etwas Natürliches. Wenn ein Mädchen einen Jungen liebt, gibt sie sich ihm hin, weil es normal ist, das zu tun. Wenn die Liebe anhält, heiraten die beiden. Wenn die Liebe erkaltet, dann heiraten sie eben nicht. Ich habe den Bericht Ihres Dr. Chapman gelesen, der die verheirateten

Frauen in Amerika in sexueller Hinsicht getestet hat. Was brachten seine Statistiken zutage? Vier von zehn verheirateten Frauen hatten vor der Ehe geschlechtlichen Umgang. Ein ähnlicher Test wurde auch in Schweden vorgenommen. Hier hatten acht von zehn verheirateten Frauen Liebeserlebnisse, bevor sie heirateten, und die meisten im Alter von achtzehn Jahren. Sie sehen, Mr. Craig, sie haben hier mehr Freiheit, und sie fahren dabei nicht schlechter. Im Gegenteil! Die Ehen sind hier solider. Ein Mann braucht hier eine Frau nicht zu heiraten, damit er mir ihr schlafen kann. Er schläft mit ihr, und dann heiratet er sie, weil er nicht mehr ohne sie sein will.«

Craig nippte gedankenverloren an seinem Kaffee. Er dachte an Lilly. Da war eine Frage, die ihn nicht mehr hätte zu beunruhigen brauchen, aber er war ein Produkt seiner Vergangenheit. »Was wird aus Lilly werden?« fragte er.

Daranyi zuckte die Achseln. »Wer weiß? Sie ist noch jung. Schwedische Frauen heiraten ziemlich spät. Ich glaube, durchschnittlich etwa mit sechsundzwanzig. Lilly hat Männer gekannt, die sie liebte. Vielleicht findet sie eines Tages einen, den sie so liebt, daß sie ihn heiratet.«

»Aber der Junge –«

»Machen Sie sich keine Sorge um den Jungen. Er ist Arne Hedqvist, gesichert und anerkannt. Er hat vom Leben nichts zu befürchten. Lilly weiß – ich sagte es ihr –, daß einige der berühmtesten Männer in der Geschichte illegitim zur Welt kamen: Leonardo da Vinci, Erasmus, Papst Clemens VII., der jüngere Dumas, Alexander Hamilton, August Strindberg. Sie haben ihr Schicksal gemeistert. Auch Arne wird es meistern. Und auch Lilly.«

Daranyi schaute zur Tür und winkte.

»Aber da kommt sie schon«, sagte er und stand auf. »Wir müssen gehen.«

Craig, in Gedanken noch mit alldem beschäftigt, was er eben gehört hatte, erhob sich ebenfalls und folgte ihm zögernd.

Dr. Hans Eckart war aus dem Taxi gestiegen und näherte sich der kleinen bärtigen Gestalt, die an der Straßenecke auf ihn wartete.

»Carl«, sagte Eckart.

Carl Adolf Krantz wirbelte herum, übersah Eckarts behandschuhte Hand, packte ihn statt dessen am Arm und schob ihn in einen Hinterausgang.

»Hier herein«, sagte Krantz befehlend.

Ärgerlich ließ sich Eckart das melodramatische Gebaren des Schweden gefallen und in die Eingangsnische einer *Konditori* bugsieren.

»Was ist los mit Ihnen?«

Aber Krantz spähte nach drei Gestalten auf der anderen Straßenseite

– einem kleinen und einem großen Mann und einer jungen Frau. »Gott sei Dank«, murmelte er schließlich, »sie haben uns nicht zusammen gesehen.«

»Wer?« fragte Eckart perplex. »Um Himmels willen – was soll dieser Blödsinn?«

Krantz hatte sich wieder gefaßt und begann sofort, sich zu entschuldigen. »Verzeihen Sie bitte meine Unhöflichkeit. Ich wollte Sie nicht brüskieren. Aber gerade als Sie mich riefen, sah ich aus dem *Norma-Restaurant* drüben den Ungarn in Begleitung kommen.«

»Zum Teufel! Was für einen Ungarn?«

»Wissen Sie nicht mehr, als ich Ihnen von –« er stockte, schaute sich verstohlen um, aber die Tür zum Café war geschlossen, »der geheimen Stratman-Abstimmung erzählte und wie ich sie beeinflußte?«

»Ja, gewiß –«

»Ich berichtete Ihnen von einem ungarischen Hanswurst, der als Spion gilt – in Wirklichkeit stellt er nur Nachforschungen an und hat gute Verbindungen zur Presse ... Erinnern Sie sich? Nun, der war es eben. Daher hielt ich es für klüger –«

»Sie haben sich ganz richtig verhalten«, sagte Eckart besänftigt.

»Sie sagten mir am Telefon, Sie wünschten eine kurze Besprechung?« fuhr Krantz fort.

»Ja.«

»Nun, wenn es nichts Wichtiges ist, können wir in das *Norma-Restaurant* drüben gehen. Wenn Sie jedoch einen verschwiegenen Ort vorziehen –«

»Ich ziehe einen verschwiegenen Ort vor«, erwiderte Eckart kurz.

»Ich habe einen Wagen zur Verfügung. Er steht gleich um die Ecke. Wir können uns hineinsetzen und uns unterhalten oder auch spazierenfahren –«

»Wir werden uns hineinsetzen und uns unterhalten«, sagte Eckart.

An seinem Ton spürte Krantz, daß etwas Unangenehmes bevorstand. Plötzlich hatte er Sorge um seine Berufung.

»Wie Sie wissen, traf ich gestern Max Stratman zum Lunch«, begann Eckart, als sie im Auto saßen.

»Ah, sehr gut.«

»Gar nicht gut«, versetzte Eckart. »Die Besprechung verlief negativ.«

Krantz befürchtete, sein eigener wertvoller Beitrag, die Tatsache nämlich, daß diese Besprechung möglich geworden war, daß Stratman sich überhaupt in Stockholm befand, könnte verringert werden. »Ich machte Sie auf diese Eventualität aufmerksam. Sie erinnern sich doch? Er sagte der Presse, er habe nicht den Wunsch gehabt, für einen totalitären Staat zu arbeiten. Und er sagte, er habe Deutschland freiwillig verlassen.« Er starrte Eckart an. »Hat er Ihnen das wiederholt?«

Eckart ignorierte Krantz' Frage. »Ich bot ihm eine Professur an der Humboldt-Universität an, mit einem dreimal so hohen Gehalt als seinem jetzigen. Ich versprach ihm völlige Freizügigkeit. Nur ein verwirrter und sentimentaler Narr würde ein solches Angebot ablehnen. Er hat es abgelehnt.«

Fast physisch spürte Krantz die Qual, die ihm Eckarts Worte bereiteten. Von Anfang an war ihm klar gewesen, daß Eckart und seine ostdeutschen Kollegen Stratman gern in Stockholm haben wollten, damit sie ihn von da aus irgendwie in ihr Land locken könnten. Aber es war Krantz nie in den Sinn gekommen, daß sie Stratman einen Posten an der Universität anbieten wollten. Das war eine Überraschung, und sie verstörte Krantz tief. Denn wie viele Lehrstühle gab es schließlich auf dem physikalischen Sektor der Universität? Wenn der große Stratman einen erhielt, würde es dann für den weniger bedeutenden Krantz überhaupt noch einen geben? Das allein erschien Krantz jetzt wichtig. Aber aus taktischen Gründen hielt er es für ratsam, seinem Gönner gleich zuzustimmen. »Ich bin darüber genauso erstaunt wie Sie«, erwiderte er. »Wie kann ein Wissenschaftler ein so glänzendes Angebot ausschlagen? War seine Absage endgültig?«

Eckart schwieg einen Augenblick und starrte durch die Windschutzscheibe. »Jedenfalls sagte er das.«

»Dann ist da nichts zu machen. Es gibt ja noch andere. Sie müssen sich eben darauf einstellen.«

»Nein!« rief Eckart zornig. »Es gibt nur einen Stratman. Ein anderer kommt nicht in Frage.«

»Aber Hunderte von Physikern haben auf dem Gebiet der Sonnenenergie gearbeitet. Holen Sie sich doch –«

Wütend fuhr Eckart Krantz an: »Kapieren Sie denn nicht? Sehen Sie nicht, worauf wir aus sind? Wir wollen ihn nicht deshalb in Ost-Berlin haben, weil er uns an seiner Entdeckung teilhaben lassen soll. Nein. Nicht einmal deshalb, weil er uns neue Entdeckungen schenken könnte. Wir wollen ihn bei uns haben, damit er nicht länger für die anderen arbeitet, ihnen hilft, sie bewaffnet. Wir wollen ihn haben, weniger weil er ein Gewinn für uns, als vielmehr weil er ein Verlust für sie ist. Warum aber, glauben Sie, erzähle ich Ihnen das alles? Weil wir noch immer Hoffnung haben und weil wir wissen, daß wir in Ihnen einen Freund besitzen, einen künftigen Kollegen, auf den Verlaß ist.«

Diese letzte Bemerkung erweckte in Krantz gemischte Gefühle und neue Befürchtungen. »Was könnte ich noch für Sie tun? Ich habe meine Verpflichtung erfüllt.«

»Nur einen Teil Ihrer Verpflichtung«, sagte Eckart kalt. »Ihre Arbeit ist erst dann getan, wenn wir befriedigt sind. Wir sind jedoch nicht befriedigt.«

Krantz strich sich nervös über den Bart, seine Hand zitterte. »Das stimmt nicht, nein, das stimmt nicht, und Sie wissen es. Es war nur ein Austausch von Gefälligkeiten. Ich stellte an Sie eine einfache Forderung, und Sie stellten an mich eine schwierige. Sie baten mich, dafür zu sorgen, daß Stratman den Nobelpreis für Physik erhält und daß er nach Stockholm kommt, um ihn in Empfang zu nehmen. Als Gegenleistung versprachen Sie mir eine ordentliche Professur an der Humboldt-Universität. Ich habe mein Versprechen erfüllt, und nun sollten Sie das Ihre erfüllen.«

»Wirklich, ich respektiere Ihren peinlich genauen Sinn für Tatsachen – ich respektiere ihn außerordentlich«, sagte Eckart in besänftigendem Ton, »aber in menschlicher Beziehung sind der wissenschaftlichen Exaktheit Grenzen gesetzt. Wir zählen keine Moleküle. Wir schließen einen – einen guten Handel ab. Gewiß, Sie haben Stratman hierhergebracht, das bleibt für immer Ihr Verdienst. Aber solange er sich unseren Wünschen nicht willfährig zeigt, bleibt er das Streitobjekt. Im umfassenden Sinn wurde er uns noch nicht – hm, geliefert.«

»Er wurde geliefert. Er ist hier.«

»Vorübergehend. Warum dieser Widerstand, Carl? Sie wissen ja noch gar nicht, was ich von Ihnen will.«

»Meine Lage ist prekär, das jedenfalls weiß ich«, sagte Krantz. »Ich habe, soweit ich es in meiner Position als Mitglied des Nobelkomitees konnte, das Menschenmögliche getan. Was wollen Sie noch mehr von mir verlangen?«

»Eine kleine Nachforschung, eine Routinearbeit, das ist alles. Wäre ich in der Lage, diese Sache durchzuführen, so würde ich es tun. Aber ich bin hier ein Außenseiter, und die Aufgabe, die für mich unendlich schwierig wäre, ist für Sie ganz leicht. Doch das kann ich Ihnen versprechen, wenn Sie Ihre Verpflichtung anerkennen, das Werk, das Sie begonnen haben, zu vollenden – wenn Sie es wirklich vollenden –, werde ich Ihnen noch vor meiner Abreise den Vertrag für einen Lehrstuhl an der Humboldt-Universität überreichen und ein Aufenthaltsvisum für Ost-Berlin. Nun, was sagen Sie dazu?«

Krantz wußte, daß alles Feilschen vergeblich sein würde. Er mußte einwilligen oder auf seinen Zukunftstraum verzichten. Nun, dachte er, das alles hängt davon ab, was sie von mir verlangen. »Was verlangen Sie von mir?« fragte er.

»Gestern nachmittags und abends habe ich mir das Problem unentwegt durch den Kopf gehen lassen«, sagte Eckart. »Es handelt sich darum, Stratman einen größeren Anreiz zu bieten als bisher. Was also vermögen wir ihm zu bieten, daß er unmöglich ablehnen kann? Ich kam zu dem Schluß, daß ich, um das richtige Angebot zu machen, mehr über den Mann und seine Bedürfnisse wissen muß, über sein Leben und das der Menschen, die ihm nahestehen. Wofür wäre er bereit, seine

Anhänglichkeit an Amerika einzutauschen? Auf diese Fragen sollen Sie die Antwort finden. Wenn ich sie kenne, werde ich ein zweites Treffen mit Stratman arrangieren. Und diesmal werde ich den richtigen Köder haben. Ich garantiere Ihnen, ich werde ihn fangen.«

»Ich verstehe«, sagte Krantz nachdenklich. »Ist das alles –«

»Das ist alles.«

»Vielleicht kann ich es ermöglichen. Ich nehme an, ich kann den Ungarn nochmals anstellen – Daranyi. Er ist fleißig, er hat Beziehungen –«

»Ist er verläßlich?«

»Vollkommen. Ich sagte schon, seine Aufenthaltsgenehmigung hängt von verschiedenen Leuten ab, darunter auch von mir. Und er ist stets sehr auf Geld aus. Sie werden natürlich dafür Geld zur Verfügung stellen?«

»Daran soll es nicht fehlen. Innerhalb vernünftiger Grenzen selbstverständlich.«

»Wie bald brauchen Sie dieses Material über Stratman?«

»Wie bald? Schon gestern, wenn möglich! Aber lassen Sie mich nachdenken – was haben wir heute? Den sechsten Dezember. Ich brauche es am Abend des neunten, keinen Tag später. Und vergessen Sie nicht, Sie müssen sehr vorsichtig sein. Ihr Agent darf nicht genau wissen, worum es Ihnen geht. Sie verstehen! Der geringste Fehler könnte mich in Schwierigkeiten bringen – uns *beide*. Jedenfalls aber freue ich mich schon jetzt auf den Tag, an dem wir Sie bei uns in Berlin begrüßen: Sie und Stratman, unsere berühmtesten Kapazitäten. So, nun fahren Sie mich bitte wieder ins Hotel. Sie können mich einen oder zwei Blocks vorher absetzen. Vergessen Sie nicht, mich morgen anzurufen, nachdem Sie die Verabredung getroffen haben. Ich werde darauf warten ... Und nun wollen wir aber von vergnüglicheren Dingen sprechen. Gibt es in Stockholm in dieser Saison irgendwelche sehenswerte Revuen? Und die Mädchen – haben Sie auch für ein paar schwedische Schönheiten gesorgt, mein lieber Freund?«

Die auf kostbarem Leinen geprägte Einladung war an zwanzig Gäste ergangen.

Sie lud zu einem formellen Souper für den sechsten Dezember, sieben Uhr abends, bei dem Smoking und Abendkleid erwünscht waren. Gastgeber waren Ragnar Hammarlund und Märta Norberg, und damit beehrt wurden sämtliche in Stockholm weilenden Nobelpreisträger.

Zwar hatten schon alle zwanzig Gäste zugesagt, aber ein paar Stunden vor dem Essen zeigte sich, daß nur neunzehn kommen würden. Emily Stratman hatte Hammarlunds Sekretärin angerufen und ihr erklärt, daß ihr Onkel sich nicht ganz wohl fühle – nichts Ernstliches, wohl nur Übermüdung – und daß er sich ausruhen wolle und daher bitte, ihn zu entschuldigen. Als Hammarlund es erfuhr, hatte er persönlich Graf Bertil Jacobsson in der Nobelstiftung angerufen und ihn gebeten, an Professor Stratmans Stelle als Emilys Tischherr zu fungieren. Jacobsson hatte sich liebenswürdig dazu bereit erklärt, und Hammarlund war befriedigt, daß die Liste seiner Gäste wieder zwanzig Namen zählte.

Jetzt war es sieben Uhr fünfzehn abends.

Hinter dem kunstvoll geschmiedeten Tor und dem künstlichen Lilienteich am Djurgårdbrunns-Kanal waren die Fenster im ersten Stock von Hammarlunds mit Säulen geschmücktem Tadsch Mahal – *Askslottet* – festlich erleuchtet. Da die skandinavischen Gäste zu schwedischer Pünktlichkeit erzogen und die ausländischen Gäste von dieser Gepflogenheit unterrichtet waren, hatten sich schon alle zwanzig Gäste in dem riesigen, prachtschimmernden Hauptsalon versammelt. Die letzten Gäste waren gerade erst eingetroffen. Es war die Gruppe Emily Stratman, Jacobsson, Andrew Craig und Leah Decker. Die beiden Gastgeber hatten sie in der Nähe der Salontür erwartet und sie mit Händeschütteln begrüßt.

Ragnar Hammarlund, in elegantem Abendanzug aus der Bond Street, wirkte so ausdruckslos wie immer. Neben ihm, in der – von ihr oft ausgeübten – Rolle der Gastgeberin, stand die legendäre Märta Norberg. Sie sah genauso aus wie auf den Tausenden von Kinoreklamen und Titelseiten der Illustrierten, genauso wie auf der Bühne und im Film. Sie sah mit zweiundvierzig so aus wie mit zweiunddreißig und zweiundzwanzig – sie war das vollkommene Produkt der teuersten internationalen Kosmetiksalons. Trotz der weltberühmten nachlässigen Haltung ihrer breiten Schultern wirkte Märta Norberg groß – sie war größer als der neben ihr stehende Hammarlund. Auch die übrigen weltberühmten Attribute ihrer Schönheit waren vorhanden, von der »unergründlichen Tiefe ihrer grauen Augen« bis zum »dunklen Klang ihrer betörenden Stimme.«

Während Craig darauf wartete, vorgestellt zu werden, wurde er fast ebensosehr bezaubert wie Leah, die ihrer Begeisterung sogleich Ausdruck gegeben hatte. Und als er nun als letzter die kräftige, schlanke Hand ergriff, spürte er den elektrischen Strom ihrer Anziehungskraft und ihren lockenden Zauber.

»Craig«, sagte er, sich auf die in Schweden übliche Art selbst vorstellend.

»Ich weiß«, erwiderte sie mit ihrer tiefen Stimme. »Ich war entzückt von allen Ihren Büchern. Ich bin Märta Norberg.«

»Ich weiß«, sagte Craig. »Ich war von Ihnen in allen Ihren Rollen entzückt – Camille, Nora Helmer, Beatrice, Sadie Thompson, Lady Windermere.«

Ihre Lippen kräuselten sich kaum merklich. »Ich merke, Sie sprechen so gut, wie Sie schreiben. Kommen Sie, Ragnar wird Sie zu den Gästen führen.«

Wieder herrschte die schwedische Förmlichkeit, alles verlief nach dem Vorstellungsprotokoll, das sie auch diesmal von Manker erhalten hatten.

Die vierzehn schon zuvor angekommenen Gäste hatten sich in einem Halbkreis aufgestellt, manche mit Cocktails und manche mit Highballs bewaffnet. Eine ähnliche Prozedur hatte Craig schon beim Königlichen Bankett erlebt. Er ging linkisch innerhalb des Kreises hinter Leah und Emily her. Von Gast zu Gast gehend, nannte er jedesmal seinen Nachnamen, und der Gast murmelte als Antwort den seinen. Die Gäste, die Craig bereits kannte – die beiden Marceaus, Dr. Farelli und Frau, Dr. Garrett und Frau, den Norweger Konrad Evang –, begrüßte er mit spontaner Ungezwungenheit. Aber bei den neuen Gästen unterwarf er sich der strengen Etikette. So begrüßte er Baron Johan Stiernfeldt, einen Repräsentanten des Hofes, und die Baronin Stiernfeldt, Fräulein Svensson, die Altistin der Oper, General Alexei Wasilkow, den Militärattaché der Russischen Botschaft, und seine Frau Nadeschda Wasilkow, Frau Lagersen, deren Gesicht an einen Affen erinnerte und die sich rühmen konnte, mit Mette Sophie Gad, Paul Gauguins unglücklicher dänischer Frau, neunzehnhundertfünf in Kopenhagen befreundet gewesen zu sein – sie hatte erst kürzlich *Eine Erinnerung an Mette und Paul* veröffentlicht –, und Dr. Oscar Lindblom, Hammarlunds Privatchemiker, einen hageren, überaus schüchternen Mann.

Da keine weiteren Gäste mehr erwartet wurden, löste sich der Halbkreis, als die formelle Vorstellung beendet war, sofort in kleine Gesprächsgruppen auf.

Leah, die sich so gab, als habe sie Craig das Fiasko der von ihr provozierten Nacht verziehen, begann von der kostbaren Einrichtung des Salons im Stil Georgs V. zu schwärmen, und zum erstenmal gewahrte auch Craig seine Umgebung.

Der große Raum, vom Boden bis zur Decke getäfelt, jedes Paneel mit Stichen aus dem achtzehnten Jahrhundert geschmückt, hatte an der einen Wandseite einen riesigen, mit Carrara-Marmor verkleideten offenen Kamin. Am anderen Ende war auf einem kleinen Podium neben den französischen tiefen Fenstern, die auf eine Terrasse führten, ein fünfköpfiges, unverkennbar pariserisches Orchester untergebracht, das mit vielen Pausen klassische Operettenmusik spielte. Eine graziöse französische Chanteuse mit wuscheligem Haar sang hin und wieder mit großer Gestikulation sehnsüchtige Weisen.

An der Wand gegenüber standen zwei Chippendale-Tische mit zierlich geschwungenen Beinen. Einer davon war beladen mit einer Eisbombe in Form eines Pfaus, von Treibhausorchideen umgeben und von einem *Smorgasbord*-Regenbogen überwölbt – bestehend aus Salzheringen, Salmscheiben, marinierten Muscheln, Kalbfleischklößen, gotländischem Spargel, geräucherter Gänsebrust und unzähligen Käsesorten. Zwei schwedische Mädchen servierten die Herrlichkeiten. Auf dem zweiten Tisch standen Gläser und Flaschen, und dort hantierten zwei Mixer in roter und schwarzer Kleidung. Die Aufsicht führend, zirkulierte durch den Salon Hammarlunds livrierter Butler Motta, ein schon älterer Schweizer, der von einem großen Tablett, beladen mit heißen Horsd'œuvres in amerikanischem Stil, allen Gästen anbot. Ihm folgte mit Tellern und Servietten, in ihrem gestärkten Kleid wie eine Puppe anzusehen, das finnische Küchenmädchen.

Suchend sah sich Craig nach Emily um und erblickte sie endlich in der Gruppe, die sich aus Jacobsson, Frau Lagersen, Baron Stiernfeldt und seiner Frau und den Farellis zusammensetzte. Craig wußte, daß er sie jetzt nicht loseisen konnte, und so blieb ihm nur noch eine Zuflucht.

Er begab sich an die provisorische Bar und bestellte sich einen doppelten Whisky auf Eis. Während er darauf wartete, entdeckte er am Ende des Tisches eine Art Plakat, an einer Staffelei befestigt, mit der Aufschrift *Placering*. Es war die Tischordnung für das Souper. Sein Platz war zwischen Margherita Farelli und Leah Decker vorgesehen. Er runzelte die Stirn und studierte die anderen Namen auf der Karte. Emily sollte zwischen Jacobsson und General Wasilkow sitzen. Als Craig seinen Drink erhielt, starrte er noch immer auf die Tischordnung. Sie schien ihm recht unharmonisch; sie bedurfte einer kleinen Änderung. Er schwor sich, nachher daran zu denken.

Von Lindblom und Märta Norberg flankiert, stand der Gastgeber des Abends eine Zeitlang in einem gewissen Abstand von seinen Gästen und ließ seinen Blick durch den Raum schweifen. Jeder Schwede in einer wichtigen sozialen Position pflegte anstandshalber drei formelle Abendgesellschaften im Jahr zu geben, meistens in der dunklen Wintersaison, wenn das Leben unerträglich eintönig wurde. Aber Hammarlund hatte diese allgemein übliche Zahl schon immer gern überschritten, und so war dies sein neuntes offizielles Souper. Aber erst dreimal in seinem Leben hatte er Nobelpreisträger geladen.

Die ersten beiden Nobelabende betrachtete er als verunglückt, weil, wie er fand, die Wissenschaftler eine schrecklich langweilige und eigensinnige Gesellschaft waren. So hatte er sich geschworen, seine Liste künftig auf Gäste zu beschränken, die ihm gefielen – auf Industrielle wie er selbst, welche die gewohnte Sprache der legalisierten Piraterie sprachen, und auf die närrischen, übermütigen Kinder der Theaterwelt. In diesem Jahr hatte er seinen Sinn nur deshalb geändert, weil die beiden Marceaus aus Paris den Preis erhalten hatten. Er war sich sofort darüber klar gewesen, wie wertvoll sie für ihn werden konnten. Aber da er nicht nur die Marceaus mit einer Einladung in *Askslottet* beehren konnte, hatte er die Last eines dritten Nobelsoupers auf sich genommen. Bis jetzt, dachte er, war alles nach Wunsch gegangen. Aber nun mußte er bald mit der Arbeit beginnen.

Märta Norberg sagte eben: »Dieser Craig hat einen gewissen Charme. Ich glaube, er könnte recht amüsant sein.«

»Kümmere dich nicht um Craig«, sagte Hammarlund barsch. »Du weißt, daß du dich Claude Marceau widmen mußt.« Zu Lindblom gewandt fuhr er fort: »Und auch Sie, Oscar, kennen Ihre Pflichten.« Hammarlund faßte die beiden unter. »Kommt. Wir wollen ans Werk gehen, bevor sie von den andern mit Beschlag belegt werden.«

Die drei begaben sich zu den Marceaus, die mit verdrossener Miene tranken, sich aber weder miteinander noch mit sonst jemand unterhielten. Ihrer beider Erbitterung war während der letzten vierundzwanzig Stunden noch angewachsen. Claude war entrüstet über die vielen Vorlesungen, die Denise ihm aufgehalst hatte. Und Denise war verstimmt, weil sie heute morgen in der Zeitung von der Ankunft der französischen Mannequins in Kopenhagen gelesen hatte. Unter diesen Umständen war es ihnen nicht unwillkommen, als Hammarlund mit der Norberg und dem jungen Lindblom sich zu ihnen gesellte.

Wenn Hammarlund ein bestimmtes Ziel verfolgte, war er ein Meister der gesellschaftlichen Taktik. Mit großer Gewandtheit veranlaßte er Claude Marceau, Märta Norberg zum Bartisch zu begleiten, um für sie einen Drink zu besorgen, so daß er mit Lindblom allein bei Denise zurückblieb.

»Sie kennen Dr. Oscar Lindblom schon, glaube ich«, sagte Hammarlund.

»Ach ja, jetzt erinnere ich mich«, sagte Denise. »Er war der Mann, der errötete, als wir heute abend vorgestellt wurden.«

Lindblom erinnerte an eine Figur in einem Kindermalbuch, die noch nicht mit Farbstift ausgefüllt war, und Denise entdeckte eben, daß Lindbloms bleiches Gesicht sich wieder mit tiefer Röte überzog. Er hatte zu einer galanten Bemerkung angesetzt, kam ins Stottern und sagte nun: »Es passiert einem nicht jeden Tag, Dr. Marceau, daß man einem Genie, das man schon lange verehrt, die Hand drücken darf.«

Denise neigte den Kopf. »Vielen Dank, Dr. Lindblom.« Sie spürte Hammarlunds amüsierten Blick. »Sie sind offenbar kein strenger Chef, Herr Hammarlund. Denn wenn ein Chemiker Zeit hat, liebenswürdige Komplimente auswendig zu lernen, kann ihm kaum genug Zeit für seine Reagenzgläser und seine Mäuse bleiben.«

»Ausgezeichnet«, sagte Hammarlund. »Sie erinnern sich also, daß ich Ihnen erzählte, Dr. Lindblom sei der Leiter meines Privatlaboratoriums?«

»Natürlich.«

»Aber erinnern Sie sich auch daran, daß ich Ihnen sagte, er sei einer der vielversprechendsten Chemiker in Skandinavien? Glauben Sie mir, eines Tages wird er den Nobelpreis erhalten wie Sie und Ihr Mann –«

Lindblom errötete schon wieder, und seine Smokingschleife tanzte nervös auf seinem vorspringenden Adamsapfel. »Herr Hammarlund, wirklich –«

Hammarlund schob mit einer Handbewegung seinen Protest beiseite, als verscheuche er eine Mücke. Er fuhr zu Denise gewandt fort: »Sie sind im Irrtum, wenn Sie meinen, er verbringe seine Zeit mit Reagenzgläsern und Mäusen. Er steht kurz vor einer sehr wichtigen Entdeckung auf dem Gebiet der synthetischen Ernährung. Leider unterlief ihm ein kleiner Irrtum.«

»Tut mir leid, aber so etwas kommt vor«, sagte Denise zu Lindblom mit spürbarer Interesselosigkeit.

»Ich hoffe, er wird Ihnen alles Wissenswerte über seine Arbeit erzählen«, sagte Hammarlund mit Nachdruck. »Ich kenne diesen seinen Wunsch. Und was seine Artigkeit gegen Damen betrifft, so werden Sie entdecken, daß er sehr charmant sein kann.« Sein Blick wanderte durch den Raum. »Oh, wie ich sehe, wünscht mich General Wasilkow zu sprechen. Entschuldigen Sie mich bitte einen Augenblick. Sie werden sich gewiß gut unterhalten.« Rasch verließ Hammarlund die beiden.

»Ich muß mich bei Ihnen für Herrn Hammarlund entschuldigen«, begann Lindblom in beinah ärgerlichem Ton. »Alles, was ihm gehört, hält er für das Beste, und leider schließt er in diesen Enthusiasmus auch seine Angestellten ein.«

»Ich habe keine Ahnung, wovon Sie reden«, sagte Denise schroff.

»Ich meine – ich meine – seine Prophezeiung, daß ich vielleicht eines Tages den Nobelpreis bekäme wie Sie und Ihr Mann. Ich würde mir nicht erlauben, davon auch nur zu träumen. Ich bin im Grund erst ein Anfänger, fast ein Student – verglichen mit Ihrem Genie. Es macht mich verlegen, daß – daß mein Name im gleichen Atemzug mit dem Ihren genannt wurde. Und deshalb bitte ich um Entschuldigung für Herrn Hammarlunds Übertreibung.«

Denise betrachtete den Sprecher mit unverhohlener Verachtung, denn was sie an einem Mann am meisten verabscheute, war Schwäche. »Sie brauchen sich nicht zu entschuldigen«, sagte sie. »Jeder von uns tut seine Arbeit an dem Platz, an den er gestellt ist.«

Sie wußte, sie mußte ihn erst über seine Arbeit sprechen lassen, bevor sie sich seiner entledigen konnte. Es war besser, ihn gleich darüber zu befragen, damit sie es möglichst rasch hinter sich bekam. Währenddessen beobachtete sie, wie ihr Mann sich an der Bar angeregt mit Märta Norberg unterhielt und viel zu nah bei ihr stand. Nachdem Claude sein moralisches Gleichgewicht schon so sehr verloren hatte, daß er sich eine Geliebte hielt, war nicht abzusehen, in welche Abgründe er noch sinken würde.

Denise biß sich empört auf die Lippe, merkte, daß sie ihr Lippenrouge verdarb, und öffnete rasch ihre kleine Abendtasche, um sich zu restaurieren. Sie spürte mehr Ärger als Angst wegen Claude und dieser Schauspielerin, aber es wäre unverzeihlich, diesem Flirt allzu lange untätig zuzuschauen. Sie wollte jetzt diesen Einfaltspinsel noch eine Weile reden lassen und dann ebenfalls zur Bar hinübergehen.

Während sie mit Lippenstift und Puderquaste hantierte, sagte sie: »Herr Hammarlund hat mir schon ein wenig über Ihre Arbeit berichtet. Wollen Sie mir nicht noch mehr darüber erzählen, Dr. Lindblom? Natürlich ist hier nicht der Ort für Laboratoriumsgespräche – aber ein bißchen davon wäre mir doch recht interessant.«

Denises teilnahmsloser Tonfall hemmte Lindblom, aber gleichzeitig wuchs seine Verehrung. Diese geniale Frau, deren Kopf bestimmt von hundert Projekten erfüllt war, die zu lösen er sich außerstande sah, hatte ihn aufgefordert, von sich selbst zu sprechen. Er hatte sich das leidenschaftlich gewünscht, aber nun fürchtete er ihre Ungeduld. Was ihn doch zum Sprechen zwang, war der Gedanke an Hammarlunds Befehl heute morgen: »Oscar, sobald Sie allein mit ihr sind, müssen Sie sie für Ihre Arbeit interessieren – fast nur zu diesem Zweck findet diese Gesellschaft statt.«

In seiner Schüchternheit schien ihm dieser Auftrag so schwierig, als wäre er aufgefordert worden, die Zeit einer Marie Curie mit Beschlag zu belegen; aber da Lindblom gezwungen war, Hammarlund nachher Bericht zu erstatten, zwang er sich zu einer übermenschlichen Anstrengung. »Sicherlich hat Ihnen Herr Hammarlund schon mitgeteilt, welche Motive unserer Erforschung der synthetischen Nahrungsmittel zugrunde liegen?«

»Ja. Die persönlicher Bereicherung.«

»Das gilt zwar teilweise für ihn, nicht aber für mich. Er ist Vegetarier, wie Sie wissen, ist sich aber auch bewußt, daß die Proteine des Fleisches zum Leben notwendig sind. Er besprach mit mir das Problem, synthetische Proteine herzustellen, eine Art Fleischersatz mit den gleichen Nährstoffen, der moralisch und ästhetisch annehmbar wäre. Ich entgegnete, daß mit Zeit und Geld auf dem Gebiet der synthetischen Nahrungsmittel nahezu alles zu machen sei. Als im letzten Krieg die Soldaten an Malaria erkrankten, war Chinin das Heilmittel. Aber es konnte nicht genug Chinin aus Baumrinde hergestellt werden. Die dringende Notwendigkeit, genügend Chinin herbeizuschaffen, brachte die Erfindung von synthetischem Chinin, das als Atabrin bekannt ist.«

»Und sie fanden, dieser dringende Bedarf liege vor, weil Ihr Chef Vegetarier ist?«

»Keineswegs. Während er eine Lösung dafür suchte, sich ohne Ekel ernähren und später mit diesem Produkt auch noch Millionen verdienen zu können, hatte ich andere Motive. Erstens entdeckte ich, daß die natürlichen Nahrungsmittel bei weitem nicht so wirkungsvoll und gesund sind, wie man annimmt. Synthetische Nahrungsmittel würden der Menschheit daher mehr Gesundheit versprechen. Zweitens: wenn die Nahrungsmittel erst einmal über die Laboratoriumsversuche hinaus am Fließband hergestellt werden, verspricht das genügend Nahrung für die ganze Welt – mit Unterernährung und Hungersnöten wäre es dann vorbei. Das Ziel scheint mir der Mühe wert. Und so habe ich mich ihm mit aller Hingabe gewidmet.«

»Ich bewundere Ihre Menschenfreundlichkeit«, sagte Denise, die des Themas schon lange müde war, »aber vielleicht stellen Sie am Ende nur Narrengold her?«

»Nein, Frau Dr. Marceau, denken Sie nur daran, was Bergius fertigbrachte, als er Sägemehl und Holzsplitter in Kohlehydrate verwandelte, und Fischer, als er Proteine synthetisch herstellte, die eine vollwertige Ernährung gewährleisten. Man vergißt meist, daß auch in der natürlichen Nahrung schon synthetische Bestandteile vorhanden sind. Eiscreme zum Beispiel ...«

Er redete ohne Unterlaß, sich für sein Thema immer mehr erwärmend, aber Denise hörte gar nicht mehr zu. Mit konzentrierter Aufmerksamkeit suchte sie ihren Mann am anderen Ende des Raumes unter Kontrolle zu behalten. Eben brachte man neue Drinks für Märta und ihn. Er war noch näher an sie herangerückt, sprach noch intimer mit ihr. Denise hörte Lindbloms Hymnus auf die synthetischen Nahrungsmittel nur mit halbem Ohr, aber das Wort blieb in ihrem Bewußtsein, und sie wünschte, die Chemie könne synthetische Männer produzieren, mit synthetischer Treue und einer Liebe, die nicht aufhörte, sobald die Frau nicht mehr jung war.

»– und so versuche ich, im Laboratorium ein Produkt mit dem Geschmack von Fleisch, dem Nährwert von Fleisch und dem Aussehen von Fleisch zu erzeugen«, vernahm sie in diesem Augenblick. »Gleichzeitig erforsche ich neue Gebiete, Algenarten –«

»Faszinierend«, erwiderte Denise in abschließendem Ton.

Lindblom wußte, daß Ihre Majestät ihn damit entlassen hatte, aber er war nicht bestürzt. Er fühlte sich geschmeichelt, daß sie ihm überhaupt ihre Aufmerksamkeit geschenkt hatte, und erleichtert, daß er Hammarlund nach dem Essen von einem gewissen Erfolg berichten konnte.

»Eines Tages«, sagte Denise, »müssen Sie mir unter günstigeren Umständen und an einem geeigneteren Ort Ihre konkreten Erfolge erklären und auch die Probleme, die Sie gehindert haben, weiter voranzukommen. Doch jetzt –«

»Es würde mir eine Ehre sein«, unterbrach sie Lindblom hastig, »wenn Sie meinem Laboratorium hier im Garten einen Besuch abstatteten, damit ich Ihnen meine Arbeit zeigen kann. Sie und Ihr Mann werden immer willkommen sein.«

»Vielen Dank«, sagte Denise mit einem Blick zur Bar. »Ich fürchte, ich habe eben meinen Mann ein bißchen vernachlässigt. Ein Tribut Ihrer rednerischen Begabung Dr. Lindblom, und Ihrer wichtigen Arbeit. Jetzt sollte ich wohl besser nach ihm sehen. Nochmals recht schönen Dank.«

Abrupt ließ sie Lindblom stehen und eilte durch den ganzen Salon. Claude und Märta Norberg hatten gerade zum Trinken angesetzt, als sie zwischen sie trat.

»Ich wunderte mich, wo du solange bliebst«, sagte sie boshaft zu Claude.

Claudes fröhliches Lächeln gefror. »Fräulein Norberg hat sich für Spermatozoen interessiert –«

»*Quelle surprise!*« sagte Denise.

Märta Norberg tat, als habe sie es nicht gehört. Sie schaute sich suchend nach jemand um. »Ich muß Sie nun leider allein lassen«, sagte sie förmlich. »Ihr reizender Mann, Frau Dr. Marceau, ließ mich völlig vergessen, daß ich Gastgeberin bin.« Zu Claude fügte sie hinzu: »Es war wundervoll. Vergessen Sie ja nicht, mein Lieber, ein gefrorenes Sperma für die Norberg aufzubewahren. Ich könnte das eines Tages brauchen, wenn ich nicht bald einen Mann finde.«

Sie neigte anmutig den Kopf und ging nachlässig schlendernd davon.

»›Bewahren Sie ein gefrorenes Sperma für die Norberg auf‹«, äffte Denise sie nach. »Die alberne Hure. Ich wette, das war das einzige Mal im ganzen Jahr, daß sie längere Zeit in senkrechter Stellung blieb.«

Claudes Gesicht hatte einen gequälten Ausdruck. »Denise, mußt du dich unbedingt so ordinär ausdrücken? Fräulein Norberg ist eine kultivierte und außerordentlich bezaubernde Dame.«

»Wie jemand, den wir kennen?«

Er tat, als habe er sie nicht verstanden. »Wie war dein Dr. Lindblom?«

»Ein hitzköpfiger Don Juan«, erwiderte sie finster. »Wenn ich mich nicht gewehrt hätte, hätte er mich entführt ... So, und jetzt verschaff mir einen natürlichen Drink, du synthetischer Gatte.«

»Was soll das heißen? Willst du mir ausgerechnet heute abend Rätsel aufgeben?«

»Dessen kannst du ganz sicher sein, *mon brave*«, erwiderte Denise Marceau.

Die ganze Cocktailstunde über hatte Craig versucht, Emilys Blick zu begegnen. Jetzt, als er seinen zweiten Doppel-Scotch in der Hand hielt, gelang es ihm endlich. Sie wandte den Kopf in seine Richtung, da sie gefühlt hatte, daß er sie anblickte, aber als er sie mit einer Kopfbewegung bat, zu ihm zu kommen, zuckte sie nur rasch und hilflos die Schultern.

Er verstand. Der Kreis um sie hatte sich vergrößert, und es irritierte Craig, daß die Männer sich um Emily bemühten. Es ist unvermeidlich, dachte er. Kein Mann kann ihr widerstehen; wo immer sie sich zeigt, werden die Motten um die Flamme schwirren.

Schließlich sah er ein, daß sie sich jetzt nicht frei machen konnte. Langsam ließ er seinen Blick umherschweifen – Leah stand noch im Gespräch mit Saralee Garrett und einer anderen Dame, behielt ihn aber besorgt im Auge, und schließlich merkte er, daß ihm eine zweite Bedrohung in Aussicht stand: Die Schauspielerin Märta Norberg hatte es offenbar auf ihn abgesehen. Eine Zeitlang hatte sie sich mit Claude Marceau abgegeben, aber er war dabei zweimal ihrem forschenden Blick begegnet. Sie hatte dann die beiden Marceaus an der Bar zurückgelassen, war durch den Raum geschlendert, hatte sich kurz mit Dr. Lindblom unterhalten, dann ein paar Worte mit dem Butler Motta gewechselt, und nun kam sie ohne Zweifel auf ihn zu.

Als junger Mann hatte Craig, genau wie Millionen andere Männer, gewisse Wunschträume gehegt, wenn er die unerreichbare Norberg in zahllosen Filmen in Großaufnahme betrachtete. Die Jahre haben ihr kaum Abbruch getan, dachte er jetzt. Sie ist zeitlos, noch immer ein Symbol für alles unerreichbar Begehrenswerte. Doch seltsamerweise hatte er jetzt nicht einmal Lust, sich mit ihr zu unterhalten. Seine Gedanken waren bei Emily Stratman, ausschließlich bei Emily, und nur ganz gelegentlich gingen sie voller Verwirrung zu Lilly.

Er trank seinen zweiten Whisky aus, und plötzlich glaubte er zu ersticken in dem überheizten Raum. Er sehnte sich nach Einsamkeit, schaute sich suchend um und entdeckte, daß eine der französischen Türen neben dem Orchester halb offenstand. Er übergab Motta sein leeres Glas, bedeutete ihm, daß er keinen weiteren Drink haben wolle, trat durch die Tür und schloß sie hinter sich.

Die kalte Nachtluft, nicht so eisig wie an den vergangenen Abenden, erfrischte ihn. Er blickte zum klaren schwarzblauen Himmel auf, aus dem die zahllosen Sterne wie fröhliche Christbaumkerzen herabfunkelten, und erst nach einer Weile gelang es ihm, sich auf sich selbst zu konzentrieren. Er begann auf der Terrasse auf und ab zu gehen, deren romantische Beleuchtung aus alten englischen Kutschenlampen bestand, und als er an die niedrige Steinbalustrade gelangte, die den Garten von der Veranda trennte und abwesend auf die Büsche und Wege und die entfernten Treibhäuser hinunterschaute, merkte er plötzlich voller Überraschung, daß er nicht allein war. Zwei Männergestalten bewegten sich direkt unter ihm über den Rasen zum nächsten Gartenweg.

Seine Augen anstrengend, konnte er sie schließlich identifizieren. Die große, kräftige Gestalt mit den eleganten Bewegungen war Carlo Farelli. Die andere, mit den nervösen Gesten und dem hüpfenden Gang, war John Garrett ...

»Weil ich ganz privat mit Ihnen sprechen muß«, sagte John Garrett kampflustig als Antwort auf Farellis Frage, als sie den gekiesten Gartenweg erreichten.

Farelli protestierte in seiner gutmütigen Art. »Aber warum in dieser Eiseskälte? Ich bin ein Römer, das dürfen Sie nicht vergessen.«

»Ich weiß, ich weiß Bescheid über Sie«, sagte Garrett mit heiserer Stimme. Jedesmal, wenn er viel trank – und das hatte er heute abend getan –, wurde seine Stimme heiser. Aber sie war jetzt nicht nur heiser, sondern auch von lang unterdrücktem Haß erfüllt.

»Wenn das, was Sie mir sagen wollen, so privat ist, können wir doch Hammerlund bitten, uns seine Bibliothek zur Verfügung zu stellen.«

Farelli war stehengeblieben und schaute nun hoffnungsvoll in Garretts nichtssagendes Gesicht, das sich jetzt mit dunkler Röte überzog. Auch Garrett war unschlüssig stehengeblieben.

»Nein!« erwiderte er schließlich. »Was ich zu sagen habe – duldet keinerlei Zuhörer.«

»Sie sprechen in Rätseln, Dr. Garrett.«

Garrett riß sich zusammen, streckte sich, so sehr er konnte, bemüht, es seinem Feind an Energie und Spannkraft gleichzutun. Seit einem Besuch bei Dr. Erik Öhman hatte er den Entschluß gefaßt, die Sache mit Farelli auszutragen, dessen Reklamemethoden so rücksichtslos gegen ihn gerichtet waren. Mit seinem Trick im *Karolinen-Institut* hatte Farelli beabsichtigt, mit Hilfe von Sue Wiley in alle Welt hinauszukrähen, daß er allein der große Medizinmann sei und daß Garrett gar nicht existierte. Doch da hatte Farelli sich verrechnet. Dr. Öhman wußte jetzt, welch ein Scharlatan und welch eine Schande für die Fakultät und die Ehrentafel der Nobelpreisträger der Italiener war. Ihm, Garrett, war es gelungen, Öhman zu einem verläßlichen Verbündeten zu machen, falls er einen brauchte. Doch jetzt, in diesem Augenblick, hatte er keinen Verbündeten nötig. Er hatte sich vorgenommen, heute abend Farelli zu entlarven. Von nun an würde er es nicht mehr wagen, seine Manipulationen wie bisher fortzusetzen. Dann endlich würde er, Garrett, frei sein und die Anerkennung für seine allein ihm gehörige Entdeckung entgegennehmen können.

Er bemerkte, daß er ins Brüten gekommen war und daß Farelli ihn seltsam anstarrte. »Ist Ihnen nicht gut, Dr. Garrett?« fragte er.

»Wie kommen Sie zu dieser Frage?«

»Sie scheinen mir so abwesend. Ich hatte Sie gefragt, welche mysteriöse Angelegenheit uns zwingt, uns hier draußen eine Lungenentzündung zu holen.«

»Das werde ich Ihnen sagen – das werde ich Ihnen sagen –« Garrett verlor alle Beherrschung, er zitterte vor Zorn. »Ich brachte Sie hierher, um Ihnen mitzuteilen, was ich darüber denke, daß Sie die Hälfte meines Geldes bekommen.«

Verständnislos schüttelte Farelli seinen Löwenkopf. »Verstehe ich ihr Englisch richtig, Dr. Garrett? Sagten Sie, ich erhielte die Hälfte *Ihres* Geldes?« fragte er in ungläubigem Ton.

»Für den Nobelpreis, ja, genau das! Ich müßte fünfzigtausenddreihundert Dollar bekommen statt nur fünfundzwanzigtausendeinhundertfünfzig. Sie verdienen nicht die Hälfte des Geldes, das wissen Sie genau. Ich machte die Entdeckung zuerst, ich ganz allein, aber Sie heimsten die meisten Ehren ein – Sie Quacksalber!«

Farelli stand wie vom Donner gerührt da. »Dr. Garrett, ich traue meinen Ohren nicht. Sie machen sich natürlich bloß einen Scherz mit mir. Das kann nur ein Witz sein.«

»Es ist kein Witz. Kommen Sie mir nur nicht mit Ihren schlauen Redensarten. Sie können zwar das Nobelkomitee und die Presse und Sue Wiley und Öhman an der Nase herumführen, aber ein paar von uns wissen die Wahrheit. Wir wissen Bescheid.«

»Bescheid worüber? Was wollen Sie wissen? Ihr verrücktes Gerede bringt mich ganz durcheinander.«

»Sie wissen genau, was ich meine. Oder wollen Sie, daß ich es deutlicher sage? Die Geschichte ist voll von Schwindlern und Betrügern. Über sie alle habe ich gelesen, und auf jeder Seite traten Sie mir entgegen. Sie bedienten sich meiner Entdeckungen, meiner jahrelangen Arbeit im Labor: Sie benutzten meine wissenschaftlichen Aufsätze und schickten Spione in meine Laboratorien –«

Farellis dunkles Gesicht war hart geworden. »*Che faccia tosta!*« knurrte er. »Dr. Garrett, wenn ich nicht dächte, Sie seien betrunken oder geisteskrank, würde ich Sie jetzt ohrfeigen.«

»Tun Sie's doch, versuchen Sie's, versuchen Sie's!« rief Garrett wie ein frecher Straßenbengel, der eine Backpfeife herausfordert, um eine Schlägerei vom Zaun zu brechen. »Ich habe Sie hier beobachtet, Farelli. Öhman und ich haben Sie beobachtet, Sie, den größten Chirurgen aller Zeiten. Es ist Ihnen tatsächlich gelungen, allen etwas vorzumachen und sich in den Vordergrund zu spielen. Doch den ganzen Preis, die ganze Anerkennung konnten Sie sich nicht erschleichen«, fuhr er mit kreischender Stimme fort, »und darum versuchen Sie es jetzt und benutzten die Wiley dazu. Aber ich weiß, daß Sie ein Schwindler sind, und auch andere sind schon mißtrauisch geworden, und trotzdem machen Sie weiter und fordern einen Skandal heraus. Ja, einen *Skandal*! Sie sind ein Schwindler, verdammt noch mal –«

Farellis Gesicht war fahl. »Hören Sie auf, Sie Narr. *Si calmi*. Werden Sie erst einmal nüchtern, und vielleicht erlaube ich Ihnen dann, sich bei mir zu entschuldigen.«

Er wandte sich ab, um zu gehen, aber Garrett wollte ihm nicht das letzte Wort lassen, nicht an dem Abend seines Triumphes, in der Stunde seines Mutes zur Wahrheit. Er holte aus, verlor fast das Gleichgewicht, umklammerte Farellis Arm und riß ihn zurück.

»Sie sind ein Schwindler, ein erbärmlicher Schwindler!« schrie er.

Farelli schlug Garrett auf die Hand und befreite sich dadurch von ihm. »Rühren Sie mich nicht an, Sie kranker Narr! Lassen Sie mich in Frieden – *imbecille* – *pazzo*!«

Das genügte, um Garrett die letzte Beherrschung zu rauben. Außer sich vor Enttäuschung und Wut versetzte er Farelli einen Schlag mit der Faust. Der Schlag glitt an Farellis Schulter ab, und nicht seine Wucht, sondern die Überraschung ließ ihn ein paar Schritte taumeln.

»Ich werde es Ihnen schon zeigen!« schrie Garrett mit erstickter Stimme.

Blindlings ging er auf den Italiener los, aber Farelli hatte sein Gleichgewicht wiedergefunden und auch seinen Gleichmut. Rasch tat er einen Schritt seitwärts, und als eine von Garretts Fäusten ihn ganz verfehlte und die andere an seinen Rippen abglitt, versetzte er seinem Angreifer einen gutgezielten Hieb in den Magen. Garrett schnappte nach Luft und stürzte um wie ein gefällter Baumstamm.

Blut und Alkohol spuckend saß er auf dem Kiesweg. Er schaute auf, die Augen wie ein Irrer zusammengekniffen, und plötzlich richtete er sich ächzend auf, schnellte sich mit letzter Kraft vor, packte Farellis Beine und versuchte, ihn zu Fall zu bringen. Farelli riß sich mit einem Fluch los, aber als er sich abwenden wollte, stand Garrett schon wieder schwankend vor ihm, stürzte sich auf den viel größeren Italiener, umklammerte ihn mit eisernem Griff und versuchte, ihn zu Boden zu werfen. Farelli wollte sich aus Garretts Umklammerung befreien, und sie begannen keuchend und fluchend miteinander zu ringen.

In diesem Augenblick kam Craig herbeigelaufen, der den Streit von der Terrasse aus beobachtet hatte, und drängte sich mit der Autorität eines unparteiischen Kampfrichters zwischen die Kämpfenden.

»Seid ihr verrückt? Seid ihr beide verrückt?« fragte er.

»Er hat mich beleidigt«, sagte Farelli etwas außer Atem. »Er hat zuerst zugeschlagen.«

Garrett fand mühsam seine Stimme wieder. »Er ist ein Lügner, ein Schwindler – er forderte mich heraus.«

»Es ist mir verdammt egal, wer recht oder unrecht hat«, sagte Craig wild. »Zum Teufel noch mal, ihr seid doch erwachsen – die großen

Nobelpreisträger – und benehmt euch wie zwei Rowdys. Schluß jetzt damit und Schwamm drüber. Wie steht ihr da, wenn das jemand gesehen hat und an die große Glocke hängt?«

Er wandte sich an Farelli. »Gehen Sie zuerst hinein. Aber kämmen Sie sich vorher und bringen Sie Ihren Anzug in Ordnung.«

Und zu Garrett: »Hier ist mein Taschentuch. Wischen Sie sich das Blut ab. Es ist nur ein kleiner Lippenriß –«

»Benissimo«, sagte Farelli beifällig zu Craig. Dann warf er Garrett einen Blick voller Verachtung zu. *»Arrivederci, fratello mio.«* Damit ging er.

Garrett starrte dem Italiener mit geballten Fäusten nach. »Ich bin noch nicht fertig mit dir – du – du Schaumschläger. Ich werde dich schon kriegen.«

Und dann verkroch er sich im Dunkel des Gartens, schluchzend und spuckend, nicht wegen seiner körperlichen Verfassung, sondern im Gefühl der Demütigung und Niederlage, der großen Ungerechtigkeit und der eigenen Unzulänglichkeit.

Die Gruppe in der Nähe der improvisierten Bar bestand jetzt aus sieben Personen: den beiden Marceaus mit Hammarlund und Evang, sowie Leah Decker mit Jacobsson und Frau Lagersen.

Um auf die Marceaus Eindruck zu machen, hatte Hammarlund geschickt Frau Lagersen ein Gesprächsthema zugespielt, indem er auf Gauguin zu sprechen gekommen war. Damit gab er ihr das Stichwort, und sie kam an die Reihe.

Sie erzählte von Pauls Tod auf der fernen Insel Dominica und wie sie sich in der Woche, als die Nachricht eintraf, gerade bei Mette in Kopenhagen aufgehalten habe und wie entrüstet Mette gewesen sei über sein so unverantwortlich vergeudetes Leben. Sie berichtete, wie Pauls persönliche Besitztümer – Möbel, Gemälde – in Papeete versteigert worden waren, damit von dem Erlös eine Geldstrafe bezahlt werden konnte. Das letzte Gemälde hatte der Auktionator verkehrt vorgezeigt und gerufen: »Was wird für die Niagarafälle geboten?« Jemand gab dafür sieben Franc, und das war, wie sie glaubten, selbst Mette in Kopenhagen, das Ende von Paul Gauguin. Aber nun war es, wie allgemein bekannt, Ragnar Hammarlund mit all seinem Geld nicht möglich, einen einzigen Gauguin aufzutreiben. Eine zweite Anekdote folgte, alle lachten, und diesen Augenblick benutzte Motta, rasch neben Claude zu treten und sacht seinen Arm zu berühren. Claude wandte sich halb um, und Motta flüsterte ihm etwas ins Ohr. Inzwischen hatte Evang das Wort ergriffen, und niemand achtete auf die beiden – niemand außer Denise. Sie sah, wie ihr Mann die Stirn runzelte und nickte, hörte ihn eine unbestimmte Entschuldigung murmeln, und dann bemerkte sie bestürzt, wie er hastig den Raum verließ.

Sofort hatte Denise alles Interesse an Evang und Frau Lagersen mit ihren Anekdoten verloren, doch Hammarlund verneigte sich eben vor Denise und fragte höflich: »Gefällt Ihnen die Musik?«

»Doch, sehr«, erwiderte sie abwesend.

»Ich ließ die Musiker eigens für Sie mit dem Flugzeug hierherkommen. Ich dachte, sie würden Ihnen dazu verhelfen, sich ein wenig heimisch zu fühlen.«

Denise schaute Hammarlund überrascht an. Er würde entsetzt sein, wenn sie ihm sagte, daß sie, obwohl in Paris daheim, nichts vom Nachtleben dieser Stadt wisse und ein französiches Orchester nicht von einem schwedischen unterscheiden könne. »Haben Sie das wirklich für mich getan?« fragte sie.

»Um einer großen Dame gefällig zu sein, die ich bewundere, tue ich alles.«

»Oh, vielen Dank, Herr Hammarlund.«

»Dr. Lindblom erzählte mir, er habe ein überaus anregendes Gespräch mit Ihnen geführt.«

Es fiel ihr schwer, sich an Lindblom und die Unterhaltung mit ihm zu erinnern. »Ja«, sagte sie, »gewiß, ein vielversprechender junger Mann.« Claudes plötzliches Verschwinden machte sie ganz konfus. Was hatte ihn dazu veranlaßt? Sie ergriff ihre Handtasche. »Entschuldigen Sie mich einen Augenblick«, sagte sie zu Hammarlund.

Sie fing den Butler ab, der sich eben mit einer neuen Runde Drinks zu den Gästen begeben wollte.

»Ich bin Dr. Marceaus Frau. Ist etwas passiert?«

»Ganz und gar nicht, Madame. Es war bloß das *Grand-Hotel*. Ein dringendes geschäftliches Ferngespräch für Dr. Marceau, man ließ ihn fragen, ob er verbunden werden will. Er wartet nun darauf, daß das Gespräch durchgestellt wird.«

»Ein Ferngespräch?« fragte Denise leise.

»Aus Kopenhagen, Madame. In der Bibliothek. Wenn Sie die Güte haben, mir zu folgen –«

Er führte sie aus dem Salon, einen langen Korridor entlang, dann um eine Ecke, bis sie zu einer massiven Eichentür kamen. Motta hatte den Knauf schon gedreht und die Tür halb geöffnet, nun trat er mit einer höflichen Verbeugung zurück und verschwand stumm und lautlos um die Korridorbiegung.

Denise wartete erstarrt, bis der Butler gegangen war, und hörte dabei schon Claudes Stimme. Wie hypnotisiert blieb sie stehen, die trockenen Hände ineinander verkrampft, und lauschte ohne Scham.

»Ich kann dich nicht verstehen. *Répétez, s'il vous plaît*«, sagte Claude soeben. »Jaja, ich bin noch da. Die Verbindung ist sehr schlecht.«

Pause.

»Ja, gut, Gisèle, gut. Ich bin sehr beschäftigt, aber es ist auch sehr anregend. Es ist eine große Ehre. Und du, wie geht es dir, meine Liebe? Wie war der Flug?«

Pause.

»Ich bin glücklich. Deine Stimme klingt wunderbar. Hier zu sprechen ist etwas schwierig. Man wird mich vermissen.«

Pause.

»Oh, es ist ein offizielles Souper. Ein schwedischer Millionär ist Gastgeber. Aber es könnte jemand hereinkommen. Ich freue mich über deinen Anruf. Aber warum das Risiko, mich hier zu erreichen? *Qu'est-ce que c'est?*«

Pause.

»Was willst du? Hier in Stockholm? Wann?«

Pause.

»Ich weiß, ich weiß, Gisèle. Ich vermisse dich auch. Aber du übersiehst das nicht richtig. Ich bin gebunden – der Terminplan – über jeden Augenblick ist im voraus verfügt – es wäre sehr riskant. Wie bitte?«

Pause.

»Am Neunten, sagst du?«

Pause.

»Nur für den Nachmittag. Ich verstehe. Aber kannst du für die Abendvorführung rechtzeitig zurück sein?«

Pause.

»Natürlich liegt mir daran, Gisèle, das weißt du doch. Irgendwie werde ich es schon möglich machen. Aber zum Flugplatz werde ich dich nicht bringen können – oh, da fällt mir etwas ein. Hör gut zu. Du kannst nicht im *Grand-Hotel* absteigen ... Was? Was hast du gesagt?«

Pause.

»Hast du das? Ausgezeichnet. Dann warte doch auf meinen Anruf – das wird kurz vor eins sein ...«

Pause.

»Wie kommst du auf solche Ideen, Liebling? *Je te trouve toujours ravissante!* Nichts hat sich geändert.«

Denise fuhr mit einer heftigen Bewegung von der Tür zurück. *Nichts hat sich geändert.* Nichts, nichts. Ihre Augen füllten sich mit Tränen, sie konnte sich kaum beherrschen, nicht laut weinen.

Sie floh, rannte um die Biegung und den Korridor entlang. Als sie in den hellen Lichtschein kam, der durch die Salontür fiel, blieb sie zitternd stehen und suchte sich wieder zu fassen.

Sie wußte, sie hatte verloren. Das letzte Debakel bereitete sich schon vor. In etwa drei Tagen würde Gisèle Jordan von Kopenhagen herüberfliegen zu einem Nachmittags-Rendezvous in einem Hotelzimmer. Der Kopf schmerzte sie, sie suchte krampfhaft nach irgendeiner Hoffnung, einem Ausweg. Wie konnte sie diese überlegene Gegnerin besiegen, den ungleichen Kampf überstehen? Zornige Auseinandersetzungen würden Claude erst recht vertreiben, denn schon jetzt war sie für ihn die Verkörperung seines schlechten Gewissens. Und wenn sie nun sein Rendezvous ganz einfach verhinderte, ihm folgte, ihn bloßstellte oder, weniger grausam, ihm nur das erzählte, was sie eben mitangehört hatte? Unmöglich, eine innere Stimme warnte sie. Das würde ihn zu der letzten Entscheidung treiben, und jetzt fürchtete sie diese. Wichtiger als alles war jetzt, sich zu einem Entschluß zusammenzureißen: Claude durfte nicht für sie verloren sein; sie durfte nicht verlassen werden, verurteilt zu Verbitterung und Einsamkeit. Das Hauptproblem blieb ungelöst, aber ihr Vorgehen mußte sie ändern. Es galt nun nicht mehr, ihn zu bestrafen – die Frage war, wie sollte sie ihn halten?

Sie überblickte forschend den Raum, hielt Ausschau nach irgend jemand, zu dem sie sich gesellen, mit dem sie lebhaft plaudern könnte, wenn Claude jetzt zurückkam. Da blieben ihre Augen an Lindblom hängen – diesem lächerlichen, farblosen Chemiker –, der schüchtern und allein in ihrer Nähe stand und an einem Drink nippte.

Während Denise ihn beobachtete, kam ihr eine Idee. Denn schließlich war sie doch Wissenschaftlerin, und daher mußte immer alles unter dem Mikroskop untersucht werden. Sie legte ihr geistiges Auge an das unsichtbare Mikroskop, vergrößerte das Bild des kleinen Chemikers und erwog die Durchführbarkeit ihrer Idee.

Als Gebrauchsexemplar war er zwar nicht ihr Ideal, ganz im Gegenteil! Doch mit einer Entschiedenheit, die sie seit ihrer Laboratoriumszeit nicht mehr gekannt hatte, faßte sie ihren Entschluß. Entweder dies oder nichts. In weniger als drei Tagen war es zu spät, Claude wiederzugewinnen. Sie mußte alles auf diese eine Karte setzen.

Mutig ging sie auf Lindblom zu. »Hallo«, sagte sie freundlich. »Ein attraktiver Junggeselle wie Sie so allein?«

Lindblom drehte sich verblüfft um, strahlte, als er sie erkannte, und errötete bei ihren Worten. »Ich – ich verhalte mich manchmal so bei Parties. Nicht gerade ungesellig, aber –«

»Ich verstehe«, sagte Denise sanft. »Darf ich Ihnen Gesellschaft leisten?«

»Dürfen? Oh, Dr. Marceau – ich kann Ihnen gar nicht sagen – wie mich das ehrt.«

Sie beschloß, keine Zeit zu verlieren. Schmeichelnde Worte und Verführungskünste waren nicht nötig, um diesen unerfahrenen Jungen zu gewinnen. »Dr. Lindblom, Sie luden mich doch ein, Ihr Laboratorium zu besichtigen?«

»Ja, das ist mein sehnlicher Wunsch. Sie sagten, daß Sie und Ihr Gatte vielleicht eines Tages –«

»Ich bin eine Frau. Besitze ich auch das Privileg einer Frau –?«

»Privileg?«

»– es mir anders zu überlegen?«

Lindbloms graue Augen belebten sich in neuer Hoffnung. »Haben Sie das getan? Können Sie es ermöglichen?«

»Ja, morgen vormittag eventuell. Aber allein. Mein Mann muß einer wichtigen Verpflichtung nachkommen.«

»Oh», Lindblom war begeistert. »Außerdem wird Hammarlund sehr erfreut sein.«

»Vergessen Sie Hammarlund«, sagte sie kurz. »Ich finde ihn langweilig und opportunistisch. Nein, weder Hammarlund noch sonst jemand, wenn ich bitten darf. Sie möchte ich besuchen, Sie ganz allein, ungestört von andern. Sie werden mir Ihre Experimente zeigen, Ihre Tabellen. Wir werden sie in aller Stille zusammen durchgehen –«

»Oh, Dr. Marceau, ich kann Ihnen nicht sagen, wie sehr ich mich freue. Das wird ein denkwürdiger Tag für mich.«

»Ja«, erwiderte Denise mit einem leichten Lächeln, »das nehme ich an.« Dann fügte sie in entschiedenerem Ton hinzu: »Sagen wir also morgen, um elf Uhr vormittags. Wo kann ich Sie finden?«

»Das Privatlaboratorium liegt einen halben Kilometer vom Haus entfernt, in einem Wäldchen verborgen. Ich werde Ihnen einen Wagen schicken und dem Chauffeur Bescheid sagen und erwarte Sie dann auf dem Waldweg.«

»Um elf?«

»Wie könnte ich diesen Termin vergessen.«

Für Craig, der nun schon über eine Stunde von Emily getrennt war, hatte die Sitzordnung eine noch größere Bedeutung bekommen als bisher. Nachlässig begab er sich ans Ende des Tisches, als habe er den Plan mit der Aufschrift *Placering* eben erst entdeckt, prüfte ihn genau, zog ihn dann von der Staffelei und begab sich mit ihm zu dem geschnitzten Mahagoniesessel an der Wand.

Ein verstohlener Blick sagte ihm, daß niemand im Raum auf ihn achtete, und so zog er rasch den Füller aus der inneren Rocktasche und nahm zwei Korrekturen vor. Jetzt erfreuten sich Jacobsson und Wasilkow nicht mehr der Gegenwart Emily Stratmans zwischen sich, dafür hatten sie das Vergnügen von Leah Deckers Gesellschaft. Und Craig, Leahs beraubt, wurde durch die Gegenwart Emilys auf der einen Seite und Margherita Farellis auf der anderen Seite entschädigt. Er war zufrieden mit seinem Werk, erhob sich und brachte die verbesserte Sitzordnung zurück zur Staffelei.

Einen Augenblick später, als er zur Bar gehen wollte, stand Märta Norberg mit ihrem verwirrenden Lächeln vor ihm.

»Sie zeigen ja auffallend wenig Interesse für Ihre Gastgeberin«.

»Ganz im Gegenteil. Meine Gastgeberin befindet sich aber ständig in angenehmer Gesellschaft.«

Das hochmütige Katzenlächeln erschien wieder. »In Gesellschaft, ja, aber nicht in angenehmer. Ihre Schwägerin war jedoch recht fesselnd. Und als ich sah, daß ihr Idol hier so verloren in die Sitzordnung vertieft ist, dachte ich, vielleicht könnte ich ihm zu einer etwas amüsanteren Gesellschaft verhelfen.«

Er überlegte, ob sie wohl gesehen hatte, daß er die Sitzordnung änderte. Aber das hielt er für ausgeschlossen. »Um die Wahrheit zu gestehen, Miss Norberg, ich bin ein so gieriger Leser, daß ich mich auf alles stürze, was ich finde – Fahrpläne, alte Telefonbücher, Samenkataloge, Tischordnungen –, und wenn mir nichts anderes erreichbar ist, lese ich sogar Handlinien.«

Sie streckte ihre schlanke Hand aus, drehte langsam die Handfläche nach oben. »Lesen Sie meine.«

Er furchte die Stirn, machte ein Gesicht, als sei er in Trance, und berührte Märtas Handgelenk mit dem Zeigefinger. »Ich sehe eine Frau in majestätischer Einsamkeit und Tausende zu ihren Füßen.«

»Ich hasse Menschenansammlungen, Mr. Craig«, erwiderte sie ruhig. »Wenn Sie genauer hinschauen, sehen Sie vielleicht mehr. Nicht auf die Erfolgslinie, sondern auf die persönliche Lebenslinie müssen Sie achten. Glauben Sie nicht einen Mann zu sehen, der in mein Leben tritt?«

Craig wußte, daß sie ihn voll anschaute, aber er hielt die Augen gesenkt. Lag eine Einladung in dem Kinderspiel? Das war möglich – alles war möglich – und der Gedanke amüsierte ihn. Noch vor einem Monat hätte er kaum gewagt, sie um ein Autogramm zu bitten. Jetzt bat sie um seines.

Er neigte sich über ihre Hand. »Ich sehe viele Männer«, sagte er.

»Kaum glaublich.« Sie zog rasch ihre Hand zurück. »Sie sind ein Schwindler, Mr. Craig.« Sie lächelte. »Beschränken Sie Ihre Lektüre auf Fahrpläne und Telefonbücher.«

Sie schwiegen einen Augenblick, und dann meinte Craig, bewußt das Thema wechselnd: »Warum haben Sie das Spielen aufgegeben? Es war immer ein Ereignis für mich, Sie zu sehen. Und so ergeht es nicht mir allein. Unzählige vermissen Sie.«

»Ich habe es nicht aufgegeben«, sagte Märta Norberg. »Ich warte nur auf einen, der mir eine Rolle schreibt, die es wert ist, daß ich meine Zeit daran wende. Wo ist eine Anna Karenina? Eine Emma Bovary? Eine Marguerite Gautier? Ich war jedenfalls schon so verzweifelt, daß ich daranging, Rachels altes Repertoire aufzuwärmen. Ich ziehe *Adrienne Lecouvreur* von Eugène Scribe in Erwägung. Kennen Sie das Stück?«

»Nicht das Stück, aber das Thema. Lecouvreur war die Schauspielerin, die von Voltaire geliebt wurde, nicht wahr?«

»Ja. Und von Marschall de Saxe. Es ist ein altes Stück, vielleicht altmodisch. Aber die Heldin ist groß, voller Leidenschaft. Wenigstens sie ist einer Norberg würdig. Haben Sie Lust, mich die Rolle proben zu sehen?«

»Ich wüßte mir kein größeres Vergnügen.«

»Schön. Ich bin jeden Nachmittag im Königlichen Schauspielhaus. Cronsten ist mein Regisseur. Warum kommen Sie nicht schon morgen vorbei? Übrigens würde ich gern auch etwas Geschäftliches mit Ihnen besprechen – wenn die Probe zu Ende ist, können wir einen Cocktail trinken und uns in Ruhe unterhalten. Darf ich Sie erwarten?«

»Ich werde da sein, Miss Norberg.«

Sie blickte sich um. »Ragnar hat sein Taschentuch gezückt. Das ist sein Notzeichen. Es bedeutet, daß er errettet werden möchte. Also abgemacht. Morgen nachmittag, Mr. Craig.«

»Vielen Dank, Miss Norberg.«

Während er beobachtete, wie die Norberg auf Hammarlund zuging und sich bei ihm unterhakte, sah er, daß Emily sich von ihrer Gruppe löste. Er glaubte, sie habe seinen Blick gesucht, war sich aber dessen nicht sicher. Sie hatte ihr leeres Glas auf einen Tisch gestellt und ging jetzt zu den französischen Fenstertüren. Die Norberg war vergessen – was Weiblichkeit, sinnlichen Reiz und Rätselhaftigkeit anlangte, so besaß Emily alle diese Attribute auf viel natürlichere Weise. Sie öffnete eine der Türen und war verschwunden. Er folgte ihr.

Es war kälter geworden, die englischen Lampen leuchteten wie durch einen Nebel. Er entdeckte Emily in einer dunkeln Ecke der Terrasse, den Rücken ihm zugekehrt, die Arme vor der Brust verschränkt.

»Emily –«

Sie wandte sich langsam um, ohne Überraschung zu verraten, ihre grünen Augen, ihr unschuldiges Gesicht waren voller Ernst und Vertrauen.

»– es ist viel zu kalt hier draußen, aber« – er stockte, weil ihr Blick gespannt auf seinen Mund gerichtet war und sie offenbar nicht zuhörte – »ich möchte mit Ihnen allein sein.«

Sie antwortete nicht, aber er legte impulsiv einen Arm um sie, um sie zu wärmen. Sie hob das Gesicht zu ihm auf, die Augen geschlossen, die weichen Lippen geöffnet. Er zog sie, alle Vorsätze vergessend, an sich, bis ihre Lippen sich fanden.

Plötzlich entzog sie ihm mit einem Seufzer ihren Mund und barg ihr Gesicht an seiner Brust.

»Emily«, flüsterte er, »mein Liebling –«

Als er ihr schimmerndes Haar zu streicheln begann, erklang von drinnen ein Gong, einmal, zweimal, dreimal, und brachte sie wieder in die Wirklichkeit zurück, auf die Terrasse, in die Kälte der Nacht.

Die Stimme des Butlers folgte dem Hallen des Gongs. »Das Essen ist serviert ... das Essen ist serviert.«

Emily riß sich aus Craigs Armen. »Sie suchen uns sicher.«
Er hielt ihren Arm fest. »Nein, Emily, noch nicht –«
»Wir müssen«, sagte sie und ging hinein.
Sekundenlang verharrte Craig bewegungslos, ohne auf die Kälte zu achten, nur ihre Lippen spürend und die Willfährigkeit ihres Körpers.
Als er endlich nachkam und den mit *Placering* überschriebenen Plan nochmals betrachtete, um sein Arrangement zu genießen, merkte er, daß von energischer Hand zu beiden Seiten seines Namens neue Korrekturen vorgenommen worden waren.
Emily Stratman war verschwunden. An ihrer Stelle stand der Name Leah Decker geschrieben, und zwar in der ihm wohlvertrauten Handschrift Leahs. Margherita Farelli war durchgestrichen, und eine ihm unbekannte, aber unverkennbar weibliche Hand hatte mit Bleistift den Namen Märta Norberg darübergeschrieben.
»Da sind Sie ja, Mr. Craig.«
Er wandte sich um und begegnete Märta Norbergs lächelndem Gesicht. »Sie sehen, wie hoch wir Sie schätzen. Sie führen die Gastgeberin zu Tisch. Ragnar wird gleich seine Begrüßungsrede halten. Wollen Sie mir den Arm reichen?«

NEUNTES KAPITEL

Mitten in der Altstadt Stockholms befindet sich eine der architektonischen Merkwürdigkeiten der Stadt, die für die Touristen eine Attraktion bildet. Es ist die höchstens einen Meter breite Mårten-Trotzigs-Gasse, die aus abgetretenen Steinstufen besteht, bei Nacht von zwei schmiedeeisernen Lampen erhellt wird und zwischen eng aneinandergedrängten alten Häusern steil zur Västerlanggatan hinabführt.
Trotz der unter seinem Fenster oft unentwegt schnatternden Touristengruppen hätte Nicholas Daranyi um keinen Preis der Welt ein Appartement hier gegen ein modernes und stilleres in der Neustadt vertauscht, obwohl er sich die hohe Miete eigentlich kaum leisten konnte. Denn für einen Staatenlosen, der so lange von der Hand in den Mund gelebt hatte, war es unendlich viel wert, eine solch vornehme und traditionsreiche Adresse zu besitzen.
Die besten Zeiten im ganzen Jahr waren die dunklen frühen Wintermorgen und die dunklen langen Winternächte. Da gab es keine Touristen, nur wenige Menschen liefen über die abgetretenen Stufen der Mårten-Trotzigs-Gasse, und Daranyi hatte seinen Frieden. Auch heute, am siebten Dezember, war solch ein dunkler Wintermorgen. Die Uhr wies eben auf acht Uhr fünfzehn – die Luft in den Straßen glich der Mauer eines Eisbergs. Hin und wieder wirbelten Schneeflocken umher,

schwebten für einen Augenblick in der eisigen Luft, als wollten sie stehenbleiben, und sanken dann langsam aufs Pflaster nieder. Daranyi genoß sein behaglich geheiztes Appartement mit einem Glücksgefühl, als sei er ein Lieblingskind Gottes. Was seine Seligkeit vollkommen machte, waren jedoch nicht allein die Wärme und das Dach über dem Kopf, sondern die sichere Aussicht auf eine beträchtliche Geldeinnahme.

Daranyi war stolz darauf, daß eine so vornehme Persönlichkeit wie Dr. Carl Adolf Krantz ihn in seinem Heim aufsuchte und seine Gastfreundschaft in Anspruch nahm – außerdem bedeutete dies stets Geld, was Daranyi, in seiner augenblicklichen Knappheit, höchst willkommen war. Allerdings hatte Krantz in den zehn Minuten, die er sich jetzt hier befand, noch kein Wort von einem Auftrag verlauten lassen. Aber Daranyi wußte genau, daß dies kommen würde, er fühlte es unter der Haut, spürte es in den Knochen. Und aus seinen früheren Erfahrungen mit Krantz wußte Daranyi auch, daß das Wartespiel nicht mehr lange dauern konnte.

Als Krantz jetzt seine leere Tasse zurückstellte, wollte Daranyi aufstehen, um die Kanne mit dem Bambusgriff zu holen, doch mit einer Handbewegung hielt ihn Krantz zurück.

»Bemühen Sie sich nicht, ich habe genug«, sagte Krantz, sich vornehm Schnurrbart und Spitzbart mit der Serviette abtupfend. »Sagen Sie, Daranyi, was haben Sie in letzter Zeit getrieben? Haben Sie sich auch anständig benommen?«

»In meinem Alter, Dr. Krantz? Ich lebe wie ein Mönch, gehe dreimal am Tag essen und arbeite. Gutes Essen und Erstausgaben, das sind meine Ausschweifungen.«

Krantz schwieg eine Weile, als überlegte er noch. Dann begann er plötzlich: »Ich will Ihnen sagen, warum ich heute kam – es schwebt mir etwas Bestimmtes vor. Es handelt sich um eine kleinere Sache – etwas aber, an dem mir sehr gelegen ist –, und ich brauche einen intelligenten und umsichtigen Gewährsmann. Es ist mir niemand anderer eingefallen als Sie, Daranyi. Die Frage ist nur – stehen Sie gleich zur Verfügung? Seien Sie ehrlich. Wir sind alte Freunde. Ich brauche Ihre völlige Hingabe an diese Sache. Sie dürften nicht abgelenkt sein durch ein anderes Projekt.«

»Ich bin mit meinen letzten Aufträgen so gut wie fertig. Aber selbst wenn ich es nicht wäre, würde ich sie um Ihretwillen beiseite stellen. Sie sind mir gegenüber immer großzügig gewesen, daher kann ich gar nicht anders. Ihr Wort sei mir Befehl.«

Krantz war sichtlich erleichtert. »Gut, gut«, sagte er, um dann fortzufahren: »Wie Sie wissen, Daranyi, haben wir die Nobelwoche, für mich eine der turbulentesten Wochen des ganzen Jahres.«

»Das hätte ich fast vergessen. Wie die Zeit fliegt.«

»Nun, mein Auftrag betrifft die diesjährigen Nobelpreisträger. Wie Sie verstehen werden, ist die Angelegenheit daher streng vertraulich zu behandeln.«

»Dr. Krantz, ich gab Ihnen noch nie Anlaß –«

»Nichts für ungut. Ich wollte Sie nur daran erinnern, daß diese Persönlichkeiten im internationalen Rampenlicht stehen. Nun zur Sache. Einigen von uns Angehörigen des Preiserteilungskomitees kam das Gerücht zu Ohren, daß einer unserer Laureaten, ich weiß nicht welcher, eine anstößige – nein, ich will es lieber so formulieren – eine fragwürdige Vergangenheit und einen fragwürdigen Charakter haben solle. Es könnte daher, vor oder nach der Zeremonie, zu einem Skandal kommen. Wenn es der Wahrheit entspricht, so müssen wir darüber informiert sein, um vorbeugende Maßnahmen treffen zu können. Der gute Ruf der gesamten Nobelstiftung steht auf dem Spiel.«

Daranyi nickte ernst, obwohl er kein Wort von dem glaubte, was Krantz ihm erzählt hatte. Lange Erfahrung hatte ihn gelehrt, daß die angeblichen Motive seiner Auftraggeber immer bezweifelt werden mußten.

»Ich begreife, wie wichtig die Sache ist, und verstehe Ihre Sorge«, antwortete er. »Wünschen Sie, daß ich genauso vorgehe wie bei der Nachforschung über die beiden australischen Physiker?«

Krantz fuhr leicht zurück bei der Erwähnung dieser alten Intrige, die er am liebsten vergessen hätte. »Nicht ganz«, sagte er. »Denn diesmal spielt die Zeit eine Rolle, und das Objekt beziehungsweise die Objekte der Nachforschung befinden sich hier. Ihre Erkundigungen sind daher weitaus gefährlicher. Wohl sprach ich von der Gefahr eines Skandals, aber es ist gut möglich, daß Sie keinerlei Anhaltspunkte für einen Skandal entdecken. Ich überlasse Ihnen Fotos der Laureaten, einen Bericht über ihre Unternehmungen in Stockholm – Unternehmungen öffentlicher Art natürlich – und kurzgefaßte Biographien über jeden, damit Sie sich mit den Personen vertraut machen und das Material kennenlernen.«

»Jede Kleinigkeit kann von Nutzen sein.«

Krantz' Augen glitzerten. »Wir brauchen das, was der Öffentlichkeit verheimlicht wurde, die kleinen Schwächen der Gegenwart, die Indiskretionen der Vergangenheit, bisher unbekannte Anekdoten persönlichster Art. Aber ich brauche Ihnen das ja nicht zu sagen. Sie haben ja Erfahrung in diesen Dingen.«

»Danke«, erwiderte Daranyi bescheiden. »Über wie viele Personen soll ich Nachforschungen einziehen?«

Krantz griff in seine Rocktasche und brachte zwei Umschläge zum Vorschein. Einen legte er auf den Tisch. »Die Fotos.« Aus dem zweiten nahm er ein halbes Dutzend engbeschriebener Maschinenseiten. Er blätterte sie durch. »Sechs Preisträger und zwei Ehefrauen, eine

Schwägerin, eine Nichte. Da die Zeit beschränkt ist, braucht man vielleicht nicht allen die gleiche Aufmerksamkeit zu schenken.«

Er versank in Gedanken. Nach einer Weile fuhr er fort: »Ich will Ihnen Ihre Arbeit erleichtern. Wir haben hier zehn Personen, doch es genügt, wenn Sie Ihr besonderes Augenmerk vor allem auf – sagen wir – Dr. John Garrett und Dr. Carlo Farelli, die medizinischen Preisträger, richten – ihre Frauen sind weniger wichtig, obgleich man dessen nie gewiß sein kann – gut, also auf diese beiden Herren und – sagen wir – auf Professor Max Stratman und seine Nichte Emily Stratman. Werden Sie das behalten, Daranyi?«

»Mein Gedächtnis läßt mich nie im Stich.«

»Gut. Garrett, Farelli, die Stratmans.« Er blickte prüfend auf die Blätter in seiner Hand. »Was die andern anbelangt – die Marceaus – Andrew Craig –«

Daranyis höfliche Miene hätte fast eine Überraschung verraten. »Andrew Craig?« wiederholte er.

Krantz schaute auf. »Der Literaturpreisträger. Kennen Sie ihn?«

Daranyis Gedanken waren zu dem großen, hageren Amerikaner Lilly Hedqvists gewandert, zu dem gemeinsamen Frühstück, zu ihrer beider Gespräch im *Norma-Restaurant.* Es konnte unmöglich zwei Andrew Craigs geben, die beide amerikanische Schriftsteller waren und sich jetzt in Stockholm aufhielten! Nur mit Mühe gelang es Daranyi, Krantz möglichst gleichgültig zu antworten.

»Ihn kennen? Nein, natürlich nicht. Ich habe ein paar Bücher gelesen von einem Amerikaner namens Craig –«

»Zweifellos derselbe, aber es ist jetzt nicht die Zeit für literarische Abschweifungen, Daranyi.«

Mühsam riß er sich von der Frage los, ob Lilly die bedeutende Position ihres Geliebten kannte, ob es ein Vorteil für sie wäre, davon zu wissen, falls Craig es ihr bisher verschwiegen hatte. Er beschloß, über das Problem später nachzudenken. Eben hörte er Krantz sagen: »– brauchen ihnen weniger Zeit zu widmen, wenn ich auch natürlich etwas über die Marceaus und Craig erfahren möchte und über die Ehefrauen und die Dame Decker. Jedenfalls ist der Termin unveränderlich festgelegt.« Krantz' Ton klang sehr bestimmt. »Ich muß Ihre Berichte am frühen Abend des neunten Dezember haben, und wenn Sie uns Ihre Nachforschungsergebnisse schon früher bringen können, könnte ich vielleicht eine Prämie arrangieren. Aber der neunte –«

Daranyi pfiff durch die Zähne. »Unmöglich.«

»Nichts ist unmöglich, Daranyi. Ich bitte Sie ja nicht, Berge zu versetzen. Ein paar Tatsachen von hier, von dort –«

»Sie geben mir also achtundvierzig Stunden – sechzig höchstens.«

»Ich bin mir der Schwierigkeiten voll bewußt und habe mich darauf vorbereitet.« Krantz zog seine Brieftasche heraus, entnahm ihr ein

Bündel Scheine. »Zweitausendfünfhundert Kronen allein für Ihre Ausgaben«, sagte er.

Daranyi nahm die Scheine und schwenkte sie befriedigt. »Das wird von Nutzen sein.«

»Ich nehme an, Sie werden so vorgehen wie bisher –?«

»Was meinen Sie damit?«

»Sie kaufen Informationen bei ausländischen Korrespondenten?«

»Vermutlich.«

»Der Augenblick ist günstig. Reporter aus aller Welt haben sich hier zusammengefunden. Als Tip möchte ich Ihnen eine junge Dame namens Sue Wiley nennen, sie vertritt die *Consolidated Newpapers* in New York – können Sie sich den Namen merken?«

»Sue Wiley.«

»Zufällig weiß ich, daß sie eine sensationell aufgezogene Artikelserie über die Geschichte des Nobelpreises und die früheren und gegenwärtigen Preisträger vorbereitet. Ich vermute, sie ist zu allem bereit, wenn sie dafür neue Informationen erhält.«

»Wollen Sie damit sagen, Dr. Krantz, daß sie mir für den Klatsch, mit dem ich sie für ihre Stories versorgen kann, die speziellen Informationen geben würde, die ich brauche?«

»Genau das. Aber ich würde mich ihr gegenüber nicht als Journalist ausgeben. Sie könnte in Ihnen einen Rivalen fürchten und –«

»Das lassen Sie nur meine Sache sein, Dr. Krantz. Außerdem habe ich überall meine Quellen – und mit zweitausendfünfhundert Kronen –« Er zögerte. »Was mir Sorgen macht, ist der Ablieferungstermin.«

»Tun Sie, was Sie können. Mehr verlange ich nicht.«

»Nun schön. Sie können sich auf mich verlassen.« Es blieb noch die wichtigste Frage. Daranyi räusperte sich. »Und wie dachten Sie sich meine Honorierung –«

Krantz war aufgestanden und zog sich den Rock glatt. »Ihr Honorar wurde noch nicht festgelegt, Daranyi. Ich muß darüber noch mit meinen Kollegen sprechen. Aber habe ich Sie in dieser Beziehung jemals enttäuscht? Außerdem wiederhole ich, daß Sie eine Prämie erhalten, wenn Sie uns früher Material liefern. Jedenfalls warte ich am Neunten in meiner Wohnung, bis Sie anrufen, und Sie kommen dann gleich zu mir.«

Als Krantz gegangen war, nahm Daranyi die Biographien auf, die der Physiker dagelassen hatte. Langsam begann er sie zu lesen. Die achtundvierzig Stunden seiner Voyeurtätigkeit hatten begonnen.

Am gleichen Vormittag um elf Uhr fünf – die Luft war noch so kalt wie in den frühen Morgenstunden, die Landschaft von Djurgarden bleiern grau – brachte Hammarlunds Bentley Denise Marceau zu dem Waldpfad hinter *Askslottet*, auf dem Dr. Oscar Lindblom sie erwartete. Sie war erfreut, daß er angenehmer, energischer, männlicher wirkte, als sie ihn in Erinnerung hatte. Sein Haar wehte im Wind, und die kalte Luft hatte seine Wangen gerötet. Gott sei Dank wirkt er nicht mehr so unscheinbar, dachte Denise und wanderte fröhlich an seinem Arm zwischen den entlaubten Bäumen dahin. Lindblom sagte, es gebe hier zahmes Wild, aber Denise konnte keines entdecken.

Das Privatlaboratorium, ein einstöckiges Betongebäude, stand isoliert auf einer Lichtung, und es befanden sich zwei überaus modern eingerichtete Räume und ein Bad darin.

Lindblom hatte ihr wohlerzogen aus dem dicken grauen Wollmantel geholfen und, wie sie erfreut feststellte, einen bewundernden Blick auf ihr neues schickes Shantungkleid geworfen. Dann führte er sie stolz durch das ganze Laboratorium, und obgleich Denise im Augenblick für die Wissenschaft wenig Interesse hatte, war sie doch sehr beeindruckt von der Kostbarkeit des gesamten Inventars.

Von dem Augenblick, als sie gestern abend bei Hammarlunds Party ihren Entschluß gefaßt hatte, bis zu dem Augenblick, da Claude sie heute morgen verließ, war sie heiter gestimmt gewesen, voll heimlicher Hoffnung. Dieser plötzliche Wechsel ihrer Stimmung hatte Claude, wie sie bemerkte, beunruhigt, so daß er sie voller Argwohn betrachtete und während des Frühstücks in ihrem Hotelappartement nach ihren Erlebnissen bei der Hammarlundparty ausgefragt hatte. Zum erstenmal seit ihrer Demütigung war ein Gefühl der Überlegenheit in ihr aufgekommen.

Sie wußte, die Chancen standen noch immer gegen sie. Gisèles bevorstehender Besuch von Kopenhagen aus konnte alle ihre Bemühungen zunichte machen. Doch sie war entschlossen, den Kampf aufzunehmen. Sie würde Lindblom zu ihrem Liebhaber machen und damit Claudes Selbstbewußtsein einen empfindlichen Schlag versetzen. Wenn ihn das gleichgültig ließ, war ihre Ehe ohnehin nicht zu retten und nichts verloren. Aber wenn er sich eifersüchtig zeigte, dann gab es für sie noch Hoffnung.

Während sie Lindblom durch das Laboratorium folgte, kämpfte sie mit sich. Konnte sie das wirklich tun? Sie hatte während ihres Studiums an der Sorbonne dreimal ein kurzes, aber leidenschaftliches Verhältnis mit Studenten gehabt, Claude aber niemals betrogen, ja nicht einmal geflirtet, den legendären Unsinn ad absurdum führend, den man über die freie Moral der französischen Frauen verbreitete. An so etwas hatte sie nie auch nur gedacht. Aber nun war das alles anders geworden, und daran war Claude schuld. Warum sollte sie sich an ihr Gelübde gebunden fühlen? Er hatte es gebrochen. Wozu sollte sie sich Zurückhaltung auferlegen?

Lindblom war stehengeblieben und zeigte ihr eben einen Glasbehälter mit Flüssigkeit. Um ihre quälenden Gedanken zu verscheuchen, beugte sich Denise interessiert darüber und lehnte sich dabei, wie aus Versehen, eng an seinen ausgestreckten Arm. Voller Freude spürte sie, wie sein Arm sich plötzlich spannte, und in diesem Augenblick wußte sie, daß sie ihn ohne jede Schwierigkeit verführen konnte.

Sie richtete sich wieder auf und beschenkte Lindblom mit einem liebenswürdigen Lächeln. Mein Kollaborateur, dachte sie, während sie sagte: »Das alles ist wirklich faszinierend, Oscar – wenn ich Sie so nennen darf?«

»Bitte, bitte – ich bin glücklich –«

»Aber nun möchte ich mich ein wenig ausruhen, und ich hätte gern eine Zigarette und –«

»Entschuldigen Sie, Madame Marceau. Ich fürchte, ich habe über all dem meine Hausherrnpflichten vergessen. Wie gedankenlos von mir. Bitte, wollen wir in den nebenan liegenden Raum gehen – Hammarlund nennt ihn mein ›Denk‹-Zimmer.«

Ein moderner Schreibtisch stand dort, auf dem sich eine Reiseschreibmaschine, ein Stapel Tabellen und eine elektrische Kaffeemaschine befanden. An der Wand sah man ein hartes Sofa und ein Bücherregal, auf dem wissenschaftliche Zeitschriften lagen. Daneben standen zwei Sessel.

»Möchten Sie das Badezimmer benutzen?« Er wies auf die Tür.

Sie schüttelte den Kopf.

»Hätten Sie gern Kaffee?«

Sie schüttelte wieder den Kopf. »Nein, ich möchte bloß sitzen und rauchen – und mir über Sie klarwerden.«

Sie setzte sich in eine Ecke des Sofas und schlug die Beine übereinander, so daß ihr kurzer Rock herausfordernd über ihre Knie glitt. Lindblom bemühte sich, das zu übersehen, als er sich vorbeugte, um ihr Feuer zu geben. Dann blieb er linkisch vor ihr stehen.

»Wollen Sie nicht ein bißchen von sich erzählen?« fragte sie.

»Recht gern. Aber ich fürchte, Sie werden mich, abgesehen von meiner Arbeit, nicht sehr interessant finden, Madame Marceau.«

»Das überlassen Sie besser mir. Wie alt sind Sie, Oscar?«

»Zweiunddreißig.«

Nicht schlecht, dachte sie. »Und noch immer Junggeselle? Wie bringen Sie das fertig – bei Ihrem guten Aussehen?«

Lindblom errötete tief bei diesem Kompliment. Bevor er antworten konnte, fuhr sie fort: »Sie brauchen nicht zu erröten. In Frankreich sind wir gewohnt, in jeder Beziehung ganz offen zu sein. Ich dachte, auch in Schweden sei das so Sitte?«

»Nicht unbedingt, Madame Marceau. Wir Schweden sind ziemlich formell und gehemmt.«

»Wie verträgt sich das mit all den wilden Berichten, die ich über Ihr freies Liebesleben las?«

»Davon entspricht nur ein Teil der Wahrheit. Und was mich betrifft, so bin ich ausschließlich auf meine Arbeit konzentriert.«

»Das kann ich verstehen«, sagte Denise in begütigendem Ton. »Aber schließlich haben Sie auch noch ein Privatleben – haben Sie denn keine Freundin?«

»Ich weiß nicht, wie Sie das meinen?« sagte er bestürzt.

»Eine Geliebte? Nehmen Sie mir meine Offenheit und meine Neugier nicht übel. Doch seit ich Sie ein wenig näher kenne, interessiert es mich eben. Sie sind ein sehr anziehender Mann. Deshalb wüßte ich gern, wer diese glückliche junge Dame ist.«

»Es gibt keine«, platzte er heraus.

»Wirklich keine einzige? Sie begegnen doch sicherlich genug Frauen.«

Er wand sich vor Verlegenheit. »Hier und da treffe ich eine Verabredung, aber nicht sehr oft.«

»Wie verhalten sich denn Ihre schwedischen Mädchen? Gehen sie ohne weiteres mit Ihnen schlafen?«

Er wurde purpurrot. »Oh, Madame Marceau –«

Sie lächelte. »Ich merke, Sie sprechen nicht gern davon. Aber ich möchte es wissen. Mir gegenüber können Sie ganz ehrlich sein ... sind Sie etwa eine kühle Natur und sexuell nicht ansprechbar?«

»Aber nein«, sagte er entrüstet. »Selbstverständlich habe ich manchmal gewisse Freundinnen, wenn es notwendig ist.«

»Wie oft?«

»Ich weiß es nicht. Ich habe darüber noch nie nachgedacht. Wirklich, Madame Marceau, ich bin etwas erstaunt –«

»Mag sein, aber wie oft?«

»Einmal im Monat, manchmal auch öfter, wenn ich über mehr Zeit verfüge. Aber diese Algen –«

Sie fuhr liebkosend über das Sofakissen. »Kommen Sie, setzen Sie sich zu mir. Ich habe diese Fragen nur gestellt, weil« – sie wartete, während er sich, einen Meter von ihr entfernt, niedersetzte –, »weil ich ganz bezaubert bin von Ihrer Persönlichkeit, Ihrer Intelligenz und – ich warnte Sie ja, wir Franzosen sind aufrichtig – von Ihrer Erscheinung. Ich möchte alles von Ihnen wissen. Oder habe ich Sie etwa erschreckt, Oscar?«

»Nicht im geringsten«, sagte er bebend.

»Mein Fehler ist, daß ich mir keinen Zwang antun kann. Ich sage offen, was ich fühle.«

»Das ist bewundernswert.« Sein Adamsapfel bewegte sich aufgeregt.

Sie streichelte seine Hand. »Kommen Sie doch ein bißchen näher.«

Steif rückte er näher, bis sie sich berührten. Sie blickte ihn unverwandt an. »Sie sind der faszinierendste Mann, den ich seit Jahren kennenlernte, und so entzückend – sagen Ihnen das alle diese Mädchen? so lieb – mit Ihrem Pflichteifer, Ihrem seidig gewellten Haar, Ihrem wunderschönen Mund. Ich kann meine Augen nicht abwenden von Ihrem Mund.«

Sie beugte sich zu ihm, nahm sein erschrecktes Gesicht in ihre Hände und berührte mit ihren Lippen die seinen. Sie küßte ihn, bis seine widerstrebenden Lippen sich öffneten und ihren Kuß erwiderten. Sie spürte, wie sein hagerer Körper vor Erregung erschauerte, bekam plötzlich Angst vor dem, was nun folgen würde, und zog sich zurück.

»War das so schlimm?« fragte sie.

»Nein – nein – o Madame Marceau, Sie müssen doch wissen, was ich fühle. Sie – Sie und Ihr Gatte – Sie sind immer meine Idole gewesen. Der Gedanke, Sie kennenzulernen, mit Ihnen allein zu sein –«

»Seien Sie nicht so närrisch, Oscar. Solche Reden können Sie halten, wenn Sie von historischen Figuren sprechen wie den Curies. Ich aber bin eine lebendige Frau und jung, und ich habe das Glück, mit einem lebendigen Mann zusammen zu sein, der auch jung ist, einem Mann, der mich aufregt. Mir liegt nichts daran, daß Sie meine wissenschaftlichen Erfolge bewundern, ich möchte, daß Sie mich als Frau bewundern. Halten Sie mich für eine anziehende Frau?«

»Von einer Frau wie Sie habe ich geträumt –« Lindbloms Gesicht war verzerrt, seine Stimme erstickt, als er hervorstieß: »Ich bete Sie an. Ich bete Sie mehr an als alle Frauen!«

Denise fühlte sich dem Sieg nahe. »Wenn Sie könnten, Oscar, wenn es möglich wäre – würden Sie mich dann lieben?«

»Wie gern möchte ich das – aber sind Sie sicher – ich meine – Ihr Herr Gemahl –«

»Mein Mann – Mein Mann –«, die Erinnerung an Claude durchfuhr sie wie ein Stich – »er ist impotent. Ich dürfte davon nicht sprechen –«

Sofort bemühte sich Lindblom, sie zu trösten. »Dann wollen wir nicht davon sprechen. Bitte, quälen Sie sich nicht.«

Sie fuhr trotzdem fort: »Vor fünf Jahren wurde er – nach einer Zeit voller Ausschweifungen – schwer krank. Als er wieder genas, war er impotent. Ich hatte vor, ihn zu verlassen, aber nun war er so dringlich auf meine Kameradschaft angewiesen, daß ich es einfach nicht fertigbrachte. Alle meine natürlichen Wünsche habe ich durch unsere Arbeit sublimiert – *pas facile*, glauben Sie mir – ah, mein lieber Oscar – mein Leben war entsetzlich, ich hungerte nach Liebe, nach Liebe –«

Lindbloms Gesicht war voller Zärtlichkeit und Mitleid. Er streichelte ihren Arm. »Armes, armes Liebes –« sagte er.

Denise fand, es sei an der Zeit, zu Taten überzugehen. Sie wischte sich die Augen, als müsse sie ihre Fassung wiedergewinnen. Und dann fragte sie: »Oscar, sind wir hier allein?«

»Wie meinen Sie das?«

»Könnte jemand hereinkommen?«

»Nur Hammarlund, und er ist heute nicht hier.«

Sie beugte sich vor und küßte flüchtig seine blasse Wange. »Verriegeln Sie die Tür, Chéri«, flüsterte sie, »ziehen Sie die Vorhänge zu. Ich gehe nur einen Augenblick ins Badezimmer. Bleiben Sie – warten Sie auf mich.«

Sie ging rasch ins Badezimmer, schloß die Tür hinter sich. Als sie nach ein paar Minuten zurückkehrte, sah sie, daß die Vorhänge zugezogen waren. Der Raum war nun dunkler, intimer. Lindblom stand unschlüssig vor dem Sofa.

Sie ging ohne Zaudern auf ihn zu und schlang ihre Arme um ihn. »Nimm mich, Oscar«, flüsterte sie. »Ich gehöre ganz dir.« Sie zog ihn auf das Sofa, küßte seine Augen, seinen Mund, knöpfte sein Hemd auf und legte ihre Hand auf seine pochende Brust.

«Ah, *alskling* – mein Liebling – mein Liebling –«

Am siebten Dezember lag, obgleich es schon zwei Uhr nachmittags war, im vierten Stock des *Grand-Hotels* noch immer ein Nobelpreisträger im Doppelbett seines großen Luxusappartements.

Abgesehen von einigen Gängen ins Badezimmer, hatte John Garrett sein Bett den ganzen Vormittag nicht verlassen. Die schlimmste Verletzung, die er im Hammarlundpark erlitten hatte, war nicht körperlicher, sondern geistiger Natur. Sein Bauch schmerzte noch von Farellis Faustschlag, und sein rechtes Auge war leicht geschwollen, obgleich der Hieb nicht dieses, sondern sein Kinn getroffen hatte; das alles gab sich früher oder später wieder. Was jedoch nicht ausheilen würde, war die Verletzung seiner Selbstachtung. Und so lag er immer noch zu Bett und fühlte sich viel zu elend, um der feindlichen Außenwelt gegenüberzutreten.

Der Türsummer ertönte, und er hörte Saralee vom Wohnraum herüberrufen: »Das muß Dr. Öhman sein. Ich werde ihn heraufbitten.«

Garrett richtete sich ein wenig in den Kissen auf und fragte sich, warum Öhman gekommen sein mochte. Aber es war nur der Zimmerkellner, der das Tablett mit dem Eßgeschirr abholte.

Als der Kellner gegangen war, trat Saralee an sein Bett. »Fühlst du dich ein bißchen besser, John?«

»Ich werde es überstehen.«

»Dr. Öhman wird gleich hier sein. Möchtest du nicht lieber aufstehen?«

»Nein, ich werde ihn im Bett empfangen.«

Er war so sehr mit seinem nächtlichen Abenteuer beschäftigt gewesen, daß ihm erst jetzt wieder Öhmans Anruf von elf Uhr vormittags einfiel. Seine Stimme hatte, wie Saralee nachher berichtete, sehr erregt geklungen, als er sich erkundigt hatte, ob Garrett am Nachmittag zu sprechen sei, weil er ihm etwas äußerst Wichtiges erzählen wolle, das Farelli beträfe. Und so hatte Garrett für zwei Uhr zugesagt.

Es war zwei Uhr zehn, als Dr. Erik Öhman erschien, eine dünne Ledermappe unter dem Arm. Er zog sich einen Stuhl ans Bett und betrachtete bestürzt Garretts geschwollenes Gesicht.

»Oh – Dr. Garrett, mein lieber Freund, was ist Ihnen zugestoßen? Sind Sie eine Treppe hinuntergestürzt oder gegen eine Tür gelaufen?«

»Dieser betrunkene Bastard Farelli hat mit den Fäusten auf mich eingeschlagen«, erwiderte Garrett zornig.

Öhman sah verwirrt drein. »Tatsächlich?«

»Jawohl. Und nicht nur einmal, sondern mehrmals. Außerdem trat er mich mit Füßen, als ich auf dem Boden lag.«

»Aber – das ist ja schrecklich, empörend.«

»Das kann man wohl sagen. Gestern abend waren Saralee und ich zum Souper bei Ragnar Hammarlund geladen – alle Preisträger befanden sich dort, natürlich auch Farelli. Ich habe getrunken, und er auch, und ich muß gestehen, ich war wütend auf ihn, weil er, obwohl ihm bekannt war, daß Sie mein Freund sind, Sie und Ihre gute Arbeit als Reklame für sich benutzte. Schließlich beschloß ich, ihm zu sagen, daß Sie und ich wüßten, was er im Schild führe, und der Ansicht seien, er handle nicht wie ein Ehrenmann. Wir gingen also ins Freie, in den Park, ein Wort gab das andere, er machte eine beleidigende Bemerkung, ich reagierte, um ihn zu warnen, mit einer ganz harmlosen Bewegung – und ohne daß ich damit rechnen konnte, wurde er gewalttätig –«

»Hat er das blaue Auge verursacht?«

»Ja. Mir nichts, dir nichts versetzte er mir einen Hieb in den Magen und schlug mich mehrmals ins Gesicht. Ich kam aus dem Gleichgewicht und fiel zu Boden. Und dann gab er mir einen Fußtritt. Ich hätte ihn umgebracht, das schwöre ich, leider hat uns jemand beobachtet und hinderte mich daran.«

»Jemand, der Ihnen schaden kann?« fragte Öhman beunruhigt.

»Nein, gar nicht. Es war einer der anderen Preisträger – Craig, der Schriftsteller.«

»Gott sei Dank! Es hätte noch schlimmer ausgehen können.« Er schüttelte den Kopf. »Dieser – dieser Farelli, ich wußte ja, daß er ein schlechter Mensch ist, nachdem Sie mir die Wahrheit gesagt hatten, aber nie hätte ich gedacht, daß er zu solchen Mitteln greifen würde.«

Garrett betupfte sein blaues Auge. »Er ist ohne jede Moral und zu allem fähig.«

»Offenbar«, stimmte Öhman zu. Es machte ihm Kummer, seinen verehrten amerikanischen Mentor so brutal zusammengeschlagen im Bett zu finden. »Was gedenken Sie zu unternehmen gegen diesen Farelli, Dr. Garrett?«

Garrett zuckte hilflos die Schultern. »Ich weiß nicht, wie ich gegen ihn ankommen soll. Ich bin wahrscheinlich der Märtyrer meiner christlichen Erziehung. Männer wie Sie und ich sind, wenn wir es mit einer Giftschlange zu tun bekommen, völlig verloren. Ich gestehe, ich habe versagt – mir fehlen die Waffen – die Möglichkeiten, es mit dieser Bestie aufzunehmen –«

»Dr. Garrett –«

Ein beinah rachekündender Zug in Erik Öhmans Miene ließ Garrett inmitten seiner Tirade innehalten.

»– ich weiß einen Weg, wie Sie Carlo Farelli beikommen können«, sagte Öhman.

Garrett schwieg und wartete. Bestand tatsächlich Hoffnung?

»Zuerst – zuerst zögerte ich, ob ich Ihnen davon Mitteilung machen sollte.« Er hatte seine Ledermappe über die Knie gelegt. »Es schien mir zu wenig untermauert. Gelänge es jedoch, den Beweis zu erbringen, wäre Ihre Sache mit einem Streich gewonnen. Sie würden Farelli nicht nur zum Schweigen bringen. Sie würden ihn vernichten, vom Erdboden hinwegfegen.«

Garrett saß kerzengerade, einen fanatischen Glanz in den Augen. »Worum handelt es sich?«

»Ich will es Ihnen erklären. Nach unserer Zusammenkunft im *Karolinen-Institut*, nachdem Sie mich davon überzeugt hatten, daß Farelli für eine Entdeckung Ehren einheimste, die nicht auf sein, sondern auf Ihr Konto kam, ja, daß er Ihnen sogar Ihr Verdienst schmälerte, zu stehlen versuchte, beschloß ich, mich mit Farelli – nun – zu beschäftigen. Sie wissen ja, daß die *Königlich-Schwedische Akademie der Wissenschaften* bei jedem Kandidaten ihre Nachforschungen hält, und zwei meiner Kollegen am *Karolinen-Institut* hatten Farelli zu überprüfen. Wie Sie zweifellos wissen, Dr. Garrett – Farellis Vergangenheit ist ziemlich bunt.«

Öhman hatte langsam den Verschluß der Mappe geöffnet und förderte nun zwei dünne, mit Maschinenschrift gefüllte Bogen zutage.

»Ich weiß nur das, was in der Presse steht«, erwiderte Garrett. »Was meinen Sie mit – bunt?«

Öhman wies auf die Bogen. »Hier haben wir's. Es ist nicht der Originalbericht, doch einer der beiden Männer, ein alter Freund von mir und früherer Schulkollege, erzählte mir, was er herausgefunden hatte, und ich notierte mir's und schrieb es dann ab. Natürlich wäre es auch möglich, in das Original Einsicht zu nehmen, doch es würde sich kaum von meinem Bericht hier unterscheiden.« Öhmann überflog das oberste Blatt und blickte dann auf. »Sie wissen ja, daß in den letzten Tagen des Jahres neunzehnhunderteinundvierzig, als Mussolini Rußland und den Vereinigten Staaten bereits den Krieg erklärt hatte, Dr. Farelli von der OVRA, der faschistischen Geheimpolizei, inhaftiert wurde?«

»Ich kenne die Details nicht«, sagte Garrett. »Er prahlte mir gegenüber nur einmal damit, er sei während des Krieges im Kerker gewesen.«

»Ja, das entspricht der Wahrheit«, meinte Öhman. »Zu seinen Gunsten muß man eingestehen, daß er seit eh und je als Antifaschist galt.«

»Wollen Sie etwa einen Helden aus ihm machen?« fragte Garrett. »Läuft es darauf hinaus, dann hätten doch wohl eher wir unsere Verdienste ... Sie in Schweden verhielten sich wenigstens neutral und halfen den Flüchtlingen, ich befand mich in Kriegseinsatz – und, was immer Sie vorbringen wollen, Farelli war Italiener –«

»Ich halte mich nur an den sachlichen Bericht«, sagte Öhman. »Aber ich komme schon zum springenden Punkt, wie ich Ihnen versprach. Unser Freund stieß nämlich auf eine erstaunliche, eine unglaubliche Information.«

»Ja?«

»Hören Sie bloß«, sagte Öhman. »Farelli tauchte nämlich als Arzt – nicht als Gefangener – in Nazideutschland auf.«

Durch den stillen Raum drang Garretts pfeifendes Einatmen. »Wieso wissen Sie das? Gibt es einen Beweis?«

»Das ist es eben«, sagte Öhman ernst. »Der Beweis steht auf sehr schwachen Beinen, aber er steht. Eine Zeitlang war ich unschlüssig, ob ich Sie einweihen sollte. Es ist alles so fragmentarisch.«

»Lesen Sie mir vor!«

»– ja, angesichts Farellis Benehmen Ihnen gegenüber, angesichts unserer Freundschaft – schuldete ich's Ihnen. Ein Akt der Fairneß. Sie sollten es überdenken und abwägen können.« Er nahm die beiden Blätter auf, ohne einen Blick auf ihren Inhalt zu werfen. »Wie Ihnen bekannt sein dürfte, Dr. Garrett, gab es innerhalb der deutschen Ärzteschaft, die wir in den Jahren vor Hitler hochschätzten und mit Nobel-Ehren bedachten, im Zweiten Weltkrieg eine ganze Reihe von Leuten, die sich und ihren Beruf mit Schande bedeckten. Man machte damals die grausamsten Versuche mit Menschen, mit Juden, mit polnischen und russischen Kriegsgefangenen, mit den politischen Gegnern im eigenen Land – und so komme ich also zu dem von uns besprochenen Fall.« Er überflog die erste Seite und fuhr fort: »Eines Tages begann man im Auftrag von Himmler und offenbar mit Zustimmung des Reichsluftfahrtministeriums eine lange Serie von furchtbaren Experimenten vorzunehmen – in einer sogenannten Vakuumkammer, um die Herzreaktion in anomal großen Höhen festzustellen, ein Test, der den Piloten der Luftwaffe zugute kommen sollte. Meinen Notizen zufolge hat Dr. Sigmund Rascher diese Tests Himmler vorgeschlagen, und Himmler ließ sie ausführen. Die Vakuumkammer wurde ins Konzentrationslager Dachau transportiert, und dort wurden dann Häftlinge dieser Tortur unterzogen. Man ließ die Luft entweichen, und so konnte man an dem Gefangenen, der ohne Schutzmaßnahmen dem Vakuum ausgeliefert war, die körperliche Verfassung eines Fliegers studieren, der sich in rasendem Tempo plötzlich in einer Höhe von dreizehn oder vierzehn Meilen befindet. Es war grauenhaft. Und die ganze Zeit über beobachteten Ärzte die Zustände ihres Versuchskaninchens, kontrollierten ihre Kardiographen und gingen später dann anscheinend seelenruhig an die Autopsie der Leichen.«

Öhman hielt inne. Er merkte, daß Garrett erbleicht war. Beide Männer schwiegen. Man vernahm nur das Ticken von Garretts Reisewekker.

Öhman seufzte. »Die Namen der Ärzte, die daran teilnahmen, sind bekannt. Einer davon war Dr. Carlo Farelli.«

»Farelli–!« Selbst Garrett, der seinem Feind jede Ungeheuerlichkeit zutraute, hielt ihn derartiger Dinge nicht für fähig. Er schien wie betäubt. Endlich fand er die Sprache wieder. »Haben Sie Beweise?«

»Wie ich schon sagte – fadenscheinige, aber immerhin –« Er begann den Bericht vorzulesen, die Beschreibung der Experimente, die Ergebnisse. »Ort: Dachau ...« Dann verweilte er an einer bestimmten Stelle. »›Teilnehmende Ärzte: Dr. A. Brand, Berlin; Dr. I. Gorecki, Warschau; Dr. S. Brauer, München; Dr. J. Stirby, Bukarest; Dr. C. Farelli, Rom ... Unterzeichnet: Dr. S. Rascher, dritter April neunzehnhundertvierundvierzig.‹« Öhman blickte auf und ließ das Blatt sinken. »Das wär's.«

»Könnte es nicht zwei C. Farellis in Rom geben, beide Herzspezialisten?«

»Mein Freund forschte genau nach. Es gab nur einen.«

Plötzlich wandte sich Garrett heftig an Öhman. »Wie war es dann möglich, daß man, mit diesem Dokument in Händen, den Preis zwischen Farelli und mir teilte?«

»Mein Kollege wog diesen ja nicht detaillierten, nicht ganz eindeutigen Bericht gegen die neunundneunzig Prozent ab, die zugunsten Farellis sprachen. Er hatte das Gefühl, daß die bloße kommentarlose Erwähnung von Farellis Namen nicht ausreiche, ihn zu disqualifizieren. Er machte daher der Jury des *Karolinen-Institutes* keine Mitteilung davon.«

»Das reicht nicht aus, ihn zu disqualifizieren?« sagte Garrett sarkastisch.

»Farellis politischer Leumund war andrerseits ausgezeichnet. Er befand sich beinah den ganzen Krieg über im Gefängnis. Es gibt nur diesen einen dunklen Punkt – und mein Kollege meinte, Farelli hätte möglicherweise an der Durchführung des Tests keinerlei aktiven Anteil gehabt, er sei vielleicht bloß als ausländischer Beobachter dorthin beordert worden ...«

»Wie immer es gewesen sein mag, dafür gibt es keine Entschuldigung», erwiderte Garrett.

»Das wollte ich damit auch nicht sagen.«

»Man hätte ihn, mit all den andern, in Nürnberg hängen sollen! Statt dessen hat Ihr schwächlicher Freund alles vertuscht und ihm zum Nobelpreis verholfen.«

Öhman fühlte sich in seinem Nationalstolz verletzt und versuchte, seinen Freund zu verteidigen. Doch Garrett hörte gar nicht hin. Er hatte eine ganze Gefühlsskala durchlaufen. Zuerst hatte ihn die Information selbst, die Beschreibung des Experiments, die Tatsache, daß sich Ärzte dazu hergeben, zutiefst empört und erschüttert. Nach und nach aber, als ihm die Schmerzen im Kopf und im Magen wieder bewußt wurden, wandte sich sein Haß erneut gegen den Italiener. Es war seine, Garretts, Pflicht vor Gott und den Menschen, die Welt von diesem römischen Eichmann zu befreien. Öhmans Eröffnung ermöglichte es ihm, Farelli aus seinem Leben zu fegen, ihn um alle Ehrungen zu bringen und dabei gleichzeitig ein gutes Werk zu tun.

Er hörte seine Stimme. »Dr. Öhman, was immer Ihre Komiteemitglieder davon halten mögen, ich werde nicht mitmachen – ich habe zu viel Verantwortungsbewußtsein –, ich werde nicht zulassen, daß dieser Kriegsverbrecher in Stockholm herumstolziert und bei der Zeremonie mit mir auf demselben Podium sitzt.«

Öhman kratzte sich nervös den Kopf. »Was gedenken Sie zu unternehmen?«

Zum erstenmal an diesem Tag lächelte Garrett. »Ich habe meine Pläne«, sagte er und dachte an Sue Wiley.

Nacht schien über die Stadt hereingebrochen, obwohl es erst kurz nach sechs war, und feuchter Nebel kroch durch die Dunkelheit. Craig befand sich auf dem Weg zum *Dramatiska Teatern,* der ihm vom Hotelportier beschrieben worden war.

Er kam nur langsam vorwärts, tappte wie blind durch die neblige Finsternis. Seine Gedanken kehrten wieder zu dem Menschen zurück, den sie eigentlich nie ganz verließen – Emily Stratman. Er fühlte ihren Kuß – wiewohl das nun schon vierundzwanzig Stunden her war – noch immer auf seinen Lippen. Während des Hammarlundsoupers und der Rückfahrt zum Hotel hatte sich keine Möglichkeit mehr gefunden, mit ihr zusammen zu sein. Nur ihre Augen hatten sich getroffen ...

Und heute morgen hatte er verschlafen und sie dann beim Lunch mit ihrem Onkel und drei skandinavischen Physikern und deren Frauen im Wintergarten entdeckt. Er hatte sich der Gesellschaft angeschlossen, doch keine Gelegenheit gefunden, mit ihr allein zu sein. Erst nach Tisch, als sich alle erhoben, hatte er sie fragen können, wann sie sich wiedersehen würden. Sie hatte gezögert, doch seine Bitte war so dringlich gewesen, daß sie schließlich, und zwar sichtlich erfreut, nachgegeben hatte. Sie hatten sich für morgen zum Dinner verabredet. Seither hatte er sie nicht gesehen, und er fragte sich, ob sie und ihr Onkel heute abend trotz des Nebels wohlbehalten in Drottningholm angelangt wären.

Plötzlich befand er sich vor einem hohen Steingebäude, das aus den Nebelschwaden aufragte. Er sah verschwommene gelbe Lichter, Pfeiler und eine Statue zu seiner Linken. Das mußte das *Königliche Dramatische Theater* sein. Er hastete die Treppe hinauf, um seiner Verabredung mit Märta Norberg nachzukommen.

Im Korridor stieß er auf eine große Blonde, deren dralles Aussehen an eine Bauernmagd erinnerte. Sie trug ein enganliegendes rotes Gewand, das ihre ausladenden Hüften unnatürlich prall erscheinen ließ. Craig blieb stehen.

»Wo kann ich bitte Miss Norberg oder Mr. Cronsten finden?«

»In dem kleinen Theater dort unten.« Sie wies ihm die Richtung.

Sein Blick glitt über ihre Aufmachung. »Darf ich fragen, wer Sie sind?«

In ihre Wangen traten Grübchen. »Viola. *Zwölfte Nacht*. Shakespeare. Ich habe Übergewicht, aber ich lebe diät.«

Damit eilte sie fort, während Craig zum Theaterraum hinabging. Es war, wie er wußte, das sogenannte *Kleine Theater* der Königlichen Schauspielakademie, das sich im gleichen Gebäude befand: tatsächlich ein kleiner Raum, wie er feststellte, mit roten Plüschstühlen und einer ziemlich geräumigen Bühne, auf der sich augenblicklich drei Schauspieler befanden. Craig fühlte sich als Publikum und begann zuzuhören. Eine schlanke Olivia schickte sich eben zu sprechen an –

»Sind Sie Andrew Craig?«

Craig wandte sich um und sah einen untersetzten, älteren Herrn, den man für einen Bankier hätte halten können, sich von einem Sitz erheben.

»Ich bin Nils Cronsten. Miss Norberg kündigte mir Ihr Kommen an.«

Sie waren in den Seitengang getreten und schüttelten einander die Hände.

»Herzlichen Glückwunsch, Mr. Craig, zum Nobelpreis, ich bin ein Verehrer Ihrer Romane, und Ihr Besuch ist uns eine große Freude. Entschuldigen Sie mich eine Sekunde, ich will nur nach Miss Norberg suchen lassen.«

Craig ließ sich auf einem Ecksitz nieder, und als Cronsten wiederkam, meinte er: »Märta probte heute nachmittag einige Stunden, aber dann wurde sie es müde – war nicht in Stimmung –, und wir übersiedelten hierher, um unseren künftigen Norbergs zuzusehen. Aber ich bitte Sie, Mr. Craig, ihr gegenüber das nicht zu wiederholen. Sie vermag sich weder eine Norberg der Vergangenheit noch der Zukunft vorzustellen – für sie gibt es nur eine, und die ist unsterblich.«

»Das vermutete ich«, sagte Craig gutgelaunt.

»Sie verschwand schließlich in ihrer Garderobe und erledigte einige Ferngespräche.«

»Gestern abend erzählte sie mir, Sie würden sie als *Adrienne Lecouvreur* herausbringen. Das bedeutet doch ein Ereignis für die Theaterwelt. Wann wird es stattfinden?«

»Niemals«, entgegnete Cronsten, der inzwischen den Platz neben Craig eingenommen hatte. »Ich probte mit ihr in den letzten Jahren vier Stücke, aber es gab niemals eine Premiere. Im letzten Moment zieht sie sich zurück und verschwindet in der Versenkung, denn ihre Krankheit, Mr. Craig, heißt historische Größe. Sie ist eine Legende geworden, und wer so hoch steigt, kann sich nicht mehr steigern. Daher wird sie übervorsichtig. Eines Tages, vielleicht – ein Film –, aber ich möchte nicht drauf wetten. Sie spielt die Sphinx – und da es keine bessere Rolle gibt, nehme ich an, sie wird sie bis ans Ende ihrer Tage spielen.«

»Was beginnt sie eigentlich mit ihrer Zeit?« erkundigte sich Craig.

»Sie ist nicht gesellig, falls Sie das meinen«, sagte Cronsten. »Sie beschäftigt sich mit sich selbst. Wenn man eine Norberg ist, braucht man sonst niemanden. Ab und zu gibt sie Abende für Hammarlund und dessen Freunde. Manchmal reist sie auch inkognito. Sie besitzt eine Villa in der Nähe von Cannes, sie hält sich ein Appartement in New York. Und vor allem – hier oder wo immer –, sie intrigiert.«

Craigs Neugierde war erweckt. »Sie intrigiert?«

»Das ist schwer zu erklären. Würden Sie sie besser kennen, so würden Sie begreifen.« Cronsten blickte auf. »Ah – hier kommt unser Bote mit den Neuigkeiten.«

Ein junger Mann erschien grüßend. »Die Norberg ist ausgeflogen. Sie hinterließ diese Nachricht für Mr. Craig.«

Er übergab Craig ein zusammengefaltetes Stück Papier und entfernte sich dann auf Cronstens Weisung.

Craig entfaltete das Blatt:

Lieber Laureat, ich begab mich auf schnellstem Weg heim, weil ich einen Anruf aus New York erwarte. Ich muß Sie heute abend sprechen. Können Sie um sieben zum Dinner kommen? Ich rechne damit. Ich wohne nicht weit von Hammarlund. Sie brauchen dem Taxifahrer nur zu sagen – NORBERG.

Craig merkte, daß Cronsten eine Erklärung erwartete, und sagte: »Sie mußte weg, aber sie wünscht, daß ich um sieben bei ihr zum Dinner bin.«

»Es ist jetzt fünfundzwanzig vor sieben. Wir gehen am besten in mein Büro und nehmen einen Drink, und dann fahre ich Sie zur Norberg.«

»Ich will Sie keinesfalls belästigen –«

»Es bedeutet kaum einen Umweg für mich. Seien Sie unbesorgt.«

Eine Minute später befanden sie sich in Cronstens hübschem, kleinem Büro. »Was soll es sein?« fragte er und trat zu einem Wandschrank.

»Scotch pur. Eis ist nicht nötig.«

Sie kamen nochmals auf die Norberg zu sprechen, und Craig fragte: »Woher stammt eigentlich ihre Beziehung zu Hammarlund?«

»Er entdeckte sie. Sie war Platzanweiserin in einem Kino. Ihre Stimme und ihr Temperament hatten es ihm angetan. Wir dürfen annehmen, daß er ein Verhältnis mit ihr hatte. Als er erfuhr, daß sie Schauspielerin werden wollte, ließ er ihr Privatunterricht geben und führte sie uns dann vor. Es ging alles sehr rasch. In ihrem dritten Elevenjahr wagte sie es bereits, eine Rolle abzulehnen: die der Königin Christina in einem Einakter. Sie meinte zu fühlen, daß Christina im Grunde genommen keine Frau gewesen sei, und sie wollte, wie sie sagte, nur echte Frauen spielen. Was danach geschah, wissen Sie ja. Wir hatten sie nur ein Jahr am Großen Schauspielhaus, dann meldete sich der Broadway und dann Hollywood – und nun, zwanzig Jahre später, ist ihr nur noch eine Rolle gut genug – die der Märta Norberg.« Er warf einen Blick auf seine Armbanduhr und meinte: »Ich würde Ihnen gern noch einen Drink anbieten, aber das gäbe eine Verspätung.«

Während der Fahrt sprachen sie wenig. Einmal glaubte Craig Hammarlunds Besitztum zu erkennen. Wenige Minuten danach sagte Cronsten: »Hier sind wir.«

Er fuhr eine lange, gewundene Auffahrt hoch und hielt, bei laufendem Motor, vor einem weißen, zweistöckigen Gebäude.

»Ein interessanter Abend liegt vor Ihnen«, sagte er mit undurchsichtigem Lächeln. »Hierher werden nur wenige geladen.«

»Tatsächlich?«

»Nur die Großen dieser Welt.«

»Aber ich halte mich keineswegs –«

»Halten Sie sich nicht für den, für den Sie sich halten, sondern für den Märta Norberg Sie hält. Und da Sie ein sympathischer Mensch sind, möchte ich Ihnen einen Rat geben.«

Craig war schon ausgestiegen und wartete am offenen Wagenschlag.

»Hörten Sie jemals von den Venusmuscheln der Koralleninseln? Sie sind die größten Muscheln der Welt und konsumieren Lebewesen. Ein ahnungsloser Schwimmer, der auf eine solche Muschel stößt, kann leicht von ihr eingefangen werden. Dann schließen sich die Schalen über ihm, und sie verzehrt ihn. Ein Stückchen Naturgeschichte, dessen Sie sich vielleicht in den nächsten Stunden erinnern sollten ... Gute Nacht, Mr. Craig.«

Der Hausboy, ein Philippino, der Craig vorangegangen war, zog eine gläserne Schwingtür auf, und Craig glaubte, durch einen Zaubertrick in einem Winkel Tahitis gelandet zu sein. Die drei Glaswände, überwuchert von tropischen Pflanzen, waren kaum sichtbar, und das Schwimmbassin glich keinem anderen, das er je gesehen hatte. Es ähnelte eher einer Südseegrotte. Das Wasser war klar wie Kristall, ausgenommen der ferne Teil des Bassins, in den ein künstlicher Wasserfall stürzte.

Und dann erblickte er zu seiner Rechten, eingehüllt in einen purpurnen Seidenkimono, Märta Norberg, die sich auf einer Gurtenliege räkelte.

»Hier bin ich, Craig.«

Er ging auf sie zu. Sie blieb in der Horizontale. Sie hob ihm nur ihre schmale Hand entgegen, in einer Art, die eindeutig klarmachte, daß diese Hand nicht geschüttelt, sondern nur geküßt werden durfte. »Es freut mich, daß Sie kommen konnten, mein Bester.«

Nach der Begrüßung bat sie ihn, sich einen Drink zu mixen. Sie nahm ihr eigenes Glas aus dem künstlichen Gras unter der Liege und reichte es ihm. »Ich liebe Wodka und Wasser – aber getrennt!«

Nachdem er ihrem Wunsch nachgekommen war, setzte er sich neben sie und sah sich um. »Einen solchen Raum hab' ich noch nie gesehen.«

»Das kann jeder haben – für einige vierzigtausend Dollar. Wollen Sie schwimmen?«

»Nach dem Drink.«

»Gut. Sprechen wir also.« Sie streifte die Sandalen ab, betrachtete das Spiel ihrer nackten Zehen und zog dann die Beine an.

»Machte Ihnen Ragnars Party Spaß?«

»Es war hochinteressant. Vielleicht werde ich es eines Tages verwenden.«

»Begreiflich.« Und dann, ganz beiläufig: »Ich nehme an, Sie werden auch den lächerlichen Kampf zwischen Garrett und Farelli verwenden?«

Craigs Gesicht zeigte keinerlei Erstaunen, aber sein Blick richtete sich scharf auf Märta Norberg. »Das ist ja unheimlich. Ich dachte, außer mir gäbe es keinen Zeugen. Sahen Sie es denn?«

Sie schüttelte amüsiert den Kopf. »Nein, ich sah es nicht. Ich hörte es.«

»Sie hörten es?«

»Stimmt. Wollen Sie wissen, was ich noch hörte? Etwa daß Dr. Marceau eine Liaison mit einem französischen Mannequin namens Gisèle Jordan hat? Oder daß ein gefeierter Autor jemandes Nichte küßte und ihr Zärtlichkeiten zuflüsterte –«

»Wo, zum Teufel, hörten Sie das?«

»Es trifft doch zu, nicht wahr?«

Craig starrte sie wütend an und schwieg.

Sie warf den Kopf zurück und lachte. »Nun haben Sie zusätzlich Stoff erhalten, ja, Craig? Doch ich will Sie nicht mehr länger auf die Folter spannen. Es handelt sich nicht um Hellseherei oder geheime Magie. Ragnar Hammarlund hat sein Elysium sozusagen von Kopf bis Fuß auf Tonband eingestellt. Räuspere dich im Garten, küß auf der Terrasse – es ist alles für die Ewigkeit getan.«

»Ich habe noch nie Korrupteres gehört! Dieser Hurensohn.«

Die Norberg lachte wieder. »So etwas Ähnliches sagte ich anfangs auch. Aber von seinem Standpunkt aus ist es vernünftig und entbehrt nicht einer gewissen Logik. Er ist Geschäftsmann – und wir leben im Zeitalter der Kommunikationen, im Zeitalter der Technik ...«

»Privatkonversation der Gäste aufzunehmen ist nicht meine Vorstellung von Geschäft.«

»Sie würden überrascht sein, Craig. Ich will Ihnen ein Beispiel nennen, damit Sie von Ihrem hohen Roß herabsteigen. Warum, glauben Sie, gab Ragnar diese Party? Nun – er hat ein Auge auf die Marceaus geworfen. Sie allein kümmern ihn. Ihr andern wart alle bloß Staffage. Er ist von einer Idee besessen, und wenn er das ist, kann ihn niemand davon abbringen – er will synthetische Nahrung herstellen und damit als erster den internationalen Markt erobern – und sein Vermögen verdreifachen. Und er glaubt, wenn er die Marceaus, die Nobelpreisträger, dafür interessieren könnte, wäre ihm der praktische Erfolg noch bei Lebzeiten gewiß. Er ist im Bild über Marceaus Affäre. Er wird ihn nicht erpressen, nichts so Abscheuliches – aber es gibt ihm einen gewissen Rückhalt, ein Übergewicht. Und er zweifelt nicht daran, daß es ihm gelang, Denise Marceaus Interesse für Lindbloms Arbeit zu erwekken.«

»Ich hoffe, Sie heißen derlei Dinge nicht gut.«

»Craig, es gibt nichts, was mir so schnuppe wäre. Auf dieser Erde laufen die verschiedenartigsten Leute herum – soll doch jeder auf seine Art fröhlich in den Hades fahren. Mich interessiert nur eine Welt – meine.«

»Warum haben Sie mir dann davon erzählt?«

»Weil ich beschlossen habe, die Bevölkerung dieser meiner Welt zu verdoppeln. Ich gab Ihnen ein Einreisevisum. Benehmen Sie sich entsprechend, mein Lieber – vielleicht wird Ihnen dann die Staatsbürgerschaft verliehen. Aber was soll's nun sein – Whisky oder Wasser?«

»Ich möchte sagen – Wasser. Hammarlund hat den Wunsch nach Säuberung in mir hinterlassen.«

Eine ätherische Hand wies ihm die Richtung. »Dort, hinter dieser Tür. Sie finden Schubladen voll Badehosen. Treffen Sie Ihre Wahl ...«

Nach zwanzig Minuten hatten sie sich müde geschwommen. Sie stiegen wieder »an Land« und ließen sich nieder.

»Wollen wir nun die Geschäfte besprechen?«

»Ich weiß nicht, von welchen Sie reden – aber bitte ...«

»Wichtige Geschäfte! Wichtig für uns beide. Doch ich will es kurz machen: Ich rief meinen Agenten in New York an. Er rief den Ihren an. Daraufhin rief mein Agent ein Studio in Hollywood an. Und wenige Minuten bevor Sie kamen, rief er mich an. Wir schlagen Ihnen ein Geschäft vor. Ich möchte Ihren neuen Roman *Rückkehr nach Ithaka* für einen Film, in dem ich die Hauptrolle übernehme. Da Sie noch daran schreiben, hat sich das Studio einverstanden erklärt, daß ich Ihnen jetzt erst mal zwanzigtausend in bar biete – von zweihunderttausend nach Beendigung des Romans. Ein fetter Happen, Craig, für jemanden, dessen Bankkonto klein ist – und Ihres ist ziemlich klein, wie ich von Ihrer Schwägerin und Ihrem Agenten weiß. Und ich weiß auch, daß Sie wieder blank sein werden, wenn Sie mit dem Nobelbetrag Ihre Schulden und Verpflichtungen beglichen haben. Was meinen Sie also?«

Craig war von diesen Neuigkeiten und ihrem Angebot so überrascht, daß er nicht gleich wußte, was er erwidern sollte. »Wie können Sie«, meinte er schließlich, »so viel auf ein Buch geben, das noch gar nicht geschrieben ist und das Sie nicht kennen?«

»Ich kenne die Handlung. Miss Decker hat mir gestern abend die Story erzählt. Es ist genau das, worauf ich seit Jahren warte – und für den Produzenten bedeutet es außerdem ein Plus, daß der Autor Nobelpreisträger ist, das wird Ihnen ja klar sein.«

»Leah hat Ihnen die gesamte Handlung erzählt?«

»Ja, ich kenne sie von vorn bis hinten.«

Ein seltsamer Verdacht durchfuhr ihn plötzlich und machte ihn stutzig. »Wenn das der Fall ist, dann müssen Sie doch auch wissen, daß für Sie kaum eine Rolle darin sein dürfte. Held des Buches ist ein Mann, er ist die einzige dominierende Gestalt. Die Frauen treten nur episodenhaft auf. Es sind sechs. Sie kommen und gehen – sie sind Nebenfiguren. Was wollen Sie damit anfangen?«

»Ich möchte die Desmona spielen, die Zigeunerin, die er heiratet.«

»Aber die nimmt nur drei Kapitel ein, dann wird sie umgebracht. Das ist alles – abgesehen davon, daß er sie nie vergißt. Sie wissen, nachdem sie ermordet worden ist –«

»Wenn ich sie spiele, wird sie nicht ermordet werden«, sagte Märta Norberg schlicht. »Ich werde die anderen fünf Frauen hinauswerfen – nun, jedenfalls vier –, und Desmona bleibt natürlich am Leben.«

Craig runzelte die Stirn. »Miss Norberg, ich respektiere, ja bewundere Sie als Schauspielerin. Aber Sie sind keine Autorin. Der Autor bin ich. Das ist mein Buch, und in diesem Buch stirbt Desmona früh. Es kann gar nicht anders sein, sonst würde der innere Handlungsablauf seinen Sinn verlieren.«

»Seien Sie nicht so lächerlich starrsinnig! Das alles läßt sich ändern.

Es gibt noch hundert andere Möglichkeiten. Sie haben ja noch gar nicht ihre Todesszene geschrieben. Machen Sie doch einen Unfall draus – sie wird bloß verletzt – Ihre Story wird dadurch viel effektvoller.«

Craig war entsetzt. Er wog seine Worte genau ab. »Lassen Sie mich klarstellen, denn ich wünsche keinerlei Mißverständnis: Sie schlagen mir vor, meinen nächsten Roman zu erwerben, aber nur unter der Bedingung, daß ich ihn ändere und eine Heldin einbaue, die Ihren Vorstellungen entspricht. Trifft das zu?«

»Ja, Sie sagten doch selbst, daß sonst nichts für mich drin steckt.«

Er haßte es, die nächsten Worte auszusprechen, aber es lag ihm an dem Geschäft.

»Sie können das später immer noch in Hollywood ändern lassen. Aber ich werde mich beim Schreiben den Teufel drum scheren.«

»Unmöglich. Das Buch wird in aller Welt gekauft und gelesen werden. Ich möchte, daß man von dieser Heldin spricht, ehe ich sie noch auf der Leinwand zum Leben erwecke. Willigen Sie doch ein, Craig, nicht?« Sie lächelte ihm zu und fuhr dann fort: »Warten Sie noch einen Augenblick mit der Antwort. Es gibt etwas, das ich Ihnen bisher vorenthalten habe – eine Seite meines Angebots, mit der ich Sie unter freundlicheren Umständen bekannt machen wollte. Aber ich muß sie wohl jetzt erwähnen.«

»Nun – was ist das?«

»Außer dem genannten Betrag ist noch etwas im Vertrag einbegriffen. Und dies ist unendlich mehr wert. Wissen Sie, was es ist?«

»Nein.«

»Ich.« Sie lächelte über seine bestürzte Miene. »Ich, Märta Norberg«, sagte sie einfach. »Ich bin mitinbegriffen.«

Er starrte sie an. »Wissen Sie, was Sie damit sagen?«

Sie lachte. »Natürlich. Habe ich Sie schockiert?«

Er war wie vor den Kopf geschlagen. Er fragte sich, wie er sich ihr gegenüber verhalten sollte, um nicht wie ein dummer Junge zu wirken. Er beschloß, denselben leichten Ton einzuschlagen wie sie und abzuwarten, zu welchem Ergebnis das Gespräch führte. »Meine Liebe, kein Mann fühlte sich jemals mehr geschmeichelt. Aber wie haben Sie sich das eigentlich vorgestellt?«

»Ganz einfach«, sagte sie kurz. »Ich wünsche, was Sie haben, und Sie wünschen, was ich habe. Das allein entscheidet. Dies ist mein Beitrag. Was den Handel angenehmer macht, ist die Tatsache, daß ich Sie attraktiv finde und Sie mich vermutlich auch. Doch selbst wenn Sie weniger attraktiv wären, bliebe es bei meinem Angebot.« Sie blickte ihn forschend an. »Machen Sie doch keine Staatsaffäre aus einem simplen Vorschlag. Folgen Sie Ihren wahren Impulsen, Craig, dann wird diese Nacht der Auftakt zu der denkwürdigsten Handelsbeziehung Ihres Lebens sein.«

Sie nahm die Badekappe ab und schüttelte das Haar zurück.

Craig gab sich keiner Täuschung hin. Er begehrte dieses Wesen, aber sein Begehren bedeutete nicht Sehnsucht nach einer anziehenden Frau, sondern galt dem Mythos Märta Norberg – einem Liebesobjekt, nach dem sich die gesamte Männerwelt vergeblich sehnte.

Wenn man es so bedachte – und er tat dies nun –, dann war dieses Anerbieten unglaubhaft, und weil es unglaubhaft war, war es unwiderstehlich. Hier saß die meistbewunderte Frau des ganzen Erdballs, Idol und Legende für Unzählige in aller Herren Ländern. Ein einziges Wort – und sie gehörte ihm. Aber er brachte es nicht über die Lippen.

»Nun, Craig, was denken Sie?«

»Ich habe mir erlaubt, Sie zu betrachten.«

»Ich weiß. Und erleichtert das Ihre Entscheidung?«

»Es kompliziert sie. Sie wissen, daß ich Sie haben will.«

»Natürlich. Mir ergeht es ebenso. Was steht also zwischen uns?«

»Das Geschäft. Ist es Ihnen tatsächlich ernst damit?«

»Selbstverständlich. Bezweifelten Sie es eine Sekunde? Sagen Sie ja, und Sie erhalten den Vorvertrag zur Unterschrift und die Vorauszahlung am Morgen. Der restliche Betrag folgt nach Beendigung des Romans.«

»Ich meinte den anderen Part.«

»Mich? Auch das natürlich. Mit Freuden.«

Von ihren gekräuselten Lippen glaubte Craig den Triumph über die unvermeidliche Schwäche des männlichen Geschlechts zu lesen. »Ich bin Amateur in diesen Dingen, wie ich gern zugebe«, meinte Craig. »Ich muß da einiges bedenken. Zum Beispiel: Wie entledige ich mich meiner Arbeit zu Ihrer Zufriedenheit?«

»Das wird sich alles ganz natürlich ergeben.«

»Natürlich?«

»Gewiß. Sie werden länger in Schweden bleiben – Sie werden hier wohnen, wir werden zusammen arbeiten, bis wir zu einem befriedigenden Ergebnis kommen.« Sie sah ihn die Brauen hochziehen und fügte rasch hinzu: »Wenn Sie es vorziehen, bringe ich Sie auf meinen Besitz an der Riviera oder begleite Sie sogar in mein Appartement in New York. Am Tag werden wir arbeiten – und die Nacht gehört der Liebe.«

»Und das ist alles, was es dazu zu sagen gibt?«

»Ich werde keinesfalls Ihre Arbeit stören. Ich bin Künstlerin. Unsere Naturen sind ähnlich. Wenn Sie allein sein wollen, wenn Sie schöpferische Sammlung brauchen, lasse ich Sie Ihrer Wege gehen. Ziehen Sie aber meine Anwesenheit vor, können Sie sie jederzeit haben.«

Er fragte sich, ob es ihm gelingen würde, sich einer Natur verständlich zu machen, die seiner eigenen so fremd war. »Märta – ich will Sie jetzt so nennen –«

Sie lächelte. »Wir machen Fortschritte.«

»Nein, hören Sie mal. Ich glaube tatsächlich, Sie halten das alles für möglich. Ich möchte gern das Geld, das Sie mir bieten. Ich kann es brauchen. Schön. Und Sie sind der Meinung, daß ich deswegen bereit sei, den ersten Roman, den ich nach der Auszeichnung mit dem Nobelpreis schreibe, zu verunstalten und zu verderben, damit er Ihren Zwekken entspricht. Sehen Sie nicht, wie korrupt das ist? Als Sie mir in diesem Sinne Ihr Angebot machten, das Geldangebot, war meine Antwort ein automatisches Nein. Was mich zögern ließ – und Sie sahen das voraus –, war Ihr zusätzliches Angebot einer Liaison, für die eine Menge Männer ihre Seele dem Teufel verkaufen würden. Ja, ich zögerte; dieses Angebot – das gebe ich zu – war für mich verlockend und aufregend. Doch was würde passieren, wenn wir dieses Geschäft abschlössen? Sie hätten ein lausiges Buch, denn unter solchen Umständen könnte es nur miserabel werden. Und was hätte ich? Die Erinnerung an eine grandiose Eroberung? An eine unvergeßliche Liebe? Helena und Paris? Dante und Beatrice? Oder die Erinnerung an ein kalt kalkuliertes Abkommen, an eine mechanisch erstandene Gemeinschaft, ohne einen Funken Liebe? Wäre das nicht ziemlich widerwärtig? Und außerdem wäre es eine Überspanntheit, die ich mir nicht leisten kann!«

Sie hatte ihm zugehört, ohne die Augen von ihm zu lassen, mit unbeweglichem Gesicht, regungslos.

»Bringen Sie mir einen Wodka, Craig«, sagte sie nun.

Er erhob sich, um den Drink für sie zu holen – und den Whisky, den er selbst nötig hatte. Als er zurückkehrte, war sie aufgestanden und erwartete ihn. Er vermied es, auf ihren Bikini zu sehen, auf ihren bloßen Körper, und reichte ihr das Glas.

»Warum blicken Sie mich nicht an?« meinte sie prompt. »Warum weichen Sie mir aus?«

»Warum soll ich mich quälen mit etwas, das ich nicht haben kann?« Er versuchte, die Bitterkeit aus seinem Ton herauszuhalten, und machte einen lahmen Versuch zu scherzen. »Ich presse meine Nase nicht gern an Schaufenster.«

»Craig, ich möchte, daß Sie mich ansehen, auf der Stelle! Wie finden Sie mich?«

»Äußerst weiblich ...«

»Ich bin mehr, glauben Sie nicht?«

»Zugegeben.«

»Viel mehr«, sagte sie entschieden. »Sehr vieles an mir ist Propaganda und Legende – und das wirkt anziehend. Doch täuschen Sie sich nicht. Auch ohne das alles bedeute ich viel mehr. Damit meine ich nicht mal so sehr meine Schönheit. Das, was ich meine, ist nicht sichtbar – man muß es erfahren. Wenn Sie mich kaufen, kaufen Sie zwei ungemein wertvolle Dinge. Eins davon ist mein Ruhm, das Recht, sich zu erinnern, Märta Norberg besessen zu haben – ja, *die* Norberg. Solche

Erinnerungen sind kostbar, besonders wenn Sie alt geworden sind. Versetzen Sie sich doch in einen Mann, der die Gunst einer Ninon de Lenclos oder Eleonora Duse genossen hat! Aber das andere wiegt noch weit mehr ... Wollten Sie etwas sagen, Craig?«

»Fahren Sie fort«, sagte Craig, trank seinen Whisky und hielt seinen Blick in Schulterhöhe. Er wünschte, sie wären bekleidet – und irgendwo anders.

»Ja, es wäre wirklich ein guter Kauf. Einerseits verkörpere ich das ersehnte Traumbild, andrerseits die ersehnte Erfahrung. Wissen Sie, was ich damit meine?«

»Nicht ganz.«

»Nun, Craig, wenn Sie ein Verhältnis mit Märta Norberg haben, so eliminieren Sie damit die Erinnerung an jede andere Frau – bis zurück in Ihr Jünglingsalter. Ich will es Ihnen erklären, Craig. Nur eine Handvoll Menschen auf der Welt besitzt Kenntnis von dem, was ich Ihnen nun sage. Das Liebesspiel ist die andere Gabe, die mir zusammen mit der Schauspielkunst verliehen wurde. Auf dem einen wie auf dem anderen Gebiet bin ich vollendet. Sicherlich haben Sie erfahrene Frauen gekannt, intelligente Hetären, talentierte Prostituierte oder Callgirls, was weiß ich ... Mitunter verfügen solche Frauen über bemerkenswerte Kenntnisse in Liebesdingen; aber was eine Prostituierte gibt, ist stets getrübt durch das Gefühl der Entwürdigung. Bei mir finden Sie alles, was Sie wünschen – aber ungetrübt. Ich weiß mehr von der Liebe als jede Kurtisane ... Ihr Gesicht verrät mir zwar nichts, aber vermutlich bezweifeln Sie meine Worte. Vielleicht fragen Sie sich, wieso diese prahlende Schauspielerin soviel mehr von der Liebe wissen sollte als andere ... Vielleicht denken Sie, alles sei begrenzt, wiederholbar, viel Neues könne es da nicht geben ... Auf solche Zweifel kann ich nur antworten: Finden Sie es heraus.« Sie schlürfte ihren Wodka.

Craig fühlte sich unbehaglich und wußte nicht recht, was er erwidern sollte. »Klingt fast wie ein Reklametext, wie?« meinte er schließlich, bemüht, es ins Scherzhafte zu ziehen.

Sie lächelte. »Das habe ich kaum jemals nötig.«

»Jedenfalls – ich kann nur sagen: Mir leuchtet es trotzdem nicht ein.«

»Wollen Sie mich herausfordern?«

»Nichts so Kindisches. Ich akzeptiere bloß Ihre Behauptung nicht, daß Sie in der Lage sind, allein durch physische Perfektion jemanden glücklich zu machen – ohne ein Jota Gefühl, ohne Leidenschaft, ohne Liebe, die vom Herzen kommt –«

»Sparen Sie sich Ihre Märchen für Ihre verdammten Bücher«, unterbrach sie ihn, »und für all die albernen Gänse, die sie lesen und getäuscht werden wollen. Craig, *ich kenne die Männer*. Ich kenne alle ihre Wünsche; der Mann ist gefühllos, eine niedrigere Gattung Tier, jedenfalls in diesem Punkt. Ich bin ehrlich. Ich verschachere mein Herz nicht – nur das, was sich unterhalb des Herzens befindet. Und ich bekam nie eine Klage. Im Gegenteil. Also, Craig, was wollen Sie nun?«

»Tja, Sie haben genau das erreicht, was Sie wollten – Sie haben mich neugierig gemacht.«

Sie warf das Haar zurück. »Dann schließen wir also das Geschäft ab?«

»Nein – nicht unter Ihren Bedingungen.«

Ihr Gesicht hatte sich seltsam verfinstert. »Was kann Sie überzeugen? Wünschen Sie heute nacht eine Vorschau?«

»Nicht, wenn Sie es als Option auf meine Dienste betrachten.«

»Seien Sie nicht unhöflich.«

»Ich möchte nicht unhöflich sein, Märta. Wir haben nur nicht dieselbe Wellenlänge. Wir stimmen nicht zusammen. Haben Sie noch nie geliebt? Was würde geschehen, wenn Sie sich verliebten?«

»Ich wäre nicht dort, wo ich bin«, sagte sie kühl. »Craig, ich habe mich niemals benutzen lassen, und ich werde das auch in Zukunft niemals tun.«

»Sie wollen lieber andere benutzen.«

»Wollen Sie mich mit Sarkasmus züchtigen?«

»Ich züchtige Sie nicht, ich richte nicht über Sie – ich möchte nur herausfinden, wer Sie sind. Wissen Sie es selbst?«

»Darauf können Sie sich verlassen. Ich will Ihnen sagen, wer ich bin. Ich bin die größte Schauspielerin dieses Jahrhunderts. Und für mich kommt zuerst meine Kunst – und dann erst alles andere. Es gibt sehr verschiedene Typen in meinem Beruf. Ich jedenfalls bin eine Vollblutschauspielerin, das heißt: alles in meinem Leben, jede Entscheidung, jede Wahl, jede Erwägung läuft auf die eine Frage hinaus – nützt es mir als Schauspielerin? Das ist der Maßstab für alles – auch für die Liebe.«

Sie leerte ihr Glas und füllte sich dann selbst nach. »Als ich nach Amerika kam«, fuhr sie fort, »war sogar ich, eine junge Schwedin, schockiert. Es gab dort Dutzende schöner, ausgebildeter, begabter junger Mädchen. Aber wie kamen sie zu ihren Rollen? Die meisten konnten sich gar nicht schnell genug ihrer Kleider entledigen. Doch ich war klüger und begriff, daß dies alles nicht ausreichte: Schönheit war gut, aber zu billig. Nicht genormte, nicht uniforme Schönheit war besser. Schauspieltalent war gut, aber zu weitverbreitet. Es mußte von der Persönlichkeit überstrahlt werden. Sex-Appeal war gut, aber in diesen Dingen herrscht Monotonie. Nein, perfekter, vollendeter Sex mußte geboten werden – Format. Und diese Erkenntnisse setzte ich in die Tat um.«

Sie hielt das Wodkaglas vor sich hin, trank jedoch nicht. Sie hatte sich in Eifer geredet; Craig fühlte, daß sie seine Gegenwart vergessen hatte. Ohne ihn anzusehen, fuhr sie fort: »Ja – und so wurde ich allmählich zu einem Sex-Wunder, und als sich dies herumsprach, als ich nicht zuletzt dadurch immer mehr bekannt wurde, da wurden auch meine Rollen immer größer und besser – bis ich die allerbesten, die bedeutendsten erhielt. Und als ich dann über diese feisten, sadistischen Männer hinauswuchs, die mich so oft gedemütigt hatten, als sie mich brauchten und ich sie nicht mehr brauchte – da konnte ich endlich werden, was ich wirklich war und was ich geblieben bin bis zum heutigen Tag – zurückgezogen, verschlossen, wählerisch ... Ich hielt Distanz und gab selten etwas, aber wenn ich etwas gab, dann immer mein Bestes.« Sie brach ab. »So ist das, Craig«, schloß sie.

Auf eine merkwürdige Art hatte ihre Geschichte ihn bewegt. Intuitiv hatte er viel Ungesagtes erfaßt – doch ihre Story machte es ihm nicht leichter, sie zu deuten. »Aber nun können Sie doch tun, was Ihnen Freude macht, Märta? Sie versuchten ein Leben lang, nur Sie selbst zu sein. Sie sind Sie selbst. Warum nicht lieben, wen Sie wollen, und wann Sie wollen?«

»Sehen Sie«, sagte sie lächelnd, »ich habe mein eigenes Monument errichtet – im Bewußtsein der Menschen. Damit es dort bleibt, darf ich nicht aufhören, daran zu bauen. Ich bin zu lange müßig gewesen. Ich muß weiterbauen. Ich brauche Rollen, ich benötige Stories. Sie haben eine. Da sie nicht für Geld allein zu bekommen ist, bin ich bereit, alle meine besonderen Fähigkeiten dafür einzusetzen. Aber ich bin, die ich bin, und ich bin es gewöhnt, daß ich das, was ich wünsche, zu den von mir vorgeschlagenen Bedingungen erhalte. Seien Sie vernünftig, Craig. Ich kann diktieren. Sie können es nicht. Doch ich bin fair, ich biete Ihnen ein Vermögen und ich biete Ihnen eine Erfahrung, die Sie nicht vergessen werden und die für Ihre Lebensgeschichte mehr bedeutet als der alberne Preis ... Ich gebe Ihnen alles, was ich habe, für einen Teil von Ihnen ... Sagen Sie ja, und wir besiegeln den Vertrag mit einem Kuß, und Sie bleiben die Nacht über. Nun – zufrieden?«

»Nein – empört«, stieß er hervor. Alle Sympathie, die sie je in ihm erregt hatte, war von ihm gewichen, als sie wieder diesen absurden Handel vorschlug. Er holte tief Atem.

»Es tut mir leid, Märta, aber ich muß zu meiner eigenen Freude schreiben, nicht zu der Ihren. Meine Antwort ist Nein, Märta, ein glattes Nein. Ich mache mir keine Sorgen Ihretwegen, Sie werden fünfzig andere Storys finden, passendere, die auf Sie zugeschnitten sind. Und Sie werden Männer finden, die Sie nicht lieben müssen, um Storys zu bekommen. Und eines Tages finden Sie vielleicht einen Mann, den Sie wirklich lieben, obwohl ich es bezweifle. Was mich betrifft, so will ich meine, ich möchte nicht sagen Integrität, aber jedenfalls meine Selbstachtung bewahren – obwohl ich es immer bedauern werde, daß mir Ihr Geld und Ihre aufregende Gunst entgangen sind. Ja, Märta, ich bezweifle nicht, daß es genug Männer gibt, die sich Ihr Geld und Ihre Fähigkeiten leisten können. Ich gehöre nicht dazu. Denn wenn ich Ihnen das wenige gebe, das ich noch besitze, wird keine Belohnung von Ihrer Seite es zuwege bringen, daß ich dann noch als Mann überlebe – dann wäre ich endgültig bankrott.«

Das Lächeln um ihre Lippen war verschwunden. Sie bleckte die Zähne – es war ihr unbewußt, und ihr verschlossenes nordisches Gesicht zeigte sonst keine Bewegung, keine Andeutung eines Gefühls. Doch dieser Augenblick, in dem ihre Zähne bloßlagen, verriet sie.

»Kein Mann hat je so zu mir gesprochen«, sagte sie. »Und damit Sie keine Genugtuung daraus gewinnen, werde ich Ihnen auf den Kopf zusagen, warum Sie mich dermaßen beleidigen – die reine Wahrheit. Ich kenne sie – ich rieche sie –, ich habe das immer gekonnt ...«

Er wartete.

Ihre kehlige Stimme wurde schneidend, die Sätze kamen wie Peitschenhiebe. »Sie können nicht mehr, was Sie angeblich nicht wollen, Sie Armer. Sie fürchten sich vor mir, das ist das A und O des Ganzen. Sie haben Angst vor Sex, Sie haben Angst vor Frauen, Sie haben Angst vor meinem Bett und vor meinem Körper – weil Sie dem nicht gewachsen sind.«

Und nun tat er etwas Unvernünftiges. Er hatte sich bisher unter Kontrolle gehalten, jetzt aber, jetzt ließ er sich gehen.

»Ich bedaure, Ihnen diese Illusion zerstören zu müssen, aber das ist nicht die Wahrheit. Ich bin ganz in Ordnung, und ich habe gewiß nichts gegen Frauen. Die Frau, mit der ich zuletzt hier in Schweden zusammen war, hatte allerdings den Anstand, Liebe allein der Liebe wegen zu geben – und für nichts sonst.«

»Sie Lügner«, schrie sie. »Sie dürften mich jetzt nicht berühren, und wenn Sie William Shakespeare persönlich wären und mir jedes Wort widmen wollten, das Ihnen einfällt! Verschwinden Sie von hier, Craig, verschwinden Sie! Holen Sie Ihre Kleider und hauen Sie ab – sonst erfährt die ganze Welt von mir, was für ein Jammerlappen ihr so überaus männlicher, bewunderter Nobelpreisträger ist – ich will Sie nicht mehr sehen!«

Er zog sich langsam an, ohne Zorn, nur von einer unerklärlichen Sorge erfüllt. Als er angekleidet war, trat er hinaus. Der Raum war leer. Sie war verschwunden.

Er ging ins Wohnzimmer, zum Telefon, und bestellte ein Taxi. Als er aufgelegt hatte, fiel sein Blick auf ein Ölgemälde an der gegenüberliegenden Wand – Märta Norberg, in voller Größe, als Manon Lescaut. Ein Marktweib, dachte er, feilschend auf dem großen Jahrmarkt ...

Hut und Mantel lagen über einer Bank im Vestibül. Niemand erschien, um ihn hinauszubegleiten. Er öffnete die schwere Tür und trat in Kälte und Nebel.

In der frischen Luft fühlte er sich besser. Er hatte heute nacht etwas verloren. In den Augen der Welt sehr viel. Aber er war gewiß, daß er unendlich mehr gewonnen hatte. Zum erstenmal seit den Jahren mit Harriet wurde ihm bewußt, daß er nicht nur ein integrer Schriftsteller war, sondern auch ein menschliches Wesen von Wert. Er prüfte dieses Empfinden lange. Tief in seinem Inneren hatte er ein gutes Gefühl. Zum erstenmal, seit langer, langer Zeit.

Er freute sich über Nebel und Kälte und wartete auf das Taxi, das ihn zurückbringen würde zu den Lebenden.

ZEHNTES KAPITEL

Mit jedem Tag, der den Höhepunkt, die Nobelpreisfeier, näher brachte, füllte sich das *Grand-Hotel* mehr und mehr. Journalisten und namhafte Persönlichkeiten aus ganz Skandinavien und allen Himmelsrichtungen der Welt trafen ein. Hochbetrieb herrschte in der Halle und den Hotelrestaurants.

Jetzt, um die Mittagszeit des achten Dezember, zwei Tage vor dem Ereignis, war der riesige Wintergarten fast bis auf den letzten Platz besetzt. Andrew Craig folgte dem Empfangschef die Tischreihe entlang. Hier war wirklich so ziemlich alles vertreten, stellte er fest, während er an der Delegation aus Ghana vorbeiging. Die Vielfalt fremder Menschen mutete ihn wie das farbig bewegte Muster eines Kaleidoskops an und lenkte ihn flüchtig von dem ab, was ihn eben noch vollauf beschäftigt hatte: die Debatte mit Leah, die gerade hinter ihm lag, und die Debatte mit den Marceaus, die ihm unmittelbar bevorstand.

Sein reservierter Tisch lag im erhöhten, teppichausgelegten Teil des Raumes zwischen zwei massiven Säulen. Allein gelassen lehnte Craig sich nachdenklich zurück, schob geistesabwesend an dem Tafelsilber herum und befaßte sich bald wieder mit seinen eigenen Problemen.

Gestern nacht, im Bett, hatte er die erstaunliche Begegnung mit Märta Norberg noch einmal wie in einer Rückblende betrachtet. Ganz objektiv hatte er festzustellen versucht, was ihm erinnerlich war. Und schließlich war ihm noch etwas eingefallen, etwas, das ziemlich zeitig an diesem Abend zur Sprache gekommen und deshalb seinem Gedächtnis fast entschwunden gewesen war: Märta Norbergs groteske Enthüllungen von Ragnar Hammarlunds Machenschaften – die Geheimberichte, die Informationen über Claude Marceaus Affäre mit irgendeinem Mannequin, das Komplott, die Chemiepreisträger in Hammarlunds Industrienetz zu ziehen – all das war ihm wieder durch den Kopf gegangen.

Im allgemeinen kümmerte er sich nicht um Moral und Sittlichkeit anderer. Die Rolle des unbeteiligten Zuschauers, der lebt und leben läßt, lag seiner Natur am nächsten. Aber vielleicht war gerade das sein Grundfehler. Gestern nacht jedenfalls hatte er beschlossen, diesen Defekt zu reparieren. Man mußte den Kampf mit den Hammarlunds und den Sue Wileys aufnehmen, hatte er zu sich selbst gesagt. Und in diesem Fall ging es, über das Prinzipielle hinaus, zudem um Menschen, mit denen er selbst verkettet war.

Dunkel hatte er gespürt, daß sie alle, die Marceaus, Garrett, Farelli und Stratman, genau wie er selber auch, zu menschlichen Zielscheiben geworden waren. Der Preis hatte sie nicht nur, wie Gottling es ausgedrückt hatte, zur Elite der Demokratie gestempelt, er hatte sie auch zu den Verletzlichsten der Demokratie gemacht. Der Preis aber hatte sie in eine Art Verwandtschaft gedrängt; für immer waren sie von jetzt ab miteinander verbunden, die Gekrönten dieses Jahres. Verwundete man die Marceaus, so verwundete man auch ihn und sie alle.

Als Craig sich darüber klargeworden war, hatte er nach dem Telefonhörer gegriffen und die Marceaus verlangt. Aber niemand hatte sich in ihrem Zimmer gemeldet. Verdammt zum Nichtstun, war ihm alles fast noch zwingender und dringender erschienen. Es hatte ihn aus dem Bett getrieben, er war aufgestanden, hatte einen Zettel geschrieben und Denise und Claude Marceau ersucht, morgen mit ihm im Wintergarten zu lunchen. Um was es sich handelte, hatte er nur angedeutet. Dann hatte er nach einem Boy geläutet und die Nachricht in ihr Postfach bringen lassen.

Heute morgen, beim Aufwachen, war ihm die Luncheinladung noch immer richtig erschienen, und er hatte sie nicht abgesagt. Er wäre am Vormittag gern mit Emily zusammen gewesen, erinnerte sich aber, daß sie jetzt wohl ausgegangen war und daß sie zum Abendessen verabredet waren. Die Aussicht, Emily allein zu sehen, hatte ein Gefühl in ihm wachgerufen, das lange in ihm geschlafen hatte: den Wunsch, einer Frau zu gefallen. So war er wieder auf den zehnten Dezember gekommen und auf diese höchst lästige offizielle Ansprache, die man von ihm bei der Nobelpreisfeier erwartete. Am Spätnachmittag sollte er in der Konzerthalle vor dem König und dem großen Kreis geladener Gäste eine Rede vom Stapel lassen; Ingrid Pahl würde ihn vorstellen.

Jacobsson hatte erklärt, daß nach alter Tradition die Rede sonst immer nach der Feier im Goldenen Saal des Rathauses gehalten würde. Nur wegen der unmittelbar bevorstehenden Auslandsreise des Königs hätte man sich zu dieser Änderung entschlossen.

Jedenfalls hatte ihn der Gedanke an Emily, die auch anwesend sein würde – und auf sie allein kam es ihm an –, heute morgen bewogen, dem Problem etwas näherzutreten und die englische Ausgabe der Ansprachen seiner Vorgänger durchzuackern.

Da war die interessante Rede Eugene O'Neills aus dem Jahre 1936. Laut Fußnote war O'Neill allerdings gar nicht selber in Stockholm gewesen; er hatte sich vertreten lassen, weil er sich von einer Blinddarmoperation noch nicht ganz erholt hatte. O'Neill hatte auf August Strindberg verwiesen; der Inspiration, die ihm durch dessen Werk zuteil geworden sei, verdanke er seinen Aufstieg. »Wenn es irgend etwas von bleibendem Wert in meiner Arbeit gibt, so ist es Strindberg, der mir den ursprünglichen Impuls dazu gegeben hat und der mich all die Jahre bis zum heutigen Tage beflügelte und anspornte, den Fußspuren seines Genies zu folgen ...« Craig spürte die Aufrichtigkeit dieser Worte. Das konnte keine billige Schmeichelei sein. Die *Schwedische Akademie* hatte Strindberg stets ignoriert.

Albert Camus, im Jahre neunzehnhundertsiebenundfünfzig, war der nächste in dieser Reihenfolge. Ein Absatz seiner Rede sprach Craig ganz besonders an, und er ging ihn noch einmal durch: »Wahrscheinlich fühlt sich jede Generation vor die Aufgabe gestellt, die Welt zu erneuern. Meine Generation jedoch weiß, daß sie die Welt nicht erneuern kann. Und ihre Aufgabe ist vielleicht sogar die größere, weil sie darin besteht, die Welt davor zu bewahren, sich selbst zu zerstören – als Erbe einer korrupten Geschichte, deren Weg über verfehlte Revolutionen, eine fehlgeleitete Technik, tote Götzen und verbrauchte Ideologien in eine Gegenwart geführt hat, in der zweitrangige Mächte heute zwar alles auszulöschen vermögen, ohne jedoch fähig zu sein, den Weg zu neuen Überzeugungen zu weisen; in eine Welt, in der der Intellekt zum Werkzeug des Hasses und der Unterdrückung geworden ist. Diese Generation, die aus der Leere der eigenen Negation wuchs, mußte sich ihren inneren und äußeren Daseinssinn selbst schaffen und ihm einen Schimmer dessen geben, was dem Leben und Sterben Würde verleiht. Gegenüber einer Welt, die vom Zerfall bedroht ist, ausgeliefert an Machthaber, in deren Hand es liegt, diese Welt für immer in ein Reich des Todes zu verwandeln, ist sich diese Generation bewußt, daß sie nur in einem rasenden Wettlauf gegen die Zeit die Völker in einem wahren Frieden vereinen kann. Ein Friede, der, ohne Unterjochung, Technik und Kultur versöhnt und die ganze Menschheit unter einer Bundeslade eint ...«

Von der brillanten Realistik des großen Franzosen wandte Craig sich der tapferen Kraft William Faulkners zu, seinem für das Jahr neunzehnhundertneunundvierzig höchst ungewöhnlichen Optimismus. »Ich kann nicht an das Ende der Menschheit glauben«, hatte Faulkner gesagt. »Ich glaube, daß der Mensch nicht nur überstehen, sondern sich auch behaupten wird ... Er ist unsterblich, weil er eine Seele hat, einen Geist, der die Kraft besitzt, mitzuleiden, zu opfern, zu ertragen. Des Dichters und Schriftstellers Verpflichtung ist es, über diese Dinge etwas auszusagen. Sein Vorrecht ist es, dem Menschen das Ertragen zu erleichtern, sein Herz aufzurichten durch die Erinnerung dessen, was immer der Glorienschein seines Menschentums war: sein Mut, seine

Ehre, seine Hoffnung, sein Stolz, sein Mitfühlen und Mitleiden und seine Bereitschaft zum Opfer ...«

Lange, nachdem Craig Faulkners Rede beiseite gelegt hatte, wirkten seine Worte noch in ihm nach. Bewegungslos war er eine Weile sitzen geblieben; und dann, weil es nun einmal sein mußte, war er an seine eigene Rede gegangen; jedenfalls an den Versuch, sie aufzusetzen. »Königliche Hoheit, meine Damen und Herren«, so weit hatte er es geschafft – und dabei war es geblieben. Nicht die Brillanz Camus' oder die Wortgewalt Faulkners hatten seine Hand stocken lassen – es war eher diese Sicherheit ihrer Aussagen ... Er hegte noch immer den leisen Verdacht, den Faulkner durchaus nicht gehegt hatte, daß der Mensch von Glück reden konnte, wenn er überhaupt überlebte, und daß jede Frage nach dem Wie bereits zu viel sei.

Und gerade als er zu sondieren versuchte, was er nun glaubte und nicht glaubte, war die Tür aufgegangen und Leah erschienen, beladen mit Paketen.

»Gut, daß du aufgestanden bist, Andrew«, hatte sie gesagt und dabei den Bleistift in seiner Hand angestarrt. »Du willst mir doch nicht weismachen, daß du geschrieben hast – oder doch?«

»Nichts dergleichen. Ein paar Notizen, mehr nicht.«

Sie hatte ihre Päckchen auf einen Stuhl fallen lassen. »Ich muß mich beeilen, sonst komme ich zu spät, Märta Norberg hat mich zum Lunch eingeladen«, sagte sie und machte Miene, in ihr Schlafzimmer zu gehen.

Sofort wurde Craig hellwach. »Wer? Die Norberg?«

»Ja. – Was ist daran so ungewöhnlich? Sie ist sehr charmant und reizend, falls du sie zufällig kennen solltest.«

»Und woher kennst du sie zufällig, wenn ich fragen darf?«

»Mein Gott, Andrew, was hast du nur für ein Gedächtnis«, sagte Leah gereizt. »Natürlich von der Hammarlund-Party, vorgestern abend.«

»Ja, richtig.« Fast wäre er ausgerutscht und hätte hinzugefügt, ›davon hat sie mir ja erzählt‹.

»Genau gesagt«, war Leah in ihren Eröffnungen fortgefahren, »haben wir bei Hammarlund über dich gesprochen. Sie wollte wissen, was du jetzt schreibst, und als ich dein neues Buch erwähnte, schien sie sehr interessiert – sie dachte an einen Film, vielleicht eine Theaterbearbeitung. Na, ich nehme an, du wirst von ihr hören.«

»Und wann hat sie dich eingeladen, mit ihr zu essen?«

»Wann? Vorgestern abend natürlich – von irgendeinem phantastischen Lokal war die Rede, in dem man gewesen sein müßte, *Bacchi Wapen*, Bacchus' Waffen, ein verrückter Name.« Sie hatte einen Blick auf die Uhr geworfen. »Ach, du lieber Gott, höchste Zeit. Schließlich kann ich eine Norberg nicht warten lassen.«

Und damit war sie in ihr Schlafzimmer entschwunden, und seitdem war Craig vage beunruhigt. Die Norberg hatte wahrscheinlich diese Verabredung getroffen, um mehr über sein Projekt in Erfahrung zu bringen, und sich dann entschlossen, die Sache schneller in Angriff zu nehmen, und Verbindung mit New York aufgenommen. Was konnte Leah ihr noch nützen? Trotzdem hatte sie die Verabredung nicht abgesagt. Was wollte sie nur? Ob sie Leah gegenüber die Vorfälle von gestern nacht erwähnen würde? Und wenn ja, wieviel?

Immer noch beschäftigt mit all diesen Fragen, war er mit dem Lift in die Halle hinuntergefahren, und auch jetzt, während er hier an seinem Tisch saß und auf die Marceaus wartete, kam er nicht davon los. Plötzlich sah er Denise Marceau auf sich zukommen. Allein. Er sprang auf, lächelte verbindlich und begrüßte sie. Sie strahlte zurück, nahm den angebotenen Stuhl und legte Handtasche und Handschuhe auf den Tisch.

»Wie reizend von Ihnen, uns einzuladen, Mr. Craig. Sind Sie sehr enttäuscht, daß ich allein gekommen bin?«

Craig nahm wieder Platz. »Aber durchaus nicht – ganz im Gegenteil.«

»Armer Claude«, seufzte sie. »Er kann nie nein sagen, wenn er um etwas gebeten wird. Er soll bei den United Societies sprechen und hat für uns beide zugesagt. Ihre Einladung kam wie vom Himmel gesandt. Ich wünschte mir nämlich dauernd einen Grund, mich davor drücken zu können. Claude läßt Sie grüßen und bitten, ihn zu entschuldigen. Ich jedenfalls bin hoch beglückt. Aber ich muß mich sofort bei Ihnen entschuldigen, Mr. Craig.«

»Entschuldigen? Wofür denn?«

»Ich habe nie ein Buch von Ihnen gelesen; ist es nicht beschämend? Außer den französischen Klassikern lese ich eigentlich überhaupt keine Romane. Wir müssen so viele wissenschaftliche Fachzeitschriften lesen, um auf dem laufenden zu bleiben. Als ich dann hörte, daß Sie den Nobelpreis erhalten hatten und wir Sie hier treffen würden, war ich voll guter Vorsätze, alles nachzuholen, um Ihnen einigermaßen gewappnet gegenübertreten zu können – aber leider, leider, da bin ich nun, und zu sagen habe ich gar nichts.«

Craig war überrascht, denn so guter Laune und so gelöst kannte er sie nicht.

»Trösten Sie sich, das gleicht sich aus«, meinte er, »ich weiß dafür nichts über Samenzellen.«

»Also sind wir wieder quitt.« Der Kellner brachte ihnen die inzwischen bestellten Drinks, und sie hob ihren Cocktail: *»Liberté, égalité, fraternité.«*

»Entente cordiale«, entgegnete er. Nachdem sie die Gläser abgesetzt hatten, nahm er die Unterhaltung wieder auf. »Es gibt etwas, worüber

wir sprechen müssen. Eigentlich war das in erster Linie der Anlaß zu dieser Einladung.«

»Ihre Karte klang ein wenig mysteriös. Worum handelt es sich?«

»Um folgendes: Gestern abend war ich zufällig in Gesellschaft einer Frau, die mit Ragnar Hammarlund sehr befreundet ist. Der Name tut nichts zur Sache. Aber was sie mir zu sagen hatte, könnte immerhin für Sie und Ihren Mann wichtig sein. Um es gleich vorwegzunehmen und was Sie selbst auch darüber denken mögen – ich halte Hammarlund für einen ziemlich widerlichen Zeitgenossen.«

Sie zuckte die Achseln. »Na und? Selbstverständlich ist er ein übler Bursche. Eher würde ich Rasputin persönlich über den Weg trauen als Ragnar Hammarlund. Aber was hat er eigentlich damit zu tun?«

»Diese Dame – sie ist seine Vertraute – sprach von gewissen Absichten Ragnar Hammarlunds – von einem Plan, wenn Sie wollen –, Sie und Ihren Gatten für seine Arbeit zu gewinnen.«

»Lächerlich!«

»Er denkt an den großen Durchbruch auf dem Gebiet der synthetischen Ernährung – und er will diese Entwicklung völlig unter seine Kontrolle bringen und auf diesem Gebiet den Weltmarkt beherrschen.«

»Diesen Quatsch habe ich mir auch angehört. Er macht ja kein Geheimnis daraus.«

»Man hat mir erklärt, daß Sie sich für die Forschungsergebnisse eines seiner Chemiker interessieren. Und er scheint anzunehmen, daß er die Mittel hat – ich weiß nicht recht, wie ich es formulieren soll, Sie und Ihren Mann davon zu überzeugen, ja, überzeugen, daß Sie beide die nächsten Jahre seiner Arbeit widmen müßten.«

Denise lachte. »Das ist absurd. Wir haben ihm keinerlei Hoffnungen gemacht. Was in aller Welt könnte uns veranlassen, mit so einem Mann zusammen zu arbeiten?«

Craig biß sich nervös auf die Lippen. »Vielleicht sollte ich Ihnen noch etwas erzählen, was den Fall deutlicher beleuchtet und klarer erkennen läßt, was er vorhat. Man hat mir erzählt, daß sein ganzes Haus dafür präpariert war, jedes Gespräch seiner Gäste in sämtlichen Räumen und am Telefon zu registrieren. Kurz und gut, alles, was auf dieser Party gesprochen wurde, ist in seinem Besitz.«

Denises eben noch fröhliches Gesicht wurde ernst. *»Fils de putain«*, stieß sie hervor.

»Das deckt sich genau mit meiner Ansicht.«

»Und nun weiß ich auch, was Sie mir sagen wollen. Er hat gewisse Informationen über meinen Mann, so ist es doch wohl?«

»Ja ...«

»Er kennt also die Affäre meines Mannes mit diesem Pariser Mannequin.«

»Ich fürchte, Sie haben recht. So peinlich es mir ist, aber ich hatte das Gefühl, man sollte es Ihnen sagen. Verdammt, ich hätte das Thema nicht angeschnitten, wenn nicht –«

»Ach was – zum Teufel mit meinem Mann«, fiel ihm Denise plötzlich ins Wort. »Ich bin es, mit der etwas nicht stimmt.«

»Sie? Davon weiß ich nichts.«

»Nein«, sagte sie, und man merkte, daß sie angestrengt nachdachte, »davon können Sie nichts wissen, dafür ist die Angelegenheit noch zu frisch. Wissen Sie, ob auch sein Privatlaboratorium im Rückgebäude abgehorcht wurde?«

»Darüber ist mir nichts bekannt.«

»Egal. Ich nehme es an.« Plötzlich grinste sie. »Ich wenigstens hatte Mr. Hammarlund einiges zu bieten. Ich kann es Ihnen ja sagen, die Geschichte mit meinem Mann kennen Sie ohnehin. Im Grund ist das gar keine schlechte Idee. Vielleicht können Sie mir sogar helfen. Schließlich sind Sie ein berühmter Autor – solche Dinge gehören irgendwie zu Ihrem Metier. Ich habe nämlich etwas ausgeheckt – eine kleine weibliche Intrige.«

»Haben Sie es sich auch gut überlegt, ob Sie mich einweihen wollen?«

»Wenn der Feind schon mitgehört hat, kann es auch ein Freund erfahren.« Sie nippte an ihrem Bacardi. »Mein Mann hat also Dummheiten gemacht mit diesem Balenciaga-Mannequin, und dieses Spiel ist noch nicht aus, daß weiß ich. Sie kommt morgen sogar her, sie fliegt. Claude trifft sie, das ist wohl klar. Schon daraus können Sie ersehen, daß sie zu allem entschlossen ist. Vielleicht ist er es gar nicht wert, daß man um ihn kämpft, doch sehen Sie, Mr. Craig, so sind wir Frauen nun einmal. Vielleicht lohnt es nicht – aber ich habe es mir in den Kopf gesetzt, nicht mehr tatenlos zuzusehen. Es bleibt mir nur ein Weg – ihn mit den eigenen Waffen zu schlagen. Verstehen Sie, was ich meine?«

»Nicht ganz.«

»Ihn auch zu betrügen – ihn eifersüchtig zu machen.«

»Aha.«

»Er hat seinen Stolz. Was ihm gehört, läßt er sich nicht gern nehmen – bis jetzt war das jedenfalls so. Also setze ich alles auf diese Karte. Erinnern Sie sich vielleicht an Dr. Oscar Lindblom bei der Hammarlund-Party?«

»Ich glaube nicht –«

»Hammarlunds Chefchemiker, so ein langer, dünner Schwede.«

»Ja, ich weiß schon, wen Sie meinen!«

»Gestern also – ich tat, als sei ich an seiner synthetischen Arbeit interessiert – besuchte ich ihn in seinem Labor. Geht Ihnen jetzt ein Licht auf, woher Hammarlund seine Idee bezieht? Aber wie dem auch sei, ich ging zu Lindblom und wollte ihn betören. Und ich habe ihn betört, den armen Jungen. Er ist ein Kind – aber ich werde etwas aus ihm machen: den Mann, von dem alle und besonders Claude glauben sollen, daß er der richtige Mann für mich sei. Sonst wäre das Ganze ein Fiasko. Was der Tragödie zweiten Teil anbelangt, so muß ich Ihnen den wohl jetzt auch noch enthüllen. Möglich, daß er schwache Stellen hat, aber vielleicht fällt Ihnen etwas Besseres dazu ein. Heute nacht wird Claude in Uppsala sein – und Dr. Lindblom in meinem Appartement zum Dinner, mit Cocktails und was sonst dazu gehört. Ich werde vorarbeiten und die Drinks fertig haben, wenn er kommt. Denn ich beabsichtige, meinen schüchternen Liebhaber etwas kühner zu machen und ihn aus diesem Grund unter Alkohol zu setzen. Ich beabsichtige weiterhin, schon vor dem Abendessen meine Tugend zu vergessen – nun ja, und ich werde ihn schon dazu bringen, im rechten Moment Claudes Schlafanzug überzuziehen. Dann werde ich den Zimmerkellner kommen lassen, mich nach dem Menü erkundigen und die Sache so arrangieren, daß der Kellner sich Dr. Lindblom genau einprägen kann. Draußen auf dem Gang werde ich dem Kellner ein ordentliches Trinkgeld in die Hand drücken und ihn um eine Gefälligkeit bitten. Dr. Lindblom sei mein Mann, morgen sei sein Geburtstag; ich hätte die Absicht, ihn mit Champagner zum Frühstück zu überraschen, seiner Lieblingsmarke. Morgen früh solle er meinem Mann – nur meinem Mann – diese Flasche servieren. Wir hätten Gäste. Verwechslungen dürften nicht vorkommen. Merken Sie, worauf ich hinauswill?«

»Morgen früh wird der Kellner Ihren Mann statt Dr. Lindblom vorfinden.«

»Genau das. Und er wird glauben, an den Falschen geraten zu sein. Er wird wieder abziehen, sich entschuldigen und darauf hinweisen, daß er meinen Ehegatten suche. Was dann kommt, ist eigentlich mit mathematischer Genauigkeit vorauszusagen: Entweder ich habe Claude bereits verloren, dann wird das Ende wenigstens beschleunigt. Oder aber mein Mann kommt wieder zur Besinnung, wird eifersüchtig und spürt selbst einmal, wie es ist, betrogen zu werden. Vielleicht findet er so zu mir zurück. Sie sehen also, Mr. Craig, Hammarlund hält keine Schwerter über unseren Häuptern. Denn ich weiß ohnehin Bescheid, und ich hoffe zu Gott, daß Claude demnächst auch über mich Bescheid wissen wird. *Voilà!* Das wäre es.« Sie lehnte sich zurück und nippte an ihrem Bacardi. »Hier haben Sie meine Komödie. Halten Sie sie für bühnenreif? Oder sehen Sie einen Haken?«

Craig war entwaffnet von ihrer frivolen Offenheit. Es erinnerte ihn in der Tat an die traditionellen französischen Komödien. Und doch spürte und begriff Craig, daß Denise Marceau gelitten hatte, daß es ihr bitterer Ernst war, daß Verzweiflung sie trieb.

»Einen Haken?« wiederholte er. »Doch, mir scheint, da ist ein Haken.«

Sie beugte sich vor. Sie war gespannt und ganz bei der Sache. »Zeigen Sie ihn mir.«

»Feuer kann man nicht mit Feuer löschen«, sagte er. »Sie sind Naturwissenschaftlerin, Sie sollten das wissen. Sie rächen sich – nun gut; aber was nützt Ihnen der billige Triumph, wenn das Ende ein Scherbenhaufen ist? Ich würde dieses Stück nie schreiben, weil es einen psychologischen Webfehler hat.«

Das hatte sie nicht erwartet. Sie wurde unsicher, ihre Heiterkeit flaute ab. »Soll ich also die Hände in den Schoß legen und zuschauen, wie er diesem Mädchen mehr und mehr verfällt? Das habe ich bereits versucht.«

»Vielleicht halten Sie diese Methode noch eine Weile länger durch. Das wäre mein Vorschlag. Sehen Sie zu und gehen Sie gelassen Ihren eigenen Weg. Es könnte sein, daß ihn das viel mehr trifft und beschämt als alles andere. Stehen Sie über der Situation und zeigen Sie ihm das. Warten Sie ab, bis für ihn der Reiz des Neuen dahin ist, bis er der anderen müde wird. Alles spricht dafür, daß er reuig zu Ihnen zurückkehren wird; jetzt lebt er doch gegen sein eigentliches Wesen, will seine Männlichkeit vor sich selber bestätigen und klammert sich noch einmal an seine Jugend, um sie zu halten – für eine kurze Zeit ...«

»Und wenn er nicht zurückkommt? Was dann?«

»Es ist ein Risiko, gewiß. Aber das, was Sie jetzt vorhaben, ist weit riskanter. Männer sind moralischer als Frauen. Für ihn würden Sie nie mehr die gleiche sein, und auch vor sich selber würden Sie das nicht mehr sein. Sie verlieren dabei nicht nur Ihre Überlegenheit; Sie sinken ab, wenn Sie sich auf sein Niveau begeben, sowohl in seinen Augen als auch in der eigenen Selbstachtung.«

»Verstehen Sie mich richtig, Mr. Craig. In all den Jahren meiner langen Ehe habe ich meinem Mann nie Anlaß zur Eifersucht gegeben. Was immer Sie für Vorstellungen von den Franzosen haben mögen – glauben Sie mir, gerade von uns sind sehr viele höchst moralisch und zurückhaltend. Für mich war die Ehe eine ernsthafte Bindung fürs ganze Leben, die man nicht leichtsinnig gefährden durfte. Überdies war mein Leben ausgefüllt. Ich hatte Claude, ich hatte unsere Arbeit. Doch als die Arbeit getan war und als auch Claude plötzlich nicht mehr für mich da war, was blieb mir dann noch – mir, einer Ehefrau, welcher der lange Alltag Reiz und Glanz genommen hatte? Nichts.«

»Sie haben gerade Ihre Arbeit erwähnt«, erwiderte er, »wenn Sie eine neue Aufgabe fänden, läge darin nicht ein Sinn und ein Ausgleich für Sie?«

»Eine neue Arbeit? Wie? Einfach aus der Luft greifen? Sie sollten es besser wissen, Mr. Craig. Oder besteht zwischen Schriftsteller und Wissenschaftler ein solcher Unterschied? Nicht wir finden die Aufgabe – die Aufgabe findet uns. Wer weiß es – vielleicht findet die Aufgabe mich von jetzt an nie mehr. Und falls Claude mich wirklich verlassen sollte, dann werde ich doppelt verlassen sein. Nein, Mr. Craig, das erträgt man nicht. Und aus diesem Grunde kämpfe ich um Claude auf die einzige Art, die mir bleibt.«

Craig hob ratlos die Hände. »Was soll ich dazu sagen? Für den unbeteiligten Zuschauer ist es leicht, Kritik zu üben. Aber ich habe nun einmal das Gefühl, daß Ihr Plan das Problem nicht lösen wird. Dazu bedarf es anderer Mittel. Doch wie dem auch sei – ich wünsche Ihnen Glück, glauben Sie mir. Und wenn ich Ihnen irgendwie helfen kann –«

»Sie haben mir genug geholfen ... Ach, die Speisekarte liegt ja schon hier. *Friterade sjötungsfileer med remouladesäs?* O Gott, was soll das nur sein?«

Craig winkte den Kellner heran, und sie bestellten Seezungenfilet und dazu kalten *brännvin.*

Kaum war der Kellner gegangen, als plötzlich Dr. John Garrett vor ihnen stand. Er wirkte ängstlich besorgt, wie immer; die blaurote Schwellung unter seinem rechten Auge schien zu zucken. »Frau Dr. Marceau, Sie werden am Telefon verlangt. In der Halle ruft man Sie aus.«

»Danke sehr, Dr. Garrett.« Sie erhob sich und ging eilig durch die Tischreihen.

Garrett blickte sich suchend um und wandte sich schließlich an Craig. »Kennen Sie zufällig Sue Wiley? Sie ist die –«

»Ja, die kenne ich«, sagte Craig. »Leider«, fügte er hinzu.

»Wir sind hier verabredet. Haben Sie sie vielleicht gesehen?«

»Nein – und ich habe auch kein Verlangen danach. Ich würde mir an Ihrer Stelle kein Kopfzerbrechen darüber machen. Die wird schon kommen – wenn sie Sie gebrauchen kann.«

Garrett stutzte plötzlich. »Was wollen Sie damit sagen – wenn sie mich gebrauchen kann?«

»Nichts weiter. Nur daß sie uns alle ausweidet, uns und alle Preisträger, die vor uns hier waren. Setzen Sie sich doch und leisten Sie uns Gesellschaft, bis sie kommt.«

»Wenn ich nicht störe, gern.« Garrett setzte sich so, daß er den Foyer-Eingang im Auge behielt. »Sie mögen also Sue Wiley nicht – oder?«

»Ich würde ihr nicht über den Weg trauen«, sagte Craig.

Garrett schien an diesem Brocken etwas zu würgen. »Nun ja – gut – manchmal spielen da gewisse Umstände mit. Man liest zum Beispiel immer wieder von Reportern, die lieber ein paar Tage Gefängnis in Kauf nehmen, als die Quellen ihrer Storys zu verraten. Soviel ich weiß, ist Miss Wiley das auch schon einmal passiert.«

»Das möchte ich bezweifeln. Nicht einmal um ihre eigene Mutter zu decken, ginge Madame auch nur eine Stunde in ein Gefängnis.«

»Sie haben eben etwas gegen sie.«

»Stimmt genau«, sagte Craig. »Ich hielte es übrigens an Ihrer Stelle für ratsam, wenn Sie für Miss Wiley eine Erklärung für die Beule unter Ihrem Auge zur Hand hätten.«

Garrett wand sich auf seinem Stuhl. »Vermutlich haben Sie recht. Ich muß mir irgend etwas zurechtlegen.« Unschlüssig sah er vor sich hin. »Ich hatte gar keine Gelegenheit – ich wollte sagen, ich glaube, ich muß mich bei Ihnen bedanken, daß Sie diese Schlägerei kürzlich gestoppt haben. Es war idiotisch. Ich sollte nicht trinken.«

»Gut, daß ich da war«, sagte Craig. »Er ist ein Riese. Er hätte Sie umbringen können. Ich hatte aber den Eindruck, daß Sie den Streit vom Zaun gebrochen haben.«

»In der fraglichen Nacht ja – das stimmt. Aber mit moralischer Berechtigung. Denn die eigentliche Herausforderung kam von Farelli. Nicht genug, daß er meine Entdeckung gestohlen und sich damit unverdient meinen halben Nobelpreis geholt hat, er versucht jetzt auch noch, alles an sich zu reißen.«

Der Kellner erschien mit den beiden Platten, und Garrett verstummte.

»Die Dame wird gleich zurück sein«, sagte Craig zum Kellner. Und zu Garrett: »Wollen Sie nicht mit uns essen?«

Garrett schüttelte den Kopf. »Danke, ich habe keinen Hunger.« Es klang geistesabwesend, als beschäftigte ihn etwas ganz anderes. Kaum hatte der Kellner ihnen den Rücken gedreht, als er sich wieder an Craig wandte. »Ich nehme an, ich kann offen zu Ihnen sein«, sagte er, »ich brauchte dringend einen Rat. Und Sie sind nun einmal der einzige, der außer meiner Frau von der Geschichte zwischen mir und Farelli weiß.«

Craig fielen Märta Norberg und Ragnar Hammarlund ein, aber er schwieg.

»Ich würge da an einem Problem herum, Mr. Craig. Ehrlich gesagt – es bleibt ja unter uns –, gestern nacht habe ich sogar schon meinen Psychotherapeuten in Kalifornien angerufen. Vergangenes Jahr war ich nervös und überarbeitet und ging daraufhin zur Gruppentherapie – und Dr. Keller war mir eine außerordentliche Hilfe in Fragen ...«

»Einen besseren Rat werde ich Ihnen bestimmt auch nicht geben können.«

»Dr. Keller war gar nicht da. Er ist für zwei Tage verreist. Ich muß aber zu einem Entschluß kommen – sofort, wie die Dinge liegen. Ich war mir auch ganz klar darüber, als ich Sue Wiley anrief, um sie herzubitten, aber jetzt sitze ich da und weiß wieder nicht, was ich tun soll.«

»Also, worum geht es? Wollen Sie etwa diesem Frauenzimmer erzählen, daß Farelli Sie begaunert hat?«

»Nein, nein. Nichts dergleichen.«

»Was dann?«

Garrett griff in die Tasche und brachte ein Schreiben zum Vorschein, getippt und zusammengefaltet. Er strich den Bogen glatt und reichte ihn Craig: »Hier, lesen Sie das.«

Craig überflog den Inhalt, stockte plötzlich und las gründlicher. *Bericht an das Deutsche Medizinische Versuchsinstitut der Luftfahrt, gezeichnet Dr. Rascher, dritter April neunzehnhundertvierundvierzig.* Beim ersten Überlesen hatte er Farellis Namen fast übersehen. Aber da stand er, eindeutig. Er las das Dokument ein zweites Mal.

Craig sah auf. »Was ist denn das? Geht es dabei womöglich um diese Ärzte, die wegen Menschenversuchen in Nürnberg abgeurteilt wurden?«

»Genau das. Hitlers Verbündete waren an der Aktion beteiligt und lieferten Mediziner. Farelli war einer von ihnen. Da haben Sie es – schwarz auf weiß.«

Craig starrte auf das Schreiben. »Und wie haben Sie das in die Hand bekommen?«

»Es ist authentisch – einwandfrei. Einer meiner Freunde vom *Karolinen-Institut* hat diese Aufzeichnungen von jemandem, der Einblick in die Fotokopie hatte. Bei der Überprüfung Farellis – mich haben die Nobelleute auch unter die Lupe genommen – stießen sie darauf.«

»Aber war er denn nicht als Antifaschist in Haft? Ich habe so was gelesen –«

»Das schon. Aber zu einer anderen Zeit.« Garrett wurde lebhaft, die Schwäche des Gegners schien ihn hoch zu beglücken. »Später entschloß er sich offenbar, den Mantel nach dem Wind zu hängen, ging nach Dachau und half den Nazis, hilflose Gefangene zu Tode zu quälen.«

Craig warf den Bericht auf den Tisch. »Nein, ich kann es einfach nicht glauben.« Er sah den unnatürlich hektischen Glanz in Garretts Gesicht und verlor allen Mut. »Und dieses – dieses – dieses sogenannte Beweisobjekt wollen Sie Sue Wiley überreichen?«

»An sich hatte ich das vor – mir schien es richtig –«

»Das also ist das Problem, über das Sie sich nicht klarwerden können? Da kann ich Ihnen nur raten: Lassen Sie die Finger davon. Zerreißen Sie den Wisch – und vergessen Sie ihn.«

»Aber –«

»Vergessen Sie das Ganze, sagte ich. Revanche auf diese Art und Weise – auf Grund eines so undurchsichtigen Dokuments einen großartigen Arzt vernichten zu wollen, als Antwort auf einen Kinnhaken –, also wissen Sie ...«

»Mit Revanche hat das gar nichts zu tun«, protestierte Garrett.

»Womit sonst? Wenn ein Nobelprüfer, ein erfahrener, intelligenter und objektiver Mensch, diesen Fall ausreichend geprüft und keine

Bedenken gehabt hat, warum wollen dann Sie Ihr Veto einlegen? Wie können Sie Ihr subjektives, von Emotionen und Ressentiments getragenes Urteil über den Spruch des Experten setzen? Wer sind Sie, frage ich, daß Sie sich dieses Recht anmaßen?«

Garrett geriet aus der Fassung. »Ein Verbrecher sollte bestraft werden«, sagte er laut. Zu laut. Neugierige Gesichter vom Nebentisch starrten herüber.

Craig dämpfte seine eigene Stimme. »Sie sprechen sein Todesurteil aus – ohne Gerichtsverfahren. Wenn Sie Sue Wiley dieses Schriftstück geben, dessen Echtheit durch nichts bewiesen ist und dessen Zusammenhänge Sie nicht kennen, dann wird diese Person in jedem Fall eine sensationelle Sache daraus machen, die Farelli glatt ruinieren kann.«

»Und wenn er das verdient –?«

»Und wenn er es nicht verdient? Wenn er am Ende beweisen kann, daß es sich um einen Irrtum handelt? Wer wird den Widerruf zur Kenntnis nehmen? Er kann noch so unschuldig sein – es ist sehr gut möglich, daß er dann trotzdem für die Welt immer der Nazi-Kollaborateur bleiben wird, der an den Verbrechen in Dachau beteiligt gewesen sein soll ...« Craig sah, wie der Mann ihm gegenüber mit sich rang, und fuhr fort: »Mit oder ohne Farelli – Sie sind heute weltberühmt. Ihre Entdeckung ist eine der bedeutendsten der Menschheitsgeschichte. Haben Sie es denn nötig, sich so klein und billig zu geben, um die eigene Stellung zu sichern?«

»Aber soll der Verbrecher –«

»Wer sagt denn, daß er ein Verbrecher ist? Wer – außer Ihnen?«

Garrett wies trotzig auf das Papier, das zwischen ihnen lag. »Das ist der Beweis.«

»Waren Sie dabei? Haben Sie es gesehen? Haben Sie zuverlässige Zeugen? Wissen Sie, was Farelli dazu sagt?« Craig riß das Papier vom Tisch und las die bewußte Zeile, *Dr. C. Farelli, Rom.* »Genügt das, Dr. Garrett? Carlo Farelli ist ein landläufiger italienischer Name. In Italien dürften eine Menge Carlo Farellis herumlaufen. Und mindestens einige davon sind sicher Ärzte und Kriegsteilnehmer. Solche Zufälle gibt es oft genug; und es passiert auch nicht selten, daß Unschuldige ein Leben lang gebrandmarkt werden, nur weil man sich weigert, an das tragische Zusammenfallen unglücklicher Umstände zu glauben.«

Craig schüttelte den Kopf und sah dann Garrett durchdringend an. »Wollen Sie das wirklich riskieren? Wollen Sie so etwas auf Ihr Gewissen laden, Dr. Garrett?«

Garrett sah blaß und angestrengt aus. Craig ließ nicht locker.

»Es kann nicht nur sein, daß es sich um einen anderen C. Farelli in Dachau handelt. Es könnte ja auch sein, daß die Einfügung dieses Namens ein teuflischer Trick von Farellis Feinden war, von den Schwarzhemden – warum nicht? Und gesetzt den schlimmsten Fall,

Farelli, Ihr Farelli, unser Farelli, wäre tatsächlich in Dachau gewesen – vielleicht wurde er mit Gewalt dazu gezwungen, vielleicht brauchte man sein Urteil und setzte ihm die Pistole auf die Brust? Oder vielleicht war er aus irgendwelchen Gründen anwesend, aber an der Aktion gar nicht beteiligt? Es gibt tausend Möglichkeiten. Woher wollen Sie wissen, daß nur eine einzige in Betracht kommt: nämlich, daß Farelli kapitulierte, sich verkaufte und zum Mörder wurde? Wollen Sie tatsächlich auf ein derartig fadenscheiniges Indiz hin einen wertvollen Kollegen durch einen unkontrollierbaren Skandal zugrunde richten? Sie haben die Entscheidung zu fällen, Dr. Garrett, nicht ich – Sie ganz allein.«

Craig sank erschöpft in seinen Stuhl zurück. Garrett starrte auf das Tischtuch, seine Hände öffneten und schlossen sich, als führten sie ein Eigenleben.

»Dr. Garrett – da sind Sie ja!« Sue Wiley steuerte geradewegs auf sie zu. »Ich habe Sie überall gesucht!«

Garrett erhob sich schwerfällig, während Craig sitzen blieb.

Sue Wiley schüttelte Garrett die Hand und bekam große Augen. »Oh, welch strahlende Schönheit! Wo haben Sie Ihr apartes blaues Auge her?«

»Ich – ich bin ein bißchen ausgerutscht im Bad – gegen die Brause gekippt, die Tür zum Duschraum stand auf!«

»Was Sie nicht sagen«, grinste Sue Wiley. »Aber wenn das Ihre Version ist, muß ich Sie Ihnen wohl abnehmen.« Sie drehte sich auf dem Absatz herum. »Oh, Mr. Craig, hallo, hallo, ich hätte Sie fast übersehen!«

»Bleiben wir dabei«, sagte Craig.

»Mir ist zu Ohren gedrungen, daß Sie ein rauschendes Fest mit meinem Freund Mr. Gottling gefeiert haben. Er war so blau, daß ihm einfach der Film total gerissen ist – behauptet er wenigstens.«

Hoffentlich, dachte Craig, hoffentlich; innerlich bedankte er sich bei Gunnar Gottling. »Schreiben Sie meinetwegen, daß der versoffene Preisträger ebenfalls blau war, sternhagelvoll, wenn Sie wollen, und daß er den Königlichen Palast geplündert, ein oder zwei Prinzessinnen entwendet und von nichts mehr eine Ahnung hat.«

»Vielen Dank«, grinste Sue Wiley und machte gute Miene zum bösen Spiel. Dann nahm sie wieder Garrett aufs Korn. »Mr. Garrett, was kann ich für Sie tun? Sie wollten mich sehen. Ich habe zwar eine Verabredung, eine wichtige sogar, aber wenn es nötig ist, kann ich sie vielleicht verschieben –«

Garrett schluckte. »Nein, nein – es ist nicht so wichtig ... Es ist sogar gänzlich unwichtig, Miss Wiley, entschuldigen Sie bitte – Fehlanzeige. Ich dachte zwar, ich hätte etwas für Sie, aber –«

»Ja? Was denn?« wollte sie wissen.

»Ach, es handelte sich da um – ja, um meine nächste Arbeit – um bestimmte Experimente. Aber es handelt sich nicht um mich allein – Subventionen, nicht wahr –, jetzt hat sich alles verzögert, und augenblicklich kann ich mich noch gar nicht äußern.«

Es lag etwas in der Luft. Sue Wiley nahm Witterung. »Kleinvieh macht auch Mist. Vielleicht eine kleine Andeutung, Mr. Garrett?«

»Ich muß mich wirklich entschuldigen, Miss Wiley – jetzt habe ich völlig umsonst Ihr Programm gestört; aber die Sache hat eben plötzlich eine andere Wendung genommen, und ich bin wirklich nicht mehr befugt –«

»Ich verstehe«, sagte sie kurz. »Aber wenn sich etwas tun sollte, dann denken Sie an das, was ich Ihnen im Flugzeug sagte.«

»Das verspreche ich Ihnen.«

»In Ordnung. Wir sehen uns vor der Feier noch – hoffentlich.« Sie ging; Craig blickte ihr nach und sah, wie sie in der Halle verschwand.

Garrett setzte sich langsam wieder hin. Er fuhr sich mit dem Taschentuch über die Stirn, dann nahm er das Papier vom Tisch, riß es in Fetzen, knüllte die Schnitzel zusammen und steckte sie ein.

»Kann ich einen Schluck von dem Zeug haben, das Sie da trinken? Egal, was es ist.«

»Eiskalter *brännvin* – hier – spülen Sie es hinunter!«

»Danke«, sagte Garrett, »und nicht nur für den Drink.«

Craig nickte. »Sie werden es nicht bedauern.«

Garrett fuhr sich mit der Zunge über die trockenen Lippen. »Aber das bedeutet keinen Frieden – höchstens einen Waffenstillstand, darüber sind Sie sich doch wohl klar?«

»Vollkommen.«

Garrett bestellte jetzt auch noch einen *brännvin* und Sandwiches mit geräuchertem Rentierfleisch. Als der Kellner wiederkam, sahen sie, daß Denise Marceau schon unterwegs zu ihrem Tisch war.

»Habe ich Sie warten lassen? Bitte, behalten Sie doch Platz.« Sie glitt in ihren Stuhl und strahlte Craig an: *»Der Dritte aus dem Spiel war am Telefon.* Alles ist arrangiert.«

»Der Ring schließt sich«, sagte Craig.

»Genau wie vorgesehen.« Sie breitete die Serviette aus. »Wünschen Sie mir Glück, Mr. Craig, auch wenn es nicht Ihr Stück ist.«

»Alles Glück!« erwiderte Craig.

Und dann beugten sie sich alle über ihre Teller.

Für sein Interview mit Miss Sue Wiley aus den Staaten hatte Nicholas Daranyi ein sehr distinguiertes Lokal ausgewählt: das *Bacchi Wapen* in Järntorgsgatan, nicht weit von seiner Wohnung in der Altstadt. Es war eigentlich zu kostspielig für sein Budget – aber diese Miss Wiley lohnte sich, wie Krantz angedeutet hatte, und mußte mit besonderer Delikatesse behandelt werden.

Während er wartend an seinem Tisch saß, fragte er sich, ob Miss Wiley wirklich halten würde, was er sich von der Fülle ihres Wissens versprach. Wenn das so war und wenn dann noch Mathews, der englische Korrespondent, so spurte wie versprochen, so wurden die paar Quellen, die noch blieben, eigentlich belanglos, dekorativer Rahmen für das Bild. Krantz würde staunen; wenn Miss Wiley zog, wie er es brauchte, dann konnte er ihm morgen eine gründliche Dosis über jeden Preisträger liefern, und das, ohne den äußersten Termin in Anspruch zu nehmen. Außer der eigentlichen Bezahlung brachte ihm das ein Extrahonorar.

Eben dirigierte der Chef des Hauses eine junge Dame auf seinen Tisch zu. Daranyi stand erwartungsvoll auf.

»Ich bin Sue Wiley von den *Consolidated*«, begrüßte sie ihn und streckte ihm die Hand entgegen.

Daranyi verbeugte sich leicht. »Nicholas Daranyi«, murmelte er und küßte ihr die Hand.

Nachdem sie ihre Bestellung gemacht hatten, wandte sich Sue Wiley neugierig an Daranyi. »Was haben Sie eigentlich für einen Akzent«, wollte sie wissen. »Italienisch? Bulgarisch? Ungarisch?«

»Akzent?« Daranyi war überrascht, es war ihm völlig neu, daß er einen Akzent hatte. »Ungarisch«, sagte er dann.

Sie lachte: »Wer einen Ungarn zum Freund hat, braucht keinen Feind mehr.«

»Verzeihung, was sagten Sie eben?«

»Nicht gekränkt sein, Mr. Daranyi; das ist nur ein amerikanischer Witz. Es gibt Hunderte solcher Witze über die Ungarn bei uns. Was ist das eigentlich für ein Gefühl, Ungar zu sein?«

»Ich könnte es wirklich nicht sagen. Ich selbst habe mich eigentlich immer als Kosmopolit betrachtet.«

»Ach? Warum verkriechen Sie sich dann ausgerechnet in Schweden? Kein Land der Welt ist langweiliger.«

»Es ist ruhig hier; und dem Historiker tut das gut.« Für diese Rolle hatte er sich heute morgen entschieden, als er über Andrew Craig nachgedacht hatte.

»Jedem das Seine. Aber ich weiß immer noch nicht genau, weshalb ich eigentlich hier bin. Am Telefon sagten Sie lediglich, Sie hätten gehört, daß ich eine Nobel-Serie schriebe, und besäßen nützliches Material für mich, wenn ich Ihnen einen kleinen Gefallen täte. Was für einen Gefallen?«

»Ich bin, wie gesagt, Historiker«, begann Daranyi. »Ich habe mit einem britischen Verleger einen Vertrag für ein ausführliches Werk über alle Nobelpreisträger seit dem Jahre neunzehnhunderteins – ein Buch, das Werdegang und Persönlichkeiten jedes einzelnen eingehend behandelt. Sehr zu meinem Kummer hat der Verleger jedoch darauf bestanden, daß diese Biographien nicht zu trocken ausfallen, wie er das nannte, daß die einzelnen Porträts also möglichst viel Schwung und Farbe haben sollen und daß außerdem der Hauptakzent auf den Preisträgern der letzten Jahre liegen müsse. Ich bin nun aber Gelehrter und nicht Journalist. Es fällt mir nicht ganz leicht, Entsprechendes über die diesjährigen Gewinner in Erfahrung zu bringen.«

Sue Wileys Augen funkelten. »So, so – dafür also soll ich herhalten.«

»Ich habe mir sagen lassen, Sie stünden sehr gut mit ihnen.«

»Und ob. Darauf können Sie Gift nehmen. Ich bin gut eingedeckt. Und Sie? Was springt dabei für mich heraus?«

»Ich habe mich zwei Jahre lang diesen Nachforschungen gewidmet, Miss Wiley. Ein ganzer Berg wichtiger Informationen über die Vergangenheit ist dabei angelaufen.«

»Informationen meines Stils, Mr. Daranyi?«

»Das käme darauf an, welchen Stil Sie bevorzugen.«

»Eine Kostprobe wird Sie ins Bild setzen. Vielleicht die Überschrift zu meinem Einleitungsartikel – wollen Sie sie hören? Na, dann halten Sie sich fest.« Sie kniff die Augen zusammen und zitierte: »*Teil I. Nobel-Mythos platzt. Von Sue Wiley, CN's Sonderkorrespondentin in Stockholm.* Absatz. *Der verstorbene große Spötter George Bernard Shaw sagte einmal: Ich kann Alfred Nobel die Erfindung des Dynamits verzeihen, aber nur ein Feind der Menschheit konnte sie mit dem Nobelpreis beglücken.‹ Sehr richtig – kann ich dazu nur sagen, hier, in der Hauptstadt Schwedens, der Stätte des großartigsten und gefährlichsten Rummels der Welt.* Absatz. *Ich habe hinter die Kulissen der letzten Nobelpreisverleihung gesehen und interessante Ausgrabungen früherer Nobelpreis-Geschichten gemacht. Ich werde beweisen, daß die würdevoll-feierliche Preisverleihung eine hochexplosive Sache ist und es immer war – für den, der den Preis verleiht, und für den, der ihn entgegennimmt: nicht minder explosiv als das Dynamit des Stifters!* Ausrufezeichen.« Sie öffnete ihre Augen. »Na, wie klingt das?«

»Provozierend – gelinde gesagt.«

»Sagen Sie das noch mal – es geht mir herunter wie Öl. Eine Sensation wird das! Nun denn – in diesem Sinne also. Mich interessieren keine hochgestochenen Gelehrtenbetrachtungen, mich interessiert reiner und unverfälschter Dreck – unter uns gesagt. Können Sie damit aufwarten? Wenn ja, sollten wir uns erst mal legitimieren, wir beide, oder?«

»Legitimieren?«

»Na ja – wie soll ich wissen, ob Sie wirklich ein Buch schreiben?«

»Ach so. Nein, das kann ich Ihnen nicht verübeln.« Aus der Innentasche seiner Jacke förderte Daranyi den für diese Gelegenheit sorgfältig präparierten Verlagsvertrag zutage.

Sie nahm sich die erste Seite vor, blätterte sich mit einer Bewegung durch die übrigen und blieb bei der letzten. »In Ordnung«, sagte sie. »Mein Presseausweis gefällig?«

»Danke, nicht nötig. Über Ihre Position bin ich völlig im Bilde.«

»Okay, Mr. Daranyi, weiter also – was nun?«

»Wir tauschen unser Material aus. Sie einen Stich – ich einen Stich.«

Sue Wiley blinzelte. »Immer langsam, mein Freund. Wie wäre es mit einer kleinen Voranzeige fürs erste?«

»Voranzeige? Wie meinen Sie das?«

»Pardon – einige Muster. Ich muß schließlich feststellen, ob die Sache den nötigen Pfiff hat. Sie werfen mir einige Kostproben zu, und ich werde dasselbe tun. Falls wir beide auf unsere Kosten kommen, können wir von da aus starten. Also Sie sind dran.«

Daranyi fühlte sich nicht ganz wohl in seiner Haut. »Ich weiß nicht ganz genau, was Sie sich vorgestellt haben. Es ist so viel da.«

»Alles, was Sie aus dem Ärmel schütteln können«, sagte Sue Wiley. »Saftig soll es sein, und den Tatsachen muß es entsprechen.«

Er hatte sich zwar sorgfältig vorbereitet; Durchschläge alter Aufträge gelesen; alles, was ihm seit seiner Ankunft in Schweden an Klatsch zugeflogen war, notiert; und ihm war sein Wissen sehr beachtlich vorgekommen. Jetzt schrumpfte seine Gewißheit, ihr zu imponieren, merklich ein.

»Frans Eemil Sillanpää –«, fing er an.

»Frans Eemil wer?«

»Sillanpää«, wiederholte er kleinlaut, »der finnische Autor. Als er neunzehnhundertneununddreißig erfuhr, daß er den Nobelpreis für Literatur erhalten habe, machte er seiner Sekretärin sofort einen Heiratsantrag und setzte sich anschließend für die nächsten vierzehn Tage pausenlos unter Alkohol.«

»Ist das alles?«

»Ich – ich finde das immerhin erheiternd.«

»Wenn das Lewis passiert wäre oder Pearl S. Buck, bestimmt. Aber wer fragt in Kansas City oder Denver nach Frans Eemil Dingsbums – wie hieß er doch gleich?«

Bekümmert versuchte Daranyi etwas zu Sillanpääs Ehrenrettung zu unternehmen. »Also – so uninteressant ist er auch wieder nicht, Miss Wiley. Bei der *Schwedischen Akademie* jedenfalls stand er hoch im Kurs. Er hatte versucht, Schwedisch zur offiziellen Landessprache Finnlands zu machen. Dazu kam, daß neunzehnhundertneununddreißig, als die Auswahl der Nobelpreisträger begann, Finnland von Rußland besetzt wurde, und die Ehrung eines Finnen war eine Geste gegen den Kommunismus.«

Sue Wiley blieb ungerührt.

»Außerdem war Sillanpää arm, ein Witwer mit sieben Kindern. Als er von seinem Glück erfahren hatte, rannten alle seine Kinder durch Helsinki und schrien: ›Vater ist reich!‹«

»Wenn schon«, sagte Sue Wiley, »das ist nur ein kleiner Gag. Der Mann ist nicht lohnend. Lassen Sie sich was Besseres einfallen. Was haben Sie sonst noch auf Lager?«

»Sir Venkata Raman gewann neunzehnhundertdreißig den Nobelpreis für Physik –«

»Nie von ihm gehört.«

»Der Raman-Effekt, Miss Wiley. Er hat ihn entdeckt. Ein Inder. Er kam von der Universität in Kalkutta und verursachte die peinlichste Situation in der Geschichte des Nobelpreises. Als er nach dem Verleihungszeremoniell seine Ansprache hielt, beantwortete er einen Toast auf seinen Preis mit den Worten: ›Ich nehme den Preis nicht um meinetwillen an, ich nehme ihn als Vertreter meines Landes und für jene meiner großen Kollegen, die heute im Gefängnis sind.‹ Dabei starrte er den britischen Minister an.«

»Wen interessiert das heute? Sonst haben Sie nichts?«

Daranyi fühlte sich geschlagen. Hastig ging er die großen Namen durch, die ihm einfielen, und griff einen heraus: Andrew Craig ... Andrew Craig und Lilly Hedqvist. Durch einen besonders glücklichen Umstand wußte er – nur er allein – etwas über ihre amourösen Beziehungen. Sollte er jetzt damit herausrücken? Ja, das würde die Situation retten. Doch dann überlegte er: Wäre er damit nicht genauso verabscheuungswürdig, wie Miss Wiley es letztlich in seinen Augen war? Er mochte Craig, er hatte ihn verdammt gut leiden können, und für Lilly hatte er ein geradezu väterliches Gefühl, als wäre sie seinem Schutz anvertraut. Weder eine Wiley noch ein Krantz waren es wert, beide zu verlieren. Allein der Gedanke war beschämend, dessen war er sich plötzlich bewußt. Angesichts der Ungeduld seines Gastes suchte er schleunigst nach einem anderen, möglichst auch einem Amerikaner, um ihn hinterrücks abzuschlachten. Es ging jetzt ums Ganze. »Die Amerikaner –«, sagte er zögernd.

Sue Wiley spitzte die Ohren. »Ja – wie steht es damit?«

»Sie waren der *Schwedischen Akademie* nicht immer sonderlich genehm. Sinclair Lewis stieß auf starken Widerstand, der erste amerikanische Autor, der –«

»Das habe ich bereits von Gunnar Gottling gehört.«

»Wissen Sie auch, daß sein Verleger, Alfred Harcourt, ihn lange in aller Stille für den Nobelpreis protegierte?«

»Sie meinen, daß Harcourt Einfluß auf den Ausschuß hatte? Inwiefern?«

»Das weiß ich nicht. Ich habe es gehört; beweisen kann ich es nicht.«

»Macht nichts«, sagte Sue Wiley. »Das läßt sich schon eher hören.«

Sofort festigte Daranyi seinen kleinen Bodengewinn. »Da ist doch noch einer mit einem ähnlichen Namen – ach ja, Upton Sinclair. Neunzehnhundertzweiunddreißig war er von siebenhundertsiebzig Berühmtheiten für den Preis nominiert.«

»Sieh mal an – das wußte ich nicht.«

»O ja, Albert Einstein, Bertrand Russell, Harold Laski, alle nominierten ihn, aber John Galsworthy schlug ihn. W. Somerset Maugham – auch der wurde einmal in Erwägung gezogen. Zu populär – nach Ansicht der Ausschußmajorität. Deshalb wurde er abgelehnt.«

Sue Wiley klatschte Beifall. »Das ist endlich ein bißchen Wasser auf die heimatlichen Mühlen. Haben Sie noch mehr von dieser Sorte?«

Daranyi atmetete auf. »Jede Menge, Miss Wiley.«

»Bon, dann sind wir im Geschäft.«

»Noch nicht ganz, Miss Wiley – zu diesem Geschäft gehören zwei. Und bis jetzt weiß ich immer noch nicht, was Sie mir zu bieten haben.«

Seine plötzliche Sicherheit überraschte nicht nur ihn selbst, sondern auch Sue Wiley.

»In Ordnung«, sagte sie großzügig, »Ihr gutes Recht. Moment, lassen Sie mich nachdenken –«

Er repetierte rasch die Namen, die Krantz betont hatte, herunter. »Vielleicht Dr. John Garrett?« schlug er vor.

»Garrett?« Sue Wiley nickte. »Halten Sie sich fest. Er und Dr. Carlo Farelli hassen einander.«

»Darüber weiß ich Bescheid, Miss Wiley.«

»Wissen Sie auch, daß Garrett in Los Angeles in psychotherapeutischer Behandlung steht?«

»Nein, das ist mir neu. Sehr interessant. Ich wäre entzückt, noch mehr darüber zu vernehmen.«

Sue Wiley sah sich vorsichtig um. »Später. Aber Sie kriegen was darüber. Zufrieden?«

»Wie steht es mit Professor Max Stratman?«

»Also«, sagte Sue Wiley, »da wäre erst mal die Herzgeschichte; er hat einen Herzspezialisten im Süd-Hospital aufgesucht. Dann war er dieser Tage zum Lunch im *Riche* mit irgendeinem führenden deutschen Komm ... Ich weiß zwar noch nicht, wer das war – aber jedenfalls irgend jemand, der gerade aus Ost-Berlin eingetroffen ist.«

Daranyis Schläfenadern schwollen an. Das war ausgezeichnet. Er fragte sich: Sprach dieses Arrangement für oder gegen Krantz? Er überlegte. Dann besann er sich auf die Rolle, die er hier zu spielen hatte. »Interessant, ja, tatsächlich, Miss Wiley. Wenn auch nicht gerade das wertbeständige Material des Historikers – immerhin, man kann nie wissen. Ich glaube, Sie wären keine schlechte Unterstützung für mein Buch; ich könnte Sie anerkennend darin erwähnen.«

»Lassen Sie mich bloß aus Ihrem Buch heraus«, sagte Sue Wiley. Sie beobachtete, während die Kellnerin mit dem Tablett kam, daß nicht weit von ihnen die bekannte Schauspielerin Märta Norberg in Begleitung einer etwas gouvernantenhaften Dame Platz nahm. Craigs Schwägerin – natürlich, das war sie. »Unser Lunch«, wandte sie sich an den Ungarn. »Allmählich wird es auch Zeit; hier wird es jetzt zu voll. Ich schlage vor, wir fahren dann möglichst umgehend zum Hotel zurück und legen dort unsere Vereinbarungen fest.«

Es war vier Uhr zehn. Leise vor sich hin summend, fuhr Emily Stratman mit dem Lift in den dritten Stock des *Grand-Hotels*. Sie war auf eine beschwingte und ausgeglichene Art glücklich. Sie kam von einem Nachmittagslunch. Angehörige des Nobelkomitees für Physik und deren Frauen hatten in einem großen Appartement am Ringvägen zu dieser Party gebeten, und eigentlich war sie anregender verlaufen, als Emily erwartet hatte. Und in ein paar Stunden würde sie mit Andrew Craig beim Dinner sitzen; sie freute sich jetzt fast noch mehr darauf, ihn wiederzusehen. Ein tröstliches Bewußtsein, oft erträumt und nie erfahren. Zum erstenmal war ein Mann in ihr Leben getreten, der sie anzog, der für sie da war, sie beschützte, bei dem sie sich sicher und zu Hause fühlte.

Das, was sie für Andrew Craig empfand, war mehr als bloße Verliebtheit. Es war ein Gefühl, dessen Intensität sie verwirrte. Was wußte Craig davon? Nichts wahrscheinlich. Denn was kannte er denn von ihr? Nur eine trügerische Oberfläche. Sie war sich bewußt, wie verschlossen, kühl und unantastbar sie gerade in seiner Gegenwart wirkte. Sie war bereit, das alles einmal zu vergessen und heute abend das zu sein, was sie wirklich war, ihr wahres Ich – wenn es dieses Ich überhaupt gab.

Sie öffnete mit dem schweren Schlüssel die Tür ihres Appartements, ohne recht zu wissen, wie sie hierhergekommen war, dann ging sie langsam, ohne alle Hast ins Wohnzimmer. Das Zimmermädchen hatte das Licht angemacht – draußen war es fast schon dunkel –, und dann, als sie eingetreten war und sich dem Raum zuwandte, erstarrte sie plötzlich.

An der anderen Seite des Zimmers saß, wie eine steinerne Statue, Leah Decker.

Ganz unwillkürlich riß Emily den Arm hoch und legte die Hand auf den Mund – die Anwesenheit Leah Deckers war so unerwartet, daß sie tief erschrak. Sie spürte einen kurzen Schauer, faßte sich wieder und sah Leah an.

»Es tut mit leid, daß ich Sie erschreckt habe, Miss Stratman«, sagte

Leah mit ungewöhnlich harter Stimme, in der nichts von einer Entschuldigung mitschwang.

Emily lachte nervös. »Wie albern von mir. Nur – ich hatte wirklich niemanden erwartet –«

»Ja, mein Eindringen war ungehörig. Ich holte das Zimmermädchen, erklärte, wer ich bin, und bat sie, mich hier warten zu lassen. Es war mir wichtig, Sie zu treffen. Ich wollte Sie unter keinen Umständen verpassen.«

»Um was handelt es sich denn?« fragte Emily, während auch sie sich setzte. »Sie scheinen so erregt.«

»Ich bin erregt.« Leahs Stimme klang nasal und befehlend. »Und ich habe Grund dazu. Was sich da hinter meinem Rücken abgespielt hat – häßliche Dinge haben sich zugetragen –, muß endlich einmal geklärt werden.«

»Ich habe keine Ahnung, wovon Sie reden.«

»Das wird Ihnen gleich klarwerden. Ich war heute mittag mit Märta Norberg zusammen.«

Sie legte so viel Nachdruck in ihre Stimme, als müßte Emily diese Mitteilung etwas bedeuten. Es bedeutete ihr aber gar nichts. Emily schwieg.

Leah nahm den Faden wieder auf. »Märta und ich hatten ein langes Gespräch über meinen Schwager. Und dann haben wir über Sie gesprochen.«

Emily war erstaunt. »Über mich? Ich wußte gar nicht, daß Märta Norberg meine Existenz überhaupt zur Kenntnis genommen hat. Ich wüßte nicht, welchen Anlaß ich zu diesem Gespräch gegeben haben könnte.«

»Sie sind sehr schlau, Miss Stratman, aber Sie werden gleich feststellen, daß ich auch nicht dumm bin. Geben Sie sich keine Mühe, mir etwas vorzumachen.«

Leahs Ton war herausfordernd, und Emily fühlte sich verletzt und angegriffen. »Verzeihen Sie, Miss Decker –«

»Lassen Sie nur. Ich werde nur dann sehr deutlich, wenn ich ein Recht dazu habe. Mein Schwager hat Miss Norberg gestern abend in ihrer Wohnung aufgesucht. Es handelte sich um sein nächstes Buch; er hat versucht, ihr den Stoff für eine Verfilmung zu verkaufen. Wie Märta Norberg mir erzählte – und ich kenne sie nicht als Lügnerin, aber ich kenne dafür die Schwächen meines Schwagers –, hat Andrew sich einfach skandalös benommen. Er war betrunken, er versuchte mit Gewalt zudringlich zu werden. Zum Glück hatte Märta Norberg genügend zuverlässige Dienstboten im Haus. Sie mußte ihn schließlich hinauswerfen.«

Emily fühlte, wie ihr das Blut zu Kopf stieg. »Ich glaube kein Wort davon. Ich bin ganz entsetzt, daß Sie annehmen, das alles könnte stimmen, und es auch noch weitergeben. Jeder kennt Märta Norbergs Ruf. Warum erzählen Sie mir diese lächerliche Geschichte?«

»Weil auch Sie eine Rolle darin spielen.« Voller Verachtung starrte sie Emily an. »Ich weiß alles über Sie und Andrew, jawohl, Ihren geliebten Andrew – der Sie bei Hammarlund auf die Terrasse lotste und küßte. Auch das hat er ihr erzählt.«

Emily erstarrte, sie war keines Wortes mehr fähig.

» – und das war noch das wenigste«, hörte sie Leah sagen. »Jetzt ist mir alles klar. Kaum daß Sie Andrew begegnet waren, lagen Sie auch schon bei ihm im Bett. Das hatte ich vermutet, schon damals, als ich Sie beide beim Königlichen Bankett erwischte, als Andrew dann die ganze Nacht ausblieb und erst morgens erschien.«

Nadelscharf spürte Emily den Schmerz. Eine sprachlose Empörung schnürte ihr die Kehle zu. Nur mühsam gelang es ihr, die eigene Stimme wieder zu kontrollieren. »Das ist eine schmutzige Lüge – und Sie sind eine niederträchtige Lügnerin, Sie und diese Schauspielerin – eine wie die andere!«

Leah saß unbeweglich da. Erst als Emilys Wut abgeklungen war, nahm sie überlegen und ruhig das Gespräch wieder auf. »Leugnen Sie es meinetwegen ab. Was hilft es Ihnen? Ich kenne die Tatsachen. Als Andrew gestern abend mit seinen Verführungskünsten nicht landen konnte, verfiel er in seine betrunkenen Angebereien – wie immer, wenn er ein bestimmtes Stadium erreicht hat. Und was ich jetzt zitiere, sind seine eigenen Worte zu Märta Norberg: ›Ich bin in Schweden auf meine Kosten gekommen. Ich war mit einer Frau zusammen, die mich vollkommen befriedigt hat, nicht mehr und nicht weniger. Ich brauche Sie nicht, Märta.‹ Und die Art, wie er sich Ihnen gegenüber in aller Öffentlichkeit benimmt, läßt ja erraten, was er tut, wenn er mit Ihnen allein ist – zumal er selbst zugibt, ein Verhältnis zu haben –«

»Nicht mit mir, nein, nicht mit mir –«

»Wollen Sie ableugnen, was auf der Terrasse geschah?«

»Das stimmt – und ich werde es ihm nie verzeihen –«

»Und alles übrige stimmt genauso.«

»Es ist eine Lüge. Kein Mann hat mich bisher besessen.«

»Bitte, wir sind keine Kinder mehr.«

»Sie haben eine schmutzige Phantasie und schließen von sich selbst auf andere. Es stimmt, er hat mich geküßt – aber alles andere ist nicht wahr; vielleicht meinte er eine andere Frau, es gibt Tausende –«

»Er meinte Sie, Emily Stratman.«

»Glauben Sie, was Sie wollen; es ist mir vollkommen gleichgültig!« Emily sprang auf, sie war außer sich. »Gehen Sie endlich – verlassen Sie mein Zimmer! Was interessiert es mich, was sich in Ihrer krankhaften Phantasie alles zusammenbraut.«

Leah erhob sich langsam, ein triumphierendes Lächeln auf den dünnen Lippen. »Ich werde gehen, selbstverständlich. Aber vorher werde ich noch sagen, was ich zu sagen habe, und Sie werden mir zuhören. Seit dem Tage unserer Ankunft habe ich Sie beobachtet und Ihnen zugeschaut, wie Sie es darauf anlegten, meinen Schwager einzufangen. Mir kann man nichts vormachen. Ein gut aussehender Witwer, faszinierend, frei – ein reicher und berühmter Autor – ein Nobelpreisträger – ja, warum auch nicht? Und wie erreicht man sein Ziel bei einem solchen Mann? Auf dem Weg, den jede raffinierte Frau einschlägt, um einen Mann mit naivem Gemüt zu fangen. Sie fesselt ihn mit dem, worauf er am schnellsten reagiert, mit dem, was sie ihm im Bett zu bieten hat –«

Emily schluchzte fassungslos.

»– und jetzt bilden Sie sich ein, Sie haben ihn. Soll ich Ihnen sagen, was Sie haben, Emily Stratman? Einen Mörder haben Sie, ja, einen Mörder, der seine Frau umbrachte, meine Schwester – weil er ein Säufer war. Wußten Sie das? Ich wette, das hat er Ihnen nicht erzählt. Fragen Sie ihn – fragen Sie ihn danach und hören Sie, was er Ihnen antworten wird. Er war es, der Harriet umbrachte. Und das ist noch nicht alles. Er lebt wie ein Schwein. Er ist ein Alkoholiker, betrunken von früh bis spät, widerlich besoffen bis zur Besinnungslosigkeit. Der große Schriftsteller! Ein Scharlatan ist er, ein Blender. Nicht ein Wort hat er in den letzten drei Jahren geschrieben, und er wird auch nie wieder schreiben. Und Geld? Er hat kein Geld. Hypotheken und Schulden, das ist alles, was er hat. Wenn er mit dem Nobelpreis-Geld alles bezahlt hat, wird er genauso pleite und genauso betrunken sein wie eh und je. Und Sex – fragen Sie ihn doch einmal nach mir, nach Leah Decker, fragen Sie ihn, ob er sich daran erinnert, daß auch wir beide schon in seinem Bett gelegen haben – warten Sie ab, ob er es leugnet.«

Emily war zu einem Stuhl gestolpert, hatte den Kopf auf ihre Arme gelegt und weinte verzweifelt. Leah betrachtete sie ohne jedes Mitleid; langsam ging sie auf sie zu.

»Warum ich Ihnen das alles erzähle?« sagte sie. »Ich werde es Ihnen sagen – ich bin alles, was er hat, und er ist alles, was ich habe. Ich bin für ihn verantwortlich; ich habe ihm die letzten drei Jahre geopfert, und ich werde ihm auch den Rest meines Lebens opfern, wenn es sein muß; weil ich weiß, daß dies im Sinne meiner Schwester ist. Sollte er einmal heiraten, dann mich – wenn ich ihn haben will. Doch für meine Schwester würde ich auch das tun. Aber ich lasse nicht zu, daß er sich an irgendein hergelaufenes Flittchen wegwirft.«

Langsam wandte Emily sich um. »Ich will ihn nicht«, sagte sie müde, »ich will nichts und niemanden. Lassen Sie mich allein. Bitte gehen Sie jetzt.«

Leah nickte. Sie konnte jetzt gehen, und sie ging.

Es war ein paar Minuten nach sieben Uhr, als Andrew Craig an der Tür des Stratmanschen Appartements stand. Aber statt Emily öffnete Max Stratman, der sich eben seinen Wintermantel zuknöpfte. »Ach, Mr. Craig –«

Er wirkte merkwürdig traurig, weder Herzlichkeit noch Feindseligkeit lag in seiner Haltung, aber er schien über Nacht um Jahre gealtert.

Craig trat über die Schwelle. Stratman vermied es, ihn anzusehen. »Ich hätte Sie anrufen sollen. Emily hat mich gebeten, es zu tun«, murmelte er, »sie kann nicht ausgehen.«

»Warum nicht? Was ist los?«

»Seit ich zurück bin, liegt sie im dunklen Zimmer auf ihrem Bett. Sie hätte Kopfschmerzen und möchte liegenbleiben, sagt sie. Sie gefällt mir gar nicht, aber Fieber hat sie nicht.«

Craig griff sich verdutzt an die Stirn. »Was kann sie denn – kann ich zu ihr?«

»Sie will Sie nicht sehen. Was ist denn passiert, Mr. Craig? Haben Sie sich gestritten?«

»Aber nein! Ich habe sie heute nicht zu Gesicht bekommen.«

Stratman hob die Schulter und ließ sie wieder sinken. »Dann gebe ich es auf. Sie will keinen Arzt, und ich glaube auch nicht, daß sie einen braucht. Nicht einmal mich will sie um sich haben. Sie will allein sein. Also gehe ich eben zum Essen und laß sie allein.«

»Ich wüßte sehr gern, was da eigentlich los ist«, sagte Craig, »ich muß sie auf jeden Fall sehen.«

»Offiziell kann ich das nicht zulassen, verstehen Sie? Aber inoffiziell – was kann ich dagegen tun, wenn jemand zu ihr kommt? Ich drücke also die Augen zu, ich weiß von nichts. Viel Erfolg, Mr. Craig, aber machen Sie ihr keinen Kummer.«

»Warum sollte ich denn? Ich denke gar nicht daran. Sie können sich auf mich verlassen.«

Er ging durchs Wohnzimmer und machte die Schlafzimmertür auf. In dem trüben gelblichen Licht der Nachttischlampe sah er Emily, die völlig angezogen, ohne Schuhe, mit übereinandergeschlagenen Beinen auf dem Bett lag, die Arme über der Brust verschränkt. Sie schien geradeaus, auf einen festen Punkt an der Wand zu starren und wandte kein Auge davon, als Craig in ihr Gesichtsfeld kam.

»Emily –«, sagte er.

Sie starrte weiter zur Wand und blieb stumm.

»Emily, ist irgend etwas passiert?«

Sie bewegte den Kopf ein wenig, und damit schien sie wenigstens Notiz von ihm zu nehmen.

»Ich bin zu müde zum Reden. In ein paar Jahren vielleicht. Es wäre mir lieber, man ließe mich jetzt allein.«

Ihre tonlose, gebrochene Stimme flößte ihm Angst ein. Es wurde ihm klar, daß es sich hier nicht nur um eine Kinderei handelte. Vorsichtig ging er um das Bett herum und setzte sich an die Ecke.

»Emily, was ist denn passiert? Sagen Sie's mir doch!«

»Gehen Sie.«

Er schwieg und blickte sie betroffen an.

»Emily, was ist denn in Sie gefahren?«

»Also schön, wenn Sie darauf bestehen –«, sagte sie und sah ihn an. »Ihre Schwägerin war heute nachmittag hier.«

Craig war überrascht und bestürzt und gab sich keine Mühe, es zu verbergen. »Leah – hier?«

»Ja, und ich bin jetzt informiert, daß wir beide, Sie und ich, ein Verhältnis haben, daß ich hinter Ihnen her bin und daß Miss Decker, als nächste Angehörige Ihrer hingeopferten Frau, so etwas nicht zulassen kann. Wir sollten einander nicht mehr sehen – so glaubt Miss Decker –, und ihre Gründe haben mich überzeugt. Aber ich habe jetzt einfach nicht mehr die Kraft, die ganze Geschichte noch mal durchzukauen. Mir ist sie zu schmutzig. Und jetzt gehen Sie bitte.«

Darauf war er nicht vorbereitet. Dabei hätte er es voraussehen müssen, von dem Augenblick an, da Leah Emily als Feindin betrachtete.

»Emily, es tut mir unsagbar leid, daß Sie dem ausgesetzt waren, aber um Ihretwillen und auch um meinetwillen, ich muß wissen, was Leah Ihnen gesagt hat.«

»Ich glaube nicht, daß ich darüber sprechen sollte.«

»Emily, dies ist nicht der Augenblick, Ihre Gefühle oder meine eigenen zu schonen. Ich bin genauso fassungslos wie Sie, und ich will und muß die Wahrheit wissen.«

»Also dann – wenn Sie es unbedingt wollen – bitte.« Es schien, als sammelte sie ihre Kraft. Sie drehte ihren Kopf ein wenig und wandte sich ihm halb zu. »Ihre Schwägerin wartete in meinem Zimmer, als ich zurückkehrte. Sie kam vom Lunch mit Märta Norberg –«

Craig nickte nachdrücklich. Dieser Lunch! Hatte er das nicht schon dunkel geahnt? Zwei verschmähte Frauen – das hatte ja nicht gut gehen können.

»– und Sie sollen gestern abend bei Märta Norberg gewesen sein. Sie waren betrunken und versuchten sie zu verführen.«

»Ich war so nüchtern, wie ich es jetzt bin. Ich habe Ihre Majestät nicht mal mit den Fingerspitzen angerührt. Wollen Sie die Wahrheit wissen?«

»Geben Sie sich keine Mühe.«

»Es war umgekehrt; nicht ich machte den Versuch, sondern sie – so unglaublich es auch klingen mag. Ihr Anteil an dem Geschäft, das sie mit mir vorhatte, der Preis für mein nächstes Buch, das sie für ihre Zwecke braucht! Und das ist jetzt ihre Rache.« Er schwieg. »Ist das alles, Emily?«

»Nicht einmal die Einleitung.«
»O Gott! Was denn noch?«
»Muß ich?«
»Ja, verdammt noch mal, und ob Sie müssen.«
»Ich werde es kurz machen. Es ist mir widerlich. Leah Decker behauptete, Sie hätten Ihre Frau umgebracht.«
Das hatte er befürchtet. Was sollte er dazu sagen? »Ja und nein – ich hatte ein paar Drinks, wir waren mit dem Wagen unterwegs, und ich weiß nicht, wie der Unfall geschah. So gesehen, habe ich Harriet nicht getötet. Moralisch – und Leah ist die personifizierte Moral – bin ich schuld, ja, ich war betrunken.«
»Und Sie sind ein Säufer, auch das hat sie gesagt.«
»Mehr oder weniger, ja. Jedenfalls die letzten drei Jahre. Seitdem ich hier bin –«
»Und Ihre Arbeit haben Sie auch aufgegeben und sich selbst mit dazu; ihre Schwägerin ist diejenige, die sich um Sie kümmert –«
»Ja, so könnte man es nennen. Ich werde aber wieder schreiben, denn ich habe mich wiedergefunden – wenn Sie nur wollen –«
Emily unterbrach ihn. »Und dann waren Sie mit Leah Decker im Bett.«
Craig seufzte. Das also waren die halben Lügen, die einseitigen Wahrheiten, die bei Gericht so oder so ausgelegt werden konnten. »Das hat Leah gesagt? Mein Gott, wie das klingt!«
»Entweder es stimmt, oder es stimmt nicht.«
»Natürlich stimmt es – und trotzdem ist es nicht wahr. Manchmal kann auch die Wahrheit eine Lüge sein. Im Bett? Ja, aber –«
»Also!«
»Moment! Leah war diejenige, die das in Szene gesetzt hatte. Es war wohl Eifersucht auf Sie, und so glaubte sie, mich halten zu können. Als ich mich schlafen legen wollte, fand ich sie in meinem Bett, trotzdem war nichts –«
Emilys eisig beherrschter Gleichmut täuschte Craig nicht darüber hinweg, wie erregt sie in Wirklichkeit war. »Emily, sehen Sie denn nicht, daß dies alles die Intrige zweier gekränkter, egozentrischer Frauen ist? Ich bin es zwar gar nicht wert, daß man sich um meinetwillen die Mühe macht, die Wahrheit so zu verzerren. Aber es ist nun einmal so – und was hat man bei Ihnen alles damit angerichtet? Ohne Leahs Motive zu prüfen, schlucken Sie alles.«
»Wirklich?« sagte Emily. »Dann leugnen Sie auch, daß Sie sich lediglich einen Spaß mit mir erlaubt haben? Wie könnte sonst Leah Decker wissen, daß Sie mich auf der Terrasse bei Hammarlund küßten?«
»Das hat sie auch gesagt?«
»Märta Norberg behauptet, Sie hätten damit geprahlt.«

Und plötzlich wurde ihm alles klar. »Dieses Weibstück, dieses Miststück! Wissen Sie, wie Märta Norberg das in Erfahrung gebracht hat? Dieser Ragnar Hammarlund hat sein Haus mit verborgenen Mikrophonen vollgepfropft – einer seiner Geschäftstricks. Und er hat seine Finger in zahllosen Geschäften. Fragen Sie Denise Marceau, wenn Sie mir nicht glauben. Erst heute mittag habe ich sie noch gewarnt.«

»So oder so – es ist mir gleichgültig«, sagte Emily. »Ich will nichts mehr davon hören. Nur eins noch.« Zum erstenmal verlor ihr Gesicht seine Beherrschtheit, sie wandte sich ab, und ihre Stimme wurde leise und kaum mehr vernehmlich. »Ich kann es nicht ertragen, daß Sie mich öffentlich bloßgestellt und lächerlich gemacht haben – und daß ich mich benommen habe wie ein Kind. Ich war zweifellos ein besonders dankbares Objekt. Immer versteckte ich mich hinter meiner Schutzmaske, nie gab ich mich preis. Und als ich es einmal tat, war es um mich geschehen. Ich lieferte mich aus – ganz und gar. Und jetzt schäme ich mich und verstehe mich nicht mehr. Wie nett waren Sie doch, so freundlich und rücksichtsvoll, so sicher und anregend und klug – der erste Mann, von dem ich mir wünschte, in die Arme genommen zu werden. Ich ließ mich täuschen, weil ich anfing zu glauben –«. Immer leiser war ihre Stimme geworden, jetzt versagte sie ganz.

»Anfing zu glauben – was, Emily?« sagte er ruhig. »Daß ich Sie liebte? Ich liebe Sie, Emily. Ich liebe Sie wirklich.«

»Ach, ich will nichts darüber hören; nur eine Frage noch – alles andere kümmert mich nicht –, aber das eine zählt: Während Sie mit mir zusammen waren – die ganze Zeit, die wir uns kennen –, hatten Sie da etwas mit einer anderen Frau?«

Craig wand sich innerlich. Auch das war also herausgekommen. Was sollte er dazu sagen?

Aber Emily sprach weiter. »Märta Norberg hat Ihrer Schwägerin gegenüber behauptet, Sie hätten auch damit Reklame gemacht. Und Leah zog den falschen Schluß. Sie glaubte, ich sei diese Frau. Natürlich bestritt ich es, aber sie hält an ihrer Meinung fest. Es war mir auch gleichgültig. Was mir nicht gleichgültig war – wie soll ich es nur erklären? Während Sie sich um mich bemühten und vielleicht auch spürten, daß ich Ihnen glaubte und vertraute und stolz und glücklich war, während sich dies alles zwischen uns beiden ereignete, gingen Sie mit einer anderen ins Bett. Das muß ich jedenfalls annehmen. Und wenn das stimmt – ich käme nicht darüber weg.« Sie starrte ihn angstvoll an. »Ist es wahr?«

»Ja, es ist wahr, Emily.«

Sie hatte den Atem angehalten. Jetzt lockerte sich ihre Gespanntheit, sie seufzte leicht auf und schloß die Augen. »Also doch«, sagte sie nur, »also doch. Ehrlich sind Sie wenigstens. Auch wenn das die einzige anständige Eigenschaft zu sein scheint, die Sie noch haben.«

»Ja – und noch eine andere. Ich liebe Sie, Emily.«

Sie fuhr hoch. »Hören Sie endlich auf damit!«

»Emily, versuchen Sie doch wenigstens, mich zu verstehen.«

»Ein solches Doppelspiel will ich nicht verstehen.«

»Dann versuchen Sie doch wenigstens, mir einmal zuzuhören, Emily.« Und da sie schwieg, erzählte er ihr von seiner Bekanntschaft mit Lilly Hedquist, von seiner Verfassung am Abend des Königlichen Banketts und der anschließenden Nacht. »Lilly packte mich einfach ins Bett«, berichtete er, »und ich schlief alles aus – meinen Suff und meinen Weltschmerz. Als ich morgens aufwachte, versuchte ich, heimlich davonzuschleichen, aber Lilly ließ es nicht zu. Und so geschah es dann. Es geschah, als sei es die natürlichste Angelegenheit der Welt.«

»Danke«, sagte Emily bitter. »Ihre geschmacklosen amourösen Eroberungen interessieren mich nicht.«

»Es war keine Eroberung. Ich wollte einen Menschen, der mich gern hatte, und Lilly hatte das, was ich brauchte: Güte. Sie spürte wohl meine Leere, sie hatte Herz, und sie machte mich wieder ganz. Wenn es eine Seele auf der Welt gibt, die an einen glaubt, dann wird das Leben wieder möglich. Als ich sie an diesem Morgen verließ, lag es nicht in meiner Absicht, sie wiederzusehen. Nur dauerte es nicht lange, bis ich wieder so weit war. Ich war damals mit einem bekannten schwedischen Autor zusammen, wir hatten reichlich getrunken, und er hatte gute Informationen, wie ich zu dem Preis gekommen war.« Er schwieg, überlegte und schien irgend etwas als belanglos wieder wegzuschieben. »Jedenfalls wußte er zuverlässig, daß ich den Preis nicht literarischer Verdienste wegen bekommen hatte, sondern weil man mich als politische Schachfigur brauchte. Mein bekanntestes Buch war antikommunistisch, darum also. Das warf mich um, ich hatte ohnehin verdammt wenig Auftrieb gehabt. Ich dachte an Sie, ich wollte zu Ihnen. Und ließ es. Sie schienen mir so zart und zerbrechlich. Also ging ich zu Lilly. Ich wußte, daß sie mich nicht im Stich lassen würde. Und sie ließ mich nicht im Stich. Mehr gibt es eigentlich nicht zu sagen über diese ganze Affäre, die die Norberg raffiniert aus mir herausgequetscht hat. Umbringen könnte ich mich für meine Naivität, ihr auf den Leim zu gehen – aber was blieb mir übrig. Und Lilly? Ich habe Lilly gern, ich mag sie – warum auch nicht? Sie aber, Emily, Sie liebe ich.«

Nach einem langen Schweigen wandte sie ihm ihr Gesicht zu. »Was bedeutet Ihnen das Wort Liebe überhaupt? Ich weiß nur, was es mir bedeutet – und für mich hat es einen ganz anderen Sinn. Wenn Sie aber wirklich – sagen wir, wenn Sie wirklich etwas für mich übrig haben, dann gibt es nur eines, was Sie für mich tun können: Lassen Sie mir meine Ruhe und meinen Seelenfrieden.«

Sie sah sehr unglücklich aus. Er hätte sie am liebsten in die Arme genommen – aber er konnte nichts tun, gar nichts.

»Gehen Sie«, sagte sie, »gehen Sie zu Ihrer Schwedin, bei ihr finden Sie das, was Sie brauchen, und bleiben Sie bei ihr. Aber lassen Sie mich aus dem Spiel; ich kann das nicht, heute nicht und nie.«

Craig stand auf und verließ langsam, mit schweren Schritten, das Appartement. Dann ging er zum Aufzug und fuhr abwärts in die Bar.

Der schmale Käfig in der Polhemsgatan liftete ihn gen Himmel; im sechsten Stockwerk, als er knarrend hielt, fummelte Craig an der Tür herum, um auszusteigen.

Einmal stolperte er, nur einmal; gar nicht übel, gratulierte er sich selber; für einen, der sich immerhin über drei Stunden ausdauernd, nur in eigener Gesellschaft, hatte vollaufen lassen, war das gar nicht so übel.

An der Tür mit dem »C« klopfte er und wartete dann. Es war so wichtig, daß sie heute abend daheim war, das Wichtigste in ihrer beider Leben überhaupt.

Und dann kam ihre Stimme durch den Türspalt: »Ja?«

»Ich bin's.«

Die Tür ging schwungvoll auf, und da stand sie, Lilly Hedqvist – und das Begrüßungslächeln machte sie noch hübscher, als sie ohnehin war.

»Andrew! Schön, daß du kommst.«

Während er auf dem Sofa saß und sie ihm Rührei und Kaffee brachte, sagte er plötzlich: »Lilly, du kannst bestimmt mal irgendeinem Mann eine großartige Frau werden.«

»Das hoffe ich doch.«

»Aber ich werde das verhindern«, entgegnete er, »weil du mir eine gute Frau sein wirst – nicht irgendeinem anderen Burschen.«

Lilly zog die Stirn kraus und sah ihn an.

»Soll das ein Witz sein, Andrew?«

»Mir ist es bitterer Ernst. Ich mache Ihnen einen Heiratsantrag, verehrte Dame. Wir können hier heiraten und gehen dann, du und dein Sohn und ich, alle zusammen nach den Staaten und –«

Sie blickte ihn nachdenklich an. »Und warum? Warum willst du gerade jetzt heiraten? Und warum gerade mich?«

Frauen waren doch alle unbegreiflich. Er bekam wieder Durst auf einen Drink. »Weil ich dich gern habe, Lilly, und weil ich dich brauche, und weil du mich wieder zu einem Menschen machen wirst.« Aber er war viel zu blau, um sich ernsthaft auf das Problem zu konzentrieren. Sie beide hatten bisher selten Probleme gewälzt. Lilly lachte so gern. Für Lilly schien alles ein Spaß. »Ich kaufe dir einen Paradiesvogel und einen Kühlschrank und einen ganzen Nacktbadestrand, wenn du willst.«

Sie hatte sich an seine Seite gesetzt, rieb sich den Hals unter ihrem blonden Schopf und machte ein ernstes Gesicht, ein viel zu ernstes Gesicht.

»Du willst gar nicht mich heiraten, Andrew.«

»Lilly, ich weiß, was ich will. Ich frage dich, ob du meine Frau werden willst.«

»Wenn du mich so ernst fragst, dann ist es schlimm, weil ich nein sagen muß.«

Er wurde ein bißchen wacher und nüchterner. »Nein? Du hast nein gesagt?«

»Ich will dich nicht heiraten.«

Er glaubte seinen Ohren nicht zu trauen. Er hatte seinen Entschluß gefaßt, während er sich langsam unter Alkohol gesetzt hatte, und sich vorgestellt, wie hochbeglückt sie sein würde. Ein reicher und berühmter Amerikaner, der plötzlich erschien, um sie von ihrer Unsicherheit, von ihrem Broterwerb, von ihrer ledigen Mutterrolle zu befreien. Und sie sagte nein?

»Aber ich dachte –«, fing er an. »Was hast du denn an mir auszusetzen? Bin ich zu alt? Oder – hattest du nur Mitleid mit mir?«

»Aber nein.«

»Warum bist du dann mit mir zusammen gewesen?«

»Andrew, du mißt dem eine viel zu große Bedeutung bei, ich habe es dir schon gesagt. Schweden ist nicht Amerika. Sieh mal – du warst in vieler Hinsicht der Mann, der mir gefällt – ernst und albern und auch noch gut aussehend, und es hat mir Spaß gemacht. Muß das aber gleich amtlich verbrieft und versiegelt werden? Eine Ehe ist lang, ist Alltag, Verpflichtung – und wir sind so grundverschieden. Du bist viel zu gescheit für mich. Ich würde dich auf die Dauer ermüden. Ich bin ein Mensch, der möglichst alles auf die leichte Schulter nimmt und in der Hauptsache vergnügt ist. Und so werde ich bleiben. Du bist ganz anders. Und eines Tages würde ich deiner vielleicht genauso überdrüssig werden.«

Er hörte ihre letzten Worte nicht mehr, denn plötzlich war ihm etwas eingefallen. »Lilly, ich hab's, ich weiß, wo der Fehler liegt. Du weißt ja gar nichts von mir – nur, daß ich irgendein Schriftsteller bin. Aber glaub mir – ich könnte dir ein großartiges Leben bieten. Weißt du, wer ich bin?«

»Du bist Andrew Craig, der Inhaber des diesjährigen Nobelpreises für Literatur.«

»Das wußtest du?« Er bekam vor Staunen den Mund nicht mehr zu.

»Nicht gleich. Später erfuhr ich es. Daranyi hat es mir gesagt. Natürlich imponiert mir das, klar. Aber was hat der Preis mit Heiraten zu tun? Und außerdem gibt es noch einen Grund, warum du auf die Dauer mit mir nicht glücklich werden könntest.«

Er wartete.

»Du liebst ein anderes Mädchen. Und sie ist es, die du in Wirklichkeit heiraten möchtest.«

Lillys Kenntnisse waren erschreckend. »Wie kommst du auf die Idee?«

»Daranyi hat es mir gesagt.«

»Wie, zum Teufel, kann Daranyi das wissen?«

»Er weiß alles, Andrew. Das ist sein Job. Er ist jetzt mit irgendwelchen Nachforschungen für jemanden, der mit dem Nobelpreis zu tun hat, beauftragt. Für einen Dr. Krantz, der alles über dich und die anderen Nobelpreisträger in Erfahrung bringen will.«

»Was interessiert mich dieser Krantz, zum Teufel mit ihm, ich will wissen, was du über mich gehört hast.«

»Daranyi ist so eine Art Vater für mich, er paßt immer ein bißchen auf mich auf – das ist der Grund, warum er mir von dir und Emily Stratman erzählt hat.«

»Du weißt sogar, wie sie heißt?«

»Ja. Und Daranyi sagt, du liebst sie. Das stimmt doch. Nicht?«

Er zögerte. Aber er konnte sie nicht anlügen. »Ja, es stimmt. Und jetzt hast du eine Wut auf mich, wie?«

»Was für ein Unsinn! Zwischen uns ist alles, wie es war.«

»Na, sie jedenfalls hat eine Wut. Oder ist verzweifelt – deinetwegen.«

»Das ist doch nicht möglich.«

»Es sind nicht alle Frauen so wie du, Lilly.«

Und dann erzählte er ihr, mit jedem Satz nüchterner werdend, was sich vor ein paar Stunden in Emilys Schlafzimmer abgespielt hatte. Lilly hörte ihm vollkommen konzentriert zu.

»Sie ist tatsächlich sehr eigenartig«, sagte sie dann. »Sie liebt dich bestimmt, aber es kommt mir vor, als beginge sie innerlich Selbstmord. Das ist ja vollkommen verrückt.«

Craig zuckte die Achseln. »Da kann man nichts machen.«

»Sie tut mir leid«, sagte Lilly. »Aber du machst mir noch viel mehr Kummer. Du darfst nicht allein sein. Wer weiß, vielleicht bleibt mir nichts anderes übrig, als dich doch zu heiraten.«

»Im Ernst?«

»Quatsch. Aber es macht mich ganz unglücklich. Was soll nur aus dir werden, wenn du von hier fortgehst?«

»Lassen wir die Probleme, Lilly«, sagte Craig achselzuckend.

»Du hast recht«, erwiderte sie, »wer weiß, ob du noch einmal hier sein wirst, Andrew. Ich glaube nicht. Und ich möchte dich nicht vergessen ...«

ELFTES KAPITEL

Krantz hatte Daranyi für die Informationen den Abend des neunten Dezember als Termin gesetzt. Heute war der neunte, sieben Uhr, Daranyi hatte Wort gehalten.

Die Tür öffnete sich, und Ilsa, Krantz' Mädchen, eine ältliche Westfälin, empfing Daranyi respektvoll und ließ ihn in die Diele der Krantzschen Wohnung eintreten. Nachdem er Hut und Mantel abgelegt hatte, folgte er ihr durch einen Raum voll schwerer Mahagonimöbel zum Arbeitszimmer.

Ein Rascheln ließ Daranyi nach links blicken. Carl Adolf Krantz hatte sich von den Spitzenvorhängen und Topfpalmen vor den verglasten Balkontüren abgewandt. Er hielt die Hände auf dem Rücken verschränkt.

»Sie sind pünktlich, Daranyi.«

»Wie ich versprochen hatte, Dr. Krantz.« Daranyi ging diensteifrig auf seinen Auftraggeber zu, und Krantz gab ihm mechanisch die Hand. Wie nervös Krantz doch war; Daranyis Überzeugung, daß seine Ermittlungen dem Physiker wichtig waren, verstärkte sich.

»Ich habe auf das Wasser hinausgesehen«, sagte Krantz. »Wie schön es um diese Zeit ist ...« Dann fuhr er unvermittelt fort: »Sie sagten am Telefon, daß Sie die Informationen über unsere Objekte hätten.«

»Ja, habe ich.«

»Nur zu einer Niederschrift sind Sie nicht gekommen? Macht nichts«, sagte Krantz. »Ich werde das Notwendige mitschreiben. Nehmen Sie bitte hier Platz.«

Er wies auf einen niedrigen Ledersessel vor dem großen, runden, schwarzen Tisch. Daranyi setzte sich und blickte bewundernd auf die längliche, antike Eisenschale mit dem üppigen Farnkraut; sie nahm die entgegengesetzte Seite des Tisches fast völlig ein. Von Krantz war kaum mehr etwas zu sehen, als er seinen Stuhl dahinterzog.

»Sie trinken doch sicher vor dem Abendessen nichts Alkoholisches«, sagte Krantz. »Es wäre mir auch lieber, wenn Sie einen klaren Kopf behielten. Ilsa hat uns eine Kanne Tee zurechtgestellt.«

Daranyi bemerkte jetzt erst das Tablett mit dem Teeservice und der Schale Gebäck auf dem Tisch und nickte.

»Es freut mich, Ihnen mitteilen zu können«, begann er, »daß meine Informationen über die Preisträger und ihre Angehörigen nicht nur bis zum heutigen Tage gehen, sondern das heutige Datum noch mit einschließen. Neben den bekannten Vertrauensleuten habe ich eine ganze Reihe erfahrener Detektive eingesetzt, weil ich davon ausging, daß gerade die Aktionen unserer Leute am Tag vor der Feier ganz aufschlußreich sein könnten.«

»Wir werden sehen«, sagte Krantz nervös. »Also los, Daranyi, wir haben schließlich nicht die ganze Nacht Zeit.«

Daranyi ging die erste Seite seiner Notizen durch. »Dr. John Garrett, Nobelpreisträger für Medizin. Sein Privatleben erwies sich als bemerkenswert unergiebig, bis auf eine Tatsache. Dr. Garrett war seit einigen Monaten in Los Angeles in psychotherapeutischer Behandlung ...« Mit liebevoller Sorgfalt gab Daranyi darüber Bericht und ging dann zu der Feindschaft zwischen Garrett und Farelli über. Mit sicherem Sinn für Dramatik hob er sich die Information von Hammarlunds Sekretärin, die wie eine Bombe einschlagen mußte, bis zum Schluß auf. »Wie Sie zweifellos wissen«, fuhr er fort, »gab Mr. Hammarlund am Abend des sechsten Dezember ein Souper zu Ehren der Preisträger; Miss Märta Norberg spielte die Hausfrau. Und während vor dem Essen die Cocktails gereicht wurden, spitzten sich die Feindseligkeiten zwischen Dr. Garrett und Dr. Farelli zu. Um der Öffentlichkeit zu entrinnen, verzogen sie sich in den Garten, und dort warf Dr. Garrett Dr. Farelli vor, sich seine Entdeckung widerrechtlich angeeignet zu haben. Beleidigungen und Verwünschungen fielen – beiderseits; es kam zu Tätlichkeiten, und Dr. Farelli schlug Dr. Garrett nieder. Nur das Eingreifen Mr. Craigs, des Literaturpreisträgers, verhinderte weitere Gewalttätigkeiten.«

Daranyi hielt inne, in Erwartung einer Beifallsäußerung für dieses beklagenswert skandalöse Detail. Aber Krantz sagte nur: »Sonst noch etwas über Garrett?«

Daranyi war enttäuscht. »Nein, nichts von Bedeutung«, gab er zur Antwort. »Abgesehen davon, daß er heute vormittag um neun Uhr zwanzig vom Außenministerium angerufen und gebeten wurde, um elf Uhr im Audienzsaal des Königlichen Palastes zu erscheinen. Warum und auf wessen Veranlassung, konnte ich nicht erfahren.« Daranyi blickte entschuldigend auf. »An zuverlässige maßgebliche Leute aus dem Palast kommt man kaum, das werden Sie wissen. Jedenfalls war Dr. Garrett kurz vor elf im Palast und wurde vom Hofmarschall empfangen ...«

Der Hofmarschall in eindrucksvoller Uniform war gegangen, und John Garrett befand sich für kurze Zeit allein im Audienzsaal des Königlichen Palastes; erfüllt von Dankbarkeit und Zufriedenheit mit sich selbst, wanderte er in dem glanzvollen Saal auf und ab. Wundervolle Wandgobelins aus Delft, für Königin Christine hergestellt, schmückten die Wände. Er betrachtete die Ölgemälde von Frans Hals, blickte bewundernd zu dem Engel über dem Kronleuchter auf und landete bei seiner Wanderung schließlich auf dem Teppich vor dem goldenen, mit Samt ausgeschlagenen Thron. Fast ehrfürchtig sah er zu dem Baldachin auf.

Was der schwedische Herrscher wohl von ihm wollte? Er überlegte, fand keine Antwort und ließ es dabei bewenden. Was spielte es auch für eine Rolle? Wichtig war – und darüber hatte er sich telefonisch vergewissert –, daß er – er ganz allein – in den Audienzsaal gebeten worden war. Armer Farelli, dachte er – sein Gesicht müßte man sehen, wenn er von der Geschichte las ...

Garrett war so in seine Träume versunken, daß er nicht gehört hatte, wie die schwere, geschnitzte Eichentür sich öffnete und wieder schloß. Erst die Schritte nahm er wahr. Rasch wandte er sich um, bereit, dem König entgegenzutreten – von Mann zu Mann sozusagen.

»Guten Morgen, Dr. Garrett, wie liebenswürdig von Ihnen, unserer Bitte so bereitwillig nachzukommen.«

Nicht der König von Schweden richtete diese Worte an ihn. Der Sprecher war kleiner, gedrungener, Mitte Sechzig und trug einen höchst enttäuschenden dunkelblauen Straßenanzug.

Er schüttelte Garrett die Hand. »Ich weiß nicht, ob Sie sich meiner erinnern. Ich bin Baron Johan Stiernfeldt. Wir hatten bereits bei Mr. Hammarlund das Vergnügen.«

»Aber selbstverständlich«, sagte Garrett. »Das Außenministerium rief heute morgen –«

»Auf mein dringendes Ersuchen«, sagte der Baron. »Ich spreche hier, wie so oft, im Namen Seiner Majestät. Ich werde Sie nur ein oder zwei Minuten aufhalten.«

Unter der ländlichen Szene einer Gobelinwand, ein paar Meter rechts vom Thron entfernt, standen zwei niedrige Samtstühle, auf denen sie Platz nahmen.

»Soweit ich informiert bin«, begann der Baron, »sind Sie mit Dr. Erik Öhman, unserem Herzspezialisten vom *Karolinen-Institut*, gut bekannt, der ein überzeugter Anhänger Ihrer Methode ist. Vielleicht ist es eine Zumutung, wenn wir einen Gast unseres Landes, der doch zu seinem Vergnügen hier weilt, um seine Unterstützung in einer persönlichen Angelegenheit bitten. Seine Majestät hatte Bedenken. Erst nach eingehenden Beratungen mit Dr. Öhman wurde der Beschluß gefaßt, Sie um diese Gefälligkeit zu ersuchen.«

Garrett warf sich, ohne sich dessen bewußt zu werden, in die Brust. »Ich wüßte nicht, welchen Gefallen ich einem König erweisen könnte – aber was immer es sei, ich stehe Seiner Majestät zur Verfügung.« Die formvollendete Formulierung imponierte ihm selber; hoffentlich brachte er sie bei Sue Wiley noch einmal so zustande.

»Exzellent! Ich darf Ihnen schon im voraus meinen Dank aussprechen. Nun denn. Von Dr. Öhman wurden wir informiert, daß er über seinen nächsten Transplantationsfall mit Ihnen gesprochen hat.«

Garrett versuchte sich zu erinnern. »Ein Graf – wenn ich mich recht entsinne –« Er gab auf. »Ich fürchte, Sie werden meinem Gedächtnis nachhelfen müssen, Baron.«

»Der Patient ist Graf Rolf Ramstedt, ein entfernter Verwandter Seiner Majestät, dem Seine Majestät die wärmsten Gefühle entgegenbringt. Graf Ramstedt ist zweiundsiebzig, ein athletischer Typ, von sehr kräftiger Konstitution und bis vor kurzem bei bester Gesundheit – bis er an einem unheilbaren Herzleiden erkrankte. Ich bin Laie, den genauen Befund kann ich Ihnen nicht erklären, immerhin bin ich unterrichtet, daß sein Leiden ernst und seine Situation kritisch ist. Vielleicht erinnern Sie sich des Falles aus Zeitungsberichten, die anläßlich einer Konsultation Dr. Farellis erschienen. Eine amerikanische Journalistin brachte ein Interview Dr. Farellis über die Behandlungsmöglichkeiten.«

Garretts Gesicht erstarrte. »Gewiß, ich entsinne mich.«

»Dr. Öhman war Seiner Majestät gegenüber die Aufrichtigkeit selbst. Aus Gründen, die leider über mein Verständnis hinausgehen, bereitet der Fall gewisse Schwierigkeiten.«

»Das sagte mir Dr. Öhman.«

»Nichtsdestoweniger glaubt jedoch Dr. Öhman, nach zahlreichen Tests, daß der chirurgische Eingriff bei Graf Ramstedt vorgenommen und die Organtransplantation durchgeführt werden kann, da der Immunitätsmechanismus des Patienten auf das Serum reagieren werde – drücke ich mich korrekt aus? Nun denn. Auf Grund dieser Zusicherung hielt es der König für richtig, Dr. Öhman die Erlaubnis zu der für morgen früh angesetzten Operation zu erteilen. Seine Majestät betrachtet es als eine besondere Gunst des Schicksals, daß gerade jetzt der Welt kompetenteste Autoritäten dieses Gebietes in Stockholm weilen, um den Lohn ihrer genialen Taten entgegenzunehmen. Der König würde sich nun Ihre und Dr. Farellis unvergleichliche Fähigkeiten sehr gerne nutzbar machen. So groß sein Vertrauen in Dr. Öhman ist, würde es ihm doch ein besonderes Gefühl der Sicherheit gewähren, wenn Sie bereit wären, morgen früh bei der Operation zugegen zu sein, gewissermaßen hilfreich zur Seite zu stehen, so daß Dr. Öhman gegebenenfalls Ihren Rat und Ihre Erfahrung in Anspruch nehmen könnte.«

»Weiß Dr. Öhman davon?«

»Er hat sich aus ganzem Herzen einverstanden erklärt«, sagte der Baron, »und wäre sehr erleichtert, wenn Sie die Verantwortung mit ihm teilen würden.«

»Dazu bin ich selbstverständlich bereit«, sagte Garrett. »Ich werde mich zur Verfügung halten.«

»Großartig!« rief der Baron aus. »Ursprünglich war die Operation morgen auf sieben Uhr früh angesetzt. Sie wird jetzt auf neun Uhr verschoben werden, um Dr. Öhman Gelegenheit zu geben, den Fall mit Ihnen durchzusprechen.«

Augenblicklich übersah Garrett den glanzvollen dramatischen Effekt dieser Operation. Ein Verwandter des Königs, dessen Leben dank seiner Entdeckung gerettet wurde! Er, Garrett, selbst zugegen, vielleicht an dem Eingriff beteiligt! Welch eine Möglichkeit, der gesamten Welt zu demonstrieren, warum er den Nobelpreis erhalten hatte und warum er ihn verdiente ... Aber nicht nur seine, auch Farellis Dienste wollte der König in Anspruch nehmen, hatte der Baron gesagt ... Nein, das ging nicht. Hier mußte er fest bleiben. Davon mußte er seine Teilnahme abhängig machen.

Baron Johan Stiernfeldt hatte sich bereits erhoben.

»Nur noch eine Kleinigkeit«, hörte Garrett sich sagen. »Wenig Laien machen sich eine Vorstellung von der Nervenanspannung einer solch schwierigen Operation. Tempo und Präzision sind die markanten Qualitäten. Eine Erkenntnis meiner langen Erfahrung bei der Durchführung einer Herztransplantation ist der Wert der Teamarbeit zweier Chirurgen. Aber drei sind zuviel.«

»Ich fürchte, ich verstehe nicht ganz, Dr. Garrett. Was wollen Sie damit sagen?«

»Ich glaube Sie richtig verstanden zu haben, wenn ich annehme, daß Sie die Unterstützung Dr. Öhmans auf mich allein beschränken. Da Dr. Öhman und ich bereits schriftlich Erfahrungen über unsere Arbeit ausgetauscht haben und einander kennen, werden wir zu einer optimalen Leistung imstande sein. Ein Zweierteam – Dr. Öhman und ich – garantiert das Gelingen. Ein dritter Chirurg aber könnte die Situation außerordentlich komplizieren.«

Baron Johan Stiernfeldts Gesichtszüge wurden streng. »Wollen Sie damit ausdrücken, daß Ihnen die Teilnahme Dr. Farellis an der Operation unerwünscht ist?«

Garrett spürte eine Woge der Erleichterung. Man hatte ihn verstanden. Der Sieg lag greifbar nahe. »Genau das wollte ich sagen.«

»Ich fürchte, das ist unmöglich, Dr. Garrett.«

Die Antwort kam unerwartet. »Warum ist das unmöglich?« fragte er eigensinnig.

»Weil der König heute morgen, um acht Uhr dreißig, mit Dr. Carlo Farelli in seinen Privaträumen gefrühstückt und die Einzelheiten der bevorstehenden Operation eingehend mit ihm besprochen hat. Der König hat Farellis gütiges Anerbieten, Dr. Öhmann zu assistieren, bereits angenommen.

Garrett stand da wie versteinert. »Der König *selbst* hat Farelli empfangen?«

»Aber ja«, sagte Baron Johan Stiernfeldt. »Und Seine Majestät war überaus erleichtert. Wie bereits gesagt, es widerstrebte dem König, Ihre und Dr. Farellis Zeit zu beanspruchen. Doch noch bevor er sein Ersuchen ausgesprochen hatte, enthob Dr. Farelli Seine Majestät jeder Verlegenheit, indem er sich unaufgefordert zur Verfügung stellte. Sie werden sich Seiner Majestät Freude und Dankbarkeit vorstellen können. Und ich glaube, ich darf es erwähnen – es war Dr. Farellis Versicherung, daß auch Sie sich eine solche Mitarbeit zur Ehre anrechnen würden, die Seine Majestät zu dieser Unterredung veranlaßte ... Fehlt Ihnen etwas, Dr. Garrett? Fühlen Sie sich nicht wohl?«

»Als nächstes«, sagte Daranyi in Krantz' Arbeitszimmer, »hätte ich hier die Namen Ihrer Chemiepreisträger, Dr. Claude Marceau und Dr. Denise Marceau aus Paris. Was ich über sie erfahren konnte, ist zwar quantitativ nicht erheblich, qualitativ jedoch das, was Sie – soweit ich es beurteilen kann – zu schätzen wissen.«

»Das zu beurteilen überlassen Sie wohl besser mir selber«, sagte Krantz mürrisch.

»Bitte sehr.« Er präsentierte eine Sammlung von Papieren. »Immerhin reicht es, um einen erröten zu lassen. Bis vor kurzem scheinen die Marceaus ein einwandfreies Leben geführt zu haben – ausschließlich mit ihren Forschungen und Experimenten beschäftigt. Dann änderte sich das. Dr. Claude Marceau betrog seine Frau in Paris mit einem Mannequin namens Gisèle Jordan, und Madame Marceau scheint das mit einem Seitensprung in Stockholm quittiert zu haben.«

»Dekadentes Gesindel«, murrte Krantz.

»Sie hat«, setzte Daranyi fort, »ihrem Mann bereits zweimal, und zwar mit einem Dr. Oscar Lindblom, Chefchemiker bei Ragnar Hammarlund, die Hörner aufgesetzt. Und falls Sie Besorgnisse wegen eines Skandals hegen, hier dürfte einiger Grund vorliegen. Denn ich kann mich des Eindrucks nicht erwehren, daß Dr. Denise Marceau ihren Seitensprung dem Herrn Gemahl keineswegs zu verheimlichen gedenkt, und ich frage mich, wie Dr. Claude Marceau wohl reagieren wird, wenn er dahinterkommt ...«

Es war früh am Nachmittag, und Claude Marceau marschierte im Gleichschritt neben Hammarlunds Butler Motta den Waldweg hinter *Askslottet* zu dem einsamen Labor entlang, dem Pfuhl der Sünde, um dem schwedischen Schürzenjäger Oscar Lindblom die Tracht Prügel seines Lebens zu verabreichen.

Claude Marceau kochte vor Wut. Und das mit gutem Grund: Denise hatte alles getan, die Unschuld des Geliebten zu verteidigen und sich selbst als *femme fatale* zu gebärden. Aber ihm konnte Denise doch nichts vormachen, dafür kannte er sie zu lange. Keinen Augenblick zweifelte Claude, wer hier die Schuld trug: Der schwedische Casanova hatte ihren Kummer und ihre Situation ausgenützt und sie mit billiger Routine verführt.

Während Claude neben Motta herlief, dachte er alles noch einmal durch. Erst nach Mitternacht war er aus Uppsala zurückgekommen, sofort todmüde in Schlaf gefallen und erst spät am Vormittag aufgewacht. Im Wohnzimmer fand er Denise beim Kaffee vor, und was ihm sofort ins Auge gefallen war, das war dieser scheußliche rosarote Morgenrock, den er vorher noch nie an ihr bemerkt hatte. Sie war so ungewöhnlich munter gewesen, wie immer seit diesem Abend im Hause Hammarlund, und wieder einmal hatte er geglaubt, daß sie sich bemühte, sich von der sonnigsten Seite zu zeigen, um ihn zurückzugewinnen.

Noch immer hatte er das Summen der Türglocke im Ohr. Er war aufgestanden, um nachzuschauen, wer es sein mochte. Ein Kellner war es.

»Ich gehöre zur Zimmerbedienung«, hatte er verkündet. »Der Champagner, den Madame für den Herrn Gemahl bestellt hat, bitte sehr.«

»Der Herr Gemahl bin ich. Lassen Sie es da.«

Aber der Kellner hatte die Flasche vor der ausgestreckten Hand des Fremden sofort zurückgezogen. Hatte Madame ihm gestern abend nicht ausdrückliche Anweisungen gegeben? »Nein, nicht für Sie, nur für den Herrn Gemahl. Ich kenne ihn.«

Ein Irrtum, hatte Claude, schon ungeduldig, angenommen. »Und was läßt Sie darauf schließen, ich sei nicht Madames Mann?«

»Ich habe *ihn* doch gestern nacht selbst gesehen.« Dabei hatte er an ihm vorbeigeschielt und Denise, die gerade vom Sofa aufstand, erspäht. »Madame. Ihre Bestellung, die Überraschung, die Sie gestern – für Ihren –«

Und ruckartig war der Groschen bei ihm gefallen. Er hatte sich herumgedreht, rechtzeitig genug, um zu sehen, wie Denise verzweifelt abzuwinken suchte.

»Ich – ja, ich – habe mich im Zimmer geirrt.« Er wollte den Rückzug antreten, aber Claude verstellte ihm auf dem Gang den Weg und erfuhr nach einigem Hin und Her, daß der Kellner gestern abend einen jungen Mann bei Denise im Schlafanzug gesehen hatte ...

Denise hatte also versucht, die ganze Last der Schuld sich selbst aufzuladen und ihm sogar auch noch einen Teil zuzuschieben: denn wenn er sie nicht so unglücklich gemacht hätte, dann wäre sie Oscar Lindblom kaum so schnell erlegen. Aha! So hieß der Kerl also – Lindblom!

»So, Dr. Marceau, da wäre das Labor«, sagte der Butler.

»Danke«, bellte Claude, »danke, mehr wollte ich nicht.«

Er ließ Motta stehen, lief rachedurstig zur Tür und stürzte energiegeladen in den großen Laborsaal.

Enttäuscht fand er die Stätte leer. Dann hörte er ziemlich weit weg, hinter den Glasröhren, eine Stimme.

»Ja? Wer ist denn da?«

Claude ging um den Labortisch, doch so temperamentvoll sein Start war, plötzlich stoppte er.

Nicht Lindblom – Ragnar Hammarlund stand da, in einem Overall, der bei ihm höchst lächerlich wirkte.

»Dr. Marceau – welch ein Glanz in unserer Hütte!«

»Wo ist dieser Chemiker – dieser Oscar Lindblom, der bei Ihnen arbeitet?«

»Lindblom? Ach, der ist gerade mal weggegangen. Sollte etwas für mich erledigen. Aber er müßte bald zurück sein. Kann ich etwas für Sie tun, Dr. Marceau?«

»Sie? O nein. Ich brauche Lindblom«, beharrte Claude kriegerisch.

Hammarlund tat, als merke er den derangierten Seelenzustand seines Besuchers nicht. »Erwartet er Sie?«

»Das glaube ich nicht.«

»Bestimmt wird er Ihren Besuch genauso zu schätzen wissen wie ich. Seine Bewunderung für Sie und Ihre Gattin grenzt schon fast an Anbetung. Als Ihre Frau Gemahlin uns dieser Tage einen Besuch machte, war er hingerissen vor Begeisterung.«

»Meine Frau war hier?« Claude sah sich kalt lächelnd im Labor um. Das also war die triste Szenerie der verbotenen Spiele. Hier hatte es angefangen ...

»Ja«, fuhr Hammarlund fort, »Ihre Gattin war ganz gefangengenommen von Dr. Lindbloms neuesten Ergebnissen auf dem Gebiet der synthetischen Ernährung.«

»Das kann ich mir vorstellen«, sagte Claude bitter. Wo eigentlich – so fuhr ihm plötzlich durch den Kopf – sollte dieser Sündenfall hier stattgefunden haben? Auf dem harten Fußboden vielleicht? Er sah sich nochmals um. »Ist das eigentlich der einzige Raum hier?«

»Aber nein – unser sogenanntes ›Denk‹-Zimmer ist auch noch da. Kommen Sie, warten Sie dort auf Dr. Lindblom. Das ist gemütlicher.«

Sie gingen in das anschließende Büro, und Claude starrte auf das Sofa – und sofort wurde ihm alles klar.

»Nehmen Sie Platz«, sagte Hammarlund, »darf ich Ihnen aus der Wohnung etwas kommen lassen?«

»Vielen Dank, nein.« Steif saß er auf dem Sofa, an dessen anderem Ende sich Hammarlund langsam niederließ.

»Wollten Sie Dr. Lindblom beruflich sprechen?« erkundigte er sich.

Wenn dieser widerliche Kerl doch bloß ginge, dachte Claude, sah aber gleich ein, daß der Widerling ja schließlich hier daheim war und man ihn in Kauf nehmen mußte.

»So könnte man es nennen«, sagte er daher.

»Angeregt durch den Besuch Ihrer Frau, hoffe ich.«

»Das kann man wohl sagen«, bemerkte Claude sauer.

»Dann hat Sie Ihnen sicher etwas über Dr. Lindbloms bemerkenswerte Fähigkeiten erzählt?«

»Mit großer Deutlichkeit.«

Claude hatte allmählich das Gefühl, sich in einen Sketch verirrt zu haben, im pikanten Komödienstil des *Mayol-Theaters*, voll unschuldsvoller Fragen und doppelzüngiger Antworten, die das Pariser Publikum mit brüllendem Gelächter zu quittieren pflegte. Doch wenn seine erste Wut auch verraucht war, so hatte er doch im Augenblick noch keinerlei Sinn für Humor. Er war für einen Themawechsel. Und Hammarlund gab ihm jetzt das Stichwort.

»Ich könnte vielleicht kurz einige Aspekte von Dr. Lindbloms Arbeit mit Ihnen besprechen, bevor er wieder da ist und sich selbst mit Ihnen darüber unterhalten kann – wenn es Sie interessiert.«

»Ich wüßte nicht, was ich lieber täte.«

Und sogleich begann sich Ragnar Hammarlund mit dem Enthusiasmus eines Besessenen über Wert und Notwendigkeit der synthetischen Grundnährstoffe auszulassen. Nahrungsmittel, auf chemischem Wege hergestellt, wären gesünder, weit billiger und bedeuteten das Ende aller Unterernährung, den Tod des Hungers für die ganze Welt. Das sei die größte Revolution in der Geschichte der Menschheit. Und wenn die Chemiker erst einmal die Synthese von Fetten, Proteinen, Kohlehydraten entdeckt hätten, dann, ja dann würde diese Welt zum Elysium werden – eine Überzeugung, mit der er nicht allein stünde, sondern die auch einige Wissenschaftler mit ihm teilten ...

Claude hatte erst nur halb zugehört, aber dann reizte ihn Hammarlunds Überlegenheitspose und seine Art, die Dinge immer gleich zu überspitzen. Schließlich sprach er mit dem Nobelpreisträger für Chemie ... »Diese Bestrebungen sind mir bestens bekannt«, sagte Claude, »phantasiebegabte Menschen, die solche Träume hegen, hat es immer gegeben und wird es immer geben. Aber wenn sie sich auf den harten Boden der Tatsachen begeben – nämlich ins Labor –, dann erweisen sich die Schwierigkeiten als so groß, daß der Weg unvermeidlich wieder in den heimatlichen Gemüsegarten führt ...«

Doch nun, da der Preisträger einmal auf das Thema eingegangen war, wurde Hammarlund aggressiver. »Natürlich bin ich kein Phantast, der die Schwierigkeiten ignoriert. Aber worin bestehen denn diese Schwierigkeiten? Es hieße erst einmal, den allgemeinen Glauben – dem leider auch zu viele Wissenschaftler anhängen –, daß die natürliche Ernährung auch die gesündeste sei, zu überwinden. Dieser Glaube an Blumenkohl, Erbsen, rohe Eier, Vollkorn und Coffein ist doch einfach Selbstbetrug. Zahllose Gifte sind in diesen Produkten enthalten. Synthetische Nahrungsmittel könnten frei von Giften produziert werden. Weiterhin hieße es, der Welt zu beweisen, daß chemische Ersatznahrungsmittel so gut wie jedes Fleisch- oder Gemüsegericht schmecken können. Und drittens hieße es, die Menschheit davon zu überzeugen, daß die synthetische Nahrung so produziert werden kann, daß sie alle notwendigen Werte der uns geläufigen Nahrungsmittel enthält – Kohlehydrate, Proteine, Fette, Wasser, Vitamine, Mineralsalze.«

Was Claude Marceau besonders irritierte, war Hammarlunds Neigung, gleichzeitig zu übertreiben und zu vereinfachen – als wäre das alles ein Kinderspiel. Er war Fabrikant und in wissenschaftlichen Dingen tatsächlich ein Phantast – ein begeisterter Dilettant. Oder nicht? Was wußte er schon von den wirklichen Problemen der Synthese? Zum erstenmal seit Jahren fielen Claude wieder seine ersten Laborversuche ein, Seite an Seite mit Denise, dieser Tage der Plackerei, die Monotonie zahlloser Nächte, dieses betäubte Umfallen mit entzündeten Augen, steifem Genick und Gliederschmerzen, die geistige Aushöhlung bis zur völligen Erschöpfung.

Allmählich steigerte sich Claude in eine große Debatte mit Hammarlund hinein. Hammarlund parierte mit erstaunlich profundem Wissen, mit Fakten und Zahlen. Immerhin: Hammarlund dachte zwar nicht wissenschaftlich, doch er besaß eine gute praktische Kenntnis des bereits Erreichten und des vielleicht Erreichbaren – wenn er dabei auch gern über das Ziel hinausschoß. Aber seine Begeisterung hatte in zunehmendem Maße etwas Mitreißendes, etwas Suggestives. Die Zeit verflog, ohne daß Claude Marceau es merkte – und ohne zu merken, daß plötzlich etwas in ihm gezündet, daß er sich in Feuer geredet hatte. Monate war es her, daß er ein neues Gebiet der Biochemie wirklich diskutiert hatte. Als Denise und ihm die Entdeckung auf dem Gebiet der Spermata geglückt war, da war ihr Interesse an diesem Problem mehr und mehr eingeschlafen – auf einmal kam ihm das ganz unverständlich vor. Gewiß, Vorträge in Frankreich, Reden und Erörterungen am grünen Tisch hier in Schweden – all dem hatte man sich pflichtschuldigst und routinemäßig unterzogen. Aber das war doch alles Leerlauf gewesen. Und jetzt, ganz unerwartet, kam Bewegung in diese Leere. Er fühlte wieder die Nähe der Inspiration, sah einen Weg, war gepackt von der Möglichkeit, einer steinernen Wüste Fruchtbarkeit abzuringen, Leben zu erhalten, neues Leben zu schaffen ... Ja, sein Geist hatte brachgelegen – denn wer sonst konnte diese Probleme bewältigen ...

Hammarlund hatte weitergesprochen, aber Claude hörte ihn jetzt nicht mehr. Er war nun völlig in seine eigenen Gedanken versunken.

»Hammarlund«, sagte er plötzlich, »seien Sie mal still.«

Der Industrielle schwieg und verstand; er sah den merkwürdig abwesenden Ausdruck im Gesicht des Gelehrten und erkannte, daß das Mysterium der Idee Besitz von ihm ergriffen hatte.

»Hammarlund«, sagte Claude bedächtig und mehr zu sich selbst, »Sie, Ihr Lindblom und alle, die für Sie an der Synthese gearbeitet haben, sind auf dem Holzweg. Mir ist da etwas eingefallen – eigentlich liegt es ganz klar auf der Hand. Ich will versuchen, es zu formulieren – mich durchzutasten. Der grundlegende Fehler bei der Erforschung von Ersatznahrung liegt, glaube ich, darin, daß Sie die Natur, den natürlichen Prozeß nachahmen wollen. Mir scheint, Sie müßten sich davon frei machen und sich mit einem klaren Schnitt von der Gebundenheit an die Natur trennen. Warum Gott ins Handwerk pfuschen? Die Natur erreichen Sie nie. Nein, ich denke, es wäre weiser, eigene Wege zu gehen. Und darum wiederhole ich, ziehen Sie einen klaren Trennungsstrich. Fangen Sie aus dem Nichts an. Imitieren Sie nicht, sondern schaffen Sie etwas völlig Neues, nie Dagewesens, eine chemische Speisekammer.« Er schwieg wieder und grübelte weiter.

Hammarlund, tief beeindruckt, riskierte vorsichtig die Frage: »Ich verstehe nicht ganz – was meinen Sie damit, Dr. Marceau?«

»Das ist es«, sagte Claude, und er sprach auch jetzt noch mehr zu sich selbst als zu Hammarlund. »Nehmen wir nur einmal die Kohlehydrate – den Versuch, zu synthetisieren. Wozu im Labor mühsam aufbauen, was der Natur im Freien bereits gelungen ist? Wozu künstlich die Voraussetzungen entwickeln, die die Pflanze verlangt? Warum nicht an die Quelle gehen – zu den Glukosemolekülen – und von hier aus einen gänzlich neuen Prozeß aufbauen, der zur künstlichen Stärke führen muß?« Er brach ab, nahm aber den Faden gleich wieder auf. »Und was die Proteine des Fleisches anbelangt – wozu überhaupt Fleisch? Warum nicht gleich ein neues Produkt mit den gleichen Proteinwerten, ohne überflüssige Sehnen und Knochen?«

Durch den Nebel der Konzentration kam ihm mit einemmal Hammarlunds Gegenwart zu Bewußtsein; Hammarlund, der ihm mit hängendem Unterkiefer anstarrte. Denise, dachte er. Wie sehr wünschte er sich jetzt Denise an Hammarlunds Stelle, um weiterreden zu können – weiter und weiter –, um ihr den Ball zuzuwerfen und ihre Einwände und Vorschläge anzuhören, bis sie ihre Hypothese hätten. Ja, wenn Denise ... Aber er war bei Hammarlund, und vermutlich schon ziemlich lange.

»Wie spät ist es eigentlich?«

»Wie spät? Ach so!« – Hammarlund sah auf seine flache goldene Armbanduhr –, »zehn vor drei.«

»*Mon Dieu!*« Claude sprang auf. Fast eineinhalb Stunden war er jetzt hier. Er war doch mit Gisèle verabredet und hatte es völlig vergessen. Vor Stunden mußte sie schon in Stockholm angekommen sein und seinen Anruf im *Hotel Malmen* erwarten.

»Ich bin ja verabredet – ich muß machen, daß ich fortkomme – bitte, könnten Sie mir ein Taxi rufen?«

Auf der Schwelle blieb Claude dann plötzlich stehen. Lindblom! Den hatte er ja ganz vergessen. Auch das noch. Er nahm Anlauf, seine Wut, die noch vor eineinhalb Stunden so lichterloh gebrannt hatte, wieder zu schüren. Aber sie war ausgebrannt, erloschen. Wer war schon dieser Lindblom? Immerhin, das Prestige mußte gewahrt werden.

»Ach richtig, Ihr Lindblom«, sagte Claude zu Hammarlund. »Sie können ihm etwas von mir ausrichten. Sagen Sie ihm, daß ich hier war, um ihm die Zähne einzuschlagen – und daß ich ihm den Kragen umdrehen werde, wenn ich dahinterkomme, daß er auch nur noch ein einziges Mal den Don Juan bei meiner Frau zu spielen versucht. Guten Tag, Herr Hammarlund.«

Denise Marceau, noch immer in aufreizendem Rosa, besichtigte ihre nikotinverfärbten Finger. Eine ganze Schachtel hatte sie schon wieder leergequalmt, seit Claude wie ein Berserker hier herausgestürzt war. Und nun zerbrach sie sich den Kopf darüber, wie die Szene auf dem Schauplatz *Askslottet* sich entwickelt hatte. Sie hatte Boden gewonnen, das stand fest. Claudes Reaktion hatte ihre kühnsten Hoffnungen übertroffen. Aber jetzt, nach dem Fegefeuer des Wartens, quälten sie die ersten bangen Zweifel.

Hätte alles geklappt, dann wüßte sie es schon. Claude hätte Lindblom verprügelt und seinen Stolz wieder blank poliert. Er wäre in zorniger Erregung zu ihr zurückgekehrt, hätte auch sie verdroschen, seine Heldentat gleich darauf bereut und sie ins Bett gebracht – welch ein Happy-End!

Aber er war nicht zurückgekommen. Also mußte etwas schiefgegangen sein, nachdem er Lindblom am Boden zerstört hatte.

Craig hatte wohl recht gehabt, sinnierte Denise kummervoll. Ihr Schritt vom Weg hatte womöglich die gegenteilige Wirkung gehabt ... Ruhelos wanderte sie zum Wandschrank und fischte eine neue Pakkung Zigaretten aus ihrer Manteltasche. In diesem Augenblick läutete das Telefon.

Claude! – hoffte sie.

Sie rannte zum Apparat und riß den Hörer herab.

»Allo«, fragte sie mit leiser Stimme und lautem Herzklopfen.

»Denise?« Es war zwar eine erregte Männerstimme – aber es war nicht die Stimme Claudes. »Bist du allein?«

»Wer spricht da?«

»Oscar – Oscar Lindblom.«

Na, wenigstens lebte er noch. Sie seufzte. Und er würde wohl wissen, was nun ihr bevorstand. »Wie geht's dir denn? Ja, natürlich bin ich allein.«

»Dein Mann – dein Mann – er weiß alles.«

»Ich weiß, ich weiß. Ein Zufall. Durch den Kellner, der uns gestern bediente, kam es heraus.«

»Er war im Labor, um mich umzubringen.«

»Anscheinend mit wenig Erfolg«, sagte Denise. »Und was war los? Hat er –?«

»Nichts war los. Ich war nicht da, aber Hammarlund war im Labor.

Dein Mann hat zwar gewartet – ungefähr eineinhalb Stunden saß er da –, aber dann mußte er weg, weil er eine Verabredung hatte.«

Denises Herz sank. Eine Verabredung? Gisèle! Und der Rest war – standesgemäßer Unterhalt. Das blieb ihr.

Lindbloms Stimme kam blechern aus dem Hörer. »Wenn ich zehn Minuten früher gekommen wäre, hätte ich ihn getroffen. Aber Hammarlund war hoch beglückt. Sagte mir, sie hätten sich sehr interessant und eingehend unterhalten, eineinhalb Stunden lang –«

»Über uns?«

»Aber nein – über synthetische Ernährung.«

»*Synthetische Ernährung?*« Denise glaubte nicht recht zu hören. »Dieser – dieser – dieser Schwächling!«

»Bitte – was hast du gesagt?«

»Nichts, Oscar, gar nichts. Hör zu.« Das Spiel war verloren. Aber wenn sie schon den Rückzug antreten mußte, dann wenigstens so, daß auch der Feind noch einen entscheidenden Schlag zu spüren bekam. Der ursprüngliche Plan war schiefgegangen, gut, sie hatte schon einen neuen. »Wo bist du jetzt?«

»Ungefähr eine Meile von dir entfernt. Ich mußte zurück zu –«

»Kannst du gleich herkommen?«

»Aber dein Mann –«

»Der wird den ganzen Nachmittag nicht da sein – vor dem Abendessen auf keinen Fall.«

»Denise, ich bitte dich – das ist sehr riskant. Es wäre entsetzlich, wenn er uns erwischen würde. Hammarlund hat mich gewarnt.«

»Wovor?«

»Dich wiederzusehen. Dein Mann hat gesagt, er würde mir das Genick umdrehen, wenn ich ihm bei dir noch mal in die Quere käme.«

Denises Herz hob sich aus seinen Tiefen. »Das hat er gesagt?«

»Genau das.«

»Angabe, Oscar, nichts als Angabe! Der tut keiner Fliege etwas. Und er weiß, daß ich dich liebe. Ich habe es ihm gesagt.«

»Du hast ihm das gesagt?«

»Warum nicht? Es ist wahr.«

»Denise –«

»Liebling, laß mich nicht allein. Wenn du nicht kommst –«

»Denise – Denise –« Seine Stimme brach einen Augenblick ab. »Weißt du genau, daß er nicht zurückkommen wird?«

»Ich schwöre. Es kann uns nichts passieren. Komm – jetzt gleich. Ich will unbedingt wissen, was im Labor los war. Und ich muß dich jetzt hier haben – verstehst du mich – ich muß dich hier haben.«

»Ich – ich – also gut, ich komme.« Denise merkte an seiner gepreßten Stimme, wie aufgeregt er war.

Aber kaum hatte sie den Hörer auf die Gabel gelegt, bereute sie dieses Rendezvous. Sie hatte sich ganz instinktiv an die Idee geklammert, Claude einen Denkzettel zu geben, den er so bald nicht vergessen würde. Sie hatte vorgehabt, Lindblom hinzuhalten und erst, wenn Claude zurückzuerwarten war, mit ihm ins Bett zu gehen. Jetzt kam ihr das alles unsinnig vor, und was schlimmer war, sie hielt es sogar für gefährlich, besonders dann, wenn es noch eine Chance gab, ihre Ehe zu reparieren. Einen Hoffnungsschimmer gab es doch jetzt wieder. Seine Abschiedsworte bei Hammarlund deuteten entweder auf gekränkte Eitelkeit oder aber auf ehrliche Eifersucht.

Warum war sie nur so blind und so eigensinnig gewesen? Warum hatte sie nur ihren ganzen Charme verschwendet, um dieses Kind hierherzulotsen – warum hatte sie ihm nur dieses Theater vorgespielt? Ach – im Grunde wollte sie nichts anderes, als möglichst Wort für Wort zu erfahren, was sich zwischen Claude und Hammarlund abgespielt hatte. Daß Claude in einer solchen Wut unerschüttert eineinhalb Stunden dagesessen und über synthetische Ernährung geredet haben sollte, hielt sie für ziemlich ausgeschlossen. Sie mußte wissen, ob Claude nicht doch irgendwelche Andeutungen über ihre Zukunft gemacht hatte. Wenn nicht, dann war alles klar – dann hatte Gisèle gesiegt.

Und Lindblom? Mit ihm würde sie schon fertig werden. Sie wollte ihn mit Anstand verabschieden. Der Mohr hatte seine Schuldigkeit getan ...

Nachdenklich hob Denise die Zigarettenpackung auf, die sie vorhin achtlos hatte fallen lassen. Synthetische Ernährung ... Sollte etwa doch mehr dahinterstecken? Hatte Claude am Ende eine weise Idee?

Das *Hotel Malmen*, ein imposanter, weißer, quadratischer Bau, zählte zu den modernsten Hotels Schwedens und lag auf dem belebten Götgatan. Relativ weit vom Zentrum Stockholms, das war für viele Touristen sein einziger Nachteil. Für Gisèle Jordan, mit Rücksicht auf die Stellung ihres Geliebten, ein besonderer Vorzug.

In diesem Doppelzimmer im zweiten Stock saß Claude Marceau und trank gedankenvoll seinen Armagnac, den Gisèle ihm mitgebracht hatte. Gedämpftes Wasserrauschen kam von nebenan; Gisèle war gerade ins Bad gegangen.

Abgesehen von einer kleinen Verstimmumg im ersten Augenblick seines verspäteten Auftritts, war Gisèle einfach großartig gewesen, das mußte er zugeben.

Aber würde sie verstehen, daß sein Gehirn diese ganzen letzten Monate, zum Nichtstun verdammt, völlig brachgelegen hatte und heute, ganz plötzlich, wieder mobilisiert worden war? Und konnte er ihr erklären, daß eines der nächsten großen Wunder der Chemie nicht in der Synthetisierung von Kohlehydraten durch künstliches Sonnenlicht, sondern durch die Entwicklung einer Photosynthese, in der

Retorte, geschehen würde? Würde sie die Bedeutung der Glukosemoleküle begreifen?

Schon der Versuch schien ihm sinnlos. Was wußte sie von dieser Seite seines Wesens? Nichts. Sie war ihr nie begegnet. Und so hatte er, auf ihre Vorwürfe wegen seiner Verspätung, auf ihre Frage, ob es etwas Wichtigeres gäbe als ihrer beider Liebe, gesagt: »Nein, Gisèle, nichts ist wichtiger als das. Aber das ist nun einmal die Nobelwoche, und ganz Stockholm ist voll von Leuten aus allen vier Himmelsrichtungen; jeder will etwas von mir, jeder zerrt an mir herum –«

Und da war sie sich wohl kleinlich vorgekommen. Er war nun einmal ein berühmter Mann. Reumütig hatte sie sich in die Arme nehmen lassen. Und für einen Augenblick waren die Glukosemoleküle vor ihrer Schönheit verblaßt. Ja, er hatte fast vergessen gehabt, wie schön sie war – so schön, daß er darüber seinen Kopf verloren hatte –, nur war er sich darüber erst jetzt klargeworden, nachdem er ihn heute nachmittag wiedergefunden hatte ...

»Komm, Claude, setz dich zu mir und erzähl; ich muß alles wissen, was du getan hast.«

Dicht nebeneinander hatten sie sich auf die kleine gepolsterte Bank gesetzt, die für Liebespaare erdacht zu sein schien; sie sprach von Paris, von ihren Reisevorbereitungen, von Kopenhagen und stellte eine Unmenge Fragen nach allem, was er in Stockholm getan hatte, immer darauf bedacht, die Existenz seiner Frau nicht zu erwähnen. Und so hatte er eine ganze Woche Stockholm vor ihr ausgebreitet – aber während er sprach, war er von ihr abgerückt. Fast war es, als spräche er ins Leere und nicht zu Gisèle. Und er wäre ihr beinahe völlig entrückt, hätten nicht ihre schlanken Hände ihn festgehalten.

Irgendwo in seinem Unterbewußtsein arbeitete der ganze Fragenkomplex der Proteine weiter. War es eigentlich notwendig, synthetische Nahrungsmittel mit Proteinen aufzubauen? Genügte es nicht, Aminosäuren auf chemischem Wege zu entwickeln? Würde das überhaupt möglich sein?

Er war sich ihrer Nähe erst wieder bewußt geworden, als er gemerkt hatte, daß ihm etwas fehlte, daß ihre Hand nicht mehr in seiner lag. Da erst fiel ihm auf, daß sie gedankenvoll an ihrem Rubinring drehte. Verlegen und schuldbewußt hatte er seinen Blick wieder abgewendet, denn er wußte, wie sensibel sie war, wie sie seine Stimmungen erfühlte.

»Du siehst aus, als wärst du ganz weit weg, Claude. Ich glaube, ich muß mir etwas anderes anziehen. Vielleicht gelingt es mir dann, dich wieder zu mir zurückzubringen.«

Damit war sie in einer weichen Bewegung vom Sitz geglitten und in ihrem nachlässig-herausfordernden Gang im Bad verschwunden.

Mittlerweile hatte er nun zwei Armagnac getrunken und goß sich jetzt einen dritten ein. Wo konnten sie am besten starten – mit ihren

Experimenten beginnen –, überlegte er. Dort, wo bereits wesentliche Ergebnisse vorhanden waren – bei den Fettsäuren. Das wäre wohl das richtigste, um deprimierende Rückschläge zu vermeiden. Eventuell könnte man aus Erdöl eine Stearinsäure entwickeln und sie dann mit dem bereits synthetisierten Glyzerol verbinden.

Er hörte die Badezimmertür gehen, und als er aufsah, stand sie mitten im Zimmer und blickte ihn erwartungsvoll an. Sie trug jetzt ihren durchsichtigen Morgenrock. In dem Wollkostüm hatte ihre Brust verheißungsvoller ausgesehen.

»Claude –«, sagte sie.

»Ja?«

»– du sitzt noch ganz genauso da, wie ich dich verlassen habe.«

Er wollte aufstehen, aber sie legte ihm ihre Hand auf die Schulter und hielt ihn zurück. Dann setzte sie sich zu ihm und schlug ihre schlanken Beine übereinander.

»Komm, sag mir, worüber du nachgedacht hast.«

»Über dich«, sagte er.

»Du hast mir immer die Wahrheit gesagt ...«

Er nickte schweigend und versuchte dann, ihr sehr ruhig auseinanderzusetzen, wie alles gekommen war und was ihn heute bewegte. Mit wachsender Intensität erklärte er ihr, was ihn plötzlich nicht mehr losließ. Er sprach von natürlicher Nahrung und von synthetischer, von Kohlehydraten und Proteinen, von Wasser, von Fetten. Er redete über Autoklaven, Zentrifugen und Sublimationskammern. Und er deutete das Ziel an: die Befreiung der ganzen Menschheit von Hunger und Not.

Gisèle war eine gute Zuhörerin; sie saß still da, ein winziges Lächeln in den Mundwinkeln.

Erst als sie den Eindruck hatte, daß er fertig war, sagte sie ruhig: »Ich wünschte, ich wäre an deiner Stelle und hätte nicht nur eine Liebe, sondern mehrere, die mir alle gleich viel bedeuteten.«

»Aber Gisèle, Liebling, du irrst dich; das ist doch etwas ganz anderes. Ich habe nur eine Liebe – dich.«

Unverändert lag noch immer das Lächeln auf ihrem Gesicht. »Nein, Claude«, sagte sie.

»Was ist nur in dich gefahren? Soll ich es dir beweisen? Komm, laß mich –«

Mit einer raschen Bewegung hielt sie seine Hand zurück. »Nein, Claude, nicht jetzt. Ich spüre doch, daß du jetzt gar nicht bei mir bist. Du hast kein Talent zum Lügen. Du willst es nicht wirklich, Claude. Ich kenne dich doch. Mach mir nichts vor. Und vor allem: mach das, was zwischen uns war, nicht durch ein Almosen klein und erbärmlich.«

»Gisèle –«

Sie war aufgestanden. »Du solltest jetzt gehen. Ich weiß doch, du möchtest über dein neues Wunder reden – mit einer, die dich vollkommen versteht.«

Er erhob sich schnell und nahm ihre Hände. »Ich komme mir abscheulich vor.«

»Aber nein, das brauchst du nicht. Du mußt mich jetzt ein wenig mir selbst überlassen. Schließlich kenne ich Stockholm doch gar nicht. Ich muß einen Schaufensterbummel machen und einkaufen, schrecklich viel einkaufen. Mein Flugzeug geht ja schon in ein paar Stunden.«

»Darf ich dich nicht begleiten?«

Sie schüttelte den Kopf. »Ich möchte lieber allein sein«, sagte sie.

»Wenn du unbedingt willst –«

»Unbedingt.«

»*Voilà.*« Er gab ihre Hände frei und nahm Hut und Mantel. Dann zögerte er. »Wir sehen uns nächste Woche in Paris.«

»Es gibt keine nächste Woche in Paris, Claude.«

»Wenn du glaubst, meine Frau –«

»Du weißt, was ich meine. Du hast dir dein Herz zurückgeholt, und du hast es deiner Arbeit geschenkt. Ich wußte, daß es eines Tages so kommen würde. Ich habe es von Anfang an gewußt. Und ich war froh, daß ich nicht wußte, wann es geschehen würde. Jetzt weiß ich es. Heute.«

Sie küßte ihn. »Danke – für alles. Du mußt zu deiner Arbeit zurück. Und irgendwann einmal, wenn du wieder zwischen zwei Aufgaben stehst – in wer weiß wie vielen Jahren –, kannst du ja einmal bei mir vorbeikommen.« Sie lächelte schmerzlich. »Vielleicht bin ich zufällig da – wenn ich Pech haben sollte.«

Er seufzte und ging. Sie schloß die Tür und lehnte sich müde dagegen. Langsam ging sie dann zu der Bank, die eigens für die Liebe erfunden zu sein schien. Sein Armagnac stand noch da. Sie nahm das Glas und trank es aus. Dann trat sie zum Kleiderschrank, um sich umzuziehen und in den freudlosen, grauen Wintertag hinauszugehen.

In Carl Adolf Krantz' Arbeitszimmer hatte Daranyi seinen Bericht über Leah Decker beendet; nun kamen noch Andrew Craig, Professor Max Stratman und Emily Stratman, dann war es geschafft. Er blickte auf seine Armbanduhr. Sieben Uhr dreißig! Gegen acht konnte er seine Belohnung kassieren. Wohin, um den Wohlstand zu feiern? Stallmästargarden in der Nähe von Hagarparken – ein spätes Dinner mit Lilly wäre nicht schlecht ...

Krantz hob den Kopf.

»Ich wäre soweit. Der nächste bitte.«

»Als nächster wäre Andrew Craig an der Reihe, der Literaturpreisträger.«

»Craig interessiert mich nicht sonderlich. Wir haben bereits unsere Informationen über ihn. Nur das Wesentlichste bitte.«

Daranyi war dankbar dafür. Die Ermittlungen über Craig waren ihm gegen den Strich gegangen. Craig, das war Lilly – und Lilly, das war sein eigenes Leben. Hier fing seine Loyalität an, hier gab es Grenzen, die er nicht verletzen würde, nicht ernstlich jedenfalls. Lilly mußte unantastbar bleiben. Er räusperte sich und streifte dann in großen Zügen Craigs Vergangenheit, bis Krantz ihn plötzlich unterbrach. »Gut – schön, aber wie hat er sich im Laufe der vergangenen Woche aufgeführt?«

»Eine Nacht soll er mit Gunnar Gottling durchgesoffen haben.«

»Gottling – dieses Schwein!«

»Einen Abend soll er in der Villa Märta Norbergs verbracht haben. Er soll – ich kolportiere hier lediglich Klatsch – ein Verhältnis mit ihr haben.«

»Nimmt die ihre alte Tour wieder auf, wie?«

»Beweisen kann ich, wie gesagt, nichts; fest steht nur, daß er sehr häufig in Gesellschaft von Miss Emily Stratman, der Nichte Professor Stratmans, war.«

»Und wie ernst ist das zu nehmen?«

»Schwer zu sagen. Bei Hammarlunds Party zogen sich die beiden ein Weilchen zurück, und bei diesem Tête-à-tête zeigte er seine Zuneigung recht eindeutig.«

Krantz kicherte. »Daranyi – wo stecken Sie Ihre Nase nicht überall hinein. Augenblick mal –« Er begann zu schreiben, sah dann blinzelnd auf. »Und – wie weit ist dieses junge Glück gediehen? Haben sich die beiden gestern oder heute gesehen?«

»Nicht daß ich wüßte. Jedenfalls nicht in der Öffentlichkeit. Meine letzte Information über Mr. Craig datiert von heute nachmittag vier Uhr. Man hat beobachtet, daß er in das Gebäude der Nobelpreisstiftung ging. Ich nehme an, er war mit Graf Jacobsson verabredet ...«

Andrew Craig war keineswegs in Stimmung für seine Verabredung mit Graf Bertil Jacobsson gewesen.

Er zerbrach sich noch immer den Kopf über Emily, am Rand der Verzweiflung. Und auch der Whisky hatte seinen Schmerz nicht betäubt – weder der Whisky noch die gute Lilly. Ihm kam alles sinnlos vor.

Morgens hatte ihm seine Erbitterung über Leah und ihre pathologische Eifersucht noch einen gewissen Halt verliehen. Der große Krach war fällig. Zornig und entschlossen war er ins Hotel gegangen. Aber siehe da, Leah, zweifellos seiner Wut gewärtig, war ihm aus dem Weg gegangen. Sie hatte schriftlich hinterlassen, sie sei mit Margherita Farelli, unter Führung von Dr. Manker, nach Dalarna, nördlich von Stockholm, an den Siljan-See gefahren und vor morgen früh nicht zurückzuerwarten. Craig hatte den Zettel auf seinem Nachttisch vorgefunden. Um allem die Krone aufzusetzen, beschwor sie ihn auch noch, sich ja keine Sorgen um sie zu machen; sie würde rechtzeitig zurück sein, um ihm bei der Vorbereitung auf die Nobelpreisfeier zu assistieren.

Ein leerer, quälender Tag war das gewesen. Seine Verabredung mit Jacobsson, für vier Uhr angesetzt und schon vor Tagen getroffen, hatte er nicht vergessen, aber sie lag ihm im Magen, und er nahm in regelmäßigen Abständen immer wieder einen neuen Anlauf, sie unter irgendeinem Vorwand abzusagen. Nur die Langeweile hatte ihn schließlich bewogen, doch hinzugehen; die Langeweile und der Wunsch, den liebenswürdigen alten Herrn nicht zu enttäuschen.

Als er indessen eine halbe Stunde in Jacobssons Wohnung am Sturegatan vierzehn zwischen den Büchern und Glaskästen der geräumigen Bibliothek verbracht hatte, begann er sich recht wohl zu fühlen. Die Stille des großen Raumes, herausgehoben aus allen Alltagskümmernissen wie eine Insel des Friedens, und die Belesenheit seines Gastgebers waren Balsam für seine zerrüttete Seele und lenkten ihn von sich selber ab.

Jetzt standen sie vor dem letzten der Glaskästen. Jacobsson wies mit seinem Stock auf einen vergilbten Brief. »Romain Rolland hat damit die Wahl des Schweizers Carl Spitteler befürwortet. Das gab den Ausschlag, daß der Literaturpreis neunzehnhundertneunzehn an Spitteler verliehen wurde ... Gleich daneben die erste Ausgabe von Det Nya Riket – *Das Neue Reich* –, von Strindberg selbst signiert. Warum es hier steht, obwohl Strindberg nie Nobelpreisträger war? Weil das Buch in einem gewissen Zusammenhang mit dem Preis steht. Strindberg zieht in diesen Aufzeichnungen sehr über Wirsén her – Sie werden sich erinnern, Wirsén war Vorsitzender der *Schwedischen Akademie* –, und er tat alles, um zu verhindern, daß der Nobelpreis an Strindberg fiel ... Und hier, schauen Sie sich das genau an, Mr. Craig, das hier ist der honorierte Friedensnobelpreis-Scheck über sechsunddreißigtausendsiebenhundertvierunddreißig Dollar, den Theodore Roosevelt seinerzeit erhielt. Von ihm unterzeichnet. Wissen Sie, was er mit diesem Scheck gemacht hat? Ursprünglich übergab er ihn einem Sonderausschuß zur Förderung des amerikanischen Industriefriedens. Nun soll dieser Ausschuß aber recht müde gewesen sein, und Roosevelt war kein geduldiger Mann. Nach zehn Jahren forderte er das Geld zurück und überreichte es einem Fonds zur Unterstützung amerikanischer Soldaten des Ersten Weltkrieges – den Friedenspreis, wohlgemerkt.«

Ein vorsichtiges Klopfen an der Tür unterbrach sie; Jacobsson öffnete. Astrid Steen, seine Sekretärin, vermittelte wortgetreu und leicht ironisch gefärbt eine Anfrage. Jacobsson hörte stirnrunzelnd zu und überlegte einen Augenblick.

»Miss Sue Wiley ist draußen«, wandte er sich dann unvermittelt an Craig. »Sie hat gebeten, mich einen Augenblick sprechen zu dürfen, um sich irgendeine Information bestätigen zu lassen. Hätten Sie etwas dagegen, wenn ich sie hereinbäte und das rasch erledigte?«

»Aber nein, durchaus nicht«, sagte Craig, »ich bin immun gegen diese Art Bazillenträger.«

Es dauerte nicht lange, da brach auch schon Sue Wiley in die Beschaulichkeit ein. Sie bedankte sich bei Jacobsson und wandte sich dann an Craig: »Ich konnte natürlich nicht ahnen, Sie hier zu treffen. Was ist los? Müssen Sie vielleicht Ihre Gelder hier nachzählen?«

Craig nahm sich zusammen. Es lohnte wirklich nicht. »Falls es sich um etwas Persönliches handelt, kann ich auch hinausgehen«, sagte er.

»Meine Besuche sind nie privater Natur, Mr. Craig, bleiben Sie, wo Sie sind. Ich werde sofort blitzartig wieder verschwinden.« Sie drehte sich schwungvoll Jacobsson zu. »Nur eine Frage, Graf. Ich entwickele mich hier allmählich zum Historiker – ausgerechnet ich, ein Mensch, der nur in der Gegenwart lebt –, und eben darum bin ich manchmal nicht ganz sattelfest. Diesmal handelt es sich um George Bernard Shaw. Erinnern Sie sich seiner?«

»Natürlich«, sagte Jacobsson höflich.

»Irgend jemand hat behauptet, er hätte den Nobelpreis glatt abgelehnt. Stimmt das oder nicht?«

»Ich fürchte, ich muß Sie enttäuschen, Miss Wiley. Zutreffend ist, daß wir Bernard Shaw den Preis neunzehnhundertfünfundzwanzig zuerkannten. Nun hat er Preise im allgemeinen und unseren im besonderen heftig kritisiert, und als der schwedische Gesandte in London ihn von dieser Ehrung in Kenntnis setzte, erwiderte er scharf und nachdrücklich: ›Nein, darauf lege ich keinen Wert. Was soll ich mit dem Geld?‹ Aber nach reiflicher Überlegung änderte er seinen Entschluß und nahm den Preis an. Das Geld, das er erhielt, bestimmte er für die Schaffung eines Englisch-Schwedischen Bundes zur Förderung des literarischen und künstlerischen Verständnisses zwischen den beiden Ländern.«

»Besten Dank«, sagte Sue Wiley. »Und ich darf wohl noch hinzufügen, daß Sie sich irren, wenn Sie glauben, ich sei enttäuscht. Ich bin durchaus nicht für Sensationsmache. Ich bin schlicht und einfach hinter der Wahrheit her.«

»Miss Wiley«, sagte Jacobsson mit vollendeter Haltung, »die Erfahrung hat mich gelehrt, daß die Wahrheit dreierlei Gesichter hat: die tatsächliche Wahrheit, die halbe Wahrheit und die verzerrte Wahrheit.« Er hielt inne. »Ich bin ganz froh, daß Sie das Thema selbst angeschnitten haben, denn es lag sowieso in meiner Absicht, Sie zu einer kleinen Plauderei über diese Fragen einzuladen. Ich habe nämlich gehört, daß Sie überall in der Stadt Erkundigungen einziehen – Informationen einer ganz bestimmten Sorte.«

»Was wollen Sie damit sagen?«

»Ich will damit sagen – und ich habe es verschiedentlich aus verläßlicher Quelle gehört –, daß Sie ausschließlich an Informationen interessiert sind, die das Ansehen des Nobel-Instituts schädigen können.«

»Wer behauptet das?« fuhr Sue Wiley mit rotem Kopf auf. »Das ist ja lächerlich. Ich bin eine vollkommen objektive Reporterin, die rein sachliche Arbeit leistet. Ich erfinde mein Material nicht, sondern ich nehme es, wie es kommt.« Ihre Augen verengten sich plötzlich und funkelten. »Sie wollen doch damit nicht andeuten, daß ich ab und zu einiges unter den Tisch fallenlassen sollte, um mit Ihrer Auffassung von – von Zensur konform zu gehen?«

Craig war höchst peinlich berührt. Doch Jacobsson blieb völlig gelassen. »Ich habe nichts Derartiges angedeutet, Miss Wiley. Sie sind in einem freien Land, unter freien Menschen, und wir sind durchaus dafür, daß Sie das schreiben, was Sie wünschen. Ich wollte lediglich sagen, daß ich es bedauern würde, wenn über unsere Gäste Halbwahrheiten verbreitet und der Welt als Tatsachen offeriert würden.«

»Wenn das Ihre einzige Sorge sein sollte, dann können Sie ruhig schlafen. Ich halte mich an die Tatsachen. Sollten Sie in meinen Berichten auf Lügen oder Verleumdungen stoßen, so können Sie mich jederzeit verklagen.«

Über Jacobssons altes, durchfurchtes Gesicht glitt die Andeutung eines Lächelns. »Die Nobelstiftung ist gewissermaßen eine staatliche Institution, Miss Wiley. Wir billigen oder wir mißbilligen. Wir verklagen nicht.«

»Dann verstehen wir uns. Aber ich glaube, ich habe Ihre Zeit jetzt lange genug –«

»Einen Augenblick noch, Miss Wiley. Mir fällt da noch etwas ein. Nachdem Sie nun so zahlreiche Informationen aus so vielerlei Quellen zusammengetragen haben, wäre es vielleicht gar nicht übel, wenn Sie Ihren Bericht noch ein wenig abrundeten – warum nicht mit einer Story, die direkt aus dem Hauptquartier der Preisverleihung kommt?«

Sue Wiley strahlte auf. »Eine Story! Großartig! Dafür habe ich immer Zeit.«

Jacobsson warf Craig einen Blick zu. »Wenn Sie nichts dagegen haben, Mr. Craig –«

»Ganz im Gegenteil, das interessiert mich genauso wie Miss Wiley.«

»Bitte setzen Sie sich doch, Miss Wiley. Und Sie auch, Mr. Craig. Ich werde mich so kurz fassen wir irgend möglich.«

Jacobsson zog einen der grünen Ordner aus dem Regal über seinem Schreibtisch, setzte sich dann und blätterte den Schnellhefter durch, bis er das Gesuchte fand. Dann sah er auf.

»Miss Wiley«, begann er, »wie Sie wissen, gibt es fünf Nobelpreise, die mit ziemlicher Regelmäßigkeit beinahe jedes Jahr seit neunzehnhunderteins verliehen werden. Die Welt betrachtet diesen Preis als die ehrenvollste Auszeichnung, die einem Menschen zuteil werden kann. Und damit ist der Nobelpreis zu einer Art heiligen Kuh geworden. Für viele Journalisten ergibt sich damit die unwiderstehliche Versuchung, zu beweisen, daß diese heilige Kuh nur ein ganz gewöhnliches Rindvieh ist. Sie brauchen nur einmal durch die Stadt zu gehen, um ohne alle Mühe unsere sämtlichen Unzulänglichkeiten zu erfahren. Wie oft habe ich das in meinem langen Leben gehört, wie oft auch aus dem Radio: daß wir grundsätzlich russenfeindlich und deutschfreundlich seien, daß uns purer Nepotismus beherrsche, daß die Preisverleihung von Vorurteilen, politischen Rücksichten und Ängsten bestimmt sei ... Manches davon stimmt, und ich bin weit entfernt, das nicht zuzugeben. Wann immer ich die Ehre habe, Preisträger durch unsere Akademien zu führen, lasse ich es mir angelegen sein, ihnen unsere schlechten Seiten genauso zu zeigen wie unsere guten, Mr. Craig wird mir das bestätigen. Nun, Ihnen darf ich an Hand eines Beispiels, meines Lieblingsfalles, zur Abwechslung einmal unsere beste Seite zeigen. Damit kommen wir zu der erwähnten Story.«

»Bitte«, sagte Sue Wiley, schon etwas kleinlauter.

»Sie sind hergekommen, um zu erfahren, ob Shaw den Preis abgelehnt habe, und ich sagte Ihnen, daß er das nicht getan hat. Ich werde Ihnen jetzt die Geschichte eines anderen Mannes erzählen, dem man nahelegte, den Preis abzulehnen, und der dies nicht tat; einen Preis, der vom Standpunkt der Logik und des gesunden Menschenverstandes gar nicht hätte verliehen werden können und doch verliehen wurde. Ich spreche von Carl von Ossietzky. Und ich will Ihnen den Namen aufschreiben, damit Sie ihn richtig wiedergeben, weil ich möchte, daß Sie ihn nicht vergessen und ihn auch Ihre Leser nicht vergessen lassen.«

Er schrieb den Namen Carl von Ossietzky auf einen Zettel und reichte ihn Sue Wiley. Dann blickte er in den grünen Ordner und nahm seine Erzählung wieder auf. »Zweiundvierzig Jahre lang lebte Carl von Ossietzky, ein Deutscher, ein Durchschnittsleben und schrieb mittelmäßige Artikel zu seinem Broterwerb. Aber er hatte eine verwundbare Stelle – jeder von uns hat ja eine –: er haßte den Militarismus. Vier Jahre hatte er im Ersten Weltkrieg in der deutschen Armee gekämpft, seitdem verabscheute er den Krieg. Nichts Heroisches war für ihn um den Krieg, nichts Heldenhaftes um den Soldaten; und er sprach von Mördern. Diese steigende Besessenheit war es vor allem, die ihn schließlich aus der Anonymität des Durchschnitts heraushob. Die meisten Menschen denken ja wie er und hassen die Erinnerung an das vergossene Blut, aber sie leben trotzdem weiter wie vorher und tun nichts. Ossietzky war ein Mann, der sich entschloß, etwas zu tun – das Übel auszurotten, zu handeln, zu predigen.«

Jacobsson blickte von seinem Ordner auf und ließ seinen Blick von Craig zu Sue Wiley wandern.

»Er war Journalist«, fuhr Jacobsson fort, »Mitarbeiter der *Berliner Volkszeitung*. Dann Herausgeber der *Weltbühne*. Und er war Geschäftsführer der Deutschen Friedensgesellschaft und einer der Begründer der interantionalen Nie-wieder-Krieg-Gesellschaft. Er plädierte für einen neuen Feiertag, den Anti-Kriegs-Tag. Alles sehr anerkennenswert, aber nicht unbedingt weltbewegend. Aber dann, eines Tages, es war im Jahre neunzehnhundertneunundzwanzig, veröffentlichte er, mit mehr Mut als gesundem Menschenverstand, möchte man fast sagen, einen Artikel über das geheime Rüstungsbudget des abgerüsteten Deutschlands und beschuldigte sein Land vor aller Welt, insgeheim eine Armee und Luftwaffe aufzubauen, entgegen den Abmachungen des Friedensvertrages. Daraufhin wurde Ossietzky neunzehnhunderteinunddreißig des Landesverrats angeklagt und zu fast zwei Jahren Gefängnis verurteilt. Die Haft war ein harter Schlag für ihn. Nicht allein, weil er schwache Lungen hatte und an einer beginnenden Tuberkulose litt, nein – er sah das Unheil kommen und wollte frei sein, um der Welt die Augen zu öffnen.

Als er aus dem Gefängnis entlassen wurde, kam er in ein neues Deutschland. Eine neue Macht, ein neuer Mann regierte: Adolf Hitler. Unbeirrt nahm Ossietzky seine Friedenskampagne wieder auf. Freunde hielten ihm die Konsequenzen vor Augen und beschworen ihn, ins Ausland zu fliehen. Eine Stimme von jenseits der Grenze habe einen matten Klang, war Ossietzkys Antwort. Und er blieb in Deutschland. Dieser neue deutsche Kampfgeist sei nichts anderes als Eroberungssucht, predigte er seinen Landsleuten. Er war Hitler ein Dorn im Auge, ein winziger zwar, aber ein Dorn. Und Dornen zieht man aus.

In der Nacht des siebenundzwanzigsten Februar neunzehnhundertdreiunddreißig – so steht es hier in meinen Aufzeichnungen – ging das Gebäude des Deutschen Reichstags in Berlin in Flammen auf – und nach dieser Nacht wurde Carl von Ossietzky, neben vielen anderen Deutschen, zum zweitenmal verhaftet, zum Staatsfeind erklärt und hinter Schloß und Riegel gebracht. Und vielen wurde es endgültig klar, daß hier die Stimme der Vernunft zum Schweigen gebracht wurde. Während Ossietzky durch alle Qualen des Sonnenburger Konzentrationslagers ging, reichte die Deutsche Liga für Menschenrechte seinen Namen als Anwärter auf den Friedensnobelpreis in Oslo ein. Aber wer war er schon für die Welt? Ein Unbekannter; einer von vielen. Meine Kollegen ignorierten ihn. Im darauffolgenden Jahr jedoch gingen die Nachrichten von Ossietzkys Martyrium um die ganze Welt. Das Nobel-Friedenspreiskomitee sah sich plötzlich einer Flut offizieller Ernennungsvorschläge gegenüber. Romain Rolland nominierte ihn, Albert Einstein nominierte ihn, Thomas Mann nominierte ihn. Die

Schweizer Nationalversammlung nominierte ihn. Die Norwegische Arbeiterpartei nominierte ihn. Und viele andere noch. Er, der Unbekannte konnte plötzlich nicht länger ignoriert werden.

Nun, Sie werden sehen, welchen Schwierigkeiten sich das Nobelpreiskomitee gegenübersah. Einerseits drängte die geistige Elite der Welt die Norweger, einen Mann zu ehren und auszuzeichnen, den die Führung eines Landes verfolgen ließ, das Norwegens größte Existenzbedrohung darstellte. Andererseits wies man die Nobelrichter auf die eventuellen Konsequenzen einer solchen Ehrung hin. In Norwegen schrieb Knut Hamsun gegen Ossietzky, und Vidkun Quisling nannte ihn einen Verräter. Die Liga der Norwegischen Patrioten forderte, daß der Friedenspreis für neunzehnhundertfünfunddreißig nicht dem ›traurigen Subjekt‹ Ossietzky, sondern Hitler oder Mussolini verliehen werde. Goebbels zeterte gegen den ›Juden und Kommunisten‹ Ossietzky, obwohl Ossietzky weder Kommunist noch Jude war. Hitlers ›*Schwarzes Korps*‹ ließ die Nobelrichter wissen, daß die Wahl Ossietzkys ›ein Schlag ins Gesicht des deutschen Volkes‹ wäre. Göring, durch die schwedische Baronesse Karin Fock, seine erste Frau, die neunzehnhundertzweiunddreißig an Tuberkulose gestorben war, mit der Familie Nobel bekannt, wandte sich persönlich an die Erben. Angeblich sollen die daraufhin dem Friedenspreiskomitee geraten haben, die Nominierung Ossietzkys abzulehnen.

Versuchen Sie nun einmal, sich in die Lage der fünf Richter des Nobelpreiskomitees zu versetzen. Einer der Richter war Dr. Halvdan Koht, der norwegische Außenminister. Ein anderer Johan Ludwig Mowinckel, ehemaliger Premierminister Norwegens. Beide Persönlichkeiten, die für Ossietzky waren, aber beide auch praktisch denkende Politiker, die sich darüber klar waren, was die Auszeichnung Ossietzkys bedeutete: eine Beleidigung Hitlers, die den Abbruch der diplomatischen Beziehungen zur Folge haben konnte. Sie debattierten sich heiser in der Wahlsitzung, die fünf Komiteemänner. Dann fiel die Entscheidung. Ossietzky durfte es nicht sein. Die Weiterexistenz Norwegens war wichtiger. Man erwog, den Preis Tomáš Masaryk, dem tschechoslowakischen Staatspräsidenten, zu verleihen; aber auch das schien nicht ungefährlich. Schließlich, um sich aus dem Dilemma herauszuwinden, beschloß das Komitee, den Preis an Prinz Carl von Schweden zu geben, als Anerkennung seiner Rotkreuztätigkeit vor fünfzehn Jahren. Vor der Abstimmung jedoch stellte sich heraus, daß Prinz Carl nicht gewählt werden konnte, weil seine Nominierung zwei Tage nach dem Stichtag in Oslo eingetroffen war. Und so verkündete denn das Komitee der Welt, daß der Friedenspreis im Jahre neunzehnhundertfünfunddreißig ausfiele – wie es auch in diesem keinen gibt –, denn die augenblickliche Situation ließe die Ehrung unangemessen erscheinen.«

Sue Wiley und Craig hatten während dieser Schilderung kaum eine Bewegung gemacht. Jacobsson blickte sie nachdenklich an.

»Und Ossietzky?« fuhr Jacobsson fort. »Ossietzky war jetzt im Konzentrationslager Papenburg. Die Nazis folterten ihn nicht mehr, aber er war ein sterbender Mann, unheilbar lungenkrank. Wäre er schon damals gestorben, hätte sich das Problem für das Komitee von selbst gelöst. Aber er starb noch nicht. Sein Geist war unbesiegbar. Er lebte weiter. Und eh' wir uns versahen, war es wieder so weit: Das Jahr neunzehnhundertsechsunddreißig kam – und wieder stand das Komitee vor der gleichen Frage, denn wieder strömten aus der ganzen Welt, außerhalb Deutschlands, Nominierungen für ihn nach Oslo. Es wird Sie vielleicht freuen, zu hören, daß die Amerikaner unter den ersten waren, die ihn befürworteten. Das Nobelkomitee stimmte ab. Zwei waren gegen Ossietzky, zwei waren für ihn, einer enthielt sich der Stimme. Da traten von heut auf morgen die beiden Männer, die mit Rücksicht auf ihre politische Stellung gegen Ossietzky gestimmt hatten – nämlich Dr. Koht und Johan Mowinckel –, vom Komitee zurück. Zwei Richter ohne diplomatische Verpflichtungen traten an ihre Stelle. Am dreiundzwanzigsten November neunzehnhundertsechsunddreißig, als Hitler bereits seine Drohungen in die Welt hinausschrie, fand die endgültige Abstimmung statt. Und Carl von Ossietzky erhielt den Friedensnobelpreis für neunzehnhundertfünfunddreißig.

Unsere Richter hatten ihren Mut bewiesen. Aber nun lag alles in den Händen des inhaftierten schwerkranken Ossietzky. Was würde er tun? Inzwischen war er so in aller Munde, daß man ihn auf Goebbels' Veranlassung aus dem Konzentrationslager in das Westend-Hospital in Berlin bringen ließ. Und hier besuchte ihn Göring, beugte sich über sein Bett und gab ihm den Befehl, den Preis abzulehnen. Ossietzky gab Göring keine Antwort – wohl aber uns und unseren Kollegen in Oslo. Er schmuggelte ein Telegramm heraus, in dem er uns dankte und den Nobelpreis annahm. Hitlers Blätterwald rauschte auf vor Empörung, aber Ossietzky blieb fest bis zum Ende. Als ausländische Korrespondenten ihn in Gegenwart der Gestapo interviewten, erklärte er, stolz darauf zu sein, und sprach von dem ›Wahnsinn des Wettrüstens‹. Im Bett nahm er die Glückwünsche der Nobeldelegation entgegen. Den Geldpreis von neununddreißigtausenddreihundertdrei Dollar hat er nie gesehen. Mit der Unterzeichnung einer Vollmacht berechtigte er einen Beauftragten in Oslo, an Stelle eines Berliner Rechtsanwalts das Geld für ihn in Empfang zu nehmen. Es wurde dann auf eine Berliner Bank überwiesen und beschlagnahmt. Ossietzky war es gleichgültig. Er hatte den größeren Preis erhalten. Und wegen dieses Mannes sperrte Hitler den Nobelpreis für Deutschland und setzte seine eigenen Staatspreise für die beiden führenden ›arischen‹ Wissenschaftler und den besten ›arischen‹ Autor aus. Aber damit nicht genug. Als er neunzehnhundertvierzig in Norwegen einmarschierte und das Land besetzte, ließ er das gesamte Nobelkomitee verhaften. Aber es nützte nichts. Zu dieser Zeit war die ganze freie Welt längst erwacht. Ossietzky war damals schon zweieinhalb Jahre tot. Für mich aber ist er nie gestorben.«

Jacobsson schwieg und schloß den grünen Ordner so vorsichtig, als sei er eine Kostbarkeit.

»Berühmtere Leute haben unseren Nobelpreis erhalten«, sagte er, »so viel größere Namen wurden hier geehrt ... Aber ich glaube, Carl von Ossietzky war der Würdigste. Und weil es ihn gab, leuchtet auch in der Historie unseres Nobelkomitees und seiner Richter eine Sternstunde menschlicher Größe.«

Ein nachsichtiges Lächeln ging über Jacobssons verwittertes Gesicht.

»Schreiben Sie seinen Namen richtig, Miss Wiley«, sagte er.

Bewegt und still saß sie da; Verlegenheit, die sie selbst nicht verstand, spiegelte sich in ihrem Gesicht; Craig war tief erschüttert.

»Falls Sie irgendwelche Fragen haben –«, meinte Jacobsson. Aber ein Klopfen an der Tür unterbrach ihn, und er erhob sich und öffnete. Es war noch einmal Frau Steen.

»Ich werde unten einen Augenblick verlangt«, entschuldigte er sich. »Immer wird man vor der Schlußzeremonie von diesen Einladungsanglern heimgesucht. Bitte, machen Sie es sich doch hier noch bequem, solange wie Sie –«

»Vielen Dank, Graf«, sagte Craig, »ich glaube, ich muß mich jetzt sowieso verabschieden.«

»Danke sehr, Graf Jacobsson«, sagte auch Sue Wiley.

Er war gegangen, und die beiden blieben allein in dem hohen, stillen Raum. Craig ging zum Kleiderständer und nahm Hut und Mantel herunter. Sue Wiley war, wie er feststellte, sitzen geblieben und beobachtete ihn abschätzend.

Als er sich zum Gehen wandte, fing sie an zu reden.

»Sie bilden sich wahrscheinlich ein, ich komme mir jetzt klein und häßlich vor, was?«

»Seit wann geben Sie etwas auf das, was ich über Sie denke?«

»Ich hab' meinen Job, Mr. Craig, verstehen Sie das nicht? Ich muß meine Arbeit tun.«

»Niemand hindert Sie daran.«

»Die Art, wie Sie und Jacobsson und einige der anderen mich anschauen, paßt mir nicht. Sie sind mir wegen dieser Frage auf der Pressekonferenz – nicht grün, ich weiß. Aber ich hatte da etwas gehört und wollte wissen, ob es stimmte oder nicht. Vielleicht hätte ich Sie privat danach fragen sollen und nicht *coram publico* –«

Craig stand neben der Tür. »Es berührt mich nicht, Miss Wiley, ganz und gar nicht.«

»Aber mich berührt es! Meine Arbeit beruht auf Informationen, die die Nachrichtenagenturen des *Consolidated* zusammentragen; genauso wie die *Associated Press*, die *Time* und *Newsweek* die Mitteilungen ihrer Agenturen zu Storys verarbeiten. Zu wahren Storys!«

»Und auch Sie suchen die wahre Story, Miss Wiley –?«

»Bestimmt. Aus allem, was vorliegt – Interviews, Klatsch, Tips, Informationen, gründliche Nachprüfungen –, sondere ich die Spreu vom Weizen. Der Extrakt ist die Story ... So bin ich auch bei den Ermittlungen über Sie und die anderen Preisträger vorgegangen. Nehmen wir einmal Sie – als Beispiel. Was glauben Sie wohl, wie ich auf die Idee kam, daß Sie sich dann und wann vollaufen lassen? Meinen Sie, ich hätte das so aus der Luft gegriffen? Wir gaben Ihren Namen an unsere Agenturen durch, und schon wurde beinahe jeder Tag Ihres Lebens ausgegraben. Von der Presse in St. Louis angefangen, über London und Marseille bis zu Ihrer Stationierung in New Jersey während des Krieges. Ihre Flitterwochen in Europa und das ländliche Idyll in Wisconsin ...«

Alle Achtung, dachte Craig. Unangenehm, was die alles wußten, aber auch imponierend.

Sue Wiley geriet in Fahrt. »Miller's Dam! Unser Reporter meuterte erst mal, als er ausgerechnet in ein Kaff wie Miller's Dam in Marsch gesetzt wurde. Aber dann trieb er sich überall in der Gegend von Miller's Dam herum, fragte gesprächsweise, so am Rand, nach allerlei, sah dies und das, stöberte alte Zeitungen und Gott weiß was für Unterlagen auf – Mr. Craig, Sie würden sich wundern, wenn Sie wüßten, was ich alles weiß. Ich weiß sogar, was Ihre Schwägerin beim Kolonialwarenhändler einkauft und was bei Ihnen auf den Tisch kommt. Ich besitze eine Fotokopie der Hypothek auf Ihr Haus und weiß, was auf dem Grabstein Ihrer Frau steht; ich weiß sogar, wie sie drunter kam –«

Craigs Herz schlug hart. Weit weg wünschte er sich, um dieser Geschichte zu entgehen, um nicht auch noch von jemand anders zu hören, was ihm Leah ständig auftischte. Aber er wartete.

»– weil ich jedes Detail dieses Unfalls kenne« fuhr Sue Wiley fort. »Wir haben das ausgegraben – so schmerzlich es auch für Sie sein mag, daran erinnert zu werden –, weil es dramatisch ist, weil es die Leser interessiert. Ich kann Ihnen diesen Unfall genauer rekonstruieren, als Sie sich daran erinnern. Ich kann Ihnen sagen, wieviel Millimeter Regen gefallen war, wie lange Sie im *Lawson Country Club* waren, wie der Geburtstagskuchen aussah und was Ihre Frau Ihnen geschenkt hat. Ich weiß, um wieviel Uhr Sie von der Party fortgegangen sind, und auf die Minute genau, wann Ihr Wagen gegen die Eiche raste, ja ich weiß sogar, wie die Spurstange herausgefallen ist und der Wagen ins Schleudern geriet – obwohl ich ja kein Mechaniker bin –, und dann kann ich Ihnen noch –«

Craig überlief es eiskalt. Er mußte sie falsch verstanden haben. Das mußte ein Irrtum sein. Automatisch ging er auf sie zu. Sie erschrak, als sie sein fassungsloses Gesicht sah.

»Mein Gott, was ist denn jetzt wieder los? Bin ich Ihnen schon wieder irgendwie auf den Schlips getreten?«

»Miss Wiley, sagen Sie das bitte noch einmal, was Sie gerade gesagt haben.«

»Was denn? Was habe ich gerade gesagt?«

»Das mit dem Wagen«, sagte Craig. »Wie war das – die Spur –«

»Ach so«, meinte Sue Wiley erleichtert, »na ja – ein Saupech hatten Sie bei diesem Unfall, das war alles, was ich sagen wollte. Gerade als Sie in die Kurve kamen, brach die Spurstange – na, Sie wissen schon, dieses *Ding* da, das unten die Räder –«

»Ich weiß, ich weiß –«

»Jedenfalls muß es einen Defekt oder so was gehabt haben, denn als Sie die Kurve nahmen, brach es – anderen Leuten ist so etwas auch schon passiert – und – päng – ein Vorderrad schlackert, Sie verlieren die Kontrolle über die Steuerung – na, und wenn das in der Kurve passiert – aber wem sage ich das ...«

»Woher haben Sie das?« fragte Craig erregt. »Woher wollen Sie wissen, daß das wahr ist?«

»Unser Mann ging zur Landpolizei, um zu erfahren, wie Ihre Frau ums Leben kam – ganz einfach. Klipp und klar lag alles vor, einschließlich des Polizeiberichtes über den zusammengefahrenen Wagen. Soweit ich mich entsinne, hieß es in dem Bericht ›Unfall auf Grund technischen Versagens‹. Von der gebrochenen Spurstange war etwas erwähnt, das kurveninnere Rad habe sich gelöst, und dann war auch noch die Länge der Bremsspur auf der nassen Straße angegeben. Die Fotokopien und der Bericht des Untersuchungsrichters liegen in meinem Hotel. Es war alles sonnenklar, eine Schuldfrage lag nicht vor, auf Ermittlungen wurde verzichtet; gut bekannt war man außerdem mit Ihnen.«

»Ja, wir waren alle Nachbarn. Ich lag im Krankenhaus – dann zu Hause –, lange. Und später bestand keine Veranlassung, noch mal etwas aufzuwühlen. Meine Schwägerin hat, glaube ich, alles für mich erledigt.«

»Stimmt«, bestätigte Sue Wiley. »Miss Decker wurde nach dem Begräbnis veranlaßt zu kommen, hieß es bei der Polizei. Da lagen Sie noch halb bewußtlos im Krankenhaus. Und ihr händigte man dann für Sie eine Abschrift des Polizeiberichtes aus, um den Fall abzuschließen.« Sue Wiley starrte ihn an. »Haben Sie denn den Bericht nie gesehen? Was dachten Sie denn, wie dieser Unfall zustande kam?«

»Was?« fragte er vage. Mit eisiger Gewißheit wurde ihm klar, daß Leah ihm die Wahrheit verschwiegen und ihn statt dessen mit Schuld belastet hatte. Mit dieser Lüge, die schließlich zur ständigen Litanei wurde, hatte sie ihn sicher in der Hand gehabt. Diese Ungeheuerlichkeit, nur faßbar für ihn als krankhaft sadistische Bösartigkeit, ließ ihm die Erinnerung an die Jahre seiner Selbstvernichtung zum gespenstischen Alptraum werden. Er spürte, wie ihm das Blut aus dem Gesicht wich und seine Kehle sich zusammenschnürte.

»Was dachten Sie denn, wie dieser Unfall zustande kam, sagte ich.«

»Es ist – es war schon so, wie Sie sagten«, brachte er mühsam heraus, »aber – es überfiel mich auf einmal wieder – als Sie mich so unvermittelt daran erinnerten ...«

»Das tut mir wirklich leid; ich wollte Sie nicht –«

»Macht nichts«, unterbrach er sie und murmelte dann, ohne recht zu merken, zu wem er sprach: »Jaja. Leah hat sich um alles gekümmert – um alles.«

»Wie bitte?«

Der Schock flaute langsam ab, die Proportionen rückten sich wieder zurecht. »Entschuldigen Sie«, sagte er mühsam, »ich war ein bißchen verwirrt ... Diese alten Geschichten ... Nun, es wird Zeit, daß ich mich auf den Weg mache. Danke für alles.«

»Wieso? Ich wollte Ihnen doch nur zeigen, wie wir arbeiten, damit Sie verstehen –«

»Ich verstehe jetzt wirklich eine ganze Menge, Miss Wiley. Auf Wiedersehen.«

In Carl Adolf Krantz' Appartement am Norr Mälarstrand stellte Daranyi eben fest, daß ihm nur noch zwei Berichte bevorstanden und darüber hinaus dann noch eine höchst unangenehme Geschichte – etwas, das er lieber schon hinter sich gehabt hätte. Aber dann würde er frei sein – befreit von diesem bedrückenden, mit Möbeln vollgestopften Museum und diesem äußerst unangenehmen Kerl, dem das alles gehörte.

»So«, Daranyi nahm seinen Stoß Unterlagen wieder vor. »Wenn Sie soweit sind, kommen wir zu den letzten zwei Namen auf der Liste.«

»Ich bin soweit«, sagte Krantz.

»Da wäre also Professor Max Stratman, früher wohnhaft in Berlin, jetzt in Atlanta im Staate Georgia. Aus der Biographie, die Sie mir überließen, geht hervor, daß alles Wissenswerte über diesen großen Mann bereits klar ist.«

»Ja. Unser Nobelkomitee ist den allgemein bekannten Tatsachen seiner Vergangenheit bereits nachgegangen. Einblicke in sein Privatleben allerdings –«

Daranyi zuckte die Achseln. »Ich habe mein möglichstes getan, konnte aber nichts ausfindig machen, was auch nur im geringsten auf einen bevorstehenden Skandal hindeutet. Nur eine Sache könnte allenfalls von zeitweiligem Interesse sein: sein Herzzustand.«

»Herzzustand? Wollen Sie damit sagen, daß er krank ist? Wissen Sie das genau?«

»Ganz genau«, sagte Daranyi selbstgefällig. »Ich habe meine Beziehungen zum Süd-Krankenhaus. Dort ließ Professor Stratman sich untersuchen und Spritzen geben. Nähere Einzelheiten sind mir nicht bekannt: immerhin ist aber klar, daß etwas nicht in Ordnung ist, wenn auch keine unmittelbare Gefahr besteht. Bei einiger Vorsicht, hieß es, könnte er noch jahrelang tätig sein.«

»Noch irgend etwas darüber?«

»Heute nachmittag war er zum dritten Male im Süd-Krankenhaus. Ich vermute, daß die Anspannung der Woche und die bevorstehende morgige Feier eine weitere Behandlung erforderlich machte.«

»Und was sonst?«

»Was er hier in der Stadt unternommen hat, fällt nicht aus dem Rahmen des Üblichen. Mit einer Ausnahme verkehrte Professor Stratman hier nur in gut bekannten Wissenschaftlerkreisen oder mit Angehörigen der Akademie. Die Ausnahme ist ein Dr. Hans Eckart, mit dem Professor Stratman am frühen Nachmittag des fünften Dezember seinen Lunch nahm. Ich habe versucht, über diesen Eckart etwas in Erfahrung zu bringen, aber die biographischen Lexika erwähnen ihn nicht. In einer vor dem Krieg erschienenen Ausgabe wird er als deutscher Physiker angegeben. Daß er mit einem tschechischen Flugzeug aus Ost-Berlin gekommen ist, erfuhr ich am Flugplatz Bromma. Ich weiß nicht, ob es für Sie irgendeinen Wert hat –«

»Nicht den geringsten«, erklärte Krantz und rieb sich seinen Nacken.

»Das wäre dann alles über Professor Stratman.«

Daranyi glaubte Schatten der Enttäuschung auf Krantz' Gesicht zu sehen, und instinktiv wurde ihm klar, daß es bei seinem gesamten Auftrag nur um die Ermittlungen über diesen einen Mann gegangen war. Der Rest war Tarnung. Ein Mann: Stratman.

Daranyi bemühte sich, unpersönlich und sachlich zu bleiben. »Und damit wären wir beim letzten Namen angelangt«, sagte er, »Professor Stratmans Nichte, Miss Emily Stratman.«

»Bitte.«

»Ihr Vorschlag, Kontakt zu der amerikanischen Journalistin Sue Wiley aufzunehmen, erwies sich als recht nützlich. Miss Stratman lebt also, gemeinsam mit dem Professor, in einem Bungalow in Atlanta. Sie arbeitet ein paar Tage in der Woche als unbezahlte Hilfskrankenschwester im *Lawson General Hospital*, einer staatlichen Institution für Kriegsinvaliden. Sie kennen sie ja und wissen, daß sie schön ist. Trotzdem war sie nie verheiratet; auch nie verlobt. Keinerlei Affären. Miss Wiley hält sie für ein unbeschriebenes Blatt – für eine Jungfrau.«

»Das zu beurteilen, bedürfte es wohl jungfräulicherer Augen«, knurrte Krantz vor sich hin. »Und wie hat sich diese Nichte in Stockholm aufgeführt?«

»Das deckt sich mit meinem Bericht über Mr. Craig. Offensichtlich interessieren sich die beiden füreinander. Nach allem, was ich hörte, war sie sonst nie allein mit jemandem zusammen. Mein Bericht erstreckt sich, wie gesagt, bis zum heutigen Nachmittag, dreiviertelfünf Uhr – das war der Zeitpunkt, zu dem sie ihr Hotel verließ. Sie war allein und ging zu Fuß über den Kungsträdgarden an Hamngatan vorbei in die Nordiska Kompaniet – im Strom der vielen Leute, die in letzter Minute für sich noch ein paar Besorgungen erledigen wollten ...«

Fünf Minuten lang hatte Emily Stratman im Restaurant im vierten Stock des Kaufhauses Nordiska Kompaniet gesessen. Sie hatte einen Tisch am Fenster und wartete.

Und jetzt, ganz plötzlich, wäre sie am liebsten aufgestanden und weggelaufen. Sie würde diese peinliche Verabredung nicht durchstehen. Wozu hatte sie sich überhaupt darauf eingelassen? Vor wenigen Stunden noch hatte sie apathisch auf der Couch in ihrem Hotelzimmer gelegen, als hinter ihr das Telefon klingelte. Ohne sich zu erheben, hatte sie widerwillig nach dem Hörer gegriffen.

»Ja?«

»Miss Emily Stratman, bitte.«

»Ich bin am Apparat.«

»Hier ist Lilly Hedqvist«, sagte die Stimme.

Ein einprägsamer Name! Seit Andrew Craigs Bekenntnissen war er Emily jedenfalls unauslöschlich ins Gedächtnis geritzt.

»Ich glaube, Sie wissen, wer ich bin«, sagte die Stimme.

Und ganz automatisch, ohne recht zur Besinnung gekommen zu sein, gab Emily zur Antwort: »Doch, ja, ich weiß.«

»Mr. Craig war gestern abend bei mir. Ich weiß, was zwischen Ihnen vorgefallen ist. Und wenn Sie wahrscheinlich auch überzeugt sind, daß mich das alles nichts angeht, so hat mir die Geschichte doch den ganzen Tag auf der Seele gelegen. Ich glaube, es geht mich doch etwas an. Mir ist dieser Anruf gar nicht so leichtgefallen, Miss Stratman, aber mein Gewissen hat mir keine Ruhe gelassen. Ich kenne Sie nicht, aber ich kenne Mr. Craig. Und wenn Mr. Craig einen Menschen so schätzt, dann verdient er es bestimmt. Kann ich Sie ein paar Minuten sprechen?«

Darauf wußte Emily erst mal nichts zu sagen. Das, was sie sich unter Lilly Hedqvist vorgestellt hatte, und diese Stimme paßte nicht zusammen. Die Stimme wirkte offen, klar und sauber. Sympathisch. Nein, das war keine Märta Norberg. Es war ein junges Mädchen.

»Ich – ich weiß nicht, ob es geht – und ich wüßte auch nicht, was ich Ihnen zu sagen hätte.«

»Gar nichts brauchen Sie mir zu sagen. Ich möchte nur, daß Sie mir zuhören. Ein paar Minuten lang. Das ist alles.«

Sofort fühlte Emily sich versucht, ja zu sagen. Sie wollte dieses Mädchen sehen und hören. Und doch war dieser Wunsch nicht das Wesentliche. Klarheit über sich selber – das war es, was Emily vor allem wollte. Durch Lilly würde sie sich vielleicht selbst erkennen.

»Ja, gut«, sagte sie, und es war, als hätte jemand anders diese Worte für sie gesprochen. »Wo und wann wollen wir uns treffen?«

Lilly beschrieb ihr den Treffpunkt, sagte ihr die Zeit und meinte dann abschließend: »Also, auf Wiedersehen, Miss Stratman – halt, beinahe hätte ich es vergessen – wie sehen Sie aus?«

»Wie ich aussehe?«

»Ich muß Sie doch finden.«

»Ich – ich bin dunkel – kurze Haare – und – ich weiß nicht – ich werde eine Jacke anhaben, eine Wildlederjacke.«

»Falls ich zuerst da sein sollte – ich bin blond, weißer Pullover, blauer Rock. Wir werden uns schon finden. Also adieu.«

Und nun saß sie also hier und hatte nur einen einzigen Wunsch: so schnell wie möglich und so weit wie möglich von hier fortzulaufen.

Vier Minuten vor fünf. Eine Minute gab sie Lilly Hedqvist noch, keine Sekunde länger.

»Miss Stratman?«

Emily sah erschrocken auf. Ein Mädchen – ein Kind fast noch – mit langem blondem Haar und lebhaften blauen Augen stand vor ihr. Sie trug Pullover, Faltenrock und flache Schuhe. »Ich bin Lilly Hedqvist«, sagte sie und hielt Emily ihre Hand hin.

Emily erwiderte den Händedruck, dachte plötzlich daran, daß diese Hand Craig gestreichelt hatte, und ließ sie los. Unbefangen setzte sich die junge Schwedin ihr gegenüber. Sie bestellten Kaffee, dann wandte sich Lilly Emily zu und sagte: »Sie sind sehr schön.«

»Ich – ach – danke.«

»Aber das überrascht mich nicht. Außerdem sehen Sie aus, als ob Sie nett wären. Ich habe Sie mir viel selbstbewußter vorgestellt, viel sicherer.«

Selbstbewußt und sicher! Ausgerechnet. Wenn Emily nicht so nervös gewesen wäre, hätte sie mehr Sinn für die Komik der Situation gehabt.

»Und jetzt ist alles auch leichter zu verstehen«, fuhr Lilly fort, »eben weil Sie so schön sind.«

Wir sind doch nie so, wie wir uns selbst sehen, dachte Emily. Sie kam sich alles andere als schön vor – schon gar nicht neben Lillys pfirsichzarter, natürlicher Frische. Sie war froh, daß Craig sie nicht zusammen sehen und miteinander vergleichen konnte.

»Mr. Craig ist auch schön – schön in der Art, wie Sie es sind. Im

Grunde ist er schüchtern. Ja, er rührt mich einfach. Daß Sie ihn gestern abend so fortschicken konnten, begreife ich nicht – wo er Sie doch liebt. Wirklich liebt.«

»Wieso glauben Sie das?«

»Als Mr. Craig Sie gestern abend verließ, tat er, was Männer in solchen Fällen meistens tun, er trank sich sternhagelvoll, kam zu mir und offerierte mir sein Herz und seine Hand, was gleichbedeutend war mit einem Selbstmordversuch.« Lilly zog eine kleine Grimasse und lachte leise auf. »Er meinte es nicht ernst, und ich fühlte das. Und schließlich gestand er mir auch, wie sehr er Sie liebt. Er gestand alles.«

»Aber das ist doch nicht ernst zu nehmen.«

»Warum nicht, Miss Stratman? Können Sie sich wirklich nicht vorstellen, daß ein Mann die eine Frau aus ganzem Herzen lieben und gleichzeitig mit einer anderen Frau ins Bett gehen kann?«

Weniger die Unverblümtheit dieser Frage als ihr tieferer Sinn entsetzte Emily, die Anspielung auf ihr menschliches Versagen. »Ich wollte, ich wüßte die richtige Antwort, aber ich kenne nur eine – meine eigene. Ich war – ich hab' einfach den Kopf verloren.«

Lilly nahm einen Schluck von ihrem heißen Kaffee, und Emily wartete.

»Die Begegnung zwischen Mann und Frau verläuft bei uns in Schweden wohl umgekehrt wie bei Ihnen in Amerika. Der Amerikanerin ist die körperliche Hingabe Höhepunkt einer Entwicklung, das kostbarste Geschenk, das sie zu vergeben hat. Für die Schwedin ist die sexuelle Beziehung nur der Beginn eines gemeinsamen Weges, der eines Tages vielleicht zum großen seelischen Erlebnis führt – dem kostbarsten Geschenk für uns. Verstehen Sie, was ich damit sagen will, Miss Stratman?«

»Doch – vollkommen«, sagte Emily.

»Mir fiel es so leicht, mit Mr. Craig zusammen zu sein, weil dies eben so ganz und gar unwichtig ist, bedeutungsloser fast als ein Kuß, in dem für mein Gefühl das stärkere persönliche Erlebnis liegen kann. Wirklich wichtig war mir nur das Nachher, die Frage, ob wir uns finden würden – und wenn ich das Gefühl gehabt hätte, daß Mr. Craig mich tatsächlich liebte, dann säßen wir jetzt nicht hier beim Kaffee.«

Emily saß da und starrte Lilly an, als sei sie das Delphische Orakel.

»Was nun aber Sie beide betrifft«, fuhr die Schwedin fort, »so hat Mr. Craig Sie vom ersten Augenblick an geliebt, Miss Stratman. Und wenn Sie ihn genauso wiedergeliebt hätten, dann hätte er nie eine andere Frau gesucht; Sie hätten ihm alles sein können, was er auf dieser Welt braucht. In Ihrer Hand lag es, ihn zu halten oder ihn fortzuschicken.«

»Wie konnte ich denn –« sagte Emily unglücklich.

»Was konnten Sie nicht? Ihn mit Ihrer Liebe halten?«

Emily sah Lilly hilflos an. »Ja, Lilly, das war es.«

»Und warum nicht? Haben Sie Angst? Angst vor dem ersten Mal oder Angst vor der Liebe?«

»Ja und nein. Wie soll ich Ihnen das erklären? Es liegt tiefer.«

»Dann verstehe ich Sie nicht.«

»Wie sollten Sie auch. Manchmal verstehe ich mich ja selber nicht«, sagte sie und bemühte sich, ein dankbares Lächeln zustande zu bringen.

»Sie müssen sich ändern, Miss Stratman, oder Sie werden immer wieder scheitern.«

»Ich kann mich nicht ändern«, sagte Emily.

Nein, sie brachte es nicht fertig, über ihre inneren Schwierigkeiten zu reden. Statt dessen saß sie da und litt an sich selber. Jetzt, als sie sah, wie diese unkomplizierte junge Schwedin ihren Kaffee austrank und sich anschickte, wieder an ihre Arbeit zu gehen, kroch mit einemmal schwarze Verzweiflung in ihr hoch. Denn dieses einseitige Gespräch hatte ihr klargemacht, daß nicht nur Andrew, sondern auch sie selbst viel falsch gemacht hatte. Sie war krank, innerlich war sie noch immer krank. Sie war nicht fähig zu lieben, ihr Herz war tot.

In Carl Adolf Krantz' Wohnung war es wenige Minuten vor acht Uhr. Alles, was über Emily Stratman zu sagen gewesen war, schien gesagt. Daranyi machte eine Pause und sagte dann plötzlich: »Ach richtig, da wäre ja noch was.«

Mit bühnenwirksamer Langsamkeit zog er zwei große und sechs kleinere Fotokopien aus der Tasche.

»Zum Falle Stratman – Miss Stratman –«, sagte er dann. »Fast hätte ich es vergessen. Die kurze Biographie, die Sie mir gaben, interessierte mich, besonders der Umstand ihrer Internierung im Konzentrationslager Ravensbrück. Damals war sie freilich noch ein Kind. Immerhin dachte ich, unter den Millionen erhaltener SS-Akten könnte vielleicht auch noch etwas über Miss Stratman existieren. Einer meiner Freunde hat entsprechende Verbindungen nach Berlin; an ihn wandte ich mich. Und heute nachmittag gingen mir die Fotokopien von Miss Stratmans Akte zu. Möglicherweise sind sie bedeutungslos für Sie, aber man kann nie wissen, vielleicht ist der Bericht auch ganz aufschlußreich für Sie.«

»Lassen Sie mal sehen.«

Daranyi erhob sich halb und reichte seinem Auftraggeber die Fotokopien.

»Wie Sie sehen, handelt es sich um zweierlei Arten«, fügte er hinzu. »Bei der größeren um den Gesamtbericht über Miss Stratman. Vielleicht sagen Ihnen die angegebenen Namen etwas – Frau Hencke, Dr. Vogler, Standartenführer Schneider. Persönliche Hintergründe konnte ich nicht mehr rückverfolgen. Bei dem anderen Satz, den kleineren Fotokopien, geht es um einen offiziellen Schriftwechsel zwischen Dienststellen der Roten Armee und der amerikanischen. Da alle Schreiben Miss Stratman betreffen, lagen sie ihrer Akte bei. Hier taucht übrigens ein neuer Name auf – Dr. Kurt Lipski. Es steht nicht fest, wer dieser Lipski ist, ich vermute, es handelt sich um einen Physiker. Oberflächlich habe ich mal mein eigenes deutsches Material konsultiert und bin dabei auf drei Lipskis gestoßen, alle von einer gewissen Bedeutung für die gegenwärtige Wissenschaft. Einer ist Naturwissenschaftler, von den anderen ist der eine Dermatologe und der andere Bakteriologe. Nichts von besonderer Wichtigkeit also.«

Krantz hatte sich in die Dokumente vertieft. Nichts in seinem Gesicht verriet die Andeutung einer Reaktion, nur seine Oberlippe unter dem Schnurrbart zuckte nervös. Schließlich sah er auf.

»Wo haben Sie denn das Zeug her?« fragte er in gewollt gleichgültigem Ton – und Daranyi registrierte die Nuance sofort.

»Die Echtheit dieser Angaben steht außer Frage. Ich bin mit einem Engländer befreundet, augenblicklich ist er bei der Presse in Stockholm, und es geht ihm ziemlich dreckig. Sein Gehalt ist so, daß er aus den Schulden nicht herauskommt. Aber wie dem auch sei – er wiederum hat eine Freundin beim Britischen Geheimdienst in West-Berlin, eine Schottin, die im Archiv tätig ist. Der Engländer erbot sich, sie anzurufen – auf meine Kosten. Nachdem er mir klargemacht hatte, was dort herauszuholen war, machten wir das Geschäft für neunhundert Kronen – aus dem Ausgabenfonds, der mir von Ihnen zur Verfügung gestellt wurde. Eine Stange Geld für ein eventuell ganz unergiebiges Unternehmen, aber ich habe es riskiert; die Möglichkeit, daß solche Unterlagen für Sie sehr interessant sein könnten, bestand immerhin.«

»Das läßt sich noch nicht sagen«, bemerkte Krantz achselzuckend. Und fügte beiläufig hinzu: »Hat übrigens irgend jemand diese Sachen hier gesehen?«

»Nein, selbstverständlich nicht.«

»Na ja, spielt auch keine Rolle. Für uns hat es zwar keinerlei Wert, behalten werde ich es trotzdem – der Kuriosität halber.«

»Ganz wie Sie wünschen.«

Krantz erhob sich, zum Zeichen, daß die Unterredung beendet war. »Sie haben mit gewohnter Gründlichkeit gearbeitet. Allerdings haben Sie uns kaum etwas gebracht, was für unser kleines Problem von tatsächlichem Wert wäre, so leid es mir tut, Ihnen das sagen zu müssen. Immerhin haben Sie in der kurzen Zeit, die Ihnen zur Verfügung stand, getan, was möglich war, und dafür darf ich Ihnen im Namen des Komitees meinen Dank aussprechen. Wie ich bereits erwähnte, sollen Sie großzügig entschädigt werden. Wir waren uns einig, daß Ihre Arbeit

– in Anbetracht des kurzen Termins – mit zehntausend Kronen honoriert werden durfte. Den Umschlag habe ich –«

Daranyi hatte sich nicht aus seinem Ledersessel gerührt. Und ohne sich zu erheben, sagte er schlicht: »Nein!«

Krantz hatte Kurs auf den Kamin genommen. Wie angewurzelt blieb er stehen und drehte sich um. »Was sagen Sie da?«

»Ich sagte nein – zehntausend Kronen sind keine Bezahlung für das, was ich geleistet habe.«

»Und was erwarten Sie?«

Daranyi fühlte seine Stunde endlich gekommen. »Fünfzigtausend Kronen.«

»Sind Sie wahnsinnig geworden, Daranyi? Haben Sie es auf meinen Ruin abgesehen?«

»Nur auf Ihre Brieftasche.«

»Sie glauben doch wohl nicht im Ernst, daß wir Ihnen für das bißchen Tratsch fünfzigtausend zahlen werden?«

»O doch, das glaube ich. Ich kann mich des Eindrucks nicht erwehren, Ihnen sehr wertvolle Dienste geleistet zu haben.«

»Fünfzigtausend Kronen! Sie können von Glück reden, wenn ich fünfzehntausend für Sie bewilligt bekomme.«

Daranyi saß unbeweglich da. »Fünfzigtausend – das ist der Preis für meine Arbeit – und für meine Diskretion.«

»So – Ihre Diskretion. Nicht im Traum wäre es mir eingefallen, daß Sie eine derartige Erpressung versuchen würden. Aber Sie scheinen sich über Ihre Position nicht ganz im klaren zu sein. Ihre Ausweisung aus Schweden ist für mich eine Angelegenheit von höchstens zwei Minuten.«

»Auch das habe ich einkalkuliert. Es würde sich ausgezeichnet in meine Pläne fügen. Denn ich beabsichtige sowieso, in die Schweiz zu gehen. Ein Vetter zweiten Grades hat sich dort mit der Absicht niedergelassen, ein Geschäft für seltene Buchausgaben und Inkunabeln zu eröffnen. Er braucht einen Teilhaber.«

»Und mir wollen Sie das Geld aus der Nase ziehen – um Ihren Laden zu finanzieren? Fünfzigtausend kommen überhaupt nicht in Frage. Über dreißigtausend ließe sich unter Umständen reden.«

»Vierzigtausend und keinen Heller weniger.«

»Ich werde mich nicht hinstellen und mit Ihnen wie ein Roßtäuscher handeln. Also schön – vierzigtausend.« Er setzte eine spanische Tischglocke in Betrieb. »Ilsa wird Sie hinausbringen.«

Daranyi rührte sich nicht. »Und wann kann ich mit dem Geld rechnen? Morgen ist mein letzter Termin. Morgen vor der Feier.« Es sollte Krantz teuer zu stehen kommen, wenn er versuchen sollte, ihn hereinzulegen. »Also dann morgen – solange die Weltpresse noch da ist.«

»Ich schicke Ihnen das Geld in einem einfachen Umschlag durch einen Boten in die Wohnung ... Sie sind sich wohl darüber klar, daß wir das letzte Mal zusammen waren.«

»Das hatte ich gehofft. Ich wünsche angenehm zu ruhen, Dr. Krantz.« Damit verließ er das Zimmer.

Die Wohnzimmertür hinter Krantz' Stuhl ging auf, und angeregt, sein Monokel polierend, trat Dr. Eckart ein.

»Haben Sie auch alles mitbekommen?« erkundigte sich Krantz.

»Jedes Wort.« Eckart verstaute sein Taschentuch und klemmte das Monokel ins Auge.

»Ununterbrochen hat doch dieser Kerl auf das Mikrophon gestiert. Ich saß wie auf Kohlen die ganze Zeit.«

»Kein Mensch konnte es sehen«, sagte Eckart.

Krantz schwänzelte nervös um seinen Herrn und Meister herum.

»Die Geldgeschichte – Sie haben ja selbst gehört –«

»Wichtigkeit! Diesen Schafskopf brauchen wir sowieso nicht mehr. Ich werde zusehen, daß er bezahlt wird.«

»War irgendeine seiner Informationen –«

»Ja.« Eckart schnitt ihm das Wort ab. »Die SS-Akte über Emily Stratman. Geben Sie sie gleich mal her.«

ZWÖLFTES KAPITEL

Die ganze Nacht hatte der Wind den Schnee vor sich hergetrieben, große, weiße Flocken, die liegengeblieben waren. Am frühen Morgen des zehnten Dezember schneite es noch immer.

Graf Jacobsson genoß sein Frühstück. Als er bei Kakao und Toast angelangt war, schlug er die drei bereitgelegten Morgenzeitungen auf. Bildserien und Berichte über die für heute nachmittag angesetzte Feier prangten auf der ersten Seite.

Erst als er auch mit seinem Kakao fertig war, griff er nach dem grünen Heft, blätterte liebevoll darin und vertiefte sich dann in das, was er im Lauf der Jahre hier niedergelegt hatte.

Es begann mit Reminiszenzen an König Oscar, der in den letzten sechs Jahren vor seinem Tode die ersten Preise verliehen hatte. Erinnerungen an seinen Nachfolger, König Gustav, folgten, zu dessen persönlichen Freunden Jacobsson einmal gezählt hatte. Dann las er weiter:

»Eben habe ich Rudyard Kiplings Erinnerungen an seine Nobelpreis-Reise nach Stockholm aus der Hand gelegt. Ich zitiere hier einige seiner Eindrücke aus dem Jahre neunzehnhundertsieben: Noch während wir auf See waren, starb der alte König von Schweden. Als wir in der verschneiten, sonnenglitzernden Stadt ankamen, trug ganz Stockholm Abendgarderobe, die offizielle Trauerkleidung, eine merkwürdig eindrucksvolle Sitte. Am Nachmittag des folgenden Tages wurden die Preisträger dem neuen König vorgestellt ... Endlose Gänge führte man uns entlang. Weiß und verschneit leuchteten durch die Fenster in den dunklen Höfen die Mäntel der Schildwachen und die historischen Kanonen auf. Dann wurde es hell um uns. Leben und Licht floß durch die Zimmerfluchten ... Schließlich standen wir vor dem König; Müdigkeit und Anstrengung zeichneten sich in seinem Gesicht ab, während er an jeden von uns einige dem Anlaß gemäße Worte richtete. Die Königin in einer eindrucksvollen Trauerrobe im Stil Maria Stuarts stand an seiner Seite. Auch sie würdigte uns einer Begrüßung, bevor Hofbeamte uns lautlosen Schrittes durch tiefes Schweigen zurückführten, eine Stille, die sogar das metallische Klicken ihrer Orden laut erscheinen ließ. ›Verhindern Sie, daß man meinetwegen die Theater schließt‹, sollen die letzten Worte des alten Königs gewesen sein, und so ging Stockholm auch an diesem Abend, ernst und würdig, seinen Vergnügungen nach, während der Schnee alle Geräusche aufsog ...«

Behutsam schloß Jacobsson das Heft. In Gedanken weilte er noch im Jahre neunzehnhundertsieben, auf den Wegen des kurzsichtigen, zweiundvierzigjährigen Kiplings durch das alte Stockholm; eine Schneelandschaft, damals wie heute. Mit dem einen Unterschied: Dies war kein Trauertag – wenn man von der weltweiten Trauer seit dem Anbruch des Atomzeitalters absah. Damals, neunzehnhundertsieben, hatte man noch Grund gehabt, einen Friedenspreis zu verleihen – heute schien wenig Anlaß mehr dazu zu bestehen. Aber dieser Tag jedenfalls würde ungetrübter verlaufen, der Schnee würde nicht wie ein Leichentuch über allem lasten ... Er blickte nach der Uhr auf dem Kaminsims – es war fast soweit, ein langer, festlicher Tag konnte beginnen.

Die ausländischen Pressevertreter waren der Einladung vollzählig nachgekommen, stellte er beim Betreten des Konferenzraumes der *Königlich-Schwedischen Akademie* zufrieden fest. Er nahm Ingrid Steen seine Manila-Mappe ab und ging, nach allen Seiten grüßend, durch den Raum. Neben einer älteren Französin, Vertreterin einer Zeitschrift, entdeckte er Sue Wiley an einem der Marmortische.

Unter dem Ölporträt des Stifters nahm Jacobsson am unteren Tischende Platz. »Zum letzten und größten Tag der Nobelwoche heiße ich Sie im Namen der Stiftung herzlich willkommen«, begann er. »Sicherlich werden Sie hier etwas vermißt haben: eine der drei Bronzebüsten fehlt. Alfred Nobel. Seit gestern abend steht seine Büste auf dem Podium der Konzerthalle, als Zeichen, daß der Geist des Stifters bei der Feierstunde am späten Nachmittag unter uns weilt.«

Er entnahm seiner Mappe ein dreiseitiges Programm mit der Aufschrift: MEMORANDUM, 10. DEZEMBER.

»Bevor ich auf irgendwelche Fragen eingehe, darf ich Ihnen die offizielle Festschrift vorlesen. Sie ist jedem unserer sechs Preisträger zugegangen. Auf Wunsch wird Frau Steen Ihnen die Festschrift nachher aushändigen. Ich mache Sie jetzt mit dem Inhalt bekannt.«

Er brachte das Programm dichter vor seine Augen und las laut:

»Die Feier anläßlich der Nobelpreisverleihung beginnt um siebzehn Uhr im Konzerthaus. Die geladenen Gäste werden gebeten, bis spätestens sechzehn Uhr fünfzig ihre Plätze in der Festhalle einzunehmen. Die Preisträger und deren Angehörige werden ersucht, sich gegen sechzehn Uhr fünfundvierzig durch den Seiteneingang – Oxtorsgatan – in das Festhaus zu begeben. Zwei Attachés werden vom Hotel aus ihre Begleitung übernehmen ... Um siebzehn Uhr werden sich Seine Majestät der König in Begleitung der königlichen Familie in den großen Festsaal begeben. Fanfaren werden sein Erscheinen ankündigen. Nachdem der König und sein Gefolge die Plätze eingenommen haben, betreten die Nobelpreisträger durch die Mitteltüren die Bühne, geleitet von den Repräsentanten der verschiedenen Komitees. Sie werden gebeten, folgende Reihenfolge einzuhalten: Professor Max Stratman, Mr. Andrew Craig, Dr. Claude Marceau, Dr. Denise Marceau, Dr. Carlo Farelli, Dr. John Garrett.«

Er gab weitere Einzelheiten bekannt und fuhr dann fort: »Nach der Begrüßungsansprache durch Graf Bertil Jacobsson, als Repräsentant der Nobel-Stiftung, findet die Proklamation der Preisträger durch die Vertreter der jeweiligen Akademien statt. Die Ansprachen werden in schwedischer Sprache gehalten; darauf folgt eine kurze Rede in der Sprache des Preisträgers. Der jeweilige Preisträger wird dann gebeten, aus der Hand Seiner Majestät die goldene Nobel-Medaille, die Urkunde und die Anweisung auf den Geldpreis entgegenzunehmen ... Der königliche Beauftragte, der Seiner Majestät die Urkunden und Medaillen aushändigt, ist angewiesen, nach Vollzug der Feierlichkeiten beides zur Aufbewahrung wieder in Empfang zu nehmen, um sie zum Rathaus zu bringen, wo sie den Abend über ausgestellt werden. Die Preisträger und ihre Angehörigen werden nach Beendigung des Zeremoniells in den bereitgestellten Wagen zum Abschiedsbankett ins Rathaus gebracht.«

Jacobsson legte die Festschrift wieder in seine Mappe. »Falls Sie nun irgendwelche Fragen hinsichtlich der Feier haben – bitte.«

Eine Hand erhob sich.

»Wird die Feier vom Fernsehen übertragen?«

»Ja«, sagte Jacobsson. In seinem Gesicht spiegelte sich Bedauern. Er empfand die Übertragung als eine Art Zirkuseinlage. »Die gesamte Feier wird vom Staatlichen Fernsehen übertragen werden.«

Der nächste meldete sich: »Wie viele Teilnehmer sind zu der Feier geladen worden? An wen sind Einladungen ergangen?«

»Außer an die Mitglieder der Nobel-Akademien und Komitees sowie deren Familien ergingen Einladungen an Mitglieder des Diplomatischen Corps – vorzugsweise der Nationen, die einen Preisträger stellten – und an akkreditierte Pressevertreter. Die Karten für die Öffentlichkeit werden nach dem Grundsatz ›Wer zuerst kommt, mahlt zuerst‹, ausgegeben. Es werden annähernd zweitausendeinhundert Menschen im Auditorium des Konzerthauses versammelt sein.«

Sue Wiley war aufgestanden und meldete sich mit halb erhobenem Arm. Jacobsson nickte ihr zu und machte sich auf eine schwierigere Frage gefaßt. Er irrte sich nicht.

»Graf Jacobsson«, begann Miss Wiley, »dies ist die erste Nobelpreisfeier, an der ich teilnehme. Kollegen haben mir erzählt, daß alles immer wie am Schnürchen abläuft, höchst perfekt und entsprechend langweilig. Passiert denn nie etwas Aufregendes?« Gedämpfte Heiterkeit ging durch den Konferenzraum. Sue Wiley lächelte. »Ich meine, benimmt sich nie jemand daneben, passiert nie irgend etwas Programmwidriges?«

»Nun ja, Miss Wiley«, entgegnete Jacobsson, »vollkommen ist schließlich nichts auf der Welt. Ich erinnere mich zum Beispiel, daß König Gustav V., der mit fortschreitendem Alter außerordentlich kurzsichtig geworden war – er stand hoch in den Neunzigern –, einmal statt dem Preisträger seinem Sekretär den Preis überreichte.«

Freundliches Gelächter im Konferenzsaal regte Jacobsson an. »Mir fällt noch ein anderer kleiner Zwischenfall ein, bei dem freilich eine Panne gerade noch vermieden wurde. Sie wissen, daß laut Protokoll der Preisträger sich nach der Auszeichnung durch den König rückwärts vom Orchester zu entfernen hat, die Stufen abwärts, zurück zu seinem Platz. Ich weiß noch, wieviel Kummer Mrs. Pearl S. Buck dieser Punkt machte. Sie trug ein goldenes Abendkleid mit langer Schleppe und geriet in ziemliche Nöte. Nichtsdestoweniger gelang ihr unter donnerndem Applaus des Publikums der Rückzug. Später gestand sie, daß der Perserteppich ihre Rettung gewesen sei. Sie hatte sich das Muster vom Podium bis zu ihrem Platz eingeprägt und sich daran gehalten. In eine peinliche Situation gerieten einmal zwei Briten – wir wollen die Namen hier nicht nennen; sie empfingen ihre Preise, vergaßen das Protokoll, drehten dem König den Rücken und marschierten auf ihre Plätze. Die anwesenden Schweden erstarrten zu Eis. Überraschenderweise kamen derartige Protokollverletzungen niemals bei den Russen vor. Ihre Verbeugungen vor Seiner Majestät waren ehrerbietiger als die aller anderen – Dr. Igor Tamm allerdings, neunzehnhundertachtundfünfzig einer der drei Preisträger für Physik, verbeugte sich derartig schwungvoll, daß er fast seinen Preis wieder fallen ließ. Aber ich fürchte, das ist alles, was ich in dieser Hinsicht zu bieten habe, Miss Wiley. Haben Sie sonst noch Fragen?«

Eine Hand hob sich.

»Wissen Sie, was unsere heutigen Preisträger jetzt tun?«

»Sie sollten eigentlich auf dem Wege zum Konzerthaus sein und das Zeremoniell kurz durchproben. Da aber die Probe gestern abgesagt worden ist, dürften sich wohl alle im *Grand-Hotel* befinden, um für die bevorstehenden Strapazen Kräfte zu sammeln.«

»Und warum wurde die Probe abgesagt?«

»Zwei Preisträger waren an der Teilnahme verhindert. Ich darf nur so viel sagen, daß Dr. Farelli und Dr. Garrett sich nicht ausruhen. Sie sind im Augenblick in ihrem eigentlichen Fach tätig ...«

Es war zehn Uhr fünfzig vormittags.

Im Karolinen-Hospital strahlte der Operationssaal im hellen Licht der Leuchtröhren. Der zweiundsiebzigjährige Patient Graf Rolf Ramstedt lag, bewußtlos und bis auf das Operationsfeld zugedeckt, auf dem Operationstisch. Dr. John Garrett, in der Rolle des Beobachters, stand am Fußende und verfolgte unter dem Gesichtsschutz die Herzoperation. Eineinhalb Stunden waren für den Eingriff vorgesehen und bald, leider nur zu bald, würde er die Anwesenheit des größeren und wuchtigeren Dr. Carlo Farelli wieder zur Kenntnis nehmen müssen, der sich neben ihm befand.

Ohne ein freundliches Wort hatten Garrett und Farelli sich in dem dämmerigen Sprechzimmer Dr. Öhmans heute morgen gegenübergestanden. Öhman, der die starke Spannung spürte, hatte sich wie ein neutraler Block zwischen sie gestellt, um für die Skizzierung der bevorstehenden Herzoperation ihren Rat in Anspruch zu nehmen. Gemeinsam waren sie an das Problem herangegangen – unterbrochen nur einmal durch den Besuch eines Arztes, dem die bevorstehende Fehlgeburt der Frau eines Freundes von Öhman zu schaffen machte – und hatten alles durchgesprochen und festgelegt. Und dann hatte Dr. Öhman begonnen, ganz in der Art, in der auch Garrett zu arbeiten pflegte ...

Während der Operationsphasen war Garretts Stolz immer mehr geschwollen. War es nicht seine Entdeckung, unsterbliche Spur seiner Erdentage, die alles möglich gemacht hatte, was hier geschah? Völlig auf den Vorgang konzentriert – und ohne an Farelli zu denken –, hatte er mit wachsender Spannung beobachtet, wie Dr. Öhman die Öffnung des Brustkorbes vornahm ... dann den langen, schwierigen Prozeß der Anschließung des Herz-Lungen-Apparates ... die grausamen Minuten der Entfernung des Herzens, die höchste Geschicklichkeit erforderte ... das Durchschneiden der Lungenarterie und der Aorta hinter ihren Klappen und die Schnittführung gegen die Rückwand der Vorhöfe ...

Als Dr. Öhman das frische, gekühlte Kalbsherz einsetzte, hatte die Spannung in Garrett nachgelassen. Unter Vermeidung getrennter Verbindungen der zum Herzen führenden Venen hatte Öhman die Wände der Vorhöfe zusammengenäht ... und dann war, mit dem russischen Gefäßinstrument, die endgültige Naht gemacht worden, um die Aorta, die Lungenarterie, die vier Lungenadern, die obere und untere Vena cava anzuschließen ...

Und nun also beobachtete Garrett, wie Öhman die Transplantation abschloß. Nachdem er durch einen völligen Luftentzug des Herzens einer Luftembolie vorgebeugt hatte, ließ er das frische, mit Sauerstoff angereicherte Blut aus dem großen Plastikapparat in die Herzkranzgefäße strömen. Das tierische Herz füllte sich damit. Und ganz langsam begann es zu schlagen ... Die Eigenregulation setzte ein. Der Blutfluß kam in Gang. Der Patient atmete. Lazarus war zum Leben erweckt ...

Als sich eine Weile später die beiden Nobelpreisträger, der Bitte Dr. Öhmans nachkommend, wieder in dessen Büro einfanden und dort auf ihn warteten, herrschte betretenes Schweigen zwischen ihnen.

»Es schneit immer noch«, sagte Farelli endlich, der am Fenster stand.

Garrett antwortete nicht. Die Operation war vorbei, und nichts hätte den Wert seiner Entdeckung besser demonstrieren können: das war ein Erfolg, der in kürzester Zeit um die Welt gehen würde ... Aber dann wurde ihm erst richtig klar, daß selbst auf diesem Höhepunkt der Schatten Farellis lag. Solange Farelli lebte, würde er für die Welt als *der* Gelehrte gelten; Garrett glaubte zu erkennen, daß er immer nur im Schatten Farellis stehen würde. Und was war dagegen zu tun? Er hatte alles versucht, und alles hatte versagt. Nur eine Hoffnung gab es noch. Öhman war dagegen gewesen, Craig hatte ihn davon abgehalten. Doch im Grunde war nur sein Gewissen das Hindernis gewesen. Das Gewissen? War es nicht eher Schwäche? Eine Schwäche, die ihn für immer in ein Schattendasein drängte? Ohne dieses Gewissen könnte er seine Ansprüche geltend machen, ohne dieses Hindernis gehörte ihm der Thron. Ihm allein.

Gegen die vereisten Fensterscheiben zeichnete sich Farellis klares Profil ab. Mit unverhohlener Verachtung studierte er dieses Gesicht. Nie wieder würde sich ihm eine solche Chance bieten. Wenn er jetzt nicht Manns genug war, den Mund aufzumachen, war es für immer vorbei. Morgen abend hatten sie ihre Schecks von der Stiftung in der Tasche; morgen abend trat Farelli seinen Triumphzug durch den Kontinent an ...

Aber wie beginnen? Vorsichtig jedenfalls – dachte er, nur keine groben Anschuldigungen! Wie die Katze mit der Maus spielen.

»Der König wird glücklich sein, daß alles überstanden ist«, sagte er heiser.

Farelli wandte sich vom Fenster ab; die friedliche Tonart überraschte ihn. »Ja, bestimmt«, antwortete er.

»Sie waren, wie ich hörte, gestern zum Frühstück geladen?«

»Die Einladung hat mich außerordentlich erfreut; ich habe mir erlaubt, dabei auch über unsere Erfahrungen –«

»Ihre Erfahrungen«, warf Garrett ein.

»Nicht nur meine – unsere. Ich habe Ihre Veröffentlichungen gelesen und kenne Ihre Fälle ... Jedenfalls nahm Seine Majestät freundliches Interesse daran und erkundigte sich über unsere medizinische Laufbahn. Da konnte ich natürlich nur über die eigene Vergangenheit sprechen.«

Das Stichwort! Hier war es. Und Garrett schlug blindlings zu. »Vermutlich haben Sie bei dieser Gelegenheit auch etwas über Ihren Aufenthalt im Konzentrationslager Dachau berichtet? Als Etappe Ihrer medizinischen Laufbahn ...«

Der Schuß hatte ins Schwarze getroffen, darüber bestand für Garrett kein Zweifel. Denn Farellis Römerantlitz schien zu erstarren.

Dennoch fragte er mit geradezu milder Stimme: »Dachau? Woher wissen Sie davon?«

»Ich weiß es eben. So etwas spricht sich herum.«

»Das möchte ich bezweifeln. Ich selbst habe nie darüber geredet.«

»Verständlich. Ich an Ihrer Stelle hätte es sicherlich auch nicht getan.«

Farelli zuckte die Achseln. »In jedes Menschen Leben gibt es Augenblicke, deren er sich nicht gern erinnert.«

Und jetzt, endlich, hatte Garrett Oberwasser. Im Tonfall selbstgerechter Überlegenheit fragte er: »Was ich sehr gern wissen möchte: Wie sind Sie eigentlich damit fertig geworden?«

»Wie? Es blieb mir keine Wahl. Ich mußte damit fertig werden. Ich war in den Händen der Schwarzhemden im Regina Coeli, es ging um das nackte Überleben.«

»Aber es gibt gewisse Grenzen –«

»Zwischen Leben und Tod erwägt man nicht lange. Ich war vor die sofortige Entscheidung gestellt: ›an die Wand‹ oder nach Dachau – und damals war Dachau noch ein unbekannter Faktor mit tausend Möglichkeiten. Gehört hatte ich darüber, gewiß, aber nichts Näheres. Dafür hörte ich um so deutlicher die Maschinengewehre der Todeskommandos Tag für Tag im Morgengrauen. Ein Nein zu OVRA bedeutete sicheren Tod; ein Ja – also Dachau – war vielleicht eine Chance, wer konnte es wissen? Ein vorübergehender Aufenthalt, so hatte man mir versichert, ein paar Tage, nicht mehr. So ergab ich mich denn in mein Schicksal.« Er schwieg. Dann sagte er: »Ich denke nur noch selten daran. Wir waren unser fünf –«

»Ja, ich weiß«, bemerkte Garrett anzüglich.

»Das wissen Sie? Es ist mir noch immer rätselhaft, wieso.«

»Dr. Brand aus Berlin. Dr. Gorecki aus Warschau, Dr. Brauer aus München, Dr. Stirbey aus Bukarest – und Sie.«

Farellis Verwunderung wuchs. »Das stimmt – es stimmt genau. Brand und Brauer ist es am elendsten ergangen. Beide waren Juden, ihnen war, glaube ich, der Tod in jedem Fall sicher. Sie starben – grauenhaft war es.«

»Und wie lange haben sie das Experiment noch überlebt?« wollte Garrett wissen. Leichter als erwartet kam Licht in dieses Dunkel. Farelli besiegelte sein Schicksal selbst.

»Wie lange? Gar nicht. Sie blieben alle beide im ersten Experiment. Durch das Fenster des Himmelfahrtswaggons – so nannten wir die Vakuumkammer – hatte ich sie zu beobachten. Brauer – was für ein prächtiger Mensch war das – zerriß es die Lungen, und Brand – Brand keuchte, bis sein Herz versagte.« Farelli wurde erregt. »Sie werden sich wohl vorstellen können, wie mir zumute war, als sie mich in die Vakuumkammer sperrten.«

Farelli mußte sich versprochen haben – dessen war Garrett sicher. Mit erhobener Stimme, beinah krächzend, unterbrach er ihn: »Sie – man hat auch Sie in die Vakuumkammer gesperrt? Sie waren Versuchsper –«

»Natürlich – was dachten Sie denn? Sie kennen doch die ganze Geschichte?«

»Zum Teil – aber –«

»Bisher hatten die Nazis wahllos Juden, Polen und russische Kriegsgefangene als Versuchskaninchen verwandt. Eines Tages aber kam Himmler auf die Idee, fünf qualifizierte Ärzte statt gewöhnlicher Gefangener einzusetzen, Herzspezialisten – natürlich Ärzte, die Juden oder anderweitige politische Gefangene waren. Sie sollten für diesen Fünfzehn-Meilen-Höhentest ohne Ausrüstung herhalten; der Versuch sollte bis an die Grenze des Exitus durchgeführt und im entscheidenden Moment gestoppt werden. Zweck der Übung war, uns nach erfolgreichen Wiederbelebungsversuchen mit der Aufgabe zu betreuen, fachliche Angaben der eigenen Reaktionen und sonstige Beobachtungen niederzulegen – zum Segen der medizinischen Forschung der SS und im Interesse der Luftwaffe ... Ich war der vierte an diesem Tag. Brand und Brauer waren tot; Stirbey war halbtot herausgezerrt worden – er hat es überlebt, aber er befindet sich heute noch in einem Sanatorium in Wien –, und jetzt war die Reihe an mir.«

Garrett tastete nach einem Stuhl und ließ sich fallen. Er war völlig verstört vor Schreck. Ein Mensch, ausgeglitten am Rand des Grand Canyon und gerade noch im letzten Moment zurückgerissen, konnte sich kaum anders fühlen. Wie von weit her vernahm er Farellis Stimme.

»– sie pumpten die Kammer luftleer. Da saß ich nun, festgeschnallt auf dem Pilotensitz, angeschlossen an den Elektrokardiographen, und der Druckmesser stieg und stieg – ach, was soll's, wozu daran denken –, bei dreizehn Meilen hörte ich auf zu atmen und verlor das Bewußtsein, sagte man mir später. Mit blutverschmiertem Gesicht trugen sie mich heraus. Aber ich kam durch. Weil ich eine eiserne Konstitution habe und durchkommen wollte ...

Drei Wochen lag ich im Krankenrevier in Dachau, viel zu elend, um ihnen irgendwie nützlich zu sein. Später, als ich mich schon erholt hatte, blieb ich dabei, noch immer zu schwach zum Schreiben zu sein. Aber ich verpflichtete mich, den Bericht für später zu machen – wenn sie mich nur wieder in mein Gefängnis nach Rom entlassen würden. Und wirklich, sie schickten mich zurück. Zu der Zeit aber hatten sie alle den Kopf voll mit anderen Dingen. Die Invasion begann, und der Bericht kam nie zustande. Gesund wurde ich auch nie wieder – noch heute bin ich in ärztlicher Behandlung, genau wie Dr. Stirbey und Dr. Gorecki. Gerade eine Woche bevor ich hier ankam, hat der alte Gorecki mir gratuliert und mich wieder an jene Schreckenstage erinnert: er will ein Buch darüber schreiben – hoffentlich tut er es. Irgend jemand sollte es tun, um der Menschheit klarzumachen, wie unheimlich fein die Grenze gezogen sein kann zwischen den Jüngern des Hippokrates und den Handlangern des Satans.«

Je mehr Garrett die ganze Tragweite seines Irrtums klar wurde, desto erlöster atmete er auf. Er war glücklich, sich selbst nicht in die entsetzliche Situation gebracht zu haben, als Verleumder geächtet zu werden. Als Farelli geendet hatte, spürte Garrett nur noch eins: Scham.

Dann versuchte er noch einmal etwas wie eine Selbstrechtfertigung. Er war einem schrecklichen Irrtum zum Opfer gefallen, gewiß, aber sein Gewissen – und Öhman und Craig – hatten ihn immerhin davor bewahrt, die Verleumdung auszuposaunen ... Deshalb war die alte Fehde nicht aus der Welt geschafft; an der Tatsache, daß Farelli der Nutznießer seiner Entdeckung war, änderte das nichts – oder doch? Sein Trugschluß im Fall Dachau ließ ihn auch hier unsicher werden. Und Farellis unfaire Art, sich in den Vordergrund zu spielen? Garrett gab es auf – das alles überzeugte ihn nicht mehr ... Nein, er war ein Opfer seiner selbst geworden ... Wie würde Dr. Keller das nennen? Paranoia? Nur die Wahrheit konnte ihm jetzt noch helfen.

Er blickte auf, um etwas zu sagen, suchte nach einem versöhnlichen Wort. Farelli aber hatte sich abgewandt und starrte nach der Tür, auf Dr. Eric Öhman; jetzt erst bemerkte ihn auch Garrett. Öhman, dieser durch nichts zu erschütternde rötliche Granitblock, bot ein Bild der Verzweiflung – der personifizierten Niederlage.

»Er stirbt«, stieß er hervor und kam unsicher weiter ins Zimmer. »Graf Ramstedt übersteht die kommende Nacht nicht. Die Transplantation ist fehlgeschlagen.«

Er schwankte leicht, und Farelli griff zu und half ihm in einen Stuhl.

Garrett raffte sich auf, kam auf die Beine und stand auch schon neben Farelli.

»Wie ist das zu verstehen? So erklären Sie es doch endlich!«

Öhman sah mit leerem Blick auf. »Ich kann es nicht erklären. Der Immunitätsmechanismus, die weißen Blutkörper und andere Elemente zerstören das fremde Gewebe. Aktivierte Antikörperreaktion ... Alle Symptome – Cyanose – Tachycardia – Hypotension –«

»Aber wie um Himmels willen wollen Sie das denn jetzt schon wissen«, rief Garrett erregt. »Drei Wochen mindestens braucht man, um das festzustellen.«

Öhman schüttelte nur den Kopf. »Gehen Sie hinein, Dr. Garrett, und überzeugen Sie sich selbst.«

Der Boden unter Garretts Füßen schien zu schwanken, er griff nach Farellis Arm. Farelli war der einzige, der hier noch auf festen Beinen stand, obwohl die Hiobsbotschaft auch seiner Gelassenheit Abbruch getan hatte.

»Die gefürchtete Ausnahme, die allen Regeln widerspricht, gibt es immer«, sagte Farelli, mehr zu sich selbst als zu den anderen.

»Wir müssen etwas unternehmen, irgend etwas!« Garrett weinte fast. »Wenn das publik wird –«

Die gleiche Vorstellung mit all ihren Konsequenzen schien auch Farelli im selben Augenblick schlagartig getroffen zu haben, denn er drehte sich nach Garrett um, und ihre Blicke begegneten sich in gemeinsamer Furcht.

»Es muß publik werden«, sagte Öhman. »Die Hälfte der königlichen Familie sitzt im Wartezimmer. Ich muß dem König Bericht –«

»Aber der Preis – das muß unseren Preis diskreditieren.« Garrett sprach aus, was eben noch schweigend zwischen ihm und Farelli gestanden hatte.

»O Gott, ja – das ist Wasser auf die Mühle der Minderheit des Medizinischen Nobel-Komitees. Sobald die Presse davon erfährt, muß es zu neuen Kontroversen kommen – ein Skandal wird die unabwendbare Folge sein, wenn Sie den Preis heute nachmittag annehmen. Sie müssen ablehnen – noch vor der Feier müssen Sie diese Absage aussprechen – schicken Sie gemeinsam eine Benachrichtigung an das Komitee – erklären Sie, Ihre Entdeckung erfordere noch weitere Arbeit ...«

»Sind Sie verrückt, Öhman? *Che diavolo!*« Farelli schien dieser Vorschlag um seine ganze Selbstbeherrschung gebracht zu haben. »Und Garretts lange Jahre der Versuche und meine eigenen – unsere nachweislichen Erfolge?«

»Ich bitte Sie – an mir liegt es doch nicht«, sagte Öhman kläglich. »Ich sage Ihnen nur voraus, was passieren wird. Wenn sich Ihre Entdeckung in neunundneunzig Fällen bewährt und im hundertsten versagt, so bedeutet das – in den Augen der Öffentlichkeit –, daß sie nicht einwandfrei, daß sie unzulänglich, daß sie fragwürdig ist. Man würde

Ihre Ablehnung wohlwollend entgegennehmen und die Preisverleihung an Sie eines Tages bestimmt wieder in Erwägung ziehen ... Sollten Sie sich aber nicht zu diesem freiwilligen Schritt entschließen können, dann wird man gezwungen sein, Ihnen den Preis in aller Öffentlichkeit zu verweigern. Man wird es tun, verlassen Sie sich darauf, man wird nicht wagen, daß Koch-Fiasko zu wiederholen.«

Garrett beugte sich zu Öhman hinunter. »Koch-Fiasko? Was soll das heißen? Worüber zum Teufel reden Sie denn eigentlich?«

»Herrgott, Dr. Garrett, Sie sind mein Freund – alles, was ich heute bin, verdanke ich Ihnen, das können Sie mir glauben, aber ich bin nicht das Preiskomitee, und ich bin nicht die Öffentlichkeit.« Verzweifelt rieb Öhman sich die Stirn. »Ich muß Ihnen die Wahrheit sagen, noch bevor die Welt über Sie herfällt – über Sie beide. Wie viele Männer in der Geschichte der Medizin hat es wohl gegeben, die größer waren als Dr. Robert Koch? Denken Sie an seine grundlegenden Erkenntnisse auf dem Gebiet der Bakterienforschung: Milzbranderreger, Tuberkuloseerreger, Cholerabazillus und sein Tuberkulin, das Wundermittel ... Obwohl Koch selber einwendete, mehr Zeit für seine Versuche zu brauchen, veranlaßte der Kaiser seine Nominierung, und neunzehnhundertfünf erhielt er den Nobelpreis für Physiologie und Medizin und fuhr im Triumph nach Berlin zurück. Sechs Monate später kam der Rückschlag. Sein Serum, von der ganzen Welt bejubelt, das sensationelle Heilmittel, wirkte tödlich. Hunderte von Tuberkulosekranken starben, weil das Serum zwar in der Tiermedizin positiv wirkte, in der Humanmedizin jedoch noch nicht anwendbar war ... Koch starb fünf Jahre später – und ich glaube, er zerbrach an dem Mißerfolg. Damals klagte man das Nobelkomitee einer Art Beihilfe zum Mord an und bezichtigte es der Förderung wissenschaftlicher Scharlatanerie. Heute nun, zum erstenmal seit neunzehnhundertfünf, hat sich etwas wie der Fall Koch wiederholt – eine große Entdeckung wird fragwürdig, weil ein berühmter Patient auf meiner chirurgischen Station daran stirbt.«

»Ja, Dr. Öhman«, sagte Farelli, »Sie wollen uns helfen, ich weiß. Und wir werden uns benehmen, wie es sich gehört. Stirbt der Patient, so sterben wir mit Anstand mit. Dr. Garrett wird genauso denken.«

»Natürlich«, sagte Garrett ruhig. »Ich denke wie Sie.«

»Aber ich will den Nobelpreis nicht verlieren, nicht jetzt, da mich nur noch Stunden von diesem Erfolg trennen«, sagte Farelli. »Es geht ja doch nicht so sehr um den Preis, das Geld, den Ruhm. Nein! Es geht vor allem um die Arbeit eines Lebens. Ich weiß, was ich sage. Nehmen wir den Preis an, und der Graf stirbt, dann gibt es einen Skandal. Lehnen wir den Preis ab und der Graf stirbt, dann gibt es eine Sensation. Wir können nur verlieren. Und nicht nur Dr. Garrett und ich würden untergehen – der Fortschritt der Medizin sänke mit uns. Eine ganze

Generation würde an dem Tod dieses Mannes leiden.« Er hielt inne, sein Blick wanderte von Öhman zu Garrett. »Ich will diesen Rückschlag verhindern. Der Kampf um diesen Mann ist ein Kampf um die ganze Menschheit.«

»Ich stehe dazu«, sagte Garrett.

Farelli sah ihn an. »Aus den gleichen Gründen?«

»Ja«, sagte Garrett, »aus den gleichen Gründen.«

»Dr. Öhman«, sagte der Italiener fest, »gehen Sie bitte wieder auf Ihre Station, behalten Sie den Patienten im Auge und tun Sie Ihr möglichstes. Das hier müssen Dr. Garrett und ich allein ausmachen. Und keinerlei Verlautbarungen bitte. Dr. Garrett und ich werden Sie nicht im Stich lassen, was immer auch geschieht. Sobald es geht, kommen wir nach.«

Benommen raffte Öhman sich auf und ging.

Als die Tür ins Schloß gefallen war, drehte Farelli sich zu Garrett herum. »Ihm konnte ich nicht alles sagen, zu Ihnen aber will ich offen sein. Glauben Sie, ich wüßte nicht, welchen Eindruck Sie von mir in der vergangenen Woche haben mußten? Sie sahen in mir einen Egoisten, der in seinem überkompensierten Geltungsbedürfnis versuchte, die Starrolle und den Ruhm an sich zu reißen. So ist es nicht. Aber auf Sie, den ruhigen, zurückhaltenden Wissenschaftler, der im Labor seine Erkenntnisse ehrlich erarbeitet, mußte es diesen Eindruck machen. Ich bin in Mailand groß geworden. Eine reiche Stadt, eine blühende Stadt – aber nicht für den, den Armut zum Außenseiter stempelt. Mein Vater verkaufte angefaultes Obst, meine Mutter wusch fremder Leute Wäsche. Unterernährt, in Lumpen, lebten wir zu sechst in einem elenden Loch. Bettelnd und stehlend trieb ich mich auf den Straßen herum, um von Pfenniggeschäften meine Schule bezahlen zu können, sie bot den einzigen Weg, diesem Elend einmal zu entrinnen. Wenn man aus solchen Tiefen kommt, dann bleibt man unsicher, die Furcht vor dem Zurück verläßt einen nicht mehr, und die Angst vor der Armut wird zu einer Art Allergie. Und dieses Getriebensein verdoppelte meine Kraft – die Beharrlichkeit, die Furcht und Gottes Güte verhalfen mir zu meiner Entdeckung – zu der Entdeckung, die wahrhaft uns beiden gehört. Aber ich sage Ihnen, Garrett: Könnte ich diesen einen alten Mann in seinem Krankenzimmer am Leben erhalten – ich glaube, ich würde willig in meine Vergangenheit zurücksinken, wenn das der Preis wäre. Ich bin mir, vielleicht zum erstenmal in meinem Leben, bewußt geworden, daß ich viel mehr Arzt bin, dem es darum geht, zu heilen, als ein Mann, dessen Ziel in erster Linie die Selbsterhaltung ist. Dieser alte Mann muß leben – und zum Teufel mit dem Nobelpreis!«

»Hören Sie«, sagte Garrett, »für mich existieren diese beiden Menschen – Farelli und Garrett – nicht mehr, für mich existiert nur noch ein Mensch: Graf Ramstedt. Meine persönlichen Probleme sind ausgelöscht – sie sind zu klein und nichtig, um durch den heutigen Tag mitgeschleppt zu werden.«

»Ja. Gut. Und was tun wir nun? Ich habe da große Worte gesagt, wie ich um diesen Mann kämpfen will ... Ja, ich will es. Aber ich weiß noch überhaupt nicht, mit welchen Mitteln ... Ich stehe mit leeren Händen da – Sie sind der Mann, auf den ich baue.«

Selbst dieses Abhängigkeitsgeständnis ließ in Garrett keinerlei Überheblichkeit aufkommen, sondern allein das wohltuende Gefühl, das die Atmosphäre guter Zusammenarbeit bestimmt.

»Ein Gedanke läßt mich nicht los«, sagte Garrett, während er im Zimmer auf und ab ging. »Wir können zwar die Antikörperreaktion mit der Antireaktiv-Substanz S neutralisieren, so weit sind wir; trotzdem hatte ich insgeheim immer Bedenken wegen der Begrenzung der Wirkung – die Nebenerscheinungen beunruhigten mich. Immer sann ich auf eine Verbesserung. Darüber habe ich zwar nie etwas veröffentlicht, aber ich habe einmal eine Zeitlang mit einer anderen Zusammensetzung des Serums an Hunden experimentiert – ein Antihistamin, das ich Antireaktiv-Substanz AH nannte –, und diese ersten Experimente schlugen bemerkenswert gut an.«

»Substanz AH?«

»Ja. Weniger zuverlässig zwar in der Verhütung entzündlicher Reaktionen als die Substanz S, in vieler Hinsicht dafür weit wirkungsvoller – differenzierter – durchschlagender gegen Antikörperreaktion, sogar mit gesteigerter Immunität gegen Infektionen. Bisher wurde das aber noch an keinem Menschen ausprobiert –«

»Dr. Garrett«, fiel ihm Farelli ins Wort, »ich wäre bereit, dieses Risiko jetzt einzugehen. Ist das Serum auch hier herstellbar?«

»Leicht«, sagte Garrett, offensichtlich mit seinen Gedanken ganz woanders. »Eine Rückendeckung sollte man haben«, murmelte er vor sich hin.

Farelli schob nachdenklich die Unterlippe vor. »Eventuell könnte man es mit einer Außenpumpe, einer transportablen –«

Garrett schüttelte den Kopf. »Ich denke da an eine stabilere Lösung. Verfrüht eigentlich für die Praxis, deshalb zögere ich – aber in der augenblicklichen Situation –«

»Was denn – bitte, Dr. Garrett?«

»Seitdem unsere Entdeckung abgeschlossen war, bin ich im vergangenen Jahr von einer neuen Basis ausgegangen. Dabei habe ich für die Herzplantation eine völlig neue Tangente gefunden. Nur war ich noch nicht so weit, diese ersten Versuche zu veröffentlichen, die Zeit für die Versuchsreihe war zu kurz. Wie Sie zweifellos wissen, gibt es ein Gewebe, das die Antireaktion außer Kraft setzt – embryonales Gewebe meine ich! Ich begann die Versuchsreihe mit einer Pankreasplantation und verpflanzte dabei die Bauchspeicheldrüse einer ausgewachsenen Ratte in ein anderes ausgewachsenes Tier. Ein Fehlschlag. Also versuchte ich es anders. Ich legte die estrogene Periode der Ratte fest, um zu erkennen, wann das Tier tragend war, und dann – hören Sie – entnahm ich in einem frühen Stadium der Frucht Pankreasgewebe – obwohl es nicht unbedingt gerade Pankreasgewebe sein mußte – und verpflanzte es in ein anderes Tier. Und was glauben Sie, Dr. Farelli, es wurde sehr gut vertragen. Sollte man nicht auch die gleiche Methode auf ein embryonales Herz anwenden können?«

Farelli starrte Garrett an. Er war so konzentriert, daß sich die Adern an seinen Schläfen scharf abzeichneten. »Aber warum denn nicht?« stieß er plötzlich hervor. »Nehmen wir eine Schwangerschaftsunterbrechung im dritten Monat an – nein, doch –, erinnern Sie sich des Gynäkologen, der heute früh bei Öhman war? Der hatte doch den Fall einer Fehlgeburt im zweiten Monat. Dann nehmen wir dieses winzige, vier Wochen alte Herzgewebe und beschleunigen sein Wachstum mit der Herz-Lungen-Maschine – sogar das neue Wachstumshormon –«

»Moment, Dr. Farelli, Sie bringen mich auf eine bessere Idee. Wozu sollen wir das embryonale Herz extern entwickeln? Warum nicht intern? Es würde mit Sicherheit vertragen werden. Wir verpflanzen dieses embryonale Herz in Graf Ramstedts Leistengegend – wie auch Nierengewebe schon in die Halsgegend verpflanzt worden ist –, eine heterotope Plantation. In die Leistengegend also – schon weil dort die Blutgefäße doppelt so groß sind wie – sehen Sie, worauf ich hinaus will? Wir schließen es an die Arterien und Venen an und wenden bei Graf Ramstedt die Substanz AH sowohl wie die Antireaktivsubstanz S an, während das embryonale Herz wächst. Sobald es sich entwickelt hat, müssen wir – Öhman in diesem Fall – das Herz an größere Blutgefäße anschließen und es in den Bauchraum verpflanzen.«

Garrett blieb vor Farelli stehen.

»Ja, das geht«, sagte er zusammenfassend. »Wir injizieren laufend das neue Wachstumshormon. Und wenn das embryonale Herz vertragen wird, dann dürfte es in vier bis fünf Monaten vollkommen ausgewachsen sein, fertig zur endgültigen Plantation. Graf Ramstedt halten wir mit Atmungsgeräten und den beiden Substanzen am Leben. Schlägt die Antireaktivsubstanz AH an, dann muß Ramstedt mit dem von Öhman verpflanzten Kalbsherzen und dem zweiten Herzen im Bauchraum weitermachen – die Herzschläge brauchen nicht aufeinander abgestimmt zu werden. Falls aber doch die Substanz AH versagt, dann steht uns das neue, zur Normalgröße entwickelte Herz zu einer frischen Plantation in den Brustraum zur Verfügung. Uns wäre es letzte Sicherheit und endgültige Bestätigung, die einen völlig neuen Weg auf dem Gebiet –«

Farelli hatte seine großen Hände auf Garretts Schultern gelegt und schüttelte ihn wie einen alten Freund. »Garrett, Sie sind ein Genie, wahrhaftig, ein Genie! Was haben wir denn noch zu verlieren? Nichts! Wir können nur gewinnen. Öhman muß sofort her – wir brauchen das Embryoherz der Fehlgeburt –«

»Dann gehe ich inzwischen an die Vorbereitungen für das neue Antireaktiv-Serum.«

In diesem Augenblick wußte Garrett plötzlich, daß er nie mehr an Dr. Kellers Sitzungen teilnehmen würde, und zum erstenmal seit einer Ewigkeit – ja, eine Ewigkeit erschien es ihm jetzt – fühlte er sich frei von seinen Fesseln.

Keine drei Stunden später begann sich der elektrische Vervielfältigungsapparat in der Verwaltung des Karolinen-Hospitals in Bewegung zu setzen, um die offizielle Pressemitteilung Dr. Öhmans in Druck zu bringen: über die trotz dramatischer Komplikationen erfolgreiche Herzplantation an Graf Ramstedt, durchgeführt von Dr. John Garrett und Dr. Carlo Farelli, unter Assistenz von Dr. Eric Öhman vom Karolinen-Hospital. Hierbei sei zum ersten Male ein neues Verfahren angewandt worden, und die Ärzte des Karolinen-Hospitals seien der Meinung, daß damit der Fall Ramstedt zu einer wichtigen Ergänzung der Garrett-Farelli-Methode geführt habe – des gemeinsamen Werkes jener beiden großen Wissenschaftler, die heute mit dem Nobelpreis geehrt würden ...

Es war elf Uhr fünfzehn vormittags.

Müde des endlosen Wartens auf Leahs Rückkehr aus Dalarna, hatte Andrew Craig vor zehn Minuten angefangen, den Inhalt von Schrank und Schubfächern in den Koffer zu werfen, wahllos und ohne jedes System. Was noch zu tun blieb, war, unten in der Halle anzurufen und beim Portier einen Boy zu verlangen. Sein Abendanzug für die Feier am Nachmittag hing über dem Bügel. Beides, Gepäck und Anzug, mußten in das Einzelzimmer geschafft werden, in das er für die letzte Nacht in Stockholm umzusiedeln gedachte. Dann waren nur noch die beiden Schreiben zu erledigen: eine kurze, eindeutige Erklärung für Leah und die Rede, die bis fünf Uhr aufgesetzt sein mußte.

Als die Türglocke summte, dachte er, es sei Leah. Statt dessen stand jedoch ein Hotelboy da und hielt ihm auf einem Silbertablett einen Brief hin. Hastig las er:

Lieber Andrew,
ich habe gründlich über alles nachgedacht, und ich würde Dich gern noch einmal sehen, falls Du mich noch sehen willst. Was ich dir zu sagen habe, ist wichtig. Ich werde Punkt zwölf Uhr dreißig in meinem Zimmer sein. Bitte ruf mich an. Emily.

Eilige Zeilen – auf einen Bogen Hotelpapier geschrieben. Aber sie duzte ihn wenigstens. Und sie wollte ihn sehen, das war die Hauptsache! Alles andere würde dann wohl bei ihm selber liegen.

Der Boy! Richtig – der stand ja noch an der Tür und wartete. Er kramte in der Tasche seines Sakkos nach einem Kronenstück.

»Wer hat Sie mit diesem Brief beauftragt?«

»Eine Dame, Sir.«

»War sie auf dem Weg ins Haus oder aus dem Haus?«

»Sie ging aus, Sir.«

»Danke sehr.«

Zwölf Uhr dreißig also. Bis dahin würde er sich in Geduld fassen müssen. Dabei fiel sein Blick wieder auf Gepäck und Abendanzug. Beides hätte er dem Boy gleich mitgeben können, das hatte er ganz vergessen. Ehe er aber am Telefon war, ging die Eingangstür. Abwartend lauschte er. Schritte – irgend jemand war im Wohnzimmer. Er ging hinüber.

Leah Decker legte vor dem Spiegel Hut und Mantel ab.

»Andrew –«

Sie wandte sich um. Die Winterluft hatte ihr Farbe gegeben; in ihrem streng zurückgekämmten Haar glitzerten noch ein paar Schneeflocken.

»Andrew – es war himmlisch da oben im Norden», sagte sie, ihm entgegenkommend. »Wenn du den Siljan-See im Winter nicht gesehen hast, dann bist du einfach nicht in Schweden gewesen –«

Ihr Blick fiel auf den Koffer. »Du hast gepackt? Aber warum denn die Eile? Vor morgen nacht fahren wir doch nicht.«

»Du fährst morgen nacht – allein. Ich gehe, wann es mir paßt – allein. Und zwar sofort. Wir werden uns gleich zum letzten Male gesehn haben.«

»Andrew! Hast du getrunken – oder was ist mit dir los?«

»Laß das, Leah.«

»Ach – ich kann mir schon denken, was in dich gefahren ist. Vermutlich wolltest du deine deutsche Freundin sehen, und sie hat dir erzählt, daß ich –«

»Davon wollen wir gar nicht reden«, sagte Craig, »obwohl es übel genug war – aber viel schlimmer ist die andere Sache ... Das werde ich dir nie verzeihen. Ich will dich nicht mehr sehen.«

Leah war ein Bild vollkommener Konfusion. »Andrew, ich habe nicht die leiseste Idee, was –«

»Wie praktisch – plötzlicher Gedächtnisschwund«, sagte Craig bitter. »Also schön. Hast du mir seit Harriets Tod nicht eingeredet, ich trüge die Schuld daran? Ich hätte meine Frau umgebracht? Wie? Das war doch dein ewiges Gerede, nicht wahr?«

Mit weit aufgerissenen Augen stand Leah vor ihm.

Unerbittlich sprach Craig weiter. »Du wußtest die Wahrheit, die ganze Zeit über. Du hattest den Polizeibericht. Die gebrochene Spurstange brachte uns in der Kurve ins Schleudern ... Von dir erwartete man, daß du mir die Einzelheiten der Unfallermittlungen berichten würdest. Du dachtest gar nicht daran. Statt dessen hast du mir das Gefühl einer Schuld einsuggeriert, die gar nicht existierte ... Mich hast du belogen und Lucius hast du belogen. Warum hast du das getan, Leah?«

Gebrochen, in die Enge getrieben, starrte sie ihn an. »Wer sagt, daß das die Wahrheit ist? Frag Sheriff Hollinder, wenn du nicht –«

»Sheriff Hollinder«, fuhr er hoch, »Miller's Dam – was zum Teufel weiß der schon davon? Gerade an der Grenze nach Marquette-County ist es passiert, und der Unfallbericht liegt bei den Polizeiakten in Pikestown. Eine Fotokopie des Berichtes, den du mir vorenthalten hast, ist hier in Stockholm.«

»Das glaube ich nicht«, sagte sie schwach.

»Wie konntest du so dumm sein? Einmal mußte das doch herauskommen. Und wie konntest du so bösartig sein? Ich hätte mich zu Tode saufen können – ich hätte mich erschießen können ...«

»Das hättest du nie getan. Dazu hast du viel zuviel –« Der Satz blieb in der Luft hängen, weil sie merkte, daß er einem Schuldbekenntnis gleich kam. Ihre Verteidigung brach zusammen.

»Seit ich die Wahrheit weiß, glaube ich, dich zu kennen, auch wenn sich alles in mir sträubt, dich zu sehen, wie du wirklich bist. Deinen Zwecken wolltest du mich opfern, mich zu deiner Kreatur machen, ein willenloses Objekt deiner Launen und Kommandos – das war es doch? Oder was sonst?«

»Ich brauchte dich nicht. Ich hatte Harry Beazley in Chicago, die ganze Zeit ...«

»Du sollst ihn haben, Leah! Sieh zu, daß du hinkommst, solange es noch Zeit ist. Heirate und zieh ihm meinetwegen einen Ring durch die Nase. Aber mich wirst du von jetzt an in Ruhe lassen.«

»O Andrew –« Sie verstummte.

»Ich habe mir ein anderes Zimmer genommen. Zur Feier kannst du bleiben. Die Flugkarten lasse ich umbuchen. Nach Miller's Dam brauchst du nicht zu kommen, spar dir die Mühe. Deine Sachen werde ich dir schicken.«

»Andrew, bitte –«

»Ja, ich will alles loswerden dort – die Stadt, das Haus, die Möbel, meine Schuld ... Harriet werde ich vermissen – aber Harriet ist in meinem Herzen und nicht in Miller's Dam. Und Lucius wird mir fehlen. Aber der Rest kann mir gestohlen bleiben.«

»Was willst du denn machen? Du kannst doch nicht –«

»Ich werde das tun, was mir vorschwebte, bevor ich Harriet kennenlernte. Ich werde mir irgendein Stückchen Einsamkeit auf einem Berg über dem Pazifik suchen – keine Künstlerkolonie – ein Stück Land – und ich werde schreiben.«

»Andrew, hör mich doch an – sei nicht so hart. Versuch doch, mich zu begreifen – hilf mir bitte durch dein Verständnis.«

Und wie sehr er es auch haßte, er spürte, daß er das noch ertragen mußte, um sie loszuwerden.

»Du irrst«, sagte sie. »Ich wollte dich nicht zu meinem Sklaven machen. Es war etwas anderes –«

Sie schluckte, ein Hustenanfall schüttelte sie, und er wartete.

»So weit ich zurückdenken kann«, sagte sie dann, »stand ich immer im Schatten Harriets. Schon bei meinen Eltern, bei den Verwandten. Harriet war älter, Harriet war hübscher, Harriet war tüchtiger, Harriet wurde gelobt und gepriesen ... Und als sie heiratete, da wußte ich, es würde so bleiben – Harriet bekam den berühmten vermögenden Mann – einen namhaften Schriftsteller – und ich bekam eine Null ... Immer würde ich diejenige sein, die man einzuladen vergaß – der man zu schreiben vergaß – an die man nicht dachte ... Und dann – dann –«

Ihr Atem ging laut und schwer. Mühsam versuchte sie, den Faden wieder aufzunehmen.

»Und dann geschah das entsetzliche Unglück – Harriet war tot. Hatte ich es nicht all die Jahre insgeheim gewünscht? Jetzt schämte ich mich. Ich schämte mich meines Neides – und plötzlich – es fügte sich alles so selbstverständlich – war da ein gemachtes Bett, in das ich mich nur hineinzulegen brauchte – niemand machte es mir streitig. Ich war in Miller's Dam, an ihrer Stelle – es war wie ein Traum. Ja, es war ein Wunder für mich ... Und dann, als es dir besser ging, als du dich erholtest, da kam das traurige Erwachen: Ich wußte wieder, daß ich die arme Leah war, nicht Harriet, daß ihr Haus nicht mein Haus, ihr Mann nicht mein Mann war – furchtbare Angst packte mich. Eine Imitation war ich, eine Ersatz-Harriet – und eines Tages mußtest du das sehen und würde ich das Paradies, von dem ich mein ganzes Leben geträumt hatte, für immer verlassen müssen ... Und das ertrug ich nicht.

Eine Art Wahnsinn überfiel mich – und ich steigerte mich langsam in die Vorstellung, für dich vielleicht doch Harriet zu werden – wie soll ich es ausdrücken ... Anfangs hatte ich nichts gegen dein Trinken; es machte dich so abhängig von mir wie damals, als du noch nicht gesund warst. Du brauchtest mich wieder. Später haßte ich es. Du warst nicht mehr du selbst, nicht mehr das, was Harriet in dir gesehen hatte. Für dich existierte ich nicht, weder als Harriet noch als Leah – und trotzdem, ich wollte nicht aufgeben – das war der Grund, warum ich dir den Unfallbericht nicht zeigen konnte – immer hatte ich es vor, aber die Lüge war mir einmal herausgerutscht, und ich konnte sie nicht zurücknehmen – wollte es vielleicht auch gar nicht. So kam das alles. Du mußt mir verzeihen, Andrew – ich will nichts anderes mehr, als daß du mir vergibst.«

Craig erkannte, daß hier ein Mensch um sein Seelenheil flehte. Und er wußte, daß er sie nicht verdammen durfte.

»Leah, es tut mir leid – natürlich verzeihe ich dir. Du weißt jetzt wieder, wer du bist, nicht wahr? Und glaub mir: es ist nicht schlimm, Leah Decker zu sein, wenn du dir selber treu bleibst. Und du hast Harry Beazley in Chicago. Mach das Beste daraus. Wenn du den guten Willen hast ... Ich wünsche dir Glück, Leah. Und eines Tages, wenn über all diese Dinge Gras gewachsen ist, können wir vielleicht wieder Freunde werden.«

»Ich wünsche es mir, Andrew; ich werde es brauchen.«

»Gut – und noch etwas: Wir wollen Harriet beide Lebewohl sagen. Ihre Zeit auf dieser Welt ist nun einmal abgelaufen. Wir sollten uns an dem freuen, was das Leben noch für uns bereithält. Ich weiß nicht, ob wir es noch können – aber versuchen sollten wir es.«

»Ja, Andrew. Leb wohl.«

»Leb wohl, Leah.«

Es war zwölf Uhr fünfundzwanzig mittags.

Ganz außer Atem betrat Emily Stratman das Appartement ihres Onkels. Ab Kunstgatan hatte sie ein Taxi genommen und immer wieder nach der Armbanduhr gesehen. Eilig wie sie war, hatte sie nur ungeduldig hingehört, als der Mann am Empfang ihr etwas von drei dringenden Anrufen für ihren Onkel erzählte. Flüchtig hatte sie geantwortet, daß sie ja nun da sei, um die Gespräche abzunehmen.

Nun hatte sie es doch noch pünktlich geschafft. Während sie, jeden Augenblick Craigs Anruf erwartend, im Zimmer saß, dachte sie an das, was ihr bevorstand. Ob sie sich richtig verhalten hatte?

Die Unterredung mit Lilly hatte diesen Brief ausgelöst ... Stundenlang hatte sie gestern nacht in ihrem Bett wach gelegen; sie hatte ihr Leben und sich selbst unter die Lupe genommen – und ihre Gefühle für Craig. Sie war sich klar darüber geworden, daß sie Craig noch einmal sehen mußte. Sollte ihre letzte Begegnung auch die letzte Erinnerung aneinander bleiben? Dafür liebte sie ihn zu sehr. Hatte er es nicht auch verdient, etwas mehr von ihr zu wissen? Deshalb brauchte sie sich nicht gleich ganz preiszugeben – aber die tieferen Beweggründe, warum sie nicht anders handeln konnte, das wenigstens sollte Craig wissen. Das und den Grund für ihre Trennung ...

Nervös blickte sie um sich und entdeckte jetzt erst den Zettel mit der bekannten Handschrift auf dem Tisch.

Mußte plötzlich geschäftlich zum Lunch. Bin bald zurück. Die Zimmerbedienung wird dein Kleid um drei Uhr abliefern. Gruß, Onkel Max.

Sie hatte kaum zu Ende gelesen, als das Telefon läutete.

Endlich! Sie nahm den Hörer und gab sich Mühe, ruhig zu sprechen. »Hallo?«

»Miss Emily Stratman, bitte?« Nicht Craigs dunkle Stimme war das, sondern eine fremde – dünn, hoch, schwedisch.

»Ja, hier spricht Emily Stratman –«

»Bitte erschrecken Sie nicht, Miss Stratman. Ich rufe für Professor Max Stratman an. Er hatte beim Lunch einen leichten Herzanfall.«

»Herzanfall? Oh, nein –«

»Sorgen Sie sich nicht, Miss Stratman. Er ist in besten Händen. Er wird gerade untersucht und behandelt.«

»Was ist passiert? Wie geht es ihm? Bitte –«

»Ein leichter Schlaganfall, Miss Stratman. Er hat gefragt –«

»Wer ist am Apparat?»

»Ich bin einer der behandelnden Ärzte – Dr. Öhman – Professor Stratman hat jetzt keine sonderlichen Beschwerden. Er hat nach Ihnen verlangt. Ich glaube, es wäre ratsam, wenn Sie –«

»Sagen Sie mir, wo er ist. Ich werde sofort da sein. Augenblick –«

Sie suchte nach ihrem Füller, um die Adresse zu notieren, fand ihn in der Handtasche und rief: »Ja bitte?«

»Nehmen Sie ein Taxi bis Sahlins Sjukhus. Das ist eine kleine Privatklinik – Richtung Süd-Hospital – zwei Straßen davor, am Ringvägen. Und nicht wahr, Professor Stratman legt Wert darauf, daß die Angelegenheit unter keinen Umständen bekannt wird; bitte erwähnen Sie niemandem gegenüber etwas.«

»Er soll sich nicht beunruhigen, sagen Sie ihm das.«

Sie hing ein, riß die untere Hälfe von Onkel Max' Zettel ab, wo sie die Klinikadresse aufgeschrieben hatte, klemmte die Handtasche unter den Arm und lief zur Tür. Schon hatte sie die Klinke in der Hand, als das Telefon wieder zu läuten begann. Craig! Es mußte Craig sein. Aber jetzt hatte sie keine Zeit mehr; außerdem durfte sie nicht darüber reden. Sie warf sich den Mantel über und rannte zum Lift. Hinter ihr bimmelte monoton das Telefon.

Das Taxi hielt vor einem schmalen Ziegelgebäude; zwei Säulen, zwei Fenster, dazwischen eine schwarze Tür, nahm sie vom Fenster aus wahr. Bis der ältliche Fahrer um den Wagen herum war, um ihr behilflich zu sein, war sie schon durch den Schnee gestiegen und auf dem Gehsteig.

Sie kramte in ihrer Handtasche und gab ihm einen Fünf-Kronen-Schein. »Schon gut«, sagte sie.

»Vielen Dank«, sagte er und tippte an den Mützenschirm. »Diese Tür, Miss Stratman.«

Sie war schon unterwegs, blieb aber noch mal stehen. »Woher wissen Sie meinen Namen?«

Der Fahrer verbeugte sich. »Der Portier vom *Grand-Hotel* hat Sie mir beschrieben.«

Hastig ging sie in die Klinik. Und es überraschte sie nicht weiter, von einem blonden, sehnigen Schweden mit sorgenvoller Miene in Empfang genommen zu werden: »Miss Stratman?«

»Ja.«

»Ich bringe Sie zu Professor Stratman.«

Tennisbeschuht, mit leicht federndem Gang, führte er sie über den kurzen Flur durch eine Tür in ein Empfangszimmer.

»Der Doktor erwartet Sie«, sagte der Schwede und hielt eine zweite Tür auf.

Sie trat in das Büro, in einen dämmerigen Raum, dem nur zwei Lampen am entgegengesetzten Ende schwaches Licht gaben. Vor einem braunen, glasbedeckten Schreibtisch stand ein Stuhl, hinter ihm ein hoher Drehstuhl und neben ihm, mit dem Rücken zu ihr, der Arzt, der gerade die Fenstervorhänge schloß.

»Dr. Öhman –«

Ohne alle Hast brachte er die Vorhänge in Ordnung und wandte sich ihr dann zu. »Ich bin Dr. Hans Eckart, nicht Dr. Öhman. Bitte nehmen Sie doch Platz.«

»Mein Onkel –«

»Aber setzen Sie sich doch bitte.« Emily griff nach dem Stuhl und setzte sich auf die Kante. Eckart war an den Schreibtisch getreten und ließ sich ihr gegenüber nieder. Er lächelte ermutigend. Aber das ermutigte sie wenig. Was sie in diesem Büro erwartet hatte, war ein schwedischer Arzt. Dieser Mann hier aber schien offenkundig ein Deutscher.

»Wo ist mein Onkel?« brachte sie heraus. »Wie geht es ihm?«

»Gut – das nehme ich jedenfalls an. Für einen alten Herrn mit einem Herzschaden scheint er ungemein rüstig. Wo er ist, das weiß ich allerdings genauso wenig wie Sie. Seit einer Stunde versuche ich, ihn zu erreichen.«

»Aber Sie haben mich doch angerufen – Sie haben doch gesagt, er hätte einen Herz –«

»Gewiß. Als man mir sagte, er sei noch nicht wieder ins Hotel zurückgekommen, Sie aber seien inzwischen da, veranlaßte ich dieses Telefongespräch. Und ich bedaure aufrichtig, daß ich gezwungen war, Ihnen mit einer kleinen Entstellung der Tatsachen einen Schrecken eingejagt zu haben. Der Vorwand war notwendig, um Sie hierherzubringen. Ich mußte Sie sprechen! Mit Ihrem Onkel habe ich mich bereits vor ein paar Tagen unterhalten. Mir wäre es weit lieber gewesen, dies auch heute zu tun. Da er aber nicht erreichbar war, blieb mir gar nichts anderes übrig, als Sie an seiner Stelle hierher zu bemühen. Als seine Stellvertreterin sozusagen.« Eckarts Finger trommelten auf die Schreibtischplatte, durch sein Monokel schien er sie abzuschätzen. »Sie werden schon alles richtig machen, das glaube ich zuversichtlich. In Angelegenheiten dieser Art müssen Sie und Ihr Onkel, dessen bin ich sicher, einer Meinung sein.«

Angst überfiel sie. Aber warum eigentlich? Wovor?

Nur keine Schwäche zeigen, dachte sie krampfhaft. Und plötzlich fragte sie: »Sie sind kein Arzt?« Ihre Stimme zitterte.

»Nein. Ich bin Doktor der Physik. Meine Bekanntschaft mit Professor Stratman geht auf unsere früheren Berufsjahre in Berlin zurück.«

Entsetzen kroch in ihr hoch. »Was wollen Sie – was wollen Sie von mir?«

»Wenig genug«, sagte Eckart so liebenswürdig, als sei dies alles ein charmantes, unverbindliches Tête-à-tête. »An Ihnen sind wir durchaus nicht interessiert. Professor Stratman interessiert uns. Sie sind für uns lediglich Mittel zum Zweck, verzeihen Sie. Ja, ich weiß, Ihr Autor erwartet Sie; verständlich, daß Sie dieses etwas ungewöhnliche Zwischenspiel möglichst schnell hinter sich zu bringen wünschen.« Er zog eine goldene Uhr aus der Westentasche und überlegte. »Bis zur Feier bleibt uns nicht mehr allzuviel Zeit, also werde ich mich kurz fassen.« Er lehnte sich in seinem Drehstuhl zurück und fuhr fort: »Ihr Onkel ist Deutscher – ein Deutscher, der seine Fähigkeiten betrüblicherweise in den Dienst kapitalistischer Ausbeuter gestellt hat, einer Clique von Kriegshetzern, den Herren des sogenannten demokratischen Amerikas. Wir in Ost-Berlin bedauern zutiefst, ein Genie seines Ranges auf der falschen Seite zu sehen. Doch es gibt etwas – und dies ist mein Auftrag –, das Professor Stratman veranlassen könnte, dieses gefährliche Spiel aufzugeben, ein Spiel, mit dem eine unverantwortliche Gesellschaft den Frieden der Welt bedroht. Es wird ihn zur Selbstbesinnung führen und in sein Vaterland zurückkehren lassen ... Er ist schließlich Deutscher, und –«

»Er ist Amerikaner!«

Eckart schüttelte den Kopf. »Glauben Sie wirklich, daß die Naturalisierung – ein Fetzen Papier – etwas daran ändert?«

»Nichts auf der Welt wird ihn zur Rückkehr bewegen. Das weiß ich.«

»Ich hoffe, daß Sie sich täuschen, Miss Stratman. Und ich hoffe, daß ich mich *nicht* täusche, wenn ich annehme, daß Ihrer beider Vernunft und Einsicht in einem Punkt konform gehen werden.«

»In welchem Punkt? Ich weiß noch immer nicht, worauf Sie hinauswollen?«

»Ich versuche lediglich anzudeuten, daß es vielleicht doch irgend etwas auf der Welt gibt, daß in Max Stratman eine Wandlung herbeiführen könnte.«

»Nein –«

»Und wenn nicht irgend etwas, so doch vielleicht irgend jemand.

Um irgend jemanden für irgend jemanden zu retten ... Max Stratman dürfte das sicherlich in Erwägung ziehen.«

Ein Gefühl von Unwirklichkeit gab Emily einen gewissen Abstand zu dieser unglaubwürdigen Unterredung. Und langsam wurde ihre Empörung stärker als ihre Angst.

»Und dieser Irgendjemand – bin ich das?« fragte sie. »Soll das eine Drohung sein? Wollen Sie mich festhalten oder entführen?«

Eckart setzte eine Miene auf, als sei er zutiefst gekränkt. »Aber – Miss Stratman, ich bitte Sie – mehr oder weniger scheinen Sie mir alle Opfer Ihrer üblichen Gangstervorstellungen aus Film und Fernsehen ...«

»Jedenfalls gibt es nichts, womit Sie mich oder meinen Onkel –«

»Gar nichts, Miss Stratman? Keinerlei Kompensationsmöglichkeiten? Sind Sie so sicher?«

Ihr Zorn verpuffte auf einmal, ihre Sicherheit ließ nach. »Ich kann es nur wiederholen. Sie können mich umbringen –«

»Miss Stratman, ich bitte Sie – beleidigen Sie mich nicht! Ich bin Wissenschaftler, kein Wilder. Sie sind mein Gast, und ich bin Ihr Gastgeber. Und im Endresultat wird diese Zusammenkunft sowohl für Sie als auch für mich zweifellos ersprießlich sein. Sie werden es sehen. Sie haben jemanden, den ich will: Ihren Onkel – und ich habe jemanden, den Sie wollen.«

Eckart erhob sich und ging an ihr vorbei zu der Tür, durch die sie hereingekommen war.

Sie blickte ihm nach. Ihre Hände krampften sich um die Stuhllehnen, und sie spürte das Hämmern ihrer Pulse in den Gelenken.

Er öffnete die Tür zum Empfangsraum und sagte zu jemandem, den sie nicht sehen konnte: »Es ist soweit.«

Eckart trat zur Seite, ehrfürchtig beinahe, und gleich darauf erschien als dunkler Umriß zwischen dem Hell des Empfangsraumes und dem Dunkel des Büros ein älterer Mann im Türrahmen.

Ein wenig hinkend, kaum wahrnehmbar nur, kam er langsam auf Emily zu: ein untersetzter Mann, leicht gebeugt vom Alter, in einem dunkelgrauen Kammgarnanzug, der zerdrückt und ungebügelt war, als sei dieser Mann lange auf Reisen gewesen, ohne noch Zeit gehabt zu haben, sich seinen Koffer schicken zu lassen ... Er kam ihr sonderbar bekannt vor, aber sie konnte dieses Gesicht nicht unterbringen – es war, als liege ihr ein Name auf der Zunge, den sie vergessen hatte.

Sein Gesicht fesselte sie. Ein massiver Kopf auf einem kurzen, dicken Hals. Dünnes Haar. Die Gesichtshaut rissig und gerötet. Trotz der Altersfurchen wirkte das Antlitz straff. Es zeigte regelmäßige Züge, bis auf die auffällige, knollige Nase. Und die kannte sie ... Sie sah das Wasser in den Augen, die zitternden Lippen. Träumte sie –?

Der Fremde, der ihr nicht fremd war, schluckte und schüttelte seinen Kopf. »Kleines Gänschen, erkennst du mich denn nicht mehr?«

Kleines Gänschen ... Wo hatte sie das nur gehört? Weit zurück lag das alles ... Ja, damals, als er sie auf seinen Schultern durch das Wohnzimmer getragen und sie voll kindlicher Begeisterung gequietscht und gelacht hatte, wenn er sie durch die Luft wirbeln ließ – schneller, immer schneller – damals hatte er das immer gesagt ... Kleines Gänschen ... Und damals, als er sie bei ihrem Eintritt ins Gymnasium dem würdigen, weißhaarigen Lehrer übergab und ging ... du wirst langsam eine junge Dame, mein kleines Gänschen ... und noch einmal ein Abschied ... im Sprühregen an der Haustür, zwischen den Uniformierten ... ich werde schreiben, Rebecca, es wird nicht lange dauern, ich bekomme euch heraus ... bald, Rebecca ... bald, mein kleines Gänschen ...

Sie stand ihm jetzt gegenüber, gelähmt, in fassungslosem Staunen. Sekundenlang verschwamm das massive, rotgeäderte Gesicht vor ihren Augen.

»Miss Stratman –«, kam Eckarts Stimme aus dem Hintergrund, wie ein Schnitt durch die unfaßlichen Sekunden, durch die dunklen Jahre, wie ein Beweis der Gegenwart. »Miss Stratman – natürlich kennen Sie ihn – Walther Stratman – Ihr Vater –«

»Papa –« Nicht sie, so schien es, ihre Stimme allein hatte das Wort geformt – zu sich selbst gesprochen – nicht zu dem Fremden, der nicht fremd war ...

»– vermißt, aber nicht tot, wie sich glücklicherweise herausstellte. Er lebte all die Jahre, seit er Ihrem Onkel zur Flucht verholfen hatte, in russischer Haft und arbeitete für die Russen. Aber jetzt ist er hier im neutralen Stockholm ... Ja, es ist ein Wunder, das ich da für Sie vollbracht habe – er ist frei – endlich ...«

Das gerötete Gesicht verschwand im wirbelnden Schwarz des kreisenden Raumes. Verzweifelt kämpfte Emily um ihr Gleichgewicht, um einen inneren Halt ... Umsonst. Sie spürte, wie alles zusammenbrach, und ließ sich in das dunkle Chaos fallen. Für die Ewigkeit einer Sekunde verlor sie den Boden unter den Füßen und schwebte in dem Wirbel, bis der Teppich vor ihr auftauchte und sie das grobe Gewebe an ihrem Gesicht spürte. Entfernte Stimmen drangen zu ihr, riesenhafte Schuhe kamen auf sie zu, dann verlor sich alles in tiefer Finsternis ...

Es war zwei Uhr nachmittags.

Andrew Craig saß auf der Kante seines Doppelbettes in dem ungewohnten Einzelzimmer im fünften Stock. Er war jetzt umgezogen. Seit eineinhalb Stunden hatte er alle fünfzehn bis zwanzig Minuten in Emilys Appartement angerufen, ohne daß sich jemand gemeldet hatte. Es war ihm unbegreiflich. Und nun überlegte er, ob er Emily nicht noch ein letztes Mal anrufen sollte. Er sprang auf, und während er hin und her lief, besorgt um Emily, besorgt um die immer noch nicht geschriebene Rede, kam ihm ein Einfall.

Er ging zum Telefon und verlangte den Empfang in der Halle.

»Ja? Hier ist der Portier.«

»Craig. Sagen Sie mir doch bitte, ob die Schlüssel zum Stratman-Appartement – Miss Emily Stratman und Professor Stratman – beide im Fach liegen. Ich mochte nur wissen, ob einer von ihnen inzwischen schon zurückgekommen ist.«

»Eine Sekunde, Mr. Craig.«

Kurz darauf kam die Antwort. »Beide Schlüssel fehlen. Sie müssen also beide da sein. Ich könnte – Moment bitte, warten Sie –« Craig hörte undeutliche Stimmen, dann war der Portier wieder da. »Mein Kollege im Empfang sagt mir gerade, daß Professor Stratman vor kaum zehn Minuten seinen Schlüssel geholt hat und in seine Zimmer gegangen ist, und Miss Stratman habe sich ihren Schlüssel kurz nach zwölf geben lassen, glaubt er –«

»Danke sehr«, sagte Craig.

Er hängte ein. Das war es also. Die ganze Zeit war Emily in ihrem Zimmer gewesen! Zurückgekommen zwar, um seinen Anruf anzunehmen, aber dann – vermutlich in einer plötzlichen Sinneswandlung – nicht an den Apparat gegangen. Die Versöhnung fiel aus.

Bleierne Apathie überfiel ihn. Schön, wenn sie es so haben wollte, dann war eben nichts zu machen. Dieses ewige Auf und Ab ertrug er einfach nicht mehr. Aus und vorbei. Vielleicht war es das Beste.

Er beschloß, im Wintergarten ein paar Drinks zu nehmen und etwas zu essen. Mit seiner Rede würde er dann schon noch zurechtkommen. Irgendein paar Sprüche würden ihm doch wohl einfallen ...

Am Lift jedoch, als er den Knopf drückte, merkte er, daß nicht der Wintergarten, sondern das Stratman-Appartement Ziel seiner Reise war. Nun gut, dachte er, ich kann wohl nicht anders.

Die Tür des Appartements war nur angelehnt; ein Zimmermädchen, mit Bürsten und Mop beladen, kam eben heraus. Craig machte einen Schritt zur Seite und nickte höflich. »Miss Stratman erwartet mich«, erklärte er, um etwas zu sagen.

Das Zimmermädchen murmelte unverständlich etwas Schwedisches, ließ Craig eintreten und machte die Tür hinter ihm zu.

Im Vorraum bekam er wieder Hemmungen. Unangemeldet brach man nicht in anderer Leute Privatgemächer ein – aber hatte er Emily nicht oft genug angerufen? Sie war es doch schließlich gewesen, die ihn hatte sehen wollen.

Und doch war ihm nicht ganz wohl in seiner Haut, als er ins Wohnzimmer ging. Er sah sich um. Leere – Stille – nur eine Uhr tickte. Er ging am Sofa vorbei, auf die Tür zu, die, soweit er sich erinnerte, zu Emilys Schlafzimmer führte, wollte rufen oder klopfen. Da fiel sein Blick auf den durchgerissenen Zettel zwischen Lampe und Telefon.

Mußte plötzlich geschäftlich zum Lunch. Bin bald zurück. Die Zim-

merbedienung wird dein Kleid um drei Uhr abliefern. Gruß, Onkel Max.

Darunter eine spätere Mitteilung:

Zwei Uhr zwanzig – bin zurück vom Lunch und lege mich jetzt hin. Laß mich nicht verschlafen. Weck mich um vier Uhr. Onkel Max.

Craig richtete sich auf. Also war sie doch nicht da. Wie hatte er ihr nur so mißtrauen können ... Als er das Summen der Türglocke hörte, war sein erster Gedanke: Emily – endlich! Aber sogleich sagte er sich, daß Emily nicht läuten würde, sie hatte ja einen Schlüssel.

Eilig ging er zurück, um zu öffnen. Da entdeckte er auf dem Fußboden, durch den Türspalt geschoben, den weißen Bogen. Er bückte sich, um das maschinengetippte Blatt unbesehen auf den Garderobentisch zu legen. Doch als Emilys Name ihm entgegensprang, wurde er stutzig.

Der Schreiber hatte ausschließlich Großbuchstaben benutzt. Er las:

PROF. STRATMAN: WENN SIE ETWAS VON IHRER NICHTE, EMILY STRATMAN, ERFAHREN WOLLEN, DANN ÖFFNEN SIE SOFORT DAS PÄCKCHEN UND HÖREN SIE, WAS IHNEN EIN FREUND ZU SAGEN HAT!

Craigs Hals schnürte sich zusammen. Das klang sonderbar. Ein Päckchen? Sollte der Boy mit dem Päckchen noch vor der Tür stehen? Er streckte den Kopf hinaus, sah nach rechts und links: Weit und breit kein Mensch. Und dann stieß er mit dem Fuß an den Gegenstand auf dem Korridorboden.

Er hob das kleine, leichte Päckchen auf und überlegte, ob er Professor Stratman wecken sollte. Brief und Päckchen waren ja an ihn gerichtet. Doch sein Instinkt veranlaßte ihn, den Anweisungen des Schreibens selbst nachzukommen. Sorge um Emily trieb ihn – ihm bedeutete sie genauso viel wie Stratman.

Rasch zog er die Schnur auf und packte aus. Ein Miniaturtonband kam zum Vorschein, nicht größer als drei bis vier Zentimeter; ein schwarzes Plastikgerät – »Aufnahme ... Wiedergabe ... Stop«, stand weiß am unteren Rand. Auf Stop stand ein winziger Hebel. Durch einen Schlitz darüber sah man die Bandspule. Daneben ein Knopf. »Manueller Rücklauf«, stand in weißer Schrift darunter. Kein Firmenname. Craig drehte das Ding um. »Made in Stettin« – stand da Schwarz in Schwarz gepreßt. Dann entdeckte er den winzigen Kopfhörer, der mit einem aufgewickelten Kabel an das Gerät angeschlossen war.

Kopfschüttelnd stand Craig damit im Vorraum. Was immer es sein mochte, jetzt gab es kein Halten mehr. Er wollte doch mal hören, was dieser FREUND ZU SAGEN HATTE ...

Vorsichtig stellte er das Tonband auf den Tisch, rollte das Kabel auf, steckte das Hörgerät in das linke Ohr und schob den Hebel von »Stop« auf »Wiedergabe«.

Er hörte nach dem Laufgeräusch der Spule eine Männerstimme: »Max Stratman – hier spricht Ihr alter Freund Hans Eckart. Es wäre mir lieber gewesen, persönlich mit Ihnen zu verhandeln. Den Versuch habe ich am Vormittag mehrfach gemacht. Leider waren Sie nicht zu erreichen. Deshalb habe ich mir erlaubt, eine Zusammenkunft mit Ihrer Nichte zu arrangieren. Sie sitzt jetzt neben mir. Erschrecken Sie nicht, dazu besteht kein Anlaß. Es geht ihr ausgezeichnet. Und sie wird Ihnen sogleich eine freudige Nachricht übermitteln. Verzeihen Sie diese melodramatische Band-Methode, mein Lieber, aber ich muß auf eine gewisse Diskretion achten, was Ort und Umstände dieser Zusammenkunft anbelangt.«

Pause. Die Stimme hatte englisch gesprochen – perfekt, doch mit leichtem deutschen Akzent. Craig versuchte sich zu erinnern, ob er den Namen Eckart schon einmal gehört hatte; aber er kam nicht darauf, und noch bevor er intensiver nachdenken konnte, war die Stimme wieder da.

»Ihre Nichte ist verständlicherweise ein wenig durcheinander. Um jedem Mißverständnis vorzubeugen, will ich selbst die frohe Botschaft vorwegnehmen, noch bevor Emily selbst auf Band spricht. Machen Sie sich auf einen Schock gefaßt.«

Wieder trat eine Pause ein. Erregt und aufs äußerste gespannt, hörte Craig den Leerlauf, bis die Stimme des Sprechers wieder einsetzte.

»Max, hören Sie mir gut zu. *Ihr Bruder Walther lebt.* Vorsichtshalber, um jeden Irrtum auszuschließen, wiederhole ich: Walther Stratman ist am Leben. Er ist hier in Stockholm. Hier, bei mir, in diesem Raum. Er sitzt neben Emily. Sie haben sich wiedergefunden. Ja, Sie werden fassungslos sein, ich kann es mir denken. Ich war nicht weniger erstaunt, als ich gestern von seiner Ankunft hörte. Tatsache jedenfalls ist, daß ich ihn – wie, ist im Augenblick unwichtig – gesund und munter in Rußland fand. Was mich und uns alle irreführte, war der Name Dr. Kurt Lipski, unter dem er all diese Jahre lebte und arbeitete. Die Umwandlung von Walther Stratman in Kurt Lipski hatten die sowjetischen Behörden sofort nach dem Krieg aus Sicherheitsgründen veranlaßt. Dann, als auch bei mir kein Zweifel mehr bestand, überzeugte ich die Sowjets, daß ein wiederauferstandener Walther von größerem Nutzen sein konnte als ein totgeglaubter und daß er es wirklich verdient hätte, selbst zu entscheiden, wo er in Zukunft leben und arbeiten wolle. So gewährten die sowjetischen Behörden Walther die Erlaubnis, in das neutrale Schweden zu fliegen. Diesen Morgen kam er an und ist seitdem bei mir. Sofort versuchte ich, Sie zu erreichen, denn ich wußte, Sie würden Ihren Bruder gleich sehen wollen. Da ich Sie nicht finden konnte, brachte ich Emily statt Ihrer her, damit sie ihren Vater wiedersehen konnte. Zur Bestätigung all dessen – und zur eigenen Stellungnahme – gebe ich jetzt Emily das Wort. Einen Augenblick.«

Wie mit dem Messer durchschnitten, brach Eckarts Stimme ab. Schleifend ging der Leerlauf weiter. Dann beendete ein lautes Klick das Fließen der Spule. Ein wenig ferner setzte eine weibliche Stimme ein.

»Onkel Max, hier ist Emily.« Craig hatte Erregung erwartet, diese Stimme aber war ruhig, leise und wirkte irgendwie gekünstelt. »Onkel Max, man hat mich hierhergebracht, um Papa zu treffen. Im ersten Augenblick erkannte ich ihn nicht wieder – aber er ist es wirklich, ja. Es ist kein Irrtum, kein Trick. Er ist gesund – er ist – guten Mutes, und er will dich sehen. Es ist alles so plötzlich, so neu – ich fürchte, ich bin vollkommen durcheinander. Ja, tatsächlich – als ich ihn sah –«

Mitten im Satz brach die Stimme ab, die nun merkwürdig apathisch und schlaftrunken geklungen hatte, als stünde die Sprecherin unter der Wirkung einer Droge.

Und wie zur Bestätigung seines Verdachtes setzte Emily in schleppendem Tonfall wieder ein: »Aber jetzt – ich war so völlig durcheinander, daß man mir ein Beruhigungsmittel gegeben hat –, jetzt muß ich mich ein bißchen ausruhen.« Wieder lief das Band tonlos, bis Emily müde weitersprach: »Onkel Max – Dr. Eckart sagt, wenn du den dir angebotenen Job an der Universität in Ost-Berlin annimmst, sind die Russen bereit, Papa freizulassen, so daß er in Amerika leben kann. Ich weiß nicht, was ich dazu sagen soll. Nein, ich kann einfach nicht denken. Dr. Eckart wird es dir erklären. Ich will nicht, daß du es tust – ich will aber auch nicht, daß Papa wieder zurück muß.« Nach einer kleinen Atempause fuhr Emily fort: »Für mich besteht keinerlei Gefahr – soll ich dir ausrichten. Wie immer du dich entscheidest, am Abend nach der Nobelpreisfeier werde ich zurück sein. Um diese Zeit werden sie entweder Papa oder dich mitnehmen.« Emilys Stimme verlor ihre Lethargie, Erregung kämpfte gegen die Wirkung des Beruhigungsmittels. »Oh, Onkel Max, sie wollen dich haben, aber bitte, bitte –« Der Satz brach ab, das Band lief tonlos, und nur die Schlußworte von Emilys Bitte kamen noch: »– was das Beste ist für dich.« Dann war da nur noch das leise schleifende Surren des Leerlaufs. Stille.

Erschüttert starrte Craig auf das winzige Gerät. Drei Viertel der kleinen Spule waren jetzt abgelaufen, ein Viertel blieb noch übrig. Er wartete.

Aufs neue ertönte Eckarts Stimme, jetzt um Nuancen schärfer und sicherer. »Max, Sie haben gehört, was Ihre Nichte – ohne unter irgendeinem Druck zu stehen – Ihnen zu sagen hatte. Ich will Ihnen jetzt unsere Bedingungen – unser Angebot – präzis auseinandersetzen. Hören Sie. Unser Wunsch ist, daß Sie sich vom Westen lossagen und dem Friedenskorps der Wissenschaftler in Ost-Berlin, der Hauptstadt unseres Vaterlandes, beitreten. Sie werden mit allen Ehren und allem Entgegenkommen, das Ihnen als Wissenschaftler von Weltrang zusteht, aufgenommen werden. Heute nachmittag, zwischen fünf und sechs Uhr, wenn Sie den Nobelpreis aus des Königs Hand empfangen haben, werden Sie Ihre Rede halten. Und in dieser Rede werden Sie Ihren Übertritt zum Osten erklären. Die Feier wird vom Fernsehen übertragen; also werden wir Sie sehen und hören. Wenn Sie einverstanden sind, dann kehren Sie nach der Feier in Ihre Zimmer im *Grand-Hotel* zurück. Dort werden wir Kontakt mit Ihnen aufnehmen. Im Laufe des Abends wird man Sie zu mir fahren, und ich werde Sie dann zu Ihrem Bruder und zu Ihrer Nichte bringen. Vor Mitternacht wird der Austausch perfekt sein. Walther und Emily werden in Stockholm auf freien Fuß gesetzt; wenn sie wollen, können sie nach Amerika gehen. Sie selbst werden mich in ein neues und besseres Leben begleiten – über die Verkehrsmittel kann ich mich nicht äußern. Sollten Sie unsere Vorschläge ablehnen, würde dies Rückführung und Verlust Ihres Bruders bedeuten. Entgegen seinen Wünschen wird man ihn wieder in russischen Gewahrsam bringen; Sie werden ihn nie mehr wiedersehen. Da ich aber Ihre Haltung in Gewissensfragen kenne, habe ich keinerlei Zweifel, daß Sie die richtige Entscheidung treffen und nicht das Opfer vergessen werden, das Walther Ihnen neunzehnhundertfünfundvierzig gebracht hat – ein Opfer, daß Ihnen zu Ruhm und Ansehen verhalf. Walther wünscht heute nichts sehnlicher, als seinen Lebensabend bei der so lange vermißten, geliebten Tochter zu verbringen.«

Nach kurzer Unterbrechung fuhr der Sprecher abschließend fort: »Wir haben Ihnen ein vernünftiges Angebot gemacht. Verwerfen Sie es nicht. Und bringen Sie die, die Ihnen lieb und wert sind, nicht in Gefahr, indem Sie die schwedische Sicherheitspolizei verständigen. Sie werden weder mich noch Walther noch Emily finden. Entscheiden Sie sich so oder so, aber treffen Sie Ihre Wahl allein. Jeder andere Weg würde sich als sinnlos und gefährlich erweisen. Herzliche Grüße ...«

»Klick« machte das Band. Und nichts mehr war zu hören als das gleichmäßige Summen der unbesprochenen Spule.

Craig schob den winzigen Hebel auf »Stop«. Sekundenlang zögerte er. Noch konnte er keinen klaren Gedanken fassen. Alles, was eben auf ihn eingedrungen war, ging ihm wirr durch den Kopf. Ich muß Emilys Stimme noch einmal hören, dachte er, ich muß versuchen, ihre Stimmung und Verfassung klarer zu erkennen ... Er spulte um, zog den Hebel auf »Wiedergabe« und lauschte angestrengt – nichts. Kein Ton, keine Stimme, nur das höhnische Raspeln der kreisenden Bandspule.

Ein Licht ging ihm auf. Durch irgendeine besondere Vorrichtung hatte sich das Band nach der Wiedergabe automatisch gelöscht. Nichts von allem, was er vernommen hatte, würde je wieder zu hören sein. Und die Zukunft der drei Stratmans lag in seiner Hand ...

Krampfhaft versuchte er zu überlegen. Wohin zuerst? An wen sich wenden? Was war richtig, was war falsch? Eine Lösung gab es, die einfachste, aber schrecklichste: Max Stratman zu wecken, ihm alle Einzelheiten der unglaublichen Bandaufnahme zu wiederholen und ihm so die Verantwortung zuzuschieben – ihn die Last der Entscheidung in zwei Stunden in die Konzerthalle schleppen zu lassen ... Aber sogleich schämte er sich, dies auch nur einen Augenblick in Betracht gezogen zu haben. Der Widerspruch im eigenen Wesen wurde ihm plötzlich klar – ja, da lag seine Schwäche: Immer wollte er den Weg des geringsten Widerstands wählen. Und wenn er sich weiter vor den Realitäten des Lebens und der Aufgabe, die es ihm stellte, in alkoholische Betäubung, Selbstmitleid und Untätigkeit flüchtete, dann würde er diese Stadt genauso verlassen, wie er angekommen war: als zerrissener, gespaltener Mensch, sich selbst und seiner Zeit verloren, ewiges Opfer unsichtbar lauernder Ängste. Diese Mutprobe war der endgültige Charaktertest – um das verantwortliche Handeln ging es.

Und nicht allein das. Emilys Zukunft war seine Zukunft, und im Grunde ging es jetzt auch um seine Selbsterhaltung. Wohin, dachte er, an wen soll ich mich bloß wenden? Die schwedische Sicherheitspolizei? Aber was konnte sie unternehmen? Noch bevor sie imstande war, die Spur aufzunehmen, würde Eckart verschwunden, Walther längst aus dem Weg geschafft sein und Emily womöglich tot in einer dunklen Seitenstraße liegen – sofern man sie nicht als Geisel mitnahm. Nein, das geräuschvolle Mahlwerk behördlicher Bürokratie kam zu langsam in Gang.

Aber was konnte er sonst tun? Es auf eigene Faust versuchen? Das wäre lächerlich. Seine praktischen Erfahrungen auf dem Gebiet internationaler Intrige – eine euphemistische Umschreibung dieser schmierigen Erpressung – waren gleich Null. Er kannte ein paar Dokumentarberichte und einige gelegentlich aufgeschnappte Geschichten, wie Lillys Ungar, Nicholas Daranyi, sie erzählte – zum Beispiel über diesen – wie hieß er nur gleich? Enbom, ja, Enbom, der Schwede mit den kommunistischen Sympathien, der Geheimberichte an die Russen verkauft hatte ... Aber viel mehr wußte er nicht ...

Plötzlich erstarrte Craig. Daranyi! Wie an einen Rettungsanker hielt er sich an diesen Namen. Er versuchte sich zu erinnern – hatte Daranyi nicht erwähnt, daß er für einen Mann vom Nobelkomitee an der Durchleuchtung der gegenwärtigen Preisträger arbeitete – oder so ähnlich? Jetzt, nachträglich, kam ihm das sehr verdächtig vor. Hatte er ihn selbst etwa auch bespitzelt? Und Stratman? Wie war das mit Stratman? Es war ihm alles noch recht unklar – aber Daranyi war eine Möglichkeit. Und selbst, wenn er davon nichts wußte – er würde wissen, was zu tun war.

Er hörte die Uhr und erschrak. Kaum ein und drei viertel Stunden blieben ihm jetzt noch, etwas zu unternehmen. Aber selbst wenn Daranyi ihm einen Weg zu Emily und Walther zeigen konnte, was dann? Wie war dieses absurde Dilemma zu beenden? Kein Zweifel: er mußte mit Walther reden ... und sei es, um ihn zu bewegen, aus diesem Drama abzutreten. Er versuchte, nüchtern und logisch zu überlegen. Walther, Emilys Vater, war in ihr Leben zurückgekehrt. Aber bedeutete Vatertum nur die blutmäßige Bindung? Bedeutete das nicht vor allem schützende Nähe, Liebe, Verantwortung, Bereitschaft zum Opfer? Und so gesehen, war Max, nicht Walther Stratman, Emilys Vater. Max von ihr loszureißen, hieße sie an einen Fremden binden. Wenn sie mich nicht will, brütete Craig weiter, und Max nicht haben kann, bleibt sie sich selbst überlassen – und Emily ist allein nicht lebensfähig; sie würde seelisch an dieser Leere zugrunde gehen.

Und weiter: Walther war ein Unbekannter, Max aber ein Mann, der von der freien Welt gebraucht wurde. Ergo mußte, wenn es anders nicht möglich war, Walther geopfert werden, um Max und Emily zu retten. Ergo mußte Walther gefunden und dazu gebracht werden, freiwillig dorthin zurückzukehren, wo er hergekommen war. Liebte er Emily wirklich – und darüber hinaus die Freiheit der Menschheit –, dann würde er sich auch überreden lassen ...

Aber das Anmaßende und Unmenschliche seiner Entscheidung quälte Craig. Sosehr er sich bemühte, seine Skrupel zu überwinden, die innere Stimme war nicht zum Schweigen zu bringen. Hatte nicht Walther für seinen Bruder freiwillig seit Jahr und Tag die Versklavung durch ein verabscheutes System ertragen und daher moralisch berechtigte Ansprüche in die Waagschale zu werfen? Hatte er sich nicht einen glücklichen Lebensabend in der Freiheit verdient? Um der Gerechtigkeit willen? Nichtsdestoweniger sank diese Gerechtigkeit in Craigs Augen mit einemmal zu sekundärer Bedeutung herab. Und sein Gefühl trieb ihn immer wieder zurück zu seinem ursprünglichen Impuls: Walther mußte zurück.

Craig hatte sich entschieden. Versagte er, gelang es ihm nicht, Walther in den nächsten ein und drei viertel Stunden zu finden oder aber ihn zwar aufzuspüren, jedoch nicht zu überzeugen, dann war es noch immer nicht zu spät, zu Max zu gehen ...

Er steckte den anonymen Brief ein und ließ das Miniaturtonband im Garderobenschrank verschwinden. Er zog einen Füller heraus und setzte nach kurzer Überlegung einen Nachsatz unter Max Stratmans Notiz für Emily. »Habe Emily in die Stadt mitgenommen. Wir sehen uns in der Konzerthalle. Gruß Craig.« Er nahm den Hörer vom Telefon. »Können Sie die Nummer eines Nicholas Daranyi feststellen?« fragte er die Vermittlung und wartete nervös. »Leider nein. Im Telefonbuch von Stockholm ist kein Daranyi zu finden.«

Craig hängte auf, und prompt fiel ihm Lilly ein. Um diese Zeit mußte sie in der Nordiska Kompaniet sein. Lilly mußte gefunden werden, sie wußte gewiß Daranyis Adresse.

Er hastete aus dem Stratmanschen Appartement, rannte den Korridor entlang und fuhr mit dem Aufzug in die Halle, die wie immer überfüllt war. Eilig nahm er Kurs auf die Treppe, die über die Drehtür ins Freie führte.

Schon auf der ersten Stufe war es ihm, als hätte er seinen Namen gehört. Er drehte sich um. »Craig!« hörte er die Stentorstimme wieder.

Gunnar Gottling! »Mensch, alter Kumpel«, brüllte er vernehmlich und kam auf Craig zu, »gerade habe ich in Ihrem Zimmer angerufen. Ihre sämtlichen geschwollenen Bücher habe ich in den letzten Tagen noch mal gelesen, das wollte ich Ihnen sagen, und –«

Craig ließ ihn nicht aussprechen. »Gottling, ich hab' heute wahrhaftig keine Zeit für Geplauder, ich sitz' bis über die Ohren in der Tinte, und ich –«

»Wer will Ihnen was?« Gottlings Gesicht und Haltung hatten die drohende Wildheit eines angegriffenen Bären angenommen. Hier gab es kein Ausweichen. »Sie sehen aus wie Ihr eigenes Gespenst – was ist los? Beichten Sie mal!«

»Es geht nicht um mich. Um jemand anders – es geht um Leben und Tod – bitte –«

Damit wollte er Gottling stehenlassen, aber der packte seinen Arm. »Nix da – schließlich bin ich auch noch da! Was kann ich für Sie tun?«

Blitzartig durchfuhr es Craig, daß Gottling tatsächlich der richtige Mann für ihn sein konnte. Er kannte Stockholm in- und auswendig – und er hatte Courage. Es fragte sich nur, ob er zuverlässig war.

»Gottling, wie weit kann ich mich auf Sie verlassen?«

»Na hören Sie«, fauchte Gottling. »Vor einen fahrenden Zug werde ich Ihretwegen nicht gerade hüpfen, aber sonst können Sie auf mich zählen, verdammt noch mal! Aber – wo stinkt es?«

»Haben Sie den Wagen hier?«

»Natürlich. Kommen Sie«, sagte Gottling.

Während sie durch den festgetretenen Schnee stampften, gab Craig ihm einen kurz zusammengefaßten Bericht über die Ereignisse des Tages. Seine Beziehung zu Emily Stratman deutete er dabei nur an.

»Nur ein paar Straßen«, sagte Craig, als sie eingestiegen waren, »zur ›Nordiska Kompaniet‹.« Dann erklärte er ihm, was er dort wollte.

»Ich kenne Daranyi«, äußerte daraufhin Gottling. »Ich gehöre zu seinen Lieblingsquellen. Na ja, ich tue das, um ein bißchen Dampf zu machen. Ich hab' ihn ganz gern. Und hier ist Ihre N. K.« Er steuerte den Volvo an den Straßenrand.

Craig stieß die Glastür auf, ging in das überfüllte Kaufhaus und versuchte sich zu orientieren. Der Auskunftsschalter! Er kämpfte sich durch den Käuferschwarm zu dem kessen schwedischen Mädchen vor. Er müsse dringend eine der Angestellten, Miss Lilly Hedqvist aus der

Damenbekleidungsabteilung, sprechen, bat er. Es sei wichtig. Das kesse Mädchen läutete, ein Boy erschien, ein kurzes Hin und Her auf schwedisch, dann war der Boy verschwunden. Ein paar Minuten später erschien Lilly mit großen, fragenden blauen Augen. Craig zog sie in eine Ecke in der Nähe der Tür.

»Lilly, ich hab' nicht viel Zeit. Emily Stratman ist in scheußlichen Schwierigkeiten –«

»Was für Schwierigkeiten?«

»Ich kann dir das hier nicht erklären. Wir versuchen, die Polizei aus der Sache herauszuhalten, um sie und ihren Vater zu schützen ... Die ganze Geschichte hängt mit ihrem Onkel, dem Nobelpreisträger, zusammen. Mir ist eingefallen, daß Daranyi erzählt hat, er stelle Nachforschungen über die Nobelpreisträger an –«

»Das stimmt.«

»Wo finde ich Daranyi?«

»Er dürfte jetzt zu Hause sein. Ich bringe dich hin.«

»Es ist sehr eilig, Lilly. Sag mir nur –«

»Nein, es ist besser, wenn ich dich hinbringe. Zwei Minuten, ich muß nur noch mit dem Abteilungsleiter reden – warte draußen.«

Genau zwei Minuten später stürmte sie aus dem Kaufhaus, einen hellen karierten Mantel über die Schultern geworfen. Auf Craigs Wink nahm sie den Rücksitz des großen Wagens ein; er selbst schwang sich auf den Vordersitz neben Gottling, der Lilly mit Kennermiene betrachtet hatte und Craig nur anerkennend zunickte.

»Sag ihm die Adresse, Lilly«, rief Craig.

Sie sprachen schwedisch miteinander, Gottling wendete und fuhr dann in Richtung Strommen-Kanal – den gleichen Weg, den sie gekommen waren – über die Brücke, auf den strahlend erleuchteten Königlichen Palast zu und weiter in die Altstadt.

»Und da habe ich mir immer eingebildet, Daranyi lebte von milden Gaben. Geld wie Heu muß er haben, wenn er in der Altstadt wohnen kann«, bemerkte Gottling während der Fahrt.

»Er ist anständig, und er arbeitet schwer«, verteidigte ihn Lilly.

»Das sollte kein Vorwurf sein, werte Dame, das ist blasser Neid!«

Sie kurvten jetzt durch verwinkelte Straßen und Gäßchen, und plötzlich tauchte zwischen Gottling und Craig wie ein Pfeil Lillys ausgestreckte Hand auf. »Dort ist es«, sagte sie, »gleich an der Ecke, wo –«, sie zögerte, »wo die Ambulanz parkt.«

Craig sah durch die Windschutzscheibe. Ein Krankenwagen stand am Gehsteig, umringt von ein paar Dutzend neugieriger Gaffer.

Gottling steuerte auf die gegenüberliegende Seite. »Glauben Sie, daß was mit ihm passiert ist?« fragte Lilly ängstlich.

Rasch verließen alle drei den Wagen und gingen auf die andere Straßenseite. Lilly drängte sich zur Ambulanz durch; Craig versuchte, ihr zu folgen. Als er sie erreichte, hatte sie bereits mit dem Fahrer gesprochen und wandte sich entsetzt um.

»Ach, das ist schrecklich«, sagte sie verzweifelt. »Immer schon habe ich das kommen sehen! Daranyi hat mehrere Messerstiche – er ist drin, der Arzt ist bei ihm.«

»Wie ist denn das passiert?«

»Das wissen sie nicht.«

»Ist es sehr schlimm?«

»Komm schnell, wir müssen hinein.«

Lilly nahm Craigs Hand. Die Menge machte Platz. Während sie in das Appartementhaus liefen, schrie Gottling ihnen nach, daß er warten würde.

In Daranyis Wohnzimmer – ein komfortables Junggesellenzimmer, sachlich sauber und sehr mitteleuropäisch, fand Craig – hockten vier oder fünf Leute herum: Bekannte aus der Nachbarschaft wohl, die sich anscheinend auf das Schlimmste gefaßt machten. Lilly wandte sich in tränenersticktem Schwedisch an eine untersetzte ältere Dame – eine Geschäftsfrau, wie sich herausstellte –, aber die Antwort war kaum vernehmbar.

»Was ist, Lilly?«

»Auf der Straße hat man ihn überfallen – vor einer halben Stunde –, der Arzt untersucht ihn jetzt. Ich muß zu ihm. Ich will die Wahrheit wissen –«

Sie ließ Craig stehen, ging zur Schlafzimmertür, drückte vorsichtig auf die Klinke und verschwand.

»Hello, Mr. Craig«, kam eine Stimme aus dem Hintergrund. Craig fuhr herum: Sue Wiley. Sie saß auf einem braunen Lederstuhl.

»Was machen denn *Sie* hier?« wollte sie wissen.

»Was machen denn *Sie* hier«, gab er zurück.

»Ich gehe hier langsam ein. Bin nur noch ein Wrack«, sagte sie zwinkernd. »Das ist ein Ding – können Sie sich so was vorstellen? Soll ich Ihnen vielleicht die Details servieren?«

Craig zog sich einen Stuhl heran. »Ich wußte nicht, daß Sie Daranyi kennen.«

»Ja, wissen Sie«, sagte Sue Wiley, »ich brütete über diesem Zeremoniell von heute nachmittag und dachte, mir könnten ein paar Tips nichts schaden – über die Feiern vergangener Zeiten und so – na, und Daranyi ist doch Historiker –«

»Historiker?«

»Oder etwa nicht?« Sie war ganz entgeistert.

»Doch, natürlich – ich glaube schon. Und weiter –?«

»Also beschloß ich vor ungefähr einer halben Stunde, schnell auf ein kleines Interview hier vorbeizurutschen. Ich nehme mir ein Taxi, lasse es warten, klopfe an die Tür – niemand da. Ich zieh' also wieder ab –

und gerade wie ich herauskomme, sehe ich mich noch mal um –, und wer kommt da anspaziert? Daranyi. Ich will rufen, aber bevor ich überhaupt den Mund aufkriege – rumms, schon passiert.«

»Was passiert?«

»Zwei Gangster sind blitzschnell über ihn hergefallen – am hellichten Tag, stellen Sie sich das vor! Wahrscheinlich hatten sie sich in der kleinen Seitenstraße versteckt, nehme ich an. Der größere hielt Daranyi mit der Hand den Mund zu, der andere, hinter ihm, hatte plötzlich etwas Blitzendes in der Hand, wohl ein Messer – ja, und damit stieß er auf Daranyi los. Also ich kann Ihnen sagen – einen Augenblick war ich zur Salzsäule erstarrt – und dann fing ich an zu schreien. Mord! Mord! Hilfe! So laut ich konnte. Die zwei Gangster ließen daraufhin von ihm ab und wetzten ab wie die Irren. Und dieser Ungar fiel um, auf die Straße. Aber da kamen auch schon Leute angerannt, und mein Taxifahrer holte die Polizei.«

Warum, warum? fragte Craig sich. Sollte das mit Eckarts dunklen Machenschaften zusammenhängen? Er hatte das Gefühl, daß es so sein mußte, und sein Herz sank. War es nicht schon zu spät? »Konnten Sie einen der beiden erkennen?« fragte er.

»Nein. Sie sahen wie die Sträflinge aus – in solch gestreiften Trikots – einer hochgeschlossen – alles, was ich beobachtet habe, weiß die Polizei bereits. Jetzt suchen sie den Fußweg oder diese Nebengasse, oder was immer das ist, nach Spuren ab. Ja, und so sitze ich jetzt hier: Sue Wiley, die Kronzeugin! Doch ganz nebenbei: Wer war eigentlich das blonde Gift, mit dem Sie da Händchen in Händchen angesaust kamen?«

»Die Tochter von Freunden aus Wisconsin«, sagte Craig. »Durch sie kenne ich Daranyi flüchtig.«

»Klingt ganz plausibel.«

»Eben.«

Die Schlafzimmertür ging auf, und der Arzt, grauhaarig und gepflegt, erschien mit Lilly. Sie sprachen auf schwedisch miteinander; dann brach der Arzt plötzlich das Gespräch ab und ging zur Tür.

»Sie bringen jetzt die Bahre«, sagte Lilly zu Craig, der aufgestanden war. »Einen Augenblick kannst du zu Daranyi und mit ihm sprechen. Schwer verletzt ist er Gott sei Dank nicht.«

Daranyi lag in einem schönen, alten Messingbett, benommen sah er seinen Besuchern entgegen. Die Wirkung eines Beruhigungsmittels hatte seine Pupillen vergrößert.

Schnell zog Craig den Stuhl ans Bett. Lilly kniete auf den Fußboden. »Mach es kurz«, sagte sie zu Craig. »Daß es mit Emily, ihrem Vater und Professor Stratman zusammenhängt, habe ich ihm bereits gesagt.«

Craig beugte sich über Daranyi. »Daranyi – ich habe nur noch eine Stunde Zeit – ein Mann namens Eckart brachte Max Stratmans Bruder hierher. Es hieß, dieser Bruder sei seit langem tot, von den Russen umgebracht – aber er lebt, man hat ihn hierhergeholt – irgendwohin in diese Stadt – um Professor Stratman so weit zu bringen –«

»Ich verstehe.«

»Haben Sie je den Namen Hans Eckart gehört?«

»Ja«, sagte Daranyi prompt. »Ein deutscher Physiker, Ost-Berlin. Am fünften Dezember aß er mit Professor Stratman.«

»Wissen Sie sonst noch etwas?«

»Nein, nichts.«

»Sie haben mir mal erzählt, Sie hätten von irgend jemandem vom Nobelpreiskomitee einen Auftrag –«

Daranyi schloß die Augen und stöhnte. »Ja. Ich hatte einen.« Seine Augen blieben geschlossen, aber seine Züge zeigten seine Erregung. Lillys Hand legte sich sofort besänftigend auf seine Schulter. »Es strengt dich viel zu sehr an. Du hast jetzt genug geredet. Du darfst nicht –«

»Ruhe, Lilly.« Daranyis Lider öffneten sich wieder, Unwillen stand in seinen Augen. Er sah Craig scharf an. »Ich bin bereit, auszupacken, Craig. Was sind schon diese paar Kratzer hier. Wirklich verletzt worden ist meine Berufsehre. Immer bin ich geachtet, immer respektiert worden, wie es einem kompetenten Fachmann zusteht. Aber diesmal hat man mich verletzt – ja, in der Tat, verletzt. Einen so äußerst schwierigen Auftrag zu übernehmen, ihn so anständig durchzuführen, so viel wertvolles Material guten Glaubens zu liefern und dann statt des verlangten Honorars Gewalttätigkeiten – das geht zu weit. Ein entwürdigender Vertragsbruch! Und wenn ich schon auf das Geld verzichten muß, dann will ich wenigstens meine Rache. Craig, ich bitte Sie, verhelfen Sie mir dazu.«

»Nichts, was ich lieber täte.«

»Gut.« Daranyi versuchte, den Kopf zu heben, aber er stöhnte auf und ließ ihn wieder auf das Kopfkissen sinken. »Craig, was – was war auf dem Band? Was hat Eckart gesagt? Was hat das Mädchen gesagt? Bitte möglichst genau.«

Präzis und schnell wiederholte Craig, was sein Gedächtnis bewahrt hatte. Als er zum Ende kam, wirkte Daranyi fast bewußtlos. Aber plötzlich begann er zu reden. »Walther Stratman lebte all diese Jahre unter dem Namen Kurt Lipski – das ging doch aus dem Band hervor?«

»Genau.«

»Nun«, sagte Daranyi ruhig, »es stimmt alles überein. Ich brachte ihnen die Information über Lipski, den Schlüssel, daß Walther Stratman dahintersteckt und am Leben ist. Sie hatten keine Ahnung von Lipski und seinem Interesse an Miss Stratman, bis ich das ausgegraben und ihnen zugespielt hatte.« Sein Gesicht verzog sich gequält. »Und das ist der Dank dafür ...«

Lilly griff nach Craigs Arm. »Andrew, er wird uns noch ohnmächtig werden. Er soll lieber nicht weitersprechen –«

»Warte«, sagte Craig scharf und wandte sich wieder dem Bett zu. »Daranyi, um Gottes willen, wem haben Sie diese Informationen gegeben? Denn das muß die Hauptperson sein – dafür verantwortlich, daß Walther Stratman hierhergebracht wurde ... Wer also?«

»Dr. Carl Adolf Krantz. Er war es, der mich beauftragte – die Informationen abnahm – und zahlte – auf diese Weise ... ihm gab ich die Fotokopien – über Emily Stratman und – und Ravensbrück – und über die Nachforschungen – über Lipski – aus Rußland – und jetzt –« Immer schwerer kamen seine Atemzüge. »Er – Krantz – ist – derjenige – der – Ihnen –«

Die Stimme gehorchte ihm nicht mehr, wurde leiser und leiser. Er schloß die Augen.

»Daranyi«, rief Craig.

Lilly faßte seinen Arm. »Du hast, was du brauchst –«

»Ja, aber –«

Die Tür hatte sich geöffnet, die beiden Träger und der Arzt kamen mit der Bahre herein.

»– ich hatte ihn gerade noch fragen wollen, was er mit Ravensbrück meinte«, schloß Craig. »Aber sonst habe ich, was ich wollte ...«

Gedankenverloren, vollkommen damit beschäftigt, alle Teile dieses Rätsels zusammenzufügen, ging er mit Lilly durch das Wohnzimmer in den Hausflur. Sue Wiley hatte er völlig vergessen.

»Zu Krantz?« fragte Lilly.

Craig nickte. »Ja – zu Krantz.«

»Ich muß bei Daranyi bleiben«, sagte sie. »Und du mußt Krantz und Emily finden. Riskier lieber nichts – die Polizei –«

Craig nahm Lillys Hände. »Wenn du genau Bescheid weißt über Daranyis Befinden, dann ruf mich in der Konzerthalle an – vor halb sieben. Sonst –«

»Du hörst von mir, Andrew.«

Je näher sie dem Ziel kamen, desto stärker verlangsamte Gottling sein Tempo. Mit eingezogenem Kopf blickte er, an Craig vorbei, hinaus und suchte auf der rechten Straßenseite nach Krantz' Appartement.

»Da – wir haben es gerade noch zur rechten Zeit geschafft«, brummte er plötzlich. »Sie hatten Schwein, daß ich wußte, wo er wohnt. Ja, dort – das fünfte Appartement von hier aus. Wo jetzt der Mietwagen, die Limousine, geparkt ist.«

Durch die Windschutzscheibe des Volvo erkannte Craig die stabile Figur des livrierten Chauffeurs; die behandschuhten Hände auf dem Rücken, ging er im hellen Licht der Straßenbeleuchtung auf und ab. Er wartete also – sicherlich auf Krantz.

»Parken Sie hier«, sagte Craig hastig.

»Falls Sie Hilfe brauchen –«

»Danke, nein – bestimmt nicht«, rief Craig zurück.

Als Craig sich dem Eingang des orangefarbenen Gebäudes näherte, rannte er fast. Dem Chauffeur schien das nicht ganz geheuer. Er betrachtete ihn mißtrauisch. Craig bemerkte es und blieb stehen.

»Warten Sie auf Dr. Krantz?« fragte er den Fahrer.

»Ja, Sir.« Sein Mißtrauen schien sich gelegt zu haben.

»Ich muß ihn noch schnell sprechen. Welcher Stock?«

»Vierter, Sir.«

Craig holte tief Luft und ging hinein. Er nahm den Lift, fand atemlos den Weg zu der Wohnungstür und preßte den Daumen auf den Klingelknopf. Sofort flog die Tür auf. Sichtlich verärgert starrte ihn eine voluminöse Person an; der typische Hausdrachen – fand Craig. Ihr Umfang füllte fast den Türrahmen.

»Ja?« fragte sie mißbilligend.

»Ich muß Dr. Krantz sprechen – sofort.«

Sie schüttelte den Kopf. »Nein – ausgeschlossen. Er ist im Begriff –«

»Ich *muß* ihn sprechen!«

Er stieß ihren ausgestreckten Arm beiseite und drang ohne weitere Umstände in die Diele ein.

Sie bekam ihn am Ärmel zu fassen. »Aber erlauben Sie mal – wer sind Sie überhaupt?« Als Craig sie abschüttelte, rief sie gellend: »Dr. Krantz! Dr. Krantz!«

Man hörte Schritte und dann eine barsche Stimme: »Ja, verdammt noch mal, was soll denn dieser Krawall, Ilsa?«

Da stand er – in Prachtausgabe: Zylinder und schwarzer Mantel mit Samtaufschlägen ... ein Gnom in Gala. Und diese unwahrscheinliche Figur sollte die Spinne im Netz sein?

»Nanu«, rief Krantz, »das ist doch Mr. Craig? Ja, was machen Sie denn hier! Sie sollten in der Konzerthalle –«

»Lassen Sie das meine Sorge sein. Wir beide werden uns vorher noch kurz unter vier Augen unterhalten.«

Krantz, offensichtlich verblüfft von Craigs Ton, machte unsicher eine einladende Handbewegung. »Gehen wir ins Wohnzimmer. Ich habe leider nur einen Augenblick Zeit – mein Fahrer –«

Craig, bereits mitten im Zimmer, starrte ihn drohend an, und Krantz, ohne ihm einen Stuhl anzubieten, fragte hastig: »Sie scheinen sehr erregt, Mr. Craig?«

»Da haben Sie verdammt recht«, sagte Craig. »Ich bin lediglich hier, um Ihnen mitzuteilen, daß Sie ein Lump und ein Erpresser sind und daß ich mir durchaus darüber klar bin, was hier gespielt wird!«

Krantz fuhr zurück wie nach einem Treffer in die Magengrube. Seine kleinen Augen weiteten sich vor Entsetzen, seine Kinnladen klappten auf und zu wie bei einem Nußknacker. Aber dann rang er um Würde. »Mr. Craig, ich verstehe Sie nicht. Soll das ein geschmackloser amerikanischer Witz sein? Sind Sie betrunken? Ich hätte mit derlei Vorkommnissen rechnen müssen – jeder weiß ja, wie selten Sie nüchtern sind. Aber in *meinem* Hause verbitte ich mir diese Sprache.«

Craig ging auf ihn zu, mit angespannten Armmuskeln. »Sie können von Glück sagen, daß ich nur mit Ihnen reden will – denn eigentlich sollte ich Sie zusammenschlagen, Sie –«

»Rühren Sie mich nicht an! Gehen Sie – oder ich rufe die Polizei!«

»Wir werden die Polizei gleich gemeinsam rufen«, sagte Craig. »Wenn Sie mir nicht sagen, wo Emily und Walther Stratman sind.«

Krantz sackte zusammen wie ein Ballon, aus dem die Luft entwich.

»Sie phantasieren wohl. Worüber reden Sie eigentlich?«

»Ich rede über die Stratmans – über das, was Sie ihnen angetan haben. Das Spiel ist aufgedeckt. Sie Stümper. Sie brauchen mir nichts vorzumachen. Ich war derjenige, der den Tonbandgruß abfing, den Sie Professor Stratman zugedacht hatten. Ich weiß genau Bescheid über diese ganze üble Sache – ich weiß, daß Sie Emilys Vater von den Toten auferstehen ließen und hierherbrachten – ich weiß, daß Sie ihn und Emily so lange festhalten, bis Sie Professor Stratman in Händen haben, um ihn hinter den Eisernen Vorhang zu schicken –«

»Was für eine alberne Wildweststory!« schrie Krantz. »Schauen Sie lieber, daß Sie wieder nüchtern werden! Wer hat Ihnen diesen verleumderischen Blödsinn aufgebunden?«

»Ihr Freund Eckart – mittels eines Tonbandes, wenn Sie es genau wissen wollen.«

»Dann beweisen sie das. Zeigen Sie mir das Band.«

»Wir beide, Sie und ich, wissen, daß das unmöglich ist. Aber passen Sie auf: Ich brauche kein Band! Ich habe einen viel besseren Beweis. Ich habe Nicholas Daranyi.«

Krantz mimte Erleichterung. »Das ist es also. Von diesem Trottel haben Sie sich das einblasen lassen. Na, dann hören Sie jetzt mal zu –«

Craig schüttelte den Kopf. »Nein, Krantz, Sie werden mir zuhören! In diesem Moment ist Daranyi unterwegs zum Krankenhaus. Statt ihn zu bezahlen, haben Sie ihm ein paar Messerhelden auf den Hals gehetzt. Aber Sie haben einen Fehler gemacht. Sie rechneten damit, daß Daranyi nicht davonkommen würde.«

Krantz stand sprachlos da, mit flatternden Händen. Entsetzt fragte er: »Sie – sie haben versucht, Daranyi umzubringen?«

»O ja, auf der Straße vor seiner Haustür. Man mußte ihn in die Chirurgische Abteilung schaffen. Aber er wird nicht sterben. Und er wird eine Menge zu sagen haben!«

Krantz faßte es nicht. »Ich kann das – nein, ich kann es einfach nicht glauben.«

»Wollen Sie in die Klinik mitkommen und sich Daranyi mit eigenen Augen ansehen? Bei der Gelegenheit können Sie dann gleich mit vereinten Kräften und den zuständigen Dienststellen eine Konferenz abhalten –«

Craig stoppte. Mehr war offensichtlich nicht nötig. In Krantz' Gesicht standen Zusammenbruch und Verzweiflung.

»Nein, warten Sie«, keuchte er. »Sie verstehen ja nicht - damit hatte ich nichts zu tun – nicht mit dem Überfall. Nicht im Traum habe ich daran gedacht, daß sie so etwas tun würden! Das muß Ihnen doch klar sein –«

»Was mir klar ist, das ist folgendes: Emily und Walther Stratman werden irgendwo festgehalten – Walther Stratman bekommt seine Freiheit unter der Bedingung, daß Professor Max Stratman freiwillig für ihn nach Ost-Berlin geht – und Daranyi weiß, daß Sie dafür verantwortlich sind!«

»Das ist nicht wahr! Daranyi weiß nur die Hälfte. Nie wäre ich so weit gegangen.«

»Immerhin weit genug.«

Krantz rang die Hände. »Craig, ich bitte Sie, haben Sie Nachsicht – begreifen Sie die Umstände. Nie hätte ich einen Finger gerührt, wenn ich gewußt hätte, welcher Mittel –« Er sah verstört zu Craig empor. »Versuchen Sie doch zu verstehen, was mir passiert ist ...«

Craig wartete grimmig.

Und Krantz begann stockend sein Plädoyer. »Ich stand auf der Verliererseite während des Krieges und galt hier als Persona non grata nach dem deutschen Zusammenbruch – so ist es hier nun einmal, man muß bei den Siegern sein – und sie krankten und mißachteten mich und übergingen mich bei all den Professuren, die ich verdient hatte – wirklich – ich bin schließlich ihr bester Physiker – früher hatten sie mich geehrt und ausgezeichnet – meine Nobel-Position – Sie wissen ja – aber nun – verstehen Sie doch ... Und da, in meiner schwärzesten Stunde, erschien Eckart und machte mir das Angebot –«

»Wer ist Eckart?«

»Das ist der Mann, der all das inszeniert hat – er gilt als einer der maßgeblichen Leute für die Humboldt-Universität. Soll auch sonst Einfluß haben, im Osten ... Jedenfalls, er kannte meine Leistungen – wußte von den Angriffen, denen ich ausgesetzt war – und er bot mir eine glänzende Position an, ja – nur sollte ich ihm erst noch einen Gefallen erweisen. Stratman wollte er in Stockholm treffen, um ihn innerhalb einer Woche hier, in einer neutralen Atmosphäre, vom Westen abzubringen und ihm eine Stellung anzubieten, wie er sie nirgendwo sonst bekäme ... Ich tat alles, was ich konnte, dazu, daß Stratman den

Preis erhielt. Auf diese Weise kam er nach Stockholm und konnte mit Eckart zusammentreffen. Aber Stratman wollte mit all dem nichts zu tun haben. Und ich–? Wie einen Köder hielt Eckart mir meine Professur vor die Nase ... Nun, er brachte mich dazu, Daranyi als Detektiv auf Stratman und seine Nichte anzusetzen. Nie hatte ich eine genaue Vorstellung, wozu diese Informationen benutzt werden sollten. Erst heute morgen kam mir eine dunkle Ahnung – aber es erschien so unfaßbar – ich konnte mich nicht entschließen, das ernst zu nehmen.«

»Was war heute morgen?«

»Dr. Eckart rief mich an. Aus den Informationen Daranyis, erklärte er, habe er die Folgerung gezogen, daß Stratmans Bruder in Rußland am Leben sei. Es sei ihm gelungen, die Russen zu überreden, ihn als Tauschobjekt für Stratman hierher zu schicken. Ich war wie vor den Kopf geschlagen. Wie hätte ich wissen können, daß Eckart mit diesem Nachrichtenmaterial einen solchen Zweck verfolgte! Immer hatte er erklärt, Stratman mit sachlichen Argumenten und auf zivilisierte Art überreden zu wollen. Von diesen erpresserischen Absichten hatte ich keine Ahnung. Aber nun war es geschehen. Und als Eckart mich bat, mit Stratman in Verbindung zu treten und ein Treffen mit seinem Bruder zu arrangieren, lehnte ich ab. Meine Position hier sei so schwierig, sagte ich, daß ich gewisse Grenzen einhalten müsse. Ich muß sagen, Eckart wirkte durchaus vernünftig. Er wollte Stratman selbst ausfindig machen. Und später informierte er mich dann, daß er, um Zeit zu sparen, erst mal Emily gefunden und sie mit ihrem Vater zusammengebracht habe. Er machte mich mit Walther bekannt. Und er erwähnte auch irgend etwas von dem Band. Aber ich kann Ihnen guten Gewissens versichern, Craig – Eckart versprach mir, daß irgendwelche Gewaltmaßnahmen nicht in Betracht kämen. Von Daranyi – von dem Versuch, ihn umzubringen – wußte ich nichts – bis zu dem Augenblick, da Sie es mir berichteten. Das schwöre ich Ihnen! Nein, das ist zu viel. Das ist mir selbst meine Professur nicht wert. Heute abend wollte ich noch mal zum Boot und unterzeichnen – aber nein – jetzt nicht mehr – nein ...«

Craig hatte Krantz intensiv beobachtet, um den Grad seiner Glaubwürdigkeit festzustellen. Doch so unsympathisch er ihm war – er glaubte ihm.

»Ein Boot?« sagte Craig. »Eine Jacht? Auf dem Kanal? Stecken sie dort alle?«

»Ja. Das heißt, sie sind nicht alle da. Eckart ist in der Stadt bei – bei Freunden, um sich im Fernsehen Stratmans Übertrittserklärung anzuhören, ihn nach der Feier zu treffen und endgültig den Austausch zu regeln.«

»Aber Emily und Walther?«

»Die sind auf dem Boot. Es ist natürlich bewacht.«

Craig spürte neuen Auftrieb. Er sah das Ziel vor Augen. Entschlossen sagte er: »Sagen Sie mir, wo das Boot ist.«

»Warum?« fragte Krantz angsterfüllt.

»Damit ich die Sicherheitspolizei alarmieren kann. Sie werden die Jacht besetzen und Walther auch ohne Austausch oder –«

»Nein!« unterbrach Krantz. »Nein – das kann ich nicht, Craig – nicht die Polizei! Das gäbe einen offenen, einen ungeheuren Skandal ... Und das würde mein Ende bedeuten.«

»Es bedeutet auch Ihr Ende, wenn Sie nicht mit der Sprache herausrücken.«

»Das ist mir gleich! Das Risiko nehme ich auf mich. Mein Wort gegen das Daranyis – aber die Polizei? Niemals!«

Instinktiv erfaßte Craig, daß der verzweifelte Krantz, wie ein umstelltes Tier, nur bis zu einem gewissen Punkt gebracht werden konnte: und jetzt war die Grenze des Möglichen erreicht. Nur innerhalb dieser Distanz konnte er ihn gefügig machen. Er gab nach. »Schön, dann also keine Polizei. Sie brauchen mir nicht zu sagen, wo sie sind. Aber Sie werden mich sofort hinbringen, damit ich mich überzeugen kann, daß Emily nichts geschehen ist.«

»Ihr fehlt nichts.«

»Und außerdem muß ich mit Walther sprechen, ich muß versuchen, ihm die Geschichte auszureden.«

»Nur das? Sonst nichts?«

»Was sonst noch? Schließlich bin ich allein. Sie sprachen von Wachen – falls sie uns passieren lassen –«

Krantz nickte. »Das ist kein Problem. Aber darüber sind Sie sich doch wohl klar, Craig, wenn ich Sie mitnehme, dann wird man Sie so lange festhalten, bis der Austausch perfekt ist – oder bis das Boot den Ankerplatz verläßt – erwarten Sie also nicht –«

»Was ich brauche, sind nur ein paar Minuten, um mit Walther zu reden.«

Krantz kam nervös näher. Seine Lippen in dem Schnurrbartgestrüpp zuckten. »Und wenn ich es tue – werden Sie schweigen?«

»Ich verspreche Ihnen nichts. Ich kann Ihnen nur so viel sagen: Wenn Sie sich weigern, übergebe ich Sie den Behörden. Wenn Sie mich zum Boot bringen – gut, dann werden wir weiter sehen. Das ist immerhin ein Aktivposten auf Ihrem Konto.«

Krantz zögerte nicht länger. »Ich bring' Sie hin.«

Er führte Craig aus der Wohnung zum Lift. Keiner von beiden sprach auf dem Weg zum Erdgeschoß. »Eine Frage noch –«, unterbrach Krantz beim Aussteigen das Schweigen, »sind Sie allein hier?«

»Nein. Jemand hat mich hergefahren. Ein Freund.«

»Schicken Sie ihn weg. Niemand darf mit. Das gehört zu unserer Abmachung. Wir beide – Sie und ich –«

Craig sagte sofort zu. »*Okay*. Aber merken Sie sich eins. Mein Freund mag das Ziel unserer Fahrt nicht kennen, aber *Sie* wird er zu finden wissen, wenn irgend etwas schiefgeht.«

»Ja – ja – kommen Sie jetzt.«

»In welcher Richtung geht es?« erkundigte Craig sich, als er, mit Krantz am Steuer, in der Limousine saß, deren Fahrer nicht hatte mitkommen dürfen. Auch von Gottling hatte Craig die Zusage erbeten, ihnen nicht zu folgen.

»Pålsundet«, sagte Krantz.

»Ist das weit?«

»Bei freier Strecke fünf bis zehn Minuten, bei starkem Verkehr auf der Västerbron – der Brücke – zirka zwanzig Minuten. Pålsundet ist einer der schönsten Teile dieser Stadt. Viele reiche Familien haben ihre Jachten und kleinen Motorboote dort liegen.«

Aber das interessierte Craig im Augenblick wenig. »Einiges ist mir noch nicht klar, Krantz«, sagte er. »Die Sache mit Emilys Vater, mit Walther Stratman, dem Totgeglaubten. Eckart wußte natürlich die ganze Zeit über, daß er lebte?«

»Nein, so ist das nicht«, erwiderte Krantz hinter seinem Steuerrad. »Was Eckart nicht einleuchten wollte, war die Tatsache, daß Walther zwar als vermißt galt, daß aber keinerlei Beweis für seinen Tod vorlag; trotzdem glaubte er dann der legalen Todeserklärung. Bis gestern.«

»Und was ist gestern passiert?«

»Daranyi gab mir die Ergebnisse seiner genauen Nachforschungen über die einzelnen Preisträger und ihre Angehörigen. Ich meinerseits händigte sie Eckart aus. Und er griff gleich Miss Stratmans Akten heraus –«

»Emily Stratman?«

»Ja – er muß sie sofort als höchst nützlich für seine Zwecke erkannt haben. Ich betone noch einmal, ich hatte keine Ahnung, was er damit im Sinn hatte, und hätte ihn solcher Teufeleien nie für fähig gehalten ... Emily Stratmans Akten enthielten die Fotokopie des Berichtes eines amerikanischen Militär-Psychiaters. Und dem Bericht angeheftet lag ein merkwürdiger Schriftwechsel zwischen amerikanischen und russischen Militärbehörden bei.«

»Merkwürdig? Inwiefern?«

»Die erste russische Anfrage war eine Routinemaßnahme. Man erkundigte sich, ob eine Frau Rebecca Stratman oder ihre Tochter lebend in einem der Konzentrationslager in der amerikanischen, britischen oder französischen Besatzungszone gefunden worden war. Damals wurden sehr viele Anfragen dieser Art zwischen Ost und West ausgetauscht. Der zweite Brief war eine Antwort. Sie besagte, daß Frau Rebecca Stratman nach Auschwitz gebracht und dort liquidiert worden wäre, daß man Fräulein Stratman aber lebend in Buchenwald gefunden habe. Sie befinde sich jetzt in der Nähe von Buchenwald in klinischer psychiatrischer Behandlung. Der dritte Brief in den Akten war eine neuerliche Anfrage der Russen, die Einsicht in die Berichte des behandelnden Psychiaters erbaten. Darauf erfolgte eine Ablehnung mit dem Hinweis auf den vertraulichen Charakter solcher Unterlagen – sofern nicht berechtigte persönliche Interessen nachgewiesen würden. Und postwendend entsprachen die Russen dieser Bedingung: sie erklärten, Initiator des Gesuchs sei ein führender Mediziner der UdSSR, Dr. Kurt Lipski, dessen Interesse persönlicher Art sei. Allem Anschein nach ging danach der amerikanische Militär-Psychiater zu Emily Stratman, um festzustellen, ob dieser Dr. Kurt Lipski in einem verwandtschaftlichen Verhältnis zu ihr stand oder ein naher Freund war. Aber sie hatte den Namen nie zuvor gehört. Das russische Gesuch wurde demzufolge abgewiesen. Das ist alles.«

»Und daraus schloß Eckart, daß Lipski Emilys Vater war?«

»Er war seiner Sache nicht sicher. Aber er hatte einen Verdacht. Er zog die logische Folgerung, daß ein so dringendes Interesse für ein unbekanntes junges Mädchen, einem Menschen ohne erkennbare politische Bedeutung, nur aus dem engsten Familienkreis kommen konnte – und daß dabei wichtige Beziehungen im Spiel sein mußten, sonst hätten sich die Russen nicht so intensiv eingeschaltet. Daraus schloß er schließlich auf einen engen Verwandtschaftsgrad zwischen diesem Lipski und Emily, auf seine Bedeutung für die Russen und am Ende auf eine mögliche Identität von Lipski und Walther Stratman. Heute morgen, als Walther ankam, bestätigte er Dr. Eckarts Annahme. Als Walther neunzehnhundertfünfundvierzig den Russen in die Hände fiel, versuchten sie, seine bakteriologischen Fachkenntnisse auszuwerten. Er lehnte zunächst ab. Dann verlangte er behördliche Hilfe, um Klarheit über das Schicksal seiner Frau und seiner Tochter zu bekommen – nur unter dieser Bedingung sagte er schließlich seine Mitarbeit zu. Und um ihm entgegenzukommen, setzten die Russen diesen Schriftwechsel in Gang, hinter den Daranyi dann kam. Jedenfalls, als Dr. Eckart Verdacht geschöpft hatte, daß Kurt Lipski vielleicht Walther Stratman sein konnte, begann er die Daten zu vergleichen. Und er kam darauf, daß Lipskis Anfragen mit dem Zeitpunkt übereinstimmten, da Walther, spurlos verschwunden, als vermißt oder tot gemeldet worden war. Wenn seine Annahme, daß Walther Stratman und Lipski identisch seien, stimmte, dann mußte diese Person am Leben sein, sagte sich Dr. Eckart, und wenn sie existierte, dann war sie ein wertvolles Tauschobjekt für Professor Stratman ... Eckart wandte sich sofort an General Alexei Wasilkow von der Russischen Botschaft hier in Stockholm, und Wasilkow stellte den Kontakt mit Moskau her. Dort erkannte man sofort, daß Professor Max Stratman wertvoller für den Osten war als sein Bruder; und so wurde denn Walther Stratman über Nacht in diese Stadt geflogen.«

Krantz machte eine Pause und blickte Craig von der Seite an. »Sie sehen, alles, was ich weiß, habe ich Ihnen erzählt; ich bin wirklich bereit zur Zusammenarbeit. Es wäre ein schrecklicher Irrtum, mich mit den Russen zu identifizieren.«

»Immerhin waren Sie bereit, nach Ost-Berlin zu gehen und dort für sie zu arbeiten«, bemerkte Craig.

Krantz schüttelte den Kopf. »Ost-Berlin – das ist Deutschland. Deutschland habe ich immer verehrt. Nein, das ist nicht Rußland.«

Sie waren jetzt auf der Västerbron. Schneebänke glänzten zu beiden Seiten. Die Reifen knirschten und rutschten auf der vereisten Brükke.

»Wie weit ist es noch?« wollte Craig wissen.

Krantz spähte hinaus. »Nicht mehr weit. Rechts unter uns die Insel – das ist Långholmen-Park – und dahinter, der hügelige Teil, das ist Pålsundet.«

»Krantz, wenn irgend etwas schiefgegangen ist –«

»Nichts ist schiefgegangen. Wir sind beinahe da.«

Craig wurde immer nervöser. Er schob sich auf dem Sitz weiter nach vorn, lehnte den Kopf gegen die Windschutzscheibe. Gegen Ende der Brücke, die in die Kreuzung nach Långholmsgatan und Söder Mälarstrand mündete, verlangsamten sie die Geschwindigkeit. Die Ampel wechselte von Grün auf Rot.

An der Kreuzung hielt der Wagen. Weihnachtslichter brannten über ihnen, Sterne schwangen sich darüber. Und vor ihnen durchquerte die Herde heimwärts ziehender Wagen das Licht der Scheinwerfer. Eine Karawane rechtschaffener Müdigkeit, dachte Craig, zog hier wohlverdientem Feierabendfrieden entgegen. Und er –? Er hockte da und rüstete sich, einem Gespenst zu begegnen.

»Das ist Pålsundet«, ertönte Krantz' Stimme.

»Wo?«

»Einen Häuserblock weiter links.«

»Und wo sind sie?«

»Das werden Sie gleich sehen. Parken können wir am Söder Mälarstrand.« Die Ampel wechselte das Licht, und er fuhr an.

An der Kaimauer stiegen beide schnell aus, und Krantz ging Craig voraus in die unbeleuchtete, schweigende Verlassenheit eines öffentlichen Parkes, in einen Wald von Trauerweiden. Nichts regte sich hier – außer ihnen. Knirschend schritten sie in die Finsternis hinein, die sich mehr und mehr verdichtete.

Sie stolperten und rutschten zwischen den Bäumen bis zum Kanal, an den ersten Landesteg.

»Gleich sind wir da«, sagte Krantz.

»Welches Boot?«

»Da, das ist es.« Krantz wies auf eine große Motorjacht, die am nächsten Landesteg lag. Seine Hand zitterte. »Hier sind Emily und Walther Stratman.«

Es war vier Uhr fünfundfünfzig nachmittags.

Auf dem weiten, schneefreien Marktplatz vor der festlich erleuchteten Konzerthalle stauten sich mehrere tausend Stockholmer. Vermummt gegen die Kälte, harrten sie aus, um auch noch die letzten Nachzügler in großem Abendstaat zu besichtigen. Sie waren stolz auf dieses Fest, die Stockholmer. Eine Atmosphäre verschwenderischer Festlichkeit lag in der Luft. Wagen um Wagen glitt seit einer Stunde hier vorbei: Rolls-Royces, Cadillacs, Daimlers, Facel Vegas und viele andere ausländische Prachtwagen mit und ohne Botschafts- und Legationsflaggen. Dazwischen sah man immer wieder die heimatlichen Saabs und Volvos. Sanft glitten sie alle vor den großen Aufgang und entließen dort glanzvolle Frachten schleppender Abendgewänder und vieler kostbarer Pelze neben dem zeremoniellen Schwarz der Männer.

Nicht ganz so groß, aber noch dichter gedrängt und durch ein beachtliches Polizeiaufgebot abgesperrt, war die Menschenmenge am seitlichen Bühneneingang auf dem Oxtorgsgatan. Eine illuminierte »14« erstrahlte über dem geschwungenen Portal. Unter dem Applaus der Menge hatten der König und sein Gefolge, die Preisträger von heute und früher und die Mitglieder der Preiskomitees hier das Haus betreten. *Tystnad!* – Ruhe! – gebot ein Schild. Bei geringeren Anlässen, bei Konzerten und musikalischen Veranstaltungen, hielt man sich auch daran. Heute abend aber feierte Stockholm.

Der Seiteneingang führte durch eine verwirrende Fülle von Gängen und Treppen in den weitläufigen Bühnenrückbau der Konzerthalle. Alle Zeremoniellteilnehmer hatten sich hier versammelt. Eilig gab Graf Bertil Jacobsson die letzten Anweisungen für die Aufgliederung – links die Vertreter der Nobelkomitees, rechts die Preisträger und die Vorgänger. Jeder mußte protokollmäßig untergebracht werden.

Eben war er bei Denise und Claude Marceau angekommen, um noch einmal an die Platzordnung zu erinnern, aber sie bemerkten ihn gar nicht, so vertieft in ihr Gespräch waren sie. Denise sah sehr ernst und Claude sehr zerknirscht aus. »*Oui*, für diesmal habe ich dein Wort – und wann kann ich mit dem nächsten Mal rechnen? Wie soll ich überhaupt noch mal Vertrauen zu dir haben –« Claude unterbrach und rettete sich in ein Fachgespräch. Und Jacobsson zog sich von den Proteinen und Glukosemolekülen verlegen zurück und ging weiter.

Sehr vertieft schienen auch Carlo Farelli und John Garrett, und während sich Jacobsson noch überlegte, ob er ihr Gespräch unterbrechen konnte, legte sich eine Hand auf seinen Arm. Professor Stratman stand mit sorgenvollem Gesicht vor ihm.

Jacobsson folgte dem Physikpreisträger ein paar Schritte aus der Menschenansammlung. »Graf, ich habe Kummer und muß Sie damit belästigen. Ich bin auf der Suche nach meiner Nichte. Seit heute morgen habe ich sie nicht mehr gesehen.«

»Sie wird sicher irgendwo im Publikum stecken.«

»Das glaube ich nicht. Mr. Craig hatte mir heute nachmittag einen Zettel hinterlassen, daß er sie mitgenommen habe – wohin weiß ich nicht – und daß sie mich beide hier treffen würden. Aber wo ist Mr. Craig?«

»Aber –« Jacobsson sah sich um. Nein, er hatte sie natürlich nicht abgezählt; er hatte es als selbstverständlich angenommen, daß sie vollzählig waren. Aber Craig schien tatsächlich nicht da zu sein; jedenfalls sah er ihn nirgends.

»Er muß aber hier irgendwo sein.«

»Nein, Graf, ich habe ihn nirgends gesehen.«

»Verlassen Sie sich darauf – er muß ja da sein.« Nichtsdestoweniger schien auch ihm die Sache nicht geheuer.

Die Fanfaren ließen ihn nicht mehr zu weiteren Nachforschungen kommen.

Fieberhafte Geschäftigkeit bemächtigte sich seiner. »Bitte alles herhören!« Er klatschte in die Hände, um sich Aufmerksamkeit zu verschaffen. »Nehmen Sie bitte Ihre Plätze ein – die Fanfaren – der König betritt den Festsaal – wir schließen uns an.«

Das große Auditorium der Konzerthalle glich in seiner architektonischen Konzeption einer Flutwelle. Im Parkett, in den Seitenlogen, im Rang erhoben sich jetzt zweitausendeinhundert Menschen von ihren roten Samtstühlen, zu Ehren des schwedischen Monarchen. Die Fanfaren verklangen.

Das prunkvolle Schauspiel begann.

Eine der zehn Eingangstüren öffnete sich; der König, gefolgt von den Mitgliedern der königlichen Familie und Angehörigen des Palasthaushaltes, betrat den Konzertsaal. Vom Mittelgang aus ging er zu seinem Platz in der ersten Orchesterreihe, vor der blumenbedeckten Bühne mit Sprechpulten, Mikrophonen und den vier Reihen leerer Stühle. Die Fahnen senkten sich. In dem Augenblick, da der König und sein Gefolge ihre Plätze eingenommen hatten, sanken auch die zweitausendeinhundert Versammelten wieder auf die Sitze zurück.

Unter Fanfarenklängen schwangen die Flügel der Bühnenmitteltür weit auf, und das Komitee, Seite an Seite mit den Preisträgern, paradierte zum Podium. Während der Zug anschwoll und sich nach rechts und links aufteilte, um Platz zu nehmen, erhob sich der König. Es war dies einer der äußerst seltenen Anlässe, da er Untertanen und Gästen diese Ehre erwies. Heute indessen begrüßte der König königlichen Geist ...

Nervös erreichte Jacobsson seinen Platz auf der Bühne und überblickte die Konzerthalle. Ein prächtiger Anblick, der sich ihm darbot – und nicht einmal diese widerliche Fernsehmontage auf dem Podium und in den beiden Logen störte sonderlich den festlichen Rahmen. In den erhöhten Logen, die für die Angehörigen der Preisträger reserviert waren, erkannte er Saralee Garrett neben Margherita Farelli und neben ihnen Leah Decker. Nur ein Stuhl war leer – Emily Stratman fehlte. Also doch, dachte er.

Die Bühne erglänzte mit ihrer Dekoration aus Grünpflanzen und ihrem Arrangement strahlend weißer Chrysanthemen. Heimlich ging Jacobsson die Stuhlreihen durch. Alle Plätze besetzt – bis auf zwei ... In der Gruppe der Komiteemitglieder fehlte Dr. Carl Adolf Krantz, der Professor Max Stratman vorzustellen hatte. Das war unangenehm. Aber es war keine Katastophe. Katastrophal aber war, daß Andrew Craigs Stuhl leer war. Noch nie in der Geschichte des Nobelpreises hatte ein in Stockholm weilender Preisträger es versäumt, beim Zeremoniell zu erscheinen. Das kam einer Beleidigung gleich, und es war zugleich ein politischer Affront – ein internationaler Skandal mußte die Folge sein. Der leere Preisträgerstuhl schien ihm riesige Ausmaße anzunehmen. Und Jacobsson dankte Gott im stillen für die Länge des Programms – vielleicht füllte sich die Lücke noch.

Plötzlich bemerkte Jacobsson, daß es an der Zeit war: er mußte die Feier eröffnen.

Er erhob sich, schritt zum Rednerpult, würdigte die Anwesenheit des Königs und blickte dann in das volle Haus. Ob wohl irgend jemand hier ahnte, was ihn wirklich beschäftigte? Krantz hatte er im Kopf – und Andrew Craig ...

Was, um Himmels willen, konnte da nur passiert sein?

Krantz und Craig waren noch immer unterwegs. Krantz hatte die Führung übernommen. Endlich erreichten sie den Bug eines schnittigen, scharfkantigen Kajütenkreuzers. Gleichmäßig schlingerte er an seiner Anlegestelle. Diese Jacht war ein recht stattliches Schiff – mit einer Hundertzehn-PS-Maschine, schätzte Craig. Stirnrunzelnd betrachtete er im Halbdunkel die Mahagoniverkleidung und das aufstrebende Ruderhaus.

»Gehen Sie voraus«, sagte er dann.

Vorsichtig ging Krantz mittschiffs über die beiden Stufen an Bord. Craig war ihm hart auf den Fersen.

Sogleich näherten sich leise, rasche Schritte, und gleich darauf tauchte ein blonder, jugendlicher Athlet aus der Nacht. Ein Schwede in Seemannskluft, kurze blaue Jacke, Segeltuchhose, Tennisschuhe; die rechte Hand hielt er in der Tasche. Krantz erkannte und akzeptierte er sofort, Craig musterte er kalt und mißtrauisch.

Krantz warf ein paar schwedische Sätze hin – schnell und energisch. Der Posten gab leise, kaum verständliche Antworten. Dann drehte Krantz sich um. »In Ordnung«, wandte er sich an Craig, »aber er besteht darauf, Sie zu durchsuchen.«

»Zeitverschwendung«, sagte Craig achselzuckend. »Aber bitte sehr, meinetwegen.« Er hob die Arme, und der Schwede tastete ihn fachmännisch ab und durchsuchte seine Taschen.

Befriedigt ließ Craig die Arme fallen, und der Matrose sprach wieder zu Krantz.

»Wir können passieren«, sagte Krantz.

Aber den wachsamen Blick, der ihnen folgte, glaubte Craig noch im Rücken zu fühlen, und dann sah er auch die undeutlichen Konturen einer zweiten, größeren Gestalt.

»Wie viele von dieser Sorte sind hier?« fragte Craig leise.

»Zwei.«

Sie erreichten den Niedergang unter Deck. Er wirkte finster und wie ausgestorben.

»Wo sind sie?« wollte Craig wissen.

»Walther Stratman ist im Salon. Miss Stratman liegt in dem angrenzenden kleinen Schlafzimmer.«

»Bringen Sie mich erst zu ihr.«

Krantz führte Craig an einem großen Schrank und an der Kombüse mit dem vierflammigen Herd vorbei auf eine Tür mit einem glänzenden Messingknopf zu. »Hier«, sagte er.

»Wieso wissen Sie, daß sie hier drin ist?«

»Man hat ihr ein Beruhigungsmittel gegeben. Der Schock des Wiedersehens war so groß, daß sie in Ohnmacht fiel.«

»So? Ich möchte nach ihr sehen.«

Sie gingen hinein.

Drinnen sah es fast aus wie in einem langgestreckten, gutbeleuchteten Kleiderschrank. Ein Einzelbett, ein Nachtkasten, ein Stuhl – mehr stand nicht da.

Emily lag im Bett. Das Bett stand unter einem ovalen Bullauge. Zusammengerollt, mit dem Rücken zur Tür, lag sie da, in hellgrauem Pullover und dunkelblauem Rock. Der enge Raum war überheizt; sie hatte die Decke bis zu den Hüften heruntergezogen. Ihre Schuhe standen am Fußende des Bettes. Der schwere Mantel lag ordentlich über dem Stuhl.

Craig lauschte ihren leichten Atemzügen. Offensichtlich war sie gesund und unversehrt. Diese Versicherung Eckarts stimmte also.

»Sehen Sie«, sagte Krantz. »Nichts ist passiert.«

»Nein – nicht viel«, entgegnete Craig ironisch.

»Warten Sie einen Augenblick.« Krantz ging nach links auf eine Tür zu. »Ich muß Walther Stratman die Sache auseinandersetzen.«

Jetzt waren Craig und Emily allein; er schüttelte sie sanft an der Schulter. Sie reagierte nicht, und er ließ seine Hand über ihr Haar gleiten. Jetzt schien sie wach zu werden: sie bewegte sich, kam zu sich.

Verschlafen drehte sie sich um. Ihrem Gesicht sah man an, daß sie sich in ihrer Umgebung nicht zurechtfand.

Aber sie erkannte ihn. »Andrew –«

»Ja, Liebe, ich bin da.« Besorgt fragte er: »Bist du auch in Ordnung? Hat dir niemand etwas getan hier?«

Sie gab sich Mühe nachzudenken. »Nein«, sagte sie schließlich. »Nur der Schock –« Sie suchte Craigs Augen. »Wo ist Onkel Max?«

»Es geht ihm gut. Wahrscheinlich ist er jetzt bei der Feier.«

»Das – das habe ich ganz vergessen – ich bin so durchgedreht. Wieso bist du dann hier, Andrew? Wie kommst du –?«

»Das erzähl' ich später, Kind. Weißt du bestimmt, daß man dir nichts getan hat?«

»Nein, sie – nein, bestimmt nicht. Papa war so nett.«

»Gut. Versuch zu schlafen. Das Beruhigungsmittel ... Ich bin gleich wieder da.«

»Wo sind wir eigentlich?«

»Keine Sorge, Emily. Du befindest dich hier im Schlafzimmer einer Motorjacht –«

»Wirklich?«

»– und es kann dir jetzt nichts mehr passieren. Ich muß etwas erledigen. In ein paar Minuten bin ich wieder da.«

»Aber Onkel Max – Papa – was soll denn jetzt –?«

Er legte einen Finger auf ihre ausgetrockneten Lippen. »Alles wird in Ordnung kommen. Schlaf jetzt.« Gehorsam schloß sie die Augen.

Hinter ihm hatte sich leise die Tür aufgetan; Krantz winkte ihm, mit dem Zylinder in der Hand, herüberzukommen.

»Ich habe alles erklärt«, sagte er dann. »Professor Walther Stratman möchte Sie jetzt sehen.«

Craig blieb einen Moment reglos stehen, um sich auf diese Begegnung einzustellen. Jetzt war es soweit – und er hatte keine Ahnung, was er Stratman sagen wollte. Was er sich vorgenommen hatte, wußte er zwar noch, aber auf einmal war er sich seiner Sache nicht mehr ganz sicher. Es schien ihm lediglich gewiß, daß dieses Treffen unumgänglich notwendig war.

Er gab sich einen Ruck. Als erster betrat er den Aufenthaltsraum. Krantz folgte.

Das war ein schöner großer Raum, luxuriös möbliert: Kleiderschrank mit Schiebetüren, Toilettentisch, heller schwedischer Schreibtisch auf der Steuerbordseite; das Feldbett war mit einer hellen Decke verkleidet. Davor stand ein runder Tisch. Ein älterer Mann, das dünne weiße Haar sehr sorgfältig über den großen Kopf gezogen, mit rotem Gesicht, hockte auf dem Bett. Sein gestreiftes Hemd stand am Hals offen, unordentlich mit einer halbaufgezogenen dunkelroten Krawatte – mehr Strick als Schlips – dekoriert; er trug altmodische Ärmelhalter. Als er sich unsicher erhob, wirkte er wuchtiger.

»Professor Walther Stratman –«, sagte Krantz, »das ist Mr. Andrew Craig.«

In der Linken hielt der Fremde ein halbvolles Glas, die Rechte, schwer geädert, streckte er Craig entgegen.

»Sie also sind der Nobelpreisträger aus Amerika. Es ist mir eine besondere Ehre, Mr. Craig.«

Etwas verlegen gab ihm Craig die Hand. »Das Vergnügen ist ganz auf meiner Seite, Sir.« Auch nicht die Spur einer Ähnlichkeit mit Emily konnte er an diesem gedrungenen kleinen Mann mit der großen Nase entdecken. Emily, dachte er, mußte wohl mehr ihrer Mutter nachgeraten sein.

»Ziehen Sie sich einen Stuhl her, setzen Sie sich zu mir«, sagte Walther und nahm wieder auf dem Bett Platz. Er hob eilig – viel zu eilig – sein Glas, goß die Hälfte über die Hose, und Craig – ein Kenner auf diesem Gebiet – schloß sofort, daß dies nicht gerade sein erster Drink war.

»Ich begieße meine Freiheit«, sagte Stratman heiser und wies auf die Flasche auf dem Tisch. »Wodka. Nicht so gehaltvoll wie in der Gefangenschaft, aber er tut's. Nehmen Sie auch einen, Mr. Craig – ein bißchen Sonnenschein für den Magen, wie meine russischen Freunde zu sagen pflegen.«

»Nein, vielen Dank, mir steht noch die Nobelfeier bevor, heute abend«, lehnte er kurz, wenn auch nicht unfreundlich ab. Er setzte sich Stratman gegenüber, während Krantz sich, wie abwesend, auf die Bank am Garderobentisch niederließ. Der Alte goß seinen Wodka hinunter. »Also –«, fing er an, »ich freue mich wirklich, einen guten, alten Freund meines Bruders und den Freund meines einzigen Kindes zu sehen.«

Craig hatte das Gefühl, daß ihm der Wind aus den Segeln genommen wurde. Vielleicht lag es an Walthers unerwarteter Munterkeit. Einen leidenden Sklaven, ein Opfer, an Leib und Seele gebrochen, hatte er sich vorgestellt, statt dessen saß ihm hier ein recht fideler alter Knabe gegenüber. Craig fühlte sich fast betrogen.

»An sich bin ich gar kein so alter Freund Ihres Bruders, möchte es aber gern werden. Wir haben uns erst hier in Stockholm kennengelernt«, sagte er.

»Aber meine Tochter – das werden Sie doch nicht leugnen!« Walther Stratman winkte ab und goß sich einen neuen Wodka ein.

»Nein, natürlich nicht, Sir. Ich habe sie sehr gern.«

»Und sie – was sagt sie dazu?«

»Ich weiß es nicht.«

Walther grinste verständnisinnig. Zwei Goldzähne blitzten auf. »Wir werden sehen, was sich machen läßt. Erst wollen wir mal alle in Amerika sein. In mir sollen Sie einen guten Anwalt finden.«

Der Hinweis auf Amerika brachte Craig noch mehr aus dem Konzept. Seine geplante Attacke brach zusammen, bevor er sie noch recht begonnen hatte.

»– bin außerordentlich angetan von ihr«, hörte er Walther sagen. »Sie hat sich genauso entwickelt, wie ich es damals erhoffte, als wir auseinandergerissen wurden. Der Stolz meines Alters ...«

Craig nickte. »Ja, das kann ich nur bestätigen. Max hat sich großartig bewährt.«

Walthers Kopf fuhr von seinem Glas hoch. »Max, sagen Sie?« Er machte eine kurze Pause. »Na ja, Max hat es an nichts fehlen lassen, das stimmt«, fuhr er dann fort. »Aber meiner Meinung nach ist die Veranlagung entscheidender als die Umwelteinflüsse. Man darf ruhig auch meinem Konto allerhand gutschreiben, oder?«

»Natürlich.« So geht das hier nicht weiter, dachte Craig. Ich muß zum Thema kommen. Laut fuhr er fort: »Sie waren gewiß sehr überrascht, daß man Sie so plötzlich von Moskau weg –«

»Leningrad!«

»– von Leningrad hierhergebracht hat.«

»Das kann man wohl sagen«, stimmte Walther zu. Er starrte Craig an, und plötzlich füllten und trübten sich seine Augen. Seine Unterlippe zitterte. »Ich hatte die Hoffnung, Emily noch mal wiederzusehen, längst aufgegeben. Emily – und auch die Freiheit. Ich hatte mich abgefunden, den Rest meines Lebens dort zu verbringen und in dieser Hölle zu sterben.« Nachdenklich und wehmütig blickte er ein Weilchen still vor sich hin und fuhr dann fort: »Jaja – doch mein Entschluß damals, in jener Nacht im Jahre neunzehnhundertfünfundvierzig, Max gehen zu lassen – an meiner Stelle zu den Amerikanern gehen zu lassen, war wohlüberlegt und entsprach auch meinem Gefühl. Überlegt war es insofern, als ich wußte, daß Max zu dieser Zeit mit seiner Arbeit weiter war als ich. Er konnte also der großen Sache, an die wir beide glaubten, besser dienen als ich. Meinem Gefühl entsprach es insofern, als Max der jüngere war, der kleine Bruder, für dessen Leben ich mich verantwortlich fühlte. Dann, als die Russen mich geschnappt hatten, glaubte ich, sie würden mich zum Tode verurteilen, weil sie mich verdächtigten, Max geholfen zu haben. Aber an Hand meiner Unterlagen begriffen sie, daß ich ihnen lebend von größerem Nutzen war als tot.« Walther stärkte sich wieder mit einem Schluck Wodka. Er schien in seiner Vergangenheit umherzuwandeln, denn er schwieg lange. »Ah – welch ein weiter Weg«, nahm er schließlich seine Rede wieder auf, »von damals über die Lipski-Geschichte bis heute. Na ja – und da wäre ich nun.«

»Waren Sie sich eigentlich im klaren, warum man sie nach Stockholm flog?«

»Ja, doch, darüber hat man mich genau informiert.«

»Über den Tauschhandel mit Ihrem Bruder?«

»Natürlich. Nicht gerade eine besonders erfreuliche Bedingung, aber letzten Endes einleuchtend, oder?« Er zuckte die Schultern. »Muß ich mich rechtfertigen, junger Mann? Sehen Sie – Max ist doch wohl nicht zu kurz gekommen, er hat seine Milch und seinen Honig gehabt, dank meiner Hilfe ... Jetzt bin ich an der Reihe, Freiheit ... Ah, ich bin glücklich, kurz vor der Schwelle zu stehen ... Können Sie das begreifen?«

Craig fühlte sich wie ein Verräter an diesem alten Mann, der keine Ahnung hatte, mit welcher Absicht er in diese Kajüte gekommen war. »Ja, das kann ich verstehen«, sagte er. »Trotzdem, ist es nicht auch für Sie schwer? Ich meine, gerade für Sie, der sie selber Zwang und Versklavung erlebt haben? Ist es nicht sehr schwer, den eigenen Bruder auszuliefern?«

Die roten Flecke in Walthers Gesicht schienen sich zu vertiefen. »So schlimm ist es auch wieder nicht dort drüben«, sagte er mit plötzlich erhobener Stimme. »Lassen Sie sich von der Propaganda nicht zu viel vormachen. Max wird in Rußland sehr anständig behandelt werden.«

»In Ostdeutschland«, verbesserte Krantz aus dem Hintergrund.

»Ja, in Ostdeutschland, ganz richtig«, stimmte Walther zu und wandte sich wieder an Craig. »Aber um auf die Sowjetunion zurückzukommen – unsere Familie lebt in Leningrad –«

»Ihre Familie?«

Walther sah Craig mit einem schrägen Blick an. »Damit wollte ich sagen: unsere Familie deutscher Wissenschaftler. Man respektiert uns, wie man es in Amerika oder England wohl kaum tun würde. Wir sind die Elite ...«

Eine winzige Stichflamme des Unwillens zuckte in Craig auf. »Wissenschaftler sind auch in den Vereinigten Staaten sehr angesehen. Ihr Bruder ist das klassische Beispiel.«

»Eine Ausnahme – eine Ausnahme«, beharrte Walther. »Nein, junger Mann, um Max mache ich mir keine Sorgen. Möglich, daß Ihr Land ihm mehr Luxus und Wohlleben gestattet, aber Ansehen und Ehren, wie sie ihm zukommen, bestimmt nicht. In Leningrad wird er –«

»In Ost-Berlin! Nach Ost-Berlin geht er doch«, unterbrach Krantz aufs neue.

Walther funkelte Krantz böse an. »Lassen Sie doch diese Mätzchen, Dr. Krantz. Ost-Berlin – Leningrad – Moskau – für diese deutschen

Wissenschaftler ist das doch alles eins, das wissen Sie ganz genau. Jedenfalls«, wandte er sich wieder an Craig, »wird Max, als Nobelpreisträger, wie ein Zar behandelt werden. Und die Arbeit – da muß er sich nicht übernehmen – einige solare Experimente, wenn er will – wenn nicht, kann er auch in Berlin als akademisches Ausstellungsstück benutzt werden. Nein, Mr. Craig, mein Gewissen wird mich ruhig schlafen lassen. Ich liefere meinen Bruder nicht auf die Teufelsinsel aus ... Ein kleiner Preis – für das, was er mir schuldet. Im Grunde nur das Bewußtsein, mich mit meiner Tochter vereint zu wissen. Nein, keiner von uns beiden wird zu kurz kommen. Max wird aufblühen – aufblühen wird er.«

Craig durchzuckte plötzlich der Gedanke: Welch ein hübsches Bild konstruierte sich doch dieser alte Mann, um sich den Kuhhandel zu erleichtern, um seine Schuld abzuwälzen ...

»Wenn es für Max so herrlich werden wird«, fragte er ruhig, »dann sagen Sie mir doch bitte eins – warum geben Sie das alles auf?«

Das war ziemlich aggressiv. Aber Walther schien das nicht zu empfinden. »Einmal bin ich nicht Max«, sagte er langsam. »Max wird ihnen mehr bedeuten und auch dementsprechend behandelt werden. Zum anderen will ich mit meiner Tochter zusammen sein, und zwar da, wo ich Geld verdienen und mir den Luxus leisten kann, den bisher Max genossen hat. Verständliche Wünsche in meinem Alter, finden Sie nicht, Mr. Craig?«

»Gewiß«, sagte Craig zögernd, »aber haben Sie überhaupt schon daran gedacht, was nun Sie in den Staaten anfangen wollen?«

»Sie wissen, ich hatte nicht viel Zeit, Pläne zu schmieden«, erwiderte Walther mit gewinnendem Lächeln. »Doch Max, dessen bin ich sicher, wird mir sein Haus und seine Ersparnisse, im Austausch mit dem, was ich hinterlasse, zur Verfügung stellen. Das wird mein Start.« Er rieb sich seine waßrigen Augen. »Natürlich würde ich nicht wie Max in einer Stadt wie Atlanta in Georgia leben. Ich nehme Unrecht bewußter wahr als Max. Und unter Menschen, die Neger mißhandeln und lynchen, bei denen Ausschreitungen und Terror zur Tagesordnung gehören, möchte ich nicht leben. Nein, ich werde mit Emily nach New York oder Detroit gehen und für den Frieden arbeiten – das heißt, wenn die Kapitalisten mich für den Frieden arbeiten lassen werden. Mißverstehen Sie mich nicht – ich weiß, daß ihr Amerikaner ein friedliches Volk seid, das nichts anderes will als leben und leben lassen. Und ich weiß, daß dieses Volk nur das Werkzeug reaktionärer Monopolkapitalisten ist. Ich würde mich nie verkaufen, um kriegshetzerische Manipulationen zu fördern! Emily und ich werden für das Volk arbeiten, verlassen Sie sich darauf.«

Eben noch hatte Craig einen Gedankenblitz verworfen, als undurchführbar abgetan. Jetzt aber, während er Walther sprechen hörte, nahm der Gedanke plötzlich Gestalt an. Ganz gefiel ihm dieser Einfall zwar nicht, aber er ließ ihn nicht mehr los. Eine Hypothese im Grunde – aber warum sollte ein praktischer Versuch sie nicht bestätigen? Ich muß es riskieren, solange ich noch Zeit habe, sagte er, und ich habe nicht mehr lange Zeit ...

»Ich fürchte«, sagte er mit unschuldsvoller Miene und sah nach der Uhr, »ich bin Ihnen schon viel zu lange zur Last gefallen – eigentlich sollte ich längst bei der Nobel-Feier sein.«

»Es war mir eine Freude, daß Sie gekommen sind. Eine angenehme Überraschung, einen Freund zu finden.«

Nachdenklich sah Craig zu Walther hinüber. »Sie werden sich vielleicht gefragt haben, warum ich überhaupt kam – warum ich Dr. Krantz genötigt habe, mich herzubringen?«

»Um Emily zu sehen. Um sich zu überzeugen, daß es ihr gut geht, oder?«

»Auch das war ein Grund. In der Hauptsache allerdings galt mein Besuch Ihnen.«

»Ja? Ich wüßte wirklich nicht, warum.«

»Ich hatte irgendwie mit dem Gedanken gespielt, daß es mir vielleicht gelingen könnte, Ihnen diesen furchtbaren Handel auszureden. Was Sie durchgemacht haben, weiß ich. Ich weiß auch, was Max Ihnen schuldet. Trotzdem dachte ich, Ihnen vielleicht begreiflich machen zu können, daß Ihre Rolle in Emilys Leben nach Lage der Dinge ausgespielt ist: denn von Jugend an bis heute hat sie doch nur Max gekannt. Max ist für sie ihr Vater – und er ist ihr immer ein guter Vater gewesen. Mir war es, als müßte ich Ihnen vor Augen halten, welche seelische Erschütterung es für Emily bedeuten würde, wenn Sie an Max' Stelle traten; und als müßte ich Ihnen auch klarmachen, von welcher Bedeutung Max für die freie Welt ist ... Nicht, daß ich Sie deshalb irgendwie herabsetzen möchte – aber Max ist heute ein Begriff, er ist die anerkannte Autorität in allen entscheidenden Fragen seines Arbeitsgebietes – für ganz Amerika, für Volk und Regierung. Max ist keine Privatexistenz, und deshalb glaubte ich –«

»Junger Mann, was fällt Ihnen ein!« Das Blut war Stratman ins Gesicht geschossen, seine Stimme zitterte und wollte ihm nicht gehorchen, sein Gesicht wurde hart. »Ihre Einmischung ist ungehörig, Sie wissen wohl nicht –«

Craig saß unbewegt da. Mit ruhiger Stimme sagte er: »Dann bitte ich um Entschuldigung. Es lag nicht in meiner Absicht, Ihnen zu nahe zu treten oder –«

Weiter kam er nicht. Walthers flache Hand krachte wie ein Stück Holz auf den Tisch. Die Wodkaflasche schwankte. »Was weiß denn ein verhätschelter Grünschnabel wie Sie, durch was für ein Leben wir drüben gegangen sind? Was wissen denn Sie von Disziplin, von Opfern, von Selbstüberwindung – ihr alle, die ihr im Überfluß schwimmt und keinerlei Härten kennt, erzogen in Schulen, die nur dem Wohlstand eine Chance geben, mit eurer Lebensweisheit aus euren Zeitungen und Illustrierten, die das Geld kontrollieren? Was wissen Sie schon – und wer sind Sie eigentlich, daß Sie sich herausnehmen, mir sagen zu wollen, was recht und unrecht ist – mir zuzumuten, für einen Bruder, der fett und verkalkt vom Wohlleben widerrechtlich meinen Platz einnimmt, immer noch mehr zu opfern?«

Krantz war sofort zur Stelle. »Ich bitte Sie, aber ich bitte Sie – Mr. Craig hat es doch nicht so gemeint –«

Craig stieß seinen Stuhl zurück und stand auf. »Nein, Krantz, er hat ganz recht. Ich sollte nicht versuchen, in anderer Menschen Leben einzudringen und fremde Entscheidungen zu treffen. Ein Charakterfehler des Schriftstellers, ich weiß. Aber ich werde es gleich wiedergutmachen.« Er starrte auf den wütenden Walther herunter. »Ja, ich werde es wiedergutmachen. Für Sie gibt es keinen Grund, zurückzugehen – aber auch für Max gibt es keinen Grund, hinter den Eisernen Vorhang zu verschwinden. Ich habe nicht die Absicht, Eckart diesen elenden Handel durchführen zu lassen. Der Austausch findet nicht statt! Sie sollen Ihre Freiheit haben, und Max wird die seine behalten. Wir werden dieses Boot sofort verlassen – alle.«

Krantz schoß zum Tisch. »Unmöglich, Mr. Craig, das wäre –«

»Halten Sie den Mund, Krantz!« mischte Walther sich ein. Verächtlich wandte er sich dann an Craig. »Sie sind nicht nur ein Narr, Sie sind ein Selbstmordkandidat.«

Craig beherrschte sich. »Das wäre möglich. Um der Freiheit willen brachten auch schon mal einige Ungarn und ein paar Ostdeutsche selbstmörderische Aktionen fertig«, sagte er gleichmütig.

»Wir haben keine Chance«, sagte Walther. »Draußen stehen zwei bewaffnete Wachen, Gangstertypen, die nur darauf lauern, endlich ein Ziel vor die Flinte zu bekommen. Und wir –? Wir sind zu viert – zwei alte Menschen, eine Frau – mit nichts ausgerüstet als mit Ihrer absurden Idee.«

»Das Hauptrisiko übernehme ich«, beharrte Craig. »Ich gehe voraus. Die Posten nehme ich auf mich. Es ist dunkel. Ich lenke sie ab, gleichgültig, was auch passiert. Zeit genug für Sie alle, den Landesteg zu erreichen – oder, noch besser, über Bord zu springen und Krach zu schlagen. Das und der Beschuß, unter den sie mich nehmen werden, bringt ihnen die halbe Stadt auf den Hals.«

»Über Bord springen?« sagte Walther. »Ich gehe nicht über Bord. Ich kann nicht schwimmen.«

»Korkwesten sind im Schrank.«

»Um wie eine flügellahme Ente vor den Augen dieser Totschläger auf dem Wasser herumzutreiben? Nein. Warum soll ich, nach allem, was ich mitgemacht habe, mein Leben aufs Spiel setzen, wenn mir die Freiheit auch ohne Risiko sicher ist?«

»Weil wir dann auch Max retten können – nicht nur Sie – auch Max.«

»Wollen Sie mir schon wieder Vorschriften machen, wie ich mich Max gegenüber zu verhalten habe?« brüllte Walther, sprang auf und taumelte gegen den Tisch. Die Wucht des Anpralls ließ den Tisch schwanken; Glas und Wodkaflasche rollten auf den Boden, gluckernd rann der Inhalt aus. Walther schrie: »Max ist meine eigene Angelegenheit! Das ist meine Sache, nicht Ihre! Ich habe genug von Ihnen und sämtlichen Provokateuren Ihres Schlages! Machen Sie, daß Sie hinauskommen!«

Craig blieb sitzen. »Ich denke nicht daran«, sagte er.

»Sie –« Drohend kam Walther um den Tisch. »Hinausschmeißen lassen werde ich Sie, Sie kapitalistischer Abschaum – mir zu erzählen, was ich zu tun und zu lassen habe! Mir, einem Mann, den die mächtigste Nation der Welt ehrt, würdigt, zu dem sie aufsieht –«

Mitten im Satz brach sein Wutanfall ab. Sein Blick ging von Craig zu Krantz und wieder zu Craigs scharf beobachtenden Augen und zurück zu Krantz' fassungsloser Miene. Grabesstille. Nur eine Uhr tickte. Der Atem der drei Männer ging laut und schwer.

»Sie wollen nicht flüchten, Walther Stratman, nicht wahr?« sagte Craig plötzlich. »Und warum nicht? Weil Ihnen das Schicksal Ihres Bruders und Ihrer Tochter vollkommen gleichgültig ist. Und Ihnen ist auch die Freiheit vollkommen gleichgültig, nicht wahr?«

Wut entstellte Stratmans Gesicht. Mit erhobener Faust wankte er auf Craig zu. Aber er schlug nicht zu. »Freiheit? Freiheit?« tobte er. »Was wissen Sie Idiot schon von Freiheit? Ihr mit eurer scheinheiligen Phrasendrescherei, euren leeren Sprüchen, die euch von euren kapitalistischen Kriegshetzern eingedrillt werden! Ihr lauert ja nur auf den Moment, uns auszulöschen – um eure schmierigen Dollarscheine zu sichern!«

Nur wenige Schritte getrennt, standen sie sich gegenüber. Craig spürte, wie jeder Pulsschlag Erregung durch seinen Körper trieb, wie sein Selbstvertrauen angesichts der Wahrheit wuchs ... Nun wußte er, wofür er kämpfte. »Sie reden ganz wie ein fanatischer Kommunist, Walther Stratman, und zwar nicht wie einer der anständigen und nur irregeleiteten kleinen Leute aus dem Volk, sondern wie ein Funktionär ... wie einer von denen, die sich ihrer Wissenschaft als Waffe bedienen, um –«

»Was wissen denn Sie«, fuhr Walther dazwischen, »von Wissenschaft und Waffen! Wir kämpfen für den Frieden – wir arbeiten Tag und Nacht, um die Welt vor euch Narren zu retten – um eine bessere Welt zu schaffen –«

»Eine Welt«, unterbrach Craig, »nach Ihren Vorstellungen, nicht nach den Bedürfnissen der Menschen, welcher Nation sie auch angehören. Ihre eigene Welt! Sie haben eine erfolgreiche Gehirnwäsche hinter sich, Sie sind injiziert mit Doktrinen, Sie haben Ihre Vergangenheit vergessen ...«

Seiner Rolle entkleidet, schien der schwankende alte Mann plötzlich zu wachsen; Willensstärke und Fanatismus strafften ihn. Craig bemerkte es. Erbittert fuhr er fort: »Nein, Sie hatten nie vor, Ihre Welt zu verlassen, das weiß ich jetzt. Für die Partei haben Sie gearbeitet, nicht wahr? Für das Papageiengeschwätz Ihrer hirnlosen Partei.«

»Die Partei ist das Beste auf dieser Erde – diese acht Millionen der KPdSU – und wir sind die Elite: die klarsten Gehirne der Welt. In unseren Händen liegt Ihr Schicksal – vergessen Sie das nicht – vergessen Sie es niemals –«

»Und Sie ließen sich von der Partei einsetzen und befolgten die Order: Geh nach Stockholm, kassier deinen Bruder Max, bring ihn uns nach Ost-Berlin und kehr dann zurück in den Schoß des Kommunismus. So war das Spiel gedacht, stimmt's?«

Walthers Lippen zuckten. Heiser stieß er endlich hervor: »Bilden Sie sich etwa ein, ich wäre sonst gekommen? Nie! Ich wollte helfen, Max auf die richtige Seite zu ziehen, ja. Und das Mädchen? Wenn Emily mitkommen wollte ... Das war ich ihr schuldig, nach allem, was ich von Ravensbrück wußte – und nach allem, wie ihr Leben in Amerika gewesen sein muß. Ein Leben unter meinem Dach, in einem anständigen Haus, bei meiner Familie – das stand ihr zu. Sollte ich etwa für Max und seinesgleichen meine Familie verlassen? Eine gute russische Frau – zwei kleine Kinder? Sie sind mein Leben – sie und meine Arbeit – und unsere Idee!«

Keuchend vor Erregung holte er Atem.

»Dr. Krantz!« Klar und sicher kam eine Stimme aus dem Hintergrund der Kajüte: Emilys Stimme.

Gleichzeitig riß es sie alle herum. Emily stand in der offenen Tür zur Schlafkajüte – offensichtlich schon ein paar Minuten lang. Jetzt legte sie den Mantel von einem Arm über den anderen. Mit zusammengepreßten Lippen kam sie auf die Gruppe zu.

»Dr. Krantz«, wiederholte sie, »falls Sie Dr. Eckart noch einmal sprechen sollten, dann richten Sie ihm bitte aus, daß aus dem Handel nichts werden kann – weil es niemanden gibt, gegen den Onkel Max einzutauschen ist.«

Ernst und sehr ruhig blickte sie dann zu Craig. »Danke, Andrew«, sagte sie.

Krantz wartete an der Kajütentür. Er ging als erster. Emily war die nächste, dann folgte Craig.

Und keiner sah zu Professor Walther Stratman zurück.

Noch immer flutete der Verkehr dicht und pausenlos durch den festgefahrenen Schnee, noch immer glühte der Weihnachtszauber. Über die wartende Limousine hatte sich eine pulverige Schneedecke gezogen. »Würden Sie uns zum Hotel bringen?« bat Craig, und Krantz stimmte sofort zu.

In der warmen Enge des Wagens starrte Emily eine Weile geradeaus – dann schloß sie die Augen und schluchzte auf.

»Emily«, sagte Craig mitleidig, »es muß sehr schwer für dich gewesen sein. Aber was ist mir anderes übriggeblieben?«

»Nein«, wehrte sie ab und schüttelte den Kopf. »Nicht deshalb. Ich bin nur so erleichtert – darum. Einen langen Nachmittag habe ich mich damit herumgequält. Ich wußte nicht einmal, wo ich mich befand. Ich war kaum fähig zu denken und vollkommen ratlos. Jetzt ist das Problem wenigstens gelöst. Er – nein, er ist nicht mein Vater – ich meine – nicht der Vater, den ich einmal gekannt habe. Und der Gedanke, Onkel Max für ihn oder irgend jemanden auf der Welt aufzugeben –« Sie brach mitten im Satz ab. »Andrew«, sagte sie dann, »ich bin so froh, daß es dich gibt. Ich danke Gott, daß du gekommen bist.«

Sie tastete nach seiner Hand, und er zog sie eng an sich heran. Ihr Kopf sank gegen seine Schulter, erschöpft schloß sie die Augen und seufzte wie ein kleines Mädchen, das sich verirrt hatte und endlich wieder in Sicherheit war.

»Andrew«, murmelte sie mit verängstigter, müder Stimme.

»Du solltest jetzt nicht so viel reden«, sagte er beruhigend. »Ich bin da. Und ich bleibe da.«

»Nein«, sagte sie, »Andrew – nicht –«

Er hörte die Ablehnung, war schon bereit, sich damit zufriedenzugeben, da merkte er, daß sie schlief.

Den Arm um Emilys Schultern, grübelte er vor sich hin, bis sie vor dem überdachten Eingang des *Grand-Hotel* hielten.

»Wir sind da«, sagte er leise und zog sie vorsichtig hoch. Der Portier riß den hinteren Wagenschlag auf, aber Krantz schlitterte eilig heran, um selbst beim Aussteigen zu helfen. Erst da fiel Craig ein, daß der bekümmerte Krantz ja auch noch etwas auf dem Herzen hatte, das erledigt werden mußte. Auch hier war eine Entscheidung fällig. Er entschuldigte sich bei Emily und bat den Portier, sich um sie zu kümmern. Dann ging er zu Krantz zurück.

Zerknirscht und unglücklich wischte Krantz sich den Schnee aus dem Gesicht und sah zu Craig auf. »Was werden Sie tun?«

Und Craig, der den Physiker eben noch gehaßt und verachtet hatte, sah auf den winzigen häßlichen Mann hinab und empfand jetzt eigentlich nur noch die Tragik dieses Häufchens Elend. Wie schwer mußte es dieses Männchen gehabt haben, sich durchzusetzen ... War es ein Wunder, daß ihm jedes Mittel recht war, um zum Ziel zu kommen?

Hatte ihn die Natur, die ihn zum unzufriedenen Stiefkind des Lebens werden ließ, nicht schon genug gestraft –?

»Ich kann einfach nicht umhin, an Jacobsson zu denken«, sagte Craig, »und an Ingrid Pahl – und an die hundert anderen anständigen Menschen, die sich immer wieder in harter Arbeit für die Nobelpreise einsetzen, um ihnen ihren ideellen Wert zu sichern – in einer Welt, die kaum mehr Ideale kennt. Und ich könnte mir denken, daß ein großer Skandal das alles zunichte machen würde ... Und immerhin haben Sie versucht, wiedergutzumachen, was Sie eingebrockt hatten. Sie haben mich zum Boot gebracht, Sie haben uns wieder heruntergebracht. Deshalb – wenn ich sicher sein kann, daß Sie sich nie wieder auf Dinge dieser Art einlassen –«

»Nie wieder – mein Wort –«

»– und wenn Sie die Sache mit Daranyi bereinigen –«

»Sofort – morgen.«

»... werde ich kein Wort davon verlauten lassen. Falls Sie sich freilich noch einmal etwas zuschulden kommen lassen sollten, würde ich diesen Fall zur Sprache bringen.«

Krantz war fast den Tränen nahe. »Danke – ich danke Ihnen.«

»Bedanken Sie sich nicht bei mir. Bedanken Sie sich bei Ihren Kollegen ... und jetzt sehen Sie zu, daß Sie in die Konzerthalle kommen.«

In seinem Zimmer zog er Emily, die in der Halle auf ihn gewartet hatte, Mantel und Schuhe aus und legte sie auf das Doppelbett.

»Die Wirkung des Mittels läßt nach, Andrew«, sagte sie leise. »Aber ich bin irgendwie noch immer nicht ganz da. Ist das dein Zimmer?«

»Ja ... komm, sei jetzt ruhig. Du wirst bald wieder klarkommen.«

Sie nickte und ließ sich auf das Kopfkissen fallen.

Craig knipste zwei Lampen aus und ließ nur eine brennen. Er hoffte, Emily würde einschlafen. Gerade wollte er die Konzerthalle anrufen und Jacobsson von der Verspätung verständigen, da merkte er, während er am Telefon stand und hin und her überlegte, daß Emily ihn nicht aus den Augen ließ.

»Kannst du nicht schlafen?« fragte er.

»Nein. Setz dich zu mir, bitte«, sagte sie mit einer müden Handbewegung.

»Ja.« Und nie war sie ihm so schön erschienen wie jetzt, da er sich über sie beugte und sie küßte. Erst als sie ihn mit einer sanften Bewegung von sich schob, gab er sie frei.

»Andrew –«

»Ja, Liebe.«

»Was werden wir jetzt tun?«

»Sehr einfach. Abwarten, bis die Wirkung des Schlafmittels nachläßt, uns umziehen und gehen.«

»Das meinte ich nicht. Ich meine –« Aber was sie wirklich meinte, kam unter der Wirkung des Narkotikums nicht klar zum Ausdruck. »Wie hast du mich gefunden?« fragte sie plötzlich.

Er rekonstruierte den Nachmittag noch einmal, und sie hörte still zu. »Wie gut du bist«, sagte sie, als er geendet hatte.

»Ich liebe dich«, sagte er.

Aber sie tat, als habe sie das nicht gehört. »Ich frage mich nur, was geschehen wäre, wenn sie statt an dich an Onkel Max geraten wären. Er, der meinen Vater als den Menschen in Erinnerung hatte, der er in vergangenen Zeiten einmal war, hätte sich ihnen, ohne zu zögern, ausgeliefert. Wie jeder von uns hätte er gar nicht daran gedacht, wie sehr ein Mensch sich ändern kann.«

»Ja, das ist wahr.«

»Ich hätte Onkel Max verloren – ich wäre allein gewesen. Daß du daran gedacht hast –«

»Ich habe nicht eigentlich gedacht. Ich habe es gefühlt. Und ich tat, was ich seit Jahren nicht mehr getan habe – ich bin einfach meinem Gefühl gefolgt. Das war alles. Ich hatte das Gefühl, daß Max nicht geopfert werden durfte, daß dein Vater zur Einsicht gebracht werden mußte. Vor allem aber fühlte ich plötzlich wieder, daß ich lebte – ich war tot, bevor du in mein Leben kamst. Und ich war, als ich glaubte, dich verloren zu haben, noch einmal gestorben. Mir wurde ganz plötzlich klar, daß ich lebte, daß ich nur dich brauchte, um weiterzuleben ... Emily, versuch nicht, mir auszuweichen ... ich liebe dich ... bedeutet dir das gar nichts?«

»Es darf mir nichts bedeuten. Willst du mich denn nicht verstehen? Ich bin nicht fähig zu – ich kann nicht.«

»Aber warum nicht?« Und wieder tauchte ein Wort in seinen Gedanken auf ... War es etwa der Schlüssel zu diesem Rätsel? »Emily, ich weiß nicht, woran du krankst, ich kann nur vermuten, daß es irgendwie mit deiner Vergangenheit zusammenhängt. Immer wieder habe ich ein Wort gehört. Von dir selbst. Von deinem Onkel Max. Von Daranyi. Sogar von deinem – von Walther.« Sie sah ihn mit großen, entsetzten Augen an, aber er sprach weiter. »Ravensbrück – immer wieder ist dieses Ravensbrück erwähnt worden. Ich weiß – du hast es mir einmal gesagt – Ravensbrück war während des Krieges ein Frauen-Konzentrationslager in Deutschland. Aber ich begreife noch immer nicht –«

»Andrew«, sagte sie, »das war es, was ich dir heute nachmittag sagen wollte – was mir so wichtig war. Denn nichts anderes steht zwischen uns. Vielleicht wirst du dann Verständnis haben für mich. Für alles, was geschehen ist – seit wir uns zum erstenmal begegneten ... Nein, es ging im Grunde nicht um Lilly. Es ging um mich.« Schweigend sah sie ihn für ein paar endlose Sekunden mit ihren grünen Augen an. »Und das – das ist es auch, warum ich dich nicht heiraten kann – warum wir uns nicht mehr sehen sollten.«

»Emily –«

»Ich muß jetzt sprechen«, sagte sie mit gepreßter Stimme. »Einmal muß es sein. Und du sollst doch wissen, warum wir heute zum letztenmal zusammen sind. Ich kann dir nicht das sein, was du von mir erwartet hast. Aber du sollst jetzt erfahren, warum. Das hast du verdient. Und außerdem – ich glaube – so – in diesem Zustand – bin ich vielleicht endlich einmal etwas weniger gehemmt ...«

»Emily, es wäre mir lieber, wenn du dich jetzt ausruhen würdest und dann –«

»Laß, Andrew. Es muß sein. Es ist mir jetzt wichtiger als alles andere.«

»Also gut, Emily«, sagte er, und ein dunkles Angstgefühl vor dem, was jetzt kommen würde, überfiel ihn ...

»Ich kann dich nicht ansehen, während ich spreche«, sagte sie und schloß die Augen. »Ravensbrück«, sagte sie dann, »das war der Anfang und das Ende. Die Frauenhölle nannte man es in Deutschland ... Aber ich weiß nicht, ob sich die Hölle mit Ravensbrück vergleichen läßt ...«

Ihre Gedanken schienen abzuschweifen, aber sie zwang sich zur Konzentration und fuhr fort: »Drei Jahre dauerte es; ich war damals dreizehn, vierzehn und fünfzehn. Als wir hingebracht wurden, war ich ein dünnes kleines Mädchen, das gerade in der Pubertät steckte. Aber schon im nächsten Jahr begann ich mich zu entwickeln, und kurz vor meinem fünfzehnten Geburtstag war ich eine Frau – viel hübscher als heute –, eine Frau mit einem Kindergesicht. Wir lebten in äußerster Armseligkeit und immer in Angst, immer unter dem Druck, Juden zu sein. Aber niemand mißhandelte und schlug uns, niemand zwang uns zu Entkleidungs-Inspektionen, weder meine Mutter noch mich, weil wir meinen Vater und Onkel Max im Hintergrund hatten, die ja in Berlin für die Regierung arbeiteten. Und eigentlich empfand ich die Schrecknisse dieser ersten zwei Jahre nicht so bewußt – ich kannte nichts anderes. Mir war es selbstverständlich, um halb sechs aufzuwachen und meine Tasse Ersatzkaffee zum Frühstück zu trinken. Ich wühlte in den Mülltonnen nach Kartoffelschalen und stahl sie, ich arbeitete elf Stunden täglich an irgendeinem Straßenbau, ich wusch mich in einer Blechbüchse, ich schlief zu dritt mit meiner Mutter und einer anderen Frau auf einem Strohsack, mit einer einzigen Decke für alle drei. Aber ich dachte mir wenig dabei. Ich weigerte mich innerlich, mich an ein anderes Leben zu erinnern, und so ertrug ich es. Für meine Mutter war es viel härter, sie litt viel mehr darunter. Aber lassen wir das jetzt. Das wirkliche Grauen des Lagers lag nicht in den entwürdigenden Verhältnissen, nicht in den Strafen, nicht in den Leiden, die wir täglich sahen; das eigentliche Entsetzen lag in dem, was wir nicht sahen. Da waren die ständigen Latrinenparolen, die durch das Lager gingen und von denen die ehemaligen Häftlinge im Atlanta-Hospital, wo ich arbeite, noch heute manchmal reden. Und manche bestätigten sich sogar ... Ich kannte Tschechinnen, Französinnen ... Ganze Gruppen verschwanden – und da wußten wir, daß es stimmte, daß wieder fünfzig den Genickschuß erhielten und verbrannt wurden ... Wissenschaftliche und medizinische Experimente wurden gemacht ... Ein Experiment, über das ich Bescheid wußte, wurde von einem Dr. Karl Gebhardt, einem Chirurgen der Berliner Universität, glaube ich, und von Dr. Schidlausky, unserem Cheflagerarzt, durchgeführt. Statt mit weißen Mäusen machten sie Sulfonamidversuche mit polnischen Frauen. Sie infizierten sie an den Beinen – sie brachten ihnen Schnittwunden bei und erzeugten durch schmutzige Scherben oder durch Tetanusbazillen künstliche Entzündungsherde, um die Resultate zu verwerten. Und die meisten dieser Mädchen starben einen qualvollen Tod. Aber das ist nicht meine Geschichte ...« Gedankenverloren starrte sie das Hotelfenster an, dann nahm sie den Faden wieder auf.

»Es ging den Nazis damals um die Leute von der Luftwaffe oder der Marine, die mitten im Winter ins Wasser springen mußten. Sie machten eine Versuchsreihe über die Unterkühlung und Erwärmung menschlicher Körper. Ich weiß nicht viel davon – nur das, was ich sah und was mir selbst passierte. Ich erinnere mich, es war so gegen sieben oder acht Uhr an einem Winterabend. Wir hockten alle um den Barakkenofen, als die Aufseherin hereinkam. Eine Frau Hencke. Sie unterstand dem Lagerkommandanten, einem Standartenführer Schneider. Sie hatte zwei Posten bei sich. Noch heute sehe ich sie in ihrer grauen Uniform, mit dem umgeschnallten Pistolengürtel, den schwarzen Stiefeln und der Peitsche in der Hand vor mir.

Sie ließ uns antreten und ging die Reihe entlang. Klatschend ließ sie die Peitsche gegen ihre Stiefel fallen; immer wieder beanstandete sie irgend etwas – und dann stand sie vor mir und musterte mich. ›Jawohl‹, sagte sie, ›die hier ist die Richtige, die können wir brauchen‹. Meine Mutter war entsetzt. Angstvoll fragte sie, was man mit mir vorhätte. Es sei für mich eine Ehre, sagte Frau Hencke, den Ärzten bei ihren wissenschaftlichen Untersuchungen zu assistieren – ja, zu assistieren, sagte sie, glaube ich. Nachts und morgens würde ich gebraucht, dafür dürfte ich mich dann einen Tag ausruhen ... Ja, das war der Anfang.«

Einen Augenblick lag Emily still da, dann sprach sie langsam weiter.

»Es war eine kalte Nacht – die Temperatur lag unter Null. In einem Pullover, in dem Mantel meiner Mutter und einem Schal, den mir jemand geborgt hatte, ging ich mit Frau Hencke und den beiden Posten mit. Der Boden war hart gefroren, an den Baracken hingen Eiszapfen. Erst hatte ich angenommen, daß sie mich ins Revier bringen würden – in die Krankenbaracke –, aber wir gingen daran vorbei, immer weiter und weiter bis zu einem kleinen Ziegelbau, den ich noch nie gesehen hatte. Das sei das Forschungsgebäude, sagte mir Frau Hencke, und die Versuchsklinik.

Als wir uns dem Eingang näherten, hörte ich, durch den eiskalten Wind, einen Mann weinen. Es klang schrecklich ... Dr. Vogler, der Assistent von Dr. Schidlausky, kam uns entgegen, um mir das Experiment zu zeigen. Sie brachten mich um das Haus herum – immer lauter wurde das Weinen. Und weißt du, was man mir zeigte? Einen jungen polnischen Häftling, mager und mit schwarzem Lockenkopf. Er war Jude. Vollkommen nackt lag er auf einer Bahre auf dem vereisten Boden – bei zehn Grad Frost.

Ich hatte nur einen Wunsch: wegzurennen. Noch nie hatte ich einen erwachsenen Mann nackt gesehen; schon das gab mir einen Schock. Vor allem aber war es diese Bestialität, die mich entsetzte: Hilflos und nackt, festgeschnallt an Händen und Füßen, lag er auf der Bahre – und vor meinen Augen übergoß ihn ein Posten mit einem Eimer eiskalten Wassers, während er schrie und wimmerte. Dann brachten Dr. Vogler und Frau Hencke mich in die Versuchsklinik. Es handele sich um ein Vereisungsexperiment, dem ein Erwärmungsversuch folgen müsse, um festzustellen, wie weit ein Mensch Untertemperaturen ertragen und lebend überstehen könne. Um der Rettung ins Meer abgestürzter Flieger willen müßten solche Experimente durchgeführt werden, erklärten sie mir. Ich sei nun ausersehen, den Beweis dafür zu erbringen, daß ein zu Eis erstarrter Mensch, wie dieser junge Mann, tatsächlich zu retten sei. ›Ja‹, sagte ich, ›ich verstehe – ich will alles tun, um dem Armen zu helfen.‹ ›Schön, daß Sie mitarbeiten wollen; in ein paar Stunden wird es soweit sein‹, sagte der Arzt.

Von Frau Hencke wurde ich in ein leeres, ringsherum verglastes Zimmer gebracht; wie eine Kinderstation sah es aus, nur daß man die Scheiben mit Vorhängen zuziehen konnte. Ein Doppelbett und ein Stuhl standen da, sonst nichts. Frau Hencke war freundlich zu mir; heiße Milch brachte sie mir – Milch und Semmeln. Ich wußte kaum noch, was das war. Dann sollte ich schlafen, bis ich geweckt würde. Ich machte mich über meine Milch und die Semmeln her, zog die Schuhe aus und legte mich hin. Es war dunkel, aber schlafen konnte ich zunächst nicht. Immer hatte ich den jungen Mann auf seiner Bahre vor Augen. Und dann muß ich wohl doch eingeschlafen sein – für ein paar Stunden vermutlich. Als ich erwachte, brannten die Lampen, und Frau Hencke und Dr. Vogler standen vor mir.

›Es ist soweit‹, sagte Dr. Vogler, ›es kann losgehen. Wir bringen jetzt die Testperson – den jungen Mann, dem Sie helfen wollen. Wir möchten feststellen, ob seine Erstarrung durch animalische Wärme – die Temperatur des menschlichen Körpers – gelöst werden kann. Ziehen Sie sich aus – alles!‹ Damals war ich erst fünfzehn, ich schämte mich und weigerte mich. Aber nur so sei ja das Experiment möglich, erklärte er mir; es gehörten zwei Menschen dazu – einer so kalt wie dieser junge Mann und einer so warm wie ich. Ich müßte mich dicht zu ihm legen und ihn umarmen, um seine Temperatur durch meine Wärme wieder zu normalisieren. ›Nein‹, schrie ich, aber es half mir nichts. Falls ich nicht bereit sei, könne auch meine Mutter das Experiment statt meiner durchführen, wurde mir gesagt. Da erklärte ich mich bereit. Frau Hencke zog mich aus, dann legte ich mich aufs Bett. Ich schämte mich entsetzlich. Und dann brachten sie den armen jungen Mann und warfen ihn auf das zweite Bett, bewußtlos, zu Eis erstarrt. In meiner Hand läge jetzt sein Leben, sagte der Arzt. Man würde uns durch das Fenster beobachten.

Dann ließen sie uns allein. Das alles war quälend und abstoßend für mich: du darfst nicht vergessen, daß ich noch nie etwas mit einem Mann zu tun gehabt hatte – und dazu kam noch das Gefühl, beobachtet zu werden ... Aber als ich diesen armen Jungen betrachtete, leidend, aber noch am Leben, zögerte ich nicht länger – ich wollte nur noch eins: er durfte nicht sterben! Ich preßte mich gegen diesen eisigen Körper und nahm ihn in die Arme ...

Wie soll ich dir nur das Ende dieser Geschichte erzählen? Natürlich wußten die Zuschauer ganz genau, was geschehen würde – seit Wochen beschäftigten sie sich ja mit dieser Versuchsreihe. Aber ich – ich ahnte es nicht. Eine Stunde dauerte es, bis er bei Bewußtsein war. Schwach noch – er hatte keine Ahnung, wo er war und was mit ihm geschah. Dr. Vogler kam herein und stellte seine Temperatur fest: vierunddreißig Grad. Als wir wieder allein waren, kam er unter meinen streichelnden Händen wieder vollkommen zu sich, öffnete seine Augen, sah mich an, starrte auf meine Brust – und plötzlich – es ging alles so schnell – ehe ich mich richtig wehren konnte, kam er über mich und nahm mich. Wie unter einem Zwang war das – wie bei Tieren ... Er konnte nicht anders, und ich mußte es geschehen lassen. Ich war krank vor Ekel und Widerwillen, ich blutete ... Aber schon waren Dr. Vogler, zwei andere Ärzte und Frau Hencke da, untersuchten ihn und gratulierten mir. Dieser Exzeß hatte ihn auf seine Normaltemperatur gebracht. Er war gerettet. Als Belohnung versprach man mir ein gutes Frühstück ... Mein einziger Trost war, daß dies alles wenigstens für einen guten Zweck geschehen war, daß es das Leben eines armen polnischen Häftlings gerettet hatte ... Aber schon ein paar Tage später stellte sich heraus, daß alles umsonst gewesen war. Sie hatten mit dem jungen Mann ein zweites Experiment gemacht, und er war daran gestorben.«

Sie sah Craig noch immer nicht an. Sich selbst ausgeliefert, lag sie da und starrte vor sich hin.

Es drängte ihn, sie in die Arme zu nehmen, sie diese Vergangenheit, die immer noch in ihr lebte, endlich vergessen zu lassen, aber er wußte, daß es keinen Zweck hatte.

»Das also ist es, was in Ravensbrück geschehen ist?« fragte er.

»Das war der Beginn«, sagte sie. »Eine Woche nach diesem Experiment –« Sie stockte.

»Emily«, sagte er, »ich weiß nicht, ob du –«

Aber sie ließ sich nicht beirren. »Eine Woche später ließ Frau Hencke, die Oberaufseherin, mich in ihre Wohnung kommen. Es war dunkel, kurz vor dem Abendessen. Ich klopfte, und sie forderte mich auf, einzutreten. Sie lag, bis zu den Schultern mit einer Decke zugedeckt, auf der Couch ihres kleinen Wohnzimmers. Sie war ein maskuliner Typ, kein Schwergewicht, doch von kräftigem Knochenbau. Fünfunddreißig Jahre mochte sie sein. Mit ihrer tiefen Stimme, vor der die Häftlinge erzitterten, sagte sie: ›Schließ die Tür zu und komm her.‹ Ich tat es. Seit der Nacht, in der dieses Experiment vorgenommen wurde, so erklärte sie dann, habe sie viel an mich denken müssen, meine Haltung und meine Courage hätte ihr imponiert. Außerdem, sagte sie, habe sie nie ein Mädchen mit einer schöneren Figur gesehen. Ich erschrak. Aber sie fuhr fort: ›Ja, es hat mir leid getan, mitansehen zu müssen, was dieser Bursche dir angetan hat. Wenn es nach mir gegangen wäre, hätte ich so etwas nicht zugelassen. Aber lassen wir das, ich habe gute Nachrichten für dich.‹ Sie sprach dann über ihren Einfluß in diesem Lager, und daß sie entschlossen sei, sich für mich und meine Mutter einzusetzen, mich unter ihre Fittiche zu nehmen ... Aber ich war mißtrauisch geworden; in der letzten Woche hatte ich viel gelernt. ›Warum wollen Sie das für mich tun‹, wollte ich wissen. ›Weil ich verrücktes Frauenzimmer mich in jener Nacht, in der das Experiment gemacht wurde, in dich verliebt habe‹, sagte sie.«

Emily schien Craig völlig vergessen zu haben, sie schien sich des Hotelzimmers nicht bewußt, schien wieder in Ravensbrück zu sein ...

»Und immer wieder betonte sie, wie sie mich liebte und wie gut ich es haben sollte«, nahm Emily ihren Bericht wieder auf. »Frau Hencke war erregt und steigerte sich in diese Erregung immer weiter hinein: ›Zieh dich aus‹, sagte sie dann ›– so wie für das Experiment‹. Ich rührte mich nicht. ›Wo weißt du deine Mutter lieber‹, fragte sie mich daraufhin gelassen, ›mit dir zusammen in Ravensbrück oder in Auschwitz, wo die Krematorien sind? Die Listen für Standartenführer Schneider stelle ich zusammen.‹ Wie im Traum begann ich mich auszuziehen. ›Wunderschön‹, meinte Frau Hencke lächelnd, als ich unbekleidet vor ihr stand. ›Du bist wirklich das schönste Mädchen, das ich kenne. Nimm mir die Decke ab und leg dich zu mir.‹« Emily schwieg. »So ging es drei Monate«, sagte sie dann.

»Emily«, sagte Craig, »du brauchst nicht darüber zu sprechen – es muß nicht –«

»Ist es dir sehr unangenehm, das alles zu hören?« fragte sie, ohne ihn anzusehen. »Ist es das?«

»Das ist es nicht. Ich denke dabei nur an dich ...« Aber er wußte, daß sie sich freisprechen mußte, daß sie diese Reinigung, diese Katharsis brauchte ...

Sie sprach mit schleppender, wie betäubter Stimme. »Eines Abends, als ich zu Frau Hencke ging, erklärte sie: ›Man redet über uns im Lager – nicht nur die Häftlinge, auch die Wachmannschaften wetzen ihre Mäuler. Der Standartenführer hat mich kommen lassen und mich gewarnt: unsere Beziehungen seien gegen jede Moral ... Kurzum, so leid es mir tut, wir müssen Schluß machen.‹ Ich hätte vor Freude fast geweint, so glücklich war ich, diesen Alptraum loszuwerden. Aber da fuhr sie fort: ›Nach der Essenausgabe, um acht Uhr, wird dich ein Posten abholen, der Standartenführer will dich selbst sprechen. Das ist alles, Emily.‹

Zwanzig nach acht war der Posten da, und ich ging mit ihm zum Haus des Standartenführers, dem besten Gebäude dort. Man führte mich in ein Arbeitszimmer, dann schloß sich die Tür. In einem seidenen Morgenrock saß er am Schreibtisch und arbeitete. Ich stand da und wartete – endlich drehte er sich um. Ich hatte ihn vorher nie gesehen. Mittelgroß, aber wie ein Bulle sah er aus, als hätte er keinen Hals. Und das schwarze Haar und die gebrochene, breite Nase verstärkten diesen Ausdruck. Er schätzte mich ab wie eine prämiierte Kuh. Und so kam ich mir auch vor, als ich, auf sein Kommando, durch das Zimmer ging. ›Sehr gut‹, sagte er, ›na, das ist ja kein Wunder, daß die Hencke in den letzten Monaten geradezu aufgeblüht ist. Allerhand. Aber nun ist Schluß damit. Perversitäten kann ich hier nicht dulden! Geh jetzt in mein Schlafzimmer – diese Tür – und zieh dich schon aus. Ich komme gleich.‹ Ich war fassungslos, ich bat, ich flehte, ich bettelte – umsonst. ›Du bist doch kein unschuldiges Kind mehr. Ich kenne die Geschichte von dir und diesem Burschen, den du von den Toten auferweckt hast – das war eine beachtliche Leistung. So tüchtig sind nur wenige Frauen, wie? Na, bei mir wirst du bestimmt mehr Spaß haben. Es gibt schließlich schlimmere Dinge, die dir und deiner Mutter passieren könnten.‹ Die Erwähnung meiner Mutter ließ jeden Widerstand in mir zusammenbrechen. Ich ging ins Schlafzimmer, zog mich aus und wartete. Und dann kam er – er war wirklich wie ein Bulle –«

»Emily, bitte –«

»Ich will, daß du es weißt. Die Details erspare ich dir ... Jedenfalls fiel er gewaltsam über mich her. Und eine halbe Stunde später ließ er Dr. Vogler kommen, weil ich genäht werden mußte. Der Arzt verordnete mir dann zehn Tage Ruhe. Ich war kaum noch fähig, zu den Baracken zu gehen – aber ich bekam einen Korb voller Lebensmittel mit für meine Mutter und die anderen – meine Mutter hat die Wahrheit über das alles nie erfahren ...

Nach den zehn Ruhetagen kam der Posten wieder ... Standartenführer Schneider saß am Schreibtisch – mit einer Handbewegung dirigierte er mich ins Schlafzimmer. Danach ließ er mich fast jeden Abend kommen – abgesehen von den Wochenenden, an denen er nach Berlin fliegen mußte. Nach einem Monat wurde er unzufrieden. Eine Frau, die wie ein Stück Holz daläge, langweile ihn – er würde sich das nun nicht länger gefallen lassen. Wenn wir uns weiter seiner Gunst erfreuen wollten – meine Mutter und ich –, dann müßte ich mich schon etwas mehr anstrengen ...«

Sie brach plötzlich ab. Eine qualvolle Stille lag jetzt über dem Zimmer.

»Ich tat, was von mir verlangt wurde«, sagte sie dann, »und nun wurde ich immer wieder hinbeordert – sieben Monate lang. Es wurde mir schließlich zur Selbstverständlichkeit – es machte mir nichts mehr aus. Dann wurde im Lager geflüstert, daß die Russen in der Nähe seien, daß der Krieg bald zu Ende sein würde – und der Standartenführer wurde nach Berlin kommandiert, zu Himmler oder Hitler oder was weiß ich. Er kehrte nie zurück – es hieß, daß er bei einem Luftangriff umgekommen sei. Aber er hatte seinen Leuten wohl von mir erzählt. Und als sie von Ravensbrück nach Buchenwald, in der Nähe von Weimar, verlegt wurden, nahmen mich ein Sturmbannführer und zwei Hauptsturmführer mit. Von meiner Mutter wußte ich damals nichts mehr, mein Leben war mir vollkommen gleichgültig geworden; ich stand allen dreien willig zur Verfügung. Ich wurde zum Automaten – ein Beispiel für die Pawlowsche Reflextheorie –; sobald es dunkel wurde, ging ich zur Tür, der Posten kam und brachte mich zu dem Quartier, wo immer das gleiche auf mich wartete ... Und dann, eines Tages, waren sie plötzlich weg – niemand rief nach mir –, obwohl ich an der Tür stand, wie immer ... Das war der elfte April neunzehnhundertfünfundvierzig: der Tag, an dem die Amerikaner kamen. Sie befreiten uns. Sie prüften unsere Papiere und Akten – und sie fanden dabei auch meine. Das, was mir der amerikanische Psychiater sagte, wiederholte später noch mal ein britischer Psychonalytiker. Ich war in einer Art katatonischem Stadium. Außer den Ärzten wußte niemand, was mit mir geschehen war – bis Onkel Max mich fand. Ihm deuteten sie wohl in großen Zügen etwas an.«

Sie schwieg eine Weile. »Ja«, sagte sie, »das war Ravensbrück.«

»Emily – Emily – was soll ich dazu sagen? Außer, daß – daß du –«

Aber sie hörte ihn gar nicht. »Und jeder glaubt, ich sei noch unschuldig. Würden ihnen nicht die Haare zu Berge stehen, wenn sie das wüßten? Sogar du hast mich für unberührt gehalten. Tut mir leid, Andrew, aber das mußtest du erfahren – deine Heilige war eine Hure – in dreihundert Nächten.« Plötzlich schlug sie die Hände vor ihr Gesicht, ihre Stimme brach. »O Gott, wie oft habe ich in den Jahren danach – wie oft habe ich mir gewünscht zu sterben.«

Er zog ihre Hände von ihrem Gesicht. »Emily«, sagte er und küßte ihre Hände, »was hatte das alles denn mit dir selbst zu tun! Du wurdest in dieses Leben gezwungen. Und jetzt bist du frei – jetzt ist das alles vorbei.«

Zum erstenmal wieder sah sie ihn an. »Vorbei –«, sagte sie, »Andrew, wie könnte das jemals vorbei sein?«

»Es ist vorbei. Wozu Gewalt und Sadismus dich brachten – das sind Dinge, die du nicht mit Liebe verwechseln darfst. Du selbst hast dich ja nie verschenkt. Deshalb ist auch deine Liebe noch rein und unberührt.«

»Du willst mich trösten – du meinst es gut – ich tue dir leid –«.

»Emily, wie gern würde ich das alles ungeschehen machen – aber das, was ich für dich empfinde, hat nichts mit Mitleid zu tun.«

»Ich möchte dir gern glauben«, sagte Emily, »aber wie kann ich das ... Seit dem Ende des Krieges, seit ich in Amerika bin, gab es für mich keinen Mann mehr. Ich konnte es einfach nicht. Ein Vakuum war um mich, eine Art luftleerer Raum – ohne menschliche Kontaktmöglichkeit. Mir war auch immer, als müsse ich Buße tun – für eine Todsünde, von der ich insgeheim wußte, daß sie jenseits jeder Absolution lag ... Unrein, aussätzig kam ich mir vor ... Und mußte nicht jeder Mann, der von diesen Dingen erfuhr, sich entsetzt von mir abwenden? Und wurde nicht jeder, dem ich sie vorenthielt, von mir betrogen und hintergangen: In all diesen fünfzehn Jahren klammerte ich mich an die Illusion, daß vielleicht die Zeit mich heilen, mich erneuern würde, daß in mir – wenn ich nur lange genug wartete – wieder das gesunde und normale weibliche Empfinden zum Durchbruch kommen und mich zur Liebe fähig machen würde ... Aber bei der Überfahrt, als ich mich um Kontakt bemühte, merkte ich, daß die Vergangenheit mir noch immer nachhing. Dann traf ich dich – und wieder rückte alles ein wenig von mir ab –, bis ich erkennen mußte, daß ich mich selbst belog. Ich sah Lilly, und ich sah mich selbst – und da wurde mir klar, daß sie gesund und in Ordnung war, ich aber immer noch psychisch krank und gestört, ein hoffnungsloser Fall. Und ich wußte plötzlich, daß ich mich einer Illusion hingab, wenn ich glaubte, einfach alles auslöschen und dir das sein zu können, was du in mir sahst. Es war mir klar, daß ich nicht bei dir bleiben durfte, weil du zu viel gelitten hattest, um noch einmal durch eine große Enttäuschung zu gehen.«

Sie schloß die Augen und schüttelte den Kopf; dann setzte sie sich auf und blickte ihn mit großen Augen an, als würde sie sich jetzt erst ganz bewußt, wer vor ihr saß.

»Die Wirkung der Droge scheint nachzulassen«, sagte sie leise. »Ich habe viel zuviel geredet. Sonderbar ... Habe ich dir tatsächlich all diese Dinge erzählt?«

»Ja, Emily, Gott sei Dank.«

»Mir ist leichter jetzt. Hab' ich dir wenigstens auch gesagt, daß ich dich –«

»In gewisser Weise schon.«

»Dann weißt du es also – und du weißt auch, warum nichts daraus werden kann.«

»Nichts weiß ich«, sagte er. »Ich liebe dich und ich werde dich heiraten.«

»Bitte – sag das nicht. Versuch, mich zu verstehen. Würdest du nicht immer wieder daran erinnert werden, wenn wir verheiratet wären? Müßte dich nicht jede Zärtlichkeit an meine Vergangenheit erinnern? Daran würde auch deine Liebe zugrunde gehen. Haß wäre das Ende ... Und wie sollte ich das ertragen?«

Emily strich ihr Haar zurück, zog ihren Pullover glatt und setzte sich auf. »Nein, Andrew, es ist sinnlos, laß mich jetzt wieder in mein Zimmer gehen.«

»Nein«, sagte er und griff hart nach ihren Schultern.

Er sah die Jahre, die vor ihm lagen, und er wußte, daß er sie brauchte. Der Wunsch, sie zu besitzen, sie festzuhalten, wurde unerträglich heftig in ihm. »Du wirst mich nicht allein lassen, nicht, wenn du mich so brauchst, wie ich dich brauche! Und ich – ich kann nicht leben ohne dich.« Er nahm ihre Hand. »Emily, überleg doch, Emily, ich weiß ja alles, das Schlimmste und Dunkelste aus deinem Leben, und ich liebe dich nur noch mehr. Ich lasse es nicht zu, daß du davongehst und mein Leben zerstörst. Emily – ich habe nie geglaubt, daß es nach Harriet noch einmal eine Frau für mich geben könnte. Als Harriet starb, starb ich mit. Jetzt lebe ich wieder – ich bin ein neuer Mensch geworden, ein Mensch, der sich danach sehnt, noch einmal das Leben, seine Wirklichkeit, seinen Sinn, seine Aufgabe zu spüren – weil es dich gibt, weil es ein Leben mit dir sein wird ...«

Er nahm sie in die Arme und küßte sie.

»Andrew, ist das wahr, glaubst du wirklich daran?« flüsterte sie.

»Ja, daran glaube ich. Mein Leben würde ich für dich hergeben, weil es ohne dich sinnlos wäre ...«

»Komm«, sagte sie mit fast unhörbarer Stimme. »Leg dich zu mir. Ich muß es dir glauben, weil ich es heute selber gespürt habe. Halt mich fest – und laß mich nie mehr allein.«

»Nie mehr – mein ganzes Leben lang.«

Sie lagen still nebeneinander, und im Frieden ihrer Umarmung versank die Vergangenheit in das Dunkel des Vergessens.

»Andrew«, flüsterte sie. »Jetzt kannst du es sagen ...«

»Ich liebe dich. Ich werde dich immer lieben.«

Das ist das Leben, dachte sie – das ist seine ganze Fülle – und sie empfand es wie ein Geschenk. Ich liebe dich, wollte sie sagen, aber sie fühlte, daß sie eins waren, daß es keiner Worte mehr bedurfte ...

Es war sechs Uhr zwanzig abends.

Die glanzvolle Feier im Auditorium der Konzerthalle neigte sich ihrem Ende zu. Dr. Claude Marceau und Dr. Denise Marceau waren in der Landessprache vorgestellt und französisch begrüßt worden; sie waren durch den König bereits ausgezeichnet, und Claude Marceau hatte für sie beide die Annahmerede gehalten. Ohne jeden Zwischenfall waren Dr. Carlo Farelli und Dr. John Garrett nach der Preisverleihung nacheinander auf das Rednerpult gestiegen und hatten knapp und eindrucksvoll gesprochen.

Nun hatte auch schon Professor Max Stratman das Zeremoniell hinter sich und hielt seine sorgfältig vorbereitete Rede, bemüht, über seinem Appell an den guten Willen in Ost und West und an die Bereitschaft zum ewigen Frieden seine Sorge um Emily zu vergessen.

Er war bei seinen Schlußworten angelangt. »Es ist in meinem Lande, in den Vereinigten Staaten, üblich, einmal im Jahr in New York City zu Ehren Nobels einen großen Empfang zu geben. Einer der Größten, den ich bewundere und verehre – und ich bin stolz, ihn gekannt zu haben –, schloß bei einer solchen Gedenkfeier seine Ansprache mit den Worten, mit denen auch ich jetzt meine Rede beenden möchte – neunzehnhundertfünfundvierzig sagte Professor Albert Einstein: Möge der Geist, in dem Alfred Nobel einst die Welt mit dieser großartigen Schöpfung beschenkte, der Geist des Glaubens, des Vertrauens, des Verständnisses und der Brüderlichkeit immer in den Herzen derjenigen wach sein, denen die Verantwortung für unser Schicksal anvertraut ist – denn sonst wäre jede menschliche Kultur zum Untergang verurteilt. Ich danke Ihnen. Guten Abend.«

Starker Applaus dankte Stratman. Er verbeugte sich und ging zu seinem Platz.

Ingrid Pahl war auf den leeren Stuhl neben Jacobsson gerückt. Ihr Amt wäre es jetzt gewesen, Andrew Craig als letzten der Preisträger vorzustellen. Verzweifelt fragte sie sich, wie sie sich aus der Affäre ziehen sollte, und zupfte nervös an ihrem Abendkleid herum.

»Was kann ihnen bloß passiert sein«, flüsterte sie. »Das ist ja eine ganz unmögliche Situation! Wie soll ich das vor Seiner Majestät und dem Auditorium bloß entschuldigen?«

Jacobsson wollte gerade sagen: »Sie werden einfach –«, als ihn lauter und lauter werdender Applaus unterbrach; aller Augen richteten sich auf den Hintergrund der Bühne. Er sah sich um.

Andrew Craig, elegant im Frack mit gestärkter Hemdbrust, weißer Fliege und Lackschuhen, stieg langsam die Stufen zur Bühne herunter.

Blaß und erleichtert sprang Ingrid Pahl auf und begrüßte ihn. Craig verbeugte sich und nahm neben Jacobsson endlich seinen Platz ein, der so lange leer gestanden hatte.

Ingrid Pahl begab sich zum Rednerpult und begann mit ihrer Einführungsrede. Craig mimte eine Weile Aufmerksamkeit und flüsterte dann Jacobsson zu: »Entschuldigen Sie vielmals, Graf, aber ich konnte nicht anders. Ich war aus ganz dringenden und zwingenden Umständen aufgehalten – es war wirklich nicht meine Absicht, unhöflich zu sein – eine höchst unangenehme Sache war da passiert – ist aber schon bereinigt, alles ist wieder in Ordnung. Vielleicht werde ich Ihnen eines Tages alles erklären können.«

Verwirrung zeichnete sich auf Jacobssons Gesicht ab; in seinem Blick lag tiefe Verwunderung. Er konnte sich nicht erklären, was Craig aufgehalten haben mochte – Craig und Krantz, der gerade auf der anderen Seite des Ganges seinen Platz eingenommen hatte ... Und er ahnte, nicht ohne Melancholie, daß seine Memoiren wohl immer lückenhaft bleiben würden, trotz allem, was er gehört, gesehen und gelesen hatte. Aber welches Bild, das von Menschen gezeichnet wurde, war schon vollständig? Die unergründlichen Tiefen der menschlichen Seele konnten wohl niemals ausgelotet werden – und sie waren sicher auch nicht dazu geschaffen, erforscht zu werden. Damit tröstete er sich. Craig war jedenfalls da, Gott sei Dank, und es blieb ihm erspart, seine geliebten Erinnerungen mit dem Schatten eines Skandals zu trüben ... Alles in allem würde sich ein abgerundetes Kapitel über den friedlichen und freundlichen Verlauf einer neuen Nobelwoche hinzufügen lassen.

Craig bemühte sich, Ingrid Pahl zu folgen. Doch das war hoffnungslos – er verstand keines der schwedischen Worte, und außerdem lenkten die Bühne und der glanzvolle Rahmen ihn ab. So konzentrierte er sich darauf, sich des Protokolls zu erinnern, das er gleich zu absolvieren hatte ...

Und plötzlich lächelte er. Denn weit oben, in einer Loge, hatte er Lilly Hedqvist, Gunnar Gottling und Emily – seine Emily – entdeckt. Ja, schon für sie mußte er jetzt hier sein Bestes tun ...

Aber dann dachte er wieder an die überstürzte Hast ihres Aufbruchs aus dem Zimmer, aus dem Hotel, zum Taxi und zur Konzerthalle ... Lilly und Gottling hatten hinter der Bühne gewartet, um sich davon zu überzeugen, daß er mit heiler Haut aus der Affäre herausgekommen war. Lilly hatte die erfreuliche Nachricht, daß Daranyi jetzt im Krankenhaus vor dem Fernsehgerät säße und morgen schon wieder zu Haus sein würde. Und Gottling berichtete rasch, daß Sue Wiley, die Giftspritze, Wind von dem Abenteuer bekommen hätte und wie ein Jagdhund auf der Spur gewesen sei. »Aber die habe ich mir gekauft – die weiß, was ihr blüht: die werde ich notfalls höchstpersönlich vergewaltigen, falls sie auch nur den Mund aufmachen sollte!« Er grinste. »Die wird sich benehmen, wie es sich gehört.«

Während sie gemeinsam Stratmans Rede abgewartet hatten, hatte er im Gefühl der Zusammengehörigkeit Emily bei der Hand genommen. Ja, hatte er gedacht, vermutlich wird das Leben mit ihr nicht immer ganz unkompliziert sein, vermutlich werden auch über diesen Himmel einmal Wolken ziehen – aber wir haben unseren Frieden gefunden und es wird ein gutes Leben sein. Und in diesem Bewußtsein war er in den Glanz der lichtumfunkelten Bühne getreten.

Er schrak zusammen – sein Name war gefallen. Ingrid Pahl hatte den schwedischen Teil ihrer Rede hinter sich und wandte sich jetzt mit ein paar englischen Begrüßungsworten an ihn. Er sah ihre ausgestreckte Hand, ihr lächelndes Gesicht und erhob sich, um ihr unter dem Beifall des Hauses zu danken.

Zusammen schritten sie über die Teppiche bis zu den Stufen, die von der Bühne führten, dann setzte er seinen Weg allein fort und stand schließlich vor dem König.

»Ich gratuliere Ihnen, Mr. Craig«, sagte er herzlich, reichte ihm die Hand und übergab ihm den Preis: die Goldmedaille im kalbsledernen Etui, das Diplom, den Umschlag. »Den Scheck können Sie morgen abholen«, fügte der Monarch hinzu. »Nochmals meinen Glückwunsch« – er zwinkerte Craig dabei ein wenig vertraulich zu –, »und vergessen Sie nicht: Sie haben mir Ihr nächstes Buch versprochen.«

»Ja – das wird früher sein, als Eure Majestät sicherlich annehmen ... Ich danke Eurer Majestät.«

Er hatte fast vergessen, daß aller Augen auf ihm ruhten. Protokollgemäß, den Blick auf den König gerichtet – auf den König und auf Emily –, zog er sich zurück, schritt die Stufen empor, übergab den Preis an Jacobsson und ging dann langsam zum Rednerpult.

Noch einmal rauschte der Beifall auf. Dann senkte sich Stille über das Haus.

Er sah zu Emily und obwohl seine Rede nie aufgezeichnet worden war, wußte er, was er zu sagen hatte.

»Eure Königliche Hoheit, meine Damen und Herren!

An diesem denkwürdigen Tag meines neununddreißigjährigen Lebens möchte ich nicht über die schöpferiche Kraft des Menschen sprechen, nicht über seinen Entdeckergeist, nicht über seine politischen Möglichkeiten, sondern über seine Aufgabe, Mensch zu sein. Mein großer Landsmann, der gleich mir hier den Literaturpreis entgegennahm, William Faulkner, hat vor wenigen Jahren zu Ihnen von des Menschen Unsterblichkeit gesprochen, von der Unvergänglichkeit der Seele, von der menschlichen Kraft des Mitleides, des Opfers, des Ertragens ... Ich möchte versuchen, den Tiefen des Menschseins auf andere Weise nahezukommen. Von der Verpflichtung des Menschen, sein Leben in dieser Welt zu erfüllen, in dieser seiner Zeit seiner Aufgabe gerecht zu werden – davon möchte ich zu Ihnen sprechen.«

Während er die Stimme sinken ließ und eine kurze Pause machte, wurde ihm klar, daß er nicht zu den zweitausend Menschen in der Konzerthalle sprach, nicht zu den Hunderttausenden vor dem Fernsehschirm und nicht zu den Millionen, die diese Worte vielleicht einmal lesen würden, sondern zu sich selbst. Er, Andrew Craig, suchte hier seine Wahrheit, die für ihn und Emily galt, die eins mit ihm geworden war – und gerade deshalb vielleicht für die ganze Menschheit ...

Wieviel ungenutzte Kräfte des Geistes und der Seele, wieviel verborgene Tapferkeit, Energie und Verantwortungsfähigkeit – so überlegte er in diesen fliehenden Sekunden – wohnten doch in jedem einzelnen Menschen: Kräfte, vergleichbar den tief im Erdreich liegenden Quellen, die der Menschheit, dem Leben, der Welt verlorengingen, weil sie nie erschlossen wurden ... Gesegnet, wen eine Krise seines Daseins (und wem blieb sie erspart?) dazu zwang, diese ungeahnten inneren Reserven zu erschließen – um zu überleben, ja, mehr noch, um das Leben zu meistern ... Wer sich einmal vor einem solchen Anruf bewährt und sich überwunden hatte, der hatte den einzigen Preis errungen, der wog und zählte: die schöpferische Neugeburt, die Wiederauferstehung der Seele und so den triumphalen Sieg über das Leben und über sich selbst. War ihm dies nicht heute in den Grenzen des eigenen, kleinen Daseins widerfahren? Angerufen vom Schicksal, hatte er Kräfte in sich erschlossen, deren Existenz er nie geahnt hatte. Sie waren es, die ihn zum Menschen gemacht hatten. Dies und nur dies war sein Preis.

Während er das volle Haus mit dem Blick umfaßte, fragte er sich, ob einer unter ihnen wohl ahnte, welcher Sieg in Wahrheit hier bekränzt wurde. Ich muß es ihnen begreiflich machen, dachte er, muß dazu beitragen, daß sie den Sinn menschlicher Bewährung erkennen – die ewige Notwendigkeit, sich dem Leben zu stellen und die Aufgabe anzunehmen, um zu wahrem Menschentum zu reifen ...

Und wie im Traum hörte er sich sagen: »Sie haben mir von allen Ehrungen unserer Welt die größte zuteil werden lassen. Ich bin so bewegt und dankbar, daß ich es schwer in Worte zu fassen vermag. Doch ich glaube, daß das, was ich Ihnen allen jetzt sagen möchte, im Sinne von Alfred Nobel ist ... Ich bin der Überzeugung, daß jede Ehrung, mit der die Welt uns auszuzeichnen vermag, gering wird angesichts des größeren Preises, den der Mensch erstreben soll und der darin liegt, sich selbst zu finden: die eigene Seele und die geistige Kraft, den göttlichen Funken zu entzünden. Des Menschen höchster Preis liegt in der Erkenntnis der menschlichen Freiheit und der menschlichen Würde – in der sicheren Gewißheit, daß leben nicht nur bedeutet, Tag für Tag einem dunklen Ende entgegenzuwandern, an dem Erde zu Erde wird und Staub zu Staub, sondern daß das Leben ein göttliches Geschenk ist, ein winziger Teil aus der Fülle der Ewigkeit. Der wahre Preis ist das Wissen um Sinn und Wert des täglichen Lebenskampfes, dem der einzelne sich zu stellen hat mit ganzem Herzen und dem er gerecht werden muß. Diesen höchsten Preis vor Augen zu sehen, das ist wert, eines Mannes Ziel zu sein und eine große Aufgabe der Menschheit.«

Wieder sah er in die Menge. Sie war für ihn nun keine verschwimmende, anonyme Masse mehr; klare, deutlich erkennbare Gesichter blickten zu ihm auf – Menschen wie er selbst. Und da glaubte er zu wissen, daß sie seine Absichten, seine Selbstoffenbarung verstanden hatten und daß sie darauf warteten, ihn bei seiner Rückkehr nach Ithaka willkommen zu heißen.

Niemals in seinem Leben hatte er mehr Glauben, mehr Mut, mehr Selbstvertrauen gespürt. Er sah sein Ziel, erkannte endlich seinen Weg und war bereit, ihn zu gehen.

ENDE

EIN NACHWORT

Mit diesem Roman habe ich mich fünfzehn Jahre lang beschäftigt. Der Gedanke, einen Roman zu schreiben, der auf dem Hintergrund der Nobelpreiswoche spielt, kam mir zum erstenmal an einem Sonntagnachmittag im September neunzehnhundertsechsundvierzig, während ich aus einem Fenster meines Eck-Appartements im *Grand-Hotel* in Stockholm blickte und die königliche Kapelle vor dem Königlichen Palast auf der anderen Seite des Strommen-Kanals spielen hörte.

Noch im gleichen Herbst begann ich damit, die Hauptgestalten und Charaktere zu entwickeln und die Handlung aufzubauen. Ganze fünfzehn Jahre widmete ich mich der Aufgabe, den Hintergrund meiner Erzählung zu erforschen und aufzuhellen. Im Juli neunzehnhundertsechzig begann ich dann in einem Hotelappartement in Paris mit der Niederschrift des Romans, den ich im Oktober neunzehnhunderteinundsechzig in Los Angeles beendete.

Die Handlung, die Personen, die diese Seiten bevölkern, und ihre Geschicke sind frei erdacht. Wenn die Personen und Situationen irgendwelche Seitenstücke im Leben selbst hätten oder gehabt hätten, so wäre diese Ähnlichkeit nur einem überraschenden Zufall zuzuschreiben.

Authentisch in diesem Roman sind nahezu alle Angaben über Stockholm und die Geschichte der Nobelpreisverleihung. Hier habe ich mir nur einige wenige Freiheiten erlaubt, die sich auf das Zeremoniell der Preisverleihung beziehen und von der dramatischen Akzentuierung des Romans dringend gefordert wurden. Um gerecht zu sein, möchte ich auch noch erwähnen, daß sich zwar politische Konflikte und nationale Feindschaften während der Nobelwoche oft bemerkbar machen, daß aber kein einziger Fall von Erpressung oder verbrecherischer Aktivität und auch kein größerer Skandal in der Geschichte des Nobelpreises bekannt wurde. Die Möglichkeit dazu ist immer vorhanden. Aber bis auf den heutigen Tag hat das schwedische Sicherheitssystem fehlerlos funktioniert.

Was die Tatsachen betrifft, die in den Roman verwoben sind, so möchte ich mich für die Mitarbeit vieler Menschen während der Jahre neunzehnhundertsechsundvierzig bis neunzehnhunderteinundsechzig bedanken, die mir alle selbstlos ihre Zeit und ihr Wissen zur Verfügung stellten. Für persönliche Interviews und selbstlose Korrespondenz verdanke ich viel der Güte einer Reihe von Nobelpreisträgern wie Dr. Albert Einstein, Dr. Robert A. Millikan, Dr. Herman J. Müller, Frau Pearl S. Buck, Frau Sigrid Undset, Dr. Henry J. Cadbury (American

Friends Service Committee) und vielen anderen, die nicht erwähnt werden können. Für ähnliche Hilfe muß ich meinen Dank den prominenten Beamten des Nobelkomitees Sven L. Hammarskjöld und Anders Österling und den früheren und gegenwärtigen Direktoren der Nobelpreisstiftung Nils K. Stahle und Professor Arne Tiselius aussprechen sowie den Angestellten der Nobelpreisstiftung, und ganz besonders Fräulein Margareta Delin.

Für ihre Unterstützung in Schweden möchte ich die Hilfe, die mir Lakrederac Norback, John Bergvall, Sven Gerjerstam, Rudolf Wendbladh, Frau Adele Heilborn, Ned Nordness, Dr. Nicholas Norlin und Sven-Erik Bergh gewährten, dankbar anerkennen. Für die Unterstützung in meinem Streben, Schweden kennenzulernen, schulde ich Henry Goddard Leach, Allan Kastrup, Mac Lindahl und verschiedenen Mitgliedern der schwedischen Presse, die ungenannt bleiben möchten, großen Dank.

Für die Unterstützung bei meinen allgemeinen Nachforschungen bin ich E. J. Berman, M. D. in Indianapolis, Indiana, Frau Esther Biederman in Tarzana, California, und Frau Elizabeth Kempthorne in Arlington, California, zu Dank verpflichtet.

Zu großem Dank verpflichtet bin ich auch vielen reizenden schwedischen jungen Damen in Stockholm – deren Namen ich nicht verrate – für ihre liebenswürdigen und offenen Interviews, die mir verrieten, wie die unverheiratete typische schwedische Frau den Tatsachen des Lebens begegnet.

An Büchern, die zum Gelingen meines Buches beitrugen, könnte ich unzählige nennen. Ich versuchte alles zu lesen, was in den letzten Jahrzehnten über die Nobelpreisverleihung und über Schweden in englischer Sprache erschienen ist. Von unschätzbarem Wert fand ich *Nobel – der Mann und seine Preise,* herausgegeben von der Nobelpreisstiftung, 1951; *Alfred Nobel* von Herta E. Pauli, 1942; *Nobelpreisstiftung-Almanach,* 1960; *Alfred Nobel und die Nobelpreise,* 1960; *Nobelpreisträger,* herausgegeben von L. J. Ludovici, 1957. Meine Akten strotzen vor Zeitungsartikeln über den Preis und über Schweden, die ich aus amerikanischen und europäischen Zeitschriften und Zeitungen ausschnitt.

Was die futuristischen Entdeckungen anlangt, die meine Gewinner der wissenschaftlichen Preise machten, so sind diese Entdeckungen so erdichtet wie Andrew Craigs Bücher. Jedenfalls habe ich sehr viel gelesen und geforscht und Ärzte, Chemiker und Physiker persönlich interviewt, um mir Kenntnisse zu verschaffen, die meine Entdeckungen auf den Boden der Realität und Wahrscheinlichkeit stellten. Ich brauche nicht hinzuzufügen, daß auf den Gebieten der Organübertragung, der Sonnenenergie und der Spermaverglasung riesige Fortschritte gemacht werden. Und vielleicht wird eines Tages ein Mann aus dem Mittelwesten ein Buch schreiben mit dem Titel *Der Vollkommene Staat*. Die Meinungen aber, die in diesem Roman zum Ausdruck gebracht werden, sind ausschließlich die Meinungen seiner Figuren und spiegeln nicht unbedingt die Ansichten ihres Erschaffers wider.

Und folgendes: Ich schulde sehr viel meiner Frau Sylvia Wallace und möchte ihr hiermit meinen besonderen Dank abstatten für die unglaubliche Nachsicht, mit der sie zuließ, daß die Personen dieses Buches sich alle in unser Heim eindrängten und eine so lange Zeit zu einem Teil unseres Lebens und unserer Familie wurden.

Los Angeles 1962 IRVING WALLACE

Roman

Als Band mit der Bestellnummer 17 056 erschien:

Wilbur Smith

WILD WIE DAS MEER

Nicholas Berg, von seiner Frau eines anderen Mannes wegen verlassen, versucht als Kapitän eines Bergungsschiffes ein neues Leben zu beginnen. Bei einer Aktion in der Antarktis rettet er Samantha, eine bildhübsche junge Meeresbiologin, aus den eisigen Fluten.
Aus der Begegnung entwickelt sich ein Liebesverhältnis. Doch Nicholas' Frau sehnt sich inzwischen nach ihm zurück, und so gerät er in einen tiefen Zwiespalt. Erst durch ein dramatisches Ereignis wird ihm klar, wie er sich entscheiden muß.

Roman

Von dem Bestseller-Autor **Irving Wallace** sind bisher im BASTEI-LÜBBE-Taschenbuchprogramm erschienen:

11129 **Geheimakte R**
11176 **Das Serum**
12078 **Die sieben sündigen Tage**
17007 **Der Preis**
17050 **Die andere Bibel**
10210 **Doppelspiel mit Dame**
10430 **Die Frauen von Briarwood**